GW01607574

EVEREST 1135

KHALED HOSSEINI

Khaled Hosseini 1965'te, Afganistan, Kâbil'de doğdu, diplomat bir babanın ve öğretmen bir annenin ilk çocuğuydu. Aile, 1980'de Sovyetler Afganistan'ı işgal ettiğinde siyasi sığınma talebiyle başvurdukları Amerika'da California'ya yerleşti. Yazar, 1993'te California Üniversitesi'nden mezun oldu. 1996'da, Los Angeles Cedars Sinai Tıp Merkezi'nde dahiliye ihtisasını tamamladı. Khaled Hosseini, dünya çapında en çok okunan ve sevilen romancılardan biri olarak tanınıyor. Doktorluğu sırasında mesai öncesi sabahın erken saatlerinde yazılan ve 2003'te yayımlanan ilk romanı *Uçurtma Avcısı*'nı, 2007'de *Bin Muhteşem Güneş* takip etti. Dünya çapında bir başarı yakalayarak satışları toplamda 38 milyonu geçen bu iki roman Everest Yayınları tarafından Türkçe okurlarıyla buluşturuldu.

PÜREN ÖZGÖREN

Adana'da doğdu. Avusturya Lisesi'ni bitirdikten sonra University of Miami'de dil eğitimi aldı. 1984'ten bu yana sürdürdüğü çeviri çalışmaları arasında, tanınmış pek çok yazarın eseri bulunmakta: Roman Polanski, Vanessa Redrgrave ve Erje Ayden'in otobiyografileri, Yukio Mişima'dan *Bereket Denizi* dörtlemesi, Henry Miller'dan *Çılgın Üçlü*, Lawrence Durrell'dan *Kara Defter*, George Orwell'dan *Birmanya Günleri*, Ernest Hemingway'den *Cennet Bahçesi*, Truman Capote'den *Bukalemunlar İçin Müzik*, Khaled Hosseini'den *Uçurtma Avcısı* ve *Bin Muhteşem Güneş*, Doris Lessing'den *Alfred ile Emily*, Junot Díaz'dan *Oscar Wao'nun Tuhaf Kısa Yaşamı* (2009 Dünya Kitap Çeviri Ödülü).

pozgoren@yahoo.com

Khaled Hosseini

VE DAĞLAR YANKILANDI

Türkçesi: Püren Özgören

§

Yayın No **1135**
Çağdaş Dünya Edebiyatı **167**

Ve Dağlar Yankılandı
Khaled Hosseini

Kitabın Özgün Adı:
And the Mountains Echoed

Yayına hazırlayan: Başak Güntekin
İngilizceden çeviren: Püren Özgören
Kapak tasarım: Utku Lomlu
Mizanpaj: Bahar Kuru Yerek

1. Basım: Eyül 2013 (100.000 Adet)
2. Basım: Ocak 2014 (10.000 Adet)
3. Basım: Şubat 2014 (10.000 Adet)

ISBN: 978 - 605 - 141 - 677 - 9
Sertifika No: 10905

EVEREST YAYINLARI
Ticarethane Sokak No: 15 Cağaloğlu/İSTANBUL
Tel: (212) 513 34 20-21 Faks: (212) 512 33 76
e-posta: info@everestyayinlari.com
www.everestyayinlari.com
www.twitter.com/everestkitap
facebook.com/everestyayinlari

Baskı ve Cilt: Melisa Matbaacılık
Matbaa Sertifika No: 12088
Çiftehavuzlar Yolu Acar Sanayi Sitesi No: 8 Bayrampaşa/İstanbul
Tel: (0212) 674 97 23 Faks: (0212) 674 97 29

Bu kitap, gözümün iki nuruna –Haris'le Farah'ya–
ve babama adandı; görseydi gurur duyardı.

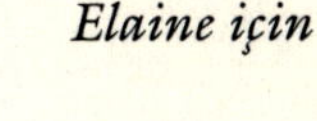

Elaine için

Doğru ve yanlış kavramlarının ötesinde
uzanan bir toprak var.
Seni orada bekleyeceğim.

–Mevlana Celaleddin Rumi, 13. yüzyıl

Bir

SONBAHAR 1952

Pekâlâ. Madem bir hikâye dinlemek istiyorsunuz, anlatacağım. Ama yalnızca bir tane. İkinizden biri sakın bir tane daha istemesin. Vakit geç oldu, üstelik Peri'yle beni uzun bir yolculuk bekliyor. Bu geceki uykuya ihtiyacın var, Peri. Senin de, Abdullah. Kız kardeşinle ben yokken, burası sana emanet; sana güveniyorum. Annen de öyle. Haydi bakalım. Tek bir öykü. Kulaklarınızı açın, iyi dinleyin. Ve sözümü kesmeyin.

Bir zamanlar, devlerin, cinlerin ve heyulaların ülkenin her yanında cirit attığı günlerde, Eyüp Baba adında bir çiftçi varmış. Ailesiyle birlikte Meydan Sabz adında, küçük bir köyde yaşarmış. Beslemesi gereken aile geniş olduğundan, Eyüp Baba bütün gün canla başla çalışırmış. Her gün, şafaktan günbatımına kadar uğraşır, tarlasını sürer, toprağı beller, sahip olduğu bir avuç şamfıstığı ağacıyla ilgilenirmiş. Ne zaman arasanız, onu tarlasında, akşamlara kadar savurduğu tırpan kadar eğik sırtıyla, iki büklüm çalışırken görebilirmişsiniz. Nasırın eksik olmadığı elleri sık sık kanarmış; geceleri başını yastığa kor komaz uyuyakalırmış.

Ancak bu bakımdan yalnız olmadığını söylemeliyim. Meydan Sabz'da yaşam bütün köy sakinleri için çetinmiş. Kuzeyde, vadilerde daha şanslı köyler yok değilmiş; onların meyve ağaçları, çiçekleri, latif bir havası, serin, tertemiz suların aktığı dereleri varmış. Oysa Meydan Sabz adıyla, yani "Yeşil Meydan"la yakından uzaktan ilgisi olmayan, perişan bir köy, tam bir viraneymiş. Bir dizi sarp dağın çevrelediği, basık, tozlu bir düzlükte yer alıyormuş. Rüzgâr yakıcıymış, gözlere toz üfleyip dururmuş. Su bulmak günbegün yinelenen bir mücadeleymiş, çünkü köyün kuyuları, en derin olanlar bile habire kuruma noktasına gelirmiş. Evet, bir ırmak varmış elbette, ama köylülerin ona ulaşmak için yarım gün yol yürümesi gerekiyormuş, yetmezmiş gibi, suları yıl boyunca çamurluymuş. Şimdi, on yıllık kuraklığın ardından, ırmağın suyu da iyice azalmış. Uzun lafın kısası, Meyda Sabz halkı başkalarının yaşamının yarısına sahip olabilmek için canını dişine takmak, onların iki misli çabalamak zorundaymış.

Ancak Eyüp Baba yine de kendini talihli sayıyordu, çünkü her şeyden aziz tuttuğu bir ailesi vardı. Karısına âşıktı, bırakın ona el kaldırmayı, sesini bile yükseltmezdi. Asla. Karısının fikirlerine değer verir, onun yârenliğinden gerçek bir zevk alırdı. Çocuklara gelince; Tanrı ona bir elin parmakları kadar çocuk nasip etmişti; her birini yürekten sevdiği üç oğlanla iki kız. Kızları terbiyeli, şefkatli, sağlam karakterli ve namusluydu. Oğullarına dürüstlüğün, cesaretin, dostluğun ve yakınmadan canla başla çalışmanın değerini şimdiden öğretmişti. Her iyi evlat gibi babalarının sözünü dinler, tarlada ona yardım ederlerdi.

Eyüp Baba tüm çocuklarını çok sevse de, içlerinden birine, üç yaşındaki Kayis'e karşı gizliden gizliye, ayrı bir düşkünlüğü vardı. Kayis koyu mavi gözlü bir oğlandı. O cin gibi gülüşüyle büyüleyemeyeceği kimse yoktu. Hani yerinde duramayan, tükenmez enerjisiyle karşısındakilerin enerjisini tüketen çocuklar vardır ya, onlardandı. Yürümeyi öğrenince bundan öyle büyük bir zevk aldı ki, uyanık olduğu her ânı yürüyerek geçirmeye başladı, hatta bazen geceleri bile uykusunda yürüyor, herkesi telaşlandırıyordu. Uyurken kalkıp ailenin toprak evinden çıkar, ay ışıklı karanlıkta alıp başını giderdi. Ana babası doğal olarak kaygılanıyordu. Ya bir kuyuya düşerse, ya kaybolursa, daha da kötüsü, ya geceleri düzlükte sinsi sinsi dolanan yaratıklardan birinin hücumuna uğrarsa? Çare bulmak için bir sürü yol denediler, hiçbiri işe yaramadı. Sonunda Eyüp Baba'nın bulduğu çözüm, en iyi çözümlerin çoğu gibi, gayet yalındı: Keçilerden birinin boynundaki minik çıngırağı alıp Kayis'in boynuna taktı. Böylece oğlan gecenin bir vakti yatağından kalkacak olursa, çıngırağın sesi birilerini uyandıracaktı. Uyurgezerlik bir süre sonra sona erdi, ama Kayis çıngırağa öyle bağlanmıştı ki, çıkarmayı reddediyordu. Bunun üzerine, her ne kadar artık asıl amacına hizmet etmiyor olsa da, çıngırağın takılı olduğu sicimi oğlanın boynunda bıraktılar. Eyüp Baba yorucu bir günün ardından eve dönünce, kapıdan koşarak fırlayan Kayis yüzünü babasının göbeğine gömer, çıngırağın şıngırtısı o minicik adımlarına eşlik ederdi. Eyüp Baba onu kucaklayıp kaldırır, eve birlikte girerlerdi; babası elini yüzünü yıkarken Kayis büyük bir dikkatle onu izler, yemekte babasının yanına otururdu. Ailece karınlarını doyurduktan sonra, Eyüp Baba çayını yudumlarken ailesini seyreder, bütün çocuklarının evlendiği, ona boy boy torunlar verdiği, kendininse daha da geniş bir ailenin gururlu atası olacağı günlerin hayalini kurardı.

Ancak yavrularım, ne yazık ki Eyüp Baba'nın mutluluğu fazla uzun sürmedi.

Olay, bir gün bir devin Meydan Sabz'a gelmesiyle oldu. Dağlardan inip köye yaklaşırken, toprak attığı her adımla sarsılıyordu. Köylüler ellerindeki kürekleri, çapaları, baltaları bırakıp çil yavrusu gibi dağıldılar. Kendilerini evlerine kilitlediler, birbirlerine sokuldular. Devin ayak seslerinin sağır edici gümbürtüsü kesilince Meydan Sabz'ın tepesindeki gökyüzü karardı. Kafasından kıvrım kıvrım boynuzların fışkırdığı, omuzlarını ve güçlü kuyruğunu kalın, kapkara kılların kapladığı söyleniyordu. Gözlerinin kıpkırmızı parladığı iddia ediliyordu. Aslında kimse bilmiyordu, anlıyor musunuz, en azından canlı biri: Dev, kendisine gözü ilişeni oracıkta yiyordu. Bunu bilen köylüler akıllılık edip gözlerini yere çivilerdi.

Devin neden geldiğini köydeki herkes biliyordu. Başka köylere yaptığı ziyaretleri duymuşlardı; Meydan Sabz'ın bu kadar uzun süre onun dikkatinden kaçmayı nasıl başardığına şaşmaktaydılar. Belki de, diye düşünüyorlardı, Meydan Sabz'daki bu yoksul, çetin yaşantıları onların lehine olmuş, doğru dürüst beslenemeyen çocuklar et tutmamıştı. Ama buna rağmen, sonunda talihleri dönmüştü işte.

Meydan Sabz soluğunu tutmuş, titriyordu. Aileler devin onların evini atlaması için dua etmekteydi, çünkü onun çatıya hafifçe vurması halinde çocuklardan birini ona vermek zorunda olduklarını biliyorlardı. O zaman dev, çocuğu bir çuvala sokar, çuvalı omzuna atar ve geldiği yoldan dönerdi. Zavallı çocuğu da bir daha gören olmazdı. Ailelerden biri bu seçimi yapmaya yanaşmazsa, dev evdeki bütün çocukları alırdı.

Dev, bu çocukları nereye götürüyormuş peki? Dik bir dağın tepesindeki kalesine. Kale, Meydan Sabz'dan çok çok uzakmış. Ona ulaşana kadar vadileri, bir sürü çölü ve iki dağ zincirini aşmanız gerekiyormuş. Sonunda sadece ölümü bulacağını bilen hangi aklı başında insan yapar ki bunu? Kalenin, duvarları satırlarla kaplı zindanlarla dolu olduğu söyleniyordu. Tavanlardan et kancaları sarkıyormuş. Devasa şişler, mangal ateşleri varmış. Oradan yanlışlıkla geçen birini yakalarsa, devin hiç hoşlanmadığı halde yetişkin eti bile yediği söyleniyordu.

O gün devin o dehşetengiz eliyle hangi çatıyı tıklattığını anladınız herhalde. Bunu duyan Eyüp Baba'nın dudaklarından acı dolu bir feryat yükseldi, karısı buz kesip bayıldı. Çocuklar korkuyla, aynı zamanda da kederle ağlaşıyordu, içlerinden birinin gideceği kesinleşmişti çünkü. Aile bir sonraki gündoğumuna kadar kurbanını seçmek zorundaydı.

Eyüp Baba'yla karısının o gece çektiği işkenceyi size nasıl anlatsam? Hiçbir ana baba böylesi bir seçimle karşı karşıya kalmamalı. Karıkoca, çocukların duyamayacağı bir yerde ne yapmaları gerektiğini tartıştılar. Konuştular, ağladılar, konuştular, ağladılar. Bütün gece evin içinde volta attılar, şafak yaklaşırken onlar hâlâ karar verememişti – buysa devin işine geliyordu elbette; onların kararsızlığı sayesinde, bir tane yerine beş çocuğu birden alabilirdi. Sonunda, Eyüp Baba evin önünden aynı boyda, aynı biçimde beş tane taş topladı. Her birinin üzerine çocuklardan birinin adını yazdı, işi bitince de taşları bez bir torbaya koydu. Torbayı karısına uzatınca, kadın içinde zehirli yılan varmışçasına irkildi.

"Yapamam," dedi başını sallayarak. "Seçen kişi ben olamam. Bunu kaldıramam."

Eyüp Baba, "Ben de," diye söze başlamıştı ki camdan, güneşin doğudaki tepelerin üstünden göz süzmesine dakikalar kaldığını gördü. Zaman azalıyordu. İçler acısı gözlerle beş çocuğuna baktı. Eli kurtarmak için parmaklardan biri kesilmeliydi. Gözlerini yumdu, torbadan bir taş çekti.

Eyüp Baba'nın hangi taşı çektiğini anladınız tabii. Üzerindeki adı görünce, yüzünü gökyüzüne çevirip acı dolu bir çığlık attı. Paramparça yüreğiyle en küçük oğlunu kucağına aldı; babasına körlemesine güvenen Kayis, kollarını mutlulukla onun boynuna doladı. Ancak babası onu evin önüne bırakıp kapıyı kapadıktan sonradır ki oğlan durumu anladı; dünyadan çok sevdiği oğlu kapıyı yumruklar, içeriye alması için babasına yalvarırken, Eyüp Baba gözlerini sımsıkı kapamış, sırtını kapıya yaslamış, öylece duruyor, yaşlar yanaklarından yuvarlanıyordu; toprak devin adımlarıyla zangırdar, oğlu çığlıklar atarken orada durdu, "Beni affet, affet beni," diye mırıldandı; toprak, dev Meydan Sabz'dan çıkıncaya kadar sarsıldı, titredi; sonunda dev gitti, ortalık yatıştı, hâlâ ağlayan, Kayis'ten af dileyen Eyüp Baba'nın dışında herkes, her şey sustu.

Abdullah. Bak kardeşin uyuyakaldı. Şu battaniyeyi ört üstüne. Al. Aferin. Masalı burada kessem mi acaba? Hayır mı? Devam etmemi mi istiyorsun? Emin misin evlat? Pekâlâ.

Nerede kalmıştık? Ah, evet. Bunu kırk günlük bir yas süresi izledi. Komşular her gün yemekler pişirip aileye getirdiler, onlarla birlikte nöbet tuttular. Herkes ne sunabiliyorsa onu sundu (çay, şekerleme, ekmek, badem), yanına da başsağlığı dileklerini ve duygudaşlığını ekledi. Eyüp Baba'nın ağzından teşekkürden başka sözcük çıkmıyordu. Bir köşede oturup ağlıyor, gözyaşları her iki gözünden de seller gibi, köydeki kuraklığı dindirmek istercesine boşalıyordu. İnsan onun çektiği azabı en aşağılık adama bile dilemezdi.

Aradan birkaç yıl geçti. Kuraklık sürdü, Meydan Sabz daha da beter bir yoksulluğa yuvarlandı. Bir sürü bebek, beşiğinde susuzluktan öldü. Kuyulardaki su iyice çekildi, ırmak Eyüp Baba'nın ıstırabının aksine kurudu; onun acısı her geçen gün daha da kabaran, taşkınlaşan bir ırmaktı. Ailesine artık hiçbir hayrı yoktu. Çalışmıyor, dua etmiyor, doğru dürüst yemiyordu. Karısının, çocuklarının yalvarıp yakarmaları fayda etmiyordu. İşleri kalan oğulları üstlenmek zorunda kaldı, çünkü Eyüp Baba tarlasının kenarına çöküp yapayalnız, mahvolmuş bir karaltı halinde dağlara bakmaktan başka hiçbir şey yapmıyordu. Arkasından konuştuklarına inandığı için köylülerle dostluğu kesmişti. Oğlunu kendi eliyle teslim ettiği için ödleğin teki diyorlardı ona. Beş para etmez bir baba olduğunu. Gerçek bir baba devle mücadele ederdi. Ailesini koruma uğruna canını verirdi.

Bir gece karısına bundan bahsetti.

"Hiç de söylemiyorlar böyle şeyler," dedi kadın. "Kimse senin ödlek olduğunu düşünmüyor."

"Onları duyabiliyorum," dedi Eyüp Baba.

"Duyduğun kendi sesin, kocam," dedi karısı. Köylülerin onun arkasından *neyi* fısıldaştığını söylemedi. Adamın muhtemelen çıldırdığını fısıldıyorlardı birbirlerine.

Sonra bir gün, Eyüp Baba onlara aradıkları kanıtı verdi. Gün doğarken kalktı. Karısıyla çocuklarını uyandırmadan, bez bir torbaya birkaç dilim ekmek tıkıştırdı, ayakkabılarını giydi, tırpanını beline bağlayıp evden çıktı.

Günlerce, günlerce yürüdü. Güneş uzaklarda soluk bir kızartıya dönüşünceye kadar yürüdü. Geceleri, rüzgâr dışarıda uğuldarken mağaralarda uyuyordu. Rüzgâr yoksa ırmak kenarlarında, ağaç altlarında yatıyor, iri kayaların altına sığınıyordu. Ekmeği bitince ne bulduysa onu yedi (yabani böğürtlenler, mantarlar, akarsulardan çıplak elle yakaladığı balıklar) bazı günler de hiçbir şey yemedi. Ama hep yürüdü. Yolda rastlaştığı kişiler nereye gittiğini sorunca o da söyledi, kimi güldü, kimi de deliye çattık diye düşünüp hızla uzaklaştı, kimileri, deve çocuğunu kaptıranlarsa onun için dua etti. Eyüp Baba başını öne eğdi ve yürüdü. Ayakkabıları dağılınca onları sicimlerle ayaklarına bağladı, sicimler kopunca yola yalınayak devam etti. Bu şekilde çölleri, vadileri, dağları aştı.

Sonunda, zirvesinde devin kalesinin bulunduğu dağa vardı. Hedefine ulaşmak için öylesine sabırsızlanıyordu ki durup dinlenmedi, hemen tırmanmaya koyuldu, giysileri yırtıldı, ayakları kanadı, saçı tozdan keçeleşti ama azmi hiç sarsılmadı. Ucu sivri, tırtıklı kayalar tabanlarını yardı. Yuvalarının yanından geçerken şahinler onun yanaklarını gagaladılar. Şiddetli rüzgârlar onu az kaldı yamaçtan aşağıya savuruyordu. Ama o tırmandı, bir kayadan ötekine geçti, sonunda kendini devin kalesinin muazzam kapılarının önünde buldu.

Eyüp Baba kapıya bir taş atınca, Kim bu cüretkâr? diye gürledi dev.

Eyüp Baba adını söyledi. "Meydan Sabz köyünden geliyorum," dedi.

Ölümüne mi susadın? Beni böyle evimde rahatsız ettiğine göre, öyle olmalı! Ne istiyorsun?

"Buraya seni öldürmeye geldim."

Kapının arka tarafında bir sessizlik oldu. Sonra çift kanatlı kapı gıcırdayarak açıldı ve dev göründü, o dehşet verici haşmetiyle Eyüp Baba'nın tepesine dikildi.

Öyle mi? dedi bir kasırga kadar kalın sesiyle.

"Aynen," dedi Eyüp Baba. "Şöyle ya da böyle, bugün ikimizden biri ölecek."

Bir an, dev Eyüp Baba'yı kaptığı gibi havalandıracak, hançer keskinliğindeki dişleriyle tek lokmada yutacakmış gibi göründü. Ama bir şey yaratığı duraksattı. Gözlerinin kısılmasına neden oldu. Belki yaşlı adamın ağzından çıkanların akıl almazlığı. Belki adamın görüntüsü; yırtık pırtık giysileri, kanlı yüzü, onu tepeden tırnağa kaplayan toz, derisindeki açık yaralar. Belki de yaşlı adamın gözlerinde korkunun zerresine bile rastlayamaması.

Nereden geliyorum demiştin?

"Meydan Sabz," diye yanıtladı Eyüp Baba.

Haline bakılırsa, bu Meydan Sabz bayağı uzakta olmalı.

"Buraya laklak etmeye gelmedim. Gelmemin nedeni..."

Dev, pençeye benzeyen elini kaldırdı. Tamam. Tamam. Beni öldürmeye geldin. Anladık. Ama can vermeden önce son birkaç söz söylemeye hakkım vardır herhalde.

"Pekâlâ," dedi Eyüp Baba. "Ama yalnızca birkaç kelime."

Dev sırıttı. Sağ olasın. Sana ne kötülük yaptım da ölüm fermanımı çıkardın, sorabilir miyim?

"En küçük oğlumu elimden aldın," diye haykırdı Eyüp Baba. "O benim dünyada en sevdiğim varlıktı."

Dev homurdandı, çenesini kaşıdı. Bir sürü babadan bir sürü oğul aldım, dedi.

Eyüp Baba öfkeyle tırpanına davrandı. "O zaman onların da öcünü almış olacağım."

İtiraf etmeliyim ki cesaretin bende hayranlık uyandırıyor.

"Cesaret nedir haberin bile yok senin," dedi Eyüp Baba. "Cesaret göstermek için bir şeyin tehlikede olması lazım. Oysa ben buraya kaybedecek hiçbir şeyim olmadan geldim."

Canından olabilirsin ama, dedi dev.

"Sen canımı çoktan aldın."

Dev, bir kez daha homurdandı, düşünceli düşünceli Eyüp Baba'yı süzdü. Bir süre sonra, Tamam o halde, dedi. Seninle düello edeceğim. Ama önce, beni izlemeni istiyorum.

"Acele et," dedi Eyüp Baba. "Sabrım tükeniyor." Ama dev çoktan dönmüş, dev boyutlu bir koridora doğru yürümeye başlamıştı bile; Eyüp Baba'nın da onu takip etmekten başka seçeneği kalmadı. Devin peşi sıra, tavanı neredeyse bulutlara sürtünen, her biri muazzam sütunlarla desteklenen koridorlardan oluşan bir labirente girdi. Pek çok merdiven boşluğundan, Meydan Sabz'ın tamamını içine alabilecek büyüklükte salonlardan geçtiler. Bu şekilde epeyce yürüdükten sonra dev,

Eyüp Baba'yı karşı ucunda bir perde bulunan, uçsuz bucaksız bir salona soktu.

Eliyle yaklaşmasını işaret etti.

Eyüp Baba gidip onun yanında durdu.

Dev perdeyi açtı. Arkasında bir pencere vardı. Eyüp Baba camdan aşağıya, göz alabildiğine uzanan bahçeye baktı. Bahçeyi çeviren sıra sıra servi ağaçlarının altı rengârenk çiçeklerle kaplıydı. Mavi çinilerden yapılma havuzlar, mermer teraslar, yemyeşil çimenlikler vardı. Eyüp Baba nefis bir biçimde budanmış, şekil verilmiş çalı çitler, nar ağaçlarının gölgesinde çağıldayan çeşmeler gördü. Üç ömür sürse, böylesine güzel bir yeri tahayyül edemezdi.

Ama Eyüp Baba'yı dizlerinin üzerine çökerten şey, bahçede büyük bir neşeyle koşup oynayan çocukların görüntüsü oldu. Gezinti yollarında, ağaçların etrafinda birbirlerini kovalıyorlardı. Saklambaç oynuyor, çalı çitlerin arkasına saklanıyorlardı. Eyüp Baba'nın çocukları tarayan gözleri nihayet aradığı şeyi buldu. İşte oradaydı! Oğlu Kayis, kanlı canlı, sapasağlam. Boy atmıştı, saçları da Eyüp Baba'nın anımsadığından daha uzundu. Üzerinde şık bir pantolonla göz alıcı, beyaz bir gömlek vardı. İki arkadaşının peşinden koşarken şen kahkahalar atıyordu.

"Kayis," diye fısıldadı Eyüp Baba, soluğu camı buğulandırdı. Sonra oğlunun adını haykırdı.

Seni duyamaz, dedi dev. Göremez de.

Eyüp Baba olduğu yerde zıplıyor, kollarını sallıyor, ha bire cama vuruyordu; sonunda dev, perdeleri kapatıverdi.

"Anlamıyorum," dedi Eyüp Baba. "Sanıyordum ki..."

Bu senin ödülün, dedi dev.

"Açıklasana şunu," diye bağırdı Eyüp Baba.

Seni bir sınavdan geçirdim.

"Sınav mı?"

Sevgi sınavı. Gaddarca bir imtihandı, farkındayım, sana nelere mal olduğu da gözümden kaçmadı. Ama sınavı geçtin. Bu da senin ödülün. Ve oğlunun.

"Peki ya seçim yapmasaydım?" diye çığırdı Eyüp Baba. "Sınavına girmeyi reddetseydim?"

O zaman bütün çocukların yok olacaktı, dedi dev, zayıf bir babaya sahip oldukları için zaten lanetleneceklerdi. Vicdan azabı çekmektense bütün evlatlarının ölümüne göz yuman bir ödlek olacaktın. Cesur biri olmadığını söylüyorsun, ama ben sende cesaret görüyorum. Senin yaptığın şey, taşımayı kabullendiğin o suçluluk duygusu, cesaret ister. İşte bunun için sana saygı duyuyorum.

Eyüp Baba yavaşça tırpanını çekti, ama elinden kayan tırpan büyük bir şangırtıyla mermer zemine düştü. Dizleri büküldü, yere çökmek zorunda kaldı.

Oğlun seni hatırlamıyor, diye sürdürdü dev sözünü. Onun hayatı bu artık; ne kadar mutlu olduğunu kendi gözlerinle gördün. Burada en iyi yiyeceklere, giysilere, arkadaşlara sahip; seviyor, seviliyor. Sanat, yabancı diller, fen bilimleri eğitimi alıyor, dirayet ve hayırseverlik öğreniyor. Hiçbir eksiği yok. Bir gün, büyüyüp adam olduğunda buradan gitmeyi seçerse, istediğini yapmakta özgür olacak. İyiliği, şefkatiyle pek çok hayata dokunacağını ve kedere boğulmuşlara mutluluk getireceğini tahmin ediyorum.

"Onu görmek istiyorum," dedi Eyüp Baba. "Onu eve götürmek istiyorum."

Öyle mi?

Eyüp Baba başını kaldırıp deve baktı.

Yaratık perdenin yakınındaki bir komodine gitti, çekmecelerin birinden bir kum saati çıkardı. Kum saatinin ne olduğunu biliyor musun, Abdullah? Biliyorsun demek. Güzel. Her neyse, dev saati alıp ters çevirdi, Eyüp Baba'nın ayağının dibine koydu.

Onu eve götürmene izin vereceğim, dedi. Bunu yaparsan, bir daha asla buraya dönemez. Yok eğer yapmazsan, *sen* buraya bir daha asla dönemezsin. Kumların tamamı döküldüğünde, sana kararını soracağım.

Sonra dev, salondan çıktı, Eyüp Baba'yı yine can acıtıcı bir seçimle baş başa bıraktı.

Eyüp Baba hemen, onu alıp eve götüreceğim, diye düşündü. Bu onun hayatta en çok, bedeninin her bir zerresiyle istediği şeydi. Binlerce kez bunun hayalini kurmamış mıydı? Küçük Kayis'i bir kez daha kucaklamanın, yanaklarını öpmenin, o küçücük ellerin yumuşaklığını kendi avuçlarında hissetmenin hayalini? Öte yandan... Diyelim ki onu eve götürdü, Meydan Sabz'da Kayis'i nasıl bir hayat bekliyordu? En iyi ihtimalle bir köylünün çetin yaşamı; üç aşağı beş yukarı kendi yaşamının aynısı. Kayis köydeki çocukların çoğunu kırıp geçiren kıtlığı, kuraklığı atlatmayı başarırsa elbette. O zaman kendini affedebilir misin, diye sordu Eyüp Baba kendine, bencilce nedenlerle onu yerinden ettiğin, bollukla, fırsatlarla dolu bir yaşamdan kopardığın için? Öte yandan, Kayis'i burada bıraktığı takdirde oğlunun yaşadığını, nerede olduğunu ama onu asla göremeyeceğini bilerek nasıl yaşardı? Buna nasıl dayanırdı? Eyüp Baba hüngür hüngür ağlamaya başladı. Öyle çaresizdi ki kum saatini aldığı gibi duvara fırlattı, saat bin parçaya bölündü, incecik kumları yere saçıldı.

Dev, salona dönünce, onu omuzları çökmüş, cam parçalarının üzerinde dururken buldu.

"Sen acımasız canavarın tekisin," dedi Eyüp Baba.

Sen de benim kadar uzun yaşasaydın, zalimlikle yardımseverliğin aynı rengin iki tonu olduğunu anlardın, diye karşılık verdi dev. Evet, bir karara vardın mı?

Eyüp Baba gözlerini kuruladı, tırpanını alıp beline bağladı. Ağır adımlarla, başı önde kapıya yürüdü.

Sen iyi bir babasın, dedi dev, yanından geçen Eyüp Baba'ya.

"Bana yaptığın şey yüzünden cehennem ateşlerinde yanasın," diye söylendi Eyüp Baba, kolu kanadı kırık.

Salondan çıktı, koridora doğru ilerliyordu ki dev arkasından seslendi.

Al şunu, dedi. Yaratık, Eyüp Baba'ya içinde koyu renk bir sıvı bulunan küçük, cam bir matara verdi. Eve dönüş yolculuğunda iç bunu. Hadi, hoşça kal.

Eyüp Baba matarayı aldı, tek kelime etmeden yola düştü.

O gittikten günler sonra, karısı aileye ait tarlanın kıyısına çökmüş, tıpkı Kayis'i görme umuduyla orada oturan Eyüp Baba gibi, gözlerini uzaklara dikmişti. Kocasının döneceğine dair umudu her geçen gün azalıyordu. Köy halkı Eyüp Baba'dan geçmiş zaman kipiyle söz etmeye başlamıştı bile. Kadıncağız bir gün yine toprağın üzerinde oturur, dudakları mırıl mırıl dualarla kıpırdarken zayıf bir karaltının dağlardan Meydan Sabz'a doğru yaklaştığını gördü. Giysi diye eski püskü çullara bürünmüş, kadidi çıkmış, gözleri çukura kaçmış, elmacıkkemikleri çökük adamı önce yolunu yitirmiş bir derviş sandı, kocasını ancak iyice yaklaştıktan sonra tanıyabildi. Yüreği sevinçten pır pır etti, bir ferahlama çığlığı attı.

Eyüp Baba yıkandıktan, su içip yemek yedikten sonra yatağına uzandı; etrafına halka olan köylüler onu soru yağmuruna tuttu.

Nereye gittin, Eyüp Baba?

Neler gördün?

Başına neler geldi?

Eyüp Baba onları yanıtlayamıyordu, çünkü neler yaşadığını anımsamıyordu. Yolculuğuyla ilgili hiçbir şey hatırlamıyordu, ne devin dağına tırmandığını, ne onunla konuştuğunu, ne o görkemli sarayı ne de perdeli büyük salonu. Gözünü açtığı an unuttuğu bir rüyadan uyanmış gibiydi. Gizli bahçe, çocuklar, en önemlisi de, ağaçların altında arkadaşlarıyla oyun oynayan Kayis aklından uçup gitmişti. Öyle ki, biri Eyüp Baba'ya Kayis'ten söz ettiğinde, adam gözlerini şaşkınlıkla kırpıştırdı. Kim? dedi. Bir zamanlar Kayis adında bir oğlu olduğunu kesinlikle anımsamıyordu.

Bunun ne büyük bir nimet olduğunu anlayabiliyor musun, Abdullah? Eyüp Baba'nın anılarını silen o ilacın? Devin ikinci sınavını da geçen Eyüp Baba'nın ödülüydü bu.

O bahar Meydan Sabz'ı kaplayan gökyüzü nihayet aralandı. Yarıklardan dökülen şey geçen yılların cılız serpintisi değil, harika, muhteşem bir sağanaktı. Tombul damlalar peş peşe iniyor, susuzluktan kavrulan köy ona kucak açıyordu. Yağmur bütün gün Meydan Sabz'ın çatılarını dövdü, dünyadaki diğer bütün sesleri boğdu. Yaprakların ucundan iri, dolgun yağmur damlaları yuvarlanıyordu. Kuyular doldu, ırmak kabardı. Doğudaki tepeler yeşerdi. Yaban çiçekleri açtı ve yıllardan sonra ilk kez çayırlarda çocuklar oynadı, inekler otladı. Herkes bayram ediyordu.

Yağmurlar kesilince köylüler kolları sıvadı. Yapılacak iş vardı. Toprak duvarların kimisi erimiş, birkaç çatı çökmüş, tarım arazileri sular altında kalmıştı. Ama son on yıllık sefaletin ardından, Meydan Sabz halkı yakınacak değildi elbette. Duvarlar dikildi, çatılar onarıldı, sulama kanalları boşaltıldı. O sonbahar Eyüp Baba ömründe görmediği bollukta bir şamfıstığı hasadı elde etti; ertesi yıl ve onu izleyen yıl ise daha da iri ve kaliteli ürün aldı. Ürününü sattığı büyük şehirlerde, önüne dizdiği şamfıstığı piramitlerinin arkasında gururla oturur, yüzü yeryüzünün gelmiş geçmiş en mutlu adamı gibi parlardı. Meydan Sabz bir daha kuraklık nedir görmedi.

Söylenecek fazla bir şey kalmadı, Abdullah. Ama büyük serüvenlere doğru yol alan genç, yakışıklı bir erkek, atıyla köyden hiç mi geçmemiş, diye sorabilirsin tabii. Köyün sahip olduğu çağıl çağıl sudan bir bardak içmek, bir somun ekmeği köylülerle, belki Eyüp Baba'yla paylaşmak için durmamış mı? Bunu bilemem, oğlum. Tek bildiğim, Eyüp Baba'nın çok uzun bir ömür sürdüğü. Hep arzuladığı gibi, çocuklarının evlendiğini gördü, onlardan bir sürü torun sahibi oldu, hepsi de Eyüp Baba'ya sonsuz bir mutluluk verdi.

Bir de sana bazı geceler, hiç nedensiz, Eyüp Baba'nın bir türlü uyuyamadığını söylemeliyim. Artık çok yaşlanmış olmasına rağmen bacakları tutuyor, bir bastonun yardımıyla rahatça yürüyordu. İşte bu uykusuz gecelerde karısını uyandırmadan yataktan süzülür, bastonunu kapar, evden çıkardı. Önü sıra tıklayan bastonla, yüzünü yalayan gece esintisiyle, karanlıkta yürürdü. Tarlasının kenarında, üstü düz bir kaya vardı, Eyüp Baba yavaşça ona otururdu. Orada genellikle bir saat kadar kalır, yıldızlara, ayın önünden süzülerek geçen bulutlara bakardı. Uzun ömrünü düşünür, ona bağışlanan ihsanlara, saadete şükrederdi. Bundan fazlasını istemek, daha da çoğunu dilemek açgözlülük olurdu, biliyordu. Hoşnutlukla iç geçirir, dağlardan kopup gelen rüzgârı, gece kuşlarının cıvıltılarını dinlerdi.

Ama arada bir, bunların dışında başka bir ses duyduğu duygusuna kapılıyordu. Hep aynı sesti; bir çıngırağın tiz çıngırtısı. Neden böyle bir ses duyduğunu anlayamıyordu, hele de gece vakti, bütün koyunlarla keçiler uykudayken? Bazen kendine kesinlikle böyle bir şey duymadığını söyler, bazen de çıngırtıdan öylesine emin olurdu ki karanlığa seslenirdi: "Biri mi var orda? Kim o? Çık ortaya." Ama bir kez olsun karşılık gelmedi. Eyüp Baba anlayamıyordu. Tıpkı bu çıngırtıyı her duyuşunda neden içini bir şeyin, üzücü bir rüyanın, geride bıraktığı hüznü andıran bir dalganın yaladığını ve onu her seferinde, aniden çıkan bir esinti misali şaşırttığını anlayamadığı gibi. Sonra her şey gibi bu da bitiyordu. Geçip gidiyordu.

İşte böyle, oğlum. Masalımızın sonu. Ekleyecek bir şey kalmadı. Ve gerçekten geç oldu, ben de yoruldum; kız kardeşinle benim şafakla yola çıkmamız gerek. Hadi, üfle mumunu. Başını yastığa koy, gözlerini kapa. İyi uykular, oğlum. Sabah vedalaşırız.

İki

SONBAHAR 1952

Babası, Abdullah'a daha önce hiç vurmamıştı. Bu yüzden, vurduğu zaman elinin ayasını onun kafasının yan tarafına, tam kulağının üstüne –sertçe, ansızın– indirince, Abdullah'ın gözlerinden hayret yaşları fışkırdı. Oğlan durumu çaktırmamak için hemen gözlerini kırpıştırdı.

"Eve dön," dedi Baba, sıkılı dişlerinin arasından.

Abdullah ön taraftaki Peri'nin hıçkırarak ağlamaya başladığını duydu.

Sonra Baba ona bir daha vurdu; bu kez daha da sert, sol yanağına. Abdullah'ın başı yana savruldu. Yüzü yanıyordu, gözünden yaş geldi. Sol kulağı çınlıyordu. Baba eğildi, ona iyice yaklaştı, esmer, kırışık yüzü çölü, dağları ve gökyüzünü tamamen kapadı.

"Sana eve gitmeni söyledim, evlat," dedi acılı bir ifadeyle.

Abdullah hiç sesini çıkarmadı. Hızla yutkundu, gözlerini kısıp babasına dikti; güneşe karşı yüzüne siper ettiği elinin arkasından gözlerini kırpıştırıp duruyordu.

Öndeki küçük, kırmızı el arabasına yarı uzanmış olan Peri, korkuyla titreyen, tiz sesiyle ona seslendi: "Abollah!"

Baba bıçak keskinliğindeki bir bakışla oğlanı yerine mıhladı, ayaklarını sürüyerek arabanın yanına döndü. Peri yattığı yerden kollarını Abdullah'a doğru uzatmıştı. Abdullah onların yola çıkmasını bekledi. Sonra ellerinin tersiyle gözlerini kuruladı, peşlerine düştü.

Biraz sonra Baba, ona bir taş attı, aynen Şadbağlı çocukların Peri'nin köpeği Şuja'ya yaptıkları gibi – tek fark, onların Şuja'ya isabet ettirmeye, canını yakmaya çalışmalarıydı. Babanın fırlattığı taş zararsızca yere, Abdullah'ın birkaç adım ötesine düştü. Oğlan bekledi, babasıyla Peri yeniden yola düşünce, bir kez daha arkalarına takıldı.

Sonunda, güneşin tam da zirveden inmeye koyulduğu sırada, Baba el arabasını durdurdu. Abdullah'a doğru döndü, bir süre düşündü, sonra eliyle yanına çağırdı.

"Anlaşıldı, pes etmeyeceksin," dedi.

Peri'nin eli at arabasındaki yatağından çabucak Abdullah'ın avucuna kayıverdi. Islak gözleriyle ona bakıyor, eksik dişlerini göstererek, ağabeyi yanında olduğu sürece başına hiçbir kötülük gelemezmiş gibi gülümsüyordu. Oğlan parmaklarını onun eline doladı; tıpkı her gece iki kardeş bez karyolalarında, kafa kafaya vermiş, bacakları birbirine dolanmış yatarlarken yaptığı gibi.

"Senin evde kalman gerekiyordu," dedi Baba. "Annenle İkbal'in yanında. Tembihlediğim gibi."

O senin karın, diye düşündü Abdullah. *Annemi gömdük.* Ama sözcükleri dudaklarından dökülmeden, tam zamanında durdurmayı öğrenmişti.

"Tamam, gel o zaman," dedi Baba. "Ama ağlamak yok. Anlaşıldı mı?"

"Evet."

"Bak uyarıyorum seni. Çekemem, tamam mı?"

Peri, Abdullah'a bakıp sırıttı, o da kardeşinin soluk gözlerine, pembe, tombul yanaklarına bakıp sırıttı.

Ve çölün çukurlu zemininde sarsılarak ilerleyen arabanın yanı sıra, Peri'nin elini tutarak yürümeye başladı. İki kardeş birbirlerine kaçamak, mutlu bakışlar atıyor ama Baba'nın canını sıkmaktan, talihlerini tersine çevirmekten korktukları için pek konuşmuyorlardı. Uzun düzlükler boyunca yalnızdılar, üçü baş başaydı; bakır rengi derin koyakların ve geniş, kumtaşı yarların dışında görünürde hiçbir şey, hiç kimse yoktu. Çöl önlerinde yuvarlanarak, olanca genişliğiyle açılıyordu, sanki onlar, sadece onlar için yaratılmışçasına, kızgın parıltılı hava durgun, gök yüksek, maviydi. Çatlamış zemindeki taşlar ışıldıyordu. Abdullah'ın duyduğu tek ses, kendi soluklarının hırıltısıyla babanın kuzeye doğru çektiği kırmızı arabanın tekerlerinden çıkan ritmik gıcırtıydı.

Bir süre sonra dinlenmek için iri bir kayanın gölgesinde durdular. Baba bir inilti salıp arabanın tutamağını yere bıraktı. Sırtını kabartırken güneşe çevirdiği yüzünü buruşturdu.

"Kâbil'e daha ne kadar var?" diye sordu Abdullah.

Baba başını eğip onlara baktı. Adı Sabır'dı. Esmer tenliydi, köşeli, kemikli yüzü sertti; çöl şahininin gagası kadar kıvrık bir burnu, kafatasına derinden gömülü gözleri vardı. Baba bir kamış kadar zayıftı, ama ömür boyu çalışmak kaslarını güçlendirmiş, bir hasır koltuğun kolçağındaki hintkamışı kayışları gibi gerginleştirmişti. "Yarın öğleden sonra," dedi inek derisinden yapılma kırbayı ağzına götürürken. "Tabii iyi yol alırsak." Suyu kana kana içti, âdemelması inip kalktı.

"Niye Nebi Dayı götürmedi ki bizi?" dedi Abdullah. "Arabası var."

Baba ona bakıp gözlerini belertti.

"Bunca yolu yürümek zorunda kalmazdık."

Baba bir şey demedi. İs lekeli takkesini çıkardı, gömleğinin yeniyle alnındaki teri sildi.

Peri'nin parmakları arabadan dışarıya uzandı. "Abdullah, bak!" diye bağırdı heyecanla. "Bir tane daha."

Abdullah gözleriyle onun parmağını izleyerek bir kayanın gölgesindeki noktayı buldu; orada yanmış kömürü andıran, gri, uzun bir tüy vardı. Yanına gitti, sapından tutup kaldırdı. Üzerindeki tozları üfledi. Şahin, diye düşündü evirip çevirirken. Belki de bir kumru ya da çöl toygarı. Bugün bunlardan epeyce görmüştü. Yo, bir şahin. Tüye bir kez daha üfledi, sonra Peri'ye uzattı, kız tüyü onun elinden sevinçle kaptı.

Köyde, Şadbağ'da Peri, Abdullah'ın verdiği, eski, teneke çay kutusunu yastığının altında saklıyordu. Paslı bir mandalı, kapağında da dumanı tüten bir çay fincanını iki eliyle kavramış, sakallı bir Hintlinin resmi vardı; yaşlı adamın başında türban, üzerinde uzun, kırmızı bir tunik. Peri biriktirdiği bütün kuş tüylerini bu kutuya koyardı. Bunlar onun sahip olduğu en değerli mallardı. Koyu yeşil ve dolgun bordo renginde horoz tüyleri; bir kumrunun beyaz kuyruk tüyü, üzeri kara benekli, tozlu kahverengi bir serçe tüyü ve Peri'nin en çok gururlandığı parça: Bir tavuskuşunun ucunda iri, nefis bir göz bulunan, yanardöner, yeşil tüyü.

Bu sonuncu Abdullah'tan bir armağandı, iki ay önce vermişti. Bir başka köyde, ailesi tavuskuşu besleyen bir oğlanın yaşadığını duymuştu. Bir gün, Baba'nın kanal kazmak için Şadbağ'ın güneyindeki bir kasabaya gitmesinden yararlanan Abdullah bu köye yollandı, oğlanı buldu, tavuskuşunun tüylerinden birini istedi. Bunun üzerine pazarlık başladı, sonunda Abdullah tüye karşılık ayakkabılarını vermeyi kabul etti. Tüyü pantolonunun beline, gömleğinin altına sokup Şadbağ'a döndüğünde tabanları yarılmıştı, yerde kanlı izler bırakıyordu. Dikenler, kıymıklar tabanının derisine yuva yapmıştı. Her adım ayaklarından yukarıya acı okları fırlatıyordu.

Eve varınca üvey annesi Pervane'yi kulübenin önünde, tandırın karşısında iki büklüm *nan* yaparken buldu. Hemen evin yakınındaki devasa meşe ağacının arkasına sinip kadının işini bitirmesini bekledi. Gövdenin kenarından gizlice bakıyor, kadının çalışmasını seyrediyordu; geniş omuzlu, uzun kollu bir kadındı, nasırlı elleri, kalın, küt parmakları, adını aldığı narin uçucunun zarafetinden eser taşımayan ablak, yuvarlak bir suratı vardı.

Abdullah onu öz annesini sevdiği gibi sevebilmeyi öyle çok isterdi ki. Üç buçuk yıl önce, Abdullah yedi yaşındayken, Peri'yi doğururken kan kaybından ölen annesi. Yüzü artık aklından tamamen çıkmış olan annesi. Oğlunun başını iki avucuyla tutup göğsüne bastıran, her gece uykudan önce onun yanaklarını okşarken bir yandan da ninni söyleyen annesi:

Kâğıttan bir ağacın altında
minik, hüzünlü bir peri buldum.
Bir gece rüzgârla savrulan,
minik, hüzünlü bir peri tanıdım.

Evet, keşke yeni annesini de aynı şekilde sevebilseydi. Belki Pervane de içten içe aynı şeyi, *onu* sevebilmeyi diliyordu. Tıpkı İkbal'i, yüzünü gözünü öpüp durduğu, her öksürüğüne, aksırığına telaşla koşturduğu, bir yaşındaki oğlunu sevdiği gibi. Ya da ilk bebeği Ömer'i sevdiği gibi. Tapardı o oğlana. Ama çocuk bir önceki kış soğuğunda ölmüştü. Henüz iki haftalıktı. Pervane'yle Baba adını bile daha yeni koymuşlardı. Amansız kışın Şadbağ'dan aldığı üç bebekten biriydi. Pervane'nin acıya kesmiş pençeleriyle Ömer'in küçük, kundaklı cesedine nasıl sımsıkı yapıştığı, Abdullah'ın dün gibi aklındaydı. Bebeği tepenin üst kısmına gömdükleri günü, donmuş topraktaki küçücük tümseği, kurşun göğün altında dua okuyan Molla Şekip'i, herkesin yüzüne gözüne kar ve buz taneleri üfüren rüzgârı çok iyi anımsıyordu.

Abdullah, tek bir tavustüyüne karşılık, sahip olduğu tek ayakkabı çiftini verdiğini öğrenince Pervane'nin öfkeden kuduracağını tahmin ediyordu. Baba onları alabilmek için kızgın güneşte, kan ter içinde çalışmıştı. Velhasıl kadın öğrenince canına okuyacaktı. Beni dövebilir bile, diye düşündü Abdullah. Daha önce de birkaç kez dövmüştü. Elleri –Abdullah'ın tahminine göre, felçli kız kardeşini onca yıl kaldırıp indirmekten– güçlü, ağırdı, ayrıca süpürge sopasını savurmayı ya da şamarı tam isabet indirmeyi iyi biliyordu.

Ancak hakkını yememeli, Pervane'nin onu dövmekten zevk alır gibi bir hali yoktu. Dahası, üvey çocuklarına sevgi göstermekten de âciz değildi. Bir keresinde, Baba'nın Kâbil'den getirdiği kumaştan Peri'ye gümüşlü yeşilli bir elbise dikmişti. Abdullah'a şaşırtıcı bir sabırla, iki yumurtayı birbirine çarpıp sarılarını bozmadan kırmayı öğretmişti. Bir kere de onlara mısır kabuklarını, kendi kardeşiyle küçükken yaptıkları gibi, kıvırıp katlayarak nasıl bebek yapılacağını göstermişti. Küçük bez parçalarından, paçavralardan bebeklere gayet şık elbiseler yapmayı öğretmişti.

Ancak Abdullah bunların yalnızca görev duygusuyla yapılan davranışlar olduğunun, kadının İkbal için uzandığı kuyudan katbekat sığ bir kaynaktan çekildiğinin farkındaydı. Bir gece evde yangın çıksa, Pervane'nin hangi çocuğu kapıp dışarıya fırlayacağından Abdullah adı gibi emindi. Kadın durup düşünmezdi bile. Sonuçta yanıt basitti: Onlar, Peri'yle ikisi, onun çocukları değildi. İnsanlar en çok kendi çocuklarını severdi. Kardeşiyle onun Pervane'ye ait olmadığı gerçeği değiştirilemezdi. Onlar bir başka kadının artıklarıydı.

Pervane'nin ekmeği içeriye götürmesini bekledi, sonra kadının bir kolunda İkbal, diğerinde çamaşır sepeti yeniden çıkışını gözledi. Onun ağır ağır dereye doğru gidişine baktı, tamamen gözden yitmesini bekledikten sonra eve süzülüverdi; tabanları yere değdikçe zonkluyordu. Yere oturup elinde kalan, ayağına geçirebileceği tek şeyi, eski, naylon terlikleri giydi. Abdullah akıllıca bir iş yapmadığının farkındaydı. Ama Peri'nin yanına diz çöküp onu tatlılıkla uyandırdıktan sonra, arkasına sakladığı tüyü bir sihirbaz misali ortaya çıkarıverince her şeye değdi – kızın önce şaşkınlıkla, ardından mutlulukla dolan yüzü, ağabeyinin yanaklarını öpücüklerle damgalayışı, ağabeyi onun çenesini tüyün yumuşacık ucuyla gıdıkladığında kıkır kıkır gülüşü dünyalara bedeldi; ansızın ayaklarının acısını geçiverdi.

Baba gömleğinin yeniyle yüzünü bir daha kuruladı. Kırbadan sırayla su içtiler. Bu da bitince, "Yoruldun, evlat," dedi Baba.

"Yo," dedi Abdullah, yorgun olmasına rağmen. Bitkindi. Ayakları sızlıyordu. Çölü terlikle geçmek hiç de kolay değildi.

"Bin hadi," dedi Baba.

Abdullah el arabasında Peri'nin arkasına oturdu, sırtını yandaki tahta latalara dayadı; kız kardeşinin belkemiğindeki küçük omurlar karnına, göğüs kafesine bastırıyordu. Baba onları çekerken Abdullah göğe, dağlara, sırt sırta vermiş, sıra sıra yuvarlanan, toparlak tepelere baktı. Onları çeken babasının sırtına baktı; başı öndeydi, ayakları kızıl-kahve kumdan küçük kümecikler havalandırıyordu. Yanlarından Kuçi göçerlerine ait bir kervan geçti; çıngırak şıngırtılı, deve homurtulu, tozlu bir konvoy; gözleri sürmeli, saçları buğday rengi bir kadın Abdullah'a gülümsedi.

Kadının saçları Abdulah'a annesini hatırlatmıştı, içi ona, sevecenliğine, her daim mutlu kişiliğine, insanların zalimliği karşısındaki hayretine duyduğu özlemle bir kez daha sızladı. Onun hıçkırıklı kahkahasını, bazen başını ürkekçe yana yatırışını unutmamıştı. Annesi hem endam hem de kişilik olarak narindi, ince yapılı, ince belli bir kadındı, eşarbından kurtulan bir tutam saçı illa dışarı taşardı. Abdullah böylesine kırılgan, ufak tefek bir bedenin bu kadar bol mutluluğu, bu kadar çok iyiliği nasıl barındırabildiğine hayret ederdi. Barındıramıyordu zaten. Dışarıya taşıyor, gözlerinden oluk oluk akıyordu. Baba farklıydı. Baba'nın doğasında sertlik vardı. Gözleri Anne'ninkiyle aynı dünyaya bakıyor, yalnızca kayıtsızlık görüyordu. Bitmez tükenmez bir meşakkat. Baba'nın dünyası amansızdı. İyi şeylerin hiçbiri bedava değildi. Sevgi bile. Her şeyin bedelini ödüyordun. Ve eğer yoksulsan, elindeki tek nakit, kahır çekmekti. Abdullah küçük kardeşinin saçındaki kabuklu ayrıma, arabanın yanlarından sarkan zayıf bileklerine baktı ve ölürken annesinden bir şeylerin, kendini canı gönülden, şen şakrak adayışından, art niyetsizliğinden, sarsılmaz umudundan bir parçanın Peri'ye geçtiğini anladı. Peri bu dünyada onu asla üzmeyecek, üzemeyecek tek kişiydi. Bazı günler Abdullah onun yeryüzündeki tek gerçek akrabası olduğu duygusuna kapılıyordu.

Günün renkleri yavaşça çözülüp gride eridi, uzaklardaki dağ zirveleri çömelmiş devlerin donuk siluetlerine dönüştü. Günün başlarında, çoğu Şadbağ gibi gözden de gönülden de ırak, toz toprak içindeki bir sürü köyden geçmişlerdi. Pişmiş topraktan yapılma, bazen bir dağın yamacına yaslanmış, bazen de yaslanmamış, küçük, dört köşe evler; çatılarından tüten duman kurdeleleri. Çamaşır ipleri, ateşin başına çömelmiş kadınlar. Birkaç kavak ağacı, bir iki tavuk, bir avuç inekle keçi ve daima bir cami. Geçtikleri son köy bir afyon tarlasına bitişikti, tohum zarflarıyla uğraşan bir ihtiyar onlara el salladı. Abdullah'ın duyamadığı bir şeyler söyledi. Baba da ona el salladı.

"Abollah?" dedi Peri.

"Evet."

"Ne dersin, Şuja üzgün müdür?"

"Bence iyidir."

"Kimse canını yakmaz, değil mi?"

"O kocaman bir köpek, Peri. Kendini koruyabilir."

Şuja gerçekten de *iriydi*. Biri kulaklarının ucunu ve kuyruğunu kestiği için, Baba onun bir zamanlar dövüş köpeği olduğunu düşünüyordu. Ancak kendini savunup savunamayacağı ya da buna yeltenip yeltenmeyeceği ayrı konuydu. Bu başıboş köpek Şadbağ'da ilk boy gösterdiğinde, çocuklar ona taş atmış, onu ağaç dallarıyla ya da bisiklet tekerleğinin paslı parmaklarıyla dürtüklemişlerdi. Şuja onlara hiç karşılık vermemişti. Köyün çocukları ona eziyet etmekten zamanla bıkmış, onu rahat bırakmıştı, ama Şuja'nın onlara karşı tavrı, geçmişteki hoyratlıklarını unutmamışçasına, hâlâ dikkatli, kuşkuluydu.

Köpeğin Şadbağ'da uzak durmadığı tek kişi, Peri'ydi. Peri'yi gördü mü bütün ağırbaşlılığı uçup giderdi. Kıza duyduğu sevgi sınırsız, lekesizdi. Peri onun bütün evreniydi. Sabahları kızın evden çıktığını gördüğü an yerinden fırlar, tepeden tırnağa titremeye başlardı. Kesilmiş kuyruğunun kökünü deli gibi sallar, kızgın kömürlerin üzerinde yürüyormuşçasına patileriyle yeri döverdi. Kızın etrafında mutlulukla hoplayıp zıplardı. Bütün gün Peri'nin peşinden ayrılmaz, topuklarını koklardı, geceleri, ayrıldıkları zaman da kapının önünde gamlı gamlı yatıp sabahı beklerdi.

"Abollah?"

"Evet."

"Büyüyünce seninle mi yaşayacağım?"

Abdullah alçalan, ufku dürtükleyen turuncu portakalı seyrediyordu. "İstersen. Ama istemezsin."

"İsterim!"

"Kendi evinin olmasını isteyeceksin."

"Ama komşu olabiliriz."

"Belki."

"Uzakta oturmazsın."

"Peki, ya benden bıkarsan?"

Kız dirseğiyle onun böğrünü dürttü. "Bıkmam!"

Abdullah kendi kendine sırıttı. "Tamam, peki."

"Yakınımda olacaksın."

"Evet."

"Yaşlanana kadar."

"Hem de çok yaşlanana kadar."

"Daima."

"Evet, daima."

Kız arabanın önünden dönüp ona baktı. "Söz veriyor musun, Abollah?"

"Daima, sonsuza kadar."

Daha sonra Baba, Peri'yi sırtına aldı, Abdullah da arkadan, boş arabayı çekmeye başladı. Yürüdükçe, hiçbir şey düşünmediği bir vecit haline girdi. Yalnızca bir yükselip bir alçalan dizlerinin, bir de takkesinin kenarından usulca yuvarlanan ter damlalarının farkındaydı. Peri'nin küçük ayakları Baba'nın kalçalarına çarpıp duruyordu. Ayırdında olduğu tek şey, babasıyla kız kardeşinin, çölün gri zemininde uzanan, yavaşladığı zaman ondan uzaklaşan gölgesiydi.

Baba'ya bu son işi bulan, Nebi Dayı idi – Pervane'nin ağabeyi olduğu için, aslında Abdullah'ın üvey dayısıydı. Nebi Dayı, Kâbil'de aşçılık ve şoförlük yapıyordu. Ayda bir kez arabasıyla Şadbağ'a, onları görmeye gelirdi; geldiğini kesik kesik korna cayırtısından ve tavanı ten rengi, jantları parlak, büyük, mavi arabanın peşine takılan çocuk sürüsünün haykırışlarından anlardınız. Çocuklar çamurluğa, camlara vururlardı, ta ki adam motoru durdurup geniş bir gülümsemeyle arabadan ininceye kadar; yakışıklı Nebi Dayı'nın uzun favorileri, alnından geriye taradığı dalgalı, siyah saçları vardı; ona oldukça büyük gelen, zeytin rengi takım elbise, beyaz smokin gömleği, kahverengi mokasen giyerdi. Köylüler onu görmek için evden çıkarlardı, çünkü her ne kadar işverenine ait olsa da bir araba sürüyor, takım elbise giyiyor ve büyük şehirde, Kâbil'de çalışıyordu.

İşte Nebi Dayı son ziyaretinde Baba'ya bu işten söz etmişti. Yanında çalıştığı zengin insanlar, evlerine bir ilave yaptırmaktaydı – arka bahçeye küçük bir konuk evi; banyosu filan olan, ana binadan bağımsız bir müştemilat. Nebi Dayı, inşaat işlerinden anlayan Baba'yı işe alabileceklerini düşünüyordu. Parası iyi, ayrıca taş çatlasın bir ayda biter, dedi.

Baba inşaatlardan anlardı. Yeterince çalışmıştı onlarda. Abdullah kendini bildi bileli, Baba iş arar, günübirlik çalışabileceği bir yer bulmak için kapı kapı dolaşırdı. Bir keresinde Baba'nın köyün saygıdeğer yaşlılarından Molla Şekip'e şöyle dediğini duymuştu: *Eğer dünyaya bir hayvan olarak gelseydim, Molla Sahip*[*]*, inan olsun katır olarak gelirdim.* Baba bazen çalışmaya giderken Abdullah'ı da yanında götürürdü. Bir gün, Şadbağ'dan yürüyerek tam bir günlük mesafede bulunan bir kasabaya elma toplamaya gittiler. Abdullah babasının gün batana dek merdivenden inmediğini anımsıyordu; sırtı kamburlaşmış, kırışık ensesi güneşten yanıyor, kollarının derisi sıyrılmış, kalın parmaklarıyla elmaları tek tek çevirip koparıyor.

---

* Molla Efendi. (ç.n.)

Bir başka kasabadaki cami için de tuğla yapmışlardı. Baba ona iyi cins toprağı, daha derindeki, rengi daha açık malzemeyi nasıl toplayacağını göstermişti. Toprağı birlikte eleyip saman eklemişler, sonra Baba, karışım cıvıyıvermesin diye suyun nasıl azar azar, sabırla ekleneceğini öğretmişti. Geçtiğimiz yılsa Baba, taş taşımıştı. Kürekle toprak atmış, sabanla tarla sürmüştü. Asfalt döken bir ekiple yol inşaatında çalışmıştı.

Abdullah, babasının Ömer yüzünden kendini suçladığını biliyordu. Daha çok ya da daha iyi işler bulsaydı, bebeğe daha sıkı kışlık giysiler, daha kalın battaniyeler, hatta belki de evi ısıtacak daha düzgün bir soba alabilirdi. İşte Baba aynen böyle düşünüyordu. Cenazeden sonra Abdullah'a Ömer'le ilgili tek söz etmemiş olsa da Abdullah biliyordu.

Ömer'in ölümünden birkaç gün sonra, Baba'yı devasa meşe ağacının altında tek başına dikilirken görmüştü. Meşe Şadbağ'daki her şeyden yüksekti ve köydeki en yaşlı canlıydı. Baba, "Şehri almak üzere ordusuyla Kâbil'e ilerleyen İmparator Babür'ü gördüyse hiç şaşmam," derdi. Çocukluğunun yarısını ağacın o muazzam gölgesinde ya da yerleri süpüren dallarına tırmanarak geçirmişti. Onun babası, yani Abdullah'ın dedesi, kalın dallardan birine uzun ipler bağlayıp bir salıncak yapmış, salıncak sayısız çetin mevsimi atlattığı gibi, ömrü yaşlı adamdan da uzun olmuştu. Baba çocukken, Pervane'yle ve kardeşi Masume'yle bu salıncağa sırayla bindiklerini anlatırdı.

Ama bugünlerde, ne zaman Peri onu kolundan çekiştirip salıncakta sallamasını istese, Baba çalışmaktan bitap düştüğünü söylüyordu.

Belki yarın, Peri.

Azıcık, Baba. Hadi kalk, lütfen.

Şimdi olmaz. Başka bir gün.

Kız sonunda pes edip onun kolunu bırakır, küskün küskün uzaklaşırdı. Bazen onun arkasından bakarken Baba'nın zayıf yüzü iyice çökerdi. Yatağında döner, yorganı başına çeker, bitkin gözlerini yumardı.

Abdullah, Baba'yı bu salıncakta sallanırken bir türlü gözünün önüne getiremiyordu. Onun da bir zamanlar kendisi gibi bir oğlan çocuğu olduğunu tahayyül edemiyordu. Bir çocuk. Kaygısız, ayağına çabuk. Oyun arkadaşlarıyla birlikte açık tarlalarda paldır küldür koşan. Şimdiyse elleri yaralı, yüzü derin yorgunluk çizgileriyle bezeli Baba. Elinde kürekle, tırnaklarının altında çamurla doğmuş olması pekâlâ mümkün görünen Baba.

O gece çölde uyumak zorunda kaldılar. Pervane'nin yolluk olarak hazırladığı ekmekle haşlanmış patateslerin sonuncusunu yediler. Baba bir ateş yaktı, çaydanlığı üzerine koydu.

Abdullah ateşin yanına uzandı, yün battaniyenin altına, Peri'nin arkasına kıvrıldı; kızın soğuk tabanları onunkilere değiyordu.

Baba ateşe doğru eğilip bir sigara yaktı.

Abdullah sırt üstü dönünce Peri de konumunu değiştirdi, yanağını ağabeyinin köprücükkemiğinin altındaki tanıdık kuytuya dayadı. Çöl tozunun bakırsı kokusunu içine çeken Abdullah, gözlerini buz kristallerini andıran, yanıp sönen yıldızlarla dolu gökyüzüne dikti. Narin bir hilal, dolunay halinin karanlık, hayal meyal seçilen çerçevesinin içine oyulmuş gibiydi.

Abdullah'ın aklına geçen değil, evvelki kış geldi; her şey karanlığa gömülmüştü, rüzgâr kapının sağından solundan, ağır, uzun ve yüksek bir ıslıkla içeriye doluyor, tavandaki ufacık çatlaklarda vızıldıyordu. Dışarıda, kar köyde ne var ne yok örtmüştü. Geceler uzun ve yıldızsız, günler kısa, kasvetliydi, güneş kendini nadiren, o da kabartma bir akik misali gösteriyor, sonra hemen kayboluyordu. Ağlayan Ömer'in cılız feryatlarını, sonra sessizliğini, ardından Baba'nın kapkara bir suratla karton bir kutuya oyduğu, tıpkı şu an tepelerindeki hilale benzeyen, orak biçimindeki ayı, kutuyu küçük mezarlığın ön tarafına, donmuş toprağa açılan çukura koyuşunu anımsadı.

Şimdiyse sonbahar bir kez daha bitmek üzereydi. Kış hemen köşe başında, pusuda bekliyordu, ama sözcüğü ağızlarına almak kışın gelişini hızlandırabilirmiş gibi, Baba da Pervane de buna hiç değinmiyorlardı.

"Baba?" dedi.

Babası ateşin öteki tarafından alçak bir homurtu saldı.

"Sana yardım etmeme izin verecek misin? Konukevini yaparken yani?"

Baba'nın sigarasının dumanı kıvrılarak yükseldi. Gözlerini karşısındaki karanlığa dikmişti.

"Baba?"

Baba oturduğu kayanın üzerinde kıpırdandı. "Harcı karıştırmama yardım edebilirsin herhalde," dedi.

"Nasıl yapılacağını bilmiyorum ki."

"Ben gösteririm. Öğrenirsin."

"Peki ya ben?" dedi Peri.

"Sen mi?" dedi Baba yavaşça. Sigarasından bir nefes çekti, elindeki çubukla ateşi dürtükledi. Sıçrayan kıvılcımlar dans ederek karanlığa karıştılar. "Sen sudan sorumlu olacaksın. Hiç susuzluk çekmememizi sağlayacaksın. Çünkü susayan bir insan çalışamaz."

Peri sessizdi.

"Baba haklı," dedi Abdullah. Peri'nin ellerini bulaştırmak, çamura bulamak istediğini ve Baba'nın verdiği göreve canının sıkıldığını sezmişti. "Sen bize su getirmezsen inşaatı asla bitiremeyiz."

Baba çubuğu kulpuna geçirip çaydanlığı ateşten aldı, soğuması için kenara koydu.

"Bak ne diyeceğim," dedi. "Su işinin altından kalkabilirsen, ben de sana yapacak başka bir iş bulurum."

Peri çenesini kaldırıp Abdullah'a baktı; yüzü, arası açık dişlerini gösteren bir tebessümle aydınlanmıştı.

Abdullah onun bebekken nasıl göğsüne yatıp uyuduğunu hatırladı; bazen gecenin bir vakti gözlerini açar ve kardeşinin ona işte bu ifadeyle, sessizce gülümsediğini görürdü.

Onu büyüten kendisiydi. Doğruydu bu. Üstelik kendisi de daha çocuk olmasına karşın. Daha on yaşındaydı. Peri bebekken, onun ciyaklamalarına, mırıltılarına uyanan, karanlıkta yanına gidip onu pışpışlayan Abdullah'tı. Kirli bezlerini o değiştirmişti. Peri'yi yıkayan oydu. Baba'nın görevi değildi bu –o bir erkekti– dahası, çalışmaktan sürekli bitap haldeydi. O sırada Ömer'e hamile olan Pervane'ye gelince, Peri'nin ihtiyaçlarına karşı hep ağırkanlıydı. Ne sabrı vardı bunun için ne de enerjisi. Böylece kızın bakımı Abdullah'a kalmış, ama o bunu hiç dert etmemişti. Her şeyi seve seve yapmıştı. Onun ilk adımına yardım eden, söylediği ilk sözcüğü duyan kişi olmaya bayılmıştı. Yaşamdaki amacının bu olduğuna inanıyordu; Tanrı onu bu nedenle, annelerini onlardan aldığı zaman Peri'ye bakması için yaratmıştı.

"Baba," dedi Peri. "Bir masal anlatsana."

"Geç oldu," dedi Baba.

"Lütfen."

Baba doğası gereği içine kapalı bir adamdı. Bir defada peş peşe iki cümleyi çok ender olarak sarf ederdi. Ama bazen, Abdullah'ın aklının ermediği nedenlerle, Baba'nın içindeki bir kilit açılır, ansızın öyküler döküldükçe dökülürdü. Bazen, Pervane mutfakta tavaları, tencereleri tangırdatırken Abdullah'la Peri'yi karşısına oturtur, kendinden geçmiş çocuklara çocukken büyükannesinden dinlediği masalları anlatır, onları sultanların, cinlerin, hain devlerin ve bilge dervişlerin yaşadığı topraklara yollardı. Kimi zaman da öyküleri kendisi uydururdu. Ânında, hemen oracıkta uydurduğu öyküler Abdullah'ı her seferinde afallatan bir düş gücünü ve hayal âlemini dışavurmaktaydı. Abdullah için Baba hiçbir zaman masal anlatırkenki kadar kanlı canlı, hayat dolu, açık, samimi değildi; masallar onun donuk, anlaşılmaz dünyasında açılan iğne delikleriydi sanki.

Ama Abdullah babasının yüz ifadesinden bu akşam masal anlatılmayacağını anlamıştı.

"Geç oldu," diye yineledi Baba. Omzuna sardığı şalın ucuyla çaydanlığı tutup kendine bir bardak çay doldurdu. Dumanı üfledi, bir yudum aldı; yüzü alevlerde turuncu turuncu ışıldıyordu. "Uyuma vakti. Yarın yolumuz uzun."

Abdullah battaniyeyi başlarının üzerine çekti. Altında, Peri'nin ensesine ninni söylemeye başladı:

Kâğıt bir ağacın altında
minik, hüzünlü bir peri buldum.

Uyudu uyuyacak Peri, mahmur bir sesle kendi dizelerini söyledi:

Bir gece rüzgârla savrulan
minik, küçük bir peri tanıdım.

Neredeyse aynı anda da horlamaya başladı.

Abdullah daha sonra uyanınca Baba'nın gitmiş olduğunu gördü. Korkuyla doğrulup oturdu. Ateş sönmüş, geriye birkaç kızıl köz beneğinden başka bir şey kalmamıştı. Abdullah gözleriyle önce sağ, sonra sol tarafı taradı, ama gözleri bir anda uçsuz bucaksız ve boğucu bir hal alan karanlıkta hiçbir şey seçemiyordu. Yüzünün bembeyaz kesildiğini hissetti. Yüreği güm güm atarken kulağını dikti, nefesini tuttu.

"Baba?" diye fısıldadı.

Sessizlik.

Panik duygusu göğsünün derinliklerinde tomurcuklanmaya başlamıştı bile. Hiç kıpırdamadan durdu, dimdik ve gergin bedeniyle uzun bir süre etrafı dinledi. O ve Peri, onları kuşatan, üstlerine abanan karanlıkta yalnızdılar. Terk edilmişlerdi. Baba onları terk etmişti. Abdullah çölün ve dünyanın gerçek enginliğini ilk kez hissetti. İnsan onun içinde öyle kolay kaybolabilirdi ki! Yardıma koşacak, yolu gösterecek hiç kimse yok. Sonra daha da kötü bir düşünce kıvrılarak, solucan misali beynine süzüldü. Baba ölmüştü. Biri onun boğazını kesmişti. Haydutlar. Onu öldürmüşlerdi, şimdi de onunla Peri'yi kıskaca alıyorlardı, ama acele etmeden, tadını çıkararak, bunu bir oyuna dönüştürerek.

Tizleşen bir sesle, "Baba!" diye seslendi bir kez daha.

Karşılık gelmedi.

"Baba?"

Solukborusunu kavrayan pençe giderek sıkılaşırken, tekrar tekrar babasına seslendi. Babasına kaç kez ve ne zamandır seslendiğini unutmuştu, ancak karanlıktan bir kez olsun karşılık gelmedi. Gözünün önünde suratlar canlandı; dağlarda gizlenen, topraktan fışkırmış, gözleyen, aşağıya, ona ve Peri'ye bakıp pis pis sırıtan çehreler. Panik onu ele geçirmiş, iç organlarını buruyordu. Tir tir titremeye, soluğunun altından inlemeye başladı. Çığlık çığlığa haykırmanın eşiğindeydi, hissediyordu.

Sonra, ayak sesleri. Karanlıkta bir suret cisimleşti.

"Gittiğini sandım," dedi Abdullah titrek bir sesle.

Baba ateşten kalanın yanına çöktü.

"Neredeydin?"

"Hadi uyu, evlat."

"Bizi bırakmazsın, değil mi Baba? Bize bunu yapmazsın?"

Baba ona baktı, ama karanlıkta yüzü Abdullah'ın seçemediği bir anlamla dağılmıştı. "Kardeşini uyandıracaksın."

"Sakın bırakma bizi."

"Yeter ama artık."

Abdullah yeniden uzandı; kollarıyla sımsıkı sardığı kız kardeşi, boğazında deli gibi atan yüreğiyle öylece yattı.

Abdullah, Kâbil'e hiç gitmemişti. Kâbil hakkındaki bütün bilgisi, Nebi Dayı'nın anlattığı öykülere dayanmaktaydı. Baba'yla birlikte çalışmak için üç-beş kasabayla küçük şehir görmüş olsa da, gerçek bir kente ayak basmamıştı. Nebi Dayı'nın anlattıklarıysa onu ülkedeki en büyük ve en kalabalık kentin patırtısına, itiş kakışına kesinlikle hazırlamamıştı. Her taraf trafik lambaları, çayevleri, lokantalar, parlak, rengârenk tabelalı, cam vitrinli dükkânlarla doluydu. Arabalar kalabalık caddelerde gürültüyle akıyor, korna çalarak, âni hamlelerle otobüslerin, yayaların ve bisikletlerin arasından, dar boşluklardan geçmeye çalışıyordu. Atların çektiği *gari*'ler bulvarlarda sağlı sollu şıngırdıyor, demir jantlı tekerlekleri yolda zıplıyordu. Peri ve Baba'yla yürüdükleri kaldırımlar sigara ve sakız satıcılarıyla, gazete bayileriyle, nal döven nalbantlarla doluydu. Kavşaklarda biçimsiz üniformalarıyla polisler düdük çalıyor, kimsenin önemsemediği otoriter el-kol hareketleri yapıyordu.

Abdullah, Peri'yi kucağına aldı, kaldırımda, bir kasabın yakınında bulunan bir tahta sıraya oturdu; Baba'nın bir sokak satıcısından aldığı, incecik bir teneke tabaktaki kuru fasulyeyle *cilantro* turşusunu paylaştılar.

"Abollah, bak," dedi Peri, sokağın karşısındaki dükkânı göstererek. Vitrinde, üzeri minicik aynalarla ve boncuklarla nefis bir biçimde işlenmiş, yeşil elbiseli genç bir kadın duruyordu. Buna uygun uzun bir fularla gümüş takılar takmış, koyu kırmızı pantolon giymişti. Hiç kıpırdamadan duruyor, yoldan geçenlere kayıtsızca, gözünü bile kırpmadan bakıyordu. Abdullah'la Peri fasulyelerini yiyip bitirdi, kadın kılını bile kıpırdatmadı; hareketsizliği ondan sonra da sürdü. Sokağın ilerisinde, Abdullah yüksek bir binanın ön cephesinden dev boyutlu bir afişin sarktığını gördü. Bir lale tarlasında sağanağa yakalanmış genç, güzel bir Hintli kadının resmiydi, şakacı bir tavırla kulübeye benzeyen bir şeyin arkasına eğilmişti. Utangaçça gülümsüyordu, ıslanmış sarisi kıvrımlı hatlarına yapışmıştı. Nebi Dayı'nın sinema dediği, film oynatılan yer burası mıydı acaba? Belki gelecek ay Nebi Dayı, Peri'yle onu film izlemeye götürürdü? Bu düşünceye geniş geniş gülümsedi.

Caddenin yukarısındaki mavi çinili camiden yayılan ezan bitmişti ki, Nebi Dayı'nın arabasının kaldırımın kenarına yanaştığını gördü. Adam zeytin rengi takım elbisesiyle sürücü koltuğundan bir cakayla atladı; açtığı kapı az kaldı yanından geçen, *çapan*'lı*, genç bisikletçiye çarpıyordu, delikanlı gidonu tam vaktinde kırdı.

Nebi Dayı arabanın önünden aceleyle dolanıp Baba'yı kucakladı. Abdullah'la Peri'yi görünce yüzü kocaman bir tebessümle aydınlandı. Onlarla aynı hizaya gelmek için eğildi.

"Kâbil'i beğendiniz mi, çocuklar?"

Peri, "Çok gürültülü," deyince Nebi Dayı güldü.

"Aynen öyle. Hadi, binin. Arabadan çok daha fazla şey görürsünüz. Binmeden ayaklarınızı silin ama. Sabır, sen öne geç."

Arka koltuk serin, sertti; açık mavi rengi arabanın dışıyla uyumluydu. Abdullah sürücünün arkasına, cam kenarına kaydı, Peri'nin kucağına çıkmasına yardım etti. Kenarda duranların arabaya nasıl hasetle baktığı gözünden kaçmamıştı. Peri başını ona doğru çevirdi, bakışıp sırıttılar.

---

* Bir nevi kaftan (ç.n.)

Nebi Dayı arabayı sürerken, yanlarından akıp geçen kenti seyrettiler. Adam, Kâbil'i az da olsa görebilmeleri için daha uzun yoldan gideceğini söyledi. Parmağıyla *Tepe Maranjan* denen tepeyi, üzerinde bulunan, şehre yukarıdan bakan, kubbeli mozoleyi gösterdi. Kral Zafir Şah'ın babası Nadir Şah'ın burada yattığını söyledi. Koh-e-Şirdawaza Dağı'nın tepesindeki *Bala Hisar*'ı gösterip İngilizlerin Afganistan'a karşı ikinci savaşlarında burayı kullandığını anlattı.

"Şu ne, Nebi Dayı?" diye sordu Abdullah cama hafifçe vurarak; dikdörtgen biçiminde, büyük, sarı binayı kastediyordu.

"Silo. Yani ekmek fabrikası." Nebi arabayı tek elle kullanmaktaydı, başını arkaya çevirip ona göz kırptı. "Rus dostlarımızdan bir armağan."

Ekmek yapan bir fabrika ha, diye şaşıp kaldı Abdullah; gözünün önünde Şadbağ'da, kalın hamur dilimlerini toprak tandırın yan taraflarına yapıştıran Pervane belirdi.

Nebi Dayı sonunda temiz, geniş bir caddeye çıktı, iki yanında düzenli aralıklarla dikilmiş servi ağaçları uzanıyordu. Buradaki evler şık, bakımlıydı ve Abdullah'ın bugüne kadar gördüğü bütün evlerden büyüktü. Renkleri beyaz, sarı, uçuk maviydi. Çoğu birkaç katlıydı, yüksek duvarların içine, çift kanatlı madeni kapıların gerisine çekilmişlerdi. Abdullah yol kenarına Nebi Dayı'nınkine benzer arabaların bırakılmış olduğunu gördü.

Nebi Dayı düzgünce budanmış bir sıra çalının süslediği bir araba yolunu izledi. Araba yolunun gerisinde, inanılmayacak kadar büyük görünen, beyaz duvarlı, iki katlı bir ev yükseliyordu.

"Evin ne kadar büyük," diye soludu Peri; gözleri hayretle, hayranlıkla açılmıştı.

Nebi Dayı kahkahayla gülerken omzunun üstünden geriye baktı. "Bak işte bu harika olurdu. Ama burası patronumun evi. Onlarla az sonra tanışacaksınız. Çok terbiyeli davranın, oldu mu?"

Nebi Dayı onları içeriye sokunca evin daha da görkemli olduğu ortaya çıktı. Abdullah'ın tahminine göre, Şadbağ'daki evlerin en azından yarısını içine alabilecek büyüklükteydi. Kendini, devin sarayına girmiş gibi hissediyordu. Az ilerideki bahçenin düzenlemesi olağanüstüydü; her renkten dizi dizi çiçek tarhları, güzelce kırpılmış, diz boyu çalılıklar, araya serpiştirilmiş meyve ağaçları – Abdullah kiraz, elma, kayısı ve nar ağaçlarını tanıdı. Çatılı bir sundurma evden bahçeye doğru uzanıyordu (Nebi Dayı buna veranda dendiğini söyledi) ve yemyeşil sarmaşıkların, asmaların sardığı alçak bir parmaklıkla çevriliydi. Bay ve Bayan Wahdati'nin onları beklediği odaya doğru giderlerken Abdullah'ın gözüne Nebi Dayı'nın bahsettiği banyo çarptı; porselen bir klozeti, bronz rengi muslukları olan, ışıl ışıl bir küveti vardı. Şadbağ'ın ortak kuyusundan kovayla su çekmek için her hafta saatlerini harcayan Abdullah'ın, suya yalnızca bir bilek hareketiyle ulaşabildiğin bir yaşamı aklı almıyordu.

Sonunda üçü, Abdullah, Peri ve Baba yaldız püsküllü, kocaman bir kanepeye, yan yana oturdular. Sırtlarındaki yumuşak minderler sekiz köşeli, minicik aynalarla bezenmişti. Kanepenin karşısındaki duvarın çoğunu, tek bir tablo kaplamıştı. İş tezgâhına eğilmiş, elindeki çekiçle bir taş bloğunu döven, yaşlıca bir taş ustasının resmiydi. Bordo rengi, plili perdelerin süslediği geniş pencereler, bele kadar gelen demir bir parmaklığın çevirdiği bir balkona açılıyordu. Odadaki her şey gıcır gıcır cilalanmıştı, tozun zerresi yoktu.

Abdullah hayatında kendi kirliliğinden hiç bu kadar utanmamıştı.

Nebi Dayı'nın patronu, Bay Wahdati deri bir koltukta oturuyordu, kollarını göğsünde kavuşturmuştu. Yüzünde düşmanca denemeyecek ama mesafeli, nüfuz edilemez bir ifadeyle onlara bakmaktaydı. Boyu Baba'dan uzundu; Abdullah, adam onları selamlamak üzere ayağa kalktığı an fark etmişti bunu. Dar omuzları, ince dudakları, yüksek, parlak bir alnı vardı. Bele doğru daralan, beyaz bir takım elbise, yakası açık, yeşil bir gömlek giymişti, manşetlerini oval lapis taşlı kol düğmeleri birleştiriyordu. Bütün görüşme boyunca sarf ettiği sözcük sayısı bir düzineyi geçmedi.

Peri önlerindeki cam sehpada duran kurabiye tabağına bakıyordu. Kurabiyelerin bu kadar çok çeşidinin bulunabileceği, Abdullah'ın aklının ucundan geçmezdi. Üzeri krema lüleli, parmak biçimindeki çikolatalı kurabiyeler, içi portakal reçelli, küçük, yuvarlak olanlar, yaprak şekli verilmiş yeşil kurabiyeler, vesaire.

"Bir tane ister misin?" dedi Bayan Wahdati. Tek konuşan kişi oydu. "Hadi, alın. İkiniz de. Sizin için koydum oraya."

Abdullah izin almak için Baba'ya döndü, Peri de ona ayak uydurdu. Bu Bayan Wahdati'nin hoşuna gitmiş gibiydi, kaşlarını kaldırdı, başını yana eğip gülümsedi.

Baba başını olur anlamında hafifçe salladı. "Yalnızca birer tane," dedi alçak sesle.

"Aa, olmaz ama," dedi Bayan Wahdati. "Bunlar için Nebi'yi ta Kâbil'in bir ucundaki fırına yolladım."

Baba kızardı, gözlerini kaçırdı. Kanepenin ucuna ilişmişti, iki eliyle yıpranmış takkesini tutuyordu. Dizlerini yana, Bayan Wahdati'den uzağa çevirmiş, gözlerini kadının kocasına dikmişti.

Abdullah iki kurabiye aldı, birini Peri'ye verdi.

"Ah, birer tane daha alın. Nebi'nin zahmetleri boşa gitmesin bari," dedi Bayan Wahdati neşeli bir sitemle. Nebi Dayı'ya bakıp gülümsedi.

"Hiç de zahmet olmadı," dedi Nebi Dayı kızararak.

Kapının yakınında, kalın camlı kapakları olan, yüksek, ahşap bir vitrinin yanında duruyordu. Abdullah dolabın içindeki raflarda, Bay ve Bayan Wahdati'nin gümüş çerçeveli fotoğraflarını gördü. Birinde, bir başka çiftle birlikte, yün şallara, kalın paltolara sarınıp sarmalanmışlardı, arkalarında akan ırmağın köpüklü suları görünüyordu. Bir başkasında, Bayan Wahdati, elinde bir kadeh, gülüyordu, çıplak kolunu Abdullah'ın aklının alamadığı bir iş yapıp bir adamın, kocası olmayan bir erkeğin beline dolamıştı. Düğün resimleri de vardı; erkek siyah takım elbisesinin içinde uzun boylu ve yakışıklı, kadın uçuşan, beyaz gelinliğiyle; her ikisi de kapalı ağızlarıyla gülümsemekte.

Abdullah çaktırmadan kadına, ince beline, küçük, güzel ağzıyla kavisi kusursuz kaşlarına, pembe tırnaklarına ve aynı renkteki dudak boyasına baktı. Onu birkaç yıl önce gördüğünü şimdi anımsamıştı; Peri o sıralarda ikisine basmak üzereydi. Kadın ailesiyle tanışmak istediğini söylemiş, Nebi Dayı da onu Şadbağ'a getirmişti. Bayan Wahdati şeftali rengi, kolsuz bir elbise giymiş –babasının yüzündeki şaşkınlık ifadesi Abdullah'ın hâlâ hatırındaydı– kalın, beyaz çerçeveli bir güneş gözlüğü takmıştı. Sürekli gülümsüyor, köyle, yaşantılarıyla ilgili sorular –çocukların adlarını, yaşlarını– soruyordu. Oraya, o alçak damlı, toprak eve aitmiş gibi davranmış, sırtını isten kararmış bir duvara verip oturmuştu; sinek ölülerinin bezediği pencerenin ve ana odayı mutfaktan, aynı zamanda Abdullah'la Peri'nin uyuduğu yerden ayıran, bulanık, muşamba perdenin yanına. Ziyareti bir gösteriye dönüştürmüş, yüksek ökçeli ayakkabılarını kapıda çıkarmak için ısrar etmiş, Baba mantıklı olanı yapıp onu bir iskemleye buyur etse de, kadın yere oturmuştu. Onlardan biriymişçesine. Abdullah o sırada sekiz yaşında olmasına karşın, her şeyi görmüştü.

Bu ziyaretten Abdullah'ın aklında en çok kalan, o sırada İkbal'e gebe olan Pervane'nin tavrıydı; göze çarpmamak için kahkahasını kafasının içinde duydu. Çarşıdan döndükleri zaman kopan çıngarı hatırladı. Dehşete kapılan Peri. Çığlıklar atan. Onu kucakladığı gibi oradan uzaklaştıran Nebi Dayı. Abdullah parmakları metale değene dek kazdı. Sonra ellerini altına geçirip küçük, teneke çay kutusunu çukurdan çıkardı. Kapağındaki soğuk toprağı silkeledi.

Son günlerde aklına sık sık, Baba'nın onlara Kâbil yolculuğundan bir gece önce anlattığı masal geliyordu; yaşlı köylü Eyüp Baba ile devin hikâyesi. Kendini bir zamanlar Peri'nin durduğu bir noktada buluyor, kızın yokluğu ayaklarının altındaki topraktan bir koku misali fışkırırken bacakları bükülüyor, yüreği dağlanıyordu; devin Eyüp Baba'ya verdiği sihirli iksirden bir yudum alabilmeyi, böylece her şeyi unutabilmeyi öyle çok isterdi ki.

Ancak unutmak mümkün değildi. Abdullah nereye gitse, Peri davetsizce çıkıp geliyor, görüş alanının kenarında dolanıp duruyordu. Peri, gömleğine yapışan tozdu. Evde giderek sıklaşan suskunluklarda, ev halkının sözcüklerinin arasında biriken, bazen soğuk ve boş, bazen de bir türlü yağmayan yağmurla yüklü bulutlar misali, söylenmeden kalan şeylere gebe sessizliklerdeydi. Bazı geceler rüyasında kendini yine çölde görüyordu; dağların ortasında, tek başına, ta uzaklarda tek, minik, parlak bir ışık, bir tür mesaj gibi bir yanıp bir sönüyor.

Çay kutusunu açtı. Hepsi oradaydı, Peri'nin koleksiyonu; horozlardan, ördeklerden, güvercinlerden düşmüş tüyler; tavuskuşunun tüyü de öyle. Sarı tüyü kutuya attı. Bir gün, dedi içinden.

Ve umdu.

Şadbağ'daki günleri sayılıydı, tıpkı Şuja'nınkiler gibi. Bunu biliyordu artık. Burada ona göre hiçbir şey kalmamıştı. Yuvası burası değildi. Kışın geçmesini, baharın karları eritmesini bekleyecek, bir sabah gün doğmadan kalkacak, kapıyı açıp dışarı bir köşeye çekilen analığı, kaskatı bir suskunlukla büzüşüp kalmış bir karaltıydı. Duvara karışıp gözden yitmek istercesine omuzlarını kısmış, ayaklarını şiş karnının altına toplamış. Kirli bir tülbendi yüzüne siper etmiş. Eli çenesinin altında, tülbendin düğümündeydi. Abdullah ondan yayılan utancı, bir buhar gibi tüten mahcubiyeti adeta görebiliyor, kendini ne kadar küçük hissettiğini anlayabiliyordu; içine üvey annesine karşı âni, beklenmedik bir acıma duygusu doldu.

Bayan Wahdati kurabiye tabağının yanındaki pakete uzandı, kendine bir sigara yaktı.

"Gelirken yolu uzattık, biraz şehri gösterdim," dedi Nebi Dayı.

"Güzel! Güzel!" dedi Bayan Wahdati. "Kâbil'e daha önce gelmiş miydin, Sabır?"

"Bir iki kez, *Bibi Sahip*,"* dedi Baba.

"Peki, fikrini sorabilir miyim?"

Baba omuz silkti. "Çok kalabalık."

"Öyle."

Bay Wahdati ceketinin kolundaki bir tiftik parçasını aldı, gözlerini halıya dikti.

"Kalabalık, doğru, bazen de çok yorucu," dedi karısı.

Baba çok iyi anlıyormuşçasına başıyla doğruladı.

"Kâbil aslında bir ada. Kimileri çok geliştiğini söylüyor, haklı olabilirler. Sanırım doğru bu, gelişti, ama aynı zamanda da ülkenin geri kalanından koptu."

Baba elindeki takkeye baktı, gözlerini kırpıştırdı.

"Beni yanlış anlama," dedi kadın. "Ben bir şehrin sunduğu her türlü gelişmeyi canı gönülden desteklerim. Bu ülkenin buna ne kadar ihtiyacı olduğunu Tanrı biliyor. Öte yandan, bu kent bazen benim hiç hazzetmeyeceğim ölçüde kendin-

---

* Hanım, bayan, hanımefendi anlamında. (ç.n.)

den hoşnut görünüyor. Yemin ederim, bir çalım, bir fiyaka." İçini çekti. "Bu da bazen insanı yoruyor. Zaten oldum olası kırsal kesimin hayranıyımdır. Taşraya bayılıyorum. Uzak eyaletler, *karia*'lar, küçük köyler. Deyim yerindeyse, gerçek Afganistan."

Baba güvensizce başını salladı.

"Kabile geleneklerinin çoğunu, hatta tamamını onaylamayabilirim, ancak bana öyle geliyor ki, oralardaki insanlar çok daha özgün yaşamlar sürüyor. Onlarda bir sağlamlık var. Canlandırıcı, taptaze bir alçakgönüllülük. Konukseverlik. Ve direnç. Gurur. Doğru sözcük bu, değil mi, Süleyman? *Gurur?*"

"Kes şunu, Nila," dedi kocası sakin bir sesle.

Salona koyu bir sessizlik çöktü. Abdullah parmaklarıyla kolçakta tempo tutan Bay Wahdati'yi, gergince gülümseyen karısını seyretti; izmaritin dibindeki pembe ruj lekesini, çaprazladığı ayak bileklerini, koltuğun kenarına dayadığı dirseğini süzdü.

"Doğru sözcük bu değil galiba," dedi kadın sessizliği bozarak. "*Vakar* olabilir." Gülümsedi, düzgün ve beyaz dişleri göründü. Abdullah daha önce hiç böyle diş görmemişti. "Evet, budur. Daha doğru. Taşradaki insanlarda vakur bir hava var. Onu üstlerinde taşıyorlar, öyle değil mi? Bir rozet gibi? Bunu içtenlikle söylüyorum. İşte Sabır, sende de bunu görüyorum."

"Teşekkür ederim, *Bibi Sahip*," diye mırıldandı Baba, oturduğu yerde kıpırdanırken; gözleri hâlâ elindeki kasketteydi.

Bayan Wahdati başını salladı. Gözlerini Peri'ye çevirdi. "Ah, öyle güzelsin ki." Peri biraz daha Abdullah'a sokuldu.

Bayan Wahdati ağır ağır tekrarladı: "Bugün uzun zamandır aradığım cazibeyi, güzelliği, bir çehrenin o sırrına varılamaz zarafetini gördüm." Gülümsedi. "Rumi. Adını duymuş muydunuz? Sanki bu dizeyi sırf senin için yazmış Peri."

"Bayan Wahdati başarılı bir şairdir," dedi Nebi Dayı.

Bay Wahdati karşıdan uzanıp bir kurabiye aldı, ikiye böldü, küçük bir lokma aldı.

"Nebi iltifat ediyor," dedi Bayan Wahdati, ona sıcak bir bakış fırlatarak. Abdullah bir kez daha dayısının yanaklarının kızardığını gördü.

Bayan Wahdati izmariti kül tablasına sertçe, defalarca vurarak sigarasını söndürdü. "Çocukları biraz dışarıya çıkarsam mı?" dedi.

Bay Wahdati soluğunu hışımla bıraktı, iki avucunu koltuğun kolçaklarına vurarak kalkacakmış gibi yaptı, ama kalkmadı.

"Onları pazara götüreceğim," dedi kadın bu kez Baba'ya. "Tabii sence sakıncası yoksa, Sabır. Nebi arabayla götürebilir bizi. Süleyman da belki sana arkadaki inşaat alanını gösterir. Böylece bizzat görmüş olursun."

Baba başıyla tamam dedi.

Bay Wahdati'nin gözleri yavaşça kapandı.

Gitmek üzere ayaklandılar.

Abdullah birden babasının kurabiyeler ve çay için bu insanlara teşekkür etmesini, Peri'yle onu ellerinden tutup çıkmasını, bu evi, onun bütün tablolarını, perdelerini, tıklım tıkış lüksünü ve konforunu arkada bırakmasını diledi. Su kırbalarını doldurur, ekmekle birkaç haşlanmış yumurta alır ve geldikleri yoldan eve dönerlerdi. Çölü, kayaları, tepeleri gerisin geri aşarlarken, Baba onlara masal anlatırdı. Peri'nin oturduğu arabayı sırayla çekerlerdi. Ve iki, bilemedin üç gün sonra, ciğerlerine toz, eklemlerine bitkinlik çökmüş olsa da, kendilerini yeniden Şadbağ'da bulurlardı. Şuja onların geldiğini görür, yanlarına koşar, Peri'nin etrafında dört dönerdi. Yuvalarına kavuşmuş olurlardı.

"Hadi çocuklar, gidin," dedi Baba.

Abdullah bir şey söyleme niyetiyle bir adım attı, ama aynı anda Nebi Dayı'nın iri eli omzuna kondu; adam onu çevirdi, hole doğru yönlendirdi. "Çocuklar, hele bir buradaki çarşıları görün de. Eşine benzerine rastlamamışsınızdır."

Bayan Wahdati çocuklarla birlikte arka koltuğa oturdu; havayı parfümünün ağır rayihası, bir de Abdullah'ın çıkartamadığı, baygın, hafif keskin bir koku doldurdu. Nebi Dayı arabayı sürerken kadın da onları soru yağmuruna tuttu. Arkadaşları kimlerdi? Okula gidiyorlar mıydı? Yaptıkları işler, komşuları, oynadıkları oyunlar filan. Güneş yüzünün sağ yanına vuruyordu. Abdullah onun yanağındaki incecik ayva tüylerini, çenesinin altında, makyajın bittiği yerdeki belli belirsiz çizgiyi görebiliyordu.

"Benim köpeğim var," dedi Peri.

"Öyle mi?"

"Görmelere değer bir cins," dedi Nebi Dayı ön koltuktan.

"Adı Şuja. Üzgün olduğumda hissediyor."

"Köpekler öyledir," dedi Bayan Wahdati. "Bu konuda tanıdığım çoğu insandan iyidirler."

Kaldırımda seke seke yürüyen üç okullu kızın yanından geçtiler. Siyah forma giymiş, başlarına beyaz başörtüsü bağlamışlardı.

"Daha önce söylediklerimin farkındayım, ama Kâbil o kadar da kötü bir yer değil." Bayan Wahdati dalgın dalgın kolyesiyle oynadı. Camdan dışarıya bakıyordu, yüz hatlarına bir ağırlık çökmüştü. "Burayı en çok bahar sonunda, yağmurların ardından seviyorum. Hava öyle temizleniyor ki. Yazın o ilk patlayışı. Güneşin dağlara vuruşu." Solgunca gülümsedi. "Evde çocuk olması çok iyi olacak. Biraz gürültü bizim için değişiklik olur... Biraz hayat."

Abdullah ona baktı ve kadında, bütün o makyajın, parfümün, anlayış çağrılarının altında tehlike sinyali veren bir şey sezdi, çok derinden yırtılmış bir şey. Kendini Pervane'nin ocağındaki dumanı, kavanozlarla, uyumsuz tabaklarla, lekeli tencerelerle tıka basa dolu rafları düşünürken yakaladı. Peri'yle paylaştığı döşeği özlemişti; olanca kirine, her daim batma tehdidi taşıyan, karman çorman, fırlamış yaylarına rağmen. Evinin her şeyi burnunda tütüyordu. Daha önce oraya hiç böylesine şiddetli bir özlem hissetmemişti.

Bayan Wahdati koltuğunda iç geçirerek geriye yaslandı, gebe bir kadının şiş karnını tutuşunu andıran bir hareketle çantasını kucakladı.

Nebi Dayı arabayı kalabalık bir kaldırımın kenarına yanaştırdı. Yolun karşısında, minareleri göğe yükselen bir caminin yanında, hem tonozlu, kemerli hem de açık geçitlerin oluşturduğu, tıklım tıklım dolu labirentlerden oluşan bir kapalı çarşı vardı. Deri ceketlerin, renkli taşlarla, mücevherlerle bezeli yüzüklerin, bin türlü baharatın satıldığı tezgâhların dizildiği koridorlarda ilerlediler; Nebi Dayı geride, Bayan Wahdati ile iki çocuk önde. Artık dışarıda olduklarından, kadın yüzünü tuhaf bir biçimde kediye benzeten, koyu renk bir gözlük takmıştı.

Bağırış çağırış, pazarlıklar dört bir yanda yankılanıyor, neredeyse her tezgâhtan avaz avaz bir müzik yayılıyordu. Kitap, radyo, lamba, gümüş rengi mutfak malzemeleri satan önü açık dükkânların önünden geçtiler. Abdullah tozlu postallar, koyu kahverengi paltolar giymiş iki asker gördü, bir sigarayı paylaşıyor, sıkkın bir kayıtsızlıkla gelip geçeni süzüyorlardı.

Bir ayakkabı tezgâhının önünde durdular. Bayan Wahdati yan yana dizilmiş kutulardaki ayakkabıları karıştırdı. Nebi ellerini arkasında kavuşturup yandaki tezgâha ilerledi, eski sikkelere bakmaya koyuldu.

"Şuna ne dersin?" diye sordu Bayan Wahdati, Peri'ye. Elinde bir çift sarı, gıcır gıcır tenis ayakkabısı tutuyordu.

"Ne kadar güzel," dedi Peri, ayakkabılara inanmazlıkla bakarken.

"Hadi bir dene bakalım."

Peri'nin ayakkabıları giymesine yardım etti, kayışını, tokasını ayarladı. Gözlüğünün üstünden Abdullah'a baktı. "Sana da bir çift lazım. Köyden buraya o terliklerle geldiğine inanamıyorum."

Abdullah başını hayır anlamında sallayıp gözlerini kaçırdı. Geçidin aşağısında, tiftik sakallı, yumru ayaklı bir ihtiyar geçenlerden sadaka dileniyordu.

"Abollah, bak!" Peri önce bir, sonra diğer ayağını kaldırdı. Ayaklarını sertçe yere vurdu, zıpladı. Bayan Wahdati, Nebi Dayı'yı yanına çağırdı, ayakkabıların iyi uyup uymadığını anlamak için Peri'yi geçitte bir aşağı bir yukarı yürütmesini söyledi. Nebi Dayı elinden tuttuğu kızla birlikte ilerledi.

Bayan Wahdati başını eğip Abdullah'a baktı.

"Kötü biri olduğumu düşünüyorsun," dedi. "Daha önce söylediklerim yüzünden."

Abdullah, Nebi'yle Peri'nin yaşlı, sakat dilencinin önünden geçişlerini seyretmekteydi. Adam Peri'ye bir şey söyledi, kız yüzünü Nebi Dayı'ya kaldırıp bir şey dedi, o da ihtiyara bir bozukluk fırlattı.

Abdullah sessizce ağlamaya başladı.

Bayan Wahdati afallamıştı. "Ah, tatlı çocuk," dedi. "Ah, canım benim." Çantasından bir mendil çıkarıp oğlana uzattı.

Abdullah mendili elinin tersiyle itti. "Lütfen yapmayın bunu," dedi çatallaşan sesiyle.

Kadın bunun üzerine onun yanına diz çöktü, gözlüğünü yukarıya, saçının üzerine itti. Onun gözleri de yaşlıydı, mendilini gözlerine bastırınca mendile siyah lekeler bulaştı. "Benden nefret ediyorsan seni suçlamam. Buna hakkın var. Ama... bunu şu an anlamanı beklemiyorum, fakat böylesi daha iyi. Gerçekten öyle, Abdullah. En iyisi bu. Bir gün anlayacaksın."

Abdullah yüzünü gökyüzüne çevirdi, höykürmeye başladı, tam o sırada Peri sekerek, gözlerinden minnet akarak, yüzü mutluluktan ışıl ışıl onun yanına döndü.

O kış bir sabah Baba baltasını kaptı, dev boyutlu meşe ağacını kesti. Molla Şekip'in oğlu Beytullah'la birkaç kişi daha ona yardım etti. Onu engellemeye kalkışan olmadı. Abdullah diğer oğlan çocuklarıyla birlikte kenarda durup adamları seyretti. Baba'nın yaptığı ilk iş, salıncağı sökmek oldu. Ağaca tırmandı, bıçakla ipleri kesti. Sonra hep birlikte kalın gövdeyi çentmeye koyuldular, bunu ta akşamüstüne, yaşlı ağaç muazzam bir iniltiyle yere devrilene kadar sürdürdüler. Baba Abdullah'a kışlık oduna ihtiyaçları olduğunu söyledi. Ama baltasını yaşlı ağaca öfkeyle sallamıştı; çenesi kasılıp kalmış, bakmaya daha fazla dayanamıyormuş gibi yüzü bulutlanmıştı.

Şimdi, taş rengi bir göğün altında, adamlar devrilmiş gövdeye girişmişti; burunları, yanakları soğuktan kızarmıştı, palaları tahtaya çarptıkça kof kof yankılanıyordu. Abdullah ağacın üst kısımlarındaki küçük dalları büyüklerinden ayırdı. Kışın ilk karı iki gün önce yağmıştı. Yoğun bir kar değil, henüz değil, yalnızca yaşanacakların bir habercisi. Yakında kış Şadbağ'ın tepesine çökecekti; kış ve onun buz saçakları, bir hafta süren tipiler, elin derisini bir dakikada çatlatıveren ayazlar. Şimdilik yerdeki beyazlık seyrekti, buradan dik yamaçlara kadar yer yer, soluk kahverengi toprak lekeleriyle delinmişti.

Abdullah bir deste ince dalı kucakladı, yakındaki, el birliğiyle giderek büyüyen yığına taşıdı. Üzerinde yeni kar botları, eldivenleri ve kışlık montu vardı. İkinci eldi, ama Baba'nın tamir ettiği bozuk fermuarın dışında, yenisinden farkı yoktu – kalın, lacivert, içi turuncu, kürk astarlı. Çıtçıtla açılıp kapanan dört derin cebi, iplerini çektiğinde Abdullah'ın yüzünü sımsıkı kavrayan, kapitone bir kapüşonu vardı. Kapüşonu başından geriye itti, uzun, buğulu bir soluk saldı.

Güneş alçalmaya başlamıştı. Abdullah yine de, köyün toprak duvarlarının üstünde çıplak ve kül rengi bir hayal gibi görünen, eski yeldeğirmenini hâlâ seçebiliyordu. Ne zaman tepelerden ısıran, sert bir esinti inse, değirmenin kanatları gıcırtılı bir inilti salmaktaydı. Değirmen yazları mavi balıkçılların yuvasıydı, ama artık kış geldiğinden balıkçıllar gitmiş, burası da kargalara kalmıştı. Abdullah her sabah onların cıyaklamalarına, hırçın gaklamalarına uyanıyordu.

Gözüne bir şey çarptı; sağ tarafta, yerde. Yaklaştı, yanına çömeldi.

Bir tüy. Küçük. Sarı.

Eldivenlerinden birini çıkarıp tüyü eline aldı.

Bu akşam babası ve küçük üvey kardeşi İkbal'le bir davete gideceklerdi. Beytullah'ın yeni bir oğlu olmuştu. Bir *motreb* erkeklere şarkı söyleyecek, biri de tef çalacaktı. Çayla taze, yeni yapılmış ekmek ve patatesli *çorba* ikram edilecekti. Daha sonra Molla Şekip parmağını şekerli suyla dolu bir tasa batıracak, bebeğe emdirecekti. Parlak, siyah taşını ve çift taraflı usturasını çıkaracak, bebeğin göbeğindeki bezi onunla tutup kaldıracaktı. Malum ritüel.

Yaşam Şadbağ'da sürüp gidiyordu.

Abdullah elindeki tüyü çevirdi.

Ağlamak yok, demişti Baba. *Gözyaşı istemiyorum. O kadar.*

Ağlayan da olmadı zaten. Köyde hiç kimse Peri'yi sormadı. Hatta adını bile anmadılar. Kızın yaşamlarından böyle silinip gitmesi Abdullah'ı şaşkına çevirdi.

Üzüntüsünün yansısını bir tek Şuja'da görüyordu. Köpek her gün kapılarına geliyordu. Pervane ona taş attı. Baba onu sopayla kovaladı. Ama hayvan vazgeçmedi. Her akşam acı acı inlediğini duyuyor, her sabah onu eşikte yatarken buluyorlardı; çenesini ön patilerine dayamış, o melankolik, suçlamayan gözlerini onu kovalamaya çalışanlara dikmiş. Bu böyle haftalarca sürdü, ta ki Abdullah'ın onu başı önde, topallayarak dağlara doğru giderken gördüğü sabaha kadar. O günden sonra Şadbağ'da köpeği gören olmadı.

Abdullah sarı kuş tüyünü cebine soktu, yeldeğirmenine doğru yürümeye başladı.

Bazen, Baba boş bulunduğunda, Abdullah onun yüzünü bulutlanmış, çelişkili duygu gölgelerine çekilmiş bir halde yakalıyordu. Artık Baba ona eksilmiş, can alıcı bir şeyden yoksun kalmış gibi görünüyordu. Evde ya ayaklarını sürüyerek dolanıyor ya da küçük İkbal'i kucağına alıp yeni, kocaman demirdöküm sobanın karşısına oturuyor, görmeyen gözlerini alevlere dikiyordu. Sesine Abdullah'ın onda hiç görmediği bir tutukluk gelmişti; ağzından çıkan her sözcük bir ağırlığın altında eziliyordu sanki. Uzun sessizliklere gömülüyor, yüzü kepenkleri indiriyordu. Artık masal anlatmaz olmuştu; Abdullah'la ikisi Kâbil'den döndüğünden beri, tek bir masal anlatmamıştı. Belki de babam, diye düşündü Abdullah, Wahdatilere ilham perisini de sattı.

Gitti.

Yok oldu.

Geriye hiçbir şey kalmadı.

Hiçbir şey söylenmedi.

Pervane'nin şu sözleri hariç: *Doğrusu buydu. Kusura bakma, Abdullah. Onun gitmesi gerekiyordu.*

Eli kurtarmak için parmak kesilmişti.

Değirmenin arkasına, harap vaziyetteki taş kulenin dibindeki toprağa diz çöktü. Eldivenlerini çıkarıp toprağı kazdı. Kardeşinin kalın kaşlarını, geniş, yuvarlak alnını, aralık dişli gülümsemesini düşündü. Evin dört bir yanında çın çın öten

çıkacaktı. Kendine bir yön seçecek ve yürümeye başlayacaktı. Şadbağ'dan ayaklarının götürebildiği kadar uzaklaşacaktı. Ve eğer bir gün, göz alabildiğine uzanan, düz bir tarladan geçerken umutsuzluğun pençesine düşerse, açtığı izlerin ortasında durup gözlerini yumacak ve Peri'nin çölde bulduğu şahin tüyünü düşünecekti. Tüyün kuştan kopuşunu, bulutların arasında, yerden neredeyse bir kilometre yukarıda, şiddetli esintilerle dönüp duruşunu gözünde canlandıracaktı; delice esen rüzgârların, boraların önü sıra çöllerde, dağlarda kilometrelerce, kilometrelerce sürüklenişini ve sonunda, onca yer varken, ihtimaller o kadar düşükken, gelip o kayanın dibine, tam da kız kardeşinin bulabileceği o noktaya konuşunu. İşte bu, Abdullah'ın içini hem bir mucizenin şaşkınlığıyla, hem de bu tür şeylerin olabileceği umuduyla dolduracaktı. Bunun üzerine, her ne kadar aklı yatmasa da, yüreğine cesaret dolacak, gözlerini açıp yeniden yürümeye koyulacaktı.

Üç

BAHAR 1949

Pervane daha yorganı açıp gözüyle görmeden, kokusunu alıyor. Masume'nin kalçalarına, baldırlarına, çarşafa, döşeğe, hatta yorgana bile bulaşmış. Masume af dileyen, mahcup bir yakarıyla ve utanç dolu gözlerle omzunun üstünden ona bakıyor – bunca zamandan, bunca yıldan sonra hâlâ utanıyor.

"Özür dilerim," diye fısıldıyor.

Pervane'nin içinden avaz avaz haykırmak geliyor, ama kendini tutuyor, zorla, cılızca gülümsüyor. Böyle anlarda o sarsılmaz gerçeği anımsamak, gözden kaçırmamak insanüstü bir çaba gerektirmekte: Bununla, bu müşkül durumla baş etmek onun işi. Başına gelen şey ne haksız ne de yersiz. Bunu hak ediyor o. Batmış çarşafları inceler, onu bekleyen işi nefretle düşünürken içini çekiyor. "Şimdi temizlerim seni," diyor.

Masume hiç ses çıkarmadan, yüzünde en küçük bir ifade değişikliği olmadan ağlamaya başlıyor. Yaşlar gözlerinde birikiyor, sessizce yuvarlanıyor.

Pervane dışarıya, erken sabah serinliğine çıkıp ocak çukurunda ateş yakıyor. Alevler yükselince, Şadbağ'ın ortak kuyusundan doldurduğu su kovasını ateşe koyuyor. Avuçlarını ateşe uzatıyor. Buradan yeldeğirmenini ve Masume'yle ikisi küçükken Molla Şekip'in onlara okuma yazma öğrettiği köy camisini görebiliyor; Molla Şekip'in yumuşak bir bayırın eteğine kurulmuş olan evini de. Daha sonra, güneş yükselince, mollanın karısının kuruması için güneşe serdiği domatesler nedeniyle, evin çatısı toza karşı ta uzaktan göze çarpan, kusursuz, kıpkırmızı bir dörtgen oluşturacak. Pervane başını kaldırıp ona kayıtsızca göz kırpan, solmaya yüz tutmuş, donuk sabah yıldızlarına bakıyor. Kendini topluyor.

İçeride, Masume'yi karınüstü döndürüyor. Bir sabun bezini suya batırıp Masume'nin kalçalarını ovalamaya, sırtına ve bacaklarının gevşemiş derisine bulaşmış pisliği temizlemeye koyuluyor.

"Neden suyu ılıtıyorsun?" diyor Masume yastığın içine. "Ne diye uğraşıyorsun? Hiç gerek yok. Aradaki farkı anlamam ki."

Pervane, "Olabilir. Ama ben anlarım," diyor, kötü kokuya karşı yüzünü buruşturarak. "Hadi, konuşup durmayı kes de işimi bitireyim."

Bundan sonra Pervane'nin günü son dört yıldır, yani ana babaları öldüğünden beri her günü nasıl geçiyorsa, yine öyle geçecek. Tavukları besliyor. Odun kesiyor, defalarca kuyuya gidip kova kova su dolduruyor. Hamur yapıyor, toprak evlerinin önündeki tandırda ekmek pişiriyor. Yerleri süpürüyor. Öğleden sonra, köyün diğer kadınlarıyla birlikte derenin kıyısına çömelip taşlara vura vura çamaşır yıkıyor. Daha sonra, günlerden cuma olduğu için, mezarlığa gidip ana babasının mezarını ziyaret ediyor, her ikisine de kısa birer dua okuyor. Ve bütün gün, onca işin arasında, Masume'yi bir taraftan ötekine çevirecek, önce bir sonra diğer baldırının altına yastık sıkıştıracak vakti mutlaka yaratıyor.

O gün iki kez, gözüne Sabır ilişiyor.

Onu küçük toprak evinin önüne çömelmiş, duman yüzünden gözlerini kısmış, ocak çukurundaki ateşi yellerken görüyor; oğlu Abdullah yanında. Onu daha sonra, başka erkeklerle sohbet ederken görüyor; bunlar tıpkı Sabır gibi, artık birer aile babası olan, ama bir zamanlar Sabır'la kavga etmiş, uçurtma uçurmuş, köpek kovalamış, saklambaç oynamış köy çocukları. Bugünlerde Sabır'da bir ağırlık, kasvetli, trajik bir hava var; ölmüş bir eş ve anasız kalan iki çocuk söz konusu, üstelik biri daha bebek. Sabır yorgun, güç duyulan bir sesle konuşur oldu. Köyde eski Sabır'ın bitkin, küçülmüş bir sureti halinde, hantal hantal dolanıyor.

Pervane onu uzaktan, neredeyse sakatlayan, kolunu kanadını kıran bir özlemle gözlüyor. Yanından geçerken gözlerini kaçırmaya çalışıyor. Kazara göz göze geldiklerinde, erkek onu başıyla selamlıyor, Pervane'nin yüzüne kan hücum ediyor.

O gece, Pervane nihayet yatabildiğinde, kolunu kaldıracak gücü yok. Yorgunluktan başı dönüyor. Küçük karyolasında yatıyor, uykuyu bekliyor.

Sonra, karanlıkta:

"Pervane?"

"Evet."

"Hani beraber bisiklete bindiğimiz günü hatırlıyor musun?"

"Hımm."

"Nasıl da hızlı gidiyorduk! Doğruca tepeden aşağı... Peşimizde köpekler."

"Hatırlıyorum."

"İkimiz de çığlık çığlığa. Sonra o kayaya çarpınca..." Pervane kız kardeşinin karanlıkta gülümsediğini görür gibi. "Annem ne kadar kızmıştı bize. Nebi de öyle. Bisikletini mahvetmiştik."

Pervane gözlerini kapıyor.

"Pervane?"

"Evet."

"Bu gece yanımda yatar mısın?"

Pervane ayağıyla yorganı itiyor, kulübenin öteki tarafına, Masume'nin yanına gidip battaniyenin altına giriyor. Masume yanağını onun omzuna dayıyor, bir kolunu ablasının göğsüne atıyor.

Masume, "Benden daha iyilerini hak ediyorsun," diye fısıldıyor.

"Yine başlama," diye fısıldıyor Pervane de. Masume'nin hoşlandığı şekilde, uzun, sabırlı okşayışlarla Masume'nin saçıyla oynuyor.

Alçak sesle bir süre şundan bundan, alakasız şeylerden söz ediyor, soluklarıyla birbirlerinin suratını ısıtıyorlar. Bunlar Pervane için görece mutlu anlar. Ona küçüklüklerini, battaniyenin altına burun buruna kıvrılıp sırlar, dedikodular fısıldaştıkları, ses çıkartmadan kıkırdadıkları günleri anımsatıyor. Az sonra Masume uykuya dalıyor, dili bir rüyanın etrafında sesli sesli dönüyor, Pervane ise camdan dışarıya, yanmış, kapkara bir gökyüzüne bakıyor. Zihni bölük pörçük düşünceler arasında zıplıyor, sonunda eski bir dergide gördüğü fotoğrafa doğru yüzüyor; bedenlerinin yan tarafından, kalın bir et parçasıyla birbirlerine yapışık, asık yüzlü Siyamlı ikizler bunlar. Ayrılmazcasına bağlanmış, birinin iliğinde oluşan kanın diğerinin damarında aktığı, ömür boyu birlikte olmaya mahkûm iki canlı. Pervane bir daralma, bir umutsuzluk hissediyor, bir el göğsünün içini sıktıkça sıkıyor sanki. Derin bir soluk alıyor. Düşüncelerini bir kez daha Sabır'a yöneltmeyi denese de, zihni köyde kulağına çalınan bir dedikoduya kayıyor: Sabır'ın kendine bir eş aradığı söylentisine. Erkeğin yüzünü zihninden zorla uzaklaştırıyor. Bu aptalca fikri koparıp atıyor.

Pervane tam bir sürpriz olmuştu.

Masume çoktan çıkmış, ebenin kollarında sessizce kıvranmaktaydı ki, anneleri bir çığlık attı ve bacaklarının arasında bir kafa daha belirdi. Masume'nin gelişi olaysız olmuştu. *Kendi kendini doğurdu, tam bir melek*, diyecekti ebe daha sonra. Pervane'nin doğumuysa uzun sürdü; anne için eziyet, bebek için tehlikeliydi. Ebenin bebeği, kopma korkusundan gözü dönmüşçesine Pervane'nin boynuna dolanmış olan göbek bağından zorla kurtarması gerekti. Pervane en kötü anlarında, bir "kendinden nefret" seline kapılıp gittiğinde, göbek bağının bir bildiği varmış, diye düşünüyor. Hangisinin doğması gerektiğini biliyordu belki de.

Masume vaktinde yedi, vaktinde uyudu. Sadece beslenmeye ve temizlenmeye gereksindiğinde ağladı. Uyanıkken oyuncu, iyi huylu, çabucak sevinen bir bebekti; kundağından kıkırtılar, mutlu cıvıltılar saçılırdı. Çıngırağını emer dururdu.

Ne kadar akıllı bir bebek, derdi herkes.

Pervane ise tam bir zorbaydı. Annelerine karşı gücünü, yetkesini son damlasına kadar kullanıyordu. Bebeğin taşkınlığından, hırsından serseme dönen babaları, büyük oğlu Nebi'yi alıp erkek kardeşinin evine kaçardı. Birkaç dakikalık, bölük pörçük uykularla geçen geceler, kızların annesi için dillere destan bir sefaletti. Bütün gece, her gece Pervane'yi kucağına alıyor, pışpışlayarak dolaştırıyordu. Onu sallıyor, ninniler söylüyordu. Pervane onun alev alev yanan, şişmiş memesine yapışır, kemiklerindeki olanca sütü çekip almak istercesine memebaşını somururdu. Ama emzirmek bile çare değildi:

Karnı doysa dahi Pervane feryat figan haykırıyor, annesinin yalvarışlarına aldırışsız, çığlıklar atıyordu.

Masume odanın bir köşesinden düşünceli, çaresiz bir ifadeyle onları seyrederdi, annesinin çektiği çileye acır gibi.

Nebi hiç böyle değildi, dedi anneleri bir gün babalarına.

Her bebek farklıdır.

Bu beni öldürüyor.

Düzelir, dedi erkek. *Bu da geçer, kötü hava misali.*

Geçti de. Nedeni belki bağırsak iltihabıydı, belki de başka, zararsız bir hastalık. Ama artık çok geçti. Pervane damgasını çoktan vurmuştu.

Yaz sonuna doğru bir akşamüstü, ikizler on aylıkken, köylüler Şadbağ'daki bir düğünün ardından toplanmışlardı. Kadınlar harıl harıl çalışıyor, azıcık safran eklenmiş sıcacık pirinç pilavını tabaklara büyük bir dikkatle, tepeleme yığıyorlardı. Ekmek kestiler, tencerelerin dibine tutmuş pirinci kazıdılar, üzerine yoğurtla kuru nane serpilmiş patlıcan kızartmasıyla dolu tabakları elden ele geçirdiler. Nebi dışarıda, diğer oğlanlarla oyun oynamaktaydı. Kızların annesi köyün devasa meşe ağacının altına serili kilimde komşularıyla oturuyordu. Ara ara dönüp gölgede yan yana uyuyan kızlarına bir göz atıyordu.

Yemekten sonra çaylar içilirken bebekler uykudan uyandı ve neredeyse aynı anda biri uzanıp Masume'yi kapıverdi. Kız neşeyle elden ele, kuzenden teyzeye oradan amcaya geçiriliyordu. Şu kucakta hoplatılıyor, bu dizde zıplatılıyordu. Parmaklar yumuşak karnını gıdıkladı. Bir sürü burun onunkine sürtüldü. Oyun niyetine Molla Şekip'in sakalına yapışınca kahkahaları koyverdiler. Bebeğin o rahat, sıcakkanlı tavırlarına bayılıyorlardı. Havaya kaldırdılar, yanaklarının pembeliğini, safir mavisi gözlerini, kaşlarının zarif kavsini, birkaç yıla kalmadan ortaya çıkacak olan göz kamaştırıcı güzelliğinin müjdecilerini hayranlıkla övdüler.

Pervane annesinin kucağında kalakalmıştı. Masume hünerlerini sergilerken, Pervane aslında diğer seyircilerle birlikte hayran hayran izleyebilecekken, bunca patırtıya anlam veremediği için hafiften afallamışçasına, sessizce izledi. Annesi arada bir başını eğip ona bakıyor, uzanıp minik ayağını tatlılıkla, neredeyse özür dilercesine okşuyordu. Biri Masume'nin iki diş daha çıkartmak üzere olduğunu söyleyince, Pervane'nin annesi cılız bir sesle Pervane'nin üç tane çıkardığını söyledi. Ama kimse üstünde durmadı.

Kızlar dokuz yaşındayken bir Ramazan günü, aile iftarı açmak için akşamın erken bir saatinde Sabır'ın ailesinin evinde toplandı. Büyükler duvarların dibine dizilmiş olan minderlere oturdular, gürültülü bir sohbet başladı. Çaylar, iyi dilekler ve dedikodu eşit oranda paylaşıldı. Yaşlı erkekler tespihleriyle oynuyorlardı. Pervane sessizce oturmaktaydı, Sabır'la aynı havayı solumaktan, onun o baykuşumsu kara gözlerinin eriminde bulunmaktan mutluydu. Gece boyunca, çaktırmadan oğlana bakıp durdu. Onu bir kesmeşekeri ısırırken, yumuşak eğimli alnını kaşırken ya da yaşlıca amcalardan birinin söylediği bir şeye canı gönülden gülerken yakaladı. Oğlan birkaç kez onu bakarken yakalayınca utançtan kaskatı kesilip hemen gözlerini kaçırdı. Dizleri titremeye başladı. Ağzı dili öylesine kurumuştu ki doğru dürüst konuşamıyordu bile.

Pervane'nin aklına evde, bazı eşyalarının altına sakladığı not defteri geldi. Sabır'ın cinlerle, perilerle, iblisler ve devlerle dolup taşan hikâyeleri, masalları hiç bitmezdi; köyün çocukları sık sık onun etrafında halka olur, kafasından uydurduğu masalları mutlak bir sessizlik içinde dinlerlerdi. Altı ay kadar önce, Pervane onun Nebi'ye şöyle dediğini duymuştu: Bir gün oturup bu öyküleri yazmayı umuyordu. Bundan kısa bir süre sonra Pervane, annesiyle birlikte bir başka kasabadaki çarşıya gitmiş, orada, okunmuş kitapların satıldığı bir tezgâhta gözüne nefis bir not defteri ilişmişti; hışır hışır, çizgili sayfaları, koyu kahverengi deriden, köşeleri kabartma desenlerle süslü, kalın bir cildi vardı. Elinde tutarken, annesinin bunu almaya gücünün yetmeyeceğini biliyordu. Böylece, satıcının bakmadığı bir ânı kollayıp not defterini kaşla göz arasında kazağının altına sokuverdi.

Ama üzerinden altı ay geçmesine karşın, defteri Sabır'a verecek cesareti bir türlü toparlayamadı. Oğlanın kahkahalarla gülmesinden ya da ne için verildiğini anlayıp geri vermesinden ödü kopuyordu. Onun yerine, her akşam not defterini yatakta, battaniyenin altında gizlice tutup parmakuçlarıyla derideki kabartmaları okşadı. *Yarın*, diye söz veriyordu kendine her gece, *yarın bunu alıp yanına gideceğim.*

O akşam iftar yemeğinden sonra, çocuklar oyun oynamak için dışarıya koştular. Pervane, Sabır ve Masume, Sabır'ın babasının o koca meşe ağacının sağlam bir dalına astığı salıncağa sırayla bindiler. Sallanma sırası Pervane'ye geldiğinde, Sabır bir başka masal anlatmakla meşgul olduğundan, onu sallamayı unutuyordu. Bu seferki, sihirli güçleri olduğunu iddia ettiği, devasa meşe ağacıyla ilgiliydi. Eğer bir dileğin varsa, dedi, ağacın karşısına diz çöküp dileğini fısıldamalısın. Ağaç dileğini gerçekleştirmeye karar verirse, başına tam olarak on tane yaprak döker.

Salıncak iyice yavaşlayıp durma noktasına gelince, Pervane itmesini söylemek üzere Sabır'a döndü, ama sözcükler boğazına diziliverdi. Sabır'la Masume göz göze gülümsemekteydiler ve Sabır elinde not defterini tutuyordu. *Pervane*'nin aldığı defteri.

Evde buldum, dedi Masume daha sonra. *Senin miydi? Parasını sana bir şekilde ödeyeceğim, söz. Kızmadın, değil mi? Tam ona göre olduğunu düşündüm. Masallarını yazması için. Yüzündeki ifadeyi gördün mü? Gördün değil mi, Pervane?*

Pervane, yo, dedi, kızmadım; oysa yüreği ufalanmaktaydı. Sabır'la kardeşinin birbirlerine gülümseyişi, yüzlerindeki anlam tekrar tekrar gözünün önüne geliyordu. Varlığından öylesine habersizdiler ki, Pervane, Sabır'ın öykülerindeki cinlerden biri gibi havaya karışıp gitmişti sanki. Bu, bir hançer gibi saplandı içine. O gece yatağında çıt çıkarmadan ağladı.

Kardeşiyle ikisi on bir yaşına bastıklarında, Pervane oğlan çocuklarının gizlice hoşlandıkları kızların yanındaki garip davranışlarına dair, yaşından beklenmeyecek bir sezgi geliştirdi. Bunu özellikle Masume'yle birlikte okuldan dönerlerken gözlemlemekteydi. Okul aslında köy camisinin arka odasıydı, Molla Şekip burada ezberden Kuran okumanın yanı sıra, köydeki bütün çocuklara okuma yazma öğretiyor, şiir ezberletiyordu. Babaları kızlarına, Şadbağ böyle bilge bir *melik*'e sahip olduğu için çok şanslı, derlerdi. İşte ikizler bu derslerden dönerken, sık sık bir duvara oturmuş birtakım oğlanlarla karşılaşırlardı. Kızlar geçerken oğlanlar bazen laf atar, bazen de çakıl taşı fırlatırlardı. Pervane genellikle bağırarak karşılık verir, bazen o da onlara taş atardı, Masume ise onu kolundan çekiştirip makul bir sesle hızlanmalarını, boş yere öfkeye kapılmamasını söylerdi. Oysa yanlış anlıyordu. Pervane'nin kızdığı şey oğlanların taş atması değil, bir tek Masume'ye atmalarıydı. Pervane biliyordu: Bir "uğraşma, takılma" gösterisi yapmaktaydılar ve gösteri ne kadar büyükse, duydukları istek de o kadar derin demekti. Oğlanların gözlerinin nasıl ondan hızla sekip Masume'ye konduğunun, hayranlıkla, umutsuzca oyalanıp nasıl bir türlü uzaklaşamadığının farkındaydı. O mankafa şakalarının, şehvetli sırıtışlarının gerisinde, Masume'den ödlerinin koptuğunu biliyordu.

Sonra, bir gün içlerinden biri küçük bir çakıl taşı değil, basbayağı bir taş attı. Taş kız kardeşlerin ayaklarının dibine düştü. Masume eğilip alınca oğlanlar kıs kıs gülüp birbirlerini dürttüler. Taşın etrafına lastikle bir kâğıt parçası tutturulmuştu. Güvenli bir uzaklığa ulaşınca Masume kâğıdı açtı. Pusulayı birlikte okudular.

Yemin ederdim ki, yüzünü gördüğümden beri
tüm dünya bir hayal, tüm dünya hileli.
Bahçe şaşırmış, hangisi yaprak çiçek hangisi.
Kuşlar kendinden geçmiş; bilememiş hangisi
tuzak hangisi kuş yemi.

Celaleddin Rumi'nin bir şiiriydi, Molla Şekip'in okuttuklarından.

Zevkleri gittikçe inceliyor, diye kıkırdadı Masume.

Oğlan şiirin altına, *Seninle evlenmek istiyorum*, diye yazmıştı. Onun da altına, şu notu karalamıştı: *Bir kuzenim var, tam kız kardeşine göre. Harika bir kısmet. Amcamın tarlasını birlikte ekerler.*

Masume notu yırttı. *Aldırma onlara, Pervane*, dedi. *Geri zekâlılar.*

Ahmaklar, diye katıldı Pervane.

Yüzüne bir tebessüm oturtmak bayağı çaba gerektirmişti. Not zaten berbat bir şeydi, ama asıl canını yakan, Masume'nin söyledikleri olmuştu. Notu yazan oğlan hangisine hitap ettiğini açıkça belirtmemiş olmasına rağmen, Masume rahatlıkla şiiri üstüne alınmış, kuzeni de Pervane'ye yakıştırmıştı. Pervane ilk kez kendini kardeşinin gözlerinden gördü. Kardeşinin ona ne gözle baktığını anladı. Diğerlerinin, bütün köy halkının bakışıydı bu. Masume'nin sözleri içini oymuştu. Onu ezmişti.

Ayrıca, diye ekledi Masume, sırıtıp omuz silkerek, *benim sahibim var.*

***

Nebi aylık ziyaretine geldi. Ailenin, belki de bütün köyün medarı iftiharı, çünkü Kâbil'de çalışıyor, Şadbağ'a işvereninin büyük, motor kapağında ışıl ışıl bir kartal başı süslemesi olan, parlak, mavi arabasıyla gelip gidiyor, köy halkı toplanıp gelişini seyrediyor, çocuklar peşine takılıp bağırış çığırış arabasını takip ediyor.

"Ne var ne yok?" diye soruyor.

Üç kardeş kulübede çay içip badem yiyorlar. Nebi gerçekten yakışıklı, diye düşünüyor Pervane; kusursuzca yontulmuş elmacıkkemikleri, ela gözleri, favorileri, alnından geriye taranmış, gür, siyah saçlarıyla cidden yakışıklı. Sırtında mutat zeytin rengi, bir iki beden büyükmüş gibi duran takım elbisesi var. Pervane onun bu takımla gururlandığını biliyor; habire kollarını çekeler, yakasını düzeltir, pantolonundaki kırışıklıkları sıvazlar, ama bedeninden belli belirsiz yayılan o yanmış soğan kokusundan kurtulmayı bir türlü beceremiyor.

"Eh, dün çayda Kraliçe Hümeyra'yı ağırladık," diyor Masume. "Evimizin seçkin dekoruna iltifat etti, ince zevkimiz için bizi kutladı." Sararmaya başlamış dişlerini göstererek tatlı tatlı gülümsüyor, elindeki çay fincanına bakan Nebi gülüyor. Kâbil'de iş bulmadan önce, Pervane'ye kardeşinin bakımında yardım etmek için elinden geleni yaptı. Daha doğrusu, bir süreliğine çabaladı. Ama yapamadı. Kaldıramayacağı kadar ağır geliyordu. Kâbil, Nebi'nin can simidi oldu. Pervane ağabeyine imreniyor, ama ona yüzde yüz gıpta ettiği de söylenemez – Nebi'nin her ay aksatmadan verdiği paranın belli bir kefaret unsuru içerdiğinin bal gibi farkında.

Masume saçlarını taramış, Nebi'nin her ziyaretinde yaptığı gibi, gözlerinin etrafına hafifçe sürme çekmiş. Pervane kızın bunu sırf konuğun hatırına değil, daha çok Kâbil'le arasındaki tek bağ olduğu için yaptığının farkında. Masume zihninde ağabeyini ışıltıyla ve lüksle, arabaların, ışıkların, havalı lokantaların, kraliyet saraylarının doldurduğu bir şehirle ilişkilendiriyor; bu ilişki ne kadar mesafeli olursa olsun. Pervane, Masume'nin yıllar önce söylediği şeyi, ben köye kısılıp kalmış bir şehir kızıyım, dediğini unutmadı.

"Senden ne haber? Kendine hâlâ bir eş bulamadın mı?" diye soruyor Masume takılırcasına.

Nebi elini sallıyor, soruyu gülerek geçiştiriyor, tıpkı eskiden aynı soruyu sorduklarında ana babasına yaptığı gibi.

"Peki bana Kâbil'i bir daha ne zaman gezdireceksin, abi?" diyor Masume.

Nebi onu bir kez, geçen yıl Kâbil'e götürdü. Gelip onları Şadbağ'dan aldı, arabayla Kâbil'e götürdü, kentin caddelerinde gezdirdi. Onlara bütün camileri, alışveriş bölgelerini, sinemaları, lokantaları gösterdi. Masume'ye bir tepenin üzerindeki, şehre tepeden bakan, kubbeli Bağ-e-Bala Sarayı'nı işaret etti. Babür bahçelerinde Masume'yi kucaklayıp arabadan indirdi, Moğol imparatorunun türbesine kadar taşıdı. Orada, Şah Cihan Camisi'nde üçü birlikte dua ettiler, sonra mavi çinili havuzun kenarına oturdular, Nebi'nin paketleyip getirdiği yemeği yediler. Bu belki de kazadan beri Masume'nin hayatındaki en mutlu gündü; Pervane bunun için ağabeyine minnet duydu.

"Yakında *inşallah*," diyor Nebi bir parmağıyla fincanına hafif hafif vurarak.

"Dizlerimin altındaki yastığı düzeltebilir misin, Nebi. Ah, böyle çok iyi oldu. Sağ ol." Masume içini çekiyor. "Kâbil'e bayıldım. Elimden gelse yarın sabah yola düşer, yürüye yürüye giderdim oraya."

"Bir gün o da olur," diyor Nebi.

"Ne, yürür müyüm yani?"

"Yo," diye kekeliyor erkek, "yani demek istediğim..." Masume kahkahayı patlatınca o da gülümsüyor.

Dışarıda Nebi, Pervane'ye parayı veriyor. Bir omzunu duvara yaslayıp bir sigara yakıyor. Masume içeride, ikindi şekerlemesini yapmakta.

"Sizden önce Sabır'ı gördüm," diyor Nebi bir parmağını dişlerken. "Korkunç bir şey. Bebeğin adını söyledi ama unuttum."

"*Peri*," diyor Pervane.

Nebi başıyla doğruluyor. "Sormadım ama yeniden evlenmeyi düşündüğünü söyledi."

Pervane aldırmıyormuş gibi yapıp gözlerini uzaklara dikiyor, oysa yüreğinin atışları kulaklarında zonklamakta. Teninin ince bir ter tabakasıyla buğulandığını hissediyor.

"Dediğim gibi, bir şey sormadım. Konuyu kendisi açtı. Beni bir kenara çekti. Bir kenara çekip bunları söyledi."

Pervane bunca yıldır Sabır'ı nasıl yüreğinde taşıdığını ağabeyinin bildiğinden kuşkulanıyor. Masume onun ikizi tamam, ama onu her zaman en iyi anlayan kişi, Nebi. Öte yandan, ağabeyinin ona bunları neden anlattığını çıkaramıyor. Ne faydası var ki bunun? Sabır'a özgür, ayağında bağı, sırtında kamburu olmayan bir kadın gerekiyor; kendini ona, oğluna, yeni doğmuş bebeğine adayabilecek biri. Pervane'nin bütün vaktiyse zaten dolu. Çoktan adanmış. Bütün yaşamı öyle.

"Birini bulur eminim," diyor Pervane.

Nebi başını evet anlamında sallıyor. "Gelecek ay görüşürüz." Sigarayı ayağıyla eziyor, uzaklaşıyor.

Pervane kulübeye dönüyor, Masume'nin uyanık olduğunu görünce şaşırıyor. "Uyuduğunu sanıyordum."

Masume gözlerini pencereye çeviriyor, yavaşça, bitkince kırpıştırıyor.

***

Kızlar on üçündeyken anneleri arada bir onları yakın kasabalardaki kalabalık çarşılara yollardı. Asfalt olmayan yollara, sokaklara yeni püskürtülmüş gül suyunun kokusu sinmiş olurdu. İki kardeş dar geçitlerde dolaşır, *huka*'ların*, ipek şalların, bakır kapların, eski saatlerin satıldığı tezgâhların önünden geçerdi. Kesilip baş aşağı asılmış tavuklar, iri doğranmış kuzu ve dana etlerinin üstünde ağır ağır dönerdi.

Pervane her koridorda, Masume'yi görünce hazır ola geçen erkek bakışları görüyordu; sakin, aldırışsız davranmaya çalıştıklarını, ama gözlerini alamadıklarını, takılıp kaldıklarını. Masume onlardan yana bakacak olursa, istisnasız hepsinin yüzünde, kendini ayrıcalıklı hissettiğini gösteren bir ifade beliriyordu. Onunla özel bir an paylaştıklarını hayal etmekteydiler. Masume sohbetleri, cümleleri, tiryakilerin çektiği nefesi yarıda kesiyordu. Dizleri titreten, fincanlardaki çayı dökendi o.

Bu durum bazı günler Masume'yi fazlasıyla bunaltıyor, adeta utandırıyordu; evden çıkmak, bakışlara hedef olmak istemediğini söylerdi. Böylesi günlerde Pervane'ye, kardeşi içten içe, bulanıkça da olsa, güzelliğinin bir silah olduğunun farkındaymış gibi gelirdi. Dolu bir tabanca, namlusu da kendi kafasına çevrili. Ancak genellikle, gördüğü ilgiden memnun bir hali vardı. Çoğu zaman, tek ve uçucu ama stratejik bir tebessümle erkeklerin aklını çelme, dillerini sürçme gücünü doyasıya kullanıyordu.

Onunki, gözleri karıncalandıran bir güzellikti.

Bir de tabii kendisi, onun yanında ayaklarını sürüyerek yürüyen, tahta göğüslü, soluk benizli Pervane vardı. Kıvırcık saçları, asık, kederli yüzü, kalın bilekleri ve erkeksi omuzlarıyla. Acınası bir gölge; duyduğu kıskançlık ile Masume'nin yanında görülme, yukarıdaki suzambağının kısmeti olan suyu

---

* Bir çeşit küçük nargile. (ç.n.)

yalayan bir yosun, bir yabanotu misali, ilgiyi paylaşma coşkusu arasında ikiye bölünmüş bir karaltı.

Pervane bütün yaşamı boyunca, kız kardeşiyle birlikte aynı aynanın karşısına geçmemek için elinden geleni yaptı. Yüzünü Masume'ninkiyle yan yana görmek, yok sayıp durduğu şeyi böyle apaçık karşısında bulmak, umutlarını yerle bir ediyordu. Ancak insanların arasındayken her yabancının gözü bir aynaydı. Kaçış yoktu.

Masume'yi kucaklayıp dışarıya çıkarıyor. Pervane'nin bahçeye kurduğu sedire oturuyorlar. Masume sırtını duvara rahatça yaslayabilsin diye, arkasını yastıklarla besliyor. Ötüp duran cırcırböcekleri sayılmazsa gece sessiz, çok da karanlık; aydınlık veren tek şey, birkaç camda hâlâ titreşen fenerle dörtte üçlük ayın kâğıtsı, beyaz ışığı.

Pervane *huka*'nın cam kâsesine su dolduruyor. Afyon yapraklarından kibrit çöpü başı büyüklüğünde iki tutam alıp bir tutam tütünle karıştırıyor ve *huka*'nın kâsesine atıyor. Madeni levhadaki kömürü yakıyor, *huka*'yı kardeşine veriyor. Masume hortumdan derin bir nefes çekiyor, yastıklara yaslanıyor ve bacaklarını Pervane'nin kucağına uzatıp uzatamayacağını soruyor. Pervane eğilip onun bileklerini kaldırıyor, kucağına alıyor.

Masume afyon tüttürdüğünde yüzü gevşiyor. Gözkapakları düşüyor. Başı titrek titrek bir yana yatıyor, sesine durgun, uzak bir tını geliyor. Ağzının iki köşesine bir gülümsemenin fısıltısı yerleşiyor; değişken, üşengeç, halinden değil de kendinden hoşnut bir tebessüm. Masume böyleyken çok az konuşuyorlar. Pervane esintiyi, *huka*'da fokurdayan suyu dinliyor. Yıldızları, tepesinde dönüp duran dumanı seyrediyor. Sessizlik güzel, sessizliği gereksiz sözcüklerle doldurma ihtiyacını ne o ne de Masume hissediyor.

Ta ki Masume, "Bir şey istesem yapar mısın?" deyinceye kadar.

Pervane ona bakıyor.

"Beni Kâbil'e götürmeni istiyorum." Masume soluğunu yavaşça salıyor, duman fırıl fırıl dönüyor, kıvrılıyor, gözün her kırpılışında başka biçimlere giriyor.

"Ciddi misin?"

"Darülaman Sarayı'nı görmek istiyorum. Geçen sefer görme şansımız olmamıştı. Belki Babür'ün türbesini bir daha ziyaret ederiz."

Pervane onun yüzündeki anlamı çözebilmek için öne eğiliyor. Şaka yaptığına dair bir işaret arıyor, ama ay ışığında tek görebildiği kız kardeşinin gözlerindeki dingin, hiç kırpışmayan parıltı.

"Yürüyerek en azından iki günlük yol. Belki de üç."

"Bizi karşısında buluverince Nebi'nin suratının halini bir düşünsene."

"Nerede oturduğunu bile bilmiyoruz."

Masume halsizce elini sallıyor. "Hangi mahalle olduğunu söyledi ya. Birkaç kapı çalar, sorarız. O kadar da zor değil."

"Peki, nasıl gideceğiz, Masume? Senin durumunda yani..."

Masume ağzındaki hortumu çekiyor. "Sen bugün dışarıda çalışırken Molla Şekip uğradı, uzun uzun konuştuk. Ona birkaç günlüğüne Kâbil'e gideceğimizi söyledim. Seninle ikimizin. Sonunda rızasını almayı aşardım. Katırını da. Gördüğün gibi, her şey ayarlandı."

"Delirmişsin sen," diyor Pervane.

"Eh, benim arzum bu. Dileğim."

Pervane geriye, duvara yaslanıyor, başını sallıyor. Bakışları yukarıdaki bulut-benekli karanlığa kayıyor.

"Can sıkıntısından gebermek üzereyim, Pervane."

Pervane soluğunu salıp göğsünü boşaltıyor, kardeşine bakıyor.

Masume hortumu dudaklarına götürüyor. "Lütfen. Kırma beni."

Kızlar on yedisindeyken, bir sabah erkenden meşe ağacının yüksek dallarından birine oturdular, bacaklarını sarkıttılar. *Sabır beni isteyecek!* Masume bunu tiz bir fısıltıyla söylemişti.

İstemek mi? dedi Pervane; anlayamamıştı, en azından hemen.

Şey, kendisi değil elbette. Masume avucunun içine güldü. *Tabii ki değil. Babasını yollayıp istetecek.*

Bunun üzerine Pervane anladı. Yüreği çöküverdi, ta ayaklarının dibine kadar. Uyuşmuş dudaklarının arasından sordu: *Nereden biliyorsun?*

Masume konuşmaya başladı, sözcükler ağzından çıldırmış bir hızla dökülüyor, fakat Pervane hiçbirini duymuyordu. Kız kardeşiyle Sabır'ın düğününü gözünde canlandırmakla meşguldü. En yeni giysilerini giymiş çocuklar ellerinde çiçeklerle süslü kına sepetlerini taşıyor, peşlerinde *şehnai* ve *dohol* çalgıcıları. Sabır Masume'nin yumruğunu açıyor, kınayı avucuna yerleştirip beyaz bir kurdeleyle bağlıyor. Okunan dualar, davetlilerin iyi dilekleri. Armağanların verilmesi. Altın sırmayla işlenmiş örtünün altında göz göze bakışan, birbirlerine bir kaşık *şerbet* içirip *malida* yediren gelinle güvey.

Ve o, Pervane de konuklarla birlikte durup bütün bunları izleyecekti. Yüreği kıymık kıymık yarılırken, gülümsemesi, el çırpması, mutlu olması beklenecekti.

Bir rüzgâr, ağacı yaladı, etraflarındaki dalları sallayıp yaprakları hışırdattı. Pervane bir gayret kendini topladı.

Masume konuşmayı kesmişti. Sırıtıyor, altdudağını dişliyordu. *Beni isteteceğini nereden bildiğimi sormuştun. Anlatayım. Yo, göstereyim.*

Pervane'ye arkasını döndü, cebine uzandı.

Sonrasını Masume bilmiyordu. Kardeşi dönmüş cebini araştırırken, Pervane ellerinin ayasını dala yapıştırdı, kalçasını kaldırdı ve daldan ayrıldı. Dal sallandı. Dengesini kaybeden Masume soluğunu tutuverdi. Kolları havayı deli gibi dövüyordu. Öne doğru devrildi. Pervane öylece durup kendi ellerinin hareketini izledi. Ellerinin yaptığı şey tam olarak *itmek* değildi, ama Masume'nin sırtıyla Pervane'in yumuşak parmakuçları arasında bir temas, çok belirsiz, çok kısa bir dürtme hareketi *olmuştu*. Ama yalnızca bir an sürmüş, Masume dehşet içinde onun adını, Pervane de kardeşinin adını haykırırken, Pervane hemen kardeşine, onun gömleğinin ucuna uzanmıştı. Pervane gömleği yakaladı ve bir an, Masume'yi gerçekten kurtarabilecekmiş duygusuna kapıldı. Ama sonra kumaş yırtıldı, avucundan kayıverdi.

Masume ağaçtan düştü. Düşüş sonsuza kadar sürmüştü sanki. Kalçası dallara çarpıyor, kuşları ürkütüp yaprakları koparıyor, sıçrayan bedeni küçük dalları kırıyordu, ta ki alçak, kalın bir dal, salıncağın asılı olduğu dal onun belden aşağısını rahatça duyulabilen, mide bulandırıcı bir çatırtıyla yakalayana dek. Kız geriye, neredeyse ortadan ikiye büküldü.

Birkaç dakika sonra, etrafında bir halka oluşmuştu. Nebi ve kızların babası, Masume'nin üstüne eğilmiş bağırıyor, uyandırmak için onu sarsalıyorlardı. Yüzler yere eğilmişti. Biri kızın elini tuttu. Hâlâ kapalı, sımsıkı bir yumruk halindeydi. Parmaklarını açınca, avucunda tam on tane küçük, buruşuk yaprak buldular.

Masume hafifçe titreyen sesiyle, "Hemen yapmak zorundasın," diyor. "Sabahı beklersen cesaretini kaybedersin."

Etrafları, Pervane'nin çalı çırpıdan tutuşturduğu ateşin donuk kızartısının ötesi, kumun ve dağların oluşturduğu, karanlığın yuttuğu, uçsuz bucaksız bir ıssızlık. Neredeyse iki gündür bu çalılık arazide, Kâbil'e doğru ilerliyorlar; Masume semere bağlı, Pervane kardeşini elinden tutmuş, katırın yanından yürümekte. Kıvrılan, alçalan, kayalık bayırları izleyerek zikzaklar çizen dik patikaları güçlükle aştılar; bastıkları toprak koyu sarı ve pas rengi yabanotlarıyla bezeli, örümcek ağları gibi dört bir yana uzanan uzun çatlaklarla oyuk oyuk.

Pervane ateşe yaklaşıyor, alevlerin öteki tarafında yatay, üzeri battaniyeli bir tümsek olan Masume'ye bakıyor.

"Kâbil ne olacak?" diyor.

"Hey, zeki olan kardeş sensin güya."

"Benden bunu isteyemezsin," diyor Pervane.

"Yoruldum, Pervane. Bu benimki hayat değil. Varlığım her ikimize de bir ceza."

"Hadi geri dönelim," diyor Pervane, boğazı sıkışmaya başlarken. "Yapamam. Seni bırakamam."

"Bırakmıyorsun ki." Masume ağlamaya başlıyor. "Ben *seni* bırakıyorum. Seni azat ediyorum."

Pervane çok uzun zaman önce yaşadıkları bir geceyi düşünüyor; Masume salıncakta, kendisi onu itiyor. Masume bacaklarını dümdüz uzatmış, ipin her savruluşunda başını iyice geriye atıyor, uzun saçları çamaşır ipindeki çarşaflar gibi hışırdıyor. Birlikte mısır kabuklarından, koçanlarından yaptıkları, yırtık pırtık bezlerden uydurulmuş gelinlikler giydirdikleri bütün bebekleri anımsıyor.

"Bir şey soracağım, kardeşim."

Pervane görüşünü bulandıran gözyaşlarından kurtulmak için gözlerini kırpıştırıyor, elinin tersiyle burnunu siliyor.

"Oğlu Abdullah'ı. Ve minik kızı Peri'yi. Onları kendi çocukların gibi sevebilecek misin?"

"Masume!"

"Sevebilir misin?"

"Denerim," diyor Pervane.

"Güzel. O zaman evlen Sabır'la. Çocuklarına bak. Kendi çocuklarını doğur."

"O sana âşıktı. Beni sevmiyor."

"Zamanla sever."

"Bütün bunlar benim yüzümden," diyor Pervane. "Benim suçum. Hepsi."

"Bununla ne kastettiğini bilmiyorum, öğrenmek de istemiyorum. Şu an, istediğim tek şeyin ne olduğunu biliyorsun. İnsanlar anlayacaktır, Pervane. Molla Şekip anlatacaktır onlara. Buna bizzat rıza gösterdiğini söyleyecektir."

Pervane yüzünü karanlık göğe kaldırıyor.

"Mutlu ol, Pervane, lütfen mutlu ol. Hadi, benim için yap şunu."

Pervane ona her şeyi anlatmanın, Masume'ye ne kadar yanıldığını, aynı rahmi paylaştığı kardeşini ne kadar az tanıdığını, Pervane'nin bütün yaşamının nasıl uzun, dile getirilmemiş bir özürden ibaret olduğunu söylemenin eşiğinde duruyor. İyi de, neye yarayacak? Bir kez daha, sırf kendi içi rahatlasın diye Masume'yi mi harcayacak? Dilini son anda tutuyor. Kız kardeşine yeterince acı çektirdi.

"Şimdi tüttürmek istiyorum," diyor Masume.

Pervane karşı çıkmaya yelteniyor, ama Masume onu engelliyor. "Tam vakti," diyor bu kez daha sert, kestirip atan bir ses tonuyla.

Pervane, semerin kenarından sarkan torbadan *huka*'yı çıkartıyor. *Huka*'nın kâsesinde, titreyen elleriyle her zamanki karışımı hazırlıyor.

"Daha," diyor kardeşi. "Biraz daha koy."

Pervane kızarmış yanaklarıyla, burnunu çekerek bir tutam ekliyor, sonra biraz daha, biraz daha. Kömürü yakıyor, nargileyi kardeşinin yanına koyuyor.

"Şimdi," diyor Masume, alevlerin turuncu parıltısı yanaklarında, gözlerinde titreşirken, "eğer beni şu kadarcık sevdiysen Pervane, eğer benim öz kardeşimsen, çekip gidersin. Öpüşme yok. Vedalaşma yok. Lütfen yalvartma beni."

Pervane bir şey söyleyecek oluyor, ama Masume boğulur gibi, acılı gibi bir ses çıkarıp başını öteki yana çeviriyor.

Pervane yavaşça doğruluyor. Katırın yanına gidip semeri sıkılıyor. Yuları yakalıyor. Ansızın, Masume'siz nasıl yaşayacağını bilemediğini kavrıyor. Bunu becerip beceremeyeceğini bilmiyor. Masume'nin yokluğunu varlığından katbekat ağır bir yük gibi hissederken günlere nasıl katlanacak? Masume'nin doldurduğu o kocaman, geniş deliğin çevresinden dolanmayı nasıl öğrenecek?

Masume'nin, *yürekli ol*, dediğini duyar gibi oluyor.

Pervane yuları çekip katırı çeviriyor ve yürümeye başlıyor.

Yürüyor, serin gece yeli yüzünü kamçılarken karanlığı yararak ilerliyor. Başı önde. Yalnızca bir kez, daha sonra durup arkaya bakıyor. Gözlerindeki yaş yüzünden kamp ateşi uzak, loş, sarı bir leke. İkiz kardeşini gözünün önünde canlandırıyor; ateşin yanında, karanlıkta, tek başına yatmakta. Az sonra ateş sönecek, Masume üşüyecek. İçgüdüleri ona geri dönmesini, kardeşinin üstüne bir battaniye örtüp yanına kıvrılmasını söylüyor.

Pervane kendini zorlayıp dönüyor, yürümeye devam ediyor.

İşte o zaman bir şey duyuyor. Uzaklardan gelen, boğuk bir ses, inlemeyi andırıyor. Pervane zınk diye duruyor. Başını yana eğince yeniden duyuyor. Kalbi göğsünde deli gibi atmaya başlıyor. Dehşete kapılıyor: Yoksa Masume vazgeçti de onu geri mi çağırıyor? Belki de yalnızca karanlıkta bir yerde uluyan bir çakal ya da çöl tilkisidir. Pervane emin olamıyor. Rüzgâr da olabilir, diye düşünüyor.

Bırakma beni kardeşim. Geri dön.

Emin olmanın tek yolu oraya geri dönmek, Pervane de aynen bunu yapacak; dönüp Masume'den tarafa birkaç adım atıyor. Sonra duruyor. Masume haklıydı. Şu an geri dönerse, güneş doğduktan sonra bunu yapacak yürekliliği gösteremez. Cesaretini yitirir ve orada kalır. Sonsuza kadar kalır. Bu onun son şansı.

Pervane gözlerini yumuyor. Eşarbının ucu rüzgârdan yüzüne çarpıp duruyor. Kimsenin bilmesi gerekmez. Kimse anlayamaz. Bu onun sırrı olacak, bir tek dağlarla paylaştığı sırrı. Sorun, bu sırla yaşayıp yaşayamayacağı; Pervane yanıtı bildiğini sanıyor. Hayatı boyunca sırlarla yaşamadı mı?

Uzaktan uzağa yine o iniltiyi duyuyor.

Seni herkes sevdi, Masume.

Beni, hiç kimse.

Peki ama neden, kardeşim? Ben ne yaptım?

Pervane karanlıkta hiç kıpırdamadan uzun bir süre duruyor.

Sonunda seçimini yapıyor. Arkasını dönüyor, başını öne eğiyor ve göremediği ufka doğru yürümeye koyuluyor. Ondan sonra da bir daha arkasına hiç bakmıyor. Baktığı an güçsüzleşeceğini biliyor. Kararından cayacak, çünkü son hız tepeden inen eski bir bisiklet görecek; taşların, çakıl taşlarının üzerinde hoplayıp zıplıyor, altlarındaki metal ikisinin de kıçına çarpıyor, her ani patinajda yerden toz bulutları kalkıyor. Kendisi demirde oturuyor, Masume ise selede; keskin virajı son sürat alan, bisikleti iyice yana yatıran o. Ama Pervane korkmuyor. Kardeşi onun oturduğu yerden havalanıp gidonun üstünden uçmasına, canının yanmasına izin vermez, biliyor. Dünya eriyip fırıl fırıl dönen, bulanık bir heyecan girdabına dönüştü, rüzgâr kulaklarında uğulduyor, Pervane omzunun üstünden kardeşine bakıyor, kardeşi de ona bakıyor, sokak köpekleri onları kovalarken kahkahaları koyveriyorlar.

Pervane yeni yaşamına doğru yürümeyi sürdürüyor. Yürümeyi hiç kesmiyor, etrafındaki karanlık bir ana rahmi gibi; karanlık dağıldığında, seher pusunda başını kaldırmak ve doğudan uzanıp iri bir kaya parçasının yan tarafına vuran soluk renkli ışık huzmesini görmekse, yeniden doğmak gibi.

Dört

Rahman ve Rahim olan Allah'ın adıyla,

Siz bu mektubu okuduğunuzda çoktan ölmüş olacağımı biliyorum, Bay Markos, çünkü verirken, ölümüme kadar açmamanızı rica etmiştim. Öncelikle, son yedi yıllık tanışıklığımızın benim için büyük bir zevk olduğunu belirtmek isterim, Bay Markos. Bunları yazarken, her yıl bahçeye birlikte domates ekme alışkanlığımızı, küçük meskenime yaptığınız, çay içip hoşbeş ettiğimiz sabah ziyaretlerini, irticalen paylaşıverdiğimiz Farsça ve İngilizce derslerini muhabbetle anıyorum. Size dostluğunuz, nezaketiniz ve bu ülkeye yaptığınız hizmetler için teşekkür ediyor, minnetimi iyi kalpli meslektaşlarınıza, özellikle de dostum, şefkat abidesi Bayan Amra Ademovic ile o cesur, güzeller güzeli kızı Roşi'ye ileteceğinize güveniyorum.

Bu arada belirtmeliyim ki, bu mektubun tek muhatabı siz değilsiniz, Bay Markos; onu, daha sonra açıklayacağım üzere, iletmenizi umduğum birisi daha var. Dolayısıyla, zaten bildiğiniz bazı şeyleri yinelersem beni bağışlayın. Onları gereklilikten, o kişiyi düşünerek ekledim. Göreceğiniz gibi, bu mektup bir itiraftan daha fazlasını içeriyor, Bay Markos, beni bu satırları yazmaya iten pragmatik meseleler de söz konusu. Bunlar için de dostum, korkarım sizden yardım isteyeceğim.

Öyküye nereden başlamalı diye uzun uzun düşündüm. Yetmişini ortalamış biri için hiç de kolay bir görev değil bu. Benim kuşağımdaki Afganların çoğu gibi ben de gerçek yaşımı tam bilemiyorum, ama oldukça yakın bir tahminde bulunduğumdan eminim, çünkü arkadaşım, daha sonra da kayınbiraderim olan Sabır'la, Nadir Şah'ın vurularak öldürüldüğünü ve tahta genç oğlu Zahir'in geçtiğini duyduğumuz gün yaptığımız kavga, yumruklaşma bütün canlılığıyla aklımda. 1933 yılıydı. Oradan başlayabilirim sanırım. Ya da başka bir yerden. Bir öykü giden bir trene benzer: Ona nereden binersen bin, er ya da geç hedefine varırsın. Ancak bence bu hikâyeye, onu bitiren şeyle başlamam gerekiyor. Evet, bu anlatıyı her iki uçtan da Nila Wahdati ile desteklemem galiba en doğrusu.

Onunla 1949'da, Bay Wahdati ile evlendiği yıl tanıştım. İki yıldır Bay Süleyman Wahdati'nin yanında çalışıyordum; doğduğum köyden, Şadbağ'dan Kâbil'e 1946 yılında gelmiştim – ilk yıl, aynı mahalledeki bir başka ailenin yanında çalıştım. Şadbağ'dan ayrılış koşullarım pek gurur verici değil, Bay Markos. Bunu itiraflarımın ilki kabul edin. Biri sakat olan iki kız kardeşimle yaşadığım hayat beni boğuyordu. Bu beni aklamaz, biliyorum, ama çok gençtim, dünyaya açılmak için sabırsızlanan, her ne kadar alçakgönüllü ve müphem olsalar da hayallerle dolup taşan genç bir adamdım ve gençliğimin kemirildiğine, olasılıklarımın hızla güdükleştiğine inanıyordum. Böylece bir gün alıp başımı gittim. Kardeşlerime yardım gönderebilmek için, evet, bu doğru. Ama aynı zamanda onlardan kaçmak için.

Bay Wahdati'nin yanında yirmi dört saat çalıştığımdan, yirmi dört saat onun konutunda yaşıyordum. O günlerde ev, sizin Kâbil'e geldiğiniz 2002 yılındaki içler acısı haliyle kıyaslanamazdı, Bay Markos. Çok güzel, muhteşem bir yerdi. Bina o sıralarda, elmasla kaplanmışçasına bembeyaz ışıldardı. Bahçe kapısı asfalt kaplı, geniş bir araba yoluna açılıyordu. İnsan içeriye adım attığında, kendini uzun, seramik vazolarla ve oyma ceviz çerçeveli, yuvarlak bir aynayla süslenmiş, yüksek tavanlı bir holde bulurdu; hani şu, sizin çocukluk arkadaşlarınızla kumsalda, eski, ev yapımı bir kamerayla çektiğiniz fotoğrafı bir süreliğine astığınız yerde. Oturma odasının pırıl pırıl parlayan zeminini koyu kırmızı bir Türkmen halısı örtüyordu kısmen. Halının yerinde yeller esiyor şimdi, tıpkı deri kanepeler, el işçiliğinin ürünü kahve sehpası, lapis satranç takımı, yüksek, maun vitrin gibi. O görkemli mobilyalardan pek azı kurtulabildi, onların da ne yazık ki eski halinden eser yok.

Taş kaplı mutfağa ilk girdiğimde, ağzım bir karış açık kalmıştı. Bütün Şadbağ köyünü doyuracak büyüklükte olduğunu düşündüm. Altı gözlü bir ocak, buzdolabı, kızartma makinesi, sayısız tencere, tava, bıçak ve mutfak aleti emrime amadeydi. Banyoların dördünün de karmaşık desenlerde oyulmuş mermerleri, porselen lavaboları vardı. Sizin şu üst kattaki banyonuzda dört köşe delikler var ya, Bay Markos, onların içi bir zamanlar lapisle doluydu.

Arka bahçeye gelince; bir gün üst kattaki çalışma odanızda oturup aşağıdaki bahçeye bakmanızı ve eski halini gözünüzde canlandırmaya çalışmanızı dilerim. Bahçeye, yeşil sarmaşıklarla kaplı bir parmaklığın çevirdiği, yarımay şeklindeki bir verandadan giriliyordu. O günlerde gümrah ve yemyeşil olan çimenlik, yer yer çiçek tarhlarıyla bezeliydi (yasemin, yabangülü, sardunyalar, laleler) ve iki sıra halinde uzanan meyve ağaçlarıyla sınırlandırılmıştı. O kiraz ağaçlarından birinin altına uzanıp gözlerini yuman, yaprakların arasından geçen tatlı esintileri dinleyen biri, dünyada yaşanacak bundan daha güzel bir yer olamaz derdi, Bay Markos.

Ben bahçenin arka tarafında bulunan bir kulübede yaşıyordum. Bir penceresi, beyaza boyalı, temiz duvarları vardı ve genç, bekâr bir erkeğin mütevazı ihtiyaçlarını rahatça karşılayacak genişlikteydi. Bir yatağım, bir masayla sandalyem, bir de namaz seccademi günde beş kez yayabilecek yerim vardı. Kulübe o sıralarda işimi güzelce görüyordu, şimdi de görüyor.

Bay Wahdati'ye yemek pişiriyordum; önce merhum annemi, daha sonra da Kâbil'de çalıştığım evde bir yıl boyunca yamaklığını yaptığım, yaşlıca Özbek aşçıyı gözlemleyerek edindiğim bir beceriydi. Aynı zamanda, büyük bir mutlulukla, Bay Wahdati'nin şoförlüğünü de yapmaktaydım. 1940'lı yılların ortalarından kalma bir Chevrolet'si vardı, suni deriden mavi koltuklarına ve krom jantlarına uygun, ten rengi bir tavanı olan, gittiği her yerde bakışları üzerine toplayan, fiyakalı, mavi bir arabaydı. Kullanmama izin veriyordu, çünkü basiretli, yetenekli bir sürücü olduğumu kanıtlamıştım, dahası, kendisi erkek cinsinin araba sürmekten hoşlanmayan nadir örneklerinden biriydi.

İyi bir hizmetkâr olduğumu söylerken, lütfen böbürlendiğimi düşünmeyin, Bay Markos. Gözlerimi dört açıp Bay Wahdati'nin nelerden hoşlanıp nelerden hoşlanmadığını, tuhaflıklarını, hırçınlıklarını öğrenmiştim. Alışkanlıklarını, âdetlerini de biliyordum artık. Örneğin her sabah kahvaltıdan sonra yürüyüşe çıkmaktan hoşlanırdı. Ancak tek başına yürümekten hoşlanmaz, kendisine eşlik etmemi beklerdi.

Her ne kadar varlığıma bir anlam veremesem de, bu isteğine boyun eğerdim elbette. Bu yürüyüşler sırasında benimle tek kelime konuşmaz, kendi düşüncelerine dalıp giderdi. Ellerini arkasında kavuşturur, canlı adımlarla yürür, güzelce cilalanmış deri mokasenlerinin ökçeleri kaldırımda çınlarken karşılaştığı insanları başıyla selamlardı. O uzun bacaklarının hızına yetişmem mümkün olmadığından hep geride kalır, ona ayak uydurmak için kendimi zorlardım. Günün geri kalanında, çoğunlukla üst kata, çalışma odasına çekilir, vaktini ya okuyarak ya da kendi kendine satranç oynayarak geçirirdi. Çizim yapmaya bayılırdı – ancak yeteneği hakkında yorum yapamayacağım, çünkü çizimlerini, en azından o sıralarda, benimle asla paylaşmazdı. Onu sık sık çalışma odasındaki pencerenin önünde ya da balkonda, elinde karakalemi, önünde çizim defteri, alnı işine odaklanmaktan kırışmış, harıl harıl çalışırken buluyordum.

Birkaç günde bir, onu arabayla şehirde sağa sola götürürdüm. Haftada bir annesini görmeye giderdi. Aile toplantıları da olurdu. Gerçi Bay Wahdati çoğundan uzak dursa da, arada bir onu bu toplantılardan birine götürürdüm; cenazelere, yaş günü kutlamalarına, düğünlere filan. Ayda bir kez, resim malzemeleri satan bir dükkâna gider, yeni pastel boyalar, karakalemler, silgi, kalemtıraş ve çizim defterleri alırdı. Bazen canı arka koltukta oturup öylece gezmek isterdi. Ben, *Nereye, Sahip?* diye sorunca omzunu silkerdi, bunun üzerine, *Peki, Sahip*, deyip vites değiştirirdim, yola koyulurduk. Kentte öylesine, saatlerce, amaçsız ve hedefsiz gezinip dururduk, bir mahalleden ötekine, Kâbil Irmağı'nın kıyısında, Bala Hisar'a, bazen de Darülaman Sarayı'na doğru. Bazı günler Kâbil'den çıkar, Ghargha Gölü'ne giderdik, arabayı suyun kıyısına yakın bir yerde durdurur, motoru sustururdum, Bay Wahdati arka koltukta kıpırdamadan, benimle hiç konuşmadan otururdu;

camı açıp ağaçtan ağaca uçan kuşları, göle vuran ve suyun yüzeyinde oynaşan binlerce minik lekeye dönüşen güneş ışığını seyretmekten hoşnut gibiydi. Ona dikiz aynasından bakardım ve bana dünyanın en yalnız insanıymış gibi gelirdi.

Bay Wahdati ayda bir kez, büyük bir cömertlik gösterip arabasını ödünç almama izin verirdi; arabaya atladığım gibi doğduğum köye, Şadbağ'a gider, kız kardeşim Pervane'yle kocası Sabır'ı ziyaret ederdim. Ne zaman köye girsem, beni avaz çığlık bağrışan bir çocuk sürüsü karşılardı, arabanın yanından koşturur, çamurluğa vurur, camı tıklatırlardı. Küçük fırlamaların arasından, arabanın üstüne tırmanmaya kalkışanlar bile çıkardı, boyayı çizmelerinden ya da çamurluğu ezmelerinden korktuğum için hemen kışkışlardım onları.

Şu haline bir bak, Nebi, derdi Sabır bana. *Ünlü biri olup çıktın.*

Sabır'ın çocukları, yani Abdullah'la Peri öz annelerini kaybettiklerinden (Pervane üvey anneleriydi), onlara hep nazik, güler yüzlü davranmaya dikkat ederdim, özellikle de yaşça büyük olan ve bu sıcaklığa gerçekten gereksindiği belli olan oğlana karşı. Ona baş başa arabayla gezmeyi teklif ederdim, ama o her seferinde küçük kardeşini de almamız için tutturur, Şadbağ'da turlarken kızı kucağına oturturdu. Silecekleri çalıştırmasına, kornaya basmasına göz yumardım. Farların yakından uzağa nasıl çevrildiğini gösterirdim.

Arabaya ilişkin bütün o patırtı yatışınca, kız kardeşim ve Sabır'la oturup çay içerdik, onlara Kâbil'deki yaşamımı anlatırdım. Bay Wahdati hakkında fazla konuşmamaya özen gösterirdim. İşin aslı, ondan bayağı hoşlanıyordum, bana iyi davranıyordu, arkasından konuşmak ihanetmiş gibi geliyordu bana. Çenesi daha düşük bir hizmetli olsaydım, onlara Süleyman Wahdati'nin benim için tam bir muamma olduğunu, kalan ömrünü bir mirasyedi olarak geçirmekten hoşnut görünen, mesleği, belirgin bir tutkusu olmayan, dünyaya kendisinden bir şeyler bırakma dürtüsünden yoksun bir erkek olduğunu söylerdim. Amacı da, istikameti de olmayan bir yaşam sürdüğünü söylerdim. Tıpkı onu çıkardığım hedefsiz araba gezileri gibi. Arka koltukta sürdürülen, yanından akıp geçen, bulanık yaşamı seyretmekle yetinen bir yaşamdı bu. Kayıtsız bir yaşam.

İşte bunları söylerdim, ama söylemedim. Söylememekle iyi ettiğimi düşündüm. Bundan daha çok yanılamazdım.

Bir gün, Bay Wahdati üzerinde daha önce hiç görmediğim, şık, ince çizgili bir takım elbiseyle avluya çıktı, onu kentin varlıklı bir semtine götürmemi istedi. Oraya varınca, arabayı yüksek duvarlı, nefis bir evin önündeki sokağa park etmemi söyledi; zili çalmasını, bir hizmetkârın açtığı kapıdan içeri girmesini izledim. Ev devasaydı, Bay Wahdati'nin evinden daha büyük, çok daha güzeldi. Garaj yolunu ince uzun serviler ve tanımadığım, bol çiçekli, sık çalılıkların oluşturduğu bir düzenleme süslüyordu. Arka bahçe Bay Wahdati'ninkinin en az iki katıydı, duvarlarsa öyle yüksekti ki, birinin omzuna çıkan bir adam bile içeriye zar zor görebilirdi. Bu, bir başka boyuttaki bir zenginlikti, anlıyordum.

Güneşli bir ilkyaz günüydü, gökyüzü pırıl pırıldı. Camları açmıştım, içeriye ılık hava giriyordu. Her ne kadar bir şoförün görevi araba kullanmak olsa da, aslında zamanın çoğunu bekleyerek geçirir. Mağazaların önünde, motor çalışır durumdayken beklemek; bir düğün salonunun dışında, müziğin boğuk sesini dinleyerek beklemek. O gün vakit geçirmek için kendi kendime birkaç el iskambil oynadım. Kartlardan bıkınca arabadan inip bir şu yöne bir bu yöne volta attım. Sonra yeniden arabaya girdim, Bay Wahdati dönene kadar azıcık kestirmeye niyetlendim.

Tam o sırada ön kapı açıldı, dışarıya siyah saçlı, genç bir kadın çıktı. Güneş gözlüğü takmış, dizlerine ancak gelen, kısa kollu, mandalina rengi bir elbise giymişti. Bacakları çıplaktı, ayakları da öyle. Arabada olduğumu fark etmiş miydi bilmem, ettiyse bile hiçbir belirti vermedi. Tek ayağını kaldırıp topuğunu arkasındaki duvara dayadı, böylece elbisesinin eteği hafifçe sıyrıldı, alttaki baldırının yanı göründü. Yanaklarımdan başlayan bir yangının boynuma doğru indiğini hissettim.

Burada bir itirafta daha bulunmalıyım, Bay Markos; zarifçe dile getirilmesi pek mümkün görünmeyen, tatsız bir itiraf. O sıralarda yirmili yaşlarımın sonlarında olmalıyım; bir kadına duyduğu arzunun doruğa ulaştığı, genç bir adamdım. Köyde beraber büyüdüğüm erkeklerin –bir başka deyişle, yetişkin bir kadınının baldırını bir kez görmemiş olan ve biraz da bu tür görüntülere nihayet hak kazanabilmek için evlenen delikanlıların– aksine bu konularda az biraz tecrübem vardı. Kâbil'de, zaman zaman ziyaret ettiğim, genç bir erkeğin ihtiyaçlarını ağzı sıkı ve düzgün bir şekilde karşılayan birkaç adres bulmuştum. Bundan söz etmemin tek nedeni, o güne kadar yattığım hiçbir hayat kadının az önce o koca evden çıkan muhteşem, zarif yaratıkla kıyaslanamayacağını belirtmek.

Sırtını duvara verip bir sigara yaktı ve hiç acele etmeden, büyüleyici bir zarafetle içti; izmariti iki parmağının hemen ucunda tutuyor, her dudağına götürüşte bir eliyle ağzını örtüyordu. Büyük bir dikkatle, kendimden geçmişçesine izliyordum. Başının o ince bileğine doğru eğiliş biçimi bana, bir keresinde parlak bir şiir kitabında gördüğüm bir çizimi anımsatmıştı; âşığıyla birlikte bir bahçeye uzanmış, uzun kirpikli, kadife gibi dökülen, siyah saçlı bir kadın beyaz, narin parmaklarıyla tuttuğu bir kadeh şarabı ona sunuyor. Bir ara sokağın üst yanındaki bir şey kadının dikkatini çekti; fırsattan istifade parmaklarımı sıcaktan keçeleşmeye başlamış saçlarıma daldırdım, kaşla göz arasında sıvazlayıverdim. Kadın yeniden bu tarafa dönünce, bir kez daha taş kesilmişçesine, öylece kaldım. Sigarasından birkaç nefes daha çekti, duvara bastırıp söndürdü, ağır adımlarla içeriye girdi.

Sonunda nefes alabildim.

O gece Bay Wahdati beni oturma odasına çağırdı. "Haberlerim var, Nebi," dedi. "Evleniyorum."

Yalnızlığa olan düşkünlüğünü abartmıştım anlaşılan.

Nişan haberi hızla yayıldı. Söylentiler de öyle. Bunları Bay Wahdati'nin evine gelip giden diğer hizmetlilerden duyuyordum. İçlerinde en cazgırı Zahid idi, haftada üç gün gelip çimenliğe bakan, ağaçları, çalıları budayan bahçıvan. Her cümleden sonra dilini şaklatmak gibi berbat bir alışkanlığı olan bu sevimsiz adam, aynı dille dedikoduları da etrafa bol keseden, tıpkı toprağa fırlattığı avuç dolusu gübre misali saçmaktaydı. Ömür boyu hizmetkâr denen gruptandı, yani mahalledeki evlerde tıpkı benim gibi aşçılık, bahçıvanlık yapan, ayak işlerine bakan adamlardan. Haftada bir iki gece, işgünü sona erince, yemekten sonra çay içmek üzere benim kulübeye doluşurlardı. Bu geleneğin nasıl başladığını anımsamıyorum, ama başlamıştı ve onu durdurmak elimden gelmiyordu, çünkü kaba ya da konuk-sevmez biri, daha da kötüsü, kendini diğerlerinden üstün sayan biri gibi görünmek istemiyordum.

Bir gece yine çaylarımızı içerken Zahid, Bay Wahdati'nin ailesinin, gelin adayının hafif kişiliği yüzünden bu evliliği onaylamadığını söyledi. Kızın *nang*'dan, yani onurdan ve namustan nasibini almadığını Kâbil'de bilmeyen yokmuş, daha yirmi yaşında olmasına karşın, tıpkı Bay Wahdati'nin arabasıyla arşınladığı sokaklar gibi, onun da "üstünden geçmeyen" kalmamış. En beteri de, dedi, kız bu suçlamaları bırakın yadsımayı, onlar hakkında şiirler bile yazıyor. Bunları söyleyince, odada ayıplayan, kınayan bir mırıltı dolaştı.

Adamlardan biri, köyümde olsaydı kızın oracıkta gırtlağını keserlerdi, dedi.

İşte o zaman ayağa kalktım ve bu kadar yeter, dedim. Oturmuş dikiş diken yaşlı kadınlar kadar dedikoducu olduklarını söyledim, Bay Wahdati gibi insanlar olmasaydı hepimiz şu an köylerimizde inek pisliği temizliyorduk, diye ekledim. Sizde hiç mi sadakat, hiç mi saygı kalmadı, diye sordum.

Kısa bir sessizlik olunca, ahmakları etkilediğimi düşündüm, tam o sırada kahkahalar yükseldi. Zahid kıç yalayıcının teki olduğumu söyledi, müstakbel hanımın yakında senin için de bir şiir döşenip adını "Ünlü Kıç Yalayıcı Nebi'ye Gazel" koyar artık, dedi. Top gibi patlayan gülüşmeler eşliğinde bir hışım kulübeden çıktım.

Ama fazla uzaklaşmadım. Dedikodular beni hem tiksindirmiş hem de büyülemişti. Bütün o erdemlilik gösterime, edeple, ketumlukla ilgili söylevime rağmen onları duyabileceğim bir mesafede durdum. Tek bir ağız sulandırıcı ayrıntıyı bile kaçırmak istemiyordum.

Nişan yalnızca birkaç gün sürdü ve yapılan gösterişli, neşeli törene salt ünlü şarkıcılarla dansçılar değil, bir molla ile bir de şahit katıldı, bir kâğıt parçasının üzerine imzalar atıldı. Böylece, onu ilk görüşümün üstünden iki hafta bile geçmemişken Bayan Wahdati eve taşındı.

Bay Markos, burada kısa bir açıklama yapıp Bay Wahdati'nin eşinden bundan böyle Nila diye söz edeceğimi belirtmeme izin verin. Tabii böyle bir şeyin o zamanlar haddim olmadığını söylememe bile gerek yok; kendisine böyle hitap etmem istenseydi bile, bunu asla kabul edemezdim. Ona her zaman benden beklenen hürmetle *Bibi Sahip* diyordum. Ancak bu mektubun amacına uygun olarak protokolü bir yana bırakacak, ondan onu hep *düşündüğüm* şekilde söz edeceğim.

Şimdi, bunun mutsuz bir evlilik olduğunu baştan beri biliyordum. Çiftin arasında sevecen bir bakışma geçtiğine ya da sevgi dolu bir sözcük edildiğine nadiren tanık oldum. Onlar aynı evi paylaşan, yolları ender olarak kesişen iki kişiydiler.

Sabahları Bay Wahdati'ye geleneksel kahvaltısını sunardım – bir dilim kızarmış *nan*, yarım kâse ceviz, azıcık kâkule eklenmiş, şekersiz yeşil çay ve bir adet haşlanmış yumurta. Yumurtayı deldiğinde sarısının akmasından hoşlanırdı, başlarda bu özel kıvamı tutturamamak benim için ciddi bir endişe kaynağı olmuştu. Ben sabah yürüyüşlerinde Bay Wahdati'ye eşlik ederken Nila uyurdu, genellikle öğlene hatta daha sonrasına kadar. O kalktığında ben Bay Wahdati'nin öğle yemeğini çoktan hazırlamış olurdum.

Bütün sabah, günlük işlerimi görürken, Nila'nın oturma odasından verandaya açılan sürgü kapıyı iteceği ânın özlemiyle kıvranırdım. Kafamda oyunlar oynar, o günkü görüntüsüne dair tahminlerde bulunurdum. Saçlarını toplayacak, ensesinde topuz mu yapacaktı, yoksa bugün saçlarını açık, omuzlarına dökülür halde mi görecektim? Güneş gözlüğü takacak mıydı? Sandaleti mi yeğleyecekti? Şu kemerli, mavi ipek sabahlığı mı seçecekti, yoksa iri, yuvarlak düğmeleri olan, morumsu kızıl olanı mı?

Sonunda ortaya çıktığında, bahçede bir şeylerle meşgul olur, arabanın motor kapağını siliyormuş ya da yabani gülleri suluyormuş gibi yaparken sürekli onu gözetlerdim. Güneş gözlüğünü yukarı itip gözlerini ovuşturmasını ya da saçındaki lastik bandı çıkarıp başını geriye attığında o gür, siyah buklelerin dalgalanışını, çenesini dizlerine dayayıp oturmasını, gözlerini bahçeye dikip sigarasından isteksiz nefesler çekişini ya da bacak bacak üstüne attığında bir ayağını aşağı yukarı sallamasını izlerdim; bu hareketi aklıma can sıkıntısını, huzursuzluğu, belki de güçlükle denetlenebilen, hınzırca bir pervasızlığı getirirdi.

Bay Wahdati ara ara onun yanında olsa da, çoğunlukla değildi. Günlerinin çoğunu eskiden yaptığı gibi, üst kattaki çalışma odasında okuyarak, bir şeyler çizerek geçiriyordu; evlenmiş olması gündelik alışkanlıklarını neredeyse hiç değiştirmemişti. Nila ise vaktini yazarak geçiriyordu, ya oturma odasında ya da verandada, elinde kalem, kucağında yere saçılan kâğıt desteleri ve olmazsa olmaz sigaraları. Akşamları onlara yemek servisi yapıyordum, her ikisi de yemeklerini manidar bir suskunlukla, gözlerini pilav tabağına dikmiş bir halde yer, sessizliği yalnızca bir *teşekkür ederim* mırıltısı ya da porselene değen çatal kaşığın şıngırtısı bozardı.

Haftada bir ya da iki kez Nila'yı bir paket sigara, bir kutu yeni kalem, yeni bir not defteri ya da makyaj malzemesi almaya götürürdüm. Ona şoförlük yapacağım saati önceden biliyorsam, mutlaka saçlarımı tarar, dişlerimi fırçalardım. Yüzümü yıkar, parmaklarımı soğan kokusundan kurtarmak için bir dilim limonla ovar, takım elbisemin tozunu silkeleyip ayakkabılarımı parlatırdım. Bu zeytin rengi takım aslında Bay Wahdati'nin eskilerindendi, bundan Nila'ya bahsetmediğini umuyordum – ancak söylemiş olabileceğinden kuşkulanıyordum. Kötülükten değil, yalnızca Bay Wahdati'nin konumundaki insanlar böylesi küçük, önemsiz şeylerin benim gibi birini ne kadar utandırabileceğinin pek farkında olmadıklarından. Bazen rahmetli babamdan kalma kuzu derisi kasketi bile taktığım oluyordu. Aynanın karşısına geçer, kasketi bir o yana bir bu yana yatırıp dururdum, kendimi Nila'ya beğendirme gayretine öyle bir kaptırırdım ki, burnuma bir eşekarısı konsa, beni varlığından haberdar etmek için sokması gerekirdi.

Bir kez yola çıkınca, hedefimize az buçuk dolambaçlı yollardan ulaşmaya, yolculuğu, onunla geçirdiğim zamanı bir dakikalığına da olsa uzatmaya çalışırdım... Bazen de iki dakikalığına, ama kuşkulanır korkusuyla, asla daha fazla değil. Arabayı sürerken iki elimle direksiyonu kavrar, gözlerimi doğruca yola dikerdim. Kendimi sıkıca denetlemeyi öğrenmiştim, bana hitap etmediği sürece dikiz aynasından ona asla bakmazdım. Arka koltuktaki varlığıyla, bedeninden yayılan çeşitli kokularla yetinmekten hoşnuttum – pahalı sabun, losyon, parfüm, sakız, sigara kokusu. Bu, çoğu zaman, ruhumu kanatlandırmaya yeterdi.

İlk sohbetimizi de arabada yaptık. Benden bir şey getirmemi ya da yapmamı istediği sayısız konuşmayı saymazsak, ilk *gerçek* sohbetimizdi. İlaç alması için onu eczaneye götürmekteydim, sordu: "Köyün nasıl bir yer, Nebi? Adı neydi?"

"Şadbağ, *Bibi Sahip.*"

"Şadbağ, evet. Nasıl bir yer? Anlatsana."

"Anlatacak pek bir şey yok, *Bibi Sahip*. Diğer köyler gibi işte."

"Ah, mutlaka değişik, farklı bir yönü vardır."

Dışarıdan sakin görünüyordum, ama içim doludizgindi; onun ilgisini çekecek, hoşuna gidecek bir şey, zekice bir acayiplik bulabilmek için kıvranıyordum. Yararı olmadı. Benim gibi biri, bir köylü, küçük bir yaşamı olan küçük bir adam, onun gibi bir kadının beğenisini kazanacak ne söyleyebilirdi ki?

"Üzümlerimiz muhteşemdir," dedim ve söyler söylemez de kendimi tokatlamak istedim. *Üzüm mü?*

"Öyle mi," dedi dümdüz bir sesle.

"Gerçekten çok tatlıdırlar."

"Ya."

İçten içe ölüp ölüp dirilmekteydim. Koltukaltlarımın nemlendiğini hissettim.

"Hele bir üzüm cinsi vardır ki," diye sürdürdüm ansızın kuruyan ağzımla, "bir tek Şadbağ'da yetiştiğini söylerler. Çok gevrektir, anlıyor musunuz, kütür kütür, son derece de narindir. Bir başka yerde, en yakın köyde bile yetiştirmeye kalkışsanız tutmaz, kuruyup gider. Yok olur. Şadbağlılar üzümün üzüntüden öldüğünü söyler, ama tabii ki doğru değil bu. Mesele toprakla ve suyla ilgili. Fakat bizimkilere göre nedeni budur, *Bibi Sahip*. Keder."

"İşte bu çok tatlı, Nebi."

Dikiz aynasına çabucak bir göz attım ve camdan dışarıya baktığını gördüm, ama aynı zamanda, dudaklarındaki belli belirsiz, gülümsemeyi andıran kıvrılışı da gördüm ve rahatladım. Bundan cesaret alarak şöyle dediğimi duydum: "Size bir öykü daha anlatabilir miyim, *Bibi Sahip*?"

"Elbette." Çakmak çıtırdadı, arka koltuktan yükselen duman bana doğru süzüldü.

"Şey, Şadbağ'da bir mollamız var. Her köyün bir mollası vardır elbette. Bizimkinin adı *Molla* Şekip, bir sürü hikâye bilir. Kaç tane bildiğini sorsanız söyleyemem. Ama hep söylediği bir şey vardır: Dünyanın neresinde olursa olsun, bir Müslüman'ın avucuna bakarsanız, çok şaşırtıcı bir şey görürsünüz. Hepsinde aynı çizgiler bulunur. Bunun anlamı mı? Anlamı, bir Müslüman'ın sol elinin ayasındaki çizgiler Arapça seksen bir rakamını, sağ ayasındakilerse on sekiz rakamını oluşturur. Seksen birden on sekizi çıkarınca kaç eder? Altmış üç. Yani, Allah rahmet eylesin, Peygamberimiz'in öldüğü yaş."

Arka koltuktan alçak bir kıkırtı duydum.

"Her neyse, bir gün bir gezgin köyden geçiyormuş, o akşam yemeğini âdet olduğu üzere tabii ki *Molla* Şekip'le birlikte yemiş. Bu öyküyü dinleyen gezgin biraz düşünmüş, sonra şöyle demiş: 'İyi de, *Molla Sahip*, saygısızlık etmek istemem, ama bir keresinde bir Yahudi'yle tanışmıştım ve onun avucunda da aynı çizgiler vardı. Bunu nasıl izah edeceksiniz?' Bunun üzerine *Molla* şu yanıtı vermiş: 'Bu Yahudi kalben Müslüman'mış demek.'"

Kadının ansızın patlayan kahkahaları sayesinde, günün geri kalanını rüyadaymışçasına geçirdim. Tanrı şu kâfirce sözlerimi bağışlasın, ama kendimi doğruca cennette bulmuştum sanki; kitabın dediği gibi, altından ırmakların aktığı, meyvelerin, tatlı gölgelerin daim olduğu cennet bahçesinde.

Beni böylesine büyüleyen şey, yalnızca güzelliği değildi, Bay Markos, gerçi başlı başına o bile yeterdi ya, neyse. Hayatımda Nila gibi bir genç kadınla hiç karşılaşmamıştım. Yaptığı her şey –konuşma şekli, yürüyüşü, giyinişi, gülümseyişi– benim için bir yenilikti. Bir kadının nasıl davranması gerektiğine ilişkin kafamdaki tüm kavramları altüst ediyordu; Zahid gibilerin şiddetle kınadığı –ve tabii ki Sabır'ın da– daha doğrusu, köyümdeki bütün erkeklerle kadınların da ayıplayacağı bir tavırdı onunki, farkındaydım, ama bence onun zaten var olan müthiş cazibesini ve gizemini artırıyordu.

Kısacası, kahkahası o gün vazifelerimi yerine getirirken kulaklarımda çınladı durdu; daha sonra, öteki hizmetkârlar çay içmeye geldiklerinde, kendi kendime sırıttım, onların kaba saba gülüşlerini Nila'nın kahkahasının tatlı şıngırtısıyla bastırdım. Anlattığım zekice öykünün ona şu mutsuz evliliğinde küçücük de olsa bir teselli sağladığını düşünüp kendimle gururlanıyordum. O sıra dışı bir kadındı, ben de o gece yatağa, belki kendimin de sıra dışı olabileceği duygusuyla girdim. İşte, Nila bende böyle bir etki yaratıyordu.

Kısa bir süre sonra, her gün sohbet etmeye başladık, genellikle de öğlene doğru, verandada kahvesini yudumlarken. Şu ya da bu işle meşgulmüş numarasıyla etrafta oyalanırdım, sonra bir de bakardım, ya ona bir fincan yeşil çay sunarken ya da elimdeki küreğe dayanmış dururken onunla konuşuyorum. Beni seçtiği için kendimi ayrıcalıklı hissediyordum. Oradaki tek hizmetli ben değildim ki; daha önce bahsettiğim şu töre bilmez, hödük Zahid'den başka, haftada iki kez çamaşır yıkamaya gelen, çift gerdanlı Hazara kadın vardı. Ama Nila benimle hoşbeş etmeyi yeğliyordu. Onun yalnızlığını dağıtan, kocası dahil, tek kişinin ben olduğuma inanıyordum. Çoğunlukla o konuşurdu, bu da bana uyardı; öykülerini aktardığı kap olmaktan hoşnuttum. Örneğin, babasıyla Celalabad'a yaptığı bir av gezisini, haftalarca cam gözlü geyik ölüleriyle dolu kâbuslar gördüğünü anlattı. Çocukken, İkinci Dünya Savaşı'ndan önce annesiyle Fransa'ya gittiklerini anlattı. Oraya varmak için hem trene hem de gemiye binmişlerdi. Tekerlerin sarsıntısını nasıl ta kaburgalarında hissettiğini tarif etti. Çengellerden sarkan ve kompartımanları ayıran perdeleri, buharlı makinenin ritmik pofurtusunu, saldığı ıslığı çok iyi anımsıyordu. Evvelki yıl babasıyla Hindistan'da geçirdiği altı haftayı, çok kötü hastalandığını anlattı.

Ara ara, sigarasının külünü bir fincan tabağına dökmek için döndüğünde, ona çabucak bir göz atıyordum; kırmızıya boyanmış ayak tırnaklarına, tüyleri alınmış baldırlarının altınımsı parıltısına, ayağının yüksek kemerine ve tabii ki o dolgun, kusursuz göğüslerine. Bu dünyada bu göğüslere dokunmuş, onunla sevişirken bu göğüsleri öpmüş erkekler de var demek, diye düşünüyordum inanmazlıkla. Bunu yaptıktan sonra insanın hayatında yapacak ne kalıyordu ki? Dünyanın zirvesine çıkmış bir erkek daha nereye gidebilirdi? Yüzünü yeniden bana çevirdiğinde gözlerimi kaçırmak, güvenli bir noktaya sabitlemek büyük bir çaba gerektiriyordu.

Nila zamanla rahatladı, bu sabah sohbetleri sırasında Bay Wahdati'den yakınmaya başladı. Bir gün, kocasını mesafeli, oldukça da kibirli bulduğunu söyledi.

"Bana karşı hep çok cömert, eli açıktır," dedim.

Bir elini boş ver dercesine salladı. "Nebi, lütfen. Bunu yapmak zorunda değilsin."

Bakışlarımı kibarca yere eğdim. Söylediği şey gerçeklerden çok da uzak değildi. Bay Wahdati'nin, örneğin konuşma biçimimi düzeltmek gibi bir huyu vardı ve bunu öyle bir üstünlük havasıyla yapardı ki, pekâlâ kendini beğenmişlik olarak yorumlanabilirdi. Bazen odaya girer, önüne bir tabak tatlı koyar, çayını tazeler, masadaki kırıntıları temizlerdim, o ise varlığımın farkına bile varmaz, gözlerini dahi kaldırmayarak önemsizliğimi vurgulardı; sürgü kapıdan içeriye süzülen bir sinektim sanki. Ancak sonuçta, aynı mahallede yaşadığımız – daha önce yanında çalıştığım– bazı insanların hizmetkârlarını sopayla, kemerle dövdükleri düşünülecek olursa, önemsiz bir ayrıntıydı bu.

"Eğlence ya da macera duygusundan yoksun," dedi kadın keyifsizce kahvesini karıştırırken. "Süleyman daha genç bir erkeğin bedenine hapsolmuş, arpacı kumrusu gibi düşünüp duran bir ihtiyar."

Bu patavatsızlığa kaçan açık sözlülük karşısında biraz afallamıştım. "Bay Wahdati'nin yalnızlıktan zerre kadar rahatsız olmadığı doğru," dedim özenli, diplomatik bir dil seçerek.

"Belki de annesiyle yaşamalı. Ne dersin, Nebi? Bence gayet iyi bir çift oluşturuyorlar."

Bay Wahdati'nin annesi kentin bir başka kesiminde, zorunlu bir hizmetli ordusuyla ve çok sevdiği iki köpeğiyle yaşayan, iri, basbayağı haşmetli bir kadındı. Bu köpeklere aşırı düşkündü, onları bırakın hizmetkârlarla eşdeğer tutmayı, katbekat üstün sayardı. Bu küçük, tüysüz, çirkin köpekler her şeyden ürken, ödlek yaratıklardı ve insanın sinirlerini fena halde törpüleyen, tiz bir havlayışları vardı. Nefret ederdim onlardan, çünkü eve girdiğim an bacaklarıma atılır, umutsuzca tırmanmaya çalışırlardı.

Nila ile Bay Wahdati'yi ne zaman yaşlı kadının evine götürsem, arka koltukta ağır, gergin bir hava estiğini görür,

Nila'nın alnındaki acılı, derin kırışıktan kavga ettiklerini anlardım. Annemle babamın kavgalarını anımsıyorum; ikisinden biri açık, kesin zaferini ilan etmeden kavga sona ermezdi. Bu onların tatsızlıkları mühürleme, nihai bir kararla önünü tıkayıp bir sonraki güne sızmasını engelleme yöntemleriydi. Wahdati çiftinde iş böyle değildi. Onların kavgaları daha çok bir dağılmayla, bir bulaşmayla son buluyordu, tıpkı suya damlatılan bir damla mürekkep, geride kalan, bir süre oyalanan bir leke gibi.

Yaşlı kadının bu evliliği onaylamadığı, Nila'nın da bunu bildiği sonucuna varmak için zekâ akrobasileri yapmaya gerek yoktu.

Nila'yla sohbetlerimiz sürerken onunla ilgili bir soru kafamda yankılanıp duruyordu. Neden evlenmişti Bay Wahdati'yle? Soracak cesaretim yoktu. Mahremiyete böyle fütursuzca dalmak, doğama aykırıydı. Tek çıkarabildiğim sonuç şuydu: Bazı insanlar, özellikle de kadınlar için evlilik (böyle mutsuz bir evlilik bile), daha büyük bir mutsuzluktan kaçış yoluydu.

Bir gün, 1950 yılının sonbaharında, Nila beni çağırttı.

"Beni Şadbağ'a götürmeni istiyorum," dedi. Ailemle tanışmak, nereden geldiğimi görmek istiyordu. Bir yıldır ona hizmet etmeme, şoförlüğünü yapmama rağmen hakkımda neredeyse hiçbir şey bilmediğini söyledi. İsteği en hafif tabirle aklımı karıştırmıştı, onun konumundaki birinin, sırf hizmetçisinin ailesiyle tanışmak için kalkıp bir yerlere gitmesi, belli bir mesafe katetmesi alışıldık bir şey değildi. Bir yandan da, çelişik duygular içindeydim; Nila bana böylesine yakın ilgi gösterdiği için sevinçliydim elbette, fakat endişeliydim de; doğduğum yoksulluğu görecek olması beni huzursuz ediyor... evet, utandırıyordu.

Bulutlu, kapalı bir sabah yola çıktık. Yüksek ökçeli ayakkabılar, şeftali rengi, kolsuz bir elbise giymişti, ama seçimine karışmak, aksini tavsiye etmek bana düşmezdi. Yolda köyle ilgili, tanıdıklarıma, kız kardeşimle Sabır'a, onların çocuklarına ilişkin sorular sordu.

"Adları ne?"

"Şey, büyüğü, dokuzuna basmak üzere olan Abdullah. Öz annesi geçen yıl öldü, dolayısıyla kardeşim Pervane'nin üvey oğlu. Kız kardeşi Peri ise iki yaşında sayılır. Pervane geçen kış bir oğlan doğurdu –adı Ömer'di– ama bebeği iki haftalıkken kaybettiler."

"Nedeni?"

"Nedeni kış, *Bibi Sahip*. Kış, bizimki gibi köylerin tepesine çöker ve her yıl rasgele bir iki çocuk seçer. Elinizden tek gelen, sizin evi atlaması için dua etmektir."

"Tanrım," diye mırıldandı.

"Sıra neşeli haberde," dedim. "Kız kardeşim yine hamile."

Köyde malum, arabaya doğru yalınayak koşturan çocuk sürüsüyle karşılandık, ama Nila arabadan indiği an çocuklar sessizleştiler, azar yeme korkusundan olsa gerek, geri çekildiler. Oysa Nila büyük bir hoşgörü ve şefkat gösterdi. Diz çöküp gülümsedi, her biriyle konuştu, ellerini sıktı, kirli yanaklarını okşadı, su yüzü görmemiş saçlarını karıştırdı. İnsanların onu görmek için toplandığını görünce utandım. Çocukluk arkadaşım Beytullah damın kenarından aşağıya bakıyordu, erkek kardeşleriyle birlikte, kargalar gibi yan yana dizilip çömelmiş, *naswar* tütünü çiğnemekteydiler. Babası, Molla Şekip ise ak sakallı üç ihtiyarla bir duvarın gölgesinde oturmaktaydı, bir gayret tespih çeken adamların hiç ihtiyarlamamış gözleri hoşnutsuz bir ifadeyle Nila'ya ve çıplak kollarına dikilmişti.

Nila'yı Sabır'la tanıştırdım, sonra hep birlikte, peşimizde bir seyirci güruhuyla, kardeşimin yaşadığı, küçük, toprak eve doğru ilerledik. Kapıda Nila bunun gereksiz olduğunu söyleyen Sabır'a aldırmaksızın ayakkabılarını çıkardı. Odaya girince, Pervane'nin bir köşeye sessizce sinmiş olduğunu gördüm; küçülmüş, kaskatı bir yumruya dönüşmüştü. Nila'yı fısıltıdan farksız bir sesle selamladı.

Sabır, Abdullah'a bakıp kaşlarını oynattı. "Bize çay getir, evlat."

"Ah, yo, lütfen," diye atıldı Nila yere, Pervane'nin yanına otururken. "Hiç gerek yok." Ama Abdullah çoktan fırlamış, hem mutfak hem de onunla Peri'ye yatak odası vazifesi gören yan odaya geçmişti bile. Eşiğe asılmış, bulanık, naylon perde, onu oturduğumuz odadan ayırıyordu. Araba anahtarlarıyla oynayarak oturdum, keşke geleceğimizi kardeşime haber verebilseydim, diye düşündüm; ortalığı azıcık toparlayacak zamanı olurdu. Çatlaklarla dolu toprak duvarlar isten kararmıştı, Nila'nın altındaki dikişleri patlamış şilte tozlu, odadaki tek pencere sinek pislikleriyle bezeliydi.

"Harika bir halı bu," dedi Nila neşeyle, parmaklarını halıda gezdirirken. Üzerinde fil ayağı desenleri olan, parlak kırmızı bir halıydı. Sabır'la Pervane'nin sahip olduğu, belli bir değeri olan tek nesneydi – onu da o kış satmak zorunda kaldılar.

"Babamındı," dedi Sabır.

"Türkmen halısı mı?"

"Evet."

"Kullandıkları koyun yününe bayılıyorum. El işçiliği ise inanılmaz."

Sabır başıyla doğruladı. Nila'yla konuşurken bir kez olsun ondan yana bakmamıştı.

Naylon perde hışırdadı, Abdullah elinde bir tepsiyle göründü; Nila'nın önünde durup tepsiyi yere koydu. Kadına bir fincan çay doldurdu, sonra karşısına bağdaş kurup oturdu. Nila onunla konuşmayı denedi, birkaç basit soru sordu, ama Abdullah yalnızca tıraşlı başını sallamakla, bir iki kelimelik yanıtlarla yetindi; ihtiyatlı gözlerle kadını süzüyordu. Çocukla konuşmayı, şu tavrı yüzünden hafifçe paylamayı aklımın bir köşesine yazdım. Bunu tatlılıkla yapacaktım, çünkü bu doğuştan ciddi, becerikli oğlanı seviyordum.

"Doğuma ne kadar var?" diye sordu Nila, Pervane'ye.

Kardeşim başı önde, bebeği kışa beklediklerini söyledi.

"Allah'ın sevgili kulusun," dedi Nila. "Bir bebek beklediğin için. Ve bu kadar kibar, efendi bir üvey oğlun olduğu için."

Pervane *teşekkür ederim* anlamında bir şeyler mırıldandı.

"Yanlış anımsamıyorsam, bir de küçük kız var, değil mi?" dedi Nila. "Peri?"

"Uyuyor," dedi Abdullah kısaca.

"Ah. Çok güzel olduğunu duydum."

"Git kardeşini getir," dedi Sabır.

Abdullah bir babasına bir Nila'ya bakarak bir süre oyalandı, sonra açıkça görülebilen bir gönülsüzlükle kardeşini almaya gitti.

İş işten geçmiş olmasına karşın, kendimi şöyle ya da böyle temize çıkarabilecek bir gerekçe bulmak için, Abdullah'la küçük kardeşinin arasında sıradan bir bağ vardı, derdim. Ama ne yazık ki öyle değildi. Bu ikisinin neden birbirine böylesine bağlandığını Allah'tan başka bilen yok. Tam bir muammaydı. İki insan arasında böyle bir düşkünlüğü hiç görmedim. İşin aslı, Abdullah Peri için bir ağabeyden çok bir baba gibiydi. Kız bebekken, geceleri ağladığında uykusundan fırlayıp onun yanına koşan, Abdullah'tı. Onun kirli bezlerini değiştiren, onu kundaklayan, pışpışlayıp uyutan, oydu. Kardeşine karşı sabrı sınırsızdı. Onu köyde dolaştırır, dünyanın en değerli, en kıskanılan ödülüymüşçesine etrafa gösterirdi.

Hâlâ uyku sersemi olan Peri'yi odaya getirince, Nila kızı kucağına almak için izin istedi. Abdullah kızı uzatırken kuşku dolu, keskin gözlerini kadına dikmişti, içindeki içgüdüsel bir alarm çalmaya başlamış gibi.

"Ah, çok tatlı," diye çığırdı Nila; kızı beceriksizce hoplatıp zıplatışı, küçük çocuklarla ne kadar deneyimsiz olduğunu ele veriyordu. Peri şaşkın gözlerle kadına bakıyordu, sonra Abdullah'a baktı ve ağlamaya başladı. Oğlan hemen atılıp onu kadının kucağından aldı.

"Şu gözlere bakın!" dedi Nila. "Ah, hele şu yanaklar! Nefis bir şey, öyle değil mi Nebi?"

"Gerçekten öyle, *Bibi Sahip*," dedim.

"Ve adıyla müsemma: Peri. Gerçekten bir masal perisi kadar güzel."

Peri'yi kollarında sallamakta olan Abdullah, Nila'yı gözlüyor, yüzü giderek kararıyordu.

Kâbil'e dönüş yolunda, Nila arka koltuğa gömüldü, başını cama yasladı. Uzun bir süre tek sözcük etmedi. Sonra ansızın ağlamaya başladı.

Arabayı yolun kıyısına çektim.

Hiçbir şey söylemedi. Elleriyle yüzünü kapamış hıçkırıyor, omuzları sarsılıyordu. Sonunda, bir mendile sümkürdü. "Teşekkür ederim, Nebi," dedi.

"Ne için, *Bibi Sahip*?"

"Beni oraya götürdüğün için. Ailenle tanışmak bir ayrıcalıktı."

"Ayrıcalık onlara ait. Ve bana. Onur duyduk."

"Kardeşinin çocukları olağanüstü." Güneş gözlüğünü çıkardı, mendille gözlerini kuruladı.

Bir dakika kadar ne yapacağımı düşündüm, sessiz kalmaya niyetlendim. Ama önümde ağlamıştı ve bu ânın içli dışlılığı, nazik, şefkatli sözler edilmesini gerektiriyordu. Yumuşak bir sesle şöyle dedim: "Yakında sizin de çocuklarınız olur, *Bibi Sahip. İnşallah.* Allah bunu nasip edecektir. Bekleyin de görün."

"Hiç sanmıyorum. Bunu o bile yapamaz."

"Elbette yapabilir. O her şeye kadirdir, *Bibi Sahip*. Daha çok gençsiniz. O isterse olacaktır."

"Anlamıyorsun," dedi bezgince. Onu ilk kez böylesine bitkin, böylesine tükenmiş görüyordum. "Artık mümkün değil. Hindistan'da içimi kazıdılar. İçim bomboş."

Buna söylenecek tek bir sözüm yoktu. Arka koltuğa, onun yanına geçmek, onu kollarımın arasına çekmek, öpücüklerle avutmak için kıvranıyordum. Daha ne yaptığımı ayrımsamama kalmadan, elimi arkaya uzatmış, elini tutmuştum bile. Elini çekeceğini sandım, oysa parmakları elimi minnetle kavradı; böylece arabada oturduk, birbirimize değil, etrafımızdaki düzlüklere, ufuktan ufka solmaya yüz tutmuş, sapsarı uzanan, kurumuş su kanallarıyla delik deşik, çalılarla, kayalarla, şurada burada hayat belirtileriyle bezeli tarlalara bakarak oturduk. Nila'nın eli elimde, tepelere, elektrik direklerine baktım. Gözlerimle uzaktan uzağa, arkasındaki toz bulutuyla, hantal hantal yaklaşan bir yük kamyonunu seyrettim; orada öylece, karanlık çökene dek büyük bir mutlulukla oturabilirdim.

"Eve götür beni," dedi sonunda, elimi bırakarak. "Bu akşam erkenden yatacağım."

"Peki, *Bibi Sahip*." Genzimi temizledim, belli belirsiz titreyen elimle vitesi bire taktım.

Doğruca yatak odasına gitti, günlerce de çıkmadı. İlk kez olmuyordu bu. Bazen, üst kattaki yatak odasında pencerenin önüne bir iskemle çeker, oraya yerleşirdi, sigara içerek, tek ayağını sallayarak, bomboş bir yüzle dışarıya bakarak otururdu. Hiç konuşmazdı. Geceliğini çıkarmaz, üstünü değiştirmezdi. Yıkanmaz, dişlerini, saçlarını fırçalamazdı. Bu kez yemek de yemedi, işte Bay Wahdati'yi alışılmadık bir telaşa sevk eden de bu farklı gelişme oldu.

Dördüncü gün sokak kapısı çalındı. Açınca, yeni ütülenmiş takım elbiseli, parlak mokasenli, uzun boylu, yaşlıca bir adamla karşılaştım. Halinde tavrında, dimdik duruşunda, bana görmeyen gözlerle bakışında, cilalı bastonunu bir kral asasıymışçasına her iki eliyle tutuşunda etkileyici, hatta göz korkutucu bir şey vardı. Henüz tek kelime etmemişti, ama boyun eğilmeye alışık biri olduğunu anlamıştım.

"Kızımın iyi olmadığını duydum," dedi.

Babasıydı demek. Onunla hiç karşılaşmamıştım. "Evet, *Sahip*. Maalesef doğru bu."

"O halde yana çekil, genç adam." Beni itip yanımdan geçti.

Bahçeye çıkıp oyalandım, fırın için yakacak odun kestim. Çalıştığım yerden Nila'nın yatak odasının penceresini rahatça görebiliyordum. Babası çerçevenin içindeydi, belden yukarısı Nila'ya doğru eğilmiş, tek elini kızının omzuna dayamıştı. Nila'nın yüzünde, ani bir gürültüyle, örneğin patlayan bir kestanefişeğinin ya da rüzgârla kapanan bir kapının sesiyle yerinden sıçrayan insanların ifadesi vardı.

O akşam yemek yedi.

Birkaç gün sonra beni içeriye çağırdı ve bir parti vereceğini söyledi. Bay Wahdati bekârken evde neredeyse hiç parti vermemiştik. Nila taşındıktan sonra ayda iki ya da üç kez davet düzenler oldu. Davetten bir gün önce bana hazırlayacağım mezelerle, yemeklerle ilgili ayrıntılı talimatlar verir, ben de gerekli malzemeleri almak üzere alışverişe çıkardım. Bu malzemelerin başında alkol gelirdi; Bay Wahdati ağzına sürmediği için daha önce hiç içki satın almamıştım – içmemesinin dinle ilgisi yoktu, yalnızca yarattığı etkiden hoşlanmıyordu. Oysa Nila kaçak içki satan mekânlarla bayağı haşır neşirdi – şaka yollu *eczane* dediği bu dükkânlarda, el altından maaşımın iki katı fiyata bir şişe *ilaç* alınabiliyordu. Bu özel görev, günaha yataklık etme duygusu bende karmaşık hisler uyandırsa da,

Nila'yı memnun etmek, her zamanki gibi, her şeyden önce geliyordu.

Şunu anlamalısınız ki, Bay Markos, Şadbağ'da düğün ya da sünnet türünden bir eğlence düzenlendiğinde, kutlama iki ayrı evde yapılır, biri kadınlar, diğeri biz erkekler için. Nila'nın partilerinde kadınlarla erkekler bir aradaydı. Kadınların çoğu Nila gibi giyiniyordu; kollarını tamamen, bacaklarının da büyük bölümünü açıkta bırakan elbiseler. Hem sigara hem de içki içiyorlardı, ellerinde yarıya kadar renksiz ya da kırmızı veya bakır rengi likörlerle dolu kadehler, şakalaşır, güler, salondaki başka bir kadının kocası olduğunu bildiğim erkeklerin ellerine, kollarına dokunurlardı. Ben içi *bolani* ve *lola kebap* dolu küçük tepsileri sigara dumanıyla dolu salonda, konuk kümelerinin arasında dolaştırırken pikapta hep bir plak çalardı. Afgan müziği değil, Nila'nın *caz* dediği, yıllar sonra öğrendiğim üzere, sizin de çok sevdiğiniz o müzik türü, Bay Markos. Benim kulağım içinse, piyanonun böyle rasgele tıngırdayışı, nefesli çalgıların tuhaf inildeyişi uyumsuz bir karmaşadan ibaretti. Ama Nila bayılıyordu, konuklara şu ya da bu parçayı mutlaka dinlemeleri gerektiğini söyleyip dururdu. Bütün gece elinden kadeh düşmez, sunduğum yiyeceklerden çok, kadehiyle ilgilenirdi.

Bay Wahdati misafirlerini ağırlamak adına asgari çabayı harcardı. Aralarına karışıyormuş havasında, birkaç laf ola, göstermelik hamle yapsa da, çoğunlukla bir köşeye çekilir, yüzünde uzak bir ifadeyle, elindeki madensuyu bardağını çevirip durur, biri onunla konuşacak olursa da, kapalı ağzıyla, nazikçe gülümserdi. Konuklar Nila'dan şiirlerini okumasını istediğinde izin isteyerek salondan ayrılmayı âdet edinmişti.

Bu, gecenin tartışmasız en sevdiğim bölümüydü. Nila'nın başladığını görünce, hemen kendime oyalanacak bir iş yaratırdım. Az ileride, kolumda peçete, öylece dikilir, kulaklarımı dört açardım. Nila'nın şiirleri alışık olduğum şiirlere benzemiyordu. Çok iyi bildiğiniz gibi, biz Afganlar şiire bayılırız; en cahilimiz bile Hafız'ın, Hayyam ya da Sâdi'nin dizelerini ezbere okuyabilir. Geçen yıl bana Afganları ne kadar sevdiğinizi söylemiştiniz, anımsıyor musunuz, Bay Markos? Ben size neden diye sorunca, *çünkü sizin grafiticiler bile duvarlara Rumi'yi yazıyor*, demiştiniz.

Ancak Nila'nın şiirleri geleneğe karşı çıkıyordu. Ne belirlenmiş vezin ölçüsüne uyuyorlardı ne de kafiye düzenine. Dahası ağaçlar, bahar çiçekleri, bülbüller gibi bildik konularla hiçbir ilgileri yoktu. Nila aşktan söz ediyordu; aşk derken de Rumi ya da Hafız'ın tasavvufi arzularını değil, bildiğimiz bedensel aşkı kastediyorum. Yastıkların üzerinde fısıldaşan, birbirini okşayan âşıkları yazıyordu. Hazzı yazıyordu. Bir kadının ağzından böyle sözler döküldüğünü hiç duymamıştım. Orada durup Nila'nın hole doğru süzülen dumanlı sesini dinler, kapalı gözlerim, alev alev yanan kulaklarımla, onun bu dizeleri bana okuduğunu, şiirdeki sevgililerin *biz* olduğumuzu hayal ederdim, ta ki çay ya da yağda yumurta isteyen biri büyüyü bozana kadar; o zaman Nila'nın beni çağırdığını duyar, hemen koşardım.

O gece konuklarına okumak için seçtiği şiir beni hazırlıksız yakaladı. Bir köyde yaşayan ve kış soğuğuna kurban verdikleri bebeklerinin yasını tutan bir karıkoca hakkındaydı. Başlarını beğeniyle salladıklarına, salonda dolaşan olumlu mırıltılara bakılırsa, konuklar şiire bayılmış gibiydi; Nila başını elindeki kâğıttan kaldırınca coşkulu bir alkış koptu. Yine de, kız kardeşimin yaşadığı talihsizliğin konukları eğlendirmek amacıyla kullanılması beni irkiltmiş, hayal kırıklığına uğratmıştı; muğlak bir ihanete uğramışlık duygusundan uzunca bir süre kurtulamadım.

Partiden birkaç gün sonra, Nila yeni bir çantaya ihtiyacı olduğunu söyledi. Bay Wahdati masada gazetesini okuyordu;

az önce mercimek çorbasıyla *nan*'dan oluşan öğle yemeğini sunmuştum.

"Sana bir şey lazım mı, Süleyman?" diye sordu Nila.

"Hayır, aziz. Sağ ol," dedi adam. Karısına "sevgili, sevilen" anlamına gelen aziz dışında bir sözcükle hitap ettiğini neredeyse hiç duymamıştım, oysa birbirine bundan daha uzak görünen bir başka çift daha olamaz, Bay Wahdati'nin dudaklarından dökülen bu sevgi sözcüğü de kulağa bundan daha ciddi, daha resmi gelemezdi.

Mağazaya giderken Nila bir arkadaşına uğramak istediğini söyleyip yolu tarif etti. Arabayı sokağa park ettim, parlak pembe duvarları olan, iki katlı bir binaya doğru yürüyen kadına baktım. Başta motoru çalışır durumda bırakmıştım, ama aradan beş dakika geçip de Nila dönmeyince motoru durdurdum. İyi ki de öyle yapmışım, çünkü o ince bedeninin kaldırımda arabaya doğru kaydığını ancak iki saat sonra görebildim. Arka kapıyı açtım, o içeriye girerken kokusunu içime çektim; tanıdık parfümünün altında ikinci bir koku, hafiften sedir ağacının rayihasını, belki azıcık da zencefili andıran, iki gece önceki partiden anımsadığım bir koku aldım.

"İstediğim gibi bir şey bulamadım," dedi Nila arka koltuktan, dudaklarındaki ruju tazelerken.

Dikiz aynasındaki şaşkın suratıma baktı. Ruju indirdi, kirpiklerinin altından gözlerini bana dikti. "Beni iki mağazaya götürdün, ama ikisinde de beğendiğim bir çanta bulamadım."

Gözleri aynadaki gözlerime kilitlenmişti, bir süre öylece bekledi ve ben bir sırra ortak edildiğimi anladım. Sadakatimi sınavdan geçiriyordu. Benden bir seçim yapmamı istiyordu.

"Bana üç mağaza dolaştınız gibi geliyor," dedim cılız bir sesle.

Sırıttı. "*Parfois je pense que tu es mon seul ami, Nebi.*"

Gözlerimi kırpıştırdım.

"Anlamı şu: Bazen bana tek dostum senmişsin gibi geliyor."

Pırıl pırıl bir tebessümle bana baktı, ama bozulan moralimi düzeltmeye yetmedi.

Günün kalanında görevlerimi yerine getirirken ne her zamanki hızımdan eser vardı ne de alışıldık şevkimden. O akşam arkadaşlar çay içmeye geldiğinde, içlerinden biri bize şarkı söyledi, fakat şarkısı beni neşelendiremedi. Boynuzlanan kişi bizzat bendim sanki. Üzerimdeki nüfuzunun nihayet hafiflediğinden ise emindim.

Ancak sabah kalkınca, onu olanca ağırlığıyla karşımda buldum; yaşadığım yeri yine tıka basa, tabandan tavana doldurmuş, duvarlara işlemiş, buhar misali soluduğum havaya sızmıştı. Ne yapsam boştu, Bay Markos.

Fikrin kafama tam olarak ne zaman girdiğini bilmiyorum. Belki o rüzgârlı sonbahar sabahı, Nila'ya çay servisi yaparken, tam eğilmiş *roat* kekinden bir dilim kestiğim sırada, pencere pervazındaki radyodan, yaklaşan 1952 kışının bir öncekinden de acımasız geçeceğine ilişkin haberi duyduğum anda. Belki daha önce, onu parlak pembe duvarları olan eve götürdüğümde; belki daha da önce, hani arabada hıçkırarak ağlarken elini tuttuğum sırada.

Zamanı ne olursa olsun, fikir aklıma bir kez düştükten sonra ondan kurtulmak mümkün olmadı.

Yalnız şu kadarını söyleyeyim, Bay Markos, işe son derece temiz bir vicdanla giriştim; öneriyi mutlak bir iyi niyetle ve dürüst bir maksatla yapmıştım. Kısa vadede acı verici olsa da, uzun vadede ilgili herkesin hayrına olacak bir öneriydi. Ancak bu kadar onurlu olmayan, bencilce güdülerim de vardı. Bunların birincisi şuydu: Nila'ya başka hiçbir erkeğin –ne kocasının, ne de o büyük pembe evin sahibinin– veremeyeceği bir şeyi vermek.

Önce Sabır'la konuştum. Kendimi savunmak adına, size şunu söyleyebilirim: Sabır'ın bu teklife karşılık para kabul edeceği anlaşılırsa, istediğini vermeye hazırdım. Paraya ihtiyacı olduğunu biliyordum, iş bulmak için nasıl çabaladığını kendisi anlatmıştı. Sabır'ın ailesiyle birlikte kışı atlatabilmesi için, Bay Wahdati'den maaşıma mahsuben avans isteyecektim. Ama Sabır, vatandaşlarımın çoğu gibi, gurur denen illetten mustaripti; hem istenmeyen hem de def edilemeyen bir illetten yani. Benden asla para almazdı. Pervane'yle evlendiğinde, kardeşime verdiğim ufak tefek harçlıkları bile hemen kestirdi. O bir erkekti ve ailesine tek başına bakacaktı. Ve daha kırkına bile basamadan, aynen bunu yaparken öldü: Bağlan yakınlarında bir yerde, bir şekerpancarı tarlasında ter dökerken. Duyduğuma göre, son nefesini verdiğinde pancar orağı hâlâ su toplamış, kanayan ellerindeymiş.

Ben bir baba değildim, dolayısıyla Sabır'ı bu karara götüren acılı, kafa patlatmalı süreci anlıyormuş numarası yapmayacağım. Wahdati çifti arasında geçen tartışmalara da vâkıf değildim. Nila'ya fikrimi açtıktan sonra ondan tek bir şey rica ettim; Bay Wahdati'ye fikrin benden değil, kendisinden çıktığını söyleyecekti. Bay Wahdati'nin karşı çıkacağını biliyordum. Onda bugüne kadar babaca bir içgüdünün zerresine bile rastlamamıştım. İşin aslı, Nila'nın çocuk yapamıyor olması, adamın onunla evlenme kararını pekiştirmiş bile olabilirdi. Velhasıl, karıkoca arasındaki gergin atmosferden uzak durdum. Geceleri yatağıma yattığımda gözümün önünde beliren tek şey, aklımdan geçeni söylediğimde Nila'nın gözlerinden ansızın boşalan yaşlar ve iki elime birden yapışıp bana minnetle ve –evet, bundan emindim– sevgiyi andıran bir şeyle dolu gözlerle bakışıydı. Aklımdaki tek olgu, ona olanakları benimle kıyaslanamayacak erkeklerin bile veremediği bir armağan sunuyor olduğumdu. Tek düşünebildiğim, kendimi ona nasıl bütünüyle ve nasıl büyük bir mutlulukla verdiğimdi. Bunun sonucunda da, biliyorum aptalca ama, belki beni sadece sadık bir hizmetkârdan daha fazlası olarak görmeye başlar, diye umutlanıyordum.

Sonunda Bay Wahdati boyun eğince –ki bu beni hiç şaşırtmadı, Nila korkunç bir iradesi olan bir kadındı– Sabır'a haber yolladım ve Peri'yle onu arabayla Kâbil'e getirmeyi teklif ettim. Neden kızıyla birlikte Şadbağ'dan buraya yürüyerek gelmeyi seçtiğini hâlâ anlayabilmiş değilim. Ya da neden Abdullah'ı da yanına aldığını. Belki kızıyla kalan kısacık zamanını değerlendirmek istiyordu. Belki bu meşakkatli yolculuğu bir tür kefaret gibi görüyordu. Ya da belki mesele Sabır'ın gururuydu, kızını satın alan adamın arabasına binmek istemiyordu. Ama sonuçta çıkıp geldiler, üçü birlikte, toz toprak içinde; anlaştığımız gibi caminin önünde beni beklediler. Onları Wahdatilerin evine götürürken, onları bekleyen yazgıdan (ve yakında yaşanacak olan korkunç sahneden) habersiz olan çocukların hatırına neşeli davranmaya çalıştım.

Aynen korktuğum gibi *gerçekleşen* sahnenin ayrıntılarına girmeye gerek yok, Bay Markos. Ama anısı zihnimde yeniden, zorla belirdiğinde, aradan bunca yıl geçmiş olmasına karşın, hâlâ yüreğim sıkışır. Nasıl sıkışmasın ki? Sevginin en yalın ve en saf haliyle vücut bulduğu o iki çaresiz çocuğu birbirinden kopardım ben. O âni, duygusal karmaşayı asla unutmayacağım. Peri'yi omzuma vurmuş uzaklaştırırken kız dehşet içinde tekmeler savuruyor, çığlık çığlığa bağırıyor: *Abollah! Abollah!* Kız kardeşinin adını haykıran Abdullah, babasından kurtulmaya çalışıyor. Gözleri fal taşı gibi açılmış Nila, belki de kendi çığlığını bastırmak için iki eliyle ağzını kapamış. Görüntü olanca ağırlığıyla yüreğimde. Bunca yılın ardından, Bay Markos, hâlâ yüreğimde.

Peri o sırada dördüne basmak üzereydi, ama bu küçük yaşına karşın, yeniden biçimlendirilmesi gereken bazı huylar edinmişti. Örneğin, bana artık *Kaka* Nebi değil, yalnızca Nebi diye hitap etmesi tembihlendi. Yanlışları, ben dahil herkes tarafından tatlılıkla, tekrar tekrar düzeltildi, ta ki kız aramızda hiçbir akrabalık olmadığına inanıncaya kadar. Ben artık onun için aşçı Nebi, şoför Nebi idim. Nila "Maman" oldu, Bay Wahdati de "Papa". Nila ona kendi anadili olan Fransızcayı öğretmeye koyuldu.

Bay Wahdati'nin Peri'yi kabullenirken sergilediği soğukluk çok kısa sürdü; kızı gözyaşlarına boğan korkusu ve sıla özlemi adamı yumuşatıp elini kolunu bağlamış, bu da en çok kendisini şaşırtmıştı. Kısa süre sonra sabah yürüyüşlerimize Peri de katılır oldu. Bay Wahdati onu bir çocuk arabasına oturtur, bir yandan yürürken bir yandan da arabayı mahallede itip dururdu. Ya da arabada, direksiyonda otururken kızı kucağına alır, o kornaya basarken sabırla gülümserdi. Bir marangoz tutup Peri için üç çekmeceli, tekerlekli bir yatak, oyuncakları için akçaağaçtan bir komodin, bir de küçük, kısa dolap yaptırdı. En sevdiği rengin sarı olduğunu öğrenince Peri'nin odasındaki her şeyi sarıya boyattı. Onu bir gün dolabın karşısına, Peri'nin yanına bağdaş kurmuş, dikkate değer bir ustalıkla dolabın kapaklarına zürafalar, uzun kuyruklu maymunlar çizerken buldum. Onu bir şeyler çizerken gördüğüm bunca yıldan sonra, elinden çıkan bir resmi ilk kez gördüğümü söylersem, Bay Markos, içedönük kişiliği hakkında ciltler dolusu bilgi vermiş olurum.

Peri'nin gelişinin yarattığı etkilerden biri de, ev halkının ilk kez gerçek bir aileye benzemesiydi. Peri'ye duydukları sevginin birleştirdiği Nila ile kocası, artık bütün yemekleri beraber yiyorlardı. Peri'yi yakınlardaki parka götürüyor, bir banka yan yana, memnun mesut oturup oyun oynayan kızı seyrediyorlardı. Akşamları, sofrayı kaldırdıktan sonra onlara çay götürdüğümde, ikisinden birini, kucağına yatmış olan Peri'ye, Şadbağ'daki yaşamını ve oradaki insanları her geçen gün biraz daha unutan bu kıza bir çocuk kitabını okurken buluyordum.

Peri'nin varlığının hiç beklemediğim bir başka sonucu daha oldu: Geri plana düştüm. Beni yargılarken insaflı olun, Bay Markos ve genç bir adam olduğumu aklınızdan çıkarmayın; ne kadar budalaca olsa da bazı umutlar beslediğimi itiraf ediyorum. Sonuçta Nila'nın anne olmasına ben aracı olmuştum. Mutsuzluğunun kaynağını ortaya çıkarmış, panzehirini tedarik etmiştim. Bunun bizi sevgili yapacağını mı düşünmüştüm? Eh, keşke bu kadar ahmak olmadığımı söyleyebilseydim, Bay Markos, ancak yüzde yüz doğruyu söylemiş olmazdım. Sanırım gerçek şu ki, biz, her üçümüz de, bütün olumsuz ve başa çıkılamaz verilere karşın, başımıza olağandışı bir şeyin gelmesini bekliyorduk.

Gözden düşeceğimi hiç mi hiç öngörememiştim. Artık Peri, Nila'nın bütün zamanını alıyordu. Dersler, oyunlar, ikindi uykuları, yürüyüşler, yine oyunlar. Gündelik sohbetlerimiz rafa kaldırılmıştı. İkisi baş başa tahta inşa kutularıyla oynar ya da yapbozla uğraşırken, Nila ona kahve getirdiğimi, az geriye çekilip öylece dikildiğimi fark etmezdi bile. Konuştuğumuz zaman da aklı başka yerdeymiş gibi görünür, sohbeti kısa kesmenin yolunu arardı. Arabada, yüzünde uzak, mesafeli bir ifade olurdu. Bu yüzden yeğenime az biraz içerlediğimi utanarak da olsa itiraf edeceğim.

Wahdatilerle yapılan anlaşmaya göre, Peri'nin ailesinin ziyarete gelmesi yasaktı. Onunla herhangi bir iletişim kurmaları da öyle. Peri'nin eve yerleşmesinden kısa bir süre sonra Şadbağ'a gittim. Abdullah'a ve kardeşimin küçük oğlu, yeni yeni emeklemeye başlamış olan İkbal'e birer hediye götürdüm.

Sabır, manidar bir sesle, "Tamam, hediyelerini verdin," dedi. "Artık gidebilirsin."

Bu soğuk karşılamayı, bana karşı takındığı aksi tavrı anlayamadığımı söyledim.

"Bal gibi anlıyorsun," dedi. "Ayrıca, bundan böyle kendini bizi görmeye gelmek zorunda hissetme."

Haklıydı, anlıyordum. Aramıza bir soğukluk girmişti. Biçimsiz, gergin, hatta hırlaşmaya müsait bir ziyaretti bu. Artık karşılıklı oturup çay içmek, havadan sudan ya da o yılki üzüm hasadından söz etmek ikimize de doğal gelmiyordu. Sabır da, ben de artık ortada olmayan bir doğallık rolü yapıyorduk. Nedeni ne olursa olsun, ben nihayetinde bu ailede bir kopuşa aracılık etmiştim. Sabır beni bir daha asla görmek istemiyordu, bense bunu anlıyordum. Aylık ziyaretlerime son verdim. Onları bir daha hiç görmedim.

1955 baharının başlarında bir gün, Bay Markos, evdeki herkesin yaşamını sonsuza dek değiştiren bir olay oldu. Hatırlıyorum, yağmur yağıyordu. Şu kurbağaları bile canından bezdiren, yeknesak sağanaklardan değil, sabah boyunca bir başlayıp bir duran, kararsız çisentilerden. Anımsıyorum, çünkü bahçıvan Zahid malum tembelliğiyle tırmığına yaslanmış, şu berbat havadan ötürü bugünlük işi bırakacağını söylemişti. Ben de sırf onun boş gevezeliğinden kurtulmak için kulübeme çekilmeye hazırlanıyordum, aynı anda Nila'nın ana binadan adımı haykırdığını duydum.

Bahçeyi koşarak geçtim. Sesi üst kattan, büyük yatak odasından geliyordu.

Nila'yı bir köşeye büzülmüş, eliyle ağzını kapamış halde buldum. "Bir terslik var," dedi elini çekmeden.

Bay Wahdati yatakta doğrulmuş oturuyordu, üzerinde bir tek beyaz fanilası vardı. Gırtlaktan gelen, acayip sesler çıkarıyordu. Yüzü bembeyaz, bitkindi, saçlarıysa karman çorman. Sağ elini kaldırmayı tekrar tekrar deniyor, başaramıyordu, dehşet içinde, ağzının kenarından salya aktığını fark ettim.

"Nebi! Bir şeyler yap!"

Artık altı yaşında olan Peri az önce odaya girmişti, hemen yatağa, Bay Wahdati'nin yanına atladı, fanilasını çekiştirmeye başladı. "Papa? Papa?" Adam irileşmiş gözleriyle ona baktı, ağzı bir açılıp bir kapanıyordu. Kız bir çığlık attı.

Hemen onu kucakladım, Nila'ya götürdüm. Nila'ya çocuğu bir başka odaya götürmesini söyledim, babasını bu halde görmemeli, dedim. Nila bir hipnozdan uyanıyormuşçasına gözlerini kırpıştırdı, bir kıza bir bana baktı, sonra uzanıp kızı kucağına aldı. Kocasının neyi olduğunu sorup duruyordu. Bir şeyler yapmam gerektiğini yineliyordu.

Pencereden eğilip Zahid'e seslendim, böylece bu beş para etmez sersem ilk kez bir işe yaradı. Bay Wahdati'ye pijamasının altını giydirmeme yardım etti. Onu yataktan kaldırıp aşağıya taşıdık, arabanın arka koltuğuna yerleştirdik. Nila yanına bindi. Zahid'e evde kalıp Peri'ye göz kulak olmasını tembihledim. Karşı çıkmaya yeltendi, avucumu açtım, tokadı var gücümle şakağına yapıştırdım. Eşeklik etmemesini, dediğimi yapmasını söyledim.

Sonra da geri geri garaj yolundan çıktım ve gaza yüklendim.

Bay Wahdati'yi eve tam iki hafta sonra getirebildik. Ve kaos başladı. Akrabalar sürüler halinde eve üşüştü. Şu kuzeni, bu amcayı, yaşlıca bir teyzeyi doyurabilmek için neredeyse yirmi dört saat çay demliyor, yemek pişiriyordum. Ön kapının zili hiç susmuyor, salonun mermer zemininde topuklar tıkırdıyor, insanlar eve akarken fısıltılar, mırıltılar koridorda dalgalanıyordu. Çoğunu bu evde hemen hemen hiç görmemiştim; aslında yüzeysel, temelsiz bir ilişki içinde oldukları bu münzevi, hasta adamı görmekten çok, Bay Wahdati'nin haşmetli annesine yaranmak maksadıyla kalkıp geldiklerinin farkındaydım. Anne de geldi elbette – Tanrı'ya şükür, köpeksiz. Her iki elinde, kızarmış gözlerine, akan burnuna bastırdığı birer mendil, bir hışım eve daldı. Oğlunun yatağının yanına yerleşti, ağlamaya koyuldu. Dahası, kanımı donduran bir şey yapıp siyahlara bürünmüştü, oğlu çoktan ölmüş gibi.

Aslında, bir bakıma ölmüştü. En azından eski hali ölmüştü. Yüzünün yarısı donmuş bir maskeydi şimdi. Bacakları işe yaramaz durumdaydı. Sol kolunu oynatabiliyordu, ama sağ kolu yalnızca kemikten ve gevşek etten ibaretti. Ağzından sözcükler değil, kimsenin çözemediği boğuk hırıltılar, iniltiler çıkıyordu.

Doktor, Bay Wahdati'nin felçten önceki duygularını hissettiğini, her şeyi anladığını söyledi, ancak hissettiklerini ve anladıklarını dışavurmayı beceremiyordu – en azından şimdilik.

Ancak bu tam olarak doğru sayılmazdı. İşin aslı, ilk haftadan sonra, annesi de içinde olmak üzere, konuklara ilişkin duygularını oldukça duru, açık bir şekilde belli eder oldu. Böylesine vahim bir hastalıkla boğuşurken bile yalnızlığına son derece düşkün biriydi. İnsanların ona acımasına, o kederli bakışlara, enkaza dönüşmüş görüntüsüne esefle sallanan başlara tahammül edemiyordu. Ziyaretçiler onun odasına girince, kullanabildiği sol elini öfkeli bir kışkışlama hareketiyle sallıyordu. Onunla konuştuklarında yüzünü çeviriyordu. Yanına oturduklarında yatak örtüsünü avuçlar, homurdanır, kalkıp gidene kadar yumruğuyla baldırını döverdi. Peri'ye gelince; onu da başından savmak için aynı ısrarı gösterse de, tavrı çok daha yumuşaktı. Kız onun yatağının başucuna oturup bebekleriyle oynarken, Bay Wahdati titreyen çenesi, ıslanmış, yalvaran gözleriyle bana bakardı, ta ki ben kızı odadan çıkarıncaya kadar – ağzından çıkanların kızı çok üzdüğünü bildiğinden, onunla konuşmaya çabalamazdı.

Bu muazzam ziyaretçi akını Nila'nın işine geliyordu. İnsanlar evi tıka basa doldurunca o üst kata, Peri'nin odasına çekilir, kızla ilgilenirdi, buysa kayınvalidesini deli ediyordu; kadın hiç kuşku yok ki (Eh, doğruyu söylemek gerekirse, kim onu suçlayabilir?) Nila'dan, sırf görünüşü kurtarmak için bile olsa oğlunun yanı başında olmasını bekliyordu. Ama tabii ki, görünüşü kurtarmalar ya da hakkında söylenecekler filan Nila'nın umurunda bile değildi. Söyleniyordu da zaten. Bir keresinde kayınvalidesinin, "Ne biçim eş bu?" diye bağırdığını duydum. Bir dinleyici bulur bulmaz Nila'nın kalpsizliğinden, merhametsizliğinden yakınıyordu. Kocasının ona en çok gereksindiği şu anda neredeydi bu kadın? Böylesine sadık, seven bir kocayı bu zor gününde terk ettiğine göre, nasıl bir kadındı bu?

Yaşlı kadın söylediklerinin bir kısmında çok haklıydı elbette. Gerçekten de, Bay Wahdati'nin başucundan neredeyse hiç ayrılmayan, ona ilaçlarını veren, odaya girenleri karşılayan kişi bendim. Doktorun en çok konuştuğu kişi de bendim, dolayısıyla, insanlar Bay Wahdati'nin durumunu Nila'ya değil, bana sormaktaydılar.

Bay Wahdati'nin ziyaretçi istememesi, Nila'yı sıkıntılarının birinden kurtarmış, ancak bir başkasıyla karşı karşıya bırakmıştı. Ev doluyken Peri'nin odasına saklanıp kapıyı kapatarak kendini sırf o huysuz kayınvalidesinden değil, kocasının şu içler acısı halinden de uzak tutabiliyordu. Ancak ev boşalınca, fena halde bocaladığı karılık görevleriyle baş başa kaldı.

Yapamıyordu.

O da yapmadı.

Zalim ya da taş kalpli olduğunu söylemiyorum. Uzun bir ömür sürdüm, Bay Markos ve öğrendiğim bir şey varsa, o da şu: Bir başkasının yüreğini, yüreğinden geçenleri yargılarken kişi bir miktar da olsa alçakgönüllülükten ve yardımseverlikten nasibini almış olmalı. *Söylemeye* çalıştığım şey, bir gün Bay Wahdati'nin odasına girdiğimde, Nila'yı elinde kaşık, kocasının karnına kapanmış hüngür hüngür ağlarken bulduğum; kocasına yedirmeye çalıştığı, püre haline getirilmiş mercimek *daal*'ı adamın çenesinden boynuna bağlanmış olan önlüğe akmaktaydı.

"Bana bırakın, *Bibi Sahip*," dedim tatlılıkla. Kaşığı elinden aldım, Bay Wahdati'nin ağzını sildim, yedirmeye başladım ama adam inledi, gözlerini sımsıkı yumup yüzünü yana çevirdi.

Bundan kısa bir süre sonra, bir çift valizi merdivenlerden indirdim, çalışır durumdaki arabanın bagajına koyması için taksi şoförüne verdim. Sonra da, en sevdiği sarı paltosunu giymiş olan Peri'nin arka koltuğa oturmasına yardım ettim.

"Nebi, Maman'ın dediği gibi Papa'yı Paris'e, yanımıza getirecek misin?" diye sordu o aralık ön dişlerini gösteren bir gülümsemeyle.

Babasını biraz düzelince getireceğime söz verdim. Küçük ellerinin üzerine birer öpücük kondurdum. "Bibi Peri, size bol şans ve mutluluklar diliyorum," dedim.

Nila'yla ön basamaklarda karşılaştım, gözleri şişmiş, göz kalemi etrafa bulaşmıştı. Vedalaşmak üzere Bay Wahdati'nin odasına girmişti.

Ona kocasının nasıl olduğunu sordum.

"Rahatladı sanırım," dedi, sonra ekledi, "gerçi bu benim hüsnükuruntum olabilir tabii." Çantasının fermuarını çekti, kayışını omzuna attı.

"Nereye gittiğimi kimseye söyleme. En iyisi bu."

Söylemeyeceğime söz verdim.

Yakında yazacağını söyledi. Sonra uzun uzun gözlerimin içine baktı; gözlerinde gerçek bir muhabbet gördüğüme eminim. Avucuyla yüzüme dokundu.

"Onun yanında olmana memnunum, Nebi."

Sonra yaklaştı, beni kucakladı; yanağı yanağımdaydı. Saçlarının, parfümünün kokusu burnuma doldu.

"Önemli olan hep sendin, Nebi," dedi kulağıma. "Baştan beri hep sendin. Bilmiyor muydun?"

Anlamamıştım. Sormama kalmadan benden uzaklaştı. Başı önde, botlarının ökçeleri asfaltta çınlarken hızla araba yolunu indi. Taksinin arka koltuğuna, Peri'nin yanına geçti, avucunu cama bastırıp bir kez bana doğru baktı.

Gidişini seyrettim, arabanın sokağın sonundaki köşeyi dönmesini bekledim, sonra bahçe kapısını çektim. Sırtımı kapının kanadına yasladım ve bir çocuk gibi ağladım.

Kısa bir süre daha, Bay Wahdati'nin arzusu hilafına, birkaç ziyaretçimiz oldu. Sonunda, onu görmeye bir tek annesi gelir oldu. Haftada bir kez filan geliyordu. Bana bakıp parmaklarını şıklatır, hemen ona bir iskemle çekerdim; oğlunun yatağının yanına çöker çökmez, artık çekip gitmiş olan karısının karakterine saldırılarla dolu, uzun bir monoloğa girişirdi. O bir fahişeydi. Bir yalancı. Bir ayyaş. Kocasını en zor zamanında bırakıp Tanrı bilir nerelere kaçan ödleğin tekiydi. Bay Wahdati duygularını hiç belli etmeksizin, omzunun üstünden pencereye bakarak sessizce dinlerdi. Sonra sıra kesintisiz bir haber ve dedikodu akışına gelir, bunların çoğu bayağılığıyla insana adeta fiziksel acı verirdi. Hangi kuzen, sırf onun kahve sehpasının aynısından satın alma küstahlığını gösterdiği için kız kardeşiyle kavga etmiş. Kimin arabasının lastiği, geçen cuma Pağman'dan dönerken patlamış. Kim saçlarını kestirmiş.

Vesaire vesaire. Bazen Bay Wahdati bir şeyler homurdanır, annesi de bana dönerdi.

"Hey, sen! Ne dedi?" Bana hep böyle hitap ederdi; keskin, köşeli sözlerle.

Neredeyse bütün gün başucundan ayrılmadığımdan, adamın konuşmasının şifresini az çok çözmüştüm. Ona iyice yaklaşır, başkalarının anlaşılmaz iniltiler, hırıltılar olarak duyduğu şeylerden, su, lazımlık ya da yan çevrilmeyi istediğini anlardım. Onun mecburi tercümanı olmuştum.

"Oğlunuz uyumak istediğini söylüyor."

Yaşlı kadın içini çeker, isabet oldu, derdi; onun da zaten gitmesi gerekiyordu. Uzanıp oğlunu alnından öper, en kısa zamanda yeniden gelme sözü verirdi. Onu ön kapıya, şoförünün beklediği yere götürür, hemen Bay Wahdati'nin odasına dönüp yatağının yanındaki tabureye otururdum; birlikte sessizliğin tadını çıkarırdık. Bazen göz göze gelirdik, başını sallayıp çarpık ağzıyla sırıtırdı.

Yerine getirmek üzere tutulduğum görevler artık iyice sınırlandığından (arabayı haftada birkaç kez alışverişe çıkmak için kullanıyor, artık yalnızca iki kişiye yemek pişiriyordum), üstlenebileceğim işler için başka elemanlara para ödemek gereksizdi. Düşüncemi Bay Wahdati'ye açınca eliyle beni yanına çağırdı. Ona doğru eğildim.

"Kendini çok yoracaksın."

"Hayır, *Sahip*. Seve seve yaparım."

Emin misin, diye sordu; evet, dedim.

Gözleri yaşardı, parmakları güçsüzce bileğimi kavradı. Tanıdığım en metin insandı, ama inmeden bu yana en ufak şeyler bile onu heyecanlandırıyor, telaşlandırıp gözyaşlarına boğuyordu.

"Nebi, dinle beni."

"Evet, *Sahip*."

"Uygun gördüğün maaşı al."

Bunu konuşmamıza gerek olmadığını söyledim.

"Paranın yerini biliyorsun."

"Kendinizi yormayın, *Sahip.*"

"Miktarı önemli değil."

Öğlen *şorva* çorbası yapmayı düşündüğümü söyledim. "*Şorva*'ya ne dersiniz? Benim de çok canım çekti."

Mahalledeki diğer hizmetkârlarla yaptığımız akşam toplantılarına son verdim. Hakkımda ne düşündükleri umurumda bile değildi; Bay Wahdati'nin evine gelip onunla dalga geçmelerine göz yummayacaktım. Bu arada, Zahid'i kovma zevkini tattım. Aynı şekilde, çamaşır yıkamaya gelen Hazara kadının da işine son verdim. Ve çamaşırları yıkayıp kuruması için ipe asmayı ben üstlendim. Ağaçlara bakıyor, çalıları buduyor, çimenleri kesip yeni çiçekler ve sebzeler ekiyordum. Evi temizliyor, halıları süpürüyor, parkeleri cilalıyor, perdelerin tozunu alıyor, camları siliyor, damlayan muslukları onarıyor, paslı boruları değiştiriyordum.

Bir gün, yukarıda Bay Wahdati'nin odasındaydım, o uyurken ben de kornişlerdeki örümcek ağlarını temizlemekteydim. Yazdı, hava kuru ve yakıcıydı. Bay Wahdati'nin üzerindeki bütün örtüleri, çarşafları kaldırmış, pijamasının paçalarını sıvamıştım. Camlar açıktı, tepedeki pervane gıcırdayarak dönüp dursa da pek faydası olmuyor, sıcak her yandan saldırıyordu.

Odada bir süredir temizlenmeyi bekleyen büyük bir dolap vardı, o gün işe girişmeye karar verdim. Kapılarını iterek açtım, işe takım elbiselerle başladım; her ne kadar Bay Wahdati'nin onları bir daha giyemeyeceğinin farkında olsam da, hepsinin tek tek tozunu silkelemeye koyuldum. İyice tozlanmış kitap desteleri vardı, onları da sildim. Bir kumaş parçasıyla ayakkabılarını temizledim, düzgün bir sıra halinde dizdim. Geniş bir karton kutu buldum, uzun, kışlık paltoların altında kalmıştı.

Kutuyu kendime çekip açtım. Bay Wahdati'nin eski çizim defterleriyle doluydu; geçmiş yaşamının hüzünlü yadigârları, üst üste dizilmişti.

En üstteki çizim defterini alıp rasgele bir sayfasını açtım. Dizlerim bükülüverdi. Bütün sayfalara baktım. Yerine koydum, bir başkasını, sonra bir başkasını aldım, hepsine baktım. Hepsine karakalemle aynı kişinin çizildiği sayfalar gözlerimin önünde çevriliyor, hafif bir iç çekişle yüzümü yelpazeliyordu. İşte, üst kattaki yatak odasından, tünediği yerden görünen ben, arabanın ön çamurluğunu siliyorum. Bir başkasında, verandadayım, elimdeki küreğe dayanmışım. Her sayfada ben vardım: Ayakkabımın bağcıklarını bağlarken, odun keserken, çalıları sularken, çaydanlıktan bardağa çay doldururken, dua ederken, uyuklarken. Birinde, Ghargha Gölü'nün kıyısında duran arabanın direksiyonundaydım; camı indirmiş, kolumu kapının üzerinden dışarıya sarkıtmıştım; arka koltukta zar zor seçilen bir karaltı, tepede dönüp duran kuşlar.

Sendin, Nebi.

Baştan beri hep sendin.

Anlayamadın mı?

Dönüp Bay Wahdati'ye baktım. Yan dönmüş, mışıl mışıl uyuyordu. Çizim defterlerini yavaşça, dikkatle kutuya koydum, kapağını kapadım ve geriye, paltoların altındaki köşeye ittim. Sonra odadan çıktım, onu uyandırmamak için kapıyı usulca çektim. Loş koridoru geçip merdivenden indim. Kendimi yürürken izleyebiliyordum: O yaz gününün sıcağına çıkmak, araba yolunu inmek, bahçe kapısını açıp sokağa adım atmak, köşeyi dönmek ve arkama bile bakmadan yola devam etmek.

Artık burada nasıl kalabilirdim? Yaptığım keşif ne midemi bulandırmış ne de koltuklarımı kabartmıştı, Bay Markos, ama *rahatsız* olmuştum. Az önce öğrendiğim şeyden sonra, burada nasıl kalabileceğimi gözümün önüne getirmeye çalıştım. O kutuda gördüklerim, her şeyin üstüne kasvetli bir gölge düşürüyordu. Bu öyle bir şeydi ki, ondan kaçılamaz, bir kenara itilemezdi. Öte yandan, adamı bu çaresiz durumda bırakıp nasıl gidebilirdim? Yapamazdım, yerime bakacak birini bulmadan olmazdı. Bay Wahdati'ye en azından bu kadarını borçluydum, bana her zaman iyi davranmıştı, bense karısının gözüne girebilmek için onun arkasından iş çevirmiştim.

Yemek salonuna döndüm, cam masaya oturup gözlerimi yumdum. Orada hiç kıpırdamadan ne kadar oturduğumu size söyleyemem, Bay Markos, yalnızca bir ara üst kattan gelen sesleri duyup gözlerimi açtım, ışığın değişmiş olduğunu görünce kalktım, çay demlemek için mutfağa gittim.

Bir gün odasına girdim, ona bir sürprizim olduğunu söyledim. Bu, 1950'lerin sonlarına doğru, televizyonun Kâbil'e gelmesinden epeyce önceydi. O günlerde vakit geçirmek için iskambil oynardık, sonraları bana satranç oynamayı öğretince, satranca az çok yeteneğim olduğu ortaya çıktı. Ayrıca okuma dersleri de epeyce vaktimizi alıyordu. Bay Wahdati sabırlı bir öğretmendi. Ben okurken o gözlerini kapatıp dinler, bir hata yaptığımda başını tatlılıkla sallardı. *Bir daha*, derdi. O süreçte konuşması oldukça çarpıcı bir gelişme göstermişti. *Orayı yeniden oku, Nebi.* 1947'de, beni işe aldığında, Molla Şekip'in sayesinde iyi kötü okuyup yazabiliyordum, ancak okumam, buna bağlı olarak yazmam Süleyman'ın öğretmenliğiyle gerçek anlamda ilerledi. Bunu bana yardım etmek için yapmıştı elbette, fakat derslerin ona da yararı dokundu, çünkü şimdi ona sevdiği kitapları okuyabiliyordum. Aslında kitapları kendisi de okuyabilirdi, ama çok çabuk yorulduğu için bu çabası çok kısa sürüyordu.

Ben bir işle meşgulken, onu yalnız bıraktığımda kendini oyalayabileceği pek bir şey yoktu. Plak dinlerdi. Genellikle pencereden bakmakla yetinmek zorundaydı; ağaçlara konmuş kuşları, gökyüzünü, bulutları seyreder, sokakta oynayan çocukları, eşeklerini çeken, *Kiraz! Taptaze kirazlar!* diye şarkı söyler gibi bağıran satıcıları dinlerdi.

Ona sürprizden söz edince ne olduğunu sordu. Kolumu ensesine kaydırdım, öncelikle aşağıya inmemiz gerektiğini söyledim. O günlerde, hâlâ genç ve güçlü olduğumdan, onu taşımakta hiç zorlanmıyordum. Onu kolayca kaldırdım, oturma odasına götürüp yavaşça kanepeye bıraktım.

"Evet?" dedi.

Holde duran tekerlekli sandalyeyi getirdim. Bir yıldır sandalyenin reklamını yapıyordum, o ise inatla reddediyordu. Sonunda inisiyatifi ele almış, gidip bir tekerlekli sandalye satın almıştım. Görür görmez, başını hayır anlamında sallamaya başladı.

"Komşular yüzünden mi?" diye sordum. "Elâlem ne der diye mi çekiniyorsunuz?"

Kendisini yukarıya çıkarmamı söyledi.

"Eh, komşuların ne düşündüğü ya da dediği benim umurumda bile değil," dedim. "Dolayısıyla bugün gezintiye çıkacağız. Harika bir gün, biz de dışarıya çıkacağız ve dolaşacağız, nokta. Çünkü bu evden çıkmadığımız takdirde aklımı kaçıracağım; ben kafayı oynatırsam sana ne olur peki? Lütfen Süleyman, ağlamayı kes. Yaşlı bir kadından farkın yok."

Şimdi hem ağlıyor *hem* gülüyor, ben onu kucaklayıp tekerlekli sandalyeye oturturken, o hâlâ, "Hayır! Olmaz!" deyip duruyordu; kucağına bir battaniye örttüm, sandalyeyi iterek kapıdan geçirdim.

Burada bahsetmem gereken bir şey var: Önceleri, yerimi alacak birini bulmak için uğraştım. Bundan Süleyman'a söz etmedim, önce doğru kişiyi bulup sonra haberi vermek daha doğru olacaktı. İşe başvuranlar oldu. Süleyman'ı kuşkulandırmamak için onlarla evin dışında görüştüm. Ama bunun tahmin ettiğimden çok daha sorunlu bir arayış olduğu ortaya çıktı. Zahid'le aynı hamurdan olduğunu apaçık gördüğüm adayları (bu tiplerle çok uzun zamandır muhatap olduğumdan, kokularını hemen alıyordum) başımdan savdım. Kimilerinin aşçılığı yetersizdi, çünkü daha önce de bahsettiğim gibi, Süleyman'a yemek beğendirmek kolay değildi. Ya da araba süremiyorlardı. Çoğu okuma bilmiyordu, Süleyman'a artık her akşamüstü kitap okuduğum düşünülecek olursa, ciddi bir eksiklikti bu. Bazılarını sabırsız, tahammülsüz buldum; zaman zaman insanı çileden çıkarabilen, bir çocuk gibi huysuzlaşabilen Süleyman'ın bakımı açısından, bu da yine vahim bir kusurdu. Bazılarının da söz konusu çetin görevin gerektirdiği mizaçtan yoksun olduklarını bana sezgilerim söyledi.

Böylece, üç yıl sonra hâlâ bu evdeydim ve hâlâ kendime, Süleyman'ın kaderini güvenebileceğim ellere teslim eder etmez çekip gideceğimi söylüyordum. Aradan üç yıl geçmişti ve ben hâlâ her gün onu tepeden tırnağa ıslak bezle siliyor, tıraş ediyor, tırnaklarını kesiyordum. Yemeğini yediriyor, lazımlığını veriyor, bir çocuk gibi altını temizliyor, kirli alt bezlerini yıkıyordum. Artık aramızda aşinalıktan ve gündelik düzenden doğan, açığa vurulmamış bir dil geliştirmiştik; bunun kaçınılmaz sonucu olarak da, ilişkimize daha önce havsalamızın alamayacağı, belli bir teklifsizlik sızmıştı.

Onu tekerlekli sandalyeye razı etmemden sonra, eski sabah yürüyüşlerimiz kaldığı yerden başladı. Onu iterek evden çıkarıyor, karşılaştığımız komşulara selam vere vere, sokağın aşağısına doğru ilerliyorduk. Bu komşulardan biri de Bay Beşiri'ydi, Kâbil Üniversitesi'nden yeni mezun olan bu genç adam Dışişleri Bakanlığı'nda çalışmaktaydı. O ve ağabeyi eşleriyle birlikte, bizden üç ev ileride, yolun karşısındaki büyük, iki katlı eve taşınmışlardı. Bazı sabahlar işe gitmek üzere arabasını ısıtırken rastlardık ona, mutlaka durup biraz hoşbeş ederdik. Süleyman'ı sık sık Şar-e-Nau Parkı'na götürürdüm, karaağaçların gölgesinde oturur, trafiği seyrederdik – avuç içleriyle kornayı döven taksi şoförleri, bisikletlerin şıngırtısı, anıran eşekler, otobüslerin önüne intihar edercesine atlayan yayalar. Süleyman'la ben parkın içinde ve dışında tanıdık bir görüntü olup çıkmıştık. Eve dönerken duraklar, dükkân sahipleriyle, kasaplarla dostça söyleşir, genç trafik polisiyle birkaç neşeli kelime ederdik. Araçlarının çamurluklarına yaslanmış, müşteri bekleyen sürücülerle laflardık.

Bazen onu eski Chevrolet'nin arka koltuğuna oturtur, tekerlekli sandalyeyi bagaja koyar, arabayı Pağman'a sürerdim; ağaçların gölgesinde çağıldayan, minik derenin kenarında oturabileceğimiz küçük, yeşillik bir alan bulurdum. Karnımızı doyurduktan sonra biraz çizim yapmaya çalışırdı, ama felç asıl kullandığı sağ elini etkilediğinden, bu ciddi bir mücadele gerektiriyordu. Yine de, sol elini kullanarak ağaçları, tepeleri, yabançiçeği öbeklerini benim sapasağlam halimle bile asla beceremeyeceğim bir sanatkârlıkla kâğıda geçirmeyi başarıyordu. Sonunda Süleyman yorulup uyuklamaya başlar, kalem elinden kayardı. Bacaklarına bir battaniye örter, iskemlesinin yanına, çimlere uzanırdım. Ağaçlarda gezinen esintilere kulak verir, gökyüzüne, şeritler halinde kayan bulutlara bakardım.

Er ya da geç kendimi, artık aramıza koskoca bir kıta girmiş olan Nila'yı düşünürken bulurdum. Saçlarının yumuşacık parıltısını, ayağını sallayış biçimini, sandaleti çıplak topuğuna değerken çıkan ve yaktığı sigaranın hışırtısına karışan sesi zihnimde canlandırırdım. Sırtının kavsini, göğsünün kabarıklığını düşünürdüm. Yeniden onun yakınında olmanın, onun kokusuna bulanmanın, elime dokunduğunda yüreğimde başlayan o tanıdık çarpıntının özlemini çekiyordum. Bana yazmaya söz vermişti, ancak yıllar geçmişti ve muhtemelen beni çoktan unutmuştu. Yine de şu an yalan söylemeyecek ve postacının eve her gelişinde içimin ani bir umutla kabardığını yadsımayacağım.

Bir gün yine Pağman'daydık, çimenlerin üzerine oturmuş, satranç tahtasını inceliyordum. Bu yıllar sonraydı, 1968'de, Süleyman'ın annesinin ölümünden bir yıl sonra, Bay Beşir'le ağabeyinin baba olduğu, İdris ve Timur adını verdikleri birer oğul sahibi oldukları yıl. İki minik kuzenle sık sık karşılaşıyordum; anneleri onları pusetle mahallede ağır ağır dolaştırırdı. O gün, Süleyman uyuyup kalmadan önce satranç oynamaya başlamıştık; onun yaptığı saldırgan açılış hamlesinin ardından, eşitliği sağlamanın bir yolunu bulmaya çalışıyordum. "Söylesene, kaç yaşına geldin Nebi?" dedi.

"Eh, kırkı geçtim," dedim. "Bu kadarından eminim."

"Düşünüyordum da, evlenmen lazım," dedi. "Hâlâ yakışıklıyken. Saçların kırlaşmaya başladı bile."

Birbirimize bakıp gülümsedik. Kız kardeşim Masume'nin de hep aynı şeyi söylediğini anlattım.

1947'de, yirmi bir yıl önce beni işe aldığı günü anımsayıp anımsamadığımı sordu.

Tabii ki anımsıyordum. Wahdati konutundan birkaç sokak ilerideki bir evde çalışmaktaydım, gayet mutsuz bir aşçı yamağıydım. Onun bir aşçı aradığını duyunca –onunki evlenip buradan ayrılmıştı– bir öğleden sonra doğruca evine gitmiş, bahçe kapısının zilini çalmıştım.

"Fevkalade kötü bir aşçıydın," dedi Süleyman. "Şimdi harikalar yaratıyorsun, Nebi, ama o ilk yemeğin yok mu? Tanrım. Ya direksiyona geçtiğin o ilk gün? Bir yerime inme inecek sandım." Durdu, kendi şakasına kendisi şaşırıp kıkır kıkır güldü.

Bu benim için tam bir şok olmuştu, Bay Markos, gerçekten, çünkü Süleyman bunca yıldır aşçılığımdan da, şoförlüğümden de bir kez olsun yakınmamıştı. "O zaman neden işe aldınız beni?"

Yüzünü bana çevirdi. "Çünkü içeriye girdiğin an, hayatımda bundan daha güzel birini görmedim, diye düşündüm."

Gözlerimi aşağıya, satranç tahtasına indirdim.

"Seninle tanıştığımda bizim, seninle benim denk olmadığımızı, istediğim şeyin imkânsız olduğunu biliyordum. Yine de, sabah yürüyüşlerimiz, araba gezintilerimiz vardı; bunların bana yettiğini iddia etmeyeceğim, ama hiç yoktan, sensiz olmaktan iyiydi. Yakınında olmakla yetinmeyi öğrendim." Durakladı, sonra ekledi: "Nebi, sana neyi anlatmaya çalıştığımı az çok anlıyorsun sanırım. Anladığını biliyorum."

Bir türlü gözlerimi kaldırıp yüzüne bakamıyordum.

"Bir kereliğine olsa da sana söylemem gerekiyor, Nebi. Seni uzun, çok uzun bir zaman sevdim. Lütfen kızma bana."

Başımı hayır anlamında salladım. Dakikalarca, ikimiz de tek kelime etmedik. Söyledikleri, bir ömür boyu bastırılmış o acı, asla yaşanmamış o mutluluk aramızda bir süre soluk alıp verdi.

Sonunda, "Şimdi bunları söylüyorum ki," dedi, "gitmeni neden istediğimi anlayasın. Git, kendine bir eş bul. Kendi aileni kur, Nebi, herkes gibi. Bunun için hâlâ vaktin var."

"Şey," dedim sonunda, gerginliği biraz sululukla yumuşatma amacıyla, "belki dediğini yaparım. O zaman çok pişman olursun ama. Alt bezlerini yıkamak zorunda kalan zavallı piç kurusu da öyle."

"Hep şakaya vurursun zaten."

Yeşilimsi gri bir yaprağa usul usul tırmanan böceği izledim.

"Benim yüzümden burada kalma, Nebi. Sana söylediğim bu işte. Benim yüzümden kalma."

"O senin hüsnükuruntun."

"Yine mi şaka," dedi bezgince.

Yanlış anlamış olsa da sesimi çıkarmadım. Bu sefer şaka yapmıyordum. Kalmamın nedeni artık o değildi. Başlarda öyleydi, evet. Başta, Süleyman'ın bana ihtiyacı olduğu için, bütünüyle bana bağımlı olduğu için kalmıştım. Daha önce, bir kez, bana ihtiyacı olan birinden kaçmıştım ve buna hâlâ pişmandım; duyduğum pişmanlık ölünceye kadar da sürecek. Aynı şeyi tekrar yapamazdım. Ancak kalış nedenlerim zamanla, yavaş yavaş, fark edilmeksizin değişmişti. Değişimin nasıl, ne zaman gerçekleştiğini bilemiyorum, Bay Markos, fakat artık kendim için kaldığımı söyleyebilirim. Süleyman evlenmem gerektiğini söylemişti. Ancak işin aslı, hayatıma şöyle bir bakmış ve insanların evlilikte aradığı her şeye çoktan sahip olduğumu anlamıştım. Huzurum, yoldaşım, bana kucak açan, sevildiğim, ihtiyaç duyulduğum bir yuvam vardı. Bir erkek olarak hissettiğim fiziksel dürtüleriyse (gerçi yaşım ilerledikçe daha seyrek, daha gevşek bastırır olmuşlardı), daha önce bahsettiğim gibi, bir şekilde hallediyordum. Çocuklara gelince; her ne kadar çocukları çok sevsem de, baba olma güdüsünü içimde hiç hissetmemiştim.

"Madem katırlık edip evlenmeyi kabul etmiyorsun," dedi Süleyman, "o zaman senden bir şey isteyeceğim. Yalnız tek bir şartım var: İsteğimi daha duymadan kabul edeceksin."

Benden bunu isteyemeyeceğini söyledim.

"Ama istiyorum işte."

Başımı kaldırıp yüzüne baktım.

"Hayır diyemezsin," dedi.

Beni çok iyi tanıyordu. Çarpık çarpık gülümsedi. Sözümü verdim, o da isteğini açıkladı.

Bunu izleyen yıllarla ilgili size ne söylesem ki, Bay Markos? Bu kuşatılmış ülkenin yakın tarihini çok iyi biliyorsunuz. O karanlık günleri yeniden deşmeye hiç gerek yok. Sırf yazma fikri bile beni yoruyor, dahası, bu ülkenin çektiği acılar daha şimdiden, yeterince kaydedildi; üstelik benden katbekat bilgili ve kıvrak kalemler tarafından.

Her şeyi tek bir sözcükle özetleyebilirim: *savaş*. Daha doğrusu, bir savaşlar silsilesi. Bir değil, iki değil, bir sürü savaş; küçüklü büyüklü, haklı haksız, oyuncu kadrosunu yer değiştiren sözde kahramanlarla hainlerin oluşturduğu, gelenin gideni arattığı, her yeni kahramanın bir önceki haini fena halde özlettiği savaşlar. Adlar değişti, simalar da öyle; bütün o anlamsız kan davaları, kara mayınları, bombardımanlar, roketler, yağmalar, tecavüzler ve cinayetler için hepsinin suratına tükürüyorum. Ah, yeter! Görevim hem fazla büyük hem de fazla tatsız. O günleri zaten birebir yaşamış biri olarak, bir de bu sayfalarda yeniden, uzun uzun canlandırmaya hiç niyetim yok. O dönemden elimde kalan tek hayırlı sonuç, artık yetişkin bir kadın olan küçük Peri konusunda kendimi azıcık da olsa temize çıkarmış olmam. Bütün bu katliamlardan uzakta, güvende olduğunu bilmek vicdanımı rahatlatıyordu.

1980'ler Bay Markos, bildiğiniz gibi, Kâbil için o kadar da korkunç değildi, zira çatışmaların çoğu taşrada olup bitmekteydi. Yine de bir kaçış dönemiydi, mahallemizdeki ailelerin çoğu eşyalarını toplayıp ülkeden ayrıldı, batıda bir yerlere yerleşme umuduyla Pakistan ya da İran'a gitti. Bay Beşiri'nin vedalaşmaya geldiği günü dün gibi hatırlıyorum, elini sıktım, iyi dileklerimi ilettim. Artık on dördüne basmış olan oğlu İdris'le de vedalaştım; uzun boylu, leylek bacaklı, uzun saçlı oğlanın ayva tüyü bıyıkları terlemeye başlamıştı bile. İdris'e onu ve kuzenini, sokakta uçurtma uçururken, futbol oynarkenki görüntülerini çok özleyeceğimi söyledim. Kuzenleri yıllar sonra yeniden gördüğümüzü siz de hatırlıyorsunuzdur, Bay Markos, 2003 baharında, iki yetişkin erkek olarak, evinizde verdiğiniz davete gelmişlerdi.

Savaşın kent sınırları içinde de patlak vermesi, 1990'ları buldu. Kâbil, analarının karnından elinde Kalaşnikof'la çıkmış gibi görünen adamların avucuna düştü, Bay Markos, kendi kendine görkemli unvanlar vermiş, tepeden tırnağa silahlı bir vandallar sürüsü. Roketler uçuşmaya başlayınca, Süleyman eve kapandı, dışarı çıkmayı reddetti. Evin duvarları dışında neler olup bittiğini öğrenmeye kesinkes yanaşmıyordu. Televizyonun fişini çekti. Radyoyu bir kenara attı. Gazetelere elini sürmüyordu. Benden eve savaşla ilgili haber getirmememi istedi. Kimin kimle savaştığından, kimin kazandığından, kimin kaybettiğinden doğru dürüst haberi yoktu, savaşı inatla yadsıdığı sürece onun da kendisine dokunmayacağını umuyordu sanki.

Tabii ki umduğu olmadı. Yaşadığımız sokak, bir zamanlar öylesine sakin, dingin ve pırıl pırıl olan yer, şimdi bir savaş bölgesine dönüşmüştü. Her ev kurşunlardan nasibini alıyordu. Tepemizde roketler vızıldıyordu. Bombalar sokağın her tarafına düşüyor, asfaltta koca koca çukurlar açıyordu. Geceleri havada uçuşan, kırmızılı beyazlı kurşun izleri gündoğumuna kadar sürüyordu. Bazı günler çektiğimiz eziyet bir süreliğine son buluyor, birkaç sessiz saat geçiriyorduk, ama sonra silah sesleri, her yönden gelen yaylım ateşleri başlıyor, sokaktaki insanlar çığlık çığlığa kaçışıyordu.

2002'de, bu evi ilk gördüğünüzde tanık olduğunuz hasarın çoğu, işte o dönemin eseridir, Bay Markos. Tamam, geçen zamanın ve ihmalkârlığın da etkisi vardı elbette – artık yaşlı başlı bir adamdım ve eve eskiden gösterdiğim özeni, bakımı sürdürecek halim kalmamıştı. Ağaçlar ölüp gitmişti, yıllardır meyve vermiyorlardı, çimenlik sararmış, çiçekler yok olmuştu. Ama bir zamanların bu güzelim evine en gaddar davranan, savaş oldu. Yakınlardaki patlamalar camları indirdi. Bir roket bahçenin doğu tarafındaki duvarı un ufak etti, Nila'yla uzun sohbetler yaptığımız verandanın yarısını da öyle. Bir el bombası çatıyı deldi. Kurşunlar duvarları delik deşik etti.

Bir de o yağmalamalar, Bay Markos. Milisler eve istedikleri gibi dalıyor, canlarının çektiğini alıyorlardı. Mobilyaların çoğunu, tabloları, Türkmen halılarını, heykelleri, gümüş şamdanları, kristal vazoları alıp götürdüler. Banyo tezgâhlarındaki gevşek lapis fayansları bile söktüler. Bir sabah adamların holden gelen sesine uyandım ve birtakım Özbek milislerin ellerindeki hançerlerle merdivendeki halıyı koparıp aldıklarını gördüm. Öylece durup seyrettim. Ne yapabilirdim ki? Bir ihtiyarın daha kafasına kurşunu sıkmak onlar için mesele miydi?

Ev gibi, Süleyman'la ben de aşınmaktaydık. Gözlerim bozulmuştu, çoğu gün dizlerimin sancısından duramıyordum. Kabalığımı bağışlayın, Bay Markos, ama işemek dahi bir dayanıklılık sınavına dönüşmüştü. Ancak tahmin edebileceğiniz üzere, yaşlılık Süleyman'ı benden daha kötü çarpmıştı. Ufaldı, zayıfladı, insanı irkiltecek kadar güçsüzleşti. İki kez, az kaldı ölüyordu; ilki, Ahmet Şah Mesud'la Gülbettin Hikmetyar'ın güçleri arasındaki savaşın en kızıştığı, sahipsiz cesetlerin sokaklarda günlerce kaldığı dönemde. Süleyman zatürreeye yakalanmış, doktor nedenini tükürüğünün ciğerlerine kaçmasına bağlamıştı. Her ne kadar doktorlar da, yazdıkları ilaçlar da karaborsaya düşmüş olsa da, Süleyman'ı ölümün eşiğinden döndürmeyi başardım.

Belki her gün eve kapanmaktan, devamlı burun buruna olmaktan, o sıralarda sık sık kavga ediyorduk. Tıpkı evli çiftler gibi, genellikle eften püften şeyler için hararetli, inatçı tartışmalara girişmekteydik.

Bu hafta fasulye pişirdin ya.

Hayır pişirmedim.

Evet, pişirdin. Pazartesi günü!

Bir önceki gün kaç kez satranç oynadığımıza dair çekişiyorduk. Güneşte ısınacağını bile bile, suyunu illa pencerenin pervazına koymam şart mıydı?

Neden lazımlığı istemedin, Süleyman?

İstedim, yüz kere seslendim sana.

Şimdi bana ne diyorsun yani, sağır mı, tembel mi?

Seçim yapmaya gerek yok, her ikisisin diyorum!

Bütün gün yatan birinin bana tembel demesi de yüzsüzlüğün dik âlâsı yani!

Vesaire vesaire.

Ona yemek yedirmeye çalıştığımda, başını sağa sola çevirirdi. Ben de onu yalnız bırakır, çıkarken kapıyı güm diye çarpardım. Bazen itiraf etmeliyim ki onu bile isteye kaygılandırırdım. Evden çıkıp giderdim. *Nereye gidiyorsun?* diye haykırdığında cevap vermezdim. Temelli gidiyormuş numarası yapardım. Elbette yalnızca sokağın aşağısına doğru gidip bir sigara içerdim – ileri yaşlarda edinilen yeni bir alışkanlıktı, ama sadece sinirliyken içiyordum. Bazen dışarıda saatlerce kalırdım. Eğer tepemi gerçekten attırmışsa, hava kararıncaya kadar. Ama her seferinde geri dönerdim. Tek sözcük etmeden odasına girer, yataktaki pozisyonunu çevirir, yastıkları kabartırdım; bu arada ikimiz de gözlerimizi kaçırır, dudaklarımızı büzer, barış hamlesini karşıdan beklerdik.

Sonunda, Taliban'ın gelmesi kavgaları bitirdi; o sert, keskin yüzlü, kara sakallı, gözleri sürmeli, kırbaçlı genç adamların. Onların acımasızlıkları, aşırılıkları da güzelce belgelendi, dolayısıyla bir de onların yedikleri haltları sayıp dökmeye gerek görmüyorum, Bay Markos. Ancak şunu söylemeliyim ki, Kâbil'i ele geçirdikleri yıllar, ironik bir biçimde, benim için bir paçayı kurtarma dönemi oldu. Nefretlerinin, fanatizmlerinin aslan payını gençlere, özellikle de zavallı kadınlara yönelttiler. Bense yaşlı bir adamdım. Onların rejimine verdiğim başlıca ödün, sakal bırakmak oldu, buysa açıkçası beni her gün tıraş olma derdinden kurtardı.

"Artık resmen ortada, Nebi," diye soludu Süleyman bir gün yattığı yerden, "yakışıklılığından eser kalmadı. Bir peygambere benziyorsun."

Sokaklarda Taliban, otlayan bir inekmişim gibi yanımdan geçip gidiyordu. Buna benim de katkım oluyordu; göze batmamak için dilsiz, bön bir ifade takınıyordum. Nila'yı ellerine geçirselerdi ona neler yaparlardı, diye düşündükçe tüylerim ürperiyordu. Bazen onu bir partide, çıplak kolları, ince uzun bacaklarıyla, elinde bir şampanya kadehi, gülerken gözümün önüne getirdiğimde, onu tamamen kafamdan uydurmuşum duygusuna kapılıyordum. Sanki o gerçek anlamda hiç var olmamıştı. Sırf Nila değil, Peri, genç ve sağlıklı bir Süleyman, hatta hep birlikte yaşadığımız o zaman, o ev, hiçbiri gerçek değildi sanki.

Sonra, 2000 yılının bir yaz sabahı, elimde tepsi, Süleyman'ın odasına girdim; ona yeni pişmiş ekmekle çay götürüyordum. Bir terslik olduğunu derhal anladım. Soluk alıp verişi kesik kesikti. Yüzündeki sarkma, gevşeme her zamankinden de çok belirginleşmişti, konuşmaya çalışınca boğazından ancak fısıltı sayılabilecek vıraklamalar çıktı. Tepsiyi bırakıp yanına koştum.

"Hemen doktoru çağırıyorum, Süleyman," dedim. "Dayan. Seni iyileştireceğiz, her zamanki gibi."

Gitmeye hazırlandım, ama başını şiddetle sallıyordu. Sol elinin parmaklarıyla beni yanına çağırdı.

Eğildim, kulağımı ağzına yapıştırdım.

Bir şeyler söylemek için defalarca girişimde bulunduysa da, hiçbir anlam çıkaramadım.

"Kusura bakma, Süleyman," dedim, "ama gidip doktoru bulmalıyım. Merak etme, geç kalmam."

Yeniden başını salladı, bu kez yavaşça; katarakt yüklü gözlerinden yaşlar sızıyordu. Ağzı açıldı, kapandı. Kafasıyla başucu sehpasını gösterdi. Oradan bir şey mi istediğini sordum. Gözlerini kapatıp başıyla doğruladı.

En üstteki çekmeceyi açtım. Orada ilaçlardan, okuma gözlüğünden, eski bir kolonya şişesi, bir bloknotla yıllardır kullanmadığı karakalemlerinden başka bir şey göremedim. Tam neyi bulmam gerektiğini soracaktım ki, buldum: Bloknotun altındaydı. Üzerine Süleyman'ın o bozuk el yazısıyla adımı yazdığı bir zarf. İçinden çıkan kâğıda tek bir paragraf yazmıştı. Okudum.

Sonra yataktaki adama baktım, çökmüş şakaklarına, kemikli yanaklarına, çukura kaçmış gözlerine.

Bir kez daha işaret etti, ona doğru eğildim. Soğuk, zahmetli, düzensiz soluklarını yanağımda hissettim. Kendini toparlamaya çalışırken, kurumuş ağzında çabalayıp duran dilinin sesini duydum. Bir şekilde, belki de mutlak –ve son– irade gücüyle kulağıma fısıldamayı başardı.

İçimdeki hava uçup gitti. Onun yerine boğazıma çöreklenen yumruyu zorladım, birkaç sözcük çıkarabildim.

"Hayır. Süleyman, lütfen."

Söz verdin.

"Henüz değil. Seni sağlığına kavuşturacağım. Göreceksin. Bunu da atlatacağız."

Söz verdin.

Yanında ne kadar oturdum? Onu razı edebilmek için ne kadar uğraştım? Bilemiyorum, Bay Markos. Tek hatırladığım, sonunda ayağa kalktığım, yatağın yan tarafına dolanıp onun yanına uzandığım. Yüz yüze olabilelim diye onu yan çevirdim. Bir rüya kadar hafifti. Kuru, çatlamış dudaklarına bir öpücük kondurdum. Yüzüyle göğsümün arasına bir yastık koydum, elimi ensesine dayadım. Onu kendime çektim, uzun uzun, sımsıkı sarıldım.

Sonrasında aklımda kalan tek şey, gözbebeklerinin nasıl açılıp yayıldığı.

Pencereye gidip pervaza oturdum; Süleyman'a getirdiğim çay tepsisi hâlâ ayağımın dibindeydi. Güneşli bir sabahtı. Çok iyi anımsıyorum. Dükkânlar açılmak üzereydi; henüz açılmamış olanlar elbette. Küçük oğlan çocukları okulun yolunu tutmuştu. Toz kalkmaya başlamıştı bile. Bir köpek sokakta tembel tembel ilerliyor, sivrisinekler başının etrafında kapkara bir bulut halinde dönüp duruyordu. İki genç erkeğin bindiği motosikletin geçişini izledim. Arkada oturan yolcu, bir omzunda bir bilgisayar ekranı, öteki omzunda bir karpuz taşıyordu.

Alnımı ılık cama dayadım.

Süleyman'ın çekmecesinden çıkan not, her şeyi bana bıraktığını açıklayan bir vasiyetnameydi. Evi, parayı, özel eşyalarını, hatta çoktan ıskartaya çıkmış olsa da, arabayı. Arabanın enkazı arka avluda, patlak lastiklerin üzerinde öylece duruyordu; paslanmış metalden ibaret bir hurda yığınıydı.

Bir süre, kelimenin gerçek anlamıyla yolumu yitirdim, ne yapacağımı bilemez durumda kaldım. Yarım yüzyılı aşkın bir zamandır Süleyman'a bakıyordum. Gündelik yaşantımı onun gereksinimleri, onun bakımı biçimlendiriyordu; varoluş nedenim onun refakatçisi olmaktı. Şimdiyse istediğimi yapmakta özgürdüm, ancak bu özgürlüğü bir yanılsama sayıyordum, çünkü en çok istediğim şey elimden alınmıştı. Yaşamında bir amaç bul ve ona göre yaşa, derler. Ama bazen, ancak yaşayıp bitirdikten sonra yaşamının bir amacı olduğunu fark edersin, bu da genellikle hiç aklında olmayan bir amaçtır. Şimdi, artık görevimi tamamladığımdan, kendimi hedefsiz, başıboş hissediyordum.

O evde artık uyuyamadığımı keşfettim; orada yaşayamaz olmuştum. Süleyman gidince, ev aşırı büyük gelmeye başlamıştı. Ve her köşe bucak, her kuytu, her girinti kadim anıları canlandırıyordu. Böylece bahçenin dibindeki eski kulübeme taşındım. Birkaç işçi tutup kulübeye elektrik bağlattım ki kitap okuyacak ışığım, yazları beni serinletecek bir vantilatörüm olsun. Geniş bir yere ihtiyacım yoktu. Bütün mal varlığım bir yatak, birkaç giysi ve Süleyman'ın çizimlerinin durduğu kutudan ibaretti. Bunun size tuhaf geleceğini biliyorum, Bay Markos. Evet, ev ve her şey artık yasal olarak benimdi, fakat kendimi onların gerçek sahibi gibi hissetmiyordum, asla hissetmeyeceğimi de biliyordum.

Bol bol okuyordum; kitapları Süleyman'ın eski çalışma odasından alıyor, bitirdiğim kitabı hemen yerine koyuyordum. Biraz domates, birkaç nane filizi ektim. Mahallede yürüyüşe çıkıyordum, ama sık sık, daha iki sokak ilerlemeden zonklamaya başlayan dizlerim beni geri dönmeye zorluyordu. Bazen bahçeye bir koltuk çıkarır, boş boş otururdum. Ben Süleyman gibi değildim: Yalnızlık bana hiç uymuyordu.

Sonra, 2002 yılında bir gün ön kapının zili çaldı.

Taliban artık Kuzey İttifakı tarafından kovulmuş, Amerikalılar Afganistan'a yerleşmişti. Dünyanın dört bir tarafından gelen binlerce yardım gönüllüsü sağlık ocağı ve okul yapmak, yolları ve sulama kanallarını onarmak, gıda, barınak ve iş olanakları sağlamak üzere Kâbil'e akıyordu.

Size eşlik eden tercüman, hatırlarsınız, parlak, mor ceketli, güneş gözlüklü, genç bir Afgan'dı. Evin sahibiyle görüşmek istediğini söyledi. Ona ev sahibiyle konuştuğunu söylediğimde, tercümanla çabucak bakıştınız. Adam alayla sırıtıp, "Yok, *Kaka*, evin asıl sahibi," dedi. İkinizi içeriye, çay içmeye davet ettim.

Verandanın ayakta kalabilen bölümünde yeşil çaylarımızı yudumlarken yaptığımız sohbet, Farsça idi – İngilizceyi, bildiğiniz gibi, Bay Markos, bundan sonraki yedi yılda rehberliğiniz ve yüce gönüllülüğünüz sayesinde az buçuk öğrendim.

Tercüman aracılığıyla, Yunanistan'daki Tinos adasından geldiğinizi anlattınız. Bir cerrahtınız, özellikle yüzünden yaralanan çocukları ameliyat etmek üzere Kâbil'e gelen tıp ekibinin bir üyesiydiniz. Sizin ve meslektaşlarınızın bir konuta, o günlerdeki tabiriyle bir konukevine gereksindiğinizi söylediniz.

Kabul edersem, ne kadar kira isteyeceğimi sordunuz.

"Hiç," dedim.

Mor ceketli genç adam bunu çevirince gözlerinizi nasıl kırpıştırdığınız hâlâ aklımda. Yanlış anladığımı düşünmüş olmalısınız ki soruyu tekrarladınız.

Tercüman iskemlesinde iyice öne geldi, bana doğru eğildi. Sırdaşça bir ses tonuyla, beynimin sulanıp sulanmadığını, ekibinizin kaç para ödemeye hazır olduğundan, şu ara Kâbil'deki kiraların durumundan haberim olup olmadığını sordu. Bir altın madenine sahip olduğumu ekledi.

Kendisinden yaşça büyük biriyle konuşurken güneş gözlüğünü çıkarması gerektiğini söyledim. Ona işini yapmasını, yani akıl vermeyi bırakıp çevirmenlik yapmasını tembihledikten sonra size döndüm ve sizden kira istememe nedenlerimin arasından tek kişisel olmayanı seçip dile getirdim: "Ülkenizden ayrıldınız," dedim, "ailenizi, dostlarınızı bırakıp sırf benim vatanıma ve halkıma yardım etmek için Allah'ın unuttuğu bu kente geldiniz. Şimdi ben sizin sırtınızdan para kazanmayı nasıl düşünürüm?"

Bir daha sizin yanınızda görmediğim genç tercüman ellerini havaya kaldırdı, dilini esefle şaklattı. Bu ülke çok değişti, Bay Markos. Eskiden hiç böyle değildi.

Bazı geceler kulübemin sırf bana ait karanlığında yatar, ana evde yanan ışıkları görürüm. Sizi ve arkadaşlarınızı –özellikle de devasa yüreğine sonsuz bir hayranlık beslediğim, cesur Bayan Amra Ademovic'i– verandada ya da bahçede, elinizdeki tabaklardan bir şeyler yerken, sigara içerken, şaraplarınızı yudumlarken izlerim. Müziği de duyabiliyorum; bazen caz dinliyorsunuz, bu da bana Nila'yı anımsatıyor.

O öldü; bu kadarını biliyorum. Bunu Bayan Amra'dan öğrendim. Ona Wahdatileri, Nila'nın bir zamanlar şair olduğunu anlattım. Geçen yıl, bilgisayarda bir Fransız yayınına rastlamış. İnternette, son kırk yılın en iyi edebi parçalarını topladıkları bir antoloji yayımlamışlar. Bir tanesi de Nila hakkındaymış. Yazıda Nila'nın 1974'te öldüğü belirtiliyormuş. Çoktan ölmüş bir kadından mektup beklediğim bütün o yılların abesliğini düşündüm. Kendi canına kıydığını öğrenmek beni o kadar da şaşırtmamıştı. Bazı insanların mutsuzluğu, diğerlerinin aşkı hissettiği gibi hissettiğini biliyorum artık: mahrem, yoğun ve karşılık beklemeksizin.

Bu anlatıyı artık bitirmeliyim, Bay Markos.

Zamanım dolmak üzere. Gücüm günbegün tükeniyor. Uzun süreceğini sanmıyorum. Bunun için de Tanrı'ya şükrediyorum. Size de teşekkür ederim, Bay Markos, sırf dostluğunuz için, her gün vakit ayırıp beni görmeye geldiğiniz, benimle çay içip Tinos'taki annenizin, arkadaşınız Thalia'nın haberlerini benimle paylaştığınız için değil, aynı zamanda halkıma gösterdiğiniz şefkat, buradaki çocuklara verdiğiniz paha biçilmez hizmetler için de.

Evde yaptığınız onarımlar için de müteşekkirim. Ömrümün çoğunu burada geçirdim, burası artık benim yuvam, son nefesimi de yakında bu çatının altında vereceğimden eminim. Onun çöküşüne büyük bir kederle, yürek acısıyla tanık oldum. Ama yeniden boyandığını, bahçe duvarının onarıldığını, camların takıldığını ve hayatımın en mutlu anlarını geçirdiğim verandanın yeniden yapıldığını görmek bana büyük mutluluk verdi. Sağ ol, dostum, diktiğin ağaçlar, bahçede bir kez daha açan çiçekler için sağ ol. Bu şehrin insanlarına verdiğin hizmetlere azıcık katkım olduysa, bu ev için canı gönülden yaptıkların, bunu katbekat karşıladı.

Ancak, açgözlü görünme tehlikesini göze alarak sizden iki ricada bulunacağım, biri kendim biri başkası için. İlki, beni burada, Kâbil'deki Aşukan-Arefan Mezarlığı'na gömdürmeniz. Yerini eminim biliyorsunuzdur. Ana girişten girince en kuzey ucuna yürürseniz ve azıcık bakınırsanız, Süleyman Wahdati'nin mezarını bulursunuz. Yakınlarında bir yer bulup beni oraya gömün. Kendim için tek isteğim bu.

İkincisi, ben gittikten sonra yeğenim Peri'yi bulmanız. Eğer hâlâ hayattaysa, bu sizin için zor olmaz – şu internet muhteşem bir aygıt. Vasiyetnamemi de bu mektupla aynı zarfa koyuyorum; evi, parayı, sahip olduğum üç beş parça eşyayı ona bırakıyorum. Ona hem bu mektubu hem de vasiyetnameyi vermenizi rica ediyorum. Ve lütfen ona deyin ki, benim vesile olduğum malum gelişmenin hangi sonuçlara yol açtığını bilmiyorum. Tek teselliyi umutta aradığımı söyleyin. Umudum, şu an her neredeyse, bu dünyanın verebileceği huzuru, lütfu, sevgi ve mutluluğu bulmuş olması.

Her şey için teşekkür ederim, Bay Markos. Tanrı sizi korusun.

Ebedi dostunuz,

Nebi.

Beş

BAHAR 2003

Hemşire, yani Amra Ademovic, İdris'le Timur'u uyarmıştı. Onları kenara çekti, "En küçük tepkiniz moralini bozacaktır; o zaman kıçınıza tekmeyi basarım, ona göre," dedi.

Vezir Ekber Han Hastanesi'nin erkekler kanadında, kötü aydınlatılmış, uzun bir koridorun ucunda, ayakta duruyorlar. Amra, kızın hayatta kalan –ya da onu ziyaret eden– tek akrabasının dayısı olduğunu, kızı kadınlar kanadına naklettikleri takdirde, adamın ziyaretine izin verilmeyeceğini söyledi. İdare bu yüzden onu erkekler bölümüne yerleştirmiş, ama akraba olmadığı erkeklerle bir arada olması yakışık almayacağından, koğuşlardan birine değil, buraya, koridorun sonuna yatırmıştı; ne erkeklere ne de kadınlara ait olan, tarafsız bir bölgeye.

"Taliban buraya karışmıyor sanıyordum," diyor Timur.

"Delilik, değil mi?" diyor Amra, sonra inanmazlıkla dolu bir kıkırtı salıyor. İdris bir hafta önce döndüğü Kâbil'de, Afgan kültürünün onlara uymayan, ters gelen özellikleriyle baş etmeye çalışan yabancı yardım gönüllüleri arasında şen, umursamaz bir öfkeyi dışavuran bu ses tonunun bir hayli yaygınlaşmış olduğunu fark etti. Bu güle oynaya aşağılama hakkına, bu lütfeder havaya hafiften bozuluyor, oysa yerel halk bunun farkında bile değil sanki ya da fark etseler bile bunu bir hakaret saymıyorlar; dolayısıyla, belki ben de saymamalıyım, diye düşünüyor.

"Ama *sana* izin var. Rahatça girip çıkabiliyorsun," diyor Timur.

Amra bir kaşını kaldırıyor. "Ben sayılmam. Afgan değilim. Dolayısıyla gerçek bir kadın değilim. Bunu bilmiyor muydun?"

Timur alınmamıştı, sırıttı. "Amra. Polonyalı adı mı bu?"

"Bosnalı. Bakın, tepki vermek yok. Burası hastane, hayvanat bahçesi değil. Söz verin."

Timur, "Verdim gitti," diyor.

İdris endişeyle hemşireye bakıyor; Timur'un bu biraz patavatsız ve gereksiz takılmasına bozulmuş olabilir mi? Ama göründüğü kadarıyla Timur paçayı sıyırdı. İdris, kuzeninin bu hünerine hem sinirleniyor hem de gıpta ediyor. Timur'u oldum olası kaba saba bulur, hayal gücünden ve incelikten yoksun olduğuna inanır. Timur'un hem karısını hem de vergi dairesini aldattığını biliyor. Kuzeninin Birleşik Devletler'de gayrimenkuller için kredi ayarlayan bir şirketi var ve İdris onun boğazına kadar bir tür kredi yolsuzluğuna battığından kesinkes emin. Ama Timur alabildiğine sosyal biri; o güleç, sıcakkanlı kişiliği, mutlak cana yakınlığı hatalarını, kusurlarını bağışlatıyor, o baştan çıkarıcı masum havasıyla tanıştığı herkese kendini sevdiriyor. Yakışıklılığının da katkısı oluyor elbette – kaslı vücudu, yeşil gözleri, gamzeleri. Timur bir çocuğun ayrıcalıklarının tadını çıkaran bir yetişkin, diye düşünüyor İdris.

"Güzel," diyor Amra. "Pekâlâ." Perde niyetine duvara çakılmış olan çarşafı kaldırıyor, onları içeriye alıyor.

Kız dokuz-on yaşlarında gösteriyor – Amra ona Roşi diyor, asıl adı Roşana. Bir demir karyolada oturuyor, sırtını duvara yaslamış, dizlerini karnına çekmiş. İdris hemen bakışlarını kaçırıyor. Tam sesli sesli solumak üzereyken kendini tutuyor, yutkunuyor. Tahmin edilebileceği gibi, Timur'dan böyle bir özdenetim beklemek abes. Dilini şaklatıyor, yüksek, acı dolu bir fısıltıyla üst üste yineliyor: "Ah! Ah! Ah!" İdris ona bir bakış atıyor ve gözlerinde toplanmış, teatral bir edayla titreşen gözyaşlarını görünce hiç şaşırmıyor.

Kız irkiliyor, hırıltıyı andıran bir ses çıkartıyor.

"Tamam, bu kadar, gidiyoruz," diyor Amra sertçe.

Dışarıda, kırık dökük basamaklarda hemşire uçuk mavi gömleğinin göğüs cebinden bir paket *Marlboro Reds* çıkarıyor. Gözyaşları belirdiği hızla kaybolan Timur bir sigara alıyor, ikisininkini de yakıyor. İdris midesinin bulandığını, başının döndüğünü hissediyor. Ağzı kupkuru oldu. Kusacağından, kendini rezil edeceğinden korkuyor, böylece Amra'nın onun, onlar hakkındaki düşüncesi kanıtlanmış olacak – şu tuzu kuru, şaşkın bakışlı sürgünler şimdi memlekete dönmüş, gulyabaniden kalan kıyıma bön bön bakmakta.

İdris, Amra'nın onları, en azından Timur'u fırçalamasını bekliyordu, oysa kızın hali tavrı bırakın azarlamayı, cilveleşir gibi. İşte Timur'un kadınlardaki etkisi.

"Pekâlâ," diyor kız kırıtırcasına, "kendini nasıl savunacaksın bakalım Timur?"

Birleşik Devletler'de Timur'a, "Tim," deniyor. 11 Eylül'den sonra adını değiştirdi, o zamandan sonra işlerinin ikiye katlandığını iddia ediyor. İdris'e dediğine göre, o iki harften kurtulmanın, mesleğine bir üniversite diplomasından çok daha büyük katkısı olmuş; üniversiteye gitmediği için diploması da yok; Beşiri ailesinin eğitimlisi, İdris. Ama Kâbil'e geldiklerinden beri Tim'i bıraktı, kendini hep Timur diye tanıtıyor. Oldukça zararsız bir düzenbazlık bu, hatta gerekli. Yine de insanın aklına takılıyor işte.

"İçeride olanlar için üzgünüm," diyor Timur.

"Belki de cezalandırırım seni."

"Ağır ol, kedicik."

Amra gözlerini İdris'e çeviriyor. "Pekâlâ. Kovboy olan o. Sense sessiz, duyarlı olansın. Sen... ne diyorlardı ona? Hah, *içedönüksün.*"

"O bir doktor," diyor Timur.

"Ya? O zaman senin için sarsıcı olmuştur. Hastane yani."

"Ne olmuş o kıza?" diyor İdris. "Roşi'ye. Kim yapmış ona bunu?"

Amra'nın yüzü kararıyor. Konuştuğunda, sesinde anaç bir kararlılık var. "Onun için savaştım. Hükümetle, hastane bürokrasisiyle, hıyar beyin cerrahıyla mücadele ettim. Her aşamada savaştım. Ve durmadım. Kimsesi yoktu."

"Bir dayısı vardı hani," diyor İdris.

"O da hıyarın teki." Sigarasının külünü silkeliyor. "Her neyse. Buraya neden geldiniz, çocuklar?"

Burada lafa Timur giriyor. Söyledikleri genel olarak doğru. Kuzen oldukları, Sovyetler gelince ailelerinin ülkeden kaçtığı, bir yıl Pakistan'da kaldıktan sonra seksenli yılların başında California'ya yerleştikleri. Neredeyse yirmi yıl aradan sonra ilk kez memleketlerine geldikleri filan. Ama sonra, "aradaki bağı tazelemek", kendilerini "eğitmek", onca yıllık savaşın ve yıkımın ardında bıraktıklarına "tanık olmak" için geldiklerini ekliyor. Birleşik Devletler'e dönünce burada olup bitenlere dair farkındalığı artırmak ve ülkelerine "geri vermek" üzere para toplamayı düşünüyorlar.

"Borcumuzu ödemek istiyoruz," diyor, bu bayatlamış ifadeyi öyle bir içtenlikle tekrarlıyor ki İdris utanıyor.

Timur, Kâbil'e dönmelerinin gerçek nedenini tabii ki açıklamıyor: Babalarına ait olan araziyi, onun ve İdris'in yaşamlarının ilk on dört yılını geçirdikleri evi yeniden talep etmek. Şimdi, binlerce yardım gönüllüsünün Kâbil'e aktığı ve oturacak yere gereksindiği şu dönemde, evin değeri tavan yaptı. Sabah oraya uğradılar, evde şimdilik birtakım bitkin görünüşlü, karman çorman NATO askeri kalıyor. Tam ayrılırken, üç ev aşağıda, sokağın karşısında oturan orta yaşlı bir adama rastladılar; Markos Varvaris adında Yunanlı bir plastik cerrahmış. Onları öğle yemeğine davet etti, sonra da Vezir Ekber Han Hastanesi'ni gezdirmeyi önerdi; çalıştığı sivil toplum örgütünün orada bir ofisi varmış. Onları ayrıca o akşam vereceği partiye de davet etti. Kızı, hastaneye geldikten sonra öğrendiler –ön basamaklarda sohbet eden iki hastane hademesinin konuşmalarına kulak misafiri olmuşlardı– bunun üzerine Timur dirseğiyle kuzenini dürtmüş, *Şuna bir bakmalıyız, kanka*, demişti.

Amra, Timur'un öyküsünden sıkılmış gibi. Sigarasını fırlatıp atıyor, kıvırcık, sarı saçlarını topladığı lastiği çekiştiriyor. "Peki. Bu akşam partide görüşürüz öyleyse."

Onları Kâbil'e gönderen, Timur'un babası, yani İdris'in amcasıydı. Beşiri ailesinin evi yirmi yıllık savaş boyunca, birkaç kez el değiştirmişti. Mülkiyet hakkını yeniden kazanmak, zamana ve paraya mal olacaktı. Binlerce mülkiyet davası ülkenin mahkemelerini şimdiden tıkamıştı zaten. Timur'un babası hantallığıyla, köhneliğiyle ünlü Afgan bürokrasisinin "çevresinden dolanmalarını", bir başka deyişle, "doğru avuçları bulup kaşımalarını" öğütlemişti.

"Eh, bu da benim alanıma giriyor," dedi Timur, söylemeye gerek varmış gibi.

İdris'in kendi babası dokuz yıl önce, kanserle uzun bir mücadelenin ardından öldü. Evinde, karısının, iki kızıyla İdris'in yanında. Öldüğü gün, ev bir kalabalığın hücumuna uğradı – amcalar, teyzeler, kuzenler, arkadaşlar ve tanıdıklar çıkıp geldi, koltuklara, kanepelere, yemek masasının iskemlelerine yerleştiler, oturacak yerlerin tamamı dolunca yere, merdivenlere çöktüler. Kadınlar yemek salonunda, mutfakta toplaştı. Termoslar dolusu çay demlendi. Bütün belgeleri imzalamak, tek erkek evlat olarak İdris'e düştü – babasının ölümünü resmen ilan etmek üzere gelen adli tıp uzmanının vesikalarını, cenazeevinden bir sedyeyle çıkıp gelen genç, kibar adamın kâğıtlarını.

Timur kuzeninin yanından hiç ayrılmadı. İdris'in telefonları yanıtlamasına yardım etti. Saygılarını sunmak için dalga dalga gelenleri karşıladı. *Abe Amca* diye takıldığı arkadaşı Abdullah'ın işlettiği Abe Kebapçısı'ndan pilavla kuzu eti getirtti. Yağmur başlayınca yaşlı ziyaretçilerin arabalarını bizzat park etti. Yerel Afgan kanallarının birinde çalışan televizyoncu bir dostunu aradı. İdris'in aksine, Timur'un buradaki Afgan toplumuyla arası çok iyiydi; bir keresinde İdris'e, elinde temas kurabileceği üç yüz isim bulunduğunu, hepsinin numarasının cep telefonuna kayıtlı olduğunu söylemişti. O akşam Afgan televizyonunda yayınlanmak üzere bir duyuru hazırladı.

Aynı gün öğleden sonra İdris'i arabayla Hayward'daki cenazeevine götürdü. Yağmur iyice şiddetlenmişti, 680 numaralı karayolunun kuzey yönündeki trafik çok ağır ilerliyordu.

"Baban çok kaliteli adamdı, kanka. Nesli tükenenlerden," dedi Timur çatallanan sesiyle, Mission rampasını tırmanırken. Boştaki elinin avucuyla gözlerini kurulayıp duruyordu.

İdris başını üzgün üzgün salladı. Hayatı boyunca uluorta hiç ağlamamıştı, cenaze törenlerinde bile. Bunu küçük de olsa bir kusur olarak görüyordu, renk körlüğü gibi. Öte yandan, evde sağa sola koşturup abartıyla hıçkırarak rol çaldığı, onu geri plana ittiği için Timur'a karşı belli belirsiz (ve mantıksız, farkındaydı) bir içerleme duymuyor da değildi. Ölen *onun* babasıydı sanki.

Ağır, koyu renk mobilyalarla döşenmiş, loş, sessiz bir salona alındılar. Onları saçlarını ortadan ayırmış, siyah ceketli bir adam karşıladı. Adam pahalı kahve gibi kokuyordu. Ciddi, işbilir bir ses tonuyla İdris'e başsağlığı diledi, defin ruhsatı ile yetki formunu imzalattı. Ailenin ölüm sertifikasından kaç kopya istediğini sordu. Bütün belgeler imzalanınca, gayet zarif bir edayla İdris'in önüne bir broşür koydu: "Genel Fiyat Listesi".

Cenazeevinin müdürü genzini temizledi. "Ancak babanız Mission'daki Afgan camiinin üyelerinden biriyse, bu fiyatlar geçerli değil elbette. Onlarla aramızda bir anlaşma var. Mezar yerinin, hizmetlerin parasını onlar karşılıyor sizin yerinize."

"Üye olup olmadığını bilmiyorum," dedi İdris, broşürü incelerken. Babası dindar bir adamdı, biliyordu, ama bunu gizlice yaşardı. Cuma namazına gittiği çok nadirdi.

"Size biraz izin vereyim de camiyi arayın isterseniz."

"Yok, ahbap. Gerek yok," dedi Timur. "Üye değildi."

"Emin misiniz?"

"Evet. Bununla ilgili bir konuşma hatırlıyorum."

"Anlıyorum," dedi levazımatçı.

Dışarıda, cipin yanında bir sigarayı paylaştılar.

"Resmen soygunculuk," dedi İdris.

Timur koyu renkli bir yağmur birikintisine tükürdü. "Sağlam iş ama... Ölüm yani... Kabul etmelisin. Sürekli ihtiyaç. Lanet olsun, araba satmaktan bile daha kârlı."

O sıralarda Timur, kullanılmış arabaların satıldığı bir araziye ortaktı. Şirket tepetaklak giderken Timur bir arkadaşıyla birlikte ona ortak olmuştu. İki yıla kalmadan da bol kazançlı bir yatırıma dönüştürmüştü. İdris'in babası yeğeninden, kendini sıfırdan var etmiş biri, diye bahsetmeyi severdi. Bu arada, UC Davis'te dahiliye stajyeri olarak ikinci yılını doldurmakta olan İdris ise, asgari ücrete talim etmekteydi. Bir yıllık karısı Nahil, bir yandan hukuk fakültesinin sınavına hazırlanırken, bir yandan da haftada otuz saat bir hukuk firmasında sekreter olarak çalışıyordu.

"Yalnızca borç alıyorum," dedi İdris. "Bunu bil, Timur. Geri ödeyeceğim."

"Dert etme, kanka. Sen nasıl istersen."

Bu, İdris'in yardımına ne ilk koşuşuydu ne de son. İdris evlenirken, Timur ona düğün hediyesi olarak *Ford Explorer* marka yepyeni bir araba vermişti. İdris'le Nahil'in Davis'te satın aldıkları küçük dairenin kredisine Timur kefil olmuştu. Ailede bütün çocukların en gözde amcası, açık ara oydu. Bir gün İdris'e *tek bir telefon görüşmesi* yapma hakkı tanınsa, kesinlikle Timur'u arardı.

Hal böyle iken...

İdris, örneğin, şu kefil olma konusundan ailedeki herkesin haberdar olduğunu öğrenmişti. Timur'dan duymuşlardı elbette. Dahası, düğünde Timur şarkıcıdan müziği kesmesini istemiş, mikrofonu alıp bir duyuru yapmış ve *Explorer*'ın anahtarını dikkat kesilmiş bir izleyici kitlesinin önünde, büyük bir törenle –bir tepsinin içinde– yeni evlilere sunmuştu. Flaşlar patlamıştı. İşte İdris'i işkillendiren de bunlardı; bu tantana, bu sergileme, bu utanmazca gösterişçilik, kabadayılık. İdris kardeş kadar yakın olduğu kuzeni hakkında böyle düşünmek istemiyordu, ama Timur ona kendisi hakkındaki övgü dolu basın bültenlerini kendisi yazan biriymiş gibi geliyordu, cömertliğiyse oldukça karmaşık bir kişiliğin hesaplı, ölçülü biçili bir parçasıydı sanki.

Bir gece yatağın çarşaflarını değiştirirken, İdris'le Nahil'in arasında onun yüzünden ufak bir tartışma geçti.

Herkes sevilmek ister, dedi karısı. *Sen istemez misin?*

Tamam, ama bu ayrıcalığı parayla satın almaya çalışmam.

Nahil ona haksızlık yaptığını, dahası, Timur'un yaptığı onca şeyden sonra nankörlük ettiğini söyledi.

Söylemeye çalıştığım şeyi atlıyorsun, Nahil. Ben, yaptığın iyilikleri ilan tahtasına asmanın görgüsüzlük olduğunu söylüyorum. Bu tür şeyler sessizce, vakarla yapılmalıdır. Çekleri herkesin önünde, göstere göstere imzalamak kibarlığa sığmaz.

Eh, dedi Nahil çarşafı çırparken, *nezaketin kökleri derinde olmalı, tatlım.*

"Hey, burayı anımsıyorum, ahbap," diyor Timur, başını kaldırıp eve bakarken. "Sahibinin adı neydi?"

"Bilmem ne Wahdati, galiba," diyor İdris. "İlk adını unuttum." Çocukken sokakta, bu bahçe kapısının önünde kim bilir kaç kez oyun oynadıklarını düşünüyor; işte, yıllar sonra ilk kez buradalar.

"Lord Hazretleri ve onun kuralları," diye mırıldanıyor Timur.

İdris'in San Jose'deki mahallesinde Ev Sahipleri Birliği'nin tüylerini diken diken edecek bakımsızlıkta, iki katlı, sıradan bir ev. Ama Kâbil'in ölçütlerine göre, yüksek duvarları, madeni kapıları ve geniş bir araba yolu olan, gösterişli bir mülk. Timur'la ikisi silahlı bir koruma tarafından içeriye buyur edilirken, İdris Kâbil'de gördüğü pek çok şey gibi bu evin de uğradığı yıkımın altında, geçmiş bir ihtişamdan izler taşıdığını görüyor; nasıl bir tahribata maruz kaldığına dair bolca kanıt var: kurşun delikleri, isli duvarlardaki zikzak çatlaklar, geniş parçalar halinde kalkmış olan sıvaların altından ortaya çıkmış tuğlalar, araba yolundaki kurumuş çalılar, bahçedeki yapraksız ağaçlar, sararmış çimenlik. Arka bahçeye bakan verandanın yarısından fazlası yok. Ama yine Kâbil'deki pek çok şey gibi, yavaş, çekingen bir yeniden doğuşun ipuçlarını da taşıyor. Biri evi yeniden boyamaya başlamış, bahçeye gül fidanları dikmiş, bahçenin doğuya bakan duvarındaki irice bir delik, acemice olsa da kapatılmış. Evin sokağa bakan yüzüne dayalı duran merdiven, İdris'e çatının da onarılmakta olduğunu düşündürüyor. Verandanın kayıp yarısındaki tadilat çoktan başlamış.

Markos'la holde karşılaşıyorlar. Adamın kır saçları seyrelmeye başlamış, gözleri uçuk mavi. Gri renkli bir Afgan giysisi giymiş, siyah beyaz kareli bir *kefiye*'yi boynuna zarifçe dolamış. Onları sigara dumanıyla kaplı, gürültülü bir odaya götürüyor.

"Çay, şarap ve bira var. Yoksa daha sert bir şeyi mi yeğlersiniz?"

"Sen göster, ben doldurayım," diyor Timur.

"Hey, seni sevdim. İçkiler şurada, müzik setinin yanında. Buz güvenli, bu arada. Şişe suyundan yapıldı."

"Şükürler olsun."

Timur bu tür toplantılarda tam havasını bulur; İdris onun bu rahat tavırlarına, zorlanmasız şakalarına, hazırcevaplığına, kendinden emin cazibesine hayranlık duymadan edemiyor. Timur'un peşinden bara gidiyor, Timur bir kırmızı şarap şişesinden ikisine de içki dolduruyor.

Salonun her tarafına saçılmış minderlerde yirmi küsur konuk oturuyor. Zeminde bordo rengi bir Afgan halısı yayılı. Dekor çığırtkan değil, zevkli, İdris'in "göçmen modası" demeye başladığı bir tarzda. Nina Simone'un bir albümü tatlı tatlı çalıyor. Herkesin elinde içki var, neredeyse herkes sigara içiyor; Irak'taki yeni savaştan, bunun Afganistan için ne anlama geleceğinden söz ediyorlar. Köşedeki televizyonda *CNN International* kanalı açık, ama sesi kapatılmış. *Şok* ve *Dehşet*'in pençesindeki Bağdat gecesi, yeşil çakımlarla aydınlanıp durmakta.

Elinde buzlu votka kadehi, Markos yanlarına geliyor; yanında Dünya Gıda Programı'nda çalışan, ciddi yüzlü iki genç Alman var. İdris, Kâbil'de tanıştığı yardım gönüllülerinin çoğu gibi bunları da biraz göz korkutucu buluyor; dünyayı dibine kadar kavramış, etkilenmeleri olanaksız tipler.

"Çok güzel bir ev bu," diyor Markos'a.

"Bunu sahibine söyleyin." Markos salonun karşı ucuna gidiyor, zayıf, yaşlıca bir adamla dönüyor. Adamın gür, kırçıl saçları alnından geriye taranmış. İyice kırpılmış bir sakalı var, avurtları neredeyse dişsiz birininki kadar çökük. Üzerindeki zeytin rengi, biçimsiz, bol takım elbise 1950'lerin moda anlayışını yansıtıyor. Markos yaşlı adama apaçık bir sevgiyle gülümsüyor.

"Nebi *can*?" diye haykırıyor Timur, aynı anda İdris de anımsıyor.

Yaşlı adam onlara mahcup mahcup gülümsüyor. "Özür dilerim ama tanışıyor muyuz?"

"Ben Timur Beşiri," diyor Timur Farsça. "Ailem sokağın az aşağısında otururdu!"

"Ah, yüce Tanrım," diye soluyor yaşlı adam. "Timur *can*? Sen de İdris *can* olmalısın?"

İdris gülümseyerek başıyla doğruluyor.

Nebi her ikisini de kucaklıyor. Ağzı kulaklarında; onlara inanmazlıkla bakarak yanaklarından öpüyor. İdris, Nebi'nin, patronu Bay Wahdati'yi tekerlekli sandalyeyle sokakta bir aşağı bir yukarı gezdirişini anımsıyor. Bazen sandalyeyi kaldırımda durdurur, iki erkek, voleybol oynayan, aralarında onunla Timur'un da bulunduğu mahalleli çocukları seyrederdi.

"Nebi *can* 1947'den beri bu evde yaşıyormuş," diyor Markos, kolunu onun omzuna dolarken.

"Buranın *sahibi mi* oldun?" diyor Timur.

Nebi onun yüzündeki şaşkınlığa gülümsüyor. "Burada 1947'den vefat ettiği 2000 yılına kadar Bay Wahdati'ye hizmet ettim. O da evi bana bırakma nezaketini gösterdi."

"Sana *verdi* yani," diyor Timur inanmazlıkla.

Nebi başını sallıyor. "Evet."

"Muazzam bir aşçıydın desene!"

"Sense hatırladığım kadarıyla az biraz haylazdın."

Timur keh keh gülüyor. "Zapturapttan oldum olası hoşlanmadım, Nebi *can*. Onu kuzenime bırakıyorum."

Elindeki kadehi sallayan Markos, İdris'e dönüyor: "İlk ev sahibinin karısı Nila Wahdati şairmiş. Küçük de olsa bir ünü varmış. Adını duydunuz mu?"

İdris başını hayır anlamında sallıyor. "Tek bildiğim, ben doğduğumda onun ülkeden çoktan ayrılmış olduğu."

"Kızıyla birlikte Paris'te yaşamış," diyor Almanlardan biri, Thomas adındaki. "1974'te ölmüş. İntihardı, sanırım. Alkol sorunu varmış, yani okuduğum kadarıyla. Birkaç yıl önce biri bana onun ilk kitaplarından birinin Almanca çevirisini vermişti, doğruyu söylemek gerekirse, oldukça da beğenmiştim. Beklenmedik bir cinsellikle yüklü, diye düşündüğümü hatırlıyorum."

İdris başını sallıyor, kendini yine biraz yetersiz hissediyor, bu kez nedeni, bir Afgan sanatçı hakkında bir yabancıdan ders almış olması. Birkaç adım ileride Timur, Nebi'yle kiralara ilişkin hararetli bir sohbete dalmış. Farsça elbette.

"Böyle bir yer için kaç para kira isteyebileceğinin farkında mısın, Nebi *can*?" diyor yaşlı adama.

"Evet," diyor Nebi gülerek. "Kentteki kira bedellerinin farkındayım."

"Bu herifleri soyup soğana çevirebilirsin!"

"Şey..."

"Oysa bedavaya oturtuyorsun!"

"Onlar ülkemize yardıma geldiler, Timur *can*. Evlerini, memleketlerini bırakıp geldiler. Kalkıp onları senin deyiminle, 'soymak' doğru gelmiyor bana."

Timur bir inilti salıyor, içkisinin kalanını başına dikiyor. "Eh, ya paradan nefret ediyorsun, eski dostum ya da benden katbekat iyi bir insansın."

Amra içeriye giriyor; solmuş kot pantolonun üstüne parlak mavi bir Afgan tuniği giymiş. "Nebi *can*!" diye çığırıyor. Kız yanaklarından öpüp kolunu da omzuna atınca, Nebi hafiften irkildi gibi. "Bayılıyorum bu adama," diyor kız gruba. "Onu utandırmaya daha da çok bayılıyorum." Sonra bunun Farsçasını Nebi'ye tekrarlıyor. Adam başını öne arkaya atarak gülüyor, birazcık kızarıyor.

"Hadi, beni de utandırsana," diyor Timur.

Amra onun göğsüne hafifçe vuruyor. "Bakın, bu tam bir bela işte." Markos'la Afgan tarzı, yanaktan üç kez öpüşüyorlar; Almanlarla da öyle.

Markos kolunu onun beline doluyor. "Amra Ademovic. Kâbil'deki en çalışkan kadın. Bu kızla ters düşmeseniz iyi edersiniz. Dahası, içkide sizi yere devirebilir."

"Bunu bir deneyelim bakalım," diyor Timur, bir bardak almak için arkasındaki bara uzanırken.

Nebi izin isteyip yanlarından ayrılıyor.

Bundan sonraki bir saat boyunca, İdris insanlarla kaynaşıyor ya da kaynaşmaya gayret ediyor. İçki şişelerindeki seviye düşerken seslerin perdesi tizleşiyor. İdris Almanca, Fransızca, Yunanca olması gereken konuşmalar duyuyor. Bir votka daha içiyor, üstüne bir de ılık bira deviriyor. Bir grupta, cesaretini toplayıp California'dayken duyduğu, Molla Ömer'e ilişkin fıkrayı anlatıyor. Ama espri İngilizcede aynı tadı vermiyor, anlatmayı pek beceremedi. Yavan kaçtı. Başka bir grubun yanına gidiyor, Kâbil'de açılmak üzere olan bir İrlanda barı hakkındaki sohbete kulak veriyor. Herkes uzun ömürlü olmayacağında hemfikir.

Elinde ılık bira, salonda dolaşıyor. Bu tür toplantılarda kendini hiçbir zaman rahat hissedemedi. Oyalanmak için dikkatle dekoru inceliyor. Bamyan'daki Buda heykellerinin, bir Buzkaşi karşılaşmasının, bir de Tinos adındaki bir Yunan adasındaki limanın posterleri var. Tinos'un adını hiç duymadı. Holde gözüne çerçeveli, siyah-beyaz bir fotoğraf çarpmıştı; ev yapımı bir kamerayla çekilmişçesine, biraz bulanık. Uzun, siyah saçlı, genç bir kızın fotoğrafı, kızın sırtı objektife dönük. Bir kumsalda, bir kayanın üzerinde oturuyor, okyanusa bakıyor. Fotoğrafın sol alt köşesi yanmış gibi.

Akşam yemeğinde kuzu budu var; ete biberiye ve sarımsak dişleri gömülmüş. Ayrıca keçi peynirli salata ve pesto soslu makarna. İdris tabağına biraz salata alıyor, bir köşeye çekilip oynamaya koyuluyor. Timur'un iki genç, çekici Hollandalı kadınla oturduğunu görüyor. Kur yapıyordur, diye düşünüyor. Kahkahalar yükseliyor, kadınlardan bir Timur'un dizine dokunuyor.

İdris şarabını alıp verandaya çıkıyor, tahta bir sıraya oturuyor. Hava artık karardı, veranda yalnızca tavandan sarkan iki ampulle aydınlatılmakta. Buradan, bahçenin uzak köşesinde bulunan, müştemilata benzer yapıyı kabataslak görebiliyor, sağ taraftaysa büyük, uzun, eski bir arabanın dış çizgileri seçiliyor; kıvrımlarına bakılırsa muhtemelen Amerikan malı. Kırklı, belki de ellili yıllara ait –İdris tam olarak göremiyor– hem zaten arabalara düşkün biri hiç olmadı. Timur'un bileceğinden emin. O olsaydı, modelini, yılını, motor hacmini, ilave aksesuvarlarını sayıverirdi. Göründüğü kadarıyla, arabanın dört lastiği de patlak. Mahallenin köpeklerinden biri kesik kesik havlamaya başlıyor. İçeride, biri müzik setine Leonard Cohen'in albümünü koydu.

"Sessiz ve Duyarlı."

Amra yanına oturuyor, kadehindeki buzlar şıngırdıyor. Ayakları çıplak.

"Şu kovboy kuzenin, partinin gözbebeği olup çıktı."

"Hiç şaşırmadım."

"Gerçekten yakışıklı. Evli mi?"

"Üç de çocuğu var."

"Çok kötü. Terbiyemi takınayım öyleyse."

"Bunu duysa hayal kırıklığına uğrardı, eminim."

"Kurallarım var," diyor kız. "Ondan pek hoşlanmıyorsun."

İdris, Timur'u erkek kardeşi gibi gördüğünü söylerken basbayağı içten.

"Ama seni utandırıyor."

Doğru bu. Timur onu *utandırdı*. İdris onun tam da çirkin bir Afgan kökenli Amerikalı gibi davrandığını düşünüyor. Bu savaş mağduru kentin, buraya aitmiş gibi altını üstüne getirmeler, olağanüstü bir sevimlilikle yerel halkın sırtına vurmalar, onlara *abi, abla, amca* diye seslenmeler, *bahşiş bohçası* dediği desteden çıkardığı paraları dilencilere gösterişli bir havayla vermeler, *ana* diye hitap ettiği yaşlı kadınlara takılmalar, yüzünde kederli bir ifade, elinde sesli kayıt yapan kamerası, yaşadıklarını anlatmaları için onları kandırmaya çalışmalar; sanki onlardan biriymiş, hep buradaymış gibi, bu insanlar bombalanırken, öldürülürken, tecavüze uğrarken, kendisi San Jose'de Gold'un Yeri'nde kafayı çekmiyormuş gibi. İkiyüzlülük bu, ayrıca çirkin. Bu oyunun iç yüzünü kimsenin görmüyor olmasıysa İdris'i hayretler içinde bırakmakta.

"Sana söyledikleri doğru değil," diyor kıza. "Buraya eskiden babalarımıza ait olan evi talep etmeye geldik. Hepsi bu. Başka bir nedeni yok."

Amra burnundan bir kıkırtı salıyor. "Bal gibi biliyorum. Beni kandırdığını mı sanıyorsun? Bu ülkede savaş lordlarıyla,

Taliban'la muhatap oldum. Her şeyi gördüm. Hiçbir şey şaşırtamaz beni. Ve hiçbir şey, hiç kimse kandıramaz."

"Tahmin edebiliyorum."

"Sen dürüstsün," diyor kız. "En azından dürüstsün."

"Yalnızca bu insanlara, bütün o yaşadıklarına saygı duymamız gerektiğini düşünüyorum. Biz derken, Timur'la benim gibileri kastediyorum. Şanslı olanlar, bombalar yeri göğü inletirken burada olmayanlar yani. Biz bu insanlar gibi değiliz. Öyleymiş gibi numara yapmamalıyız. Bu insanların anlatacağı öyküler... öyküleri dinlemeyi *hak etmiyoruz*. Lafın ucunu kaçırdım."

"Kaçırmak mı?"

"Konuyu dağıttım."

"Hayır, seni anlıyorum," diyor Amra. "Öykülerinin size verilmiş armağanlar olduğunu söylüyorsun."

"Armağan. Evet."

Şaraplarını yudumluyorlar. Bir süre daha konuşuyorlar; İdris için Kâbil'e geldiğinden beri yaptığı tek gerçek sohbet bu; yerel halkta, devlet memurlarında, yardım görevlilerinde hissettiği o gizli alaycılıktan, o muğlak kınamadan yoksun. Kıza işini soruyor, o da Birleşmiş Milletler adına Kosova'da çalıştığını, soykırımdan sonra Ruanda'da, Kolombiya ve Burundi'de görev yaptığını anlatıyor. Kamboçya'da çocuk fahişelerle çalışmış. Kâbil'e geleli bir yıl olmuş; bu üçüncü gelişi, bu kez küçük bir sivil toplum örgütüyle beraber, hastanede çalışıyor, pazartesi günleri de seyyar bir klinik işletiyorlar. İki kez evlenip iki kez boşanmış, çocuğu yok. İdris, Amra'nın yaşını kestirmekte zorlansa da, göründüğünden daha genç olduğunu tahmin ediyor. Sararan dişlerin, gözlerin altındaki yorgunluk torbalarının gerisinde, gerçek bir güzelliğin, doludizgin bir cinselliğin solmaya yüz tutmuş parıltısı. İdris içinden, dört, bilemedin beş yıl sonra bu da silinip gidecek, diyor.

Sonra Amra soruyor: "Roşi'nin başına geleni öğrenmek ister misin?"

"Anlatmak zorunda değilsin."

"Sarhoş olduğumu mu düşünüyorsun?"

"Öyle misin?"

"Azıcık," diyor kız. "Sense dürüst bir adamsın. İdris'in omzuna hafifçe, biraz da şaka yollu vuruyor. "Gerçek nedenleri öğrenmeye çalışıyorsun. Oysa senin gibi Afganlar, yani batıdan buraya gelenler, sanki... nasıl derler... tecessüs yapıyorlar."

"Mütecessislik."

"Evet."

"Pornografi izler gibi."

"Ama belki sen iyi birisindir."

"Bana anlatırsan," diyor İdris, "bunu bir armağan sayarım."

Bunun üzerine, kız anlatıyor.

Roşi, ana babası, iki ablası ve küçük erkek kardeşiyle Kâbil'le Bagram arasında bir köyde yaşamaktaydı. Geçen ay bir cuma günü, amcası, babasının ağabeyi onları ziyarete geldi. İki kardeş neredeyse bir yıldır, Roşi'nin ailece yaşadığı arazi yüzünden birbirine düşmüştü; amca yaşça daha büyük olduğu için evin kendisine ait olduğunu ileri sürüyordu, oysa babaları, evi daha çok sevdiği küçük oğluna bırakmıştı. Ancak geldiği gün, her şey yolundaydı.

"Kavgaya son vermek istediğini söylemiş."

Roşi'nin annesi onun onuruna iki tavuk kesti, kocaman bir kâse kuru üzümlü pilav pişirdi, pazardan taze narlar aldı. Amca gelince iki kardeş sarılıp öpüştüler. Roşi'nin babası ağabeyini öyle bir kucakladı ki, adamın ayakları yerden kesildi. Roşi'nin annesi mutluluk gözyaşları döktü. Aile yemeğe oturdu. Herkes tabağını ikinci, üçüncü kez doldurdu. Narları soyup yediler. Üstüne yeşil çay içip küçük karamelalar atıştırdılar. Sonra amca dışarıdaki helaya gitmek üzere izin istedi.

Geri geldiğinde elinde bir balta vardı.

"Ağaç kesmekte kullanılanlardan," diyor Amra.

İlk giden, Roşi'nin babası oldu. "Roşi'nin dediğine göre, babası neye uğradığını bilememiş. Hiçbir şey anlamamış."

Ensesine tek bir darbe. Başı neredeyse kopmuş. Sonra sıra Roşi'nin annesine gelmiş. Roşi onun mücadele etmeye çalıştığını görmüş, ama yüzüne, göğsüne inen darbelerden sonra sesi kesilmiş. Çocuklar şimdi avaz avaz bağırıyor, kaçışıyormuş. Amca onları kovalamış. Roşi ablalarından birinin koridora doğru koştuğunu, ama amcanın onu saçından yakalayıp yere yıktığını görmüş. Öteki abla koridora çıkmayı başarmış. Amca peşinden gitmiş, Roşi onun yatak odasının kapısını tekmeyle açtığını, çığlıkları duymuş, sonrası sessizlik.

"Roşi küçük erkek kardeşini alıp kaçmaya karar veriyor. Evden koşarak çıkıyor, bahçe kapısına ulaşıyorlar, ama kapı kilitli. Amca önceden icabına bakmış elbette."

Can havliyle arka avluya koştular, panikten, çaresizlikten avlunun kapısı olmadığını, duvarlarınsa tırmanılamayacak kadar yüksek olduğunu unutmuş olmalıydılar. Amca evden fırlayıp üstlerine saldırınca, Roşi beş yaşındaki erkek kardeşinin kendini tandıra, annesinin daha bir saat önce ekmek pişirdiği yere attığını gördü. Onun alevlerin içinden yükselen çığlıklarını duyduğu sırada, ayağı takılıp yere düştü. Sırtüstü döndüğü an mavi gökyüzünü ve hızla inen baltayı gördü. Gerisini hatırlamıyor.

Amra susuyor. İçeride, Leonard Cohen "Who By Fire"ı söylüyor.

İdris şu an becerip de konuşabilse bile, aklına söylenecek uygun bir şey gelmiyor. Bu Taliban'ın, El Kaide'nin ya da megaloman bir *mücahit* komutanın marifeti olsaydı, bir şeyler söyleyebilir, hiçbir işe yaramasa da öfkesini kusabilirdi. Ancak burada Hikmetyar'ı, Molla Ömer'i, Bin Ladin'i, Bush'u ya da Terörle Savaş'ı suçlayamaz. Bu katliamın alabildiğine sıradan, gündelik nedeni, onu her nasılsa daha korkunç, çok daha sinir bozucu yapıyor. İnsanın aklına ilk gelen sözcük, *anlamsız* oluyor, ama İdris onu zihninden kışkışlıyor. İnsanlar habire bunu söyler. *Anlamsız bir şiddet eylemi. Anlamsız bir cinayet.* Anlamlı bir cinayet işlenebilirmiş gibi.

Kızı, Roşi'yi düşünüyor; hastanede, dertop olup duvara yaslanmış, ayak parmakları kenetlenmiş, yüzünde çocuksu bir ifade. Tıraş edilmiş kafasındaki yarık, oradan sızan, yumruk büyüklüğündeki parlak beyin dokusunun bir şeyhin türbanındaki düğümü andıran kütlesi.

"Bunu sana kendisi mi anlattı?" diye soruyor sonunda.

Amra başını ağır ağır sallıyor. "Gayet net anımsıyor. Her ayrıntıyı. Her şeyi bütün ayrıntılarıyla anlatıyor. Gördüğü karabasanları düşününce, keşke unutabilse diyorum."

"Ya erkek kardeşi, ona ne olmuş?"

"Bir sürü yanık."

"Peki ya amca?"

Amra omuz silkiyor. "Dikkatli ol, diyorlar. Bizim meslekte mesafeli olmalı, profesyonel olmalısın, diyorlar. Bağlanmak iyi fikir değil. Ama Roşi'yle ben..."

Müzik aniden susuyor. Yine elektrikler kesildi. Birkaç dakika, ay ışığı sayılmazsa, ortalık kapkara oluyor. İdris evdekilerin homurdandığını duyuyor. Gaz lambaları çabucak yakılıyor.

"Onun için mücadele edeceğim," diyor Amra. Bir kez olsun başını kaldırıp bakmadı. "Durmayacağım."

Ertesi gün Timur, Almanlarla birlikte, toprak çanak çömlekleriyle ünlü İstalif kasabasına gidiyor. "Sen de gelsene."

"Evde kalıp kitap okuyacağım," diyor İdris.

"Kitabını San Jose'de okursun, kanka."

"Dinlenmeye ihtiyacım var. Dün gece içkiyi fazla kaçırdım galiba."

Almanlar gelip Timur'a alınca, İdris bir süre yatağında yatıp duvardaki altmışlı yıllardan kalma solmuş afişe bakıyor; Kâbil'deki çocukluğundan kalma, savaşlardan öncesine, çözülmelerden öncesine ait bir yâdigar: Band-e-Emir Gölü'nün kıyısında yürüyüş yapan dört kişilik sarışın, mütebessim bir turist grubu. Öğleden sonra yürüyüşe çıkıyor. Küçük bir lokantada kebap yiyor. Camdan içeriye bakan, onu seyreden bütün o kirli çocuk suratları yüzünden, yemeğin tadını çıkartmak olanaksız. İnsanı bunaltıyor. İdris, Timur'un bu yoksullukla kendisinden çok daha iyi baş ettiğini kabullenmek zorunda. Timur bunu oyun haline getiriyor. Bir talim çavuşu misali, hemen bir ıslık çalıp dilenci çocukları sıraya diziyor, bahşiş bohçasından birkaç banknot çekiyor. Parayı teker teker dağıtırken de topuk vurup selam veriyor. Çocuklar bayılıyor buna. Onlar da selama duruyor. Timur'a *kaka* diyorlar. Bazen bacaklarına tırmanıyorlar.

İdris yemekten sonra bir taksi çeviriyor, hastaneye gitmek istediğini bildiriyor.

"Ama önce çarşıda duralım," diyor.

Kucağında kutu, koridorda ilerliyor, yazılarla süslü duvarların, kapı yerine naylon perdeler asılmış odaların, tek gözü bantlı, çıplak ayağını sürüyerek yürüyen bir ihtiyarın, ampulü olmayan, boğucu sıcaklıktaki odalarda yatan hastaların önünden geçiyor. Her yerde ekşi vücut kokusu. Koridorun sonunda, açmadan önce perdenin önünde bir an duruyor. Yatağın kenarında oturan kızı görünce yüreği hoplayıveriyor. Amra önüne diz çökmüş, kızın küçük dişlerini fırçalamakta.

Yatağın öteki tarafında oturan bir adam var; kara kuru, güneşten yanmış, karman çorman sakallı, kısa, siyah saçlı. İdris girince adam çabucak ayağa kalkıyor, bir avucunu göğsüne bastırıp eğiliyor. Yerel halkın, onun batılılaşmış bir Afgan olduğunu bir anda anlayıvermesi, para ve güç kokusunun ona bu kentte haksız bir ayrıcalık sağlayıvermesi, İdris'i bir kez daha afallatıyor. Adam İdris'e, Roşi'nin dayısı olduğunu söylüyor.

"Yine geldin," diyor Amra, diş fırçasını tastaki suya batırırken.

"Sakıncası yoktur umarım."

"Neden olsun ki?" diyor kadın.

İdris genzini temizliyor. "Selam, Roşi."

Kız izin istercesine Amra'ya bakıyor. Sesi çekingen, tiz bir fısıltı. "Selam."

"Sana bir armağan getirdim." İdris kutuyu indirip açıyor. Kutudan çıkan küçük televizyonla video aygıtını görünce kızın gözleri canlanıyor. İdris satın aldığı dört filmi gösteriyor. Dükkândaki kasetlerin çoğu ya Hint filmiydi ya da Jet Li, Jean-Claude Van Damme, Steven Seagal'in vurdulu kırdılı filmleri. Ama İdris birkaç çocuk filmi bulmayı becerdi: *ET, Babe, Toy Story* ve *The Iron Giant*. Evde oğullarıyla birlikte izlediği filmler bunlar.

Amra kıza Farsça, hangisini izlemek istediğini soruyor. Roşi *The Iron Giant*'ı seçiyor.

"Bayılacaksın," diyor İdris. Kıza doğrudan bakmakta zorlanıyor. Bakışları kızın kafasındaki yaraya, parlak beyin topağına, damarların ve kılcal damarların oluşturduğu zikzaklı ağa kayıp duruyor.

Koridorun bu ucunda elektrik prizi yok, Amra'nın bir uzatma kablosu bulması biraz zaman alıyor, ama İdris nihayet fişi kabloya sokup da görüntü belirince Roşi'nin ağzı bir gülümsemeyle yayılıyor. İdris bu tebessümde, otuz beş yaşına karşın dünyayı ne kadar az tanıdığını, onun vahşiliğini, acımasızlığını, sınırsız gaddarlığını görüyor.

Amra diğer hastalara bakmak için izin isteyince, İdris Roşi'nin yatağının yanına bir iskemle çekiyor, filmi onunla birlikte izliyor. Dayı sessiz, hissedilmez bir karaltı. Filmin ortalarına doğru cereyan gidiyor. Roşi ağlamaya başlıyor, dayı iskemlesinde öne eğiliyor, sertçe onun elini kavrıyor. Peştu dilinde az ve öz bir şeyler fısıldıyor; İdris bu dili bilmiyor. Roşi irkiliyor, elini kurtarmaya çalışıyor. İdris dayının güçlü, eklemleri beyazlaşmış pençesindeki küçük ele bakıyor.

Ceketini giyiyor. "Yarın yine gelirim, Roşi, istersen başka bir kaset izleriz. İster misin?"

Roşi örtülerin altında dertop oluyor. Dayıya bakan İdris, Timur'un böyle bir durumda adama neler yapacağını tahmin edebiliyor – Timur, onun aksine, fevri duygulara direnmez. Burada olsaydı, *Beni şununla on dakika yalnız bıraksana*, derdi.

Dayı onun peşinden dışarıya geliyor. Basamaklarda şu sözleriyle İdris'i durduruyor: "Burada asıl kurban benim, *Sahip*." İdris'in suratındaki ifadeyi görmüş olmalı ki hemen düzeltiyor: "Yani asıl kurban o, elbette. Ama demek istediğim, ben de öyleyim. Bunu anlıyorsundur mutlaka, sen bir Afgan'sın. Fakat şu yabancılar... onlar anlamıyor."

"Gitmem gerek," diyor İdris.

"Ben bir *mazdur*'um, basit bir işçi. En iyi günümde bir, bilemedin iki dolar kazanırım, *Sahip*. Zaten beş çocuğum var. Bir tanesi kör. Şimdi bir de bu." İçini çekiyor. "Bazen kendi kendime diyorum ki... Allah affetsin ama, diyorum ki, belki de Allah Roşi'yi... yani, bilirsin işte... Öylesi çok daha iyi olurdu. Sorarım sana, *Sahip,* şimdi kim evlenir onunla? Hiçbir zaman koca bulamayacak. O zaman kim bakacak ona? Ben bakmak zorunda kalacağım. Sonsuza kadar başıma kalacak."

İdris köşeye sıkıştırıldığının farkında. Elini cüzdanına atıyor.

"Ne kadar verebilirsen, *Sahip*. Benim için değil elbette. Roşi için."

İdris ona birkaç banknot uzatıyor. Dayı gözlerini kırpıştırıyor, gözlerini paradan kaldırıyor. "Ama burada iki..." Sonra İdris'i yaptığı hataya uyandırmaktan korkarcasına ağzını kapatıveriyor.

"Ona doğru düzgün ayakkabılar al," diyor İdris basamakları inerken.

"Allah razı olsun, *Sahip*," diye sesleniyor dayı onun arkasından. "Sen iyi birisin. Merhametli ve iyi bir adamsın."

İdris ertesi gün, sonraki gün de ziyarete geliyor. Böylece bir alışkanlığa dönüşüyor, artık her gün Roşi'nin başucunda. Hademelerin, zemin katta çalışan erkek hastabakıcıların, kapıcının, hastane kapısındaki çelimsiz, yorgun nöbetçilerin adlarını öğrendi. Bu ziyaretleri mümkün olduğunca gizli tutuyor. Yaptığı denizaşırı görüşmelerde, Nahil'e Roşi'den söz etmedi. Nereye gittiğini Timur'a da söylemiyor; Pağman gezisinde ya da içişleri bakanıyla olan toplantısında ona neden eşlik etmediğini açıklamadı. Ama Timur yine de öğreniyor.

"Aferin sana," diyor. "Efendice bir şey yapıyorsun." Bir an durup ekliyor: "Ancak yine de dikkatli ol."

"Yani gitmeyi keseyim mi?"

"Bir hafta sonra ayrılıyoruz buradan, kanka. Kızın sana fazla bağlanmasını istemezsin herhalde."

İdris başıyla doğruluyor. Timur onun Roşi'yle ilişkisini azıcık kıskanıyor olabilir mi? Kahraman rolü oynayabileceği böylesine muhteşem bir fırsatı elinden aldığı için İdris'e içerliyor belki de? Timur ağır çekimde, alevler içindeki binadan kucağında bebekle fırlıyor. Toplanan kalabalıktan hayranlık dolu haykırışlar yükseliyor. İdris onun Roşi'yi böyle bir gösteriye alet etmesine kesinlikle izin vermeyecek.

Öte yandan, Timur haklı. Bir hafta sonra memlekete dönüyorlar, oysa Roşi ona İdris *Kaka* demeye başladı. İdris geciktiğinde, kızı allak bullak bir halde buluyor. Kız kollarını onun beline doluyor, yüzünü bir rahatlama dalgası yalıyor. Hayatta sabırsızlıkla beklediği tek şey, İdris'in ziyaretleri; kendisi söyledi. Bazen bir kaset izlerlerken İdris'in elini iki eliyle birden kavrıyor. İdris de burada değilken sık sık kızı düşünüyor; kollarındaki uçuk sarı tüyleri, kısık, ela gözlerini, güzel ayaklarını, yuvarlak yanaklarını, Fransız Lisesi'nin yakınlarındaki kitapçıdan aldığı çocuk kitaplarından birini okurken kızın çenesini iki avucuna dayayışını. Birkaç kez kendini, onu Birleşik Devletler'e götürmenin nasıl bir şey olacağını, oğlanlarla, yani Zabi ve Lemar'la uyuşup uyuşamayacağını tartarken yakaladı. Geçen yıl Nahil'le üçüncü çocuk olasılığını konuştular.

Ülkeden ayrılmasına bir gün kala, "Şimdi ne olacak?" diyor Amra.

O gün daha erken bir saatte Roşi, İdris'e bir resim verdi; hastane çizelge kâğıdına kurşunkalemle çizilmiş, televizyon izleyen iki çöp figür. İdris uzun saçlı olanı gösterdi. *Bu sen misin?*

Öteki de sensin, İdris Kaka.

Saçların uzundu demek? Önce?

Ablam her gün fırçalardı saçlarımı. Hiç acıtmadan fırçalamayı bilirdi.

İyi bir ablaymış.

Yeniden uzadığında kendin fırçalarsın.

Bu çok hoşuma gider.

Gitme, Kaka. Burada kal.

"Çok tatlı bir çocuk," diyor Amra'ya. Öyle gerçekten de. Terbiyeli, saygılı. Hafif bir suçluluk duygusuyla San Jose'deki Zabi'yle Lemar'ı, Afgan isimlerinden hoşlanmadıklarını uzun zaman önce açıkça söylemiş olan, hızla küçük zorbalara, Nahil'le asla yetiştirmeme yemini ettikleri, dediğim dedik Amerikalı çocuklara dönüşen oğullarını düşünüyor.

"Mücadeleci biri," diyor Amra.

"Öyle."

Amra sırtını duvara yaslıyor. Önlerinden telaşla tekerlekli bir sedyeyi iten iki hademe geçiyor. Sedyedeki delikanlının başında kanlı sargı bezleri, baldırında da açık bir yara var.

"Amerika ya da Avrupa'dan gelen öteki Afganlar," diyor Amra, "gelip onun resmini çekiyor. Videoya çekiyorlar. Vaatlerde bulunuyorlar. Sonra eve gidip ailelerine gösteriyorlar. Hayvanat bahçesindeki hayvanlardan biriymiş gibi. İzin veriyorum, çünkü belki yardımları dokunur, diyorum. Ama unutup gidiyorlar. Bir daha onlardan haber almıyorum. Onun için de sana soruyorum: Şimdi ne olacak?"

"Ameliyat olması gerekiyor ya," diyor İdris. "Onu gerçekleştirmek istiyorum."

Kadın ona tereddütle bakıyor.

"Hastanemizin bir de beyin cerrahi kliniği var. Başhekimle konuşacağım. Roşi'yi California'ya getirtip ameliyat ettirebiliriz."

"İyi de parası?"

"Bir fon oluşturabiliriz. En kötü ihtimalle ben öderim."

"Kesenden?"

İdris gülüyor. "Evet, doğru terim 'kendi cebimden.'"

"Dayının iznini almamız gerek."

"Tabii ortaya çıkarsa." İdris'in ona iki yüz dolar verdiği günden beri dayıyı ne gören var ne de duyan.

Amra ona bakıp gülümsüyor. İdris daha önce hiç böyle bir şey yapmadı. Böylesine ciddi bir taahhüde bodoslama dalmanın insanı heyecanlandıran, coşturan, hatta mest eden bir yanı var. Enerjiyle dolup taştığını hissediyor. Neredeyse soluğunu kesecek kadar. Gözlerinin yaşardığını hissedince en çok kendisi şaşırıyor.

"*Hvala*," diyor Amra. "Teşekkür ederim." Parmakuçlarında yükselip İdris'i yanağından öpüyor.

"Hollandalı kızlardan birini hallettim," diyor Timur. "Hani şu partideki."

İdris başını camdan kaldırıyor. İyice aşağılarda kalan Hindukuşların sıkışık, adeta birbirine yapışık, yumuşak, kahverengi zirvelerini hayranlıkta seyretmekteydi. Dönüp koridor tarafında oturan Timur'a bakıyor.

"Kumral olanı. Yarım V vitamini attım, sonra da onu sabah ezanına kadar becerdim."

"Hey Yarabbi. Sen hiç büyümeyecek misin?" diyor İdris, Timur'un bu bilgiyi verip onu haylazlığına, sadakatsizliğine, böyle liseli oğlan bayağılıklarına bir kez daha ortak etmesine sinirlendi.

Timur yılışık yılışık sırıtıyor. "Unutma kuzen, Kâbil'de olan Kâbil'de..."

"Lütfen bitirme şu cümleyi."

Timur kahkahayı patlatıyor.

Uçağın arkalarında küçük bir parti veriliyor. Biri Peştu dilinde şarkı söylüyor, biri elindeki suni köpük tabağı tambur niyetine çalıyor.

"Nebi'yle karşılaştığımıza inanamıyorum," diye mırıldanıyor Timur. "Tanrım."

İdris göğüs cebine attığı uyku hapını çıkarıp susuz filan yutuyor.

"Gelecek ay buraya döneceğim," diyor Timur, kollarını kavuşturup gözlerini yumarken. "Birkaç kere daha gelmem gerekecek sanırım, ama her şey yolunda gidecek."

"Şu Faruk denen adama güveniyor musun?"

"Hem de hiç. Bu yüzden yeniden geleceğim ya."

Faruk, Timur'un tuttuğu avukat. Uzmanlık alanı, sürgünde yaşayan Afganlara yardım edip Kâbil'de kalan, ellerinden çıkan mülkleri üzerindeki yasal haklarını savunmak. Timur, Faruk'un dosyaya koyacağı evraklardan, dava muamelelerine bakacak olan yargıçla ilgili umudundan söz ediyor; davaya Faruk'un karısının ikinci göbekten kuzeni olan yargıcın atanma olasılığı var. İdris yeniden şakağını pencereye dayıyor, ilacın etkisini göstermesini bekliyor.

"İdris?" diyor Timur usulca.

"Evet."

"Orada çok boktan şeyler gördük, değil mi?"

İnsanı şaşırtan içgörülerle dolusun, kanka. "Öyle," diyor. "Kilometrekareye binlerce trajedi düşüyor yahu."

Az sonra İdris'in kafası uğuldamaya başlıyor, görüşü bulanıklaşıyor. Uykuya teslim olurken Roşi'yle vedalaşmasını düşünüyor; kızın parmaklarını tuttu, yeniden görüşeceklerini söyledi, kızsa yüzünü onun karnına gömüp sessizce, neredeyse çıt çıkarmadan ağladı.

Havalimanından eve giderken, İdris, Kâbil'deki o karman çorman, çılgın trafiği anıyor muhabbetle. Şimdi *Lexus*'u 101 sayılı karayolunun güneye doğru akan, tek bir çukuru olmayan, düzenli şeritlerinde sürmek, insana garip geliyor; insana her bakımdan yardımcı olan çevreyolu tabelaları, sinyalini veren, kurallara uyan, uygar, alabildiğine kibar sürücüler. Kâbil'de Timur'la birlikte canlarını emanet ettikleri bütün o gözüpek, yeniyetme taksiciler aklına gelince gülümsüyor.

Yan koltuktaki Nahil'in soruları bitmiyor. Kâbil güvenli miydi? Yiyecekler nasıldı? Midesi bozuldu mu? Her şeyin resmini, videosunu çekti mi? İdris elinden geldiğince yanıtlıyor. Delik deşik olmuş okulları, çatısız evlerde yaşayan gecekonducuları, dilencileri, çamuru, güvenilmez elektriği tanımlamaya çalışıyor, ama bu, müziği tarif etmek gibi. Tam olarak canlandıramıyor. Kâbil'in canlı, insanı çarpan ayrıntıları eksik kalıyor – enkazın ortasındaki vücut geliştirme salonu, örneğin, penceredeki Arnold Schwarzenegger posteri. Böylesi detayları şu an tam anımsayamıyor, bu yüzden de yaptığı tanımlamalar kulağına genelgeçer, yavan geliyor, sıradan bir *Associated Press* haberi gibi.

Arka koltukta, oğlanlar onunla dalga geçiyor, zaten onu çok kısa bir süre dinliyor ya da dinlermiş gibi yapıyorlar. İdris onların can sıkıntısını hissedebiliyor. Sonra on yaşındaki Zabi, annesinden filmi başlatmasını istiyor. Ondan iki yaş büyük olan Lemar birazcık daha dinlese de, İdris az sonra onun *Nintendo DS*'sindeki yarış arabasının tekdüze uğultusunu duyuyor.

"Neyiniz var sizin?" diye paylıyor Nahil onları. "Babanız Kâbil'den yeni döndü. Hiç merak etmiyor musunuz? Soracak sorunuz yok mu?"

"Önemli değil," diyor İdris. "Rahat bırak çocukları." Ama ilgisizlikleri, salt genetik piyangoya borçlu oldukları ayrıcalıklı yaşama özgü bu şen şakrak aldırmazlıkları canını sıktı. Birden ailesiyle arasında bir yarık açıldığını hissediyor, hatta seyahatine ilişkin soruları salt lokantaların, akmayan suların filan etrafında dönüp duran Nahil'le bile. Şimdi onlara suçlayan gözlerle bakıyor; Kâbil'deki ilk günlerinde yerel halk da ona aynen böyle bakmış olmalı.

"Açlıktan ölüyorum," diyor.

"Canın ne istiyor?" diye soruyor Nahil. "Suşi mi, İtalyan yemeği mi? Oakridge'in orada yeni bir mezeci açıldı."

"Hadi Afgan yemeği yiyelim," diyor İdris.

San Jose'nin doğu yakasında, eski Berryessa Bit Pazarı'nın yakınındaki Abe Kebapçısı'na gidiyorlar. Sahibi Abdullah, altmış yaşlarının başında, kır saçlı bir adam; pos bıyığı, iri, güçlü elleri var. İdris'in hastalarından biri, karısı da öyle. İdris'le ailesi lokantaya girince, Abdullah kasanın arkasından el sallıyor. Abe Kebapçısı küçük bir aile işletmesi. Yalnızca sekiz masası –muşamba örtüleri genellikle yapış yapış– naylon kaplı menüleri, duvarlarında Afganistan posterleri, köşede de eski bir içecek otomatı var. Abdullah müşterileri karşılar, kasaya bakar, temizliği yapar. Karısı Sultana arkadadır; mucizeden o sorumludur. İdris şu an mutfaktaki kadını görebiliyor, bir filenin altına toplanmış saçları, buhar yüzünden kısılmış gözleriyle bir tencerenin üstüne eğilmiş. İdris'e anlattıkları gibi, 1970'lerin sonunda, memleketteki komünist işgalin ardından Pakistan'da evlenmişler. 1982'de, kızları Peri'nin doğduğu yıl ABD'ye sığınma hakkı elde etmişler.

Şimdi siparişlerini alan da Peri. Bu cana yakın, nazik kız, açık tenini, gözlerindeki ışıltıyı, duygusal metaneti gösteren parıltıyı annesinden almış. Vücudunun alışılmadık bir orantısı var, üst kısmı zayıf ve narin, ama belinden aşağısı genişleyiveriyor; iri kalçalar, kalın baldırlar, kalın ayak bilekleri. Yine o geniş eteklerinden birini giymiş.

İdris'le Nahil kuzu eti, bulgur pilavı ve *bolani* istiyorlar. Oğlanlar, menüde bulabildikleri hamburgere en yakın şeyi, *çapli kebap*'ı ısmarlıyorlar. Yemeklerini beklerken, Zabi babasına futbol takımının finale kaldığını söylüyor. Kendisi takımın sağ açığı. Maç pazar günü. Lemar cumartesi günü gitar resitali olduğunu söylüyor.

"Ne çalacaksın?" diye soruyor İdris ağır ağır; uçak yolculuğunun acısı çıkmaya başladı.

"Paint It Black."

"Çok hoş."

Nahil oğlanı dikkatli bir dille paylıyor: "Yeterince alıştırma yaptığından emin değilim."

Lemar yuvarladığı peçeteyi bırakıyor. "Anne! Yapma! Her gün neler çektiğimi görmüyor musun? Yapacak öyle çok şeyim var ki!"

Yemeğin ortalarına doğru, Abdullah merhaba demek için yanlarına geliyor, ellerini beline bağladığı önlüğe kuruluyor. Yemekleri beğenip beğenmediklerini, başka bir şey isterler mi diye soruyor.

İdris, Timur'la birlikte Kâbil'den yeni döndüklerini söylüyor.

"Timur *can* neler yapıyor?" diye soruyor Abdullah.

"Her zamanki gibi haylazlık peşinde."

Abdullah gülümsüyor. "Doktor Beşiri, birine beddua edecek olsam, şöyle derdim: 'Allah sana bir lokanta versin.'"

Hep birlikte kısacık gülüyorlar.

Daha sonra, lokantadan çıkıp ciplerine binerlerken Lemar soruyor: "Baba, yemeği herkese bedava mı veriyor?"

"Tabii ki hayır," diyor İdris.

"O zaman neden bizden para almıyor?"

"Çünkü biz Afgan'ız, çünkü onun doktoruyum," diyor İdris, ama bu kısmen doğru. Asıl neden, ona kalırsa, Timur'un kuzeni olması; yıllar önce Abdullah'a lokantayı açacağı parayı Timur verdi.

Evde, oturma odasıyla holdeki halının sökülmüş, merdivendeki çivilerin, tahtaların ortaya çıkmış olduğunu gören İdris şaşırıyor. Sonra evde tadilat yaptıklarını, halıları parkeyle değiştirdiklerini anımsıyor – yer döşemecinin *bakır çaydanlık* dediği renkte, enli, kiraz parkeler. Mutfak dolapları rendelenmiş, boyanmaya hazır; eski mikrodalga fırının yerinde şimdi bir boşluk var. Nahil pazartesi sabahı döşemecilerle ve Jason'la buluşacağı için yarım gün çalışacağını söylüyor.

"Jason mı?" Aynı anda anımsıyor: ev sineması sistemini kuracak olan adam.

"Ölçü almaya gelecek. *Subwoofer*'la projektörü indirimli bir fiyattan ayarladı bile. Çarşamba işi başlatmak üzere üç adamını yolluyor."

İdris başıyla tamam diyor. Ev sineması onun fikri, epeydir istediği bir şey. Ama şimdi utandırıyor onu. Kendini bütün bunlardan, Jason Speer denen adamdan, yeni dolaplarla bakır çaydanlık rengi parkelerden, çocukların 160 dolarlık yüksek konçlu lastik ayakkabılarından, yatak odasındaki saten yatak örtülerinden, Nahil'le birlikte bu tür şeylerin peşinden koşarken sergiledikleri gayretkeşlikten kopuk hissediyor. Hırslarının meyveleri şu an ona öyle önemsiz, saçma geliyor ki. Kendi yaşamıyla Kâbil'de buldukları arasındaki zalim eşitsizliği çarpıyorlar yüzüne.

"Neyin var tatlım?"

"Uçak yorgunluğu," diyor İdris. "Biraz kestirmem lazım."

Cumartesi gitar resitalini, pazar günü de Zabi'nin futbol maçının büyük bir kısmını başarıyla atlatıyor. İkinci yarıda bir ara araba parkına sıvışıp yarım saat kadar uyumak zorunda kaldı. Neyse ki Zabi fark etmedi. Pazar akşamı birkaç komşu yemeğe geliyor. İdris'in yolculuk fotoğraflarını elden ele geçiriyor, İdris'in arzusu hilafına Nahil'in ısrarla oynattığı bir saatlik Kâbil videosunu kibar kibar izliyorlar. Yemekte İdris'e yolculuğu hakkında sorular, Afganistan'daki duruma ilişkin fikirlerini soruyorlar. İdris *mojito*'sunu yudumlarken kısa yanıtlar veriyor.

"Oranın halini tahayyül edemiyorum," diyor Cynthia. Cynthia, Nahil'in gittiği jimnastik salonunda *pilates* eğitmeni.

"Kâbil..." İdris doğru sözcükleri arıyor. "Kilometrekareye bin tane trajedi düşüyor."

"Tam bir kültür şoku olmuştur, oraya gitmen yani."

"Evet, oldu." İdris asıl kültür şokunu buraya dönünce yaşadığını söylemiyor.

Giderek sohbet, son günlerde mahallede posta kutularına dadanan hırsızlara geliyor.

O gece İdris yatakta, "Sence bütün bunlara sahip olmak zorunda mıyız?" diye soruyor.

"Bunlara mı?" diyor Nahil. İdris lavaboda dişlerini fırçalayan karısını aynadan görebiliyor.

"Bunlar işte. Bütün bu ıvır zıvır."

"Yo, *zorunda* değiliz, kastettiğin buysa." Nahil lavaboya tükürüyor, ağzını suyla çalkalıyor.

"Bütün bunlar sence de çok fazla değil mi?"

"Çok uğraştık, İdris. Bütün o sınavları, tıp fakültesini, hukuk fakültesini, bitmek bilmez ihtisas yıllarını unutma. Bize kimse bir şey *vermedi.* Hiçbir şey için özür dilememiz gerekmiyor."

"O ev sinemasına harcadığımız parayla Afganistan'da bir okul yaptırabilirdik."

Karısı yatak odasına geliyor, yatağa oturup gözlüklerini çıkarıyor. İdris'in gördüğü en güzel profil bu. İdris onun alnının keskince, burnun başladığı noktaya doğru sertçe inişine, güçlü elmacıkkemiklerine, ince boynuna bayılıyor.

"İkisini de yap," diyor Nahil ona dönüp yaşaran gözlerini kırpıştırırken. "Neden ikisini de yapamayasın ki?"

Birkaç yıl önce, İdris karısının Miguel adında Kolombiyalı bir çocuğu okuttuğunu öğrendi. Kadın bu konuda tek kelime etmemişti, evin yazışmalarından ve mali işlerinden o sorumlu olduğu için İdris'in bundan yıllarca haberi olmadı, ta ki onu Miguel'den gelen mektubu okurken gördüğü güne kadar. Mektup İspanyolcaydı, bir rahibe tarafından tercüme edilmişti. Bir de resim vardı; uzun boylu, sıska bir oğlan kucağında bir futbol topu, bir saz kulübenin önünde duruyor, arkasında kadidi çıkmış ineklerle yeşil tepelerden başka bir şey yok. Nahil hukukta okurken Miguel'i desteklemeye başlamıştı. Onun yolladığı çeklerle Miguel'in resimli, bol teşekkürlü, rahibe-tercümeli mektuplarından oluşan bir trafik tam on bir yıldır sessiz sedasız sürmekteydi.

Nahil yüzüklerini çıkarıyor. "Ne oldu? Orada, sağ kurtulanlara özgü şu vicdan azabına mı yakalandın?"

"Yalnızca bazı şeylere farklı gözle bakmaya başladım."

"Güzel. Bunu yararlı bir eyleme dönüştür. Ama vicdan yapmayı kes."

O gece uçak yolculuğunun yorgunluğu, aradaki saat farkı filan onu uykusundan ediyor. Bir süre kitap okuyor, aşağı inip *West Wing* dizisinin yeniden yayınlanan bölümlerinden birini izliyor, sonunda kendini Nahil'in çalışma odasına dönüştürdüğü konuk yatak odasındaki bilgisayarın başında buluyor. Amra'dan bir elektronik posta gelmiş. Evine sağ salim döndüğünü, ailesinin iyi olduğunu umuyor. Kâbil'de yağmurun "hışımla" yağdığını, yolları bileğe kadar çamur kapladığını yazıyor. Yağmur sellere yol açmış, Kâbil'in kuzeyindeki Şomali'den iki yüz aile helikopterlerle tahliye edilmiş. Kâbil'in Irak'taki savaşta Bush'a verdiği destek nedeniyle, El-Kaide'den misillemeler beklendiğinden, güvenlik önlemleri giderek artıyormuş. Son cümlesi şöyle: "Patronunla konuşabildin mi?"

Amra e-postasının altına, Roşi'den kısa bir paragraf eklemiş:

Selam, İdris Kaka,

İnşallah, Amerika'ya sağ salim varmışsındır. Ailen seni gördüğüne çok sevinmiştir herhalde. Seni her gün düşünüyorum. Her gün benim için aldığın filmleri izliyorum. Hepsini beğeniyorum. Yanımda olup beraber izleyemediğimiz için üzgünüm. Ben iyiyim, Amra can bana çok iyi bakıyor. Lütfen ailene benden selam söyle. İnşallah, yakında California'da buluşuruz.

Saygılarımla,

Roşana.

İdris, Amra'yı yanıtlıyor, teşekkür ediyor, sel haberine üzüldüğünü belirtiyor. Yağışların kesileceğini umuyor. Roşi'nin durumunu başhekimle bu hafta konuşacak. Altına ekliyor:

Selam, Roşi can,

Nazik mesajın için teşekkür ederim. Senden haber almak beni çok mutlu etti. Ben de seni çok düşünüyorum. Aileme seni anlattım, seninle tanışmak için sabırsızlanıyorlar, özellikle de senin hakkında sorular sorup duran oğullarım Zabi can ile Lemar can. Hepimiz dört gözle seni bekliyoruz. Sana sevgilerimi yolluyorum,

İdris Kaka.

Bilgisayarı kapatıyor, yatmaya gidiyor.

Pazartesi çalışma odasına girince onu bir deste telefon mesajı karşılıyor. Mektup sepetinden taşan reçete doldurma talepleri onayını beklemekte. Taraması gereken yüz altmış e-posta var, sesli mesaj kutusu da dolu. İş programını bilgisayardan kontrol ediyor, bütün hafta boyunca çalışma saatlerinin arasına sıkıştırılan –doktorların '*kaynakçılar*' dediği– son dakika randevularını görünce canı sıkılıyor. Daha da kötüsü, bu öğleden sonra ömür törpüsü Bayan Rasmussen'i görecek, yıllardır hiçbir tedaviye cevap vermeyen, muğlak şikâyetleriyle herkesi, her şeyi suçlayan, sevimsiz kadını. Onun o düşmanca âcizliğiyle bir kez daha karşılaşma düşüncesi, vücudundan ter boşanmasına neden oluyor. Başhekim Joan Schaeffer'in sesli mesaj servisine bıraktığı mesaj ise hepsinin üstüne tüy dikiyor: Kâbil'e doğru yola çıkmadan hemen önce zatürree teşhisi koyduğu hastanın gerçekte kalp damarlarında tıkanma sorunu olduğu ortaya çıkmış. Vaka gelecek hafta *Peer Review*'de kullanılacak; her ay yinelenen bu video konferansında, adı açıklanmayan hekimlerin yaptıkları hatalar örnek olsun, ders çıkarılsın diye sergileniyor ve kurumdaki herkes tarafından izleniyor. İdris, bu gizliliğin fazlaca işe yaramadığının farkında. Salondakilerin en az yarısı, suçlunun kimliğini anlayacak.

Bir baş ağrısının yaklaştığını hissediyor.

O sabah programının fena halde gerisine düşüyor. Randevusuz filan çıkıp gelen bir astım hastasının solunum tedavisi görmesi, maksimum akışlarının ve oksijen doygunluğunun yakından izlenmesi gerekiyor. İdris'in üç yıl önce muayene ettiği, orta yaşlı bir şirket yöneticisi, ön kalp damarında gelişmekte olan bir enfarktüsle geliyor. İdris öğle tatilinin ancak ortalarında bir şeyler yiyebiliyor. Doktorların yemeklerini yediği konferans salonunda, bir yandan notlarını gözden geçirmeye çalışırken, bir yandan da kuru hindili sandviçinden iri lokmalar alıyor. Meslektaşlarından gelen malum soruları yanıtlıyor. Kâbil güvenli miydi? Afganlar oradaki ABD varlığı için ne düşünüyor? Kısa, kesik yanıtlar veriyor, aklı Bayan Rasmussen'de, karşılık bekleyen sesli mesajlarda, onaylaması gereken reçetelerde, öğleden sonraki programına sızan üç randevuda, yaklaşan *Peer Review* konferansında, evde harıl harıl kesen, delen, çivi çakan inşaatçılarda. Afganistan'ı konuşmak (bu arada, her şeyin böyle kavranamaz bir hızla olup bitmesi karşısında şaşkın) ona ansızın, yeni izlediği, duygusal olarak onu altüst eden, etkisinden yeni yeni kurtulmaya başladığı bir filmden söz edermiş duygusu veriyor.

Bu, meslek yaşamının en çetin haftalarından biri oluyor. Ne kadar istese de, Joan Schaeffer'la Roşi meselesini konuşacak zamanı bulamıyor. Bütün haftayı berbat bir ruh haliyle geçiriyor. Evde oğlanlara karşı aksi, eve girip çıkan işçilere, bütün o gürültüye kızgın. Uyku düzeni hâlâ normale dönmedi. Amra'dan iki e-posta daha geliyor, Kâbil'deki koşullara ilişkin yeni haberler. Kadın hastanesi Rabia Balkhi yeniden açılmış. Karzai hükümeti, karşı çıkan radikal İslamcılara rağmen, kablolu televizyon kanallarının yayın yapmasına izin verecekmiş. İkinci e-postanın sonundaki notta, o gittiğinden beri Roşi'nin içe kapandığını ekliyor, başhekimle görüşüp görüşmediğini soruyor. İdris klavyeden uzaklaşıyor. Amra'nın mektubuna tepesi attığı, böyle kapılıp gittiği için utanç içinde, daha sonra yeniden bilgisayarını açıyor, büyük harfle şöyle yazıyor: GÖRÜŞECEĞİM. DOĞRU ZAMANDA.

"Fena geçmedi, değil mi?"

Joan Schaeffer ellerini kucağında kavuşturmuş, çalışma masasında oturuyor. Şen bir enerjiyle dolup taşan, tombul yanaklı, paldır küldür, ak saçlı bir kadın. Burnunun ucuna kondurduğu ince okuma gözlüğünün üstünden İdris'e bakıyor. "Amaç seni harcamak değildi, biliyorsun."

"Evet, elbette," diyor İdris. "Anlıyorum."

"Kendini kötü hissetme. Hepimizin başına gelebilirdi. Röntgende damar tıkanıklığıyla zatürreeyi ayırmak bazen çok zordur."

"Sağ ol, Joan." Gitmek üzere kalkıyor, kapıda duraklıyor. "Ah. Seninle konuşmak istediğim bir şey vardı."

"Tabii, tabii. Otur."

İdris yeniden oturuyor. Kadına Roşi'yi anlatıyor, yarasını, Vezir Ekber Han Hastanesi'ndeki kaynak yetersizliğini tanımlıyor. Amra ile Roşi'ye verdiği sözü aktarıyor. Yüksek sesle söyleyince, verdiği sözün ağırlığı altında eziliyor, oysa Kâbil'de, o koridorda Amra'yla dururken, kadın onu yanağından öptüğünde hiç de böyle hissetmedi. Bu duygunun satın aldığı şeyden pişman olan müşterinin pişmanlığını andırdığını görünce tedirgin oluyor.

"Aman Tanrım, İdris," diyor Joan başını sallayarak. "Seni çok takdir ettim. Korkunç bir şey bu. Zavallı çocuk. Tahayyül bile edemiyorum."

"Biliyorum," diyor İdris. Kurumun ameliyatı karşılayıp karşılayamayacağını soruyor. "Belki de *ameliyatları*. Tahminimce, birden fazla müdahale gerekecek."

Joan içini çekiyor. "Keşke. Ama açık konuşmak gerekirse, fazlasıyla kuşkuyum. Son beş yıldır zarar ettiğimizi biliyorsun. Dahası, yasal sorunlar çıkacaktır, oldukça karmaşık sorunlar."

İdris'in buna karşı çıkmasını bekliyor, belki de hazırlanıyor, ama o bunu yapmıyor.

"Anlıyorum," diyor.

"Bu tür işler yapan bir insani yardım grubu bulabilirsin, değil mi? Biraz uğraşman gerekecek elbette, ama..."

"Bir bakacağım. Teşekkürler, Joan." Bir kez daha kalkıyor; kendini hafiflemiş, kadının verdiği karşılıkla neredeyse rahatlamış hissedince şaşırıyor.

Ev sinemasının kurulması bir ay daha alıyor, ama sonuç muhteşem. Tavana asılı projektörden yansıyan görüntü keskin, 102 *inç* ekrandaki devinimler inanılmayacak kadar akıcı. 7.1 kanal çepeçevre ses sistemi, grafik ses yansıtıcılar, dört köşeye yerleştirilen bas önleyiciler, akustik mucizeler yaratmış. *Karayip Korsanları*'nı izliyorlar, iki yanında oturan, onun kucağındaki kovadan patlamış mısır atıştıran oğlanlar zevkten dört köşe. Finaldeki epeyce uzatılmış savaş sahnesinden hemen önce uyuyakalıyorlar.

"Ben yatırırım onları," diyor İdris, Nahil'e.

Önce birini, sonra ötekini kucaklıyor. Oğlanlar büyüyor, zayıf bedenleri ürkütücü bir hızla serpiliyor. Onları yataklarına yatırırken, birden oğulları nedeniyle onu bekleyen kalp kırıklığının ayırdına varıyor. Bir iki yıl sonra pabucu dama atılacak. Oğlanlar başka şeylere, başka insanlara tutulacak, ondan ve Nahil'den utanmaya başlayacak. İdris onların küçük ve çaresiz olduğu, bütünüyle ona bağımlı oldukları günleri düşünüyor büyük bir özlemle. Zabi'nin küçükken rögarlardan ne kadar korktuğunu, geniş, beceriksiz dairelerle onların etrafından nasıl dolandığını anımsıyor. Bir keresinde, eski bir film izlerlerken, Lemar ona dünya siyah beyazken hayatta olup olmadığını sormuştu. Bu anı İdris'i bir kez daha gülümsetiyor. Oğullarının yanaklarına birer öpücük konduruyor.

Karanlıkta oturup uyuyan Lemar'ı seyrediyor. Oğullarını yargılarken aceleci davrandığını, üstelik haksızlık ettiğini anlıyor. Kendine karşı da acımasızlık etti. O bir suçlu değil. Sahip olduğu her şeyi bileğinin hakkıyla kazandı. Doksanlı yıllarda, tanıdığı oğlanların yarısı partilerde sürter, kız peşinde koşarken, o derslerden başını kaldırmıyor, sabahın ikisinde hastane koridorlarını arşınlıyordu; aylaklıktan, rahattan, uykudan vazgeçmişti. Yirmili yaşlarını tıbba adadı. Bedellerini ödedi. Şimdi kendini ne diye kötü hissedecekmiş ki? Bu onun ailesi. Onun yaşamı.

Son bir ayda Roşi onun için soyut biri olup çıktı, bir oyundaki karakter gibi. Aralarındaki bağ gevşedi. O hastanede ansızın başına gelen o beklenmedik yakınlaşma, öylesine olmazsa olmaz ve derin görünen o ilişki aşınıp puslu, donuk bir şeye dönüştü. Yaşadığı deneyim gücünü yitirdi. Onu pençesine alan ateşli kararlılığın aslında ne olduğunu şimdi anlıyor: bir yanılsama, bir serap. İdris, uyuşturucu gibi bir şeyin etkisine girmişti. Şu an kızla arasındaki mesafe ona uçsuz bucaksız geliyor. İdris için bu artık sonsuz, aşılamaz bir uzaklık; kıza verdiği sözse düşüncesizce, pervasızca yapılmış bir hata, kendi gücünün, irade ve kişiliğinin sınırlarına dair korkunç bir değerlendirme hatası. En iyisi unutmak. Bu sorunu çözmesi olanaksız, buna kadir değil. Bu kadar basit. Son iki haftada Amra'dan üç elektronik posta daha geldi. İlkini okudu, yanıtlamadı. Diğer ikisini okumadan sildi.

Kitapçıdaki kuyruk 12-13 kişilik. Geçici olarak hazırlanmış yükseltiden başlayıp dergilerin durduğu tezgâha kadar uzuyor. Uzun boylu, ablak yüzlü bir kadın sıradakilere küçük, sarı *post-it*'ler dağıtıyor, onlar da bunlara, kitaba yazılmasını istedikleri isimleri, kişisel mesajı yazıyorlar. Kuyruğun başındaki satış görevlisi kadın, sırası gelenin başlık sayfasını açmasına yardım ediyor.

İdris elinde kitap, sıranın başına yakın. Önünde duran, ellili yaşlardaki, kısa sarı saçlı kadın dönüp soruyor: "Okudunuz mu?"

"Hayır," diyor.

"Biz gelecek ay kitap kulübümüzde okuyacağız. Kitap seçme sırası bende de."

"Ya."

Kadın kaşlarını çatıyor, bir avucunu göğsüne bastırıyor. "Umarım herkes okur. Öyle duygulandırıcı bir öykü ki. Ufuk açıyor. Eminim filme çekerler."

Kadına söylediği şey doğru. Kitabı henüz okumadı, okuyacağından da kuşkulu. Sayfalarda kendisiyle karşılaşacak yüreği olduğunu sanmıyor. Ama başkaları okuyacak. Ve İdris teşhir edilmiş olacak. Herkes öğrenecek. Nahil, oğulları, meslektaşları. Sırf düşüncesi bile midesini bulandırıyor.

Yeniden kitabı açıyor, teşekkürleri, asıl kâğıda dökme işini yapan yardımcı yazarın biyografisini geçiyor. Kapakçıktaki fotoğrafa bir daha bakıyor. Yaranın izi yok. Bir iz taşıyorsa bile, ki mutlaka taşıyordur, uzun, dalgalı, siyah saçları gizliyor. Roşi altın rengi, küçük düğmeleri olan bir bluz giymiş, *Allah* yazılı bir kolye, lapis küpeler takmış. Sırtı bir ağaca dayalı, gülümseyerek doğruca kameraya bakıyor. İdris'in aklına kızın çizdiği çöp adamlar geliyor. *Gitme. Bizi bırakma, Kaka.* Bu genç kadında, altı yıl önce bir perdenin arkasında bulduğu o küçük, titrek biçareden en küçük bir iz bulamıyor.

İdris ithaf sayfasına bakıyor:

Hayatımdaki iki meleğe: Annem Amra ve Timur Kaka'ma. Siz benim kurtarıcımsınız. Her şeyi size borçluyum.

Sıra ilerliyor. Kısa sarı saçlı kadın kitabını imzalatıyor. Yana çekiliyor, İdris yüreği güm güm atarak öne çıkıyor. Roşi başını kaldırıp ona bakıyor. Balkabağı renginde, uzun kollu bir bluzun üzerine bir Afgan şalı atmış, küçük, oval, gümüş küpeler takmış. Gözlerinin rengi İdris'in hatırladığından daha koyu, vücuduysa kadınsı kıvrımlarla dolgunlaşmış. Gözünü kırpmadan İdris'e bakıyor; onu tanıdığına ilişkin açıkça hiçbir belirti vermese, kibarca gülümsüyor olsa da, yüzündeki anlamda eğlenen, mesafeli bir şey var; şakacı, sinsi, gözüpek bir şey. Bu İdris'i bir silindir misali eziyor, hazırladığı bütün sözcükler ansızın uçup gidiyor – hatta onları yazdı, buraya gelirken de içinden defalarca tekrarladı. Ağzından tek bir sözcük çıkmıyor. Orada öylece, bir budala gibi dikilip duruyor.

Satış görevlisi genzini temizliyor. "Beyefendi, kitabınızı verirseniz başlık sayfasını açarım, Roşi de imzalar."

Kitap. İdris aşağıya bakıyor, kitabı iki eliyle sımsıkı tuttuğunu görüyor. Buraya kitabı imzalatmaya gelmedi elbette. Olanlardan sonra bu küstahlık –resmen yüzsüzlük– olur. Yine de kitabı uzattığını, satış görevlisinin doğru sayfayı bir çırpıda bulduğunu, Roşi'nin elinin, başlığın altına bir şeyler karaladığını görüyor. Artık bir şeyler söylemek için yalnızca saniyeleri var; söyleyecekleri savunulamaz olanı hafifleteceğinden değil, bunu Roşi'ye borçlu olduğunu düşündüğü için. Fakat görevli ona kitabını geri verince, İdris sözcükleri bir araya getiremiyor. Şu an Timur'un cesaretinin zerresine sahip olmayı nasıl da isterdi. Yine Roşi'ye bakıyor. Kızın bakışları çoktan onun gerisine, sıradaki diğer kişiye çevrilmiş bile.

"Ben..." diye başlıyor.

"Kuyruğun ilerlemesine izin vermeliyiz, bayım," diyor görevli.

İdris başını eğiyor, kuyruktan ayrılıyor.

Arabasını kitapçının arkasındaki parka bıraktı. Arabaya kadar olan yol, ona hayatının en uzun yürüyüşü gibi geliyor. Arabanın kapısını açıyor, duraklıyor. Hâlâ titreyen elleriyle kitabın sayfalarını bir kez daha çeviriyor. Roşi imza atmamış. İngilizce olarak iki cümle yazmış.

İdris kitabı kapatıyor, gözlerini de. Rahatlamam gerekir, diye düşünüyor. Ama bir parçası, başka bir şeyi arzuluyor. Belki kız ona bakıp yüzünü buruştursaydı, nefretle, tiksintiyle dolu, çocukça bir şey söyleseydi. Hıncını kussaydı. Belki de böylesi çok daha iyi olurdu. Onun yerine, temiz, diplomatik bir dışlama. Ve bu not: *Kaygılanma. Kitapta yoksun.* Kibar bir hareket. Ya da daha doğru bir tanımla, merhametli bir davranış. İdris'in rahat bir soluk alması gerekir. Oysa canı yanıyor. Darbeyi olanca şiddetiyle hissetmekte, kafasına inen bir balta gibi.

Yakınlarda bir tahta sıra var, bir karaağacın altında. Yanına gidiyor, kitabı sıraya bırakıyor. Arabasına dönüp direksiyonun başına geçiyor. Kendinde marşa basıp yola koyulacak gücü bulması biraz zaman alıyor.

Altı

ŞUBAT 1974

EDİTÖRÜN NOTU,

Parallaxe 84 (Kış 1974), sayfa 5

Sevgili Okurlar,

Beş yıl önce, üç ayda bir yayımlanan dergimize az tanınan şairlerle yapılan söyleşiler dosyamızı eklediğimizde, bu kadar tutulacağını tahmin etmemiştik. Daha fazlasını isteyen coşkulu mektuplarınız, bu söyleşilerin *Parallaxe* için her yıl yinelenen bir gelenek haline gelmesini sağladı. Bu karakter portreleri, kadrolu yazarlarımızın da kişisel favorileri olup çıktı. Bu makaleler, bazı değerli şairlerin keşfine ya da yeniden keşfedilmesine, yapıtlarının gecikmiş de olsa takdir edilmesine yol açtı.

Ancak, ne yazık ki, bu son sayımızın üstüne bir gölge düştü. Bu seferki dosyamızda ele alınan sa-

natçı Nila Wahdati idi; Étienne Boustouler'in geçen kış Paris yakınlarındaki Courbevoie kasabasında görüştüğü Afgan şair. Sizin de göreceğiniz gibi, Bayan Wahdati'nin Bay Boustouler'e verdiği bu son derece açık yürekli ve şaşırtıcı dobralıktaki röportaj, bugüne kadar yayımladıklarımızın en ilginçlerinden biri. Ne var ki, bu görüşmeden kısa bir süre sonra, büyük bir üzüntüyle, şairin zamansız ölüm haberini aldık. Şiir dünyası onu özleyecek. Kızı da öyle.

Zamanlama gerçekten esrarengiz. Asansör kapısının çınlayarak açıldığı an –tam da o an– telefon çalmaya başlıyor. Peri, zilin sesini duyabiliyor, çünkü ses Julien'in dairesinden gelmekte, daire ise dar, neredeyse karanlık koridorun başında, yani asansöre en yakın olanı. Sezgileri ona kimin aradığını söylüyor. Julien'in yüzündeki ifadeye bakılırsa, o da anladı.

Çoktan asansöre girmiş olan Julien, "Bırak çalsın," diyor.

Asansörün içinde, üst katta oturan al yanaklı soğuk nevale bekliyor. Kadın sabırsız gözlerle dik dik Peri'ye bakıyor. Çenesindeki kıl öbeği keçi sakalını andırdığından, Julien ona *la chevre** diyor.

"Hadi gidelim, Peri," diyor Julien. "Geç bile kaldık."

On altıncı bölgede yeni açılan bir lokantada saat yediye yer ayırttı; lokantanın *poulet braisé*'si, *sole cardinale*'i** ve beyaz sirkeli dana ciğeri dillerde dolaşıyor. Orada Christian ve Aurelie ile buluşacaklar, Julien'in okuldan arkadaşları – öğretmenlik değil, öğrencilik günlerinden. Altı buçukta buluşup yemekten önce bir şeyler içeceklerdi, saatse altıyı çeyrek geçiyor. Daha metro istasyonuna yürümeleri, Muette'te metrodan inip lokantaya kadar altı sokak yürümeleri gerekiyor.

---

* (Fr.) Keçi. (ç.n.)

** Mangalda piliç, dilbalığı. (ç.n.)

Telefon ısrarla çalmakta.

Keçi kadın öksürüyor.

Julien daha kararlı bir sesle, "Peri?" diyor.

"Muhtemelen Maman'dır,"* diyor Peri.

"Evet, farkındayım."

Peri mantıksızca da olsa, annesinin drama yaratma konusundaki o uçsuz bucaksız yeteneğiyle, aramak için özellikle bu ânı seçtiğini, onu tam da bu seçime zorladığını düşünüyor: Asansöre, Julien'in yanına binmek ya da gidip telefonu açmak.

"Önemli olabilir," diyor.

Julien iç geçiriyor.

Asansörün kapısı onun arkasından kapanırken, Julien koridorun duvarına yaslanıyor. Ellerini yağmurluğunun ceplerine sokuyor, bir an Melville'in *policier*'lerinden** birindeki bir karaktere benziyor.

"Yalnızca bir dakika sürer," diyor Peri.

Julien kuşkucu, inanmayan bir bakış fırlatıyor.

Julien'in dairesi küçük. Peri altı hızlı adımda holü, mutfağı geçiyor, yatağın kenarına ilişip odaya sığdırabildikleri tek başucu sehpasının üzerindeki telefona uzanıyor. Ancak dairenin manzarası görülmeye değer. Şu an yağmur yağmakta, ama duru bir günde doğuya bakan pencereden baktığında, on dokuzuncu ve yirminci bölgelerin tamamını görebiliyor.

"*Oui, allo?*" diyor ahizeye.

Bir erkek sesi yanıtlıyor. "*Bonsoir.**** Matmazel Peri Wahdati'yle mi görüşüyorum?"

"Kimsiniz?"

"Siz Madam Nila Wahdati'nin kızı mısınız?"

"Evet."

---

* Daha çok çocukların dilinde anne. (ç.n.)

** Polisiye roman ya da film. (ç.n.)

*** İyi akşamlar. (ç.n.)

"Ben Doktor Delaunay. Annenizle ilgili olarak arıyorum."

Peri gözlerini kapatıyor. Alışıldık korkudan önce, içini kısa bir suçluluk duygusu yokluyor. Daha önce de bu tür telefonlar aldı, sayamayacağı kadar çok hem de; ergenlik çağından beri, hatta ondan da önce. Bir keresinde, beşinci sınıfta, bir coğrafya sınavının ortasında, öğretmen onu dışarıya, koridora çıkarıp alçak sesle olup biteni açıklamıştı. Peri bu telefonlara alışkın, ancak tekerrürler kayıtsız kalmasını sağlamıyor. Her telefonda, *Bu sefer, işte bu sefer*, diye düşünüyor ve her seferinde telefonu kapatıp Maman'a koşuyor. Julien ekonomi söylemiyle durumu Peri'ye şöyle açıkladı: İlgi arzını keserse talep de buna bağlı olarak düşecektir.

"Anneniz bir kaza geçirdi," diyor Doktor Delaunay.

Peri camın önünde durup doktorun açıklamalarını dinliyor. Adam annesinin hastaneye getirilişini, alnındaki yırtılmayı, dikişleri, önlem amacıyla yapılan tetanos aşısını, müdahale sonrası kullanılan oksijenli suyu, antibiyotikleri, pansumanı anlatırken o, telefonun kordonunu parmağına bir doluyor, bir açıyor. Peri'nin aklına on yaşındayken yaşadığı bir olay geliyor; o gün okuldan eve dönünce mutfak masasında yirmi beş frank ve elle yazılmış bir not bulmuştu. *Marc'la Alsace'a gidiyorum. Onu hatırlarsın. İki gün sonra döneceğim. Uslu dur. (Geceleri geç yatma!) Je t'aime.** *Maman.* Peri mutfakta tir tir titreyerek, gözleri dolarak kalakalmış, kendine iki günün önemli olmadığını, fazla uzun sayılmayacağını yineleyip durmuştu.

Doktor ona bir soru soruyor.

"Efendim?"

"Gelip onu çıkaracak mısınız, diye sormuştum Matmazel. Yarası ciddi değil, ama yine de eve tek başına gitmemesi iyi olur. Gelemiyorsanız ona bir taksi de çağırabiliriz elbette."

---

* Seni seviyorum. (ç.n.)

"Yo. Gerek yok. Yarım saat sonra oradayım."

Yatağa oturuyor. Julien'in canı sıkılacak, dahası, Christian'la Aurelie'ye karşı mahcup olacak, her nedense onların düşüncelerini fazlasıyla önemsiyor. Peri'nin içinden, hole çıkıp Julien'le yüzleşmek hiç gelmiyor. Courbevoie'ye gidip annesiyle karşılaşmayı da istemiyor. Ona kalsa, yatağa uzanıp rüzgârın cama tüfek saçmaları gibi savurduğu yağmur damlalarını dinleye dinleye uyuyakalmayı yeğler.

Bir sigara yakıyor, tam o sırada yatak odasına giren Julien soruyor: "Gelmiyorsun, değil mi?" Peri yanıt vermiyor.

"AFGAN BÜLBÜLÜ"; ÉTIENNE BOUSTOULER'İN NİLA WAHDATİ İLE YAPTIĞI RÖPORTAJDAN BİR BÖLÜM,

Parallaxe 84 (Kış 1974), s. 33

EB: Anladığıma göre, siz aslında yarı Afgan yarı Fransız'sınız?

NW: Annem Fransız'dı, evet. Parisliydi.

EB: Ama babanızla Kâbil'de tanıştı? Siz orada doğdunuz.

NW: Evet. 1927'de orada tanışmışlar. Kraliyet Sarayı'ndaki resmi bir akşam yemeğinde. Annem oraya babasıyla, yani Kral Emanullah'a yaptığı reformlar konusunda danışmanlık yapmak üzere Kâbil'e gönderilen büyükbabamla birlikte gitmiş. Kral Emanullah'ın adını duymuş muydunuz?

Nila Wahdati'nin oturduğu, Paris'in hemen kuzeybatısındaki Courbevoie kasabasında bulunan bir apartmanın on üçüncü katındaki küçük dairedeyiz. Salon küçük, iyi aydınlatılmamış ve çok az eşyayla döşenmiş: safran rengi kumaşla kaplı bir kanepe, bir orta sehpası, iki yüksek kitaplık. Nila sırtı pencereye

dönük oturuyor; peş peşe yaktığı sigaraların dumanı çıksın diye camı açık bıraktı.

Nila Wahdati yaşının kırk dört olduğunu belirtti. Çarpıcı bir çekiciliği var, belki en güzel çağını geçmiş olabilir, ama o kadar da geride bırakmamış. Çıkık, soylu elmacıkkemikleri, düzgün bir cilt, ince bir bel. Zeki, cilveli gözleri, karşısındakini delip geçen, insana ölçüp biçildiği, sınandığı, etkilendiği, oynandığı duygusu veren bakışları var. Bu gözlerin hâlâ müthiş bir baştan çıkarma silahı olarak kullanıldığından eminim. Hafifçe dudaklarının dışına taşmış olan dudak boyası dışında hiç makyaj yapmamış. Alnında bir bandana, üzerinde kot pantolon, solmuş, mor bir bluz var; çorapsız, ayakkabısız. Saat sabahın on biri olmasına karşın, soğutulmamış bir *Chardonnay* şişesinden kadehine şarap dolduruyor. Nezaket gösterip bana da bir bardak teklif etti, ancak geri çevirdim.

NW: Sahip oldukları en iyi kraldı.

Üçüncü çoğul zamiri kullanmasını ilginç buldum.

EB: "Onlar" mı? Kendinizi Afgan saymıyor musunuz?

NW: Kendimi, belalı yarımdan kopardığımı söyleyelim.

EB: Bunun nedenini merak ettim.

NW: Kral Emanullah başarılı olsaydı, bu sorunuzu daha farklı yanıtlayabilirdim.

Daha açık konuşmasını rica ettim.

NW: Şimdi, kral bir sabah uyandı ve ülkeyi yeniden biçimlendirme –gerekirse bağırış çağırış– yeni ve daha aydınlık bir ulus yaratma tasarısını dünya âleme ilan etti. Tanrı'nın yardımıyla! dedi. Artık peçe yoktu, örneğin. Afganistan'da bir kadının burka giydiği için tutuklandığını düşünün, Mösyö Boustouler! Kralın karısı, Kraliçe Süreyya halkın karşısına yüzü açık bir halde çıkıyor? *Oh là là.* Soluğu kesilen mollaların ciğerlerinde biriken hava bin tane Hindenburg'u uçurmaya yeterdi. Bundan sonra çokeşlilik de yok, dedi! Bunu, bir cariye ordusu besleyen, dalga geçer gibi sahip olduğu çocukların çoğunu bir kez bile görmemiş olan kralların ülkesinde söylüyor! Bundan böyle, dedi, hiçbir erkek sizi evliliğe zorlayamayacak. Afganistan'ın cesur kadınları, artık başlık parası da yok, çocuk yaşta evlendirilmek de. Dahası da var: Hepiniz okula gideceksiniz.

EB: İleri görüşlü biriymiş demek.

NW: Ya da bir budala. Şahsen aradaki çizgiyi hep korkulacak kadar ince bulmuşumdur.

EB: Ne oldu krala?

NW: Yanıt öngörülebilir olduğu kadar da can sıkıcı, Mösyö Boustouler. *Cihat*, tabii ki. Krala *cihat* açtılar, mollalar, aşiret reisleri. Gözünüzün önüne, havaya dikilmiş binlerce yumruk getirin! Kral dünyayı yerinden oynatmıştı, anlıyor musunuz, ama etrafı bir aşırı partizan okyanusuyla çevriliydi; okyanusun tabanı sarsıldığında ne olduğunu çok iyi bilirsiniz, mösyö. Sakallı isyancılardan oluşan bir tsunami zavallı kralın tepesine bindi, çaresizce çırpınan adamcağızı altına alıp sürükledi, önce Hindistan, sonra İtalya, en sonunda da İsviçre kıyılarına tükürdü; bataklıktan sürünerek çıktı ve sürgünde, derin hüsrana uğramış bir ihtiyar olarak öldü.

EB: Ve ortaya çıkan ülkenin, size pek uymadığını anlıyorum.

NW: Aynı şey tersi için de geçerli.

EB: 1955'te bu yüzden Fransa'ya göçtünüz.

NW: Fransa'ya geldim, çünkü kızımı belli bir yaşam tarzından kurtarmak istedim.

EB: Nasıl bir yaşam tarzıydı bu?

NW: Onun, arzusu ve doğası hilafına, ömür boyu sessizce boyun eğmeye mahkûm, sürekli korkan, yanlış olanı göstermekten, söylemekten ya da yapmaktan ödü kopan o cefakâr, mutsuz kadınlardan birine dönüşmesini istemedim. Batı'da –örneğin burada, Fransa'da– bu kadınlara hayranlık duyan, çetin yaşamları nedeniyle onları kahraman ilan edenler var; onların yaşamına tek bir gün bile tahammül edemeyecek, uzaktan hayran olmayı yeğleyen insanlar bunlar. İsteklerini söndürmüş, hayallerini gömmüş kadınlar, ama yine de –ki en kötüsü de bu, Mösyö Boustouler– onlarla konuştuğunuzda gülümser, hiçbir sorunları yokmuş gibi yaparlar. Sanki gıpta edilesi yaşamlar sürüyormuş gibi. Ama yakından bakınca, o çaresiz anlamı, o kıstırılmışlığı fark eder, bütün o iyimserlik gösterisini nasıl yerle bir ettiğini görürsünüz. İçler acısı bir durum, Mösyö Boustouler. Kızımın bunu yaşamasını istemedim.

EB: Bütün bunları anlıyor sanırım?

Bir sigara daha yaktı.

NW: Eh, çocuklar her zaman, bütün beklentilerinizi karşılayamaz, Mösyö Boustouler.

Acil serviste, aksi bir hemşire Peri'ye kayıt masasının orada, klipsli tahtalarla ve çizelgelerle dolu, tekerlekli rafın yanında beklemesini söylüyor. Bütün gençliğini eğitim uğruna, onları sonunda böyle bir yere tutsak eden bir meslek uğruna, canı gönülden heba eden insanların varlığını Peri'nin aklı almıyor. Bunu anlayabilmesi mümkün değil. Hastanelerden tiksiniyor. İnsanları en kötü hallerinde görmekten, mide bulandırıcı kokudan, gıcırdayan sedyelerden, iç karartıcı renklere boyanmış koridorlardan, tepedeki hoparlörlerden aralıksız yapılan duyurulardan nefret ediyor.

Doktor Delaunay, Peri'nin beklediğinden daha genç çıktı. Narin bir burnu, ince dudakları, kısa, sarışın bukleleri var. Peri'yi acil servisten alıyor, ikili döner kapıdan geçirip ana koridora çıkarıyor.

"Anneniz geldiğinde," diyor sırdaş bir ses tonuyla, "oldukça sarhoştu... Pek şaşırmışa benzemiyorsunuz."

"Şaşırmadım."

"Sağlık personelinin bir kısmı da öyle. Burayı biraz su yoluna çevirdiğini söylüyorlar. Ben burada yeniyim, dolayısıyla o zevke erişemedim."

"Durumu çok mu kötüydü?"

"Epeyce huysuzdu," diyor adam. "Bir hayli de teatral davrandığını eklemeliyim."

Bir an bakışıp sırıtıyorlar.

"İyileşecek mi?"

"Bir süreliğine evet," diyor Doktor Delaunay. "Ancak içkiyi azaltmasını önemle tavsiye ediyorum. Bu kez şanslıydı, ama bir dahaki seferi kimse bilemez..."

Peri başını sallayarak anladığını belirtiyor. "Nerede şimdi?"

Doktor onu yeniden acil servise sokuyor, köşeyi dönüyor. "Üçüncü yatak. Biraz sonra dönerim, işlemleri tamamlayıp taburcu ederiz."

Peri ona teşekkür ediyor, annesinin yatağına gidiyor.

"*Salut, Maman.*"*

Maman yorgun yorgun gülümsüyor. Saçları karman çorman, çorapları uyumsuz. Alnına sargı bezi sarmışlar, sol koluna takılı serumdan renksiz bir sıvı damlıyor. Hastane önlüğünü

---

* Selam, Anne. (ç.n.)

ters giymiş, kuşağını da doğru düzgün bağlamamış. Önlüğün ön kısmı biraz açık, Peri annesinin eski sezaryen yarasının diklemesine uzanan, kalın, koyu renk çizgisini görebiliyor. Birkaç yıl önce annesine neden çizginin alışıldık şekilde, yani yatay olmadığını sordu, Maman da doktorların ona o zaman, artık hatırlayamadığı, teknik bir açıklama yaptığını söyledi. *Önemli olan*, dedi, *seni sağ salim dışarıya çıkarmış olmaları.*

"Akşamını mahvettim," diye mırıldanıyor Maman.

"Görünmez kaza işte. Seni eve götürmeye geldim."

"Bir hafta deliksiz uyuyabilirim."

Gözleri kapanıyor, ama peltekçe, duraklayarak konuşmayı sürdürüyor. "Oturmuş televizyon izliyordum. Karnım acıktı. Reçelli ekmek almak üzere mutfağa gittim. Ayağım kaydı. Nasıl oldu ya da neye bastım bilemiyorum, ama düşerken kafam fırın kapağının kulpuna çarptı. Bir iki dakika kendimden geçmiş olmalıyım. Otursana, Peri. Tepemde dikilip durma."

Peri oturuyor. "Doktor içkili olduğunu söyledi."

Maman tek gözünü aralıyor. Doktorlara işi düştükçe, onlara duyduğu hoşnutsuzluk da artıyor. "O oğlan mı? Böyle mi dedi? *Le petit salaud.** O ne bilirmiş? Daha ağzı süt kokuyor onun."

"Hep şakaya vurursun zaten, bu konuyu ne zaman açsam."

"Yorgunum, Peri. Başka bir gün fırçalarsın artık. Kamçılama direği bir yere kaçmıyor."

Sonra uykuya dalıyor. Bir tek içki âlemlerinin ardından yaptığı gibi, çirkin bir ses çıkartarak horluyor.

Peri yatağın yanındaki taburede oturup Doktor Delaunay'i bekliyor, gözünün önüne Julien geliyor, hafifçe aydınlatılmış bir masada, elinde menü, oturmuş, bir yandan uzun kadehteki şarabını yudumlarlarken, bir yandan da Christian ve

---

* Piç kurusu. (ç.n.)

Aurelie'ye yaşanan krizi açıklıyor. Peri'ye hastaneye giderken eşlik etmeyi önerdi, ama baştan savma bir tavırla. Usulen. Zaten buraya gelmesi hiç de iyi fikir değildi. Doktor Delaunay "teatral" bir gösterinin ne olduğunu asıl o zaman anlardı... Yine de Peri, kendisiyle birlikte hastaneye gelmemiş olsa bile, o akşam yemeğine de gitmemiş olmasını dilerdi. Julien'in kalkıp gitmesine hâlâ hayretler içinde. Christian'la Aurelie'ye durumu izah edebilirdi. Rezervasyonu iptal edebilir, bir başka gece için sözleşebilirlerdi. Ama Julien gitmişti işte. Yalnızca düşüncesizlik değildi bu. Hayır. Bu davranışında kötücül bir şey vardı, hesaplı, acıtıcı bir şey. Peri onun böyle bir yeteneği olduğunun bir süredir farkında. Son zamanlarda bundan haz alıp almadığını da merak eder oldu.

Maman, Julien'le bundan pek de farklı olmayan bir başka acil serviste tanıştı. On yıl önce, 1963'te, Peri on dört yaşındayken. Julien hastaneye migreni tutan bir meslektaşını getirmişti. Maman ise Peri'yi; o gün hasta, okuldaki beden eğitim dersinde bileğini çok kötü burkan Peri'ydi. O tekerlekli sedyede yatarken, Julien bir iskemle çekip oturmuş, Maman'la koyu bir sohbete dalmıştı. Peri neler konuştuklarını anımsamıyordu. Julien'in şöyle dediği aklında: "Pari mi? Bu şehir gibi mi?"* Maman'dan malum yanıt: "Hayır, *a* değil, e. Farsça 'peri' demektir."

O hafta daha sonra, onunla Saint-Germain Bulvarı'ndaki küçük bir bistroda buluşup akşam yemeği yediler. Maman evde, ne giyeceğine dair uzadıkça uzayan bir kararsızlığın ardından, bele oturmuş, uçuk mavi bir elbisede karar kıldı; gece eldivenleri, sivri uçlu, topuklu ayakkabılar. Asansörde Peri'ye sordu: "Aşırı Jackie Kennedy olmadı, değil mi? Ne diyorsun?"

Yemekten önce üçü de birer sigara tüttürdüler; Maman'la Julien kocaman, buğulu kupalardan bira içtiler. Birinciler bi-

---

* Paris şehrinin Fransızca okunuşu Pari'dir; s harfi söylenmez. (ç.n.)

tince Julien birer tane daha ısmarladı, sonra birer tane daha. Beyaz gömlekli, kravatlı, akşama uygun, kareli ceketli Julien, terbiyeli bir erkeğin denetimli nezaketini sergilemekteydi. Tatlı tatlı gülümsüyor, rahat kahkahalar atıyordu. Şakaklarında bir tutam, Peri'nin loş acil serviste fark etmediği kırlar vardı; Maman'la aynı yaşlarda olmalıydı. Güncel olaylardan haberdardı, uzunca bir süre, İngiltere'nin Ortak Pazar'a girmesine karşı çıkan De Gaulle'den bahsetti ve bu konuyu dahi ilginç bir hale getirerek Peri'yi şaşırttı. Sorbonne'da ekonomi dersi vermeye başladığı bilgisini, ancak Maman sorduktan sonra verdi.

"Bir profesör ha? Çok etkileyici."

"Ah, pek sayılmaz," dedi erkek. "Gelip bir dersi dinlemelisin. Görüşünü çabucak değiştirirsin."

"Belki de dinlerim."

Peri, annesinin şimdiden hafif sarhoş olduğunun farkındaydı.

"Belki bir gün gizlice sınıfa girer, seni hareket halindeyken izlerim."

"Hareket mi? Nila, ekonomi kuramı öğrettiğimi unuttun mu? Gelirsen, bulacağın tek şey, uyuzun teki olduğumu düşünen öğrenciler."

"Bak, bundan kuşkuluyum işte."

Peri de kuşkuluydu. Julien'in onunla yatmak isteyen bir sürü öğrencisi olduğundan emindi. Yemek boyunca, ona bakarken yakalanmamaya özen gösterdi. Adamın tam da kara bir filmden çıkmış bir yüzü vardı; siyah beyaz filme çekilmek üzere yaratılmış bir çehreydi bu: Üzerine, panjurlardan süzülen paralel çizgiler düşüyor, hemen yanından kıvrılarak bir sigara dumanı yükseliyor. Alnına parantez biçiminde düşen bir tutam saç öyle zarifti ki – belki de fazla zarifti. O tutam oraya tesadüfen dökülmüşse bile, adamın onu zahmet edip de bir kez olsun geriye itmediği, Peri'nin gözünden kaçmadı.

Maman'a sahip olduğu küçük kitapçı dükkânını sordu. Seine Nehri'nin karşı kıyısında, D'Arcole Köprüsü'nün öteki yanındaydı.

"Caz kitapların da var mı?"

"Elbette," dedi Maman.

Dışarıda yağmur şiddetlenmiş, bistrodaki gürültü artmıştı. Garson onlara peynir topları, küçük, jambonlu börekler taşırken, Maman'la Julien, Bud Powell, Sony Stitt, Dizzy Gillespie ve Julien'in favorisi olan Charlie Parker'lı uzun bir sohbete daldılar. Maman, Chet Baker'la Miles Davis'in Batı Sahili tarzından daha çok hoşlandığını söyledi, *Kind of Blue*'yu dinledin mi, diye sordu. Maman'ın cazı bu *kadar* sevdiğini, böyle bir sürü müzisyen hakkında konuşabildiğini öğrenmek Peri'yi şaşırtmıştı. Bir kez daha, hem Maman'a duyduğu çocuksu hayranlığın, hem de öz annesini aslında çok da iyi tanımadığına ilişkin huzursuz edici bir duygunun pençesindeydi. Şaşırtıcı olmayansa, Maman'ın Julien'e karşı yürüttüğü rahat, dört dörtlük baştan çıkarma harekâtıydı. Maman şu an tam havasındaydı. Erkeklerin ilgisini yönetmekte hiç zorlanmazdı zaten. Erkekleri kuşatma altına alırdı.

Peri neşeyle mırıldanan, Julien'in şakalarına kıkırdayan, başını eğen, saçının bir buklesiyle dalgın dalgın oynayan Maman'ı seyretti. Onun bu kadar genç ve güzel oluşuna bir kez daha hayran kaldı – annesi ondan yalnızca yirmi yaş büyüktü. Uzun siyah saçlar, dolgun göğüsler, çarpıcı gözler ve klasik, soylu hatların karşısındakini sindiren parıltısıyla ışıldayan bir yüz. Ciddi, soluk gözleri, uzun burnu, ayrık dişli tebessümü ve küçük göğüsleriyle Maman'a ne kadar az benzediğini düşünmek, Peri'yi iyice hayrete düşürüyordu. İlla güzel bir yanı aranacaksa, mütevazı bir doğallığı olduğu söylenebilirdi. Annesinin yanındayken, sıradan bir kumaştan dokunduğu duygusuna kapılmadan edemiyordu. Bazen bu duyguyu ona bizzat Maman veriyordu; her ne kadar övgülerle dolu bir Truva atının içine gizlese de.

Şöyle derdi: *Sen şanslısın, Peri. Erkeklerin seni ciddiye alması için kendini helak etmene gerek yok. Sana değer vereceklerdir. Fazla güzellik her şeyi bozuyor.* Bir kahkaha atardı. *Ah, duyan da kendi tecrübelerime dayanarak konuştuğumu sanır. Elbette hayır. Yalnızca bir gözlem bu.*

Güzel olmadığımı söylüyorsun yani.

Güzel olmak istemezsin, diyorum. Hem elin yüzün düzgün, bu da yeter de artar. Je t'assure, ma cherie.* *Böylesi çok daha iyi, inan.*

Peri babasına da fazla benzemediğini düşünüyor. Babası uzun boylu, ciddi yüzlü bir adamdı; geniş alınlı, dar çeneli, ince dudaklı. Peri onun birkaç resmini hâlâ saklıyor, fotoğraflar o çocukken Kâbil'deki evde çekilmiş. Babası 1955'te –Peri'nin Maman'la Paris'e taşındıkları yıl– hastalandı, kısa bir süre sonra da öldü. Peri bazen kendini eski resimlerden birine dalıp gitmişken yakalıyor, özellikle de babasıyla onu eski bir Amerikan arabasının önünde dururken gösteren, siyah beyaz olana. Babası ön çamurluğa yaslanmış, kendisiyse onun kollarının arasında, her ikisi de gülümsemekte. Bir keresinde, bir dolabın yan tarafına zürafalar, uzun kuyruklu maymunlar çizen babasının yanında oturduğunu anımsıyor. Peri'nin maymunlardan birini boyamasına izin vermiş, elini tutup fırça darbelerini sabırla yönlendirmişti.

Bu fotoğraflarda babasının yüzünü görmek Peri'nin içinde eski bir duyguyu harekete geçiriyor; kendini bildi bileli içinde olan bir duygu bu. Yaşamında, kendi varoluşu için elzem olan bir şeyin ya da birisinin eksik olduğu hissi. Bazen çok muğlak, karanlık, dolambaçlı yollardan, uzak mesafelerden

* Seni temin ederim, canım. (ç.n.)

gönderilmiş bir ileti gibi; radyo kadranındaki cılız bir sinyal, uzak, cızırtılı. Bazen de bu yokluk öyle duru, öylesine mahrem bir yakınlıkta ki yüreğini hoplatıyor. Örneğin, iki yıl önce Provans'tayken, bir çiftliğin önündeki devasa meşe ağacını gördüğünde. Bir başka sefer, Jardin des Tuileries'de, küçük, kırmızı bir pusete oturttuğu minik oğlunu çeken genç anneyi seyrederken. Peri neden böylesine duygulandığını anlayamamıştı. Bir zamanlar, orta yaşlı bir Türk erkeğine ilişkin bir öykü okumuştu: Varlığından habersiz olduğu ikiz kardeşi, Amazon yağmur ormanlarındaki bir kano gezisinde ölümcül bir kalp krizi geçiriyor, aynı anda bu genç adam nedensiz, derin bir bunalıma giriyor. İşte, Peri'nin duygularını en iyi ifade edebilecek olay buydu.

Bir keresinde bunu Maman'la konuştu.

Eh, bu büyük bir muamma sayılmaz, mon amour, dedi annesi. *Babanı özlüyorsun. Onu kaybettin. Böyle hissetmen çok doğal. Açıklaması işte bu. Gel buraya bakayım. Maman'a bir öpücük ver.*

Annesinin yanıtı kesinlikle akla yatkındı, ama aynı zamanda doyuruculuktan uzaktı. Peri şuna inanıyordu: Babası hayatta olsaydı, burada, yanında bulunsaydı, kendisini çok daha "bütün, tamam" hissederdi. İyi ama, bu eksikliği çocukken, Kâbil'de her iki ebeveyniyle o büyük evde yaşarken de aynen hissetmemiş miydi?

Yemeklerini bitirdikten sonra, Maman bistronun tuvaletine gitmek üzere onlardan izin istedi, Peri birkaç dakikalığına Julien'le yalnız kaldı. Kızın geçen hafta izlediği, Jeanne Moreau'nun bir kumarbazı canlandırdığı filmden, okuldan, müzikten söz ettiler. Peri konuşurken, erkek dirseklerini masaya dayayıp ona doğru azıcık eğildi, bazen gülümseyip bazen de kaş çatarak büyük bir ilgiyle dinledi, gözlerini onunkilerden bir an olsun ayırmadı. Bu bir gösteri, dedi Peri içinden, yalnızca rol yapıyor. Güzelce cilalanmış bir oyunculuk, kadınların gözüne girmek amacıyla geliştirilmiş bir taktik bu; onu şu ânın hatırına, bir süre Peri'yle oynamak, kendini eğlendirmek için öylesine seçiverdi. Öte yandan, adamın hiç aman vermeyen bakışları altında, nabzının hızlanmasını, midesinin kasılmasını da önleyemiyordu. Kendini yapay bir bilgiçlikle dolup taşan, normal konuşmasına hiç mi hiç benzemeyen, gülünç bir ses tonuyla konuşurken buldu. Bunun farkında olduğu halde kendine engel olamıyordu.

Julien başından kısa bir evlilik geçtiğini söyledi.

"Gerçekten mi?"

"Birkaç yıl önce. Otuz yaşındaydım. O sırada Lyon'da yaşıyordum."

Kendinden büyük bir kadınla evlenmişti. Fazla uzun sürmemişti, çünkü kadın onu fazlasıyla sahiplenmişti. Julien bunu daha önce, Maman masadayken açığa vurmamıştı. "Aslında tamamen fiziksel bir ilişkiydi," dedi. "*C'était complétement sexuelle.** Tek derdi bana sahip olmaktı." Bunları söylerken hafif ama altüst edici bir tebessümle kızın gözlerinin içine bakıyor, ihtiyatla onun tepkisini ölçüyordu. Peri bir sigara yakıp Brigitte Bardot'vari, soğukkanlı kadını oynadı, sanki erkeklerden sürekli bu tür şeyler dinlemeye alışkınmış gibi. Oysa içten içe, tir tir titremekteydi. Bu masada küçük de olsa bir ihanetin yaşandığını biliyordu. Biraz memnu, o kadar da zararsız olmayan, insanı heyecandan ürperttiği yadsınamaz bir şey. Maman saçlarını fırçalamış, dudak boyasını tazelemiş bir halde dönünce aralarındaki bu mahrem an sona erdi; kısacık bir an, araya girdiği için Maman'a bozulan Peri, hemen ardından bundan büyük bir pişmanlık duydu.

Julien'i bir hafta kadar sonra yeniden gördü. Sabahtı, Peri elinde bir fincan kahveyle annesinin yatak odasına girmek

* Tamamen cinselliğe dayalıydı. (ç.n.)

üzereydi. Erkeği annesinin yatağının kenarına ilişmiş, kol saatini takarken buldu. Geceyi burada geçirdiğinden habersizdi. Olduğu yerde kalakaldı, elinde kahve, ağzında kuru bir çamur topağı emmiş gibi bir tat, onu seyretti; sırtının lekesiz cildini, hafif göbeğini, buruşuk çarşafların kısmen örttüğü bacak arasındaki karanlığı. Adam saatini taktı, başucu sehpasındaki paketten bir sigara alıp yaktı, sonra gözlerini kayıtsızca Peri'ye çevirdi; orada olduğunu baştan beri biliyordu sanki. Kapalı dudaklarıyla ona gülümsedi. Sonra Maman duştan bir şeyler söyledi, Peri de hızla arkasını döndü. Kahveyi döküp kendini yakmaması mucizeydi.

Maman'la Julien'in ilişkisi yaklaşık altı ay sürdü. Sık sık sinemaya, müzelere, tanınma mücadelesi veren, yabancı isimli ressamların anlaşılması güç eserlerini sergileyen sanat galerilerine gittiler. Bir hafta sonu arabayla Bordeaux yakınındaki Arcachon kumsalına gittiler, yanmış tenlerle, bir sandık kırmızı şarapla döndüler. Julien, Nila'yı üniversitedeki davetlere götürdü, Maman da onu kitabevindeki yazar okumalarına davet etti. Peri başlarda peşlerine takıldıysa da (onu Julien çağırıyor, Maman da bundan hoşnut görünüyordu), kısa bir süre sonra bir bahane uydurup evde kalmaya başladı. Gitmek istemiyordu, gidemezdi. Buna dayanamıyordu. Çok yorgun olduğunu, bazen de kendini iyi hissetmediğini söylüyordu. Ya da ders çalışmak için arkadaşı Colette'e gideceğini. İkinci sınıftan beri arkadaşı olan Colette, uzun, cılız saçlı, gaga burunlu, sırım gibi bir kızdı; tam bir fındık kurdu. Ağza alınmaz, rezilce şeyler söyleyerek insanları sarsmaya bayılırdı.

"Adam hayal kırıklığına uğramıştır, eminim," dedi Peri'ye. "Yani sen onlarla gitmeyince."

"Eh, uğradıysa bile hiç belli etmedi."

"Belli edemez ki, öyle değil mi? O zaman annen ne düşünür?"

"Neyi düşünecek ki?" diye sordu Peri, yanıtı bal gibi bilmesine karşın. Biliyordu, yalnızca bir başkasından duymak istiyordu.

"Neyi mi düşünecek?" Colette'in sesi fettan, heyecanlıydı. "Onunla, sırf seni görmek için beraber olduğunu. Asıl istediğinin sen olduğunu."

"İğrenç bir şey bu," dedi Peri, yüreği kuş gibi çırpınırken.

"Belki de ikinizi birden istiyordur. Belki yatakta kalabalıktan hoşlanıyordur. Durum buysa, kendisine benim hakkımda iki çift güzel laf etmeni isterim."

"Colette, midemi bulandırıyorsun."

Kimi zaman, Maman'la Julien dışarıdayken, Peri koridorda soyunur, boy aynasında kendine bakardı. Vücudunda bir sürü kusur bulurdu. Ona göre çok, fazla uzun boyluydu, fazla şekilsizdi, fazla... *kullanışlıydı*. Annesinin o büyüleyici kıvrımlarının tekini bile almamıştı. Bazen böyle, çırılçıplak annesinin odasına girer, Julien'le Maman'ın seviştiği yatağa uzanırdı. Peri orada anadan doğma, gözleri kapalı yatardı, yüreği güm güm vurarak, pervasızlığın tadını çıkararak, mırıltıya benzer bir şeyin göğüslerinde, karnında ve daha aşağılarda gezindiğini hissederek.

Bitti, elbette. Maman'la Julien'in ilişkisi sona erdi. Peri rahatlamış ama şaşırmamıştı. Erkekler Maman'ı sonunda mutlaka hüsrana uğratırdı. Onlara yüklediği ideal her neyse, ona bir türlü ulaşamaz, bu yetersizliklerinin sonu da illa felakete varırdı. Coşkuyla, tutkuyla başlayan şey her seferinde acı suçlamalarla, nefret dolu sözcüklerle, öfkeyle, ağlama nöbetleriyle, mutfak eşyalarının havada uçuşmasıyla ve çöküşle sona ererdi. Tam bir ortaoyunu. Maman bir ilişkiyi aşırılıktan uzak bir biçimde başlatmaktan da, bitirmekten de âcizdi.

Ardından, Maman'ın yalnızlığa karşı ani bir düşkünlük duyduğu malum dönem. Pijamasının üzerine eski, kalın bir hırka geçirip yatağa sığınır, dairede bezgin, mahzun, asık yüzlü bir ruh gibi dolaşırdı. Peri onu rahat bırakması gerektiğini biliyordu. Teselli etme, destek olma girişimleri hoş karşılanmazdı. Bu suratsızlık, huysuzluk haftalarca sürerdi.

"*Ah, merde!*"* diyor Maman.

Yatakta oturur vaziyette, sırtında hâlâ hastane önlüğü var. Doktor Delaunay çıkış evraklarını Peri'ye verdi, hemşire damar yolunu Maman'ın kolundan çıkartmakla meşgul.

"Ne oldu?"

"Şimdi hatırladım. Birkaç gün sonra bir söyleşim var."

"Söyleşi mi?"

"Bir şiir dergisi için."

"Harika bir şey bu, Maman."

"Yazıya bir de fotoğraf ekleyecekler." Alnındaki dikiş izlerini gösteriyor.

"Saklamanın zarif bir yolunu bulursun, eminim," diyor Peri.

Maman içini çekiyor, uzaklara bakıyor. Hemşire iğneyi hızla çekince, Maman acıyla irkiliyor, kadına hiç de kibar olmayan, hak edilmemiş bir şeyler haykırıyor.

"AFGAN BÜLBÜLÜ"; ÉTIENNE BOUSTOULER'NİN NİLA WAHDATİ İLE YAPTIĞI RÖPORTAJ,

Parallaxe 84 (Kış 1974), s. 36

Bir kez daha dairede etrafa bakınıyorum ve kitap raflarının birinde duran, çerçeveli fotoğraf dikkatimi çekiyor. Küçük bir kız yaban çalılarıyla dolu bir tarlada çömelmiş, kendini kopardığı, bir tür böğürtlene benzeyen şeye vermiş. Boğazına kadar iliklenmiş, parlak sarı bir paltosu var, yukarıdaki bulutlu, koyu

* Lanet olsun, anlamında. (ç.n.)

gri gökyüzüyle tezat oluşturmakta. Arka planda kepenkleri kapalı, kiremitleri kırık, taş bir çiftlik evi görünüyor. Resmi soruyorum.

NW: Kızım Peri. Evet, Paris gibi ama *e*'yle. Masal perisi demek. O resim baş başa Normandiya'ya yaptığımız bir gezide çekildi. 1957'ydi galiba. Sekiz yaşında olmalı.

EB: Paris'te mi yaşıyor?

NW: Sorbonne'da matematik okuyor.

EB: Gurur duyuyorsunuzdur.

Gülümsüyor, omzunu silkiyor.

EB: Meslek seçimi beni biraz şaşırttı, yani kendini sanata adamış bir annesi olduğu düşünülürse.

NW: Bu yeteneğini nereden aldı, bilmiyorum. Bütün o anlaşılmaz formüller, teoriler filan. Ona hiç de anlaşılmaz gelmiyordur herhalde. Ben şahsen iki sayıyı çarpmayı bile beceremem.

EB: Belki de bu onun isyan biçimi. İsyanlar hakkında sizin de bir iki şey bildiğinizden eminim.

NW: Doğru, ama ben isyan etmenin doğru yolunu seçtim. Kafayı çektim, ot içtim, sevgili edindim. Kim isyan etmek için matematiği kullanır ki?

Gülüyor.

NW: Ayrıca, onun başkaldırmak için hiçbir nedeni yok. Ona aklınıza gelebilecek bütün özgürlükleri tanıdım. Kızımın içinde kalan hiçbir şey yok. Hiçbir eksiği yok. Biriyle yaşıyor. Kendinden oldukça büyük biriyle. Son derece çekici, kültürlü, eğlenceli bir erkek. Ve azgın bir narsist elbette. Egosu Polonya kadar büyük.

EB: Onaylamıyorsunuz sanırım?

NW: Benim onaylayıp onaylamamam hiç önemli değil. Burası Fransa, Mösyö Boustouler, Afganistan değil. Gençler ana babalarının onay damgasına göre yaşayıp ölmüyorlar.

EB: Kızınızın Afganistan'la hiçbir bağı yok o halde?

NW: Oradan ayrıldığımızda altı yaşındaydı. O döneme ait anıları sınırlı.

EB: Ama sizinkiler öyle değil, elbette.

Yaşamının o erken dönemini anlatmasını istiyorum.

İzin isteyip bir dakikalığına salondan çıkıyor. Dönünce bana eski, buruşuk, siyah beyaz bir fotoğraf uzatıyor. Ciddi yüzlü bir erkek; irikıyım, gözlüklü, parlak saçları kusursuz bir çizgiyle ortadan ayrılmış. Bir çalışma masasında oturuyor, kitap okuyor. Klapaları sivri uçlu bir takım elbise, kruvaze yelek, yüksek yakalı, beyaz gömlek giymiş, papyon kravat takmış.

NW: Babam. Bin dokuz yüz yirmi dokuz. Doğduğum yıl.

EB: Saygın, seçkin görünüyor.

NW: Kâbil'in Peştun aristokrasisine mensuptu. Çok iyi bir eğitim, dört dörtlük bir terbiye ve görgü, tam kıvamında bir sosyallik. Aynı zamanda, olağanüstü bir konuşmacı. En azından başkalarıyla beraberken.

EB: Peki ya özel hayatında?

NW: Tahmin yürütmek ister misiniz, Mösyö Boustouler?

Fotoğrafı aldım, bir kere daha baktım.

EB: Mesafeli, diyebilirim. Vakur. İçe dönük. İlkelerinden ödün vermez.

NW: Benimle bir kadeh içmeniz için ısrar ediyorum. Yalnız içmekten nefret ederim... Yok, tahammül edemem.

Bana bir bardak *Chardonnay* dolduruyor. Ayıp olmasın diye bir yudum alıyorum.

NW: Elleri hep soğuktu, babamın yani. Hava nasıl olursa olsun. Elleri daima buz gibiydi. Ve her zaman, hava nasıl olursa olsun, takım elbise giyerdi. Kusursuzca dikilmiş, keskin hatlı takımlar. Bir de fötr şapka. Ve tabii Oxford tarzı mokasenler, iki renkli. Aşırı ciddi, resmi bir havası olsa da, yakışıklı bir erkekti, sanırım. Aynı zamanda –bunu epeyce sonra anladım– özenle kuşanılmış, haftada bir çimenlikte yapılan bovling, polo karşılaşmalarıyla ve herkesin hayran olduğu bir Fransız eşle pekiştirilmiş, azıcık gülünç, sahte bir Avrupalılık; genç, ilerici kralın gönlünü, beğenisini kazanan şeyler.

Tırnaklarını inceliyor, bir süre konuşmuyor. Kayıt cihazımdaki kaseti ters çeviriyorum.

NW: Babam kendi odasında uyurdu, annemle ben kendi odamızda. Çoğu gün öğle yemeğini dışarıda, bakanlarla, kralın danışmanlarıyla filan yerdi. Ya da at biner, polo oynar, ava çıkardı. Avlanmaya bayılırdı.

EB: Onu fazla göremezdiniz, yani. Ortalarda yoktu?

NW: Tam olarak değil. İki günde bir, ne yapıp eder benimle biraz vakit geçirirdi. Odama gelip yatağıma otururdu, böylece kucağına tırmanma işaretini almış olurdum. Beni bir süre dizlerinde hoplatırdı, ikimiz de fazla konuşmazdık, sonunda şöyle derdi: "Evet, şimdi ne yapıyoruz, Nila?" Bazen göğüs cebindeki mendili alıp katlamama izin verirdi. Ben tabii ki eciş bücüş bir topak yapar, yeniden cebine sokardım, yüzüne yapmacık bir şaşkınlık oturtur, bense bunu çok komik bulurdum. Bunu babam bıkana kadar sürdü-

rürdük – ki fazla vakit almazdı. Sonra o soğuk eliyle saçlarımı okşar, "Babacığının artık gitmesi gerekiyor, yavru geyiğim. Hadi, in bakalım," derdi.

Fotoğrafı yeniden öteki odaya götürüp geri dönüyor, bir çekmeceden yeni bir sigara paketi alıp bir tane yakıyor.

NW: Lakabım buydu. Bayılırdım. Bahçede –çok geniş bir bahçemiz vardı– "Ben babamın yavru geyiğiyim! Babamın yavru geyiğiyim!" diye şarkı söyleyerek hoplayıp dururdum. Bunun ne kadar kötücül bir lakap olduğunu çok sonraları fark ettim.

EB: Efendim?

Gülümsüyor.

NW: Babam geyikleri vururdu, Mösyö Boustouler.

Aslında Maman'ın evine kadar olan birkaç sokağı yürüyebilirlerdi, ama yağmur bayağı şiddetlenmiş. Takside, Maman arka koltukta Peri'nin yağmurluğuna sarınıp dertop olmuş, tek kelime etmeden camdan dışarıya bakıyor. Şu an Peri'ye yaşlı görünüyor, kırk dördünden çok daha yaşlı. Yaşlı, kırılgan ve çelimsiz.

Peri, Maman'ın dairesine epeydir gitmedi. Anahtarı çevirip içeriye girince mutfak tezgâhını karman çorman buluyor; kirli şarap kadehleri, açılmış cips ve makarna paketleri, içlerinde fosilleşmiş, tanınmaz yiyecek artıkları bulunan tabaklar. Masada içi boş şarap şişeleriyle dolu bir kesekâğıdı; devrildi devrilecek. Peri yerde gazeteler görüyor, içlerinden biri daha önce dökülen kanı emmiş, üzerinde de pembe, yün bir çorap teki. Maman'ın yaşadığı yeri bu durumda bulmak, Peri'yi korkutuyor. Aynı zamanda suçluluk duymasına neden oluyor. Buysa, annesini tanıdığı kadarıyla, yaratılmak istenen etki olabilir. Aynı anda, bu son düşüncesinden dolayı kendinden nefret ediyor. Bu, Julien'in düşünebileceği türden bir şey. *Kendini kötü hissetmeni istiyor.* Geçtiğimiz yıl bunu Peri'ye defalarca söyledi. *Kendini kötü hissetmeni istiyor.* Bunu ilk söylediğinde, Peri rahatladığını, nihayet anlaşıldığını hissetti. Kendisinin yapamadığını ya da yapmak istemediğini yapıp durumu özetlediği için erkeğe şükran duydu. Bir yandaş bulduğu duygusuna kapıldı. Ama son günlerde, kuşkulu. Julien'in sözlerinde kalpsiz, acımasız bir tını yakalıyor. Rahatsız edici bir şefkat yoksunluğu.

Yatak odasının zeminine giysiler, plaklar, kitaplar, başka gazeteler saçılmış. Pencere pervazında yarısına kadar, içine atılan izmaritlerden sararmış suyla dolu bir bardak. Yatağın üzerindeki kitapları, dergileri toplayıp annesinin battaniyenin altına girmesine yardım ediyor.

Maman ona bakıyor, tek eli bandajlı dirseğinde. Bu poz onu, bir sessiz filmdeki bayılmak üzere olan bir aktrise benzetiyor.

"Toparlanacaksın, değil mi, Maman?"

"Sanmıyorum," diyor Nila. Sesi, ilgi dilenir gibi çıkmadı. Maman bunu dümdüz, bıkkın bir sesle söyledi. Yorgun, içten ve kesin.

"Maman, beni korkutuyorsun."

"Hemen gidiyor musun?"

"Kalmamı ister misin?"

"Evet."

"Öyleyse kalıyorum."

"Işığı söndür."

"Maman?"

"Evet."

"İlaçlarını alıyorsun, değil mi? Kestin mi yoksa? Bence kestin, bu da beni endişelendiriyor."

"Başlama yine. Işığı kapat."

Peri denileni yapıyor. Yatağın kenarına ilişip annesinin uykuya dalmasını bekliyor. Sonra o ürkütücü temizlik görevine başlamak üzere mutfağa gidiyor. Bir çift eldiven bulup bulaşığa girişiyor. Leş gibi ekşimiş süt kokan bardakları, bayat mısır gevreklerinin yapıştığı, kabuk bağlamış kâseleri, üzeri yeşil, tüylü küf bağlamış artıklarla dolu tabakları yıkıyor. Aklına, ilk kez yattıkları gecenin sabahında, Julien'in dairesinde yıkadığı bulaşıklar geliyor. Julien omlet yapmıştı. Peri bu basit ev işinden, erkek pikapta Jane Birkin'in bir parçasını çalarken onun lavabosunda bulaşık yıkamaktan nasıl da keyif almıştı.

Onu neredeyse on yıllık bir aradan sonra, geçen yıl, yani 1973'te yeniden gördü. Kanada Elçiliği'nin önünde, öğrencilerin fok avını protesto etmek için düzenlediği eylemde karşılaştılar. Peri katılmak istememişti, dahası meromorfik fonksiyonlar hakkında bitirmesi gereken bir ödev vardı, ama Colette ısrar etmişti. O sırada aynı evde yaşıyorlardı; her iki tarafın da giderek hoşnutsuz olduğu bir düzenlemeydi.

Colette ot içmeye başlamıştı. Alnına bant takıyor, üzerine kuşlar, papatyalar işlenmiş, morumsu kırmızı, bol tunikler giyiyordu. Eve Peri'nin yemeklerini yiyen, gayet kötü gitar çalan, uzun saçlı, bakımsız oğlanlar getiriyordu. Colette sürekli sokaklardaydı, bağırıyor, hayvanlara yapılan eziyeti, ırkçılığı, köleliği, Fransa'nın Pasifik'teki nükleer testlerini lanetliyordu. Apartman dairesinde hep acil bir telaş hüküm sürer, eve Peri'nin hiç tanımadığı insanlar girip çıkardı. Baş başa kaldıklarında da, Peri aralarında daha önce olmayan bir gerilim hissediyordu; Colette'ten yayılan bir kendini beğenmişlik, Peri'ye karşı dile getirilmeyen bir kınama.

"Yalan söylüyorlar," dedi Colette hararetle. "İnsanca yöntemler kullandıklarını ileri sürüyorlar. İnsancaymış! Fokların kafalarına neyle vurduklarını gördün mü? O *hakapik*'leri? Çoğunlukla, daha zavallı hayvan ölmemişken, orospu çocukları kancalarını saplayıp onları tekneye alıyor. Derilerini canlı canlı yüzüyorlar, Peri! Canlı canlı!" Colette'in bu son sözleri söyleyiş, vurgulayış biçimi, Peri'de özür dileme isteği uyandırıyordu. Ne için özür dilemesi gerektiğinden emin değildi, ama son günlerde tam da bu yüzden boğulacakmış gibi olduğunu biliyordu; son günlerde Colette'in, onun sitemlerinin, suçlamalarının, bitmek bilmez öfkelerinin yakınındayken içindeki havanın çekilip alındığı duygusuna kapılıyordu.

Gösteriye yalnızca otuz kişi geldi. Brigitte Bardot'nun da katılacağına ilişkin söylentiler yayıldıysa da, söylenti olarak kaldı. Eylem Colette'i hayal kırıklığına uğratmıştı. Eric adında, sıska, solgun, gözlüklü bir delikanlıyla ateşli bir tartışmaya girdi; Peri'nin anladığı kadarıyla, oğlan gösteriyi örgütlemekle görevliydi. Zavallı Eric. Peri acıyordu ona. İçi içini yiyen Colette liderliği ele aldı. Peri kalabalığın arasından arkalara doğru ilerledi, asabi bir coşkuyla slogan atıp duran, tahta göğüslü kızın yanına geçti. Gözlerini kaldırıma dikmişti, göze batmamak için elinden geleni yapıyordu.

Bir sokağın köşesinde, biri omzuna dokundu.

"Birinin seni kurtarması için can atar gibisin," dedi adam.

Kot pantolon, kazak, üstüne de tüvit ceket giymiş, boynuna yün bir atkı dolamıştı. Saçları daha uzundu, azıcık yaşlanmıştı, ama zarifçe; onunla yaşıt bazı kadınların haksızca, hatta sinir bozucu bulacağı şekilde. Hâlâ diri, sırım gibi; göz kenarlarında birkaç kırışık, şakaklarda hafif kırlar, yüzünde çok hafif, belli belirsiz bir yorgunluk.

"Aynen," diyor Peri.

Yanaktan öpüşüyorlar, erkek bir fincan kahve içmeyi önerince, Peri kabul ediyor.

"Arkadaşın çok kızgın görünüyor. Gözünü kan bürümüş gibi."

Peri onun arkasına bakınca, Colette'in Eric'in yanında, hâlâ slogan atarak, yumruk sallayarak durduğunu, ama bir yandan da, tuhaf bir biçimde, dik dik onlara baktığını gördü. Peri kahkahayla gülmemek için kendini tuttu – bu onarılamaz bir hasara yol açardı. Omzunu af dilercesine silkip oradan uzaklaştı.

Küçük bir kafeye girdiler, cam kenarındaki bir masaya oturdular. Erkek her ikisi için de kahveyle birer *milföy* pastası söyledi. Peri onun garsonla, çok iyi anımsadığı güler yüzlü bir yetkeyle konuşuşunu izlerken midesinde tanıdık bir çarpıntı hissetti; tıpkı o küçükken Maman'ı evden almaya gelen Julien'i gördüğünde olduğu gibi. Ansızın çekingenleşmiş, yenik tırnaklarından, pudrasız yüzünden, gevşek, cılız lüleler halinde sarkan saçlarından utanmıştı – duştan sonra fönle kurutmadığına şimdi çok pişmandı, ama eyleme gecikmişti, Colette ise kafesteki bir hayvan misali volta atıp durmaktaydı.

"Aklımda hiç de protestocu bir tip olarak kalmadın," dedi Julien, onun sigarasını yakarken.

"Değilim zaten. İnançtan çok suçluluk duygusu bu."

"Suçluluk mu? Fok avı yüzünden mi?"

"Colette yüzünden."

"Ah. Evet. Biliyor musun, ondan az biraz tırstığımı söyleyebilirim."

"Hepimiz gibi desene."

Güldüler. Masanın üstünden uzandı, Peri'nin eşarbına dokundu. Sonra elini çekti. "Ne kadar da büyümüşsün desem, çok basmakalıp konuşmuş olurum, onun için de demeyeceğim. Ama Peri, büyüleyici görünüyorsun."

Peri yağmurluğunun yakasını çekiştirdi. "Ne yani, bu Komiser Clouseau kılığıyla mı?" Colette bir keresinde, Peri'nin çekici bulduğu bir erkeğin karşısındayken gerginliğini gizlemek için başvurduğu bu kendi kendini aşağılama, yerden yere vurma soytarılığının saçma sapan bir alışkanlık olduğunu söylemişti. Özellikle de ona kompliman yapıldıysa. Maman'ın o doğal, kendinden emin tavrına bir kez daha gıpta etti, bundan sonra da defalarca edeceği gibi.

"Sırada, adıma yaraşır biri olup çıktığımı söylemek var galiba," dedi.

"*Ah, non*. Lütfen. Fazla bariz. Bir kadına iltifat etmenin daha sanatsal bir yolu vardır, bilirsin."

"Yo, bilmem. Ama senin bildiğinden eminim."

Garson pastalarla kahveleri getirdi. Peri onun fincanları, tabakları masaya yerleştiren ellerine odaklandı; kendi avuçlarıysa terden sırılsıklamdı. Ömrü boyunca yalnızca dört sevgilisi olmuştu – mütevazı bir rakam, farkındaydı, özellikle de Maman'ın onun yaşındaki haliyle, hatta Colette'le kıyaslandığında. Peri fazla dikkatli, fazla duyarlı, ödün vermeye, uyum sağlamaya fazla yatkın, genel olarak Maman'dan da, Colette'ten de daha tutarlıydı; onlar kadar zor, yorucu değildi. Ancak bunlar, erkekleri sürüler halinde çeken nitelikler değildi. Bu sevgililerin hiçbirine âşık olmamıştı (gerçi bir tanesine yalan atıp sevdiğini söylemişti ya neyse); kafasında hep Julien'e ilişkin, ona ve özel bir ışıkla aydınlanmış gibi görünen o güzelim yüzüne ilişkin düşünceler dolanıp durmuştu.

Pastalarını yerken, erkek, işinden söz etti. Öğretmenliği bırakalı epey olmuştu. Birkaç yıl Uluslararası Para Fonu'nda, Sürdürülebilir Borçlar bölümünde çalışmıştı. En iyi tarafı, bolca seyahat etmekti, dedi.

"Nerelere?"

"Ürdün. Irak. Sonra iki yıl ara verip kayıt dışı ekonomiler üzerine bir kitap yazdım."

"Yayımlandı mı?"

"Söylentilere bakılırsa, öyle." Gülümsedi. "Şimdi Paris'te, özel bir danışmanlık şirketinde çalışıyorum."

"Ben de yolculuk etmek istiyorum," dedi Peri. "Colette Afganistan'a gidelim, deyip duruyor."

"*Onun* neden gitmek istediğini biliyorum galiba."

"Şey, bunu ben de düşünüyorum. Oraya gitmeyi, yani. Haşhaş filan umurumda değil, ülkeyi gezmek, doğduğum yeri görmek istiyorum. Belki ailece yaşadığımız o eski evi bulmak."

"İçinde böyle bir dürtü olduğunu bilmiyordum."

"Merak ediyorum. Demek istediğim, o kadar az şey anımsıyorum ki."

"Yanlış hatırlamıyorsam, bir seferinde evinizde çalışan bir aşçıdan söz etmiştin."

Onun yıllarca önce söylediği bir şeyi unutmamış olması, Peri'nin gururunu okşamıştı. Araya giren zamanda, kızı düşünmüştü öyleyse. Peri'yi aklından silip atmamıştı.

"Evet. Adı Nebi'ydi. Aynı zamanda şoförümüzdü. Babamın arabasını sürerdi; tavanı bej rengi, mavi, kocaman bir Amerikan arabasıydı. Motor kapağında bir kartal başı vardı."

Daha sonra Julien sorunca derslerini, karmaşık değişkenlere odaklanışını anlattı. Adam, Maman'ın hiçbir zaman göstermediği bir ilgiyle dinliyordu; Maman bu konudan sıkılır, Peri'nin matematik tutkusunu bir türlü anlayamazdı. Maman ilgileniyormuş numarası bile yapmazdı. Görünüşte, kendi cahilliğini alaya alırmış havasında, gamsız şakalar yapardı. *Oh, lá lá*, derdi sırıtarak, *başım tuttu! Başım! Başım bir totem gibi dönüyor! Gel bir anlaşma yapalım, Peri. Ben ikimize çay koyayım, sen de gezegenimize dön*, d'accord?* Kıkır kıkır güler, Peri de ona takılırdı, ama bu şakalarda hep bir sivrilik hissederdi, dolaylı bir yerme, bilgisinin ezoterik, böyle uğraşıp didinmesinin uçarılık sayıldığına dair bir ima. *Uçarılık.* Bir şairden

* Tamam mı? (ç.n.)

bunu duymak da hoş doğrusu, diye düşündü Peri, bunu annesine asla söylemeyecek olsa da.

Julien matematikte ne bulduğunu sorunca, rahatlatıcı bulduğunu söyledi.

"Bana sorsan, 'göz korkutucu' demeyi seçerdim; bence daha uygun bir tanım."

"O da var."

Peri, matematiksel doğruların hüküm sürdüğü, keyfilikten ve belirsizlikten muaf bir alanın insanı rahatlattığını söyledi. Yanıtlara erişmenin zor olduğunu ama bulunabileceğini bilmek de rahatlatıcıydı. Onlar orada, tebeşirin ucundaydılar, karatahtaya yazılmayı bekliyorlardı.

"Bir başka deyişle, yaşamın tam tersine," dedi Julien. "Yaşamdaki soruların yanıtları ya hiç yok ya da karman çorman."

"Bu kadar saydam mıyım?" Peri güldü, yüzünü bir peçeteyle gizledi. "Tam bir gerzek gibi konuşuyorum."

"Hiç de değil," dedi erkek. Peçeteyi çekip aldı. "Hem de hiç."

"Öğrencilerinden biri gibi. Sana öğrencilerini hatırlatıyorumdur."

Julien başka sorular da sordu, böylece Peri onun analitik sayı kuramına ilişkin yeterince bilgisi olduğunu, Carl Gauss ve Bernhard Riemann'a en azından bir sohbette değinecek kadar aşina olduğunu anladı. Hava kararıncaya kadar konuştular. Kahve içtiler, sonra bira, en sonunda da şarap. Sonra, artık daha fazla ertelenemeyeceği anlaşıldığında, Julien azıcık öne eğildi, kibar, saygılı bir ses tonuyla sordu: "Peki, söylesene, Nila nasıl?"

Peri yanaklarını şişirdi, havayı yavaşça dışarıya üfledi.

Julien başını anlayışla salladı.

"Kitapçı dükkânını kaybedebilir," dedi Peri.

"Bunu duyduğuma üzüldüm."

"İşler yıllardır kötü gidiyor. Tamamen kapatmak zorunda kalabilir. Bunu asla kabullenmeyecektir, ama onun için bir darbe olacak. Kötü bir darbe."

"Yazıyor mu?"

"Epeydir yazmıyor."

Julien az sonra konuyu değiştirdi. Peri rahat bir soluk aldı. Maman hakkında konuşmak, içkisinden, ilaçlarını alsın diye verdiği mücadeleden söz etmek istemiyordu. Peri bütün o tuhaf, tedirgin bakışmaları çok iyi anımsıyordu: Julien'le ikisi baş başa, Maman yan odada giyinmekte, Julien Peri'ye bakıyor, o ise söyleyecek bir şeyler bulmaya çalışıyor. Maman bunu sezmiş olmalıydı. Julien'le ilişkisini bitirmesinin nedeni bu muydu? Eğer öyleyse, Peri onun bunu, kızını korumak isteyen bir anne olarak değil, kıskanç bir sevgili olarak yaptığından kuşkulanıyordu.

Birkaç hafta sonra Julien, Peri'den yanına taşınmasını istedi. Nehrin sol yakasında, yedinci mahallede küçük bir apartman dairesinde oturuyordu. Peri kabul etti. Colette'in hırçın, düşmanca tavrı kendi evini yaşanmaz hale getirmişti.

Peri, Julien ile onun dairesinde geçirdikleri ilk pazar sabahını hatırlıyor; onun kanepesine uzanmış, birbirlerine sokulmuşlardı. Peri tatlı bir uyku mahmurluğundaydı, Julien uzun bacaklarını sehpaya uzatmış, çay içiyordu. Bir gazetenin arka sayfasındaki bir yorumu okumaktaydı. Pikapta Jacques Brel çalıyordu. Peri arada bir onun göğsüne dayadığı başını kaldırıyor, Julien de eğilip onun gözkapağına, kulağına ya da burnuna küçük bir öpücük konduruyordu.

"Maman'a söylemeliyiz."

Erkeğin gerildiğini hissedebiliyordu. Gazeteyi katladı, okuma gözlüğünü çıkarıp kanepenin kolçağına koydu.

"Bilmesi gerek."

"Sanırım," dedi erkek.

"Sanır mısın?"

"Hayır, yani elbette. Haklısın. Onu aramalısın. Ama dikkatli ol. İznini ya da onayını isteme. Sadece söyle. Ve bunun tartışmaya açık bir konu olmadığını güzelce belirt."

"Senin için söylemesi kolay tabii."

"Şey, belki. Yine de, Nila'nın kindar bir kadın olduğunu unutma. Bunu söylediğim için özür dilerim, ama ilişkimizin bitme nedeni de buydu. Akıl almaz bir kinciliği var. Biliyorum, işin kolay olmayacak."

Peri içini çekti, gözlerini kapadı. Düşüncesi bile midesinin kasılmasına yetiyordu.

Peri onu ertesi gün aradı. Maman zaten biliyordu.

"Kim söyledi?"

"Colette."

Tabii ya, diye düşündü Peri. "Ben de söyleyecektim."

"Biliyorum. Söyledin işte. Böyle bir şey gizli tutulamaz ki."

"Kızdın mı?"

"Fark eder mi?"

Peri, pencerenin önünde duruyordu. Bir parmağını Julien'in eski, cefakâr kül tablasının mavi kenarında dolaştırıyordu dalgın dalgın. Gözlerini yumdu. "Hayır, Maman. Etmez."

"Eh, *bunun* canımı yakmadığını söyleyebilmek isterdim."

"Amacım bu değildi."

"İşte bu tartışılır."

"Neden senin canını acıtmak isteyeyim ki, Maman?"

Maman güldü. Kof, çirkin bir gülüştü.

"Bazen sana bakıyorum ve kendimden hiçbir şey bulamıyorum. Tabii ki bulamayacağım. Sonuçta, beklenmedik bir şey değil. Senin nasıl bir insan olduğunu bilmiyorum, Peri. Kim olduğunu, nelere muktedir olduğunu, yüreğinin içini bilmiyorum. Benim için bir yabancısın."

"Ne demek istediğini anlamıyorum," dedi Peri.

Ama annesi telefonu kapamıştı bile.

"AFGAN BÜLBÜLÜ"; ÉTİENNE BOUSTOULER'NİN NİLA WAHDATİ İLE YAPTIĞI RÖPORTAJ,

Parallaxe 84 (Kış 1974), s. 38

EB: Fransızcayı burada mı öğrendiniz?

NW: Ben küçükken Kâbil'de, annem öğretti. Benimle sadece Fransızca konuşurdu. Her gün Fransızca çalışırdık. Kâbil'den gitmesi benim için yıkım oldu.

EB: Fransa'ya mı?

NW: Evet. Annemle babam 1939'da, ben on yaşındayken boşandılar. Babamın tek çocuğuydum. Annemle gitmeme izin vermesi söz konusu değildi. Böylece ben kaldım, annem de Paris'e, kız kardeşi Agnes'in yanına gitti. Babam bana bu kaybı unutturmak, beni oyalamak için özel bir öğretmen tuttu, binicilik dersleri, resim dersleri filan aldırdı. Ama hiçbir şey bir annenin yerini tutamaz.

EB: Annenize ne oldu?

NW: Ah, öldü. Naziler Paris'e girince. Yo, onu onlar öldürmedi. Onlar Agnes'i öldürdü. Annem zatürreeden öldü. Babam Müttefikler Paris'i kurtarana dek bunu bana söylemedi, ama ben çoktan öğrenmiştim.

EB: Sizin için çok zor olmalı.

NW: Yıkılmıştım. Annemi çok severdim. Savaştan sonra onun yanında, Fransa'da yaşamayı planlıyordum.

EB: Bundan, babanızla iyi geçinemediğiniz sonucu çıkarılabilir sanırım.

NW: Aramızda gerginlikler vardı. Tartışıyorduk. Hem de sık sık, buysa babam için bir yenilikti. Kendisine karşılık verilmesine, hele de kadınlar tarafından verilmesine hiç alışık değildi. Giydiklerim, gittiğim yerler, söylediklerim, nasıl söylediğim, kime söylediğim, hepsi birer kavga nedeniydi. Gözüpek, maceraperest biri olup çıkmıştım, babamsa daha da muhafazakâr, duygusal açıdan daha da hoşgörüsüz. İki doğal hasma dönüşmüştük.

Kıkırdıyor, başına bağladığı bandananın düğümünü sıkıyor.

NW: Sonra âşık olmaya başladım. Sık sık, gözü dönmüşçesine ve babamı dehşete düşürecek şekilde, hep yanlış kişilere. Bir keresinde evdeki hizmetçilerden birinin oğluna, bir başka sefer babamın bazı işlerini halleden, düşük seviyeden bir devlet memuruna. Çılgınca, dikbaşlı tutkular, sonu daha baştan belli ilişkiler. Gizli buluşmalar ayarlar, evden sessizce sıvışırdım ve elbette, birileri mutlaka babama ihbar eder, bilmem nerede bilmem kimle görüldüğümü duyururdu. Hoppalık ettiğimi söylerlerdi –hep bu deyim kullanılırdı– "hoppalık" ediyordum. Bir bu, bir de kendimi "teşhir" ediyordum. Babam beni alıp getirmesi için birini gönderirdi. Beni odama kilitlerdi. Günlerce. Kapının öteki tarafından şöyle derdi: *Beni küçük düşürüyorsun. Neden beni böyle rezil ediyorsun? Seninle ne yapacağım ben?* Bazen de kendi sorusuna bir kemerle ya da yumrukla cevap verirdi. Beni odada kovalardı. Gözümü korkutarak beni yola getireceğini sanıyordu herhalde. O dönemde çok yazdım, ergenlik ateşiyle yanan, uzun, kepaze şiirler karaladım. Aynı zamanda da, korkarım, buram buram melodram kokan, aşırı duygusal şiirler. Kafese kapatılmış kuşlar, zincire vurulmuş âşıklar filan. Onlarla gurur duyduğumu söyleyemem.

Yapay bir alçakgönüllülüğün onun tarzı olmadığını sezdiğimden, bu erken dönem şiirler hakkında gerçekten de böyle düşündüğünü anlıyorum. Eğer öyleyse, gaddar, insafsız bir yargı bu. İşin aslı, o döneme ait şiirleri, çevrilmiş haliyle bile, çarpıcı, olağanüstü şiirler, özellikle de onların ne kadar genç bir yaşta yazıldığı düşünülürse. İnsanı etkileyen, zengin bir imgelemle, duygusallıkla, içgörüyle dolu, incelikle dile getirilmiş dizeler bunlar. Nefis bir dille yalnızlıktan, artık bastırılamayan bir kederden dem vuruyorlar. Nila Wahdati'nin hüsranlarının, gençlik aşklarının olanca parıltısıyla, vaatleri ve engelleriyle birlikte gelgitlerinin, bir zirveye çıkıp bir dibe vuruşunun bir güncesi. Ayrıca sık sık, baskın bir klostrofobi, bir kıstırılmış duygusu ve hep, koşulların zorbalığına karşı verilen bir savaşım mefhumu –bu zorbalık genellikle, kocaman ve korkunç bir hayalet gibi salınan, adı olmayan, tekinsiz bir erkek karaltısıyla betimlenmiş. Babasına o kadar da bulanık olmayan bir gönderme olduğu açık.

EB: Bu dizelerde, klasik Fars şiirinde bulunmayan bir aktarım yolu seçtiğiniz anlaşılıyor; farklı bir üslup, ritim, uyak ve ölçü kullanmışsınız. Özgürce akan hayal gücünden yararlanıyorsunuz. Gelişigüzel, sıradan ayrıntıları büyütüyorsunuz. Anladığıma göre, bu oldukça muhalif, yenilikçi bir tavır. Daha varsıl bir ülkede –örneğin İran'da– doğmuş olsaydınız, şimdi kesinlikle edebiyatta çığır açan bir öncü olarak tanınırdınız desek, haksızlık etmiş olur muyuz?

Alayla gülümsüyor.

NW: Düşünebiliyor musunuz?

EB: Yine de, daha önce söylediğiniz bir şey beni çarptı. O şiirlerden gurur duymuyor olmanız. Eserleriniz arasında sizi hoşnut eden var mı?

NW: Bu dikenli bir soru. Buna belki olumlu bir yanıt verebilirdim, tabii onları yaratma sürecinden ayırmayı becerebilseydim.

EB: Ulaşılan sonucu, bu yolda kullanılan vasıtadan ayırmayı kastediyorsunuz.

NW: Yaratma sürecini, doğası gereği hırsızlıktan farksız bir eylem olarak görüyorum. Güzel bir yazının altını şöyle bir kazın, Mösyö Boustouler, bir sürü rezillik, şerefsizlik bulursunuz. Yaratmak demek, başkalarının yaşamlarını vahşice yağmalamak, onları bihaber, zoraki katılımcılara dönüştürmek demektir. Onların arzularını, hayallerini çalıyor, kusurlarını, acılarını cebe indiriyorsunuz. Size ait olmayan bir şeyi alıyorsunuz. Ve bunu bilerek, gayet bilinçli yapıyorsunuz.

EB: Siz de bunda çok iyiydiniz, öyle mi?

NW: Ben bunu sanata ilişkin öyle yüksek, yüce bir kavram adına değil, başka seçeneğim olmadığı için yaptım. İçimden gelen itici güç karşı konulamayacak kadar kuvvetliydi. O güce teslim olmasaydım aklımı yitirebilirdim. Gurur duyup duymadığımı sordunuz. Ahlaken sorgulanabilir yöntemlerle elde edilmiş bir şeyle böbürlenmekte zorlanıyorum. Kararı, bu ata bahis oynayıp oynamamayı başkalarına bırakıyorum.

Kadehindeki şarabı bitiriyor, şişede kalanla yeniden dolduruyor.

NW: Ancak söyleyebileceğim bir şey var, o da Kâbil'de hiç kimsenin bana yatırım yapmamış olduğu. Kâbil'de beni, zevksizlik, sefahat ve ahlaksızlığı saymazsak, bir şeylerin öncüsü olarak gören tek Allah'ın kulu yoktu. Başta da babam, elbette. Yazdıklarımın, bir *fahişenin* saçmalamaları olduğunu söylüyordu. Aynen bu sözcüğü kullandı. Ailenin adına silinmez bir leke sürdüğümü söyledi. Ona ihanet ettiğimi söyledi. Saygın biri olmakta neden bu kadar zorlandığımı sorar dururdu.

EB: Ne karşılık verdiniz?

NW: Onun saygınlık kavramının umurumda olmadığını söyledim. Yuları boynuma kendi elimle geçirmeye hiç niyetim yok, dedim.

EB: Buysa canını daha da sıktı herhalde.

NW: Elbette.

Bir sonraki cümlemi söylemeden önce duraksadım.

EB: Ama onun öfkesini anlayabiliyorum.

Tek kaşını kaldırıyor.

EB: Saygıdeğer bir aile babasıydı, öyle değil mi? Sizse onun bildiği, aziz saydığı her şeye bir meydan okuma, doğrudan bir tehdittiniz. Hem yaşantınız hem de yazdıklarınızla tartışıyor, kadınların önünü açma mücadelesi veriyordunuz, kadınlara kendi konumlarına dair söz hakkı, meşru kişiliklerine ulaşma hakkı tanınsın diye. Babanız gibi erkeklerin asırlardır elinde tuttuğu tekele meydan okuyordunuz. Ağza alınamayacak şeyi söylüyordunuz. Buna küçük, tek kişilik bir devrim mücadelesi denebilir.

NW: Oysa ben hep cinselliği yazdığımı düşünüyordum.

EB: O da bunun bir parçası, öyle değil mi?

Notlarımı karıştırıyor, erotizmi su götürmez birkaç şiire değiniyorum: "Dikenler", "Ama O Bekleyiş", "Yastık". Sonra, bunların en sevdiklerim arasında olmadığını itiraf ediyorum. İnce ayırtılardan, muğlaklıktan yoksun olduklarını söylüyorum. Tek amaçla yazılmış gibiler: Sarsmak, afallatmak, ortalığı karıştırmak. Bende tartışma amaçlı, Afgan cinsiyet rollerine karşı öfke dolu bir suçlama izlenimi bırakıyorlar.

NW: Eh, *öfkeliydim* elbette. Birileri tarafından, cinsellikten korunup kollanmam gerektiğini söyleyen tavra öfkeliydim. Kendi bedenimden bile korunmam gerekiyordu. Çünkü ben bir kadındım. Ve kadınlar, bildiğiniz üzere, duygusal, ahlaksal ve zekâ açısından zayıftır, olgunlaşmamıştır. Onlar özdenetimden yoksundur, baştan çıkarılmaya, ayartılmaya karşı savunmasızdır. Cinselliğe aşırı düşkün olan bu varlıklar gemlenmedikleri sürece önüne gelenin, her Ahmet'in, her Mahmut'un koynuna giriverir.

EB: İyi de –bunu söylediğim için bağışlayın ama– siz de aynen bunu yapıyordunuz, öyle değil mi?

NW: İşte, tam da bu mefhuma karşı bir protesto olarak.

Çok hoş bir gülüşü var, yaramazlık, kurnazlık ve zekâ dolu. Öğle yemeği niyetine bir şeyler yemek ister miyim diye soruyor. Kızının buzdolabını yeni doldurduğunu söyleyip mutfağa gidiyor, *füme jambonlu* nefis bir sandviçle dönüyor. Sadece bir tane yapmış. Kendisine yeni bir şarap şişesi açıyor, bir sigara daha yakıyor. Oturuyor.

NW: Bu sohbetin selameti açısından, aramızın iyi olması gerektiğine katılıyor musunuz, Mösyö Boustouler?

Katıldığımı söylüyorum.

NW: O zaman iki ricam var. Sandviçinizi yiyin ve kadehime bakıp durmayı kesin.

Böylece, tahmin edeceğiniz gibi, erken davranmış ve içki meselesi hakkında sorabileceğim herhangi bir sorunun önünü kesmiş oluyor.

EB: Sonra ne oldu?

NW: 1948 yılında, on dokuzuma basmak üzereyken hastalandım. Şu kadarını söyleyeyim, ciddi bir şeydi. Babam tedavi için beni Delhi'ye götürdü. Doktorlar benimle ilgilenirken altı hafta yanımda kaldı. Ölümden döndüğüm söylendi. Belki de ölmeliydim. Ölmek genç bir şairin meslek yaşamındaki en başarılı hamle olabilir. Memlekete döndüğümüzde zayıf düşmüş, içe kapanmıştım. Yazmakla filan uğraşamazdım. Yemek yemek, konuşmak ya da eğlenmek hiç içimden gelmiyordu. Ziyaretçilere çıkmıyordum. Tek istediğim, perdeleri çekip bütün gün yatmaktı. Ben de öyle yaptım zaten. Ama sonunda yataktan çıktım elbette, yavaş yavaş gündelik düzenime döndüm; bununla, bir insanın işlevselliğini ve sözde uygarlığını sürdürebilmesi için gereken, en dar anlamdaki faaliyetleri kastediyorum. Kendimi azalmış, küçülmüş hissediyordum. Yaşamsal bir parçamı Hindistan'da bırakmış gibi.

EB: Durumunuz babanızı kaygılandırıyor muydu?

NW: Tam tersine. Umutlanmıştı. Ölümle burun buruna gelmenin beni silkeleyip toyluktan, asilikten uyandırdığını düşünüyordu. Kendimi kaybolmuş hissettiğimi anlamıyordu. Bir yerde okumuştum, Mösyö Boustouler, tepenize çığ düştüğünde, bütün o karın altında yatarken neresi aşağı neresi yukarı anlayamaz oluyormuşsunuz. Karı iteleyip kurtulmak istiyor ama yanlış yönü seçip kendinizi daha da derine, kendi mezarınıza gömüyormuşsunuz. İşte kendimi aynen böyle hissediyordum, yönünü şaşırmış, arafta kalmış, pusulamdan olmuştum. Dahası, sözcüklere dökemeyeceğim kadar derin bir bunalımdaydım. Bu durumdayken, çok âciz, çok savunmasız olursunuz. Bir sonraki yıl, 1949'da, beni babamdan isteyen Süleyman Wahdati'ye evet dememin nedeni de muhtemelen buydu.

EB: Yirmi yaşındaydınız.

NW: O değildi.

Bana bir sandviç daha ikram ediyor, geri çeviriyorum, ama kahve önerisini kabul ediyorum. Ocağa kaynaması için su koyarken, evli olup olmadığımı soruyor. Olmadığımı söylüyor, bundan sonra evleneceğimden de kuşkuluyum, diye ekliyorum. Omzunun üstünden uzun uzun bana bakıyor, sırıtıyor.

NW: Ah, genelde anlarım ama...

EB: Sürpriz!

NW: Belki de geçirdiğim kaza yüzündendir.

Alnındaki bandanayı gösteriyor.

NW: Bu moda uğruna takılmadı. Birkaç gün önce ayağım kaydı, düştüm, alnım yarıldı. Yine de anlamam gerekirdi. Durumunuzu, yani. Deneyimlerime göre, kadınları sizin gibi anlayan bir avuç erkek var, onlar da kadınlarla pek haşır neşir olmak istemeyen erkekler.

Kahveyi veriyor, bir sigara yakıp oturuyor.

NW: Evliliğe dair bir teorim var, Mösyö Boustouler. Şöyle ki, yürüyüp yürümeyeceğini iki hafta içinde mutlaka anlarsınız. Onca insanın, abartılmış ve müşterek bir yanılsama, bir kendini kandırma hali içinde, asılsız umutlarla tutsaklığını yıllarca sürdürmesi akıl alır gibi değil, üstelik gerçeği o iki hafta içinde apaçık görmüşken. Bana gelince; bana o kadar süre bile gerekmedi. Kocam düzgün bir adamdı. Ama fazlasıyla ciddi, mesafeli ve renksizdi. Dahası, şoförümüze âşıktı.

EB: Ah. Bu sizi sarsmış olmalı.

NW: Eh, yangını körükledi, elbette.

Hafif bir hüzünle gülümsüyor.

NW: Aslında ona acıyordum. O şekilde doğmak için bundan daha kötü bir zaman, daha kötü bir yer se-

çemezdi. Kızımız altı yaşındayken geçirdiği felç sonucunda öldü. O noktada, Kâbil'de kalabilirdim. Ev de, kocamın serveti de bana kalmıştı. Bahçıvanımız, daha önce sözünü ettiğim şoförün yanı sıra yardımcılarımız vardı. Rahat bir hayatım olurdu. Ama ben valizleri topladım, Peri'yi de alıp Paris'e geldim.

EB: Belirttiğiniz gibi, kızınızın iyiliği için?

NW: Yaptığım her şeyi, Mösyö Boustouler, kızım için yaptım. Her ne kadar onun için yaptıklarımın ölçeğini anlamıyor ya da takdir etmiyor olsa da. Kızım düşüncesiz, insanın soluğunu kesecek kadar anlayışsız olabiliyor. Ben olmasaydım nasıl bir yaşama katlanmak zorunda kalırdı, bir bilse...

EB: Kızınız sizin için bir hayal kırıklığı mı?

NW: Mösyö Boustouler, kızımın benim için bir ceza olduğunu düşünmeye başladım.

1975'de bir gün, Peri yeni taşındığı apartman dairesine gelince yatağın üzerinde küçük bir paket buluyor. Annesini acil servisten çıkaralı bir yıl, Julien'i bırakalı dokuz ay oldu. Peri şimdi Zahia adında bir hemşirelik öğrencisiyle aynı evde yaşıyor; Zahia kıvırcık kahverengi saçlı, yeşil gözlü bir Cezayirli. Neşesini, enerjisini hiç kaybetmeyen, becerikli bir kız; güzelce geçinip gidiyorlar, ama Zahia bir süredir flört ettiği Sami'yle nişanlandı, yarıyılın sonunda onun evine taşınacak.

Paketin yanında katlanmış bir kâğıt parçası var. *Bu sana geldi. Gece Sami'de kalacağım. Yarın görüşürüz. Je t'embrasse.** *Zahia.*

Peri ambalaj kâğıdını yırtıyor. İçinden bir dergi çıkıyor, dergiye iliştirilmiş bir başka not var, bu seferki yazı tanı-

* Öpüyorum, öptüm. (ç.n.)

dık, neredeyse kadınsı bir zarafetle dolu. *Bu Nila'ya, sonra Colette'in eski dairesinde oturan çifte gönderilmiş, en sonunda da bana geldi. Postaneye adresinin değiştiğini haber vermelisin. Okuyacaklarına hazırlıklı ol. Korkarım ikimize de vedası pek hoş değil. Julien.*

Peri dergiyi yatağa bırakıyor, kendine ıspanaklı salatayla biraz kuskus hazırlıyor. Pijamasını giyiyor, yemeğini kiralık, küçük, siyah beyaz televizyonun karşısında yiyor. Dalgın dalgın, havayoluyla Guam'a taşınan Güney Vietnamlılara ait görüntüleri izliyor. Aklına, Amerika'nın Vietnam'daki savaşını sokaklarda protesto eden Colette geliyor. Colette, Maman'ın cenazesine yıldızçiçekleriyle papatyalardan oluşan bir buket getirdi, Peri'ye sarılıp öptü, kürsüye çıkıp Maman'ın şiirlerinden birini nefis bir dille, ezberden okudu.

Julien cenaze törenine katılmadı. Telefonla aradı, cılız bir sesle bu tür törenlerden hazzetmediğini, içinin karardığını söyledi.

Kimin kararmaz ki? dedi Peri.

Bence uzak durmam en iyisi.

Canın nasıl isterse, dedi Peri ahizeye; ancak katılmaman seni bağışlatmaz, diye düşündü. Tıpkı katılmanın beni bağışlatmadığı gibi. Bütün o pervasızlığımızı. Düşüncesizliğimizi. Tanrım. Peri telefonu kapatırken, Julien'le yaşadığı serüvenin annesine inen son darbe olduğunu biliyordu. Bunun, bu suçluluk duygusunun, korkunç pişmanlığın yaşadığı sürece onu hazırlıksız yakalayacağını, en olmadık anlarda yüzüne bir tokat misali çarpacağını, kemiklerine kadar sızlatacağını biliyordu. Bugün olduğu gibi, bundan sonra da onunla boğuşup duracaktı. Zihninin gerisinde sürekli damlayan bir musluk olacaktı.

Karnını doyurduktan sonra yıkanıyor, yaklaşan bir sınav için aldığı notları gözden geçiriyor. Biraz daha televizyon izliyor, ortalığı toplayıp bulaşıkları yıkıyor, mutfağın zeminini siliyor. Ama faydası yok. Zihnini meşgul edemiyor. Dergi orada, yatağın üzerinde, düşük frekanslı bir mırıltı gibi ona seslenip durmakta.

Daha sonra, pijamasının üstüne bir yağmurluk geçirip dışarıya çıkıyor, apartmanının birkaç sokak güneyindeki de la Chapelle Bulvarı'na doğru yürüyor. Hava serin, yağmur damlaları kaldırımı, vitrinleri dövüyor, ama evde kalamazdı, o küçük daire şu anki huzursuzluğunu bastırmaya yetmezdi. Soğuk, nemli havaya, açık alana ihtiyacı var.

Peri gençken sorularının ardı arkası kesilmezdi. *Kâbil'de kuzenlerim var mı, Maman? Teyzelerim, amcalarım var mı? Peki ya dedem, ninem? Benim* grandpere'im, grand-maman'ım* *yok mu? Neden hiç bizi görmeye gelmiyorlar? Onlara mektup yazabilir miyiz? Onları ziyaret edebilir miyiz, lütfen?*

Soruların çoğu babasıyla ilgiliydi. *En sevdiği renk hangisiydi, Maman? Söylesene Maman, iyi yüzer miydi? Çok fıkra bilir miydi?* Bir keresinde babasının onu bir odada kovaladığını anımsıyor. Onu halıda yuvarladığını, tabanlarını, karnını gıdıkladığını. Lavantalı sabununun kokusunu, geniş alnının parladığını, uzun parmaklarını anımsıyor. Oval lapis taşlı kol düğmelerini, pantolonundaki ütü çizgisini. Birlikte halıdan tekmeyle kaldırdıkları toz zerrelerini.

Peri'nin annesinden asıl istediği şey, bütün bu kopuk, bağlantısız anı parçacıklarını birleştirip yapıştırması, onları bir tür kesintisiz anlatıya dönüştürmesiydi. Ama Maman hiçbir zaman fazla anlatmaz, hem kendi yaşamının hem de Kâbil'deki ortak yaşamlarının ayrıntılarına girmezdi. Peri'yi ortak geçmişlerinden uzak tutardı, sonunda Peri de soru sormaktan vazgeçti.

---

* Büyükbaba, büyükanne. (ç.n.)

Şimdiyse Maman'ın kendisi ve yaşamı hakkında, kızına bile anlatmadığı şeyleri dergi yazarına, Étienne Boustouler denen adama anlattığı ortaya çıkıyor.

Anlatmış mı acaba?

Peri evdeyken söyleşiyi üç kez okudu. Ne düşüneceğini, neye inanacağını bilemiyor. Kulağına yapmacık gelen öyle çok şey var ki. Bazı kısımları tam bir parodi. Soluk almadan, adeta keyifle dile getirilmiş bir acılar, zincire vurulmuş güzeller, talihsiz sevdalar ve yoğun zulümler manzumesi, ürkütücü bir melodram.

Peri batıya, Pigalle'e yöneliyor, elleri yağmurluğunun ceplerinde, canlı adımlarla yürüyor. Gökyüzü hızla kararmakta, yüzünü kamçılayan yağmur şiddetlendi, sabitleşti; camları dalgalandırıyor, araba farlarına bulaşıyor. Peri'nin dedesiyle, yani Maman'ın babasıyla tanıştığına dair hiçbir anısı yok, yalnızca masasında kitap okurken çekilmiş bir fotoğrafını gördü, ama aklı Maman'ın çizdiği şu bıyık buran kötü adam portresine hiç mi hiç yatmıyor. Peri bu öykünün iç yüzünü görebildiğini düşünüyor. Bu konuda kendi fikirleri var. Onun görüşüne göre, alabildiğine mutsuz, kendini mahvetmeye meyilli, yaşamını altüst etmeden duramayan kızının iyiliği için haklı olarak kaygılanan bir baba söz konusu. Aşağılanmalardan, saygınlığına yönelik sayısız saldırıdan mustarip olan, ancak yine de kızının yanında duran, hastalandığında alıp Hindistan'a götüren ve tam altı hafta onunla kalan bir adam. Konu açılmışken, Maman'ın hastalığı tam olarak neydi? Ona Hindistan'da ne yaptılar? Onun karnındaki diklemesine uzanan yara izini düşününce, Peri bir kez daha meraka düşüyor – Zahia'ya sordu, o da sezaryen kesiklerinin yatay olduğunu söyledi.

Sonra, Maman'ın söyleşiyi yapan kişiye kocası, yani Peri'nin babası için söylediği o şey. Bir iftira mı? Adamın Nebi'ye, şoföre âşık olduğu doğru mu? Eğer öyleyse, böyle bir şeyi bunca zamandan sonra açıklamanın ne yararı var; şaşırtmak, rezil etmek, belki de acı çektirmek dışında? Diyelim ki öyle, kimi peki?

Kendisine gelince; Maman'ın ona –Julien'den sonra– layık gördüğü, bir köşeye sakladığı bu nahoş muamele, Peri'yi şaşırtmadı; Maman'ın kendi anneliğine ilişkin bu seçici, kokmaz bulaşmaz aktarımı da.

Yalanlar?

Öte yandan...

Maman gerçekten yetenekli bir yazardı. Peri onun Fransızca yazdığı her sözcüğü, Farsçadan çevirdiği her şiiri okudu. Yazdıklarının gücü, güzelliği yadsınamaz. İyi de, Maman'ın röportajda anlattığı yaşam bir yalansa, yapıtlarındaki imgeler, tasvirler nereden geldi? Bütün o dürüst, güzelim, vahşi ve hüzünlü sözcüklerin kaynağı neydi? Nila yalnızca yetenekli bir palavracı mıydı? Değnek yerine kalem kullanan, kendisinin hiç hissetmediği duygu gösterileriyle seyirciyi etkilemeyi başaran bir sihirbaz? Böyle bir şey mümkün mü?

Peri bilemiyor – bilmiyor. Belki de Maman'ın gerçek yeteneği buydu, Peri'nin bastığı toprağı sarsmak. Dengesini bile isteye bozmak, onu tepetaklak etmek, kendine bile yabancılaştırmak, zihnine, hayatı hakkında bildiğini sandığı her şeye kuşku tohumu ekmek, kendini kaybolmuş, yolunu yitirmiş gibi hissetmesini sağlamak; sanki gece vakti bir çölde, çevresi karanlıkla, bilinmeyenle sarılmış bir halde dolanıp duruyormuş, gerçekse ele geçmez, uzaktan uzağa yanıp sönen, durmaksızın hareket eden, geri çekilen, minicik bir ışık parıltısıymış gibi.

Belki de, diyor Peri içinden, bu Maman'ın bana kestiği cezaydı. Sırf Julien için değil, Peri baştan beri tam bir hayal kırıklığı olduğu için. Peri'den alkole, erkeklere, mutluluğa ulaşmak adına yapılmış umutsuz hamlelerle heba olan bütün o yıllara bir son vermesi bekleniyordu belki. Tek tek girilen, sonra da terk edilen bütün o çıkmaz sokaklara. Maman'a inen her hüsran darbesi geride biraz daha yaralanmış, raydan biraz daha çıkmış, mutluluğun bir yanılsama olduğuna biraz daha inanmış bir kadın bıraktı. *Neydim ben, Maman,* diye düşünüyor Peri. *Rahminde büyürken –tabii düştüğüm rahmin seninki olduğunu varsayarsak– benden beklenen neydi? Bir umut tohumu mu? Seni karanlıktan kurtarması için alınmış bir bilet mi? Yüreğindeki deliği kapatacak bir yama mı? Öyleyse, yeterli olamadım. Yanına bile yaklaşamadım. Acının merhemi değildim, yalnızca bir başka çıkmaz sokak, bir başka yüktüm; sense bunu çabucak görmüş olmalısın. Çok erken fark etmiş olmalısın. Ama ne yapabilirdin ki? Tefeci dükkânına gidip beni satamazdın ya.*

Belki de bu söyleşi, Maman'ın son gülüşüydü.

Peri, yağmurdan kaçmak için bir birahanenin tentesinin altına sığınıyor; Zahia'nın staj yaptığı hastanenin birkaç sokak batısında şu an. Bir sigara yakıyor. Colette'i arayabilirim, diye düşünüyor. Cenaze töreninden bu yana sadece bir ya da iki kez konuştular. Gençken, çeneleri ağrıyana kadar sakız çiğner, Maman'ın tuvalet aynasının karşısında birbirlerinin saçını tarayıp şekil verirlerdi. Peri'nin gözüne sokağın karşı tarafındaki yaşlı kadın çarpıyor; naylon bir yağmur bonesi takmış, peşindeki küçük, ten rengi teriyerle birlikte, kaldırımda güçlükle ilerliyor. Daha önce de olduğu gibi, küçük bir toz bulutu Peri'nin anılarını kaplayan kesif sisi delip öne fırlıyor ve usul usul bir köpeğin şeklini alıyor. Yaşlı kadınınki gibi küçük bir oyuncak değil, iri bir sokak köpeği bu; tüylü, kirli, kuyruğu kesik, kulaklarının ucu kopuk. Bu bir anı mı yoksa bir anının hayali mi, Peri emin değil, belki ikisi de değil? Maman'a Kabil'de bir köpekleri olup olmadığını sormuş, şu karşılığı almıştı: *Köpekleri sevmediğimi bilirsin. Özsaygıları yok. Tekmelersin, yine de severler seni. Sinir bozucu.*

Maman bir şey daha söylemişti:

Sende kendimi göremiyorum. Kim olduğunu bilemiyorum.

Peri sigarayı atıyor. Colette'i aramaya karar veriyor. Bir yerde buluşup çay içebilirler. Bakalım neler yapıyor? Kimleri görüyor? Eskiden yaptıkları gibi vitrinlere bakarlar.

Bakalım eski dostu, Afganistan'a gitmeyi hâlâ istiyor mu?

Peri, Colette'i arıyor. Çok revaçta olan, Fas tarzı döşenmiş bir barda buluşuyorlar; dört bir yanda leylak rengi perdeler, turuncu yastıklar; küçük bir sahnede kıvırcık saçlı biri ut çalıyor.

Colette yalnız gelmedi. Yanında genç bir adam var. Adı Eric Lacombe. On sekizinci bölgedeki bir lisede, yedinci ve sekizinci sınıflara tiyatro dersi veriyor. Peri'ye birkaç yıl önce, fok avına karşı düzenlenen bir öğrenci eyleminde tanıştıklarını söylüyor. Peri başta hatırlayamasa da sonra çıkarıyor: Düşük katılım yüzünden Colette'in fena halde sinirlendiği, göğsünü dürtüklediği delikanlı bu. Yere, mango rengi kabarık minderlerin üzerine oturuyor, içki söylüyorlar. Peri'nin ilk izlenimi, Colette'le Eric'in bir çift olduğu yolunda, ancak Colette, Eric'i övüp duruyor, böylece Peri erkeğin kendisi için getirildiğini anlıyor. Böyle bir durumda normal olarak kapılacağı huzursuzluk, Eric'in hatırı sayılır tedirginliğiyle karşılaşıyor – ve hafifliyor. Peri bunu, Eric'in kızarıp durmasını, başını af dilercesine, mahcubiyetle sallamasını eğlenceli hatta sevimli buluyor. Zeytin ezmeli ekmeklerini atıştırırken, Peri çaktırmadan ona bakıyor. Yakışıklı denemez. Saçları uzun, cılız, ensesinde lastik bir bantla toplanmış. Elleri küçük, teni soluk. Burnu fazla sivri, alnı fazla çıkık, çenesi yok gibi, ama pırıl pırıl gözlü bir gülümsemesi, her cümleyi mutlu bir soru işaretini andıran, umutlu bir gülücükle noktalayışı var. Her ne kadar yüzü Peri'yi Julien'in yaptığı gibi cezbetmiyorsa da, çok daha sevecen bir çehre bu ve Peri'nin çok yakında anlayacağı üzere, Eric'in içinde yatan inceliğin, sessiz bir sabrın ve kesintisiz bir terbiyenin dış temsilcisi.

1977 baharında, serin bir günde evleniyorlar; Jimmy Carter'ın başkanlığı devralmasından birkaç ay sonra. Eric ana babasının arzusu hilafına, küçük, medeni bir nikâhta ısrar ediyor; törende ikisinin ve şahit olan Colette'in dışında hiç kimse yok. Resmi bir düğün töreninin, altından kalkamayacakları bir israf olduğunu söylüyor. Varlıklı bir bankacı olan babası, masrafları karşılamayı öneriyor. Ne de olsa Eric onların tek çocuğu. Önce hediyem olsun, diyor, sonra da borç olarak vereyim diye bastırıyor. Ama Eric kabul etmiyor. Ve bunu asla dile getirmese de, Peri onun aslında kendisini böylesi bir törenin tedirginliğinden, kilisedeki tahta sıralarda oturan aile üyelerinin, gelini damada teslim edecek bir aile büyüğünün, onun adına mutluluk gözyaşları dökecek birinin olmadığı, Peri'nin yapayalnız kalacağı bir düğünden kurtarmak istediğini biliyor.

Ona Afganistan'a gitme tasarısından söz edince, Julien'den asla beklenemeyecek bir derinlikle, Peri'yi anlıyor. Dahası, Peri'nin kendisine bile bir kez olsun açıkça itiraf etmediği şeyi kavrıyor.

"Evlat edinildiğini düşünüyorsun," diyor.

"Benimle gelir misin?"

Yolculuğu o yaz yapmayı kararlaştırıyorlar, Eric'in okulunun kapandığı, Peri'nin de doktora tezine kısa bir ara verebileceği zaman. Eric her ikisine de Farsça dersi vermesi için bir öğrencisinin annesi aracılığıyla bulduğu özel bir eğitmen ayarlıyor. Peri onu sık sık kanepede, kulağında kulaklık, göğsünde kasetçalar, gözleri kapalı, kendini kaptırmış bir halde Farsça çalışırken, bol aksanlı *teşekkür ederim*ler, *merhaba*lar, *nasılsınız*lar mırıldanırken buluyor.

Yaza birkaç hafta kala, tam da Eric uçak tarifelerine, otellere bakarken, Peri hamile olduğunu öğreniyor.

"Yine de gidebiliriz," diyor Eric. "Yine de gitmeliyiz."

Peri karşı çıkıyor. "Sorumsuzluk olur," diyor. Isıtması bozuk, boruları sızdıran, kliması olmayan küçücük bir dairede, sağdan soldan toplanmış eşyalarla yaşıyorlar.

"Burası bir bebeğe göre değil," diyor Peri.

Eric yan iş olarak piyano dersleri vermeye başlıyor, ama bu uğraşısı fazla uzun ömürlü olmuyor, gözünü tiyatroya çeviriyor; Isabelle, tatlı, açık tenli, gözleri yanmış şeker rengindeki Isabelle doğduğunda, onlar Jardin du Luxembourg'dan pek de uzak olmayan, iki yatak odalı bir daireye taşınmış durumdalar; Eric'in babasının mali desteğini, bu kez borca saymak kaydıyla kabul ettiler.

Peri üç ay izin alıyor. Bütün gününü Isabelle'le geçiriyor. Isabelle'in yanındayken kendini bütün yüklerden arınmış hissediyor. Isabelle'in ona her bakışında, çevresinde bir ışık halesi oluştuğunu hissediyor. Eric akşamları liseden dönünce, paltosuyla çantasını bıraktıktan sonra hemen kendini kanepeye atıyor, kollarını uzatıp parmaklarını sallamaya başlıyor: "Ver onu bana, Peri. Ver hadi." O Isabelle'i göğsünde zıplatırken, Peri de ona günün en zevkli olaylarını aktarıyor – Isabelle ne kadar süt içti, ne kadar uyudu, birlikte televizyonda ne izlediler, oynadıkları eğlenceli oyunlar, Isabelle'in çıkardığı yeni sesler. Eric bunları dinlemekten hiç bıkmıyor.

Afganistan yolculuğunu ertelediler. Gerçek şu ki, Peri o yakıcı dürtüyü, yanıtları, kökleri bulma dürtüsünü artık hissetmiyor. Eric ve onun yatıştıran, rahatlatan yoldaşlığı sayesinde. Ve tabii, Peri'nin ayaklarının altındaki zemini sağlamlaştıran Isabelle sayesinde – her ne kadar o zemin boşluklarla, kör noktalarla, yanıtlanmamış sorularla, Maman'ın aydınlatmaya yanaşmadığı konularla hâlâ delik deşik olsa da.

Onlar hâlâ orada. Yalnızca Peri yanıtlara eskisi kadar aç değil, hepsi bu.

Öteden beri hissettiği o eski duygu ise –hayatında yaşamsal bir şeyin, birinin eksik olduğu duygusu– köreldi. Zaman zaman çıkıp geliyor, onu gafil avlayan bir güçle saldırıyor, fakat eskisi kadar sık değil. Peri kendini hiç bu kadar halinden hoşnut, büyük bir keyifle demir atmış hissetmedi.

1981'de, Isabelle üç yaşındayken ve Peri, Alain'e birkaç aylık gebeyken bir konferans için Münih'e gitmesi gerekiyor. Yazılmasına katkıda bulunduğu bir tez sunacak; sayı teorisinin dışında kalan, özellikle topoloji ve kuramsal fizikte kullanılan modüler formların kullanımına ilişkin bir sunum bu. Sunumu çok beğeniliyor, daha sonra Peri, birkaç akademisyenle birlikte gürültülü bir bara gidiyor, bira içip tuzlu kraker atıştırıyor, *Weisswurst* yiyorlar. Gece yarısından önce, hafif çakırkeyif bir halde otel odasına dönüyor, soyunmadan, yüzünü bile yıkamadan kendini yatağa atıyor. Telefonun zili onu gecenin iki buçuğunda uyandırıyor. Eric, Paris'ten arıyor.

"Isabelle," diyor. "Ateşi var. Diş etleri ansızın şişti, kızardı. En küçük dokunuşta kanamaya başlıyorlar. Dişlerini zar zor görebiliyorum, Peri. Ne yapacağımı bilemiyorum. Bir yerlerde okumuştum, bu..."

Eric'in susmasını istiyor. Ona kapa çeneni, bunu duymayı kaldıramam demek istiyor, ama geç kalıyor. *Çocuk lösemisi* sözcüklerini duyuyor, Eric *lemfoma* da demiş olabilir, hem ne farkı var ki? Peri yatağın kenarına çöküyor; kafası zonklar, vücudundan ter boşanırken taş kesilmişçesine oturuyor. Böylesine korkunç bir şeyi aklına soktuğu için Eric'e ateş püskürüyor; gecenin bir vakti, yedi yüz kilometre ötedeyken, elinden hiçbir şey gelmezken. Kendi budalalığı yüzünden kendine ateş püskürüyor. Kendini bir ömür boyu sürecek bir endişeye ve acıya böyle balıklama, canı gönülden attığı için. Delilikti bu yaptığı. Tam bir çıldırmışlık. Her şeye, devasa olasılık oranlarına rağmen, kontrol edemediğin bir dünyanın, kaybetmeyi kaldıramayacağın tek şeyi elinden almayacağına dair, son derece temelsiz ve akıl almaz aptallıkta bir inanç duymak. Dünyanın seni mahvetmeyeceğine inanmak. *Bunu kaldıracak gücüm yok.* Soluğunun altından aynen böyle söylüyor. *Bunu kaldıracak gücüm yok.* Şu an aklına, ebeveyn olmayı seçmekten daha pervasızca, daha mantıksız hiçbir şey gelmiyor.

Bir başka parçasıysa (*Tanrım yardım et*, diye düşünüyor, *bunun için bağışla beni, Tanrım...*) bunu ona yaptığı, ona böyle bir acıyı yaşattığı için Isabelle'e kızgın.

"Eric. Eric! *Ecoute moi.** Seni sonra arayacağım. Şimdi kapatmak zorundayım."

Çantasını yatağa boşaltıyor, telefon numaralarını yazdığı küçük, kestane rengi not defterini buluyor. Lyon'a bir telefon yazdırıyor. Colette, kocası Didier ile Lyon'da yaşamakta, orada küçük bir seyahat acentesi var. Didier tıp okuyor. Telefonu Didier açıyor.

"Benim psikiyatri okuduğumu biliyorsun değil mi, Peri?"

"Biliyorum. Biliyorum. Ama düşündüm ki..."

Didier bazı sorular soruyor. Isabelle kilo kaybetti mi? Gece terlemeleri, nedensiz morartılar, kronik ateş yükselmeleri var mı?

Sonunda, Eric'in onu sabah olunca doktora götürmesini tembihliyor. Ama, tıp fakültesindeki genel eğitiminden doğru hatırlıyorsa, duydukları ona akut *gingivostomatitis* gibi geldi.

Peri almacı öyle bir sıkıyor ki, bileği ağrıyor. "Didier," diyor sabırla, "Lütfen."

"Ah, kusura bakma. Demek istediğim, akut diş eti iltihabı ya da uçuğun ilk belirtisine benziyor."

---

* Dinle beni. (ç.n.)

"Uçuk mu?"

Sonra Peri'nin hayatında duyduğu en mutluluk verici sözcükleri ekliyor. "Bana kalırsa çabucak atlatacaktır."

Peri, Didier'yi yalnızca iki kez gördü, Colette'le evlenmesinden önce ve sonra. Ama şu an onu bütün kalbiyle seviyor. Ahizeye doğru hüngür hüngür ağlarken bunu ona da söylüyor. Onu sevdiğini söylüyor –defalarca– erkek gülüyor, ona iyi geceler diliyor. Peri, Eric'i arıyor, sabah Isabelle'i Doktor Perrin'e götürmesini söylüyor. Sonra kulakları çın çın öterken yatakta yatıp sokak lambasının koyu yeşil, ahşap panjurlardan odaya süzülen ışığına bakıyor. Sekiz yaşındayken zatürreeye yakalandığında hastaneye yatırılışını anımsıyor; Maman eve dönmeyi reddetmiş, yatağın başucundaki iskemlede uyumuştu; Peri annesiyle arasında yeni, beklenmedik, gecikmiş bir yakınlık hissediyor. Son birkaç yılda onu özledi, eksikliğini pek çok kez hissetti. Düğününde, elbette. Isabelle'in doğumunda. Sayısız kez de, gelişigüzel anlarda. Fakat Münih'teki bir otel odasında geçirdiği şu korkunç ve acayip geceki kadar hiç özlemedi.

Ertesi gün Paris'e dönünce Eric'e, Alain doğduktan sonra başka çocuk yapmamalıyız, diyor. Acı çekme olasılığını artırmak değil de ne?

1985 yılında, Isabelle yedi, Alain dört, küçük Thierry de iki yaşındayken, Peri Paris'in önemli bir üniversitesinden gelen teklifi kabul ediyor. Bir süre, malum akademik küçümsemelere ve itilip kakılmalara maruz kalıyor; hele de otuz altı yaşında bölümdeki en genç profesör ve iki kadından birisi olduğu düşünülürse, hiç şaşırtıcı değil bu. Bunlara, tahminince Maman'ın asla yapamayacağı ya da yapmayacağı bir biçimde göğüs geriyor. Kimseye yaltaklanmıyor, yağcılık yapmıyor. Onunla bununla dalaşmaktan ya da şikâyet dilekçeleri doldurmaktan kaçınıyor. Ondan kuşkulananlar daima olacak.

Ama Berlin Duvarı yıkıldığında, onun akademik hayatındaki duvarlar da yıkılmıştı artık; makul, aklı başında davranışları, dostane girişkenliğiyle yavaş yavaş meslektaşlarının çoğunun gönlünü kazanmıştı. Kendi bölümünde –diğerlerinde de– dostlar edindi; üniversitedeki toplantılara, bağış toplama etkinliklerine, ara ara düzenlenen kokteyl partilere, yemek davetlerine katılıyor. Böylesi gecelerde ona Eric de eşlik ediyor. Aralarında sürüp giden özel bir şakaya uygun olarak, hep aynı kravatı takıyor, fitilli kadifeden, dirsekleri deri yamalı ceketini giyiyor. Yüzünde memnun bir şaşkınlıkla kalabalık salonda geziniyor, mezelerin tadına bakıyor, şarabını yudumluyor; arada bir, bir grup matematikçiye "3-değişkenliler", "İskenderiyeli Diophantus kuramı" ya da "rasyonel sayılara" ilişkin fikirlerini açıklamasına kalmadan, Peri'nin araya dalıp onu oradan uzaklaştırması gerekiyor.

Bu partilerde, birinin çıkıp Peri'ye Afganistan'daki gelişmeler için ne düşündüğünü sorması kaçınılmaz. Bir akşam, Chatelard adında hafif kafayı bulmuş bir konuk profesör Peri'ye, Sovyetler gittikten sonra Afganistan'da neler olabileceğini soruyor. "Halkınız barışı sağlayabilecek mi, Madam Profesör?"

"Bilemem ki," diyor Peri. "Doğruyu söylemek gerekirse, Afgan olan tek yerim, adım."

"*Non mais, quand-même*,"* diyor adam, "bazı konulara vâkıfsınızdır herhalde."

Peri gülümsüyor, bu tür sorgulamalarda mutlaka baş gösteren yetersizlik duygusunu dizginlemeye çalışıyor. "*Le Monde*'da ne okuduysam o kadar. Sizler gibi."

"İyi de siz orada büyüdünüz, değil mi?"

"Oradan çok küçükken ayrıldım. Kocamla tanıştınız mı? Şu, dirseklerinde deri yamalar olan."

---

* İyi ama, yine de… (ç.n.)

Söylediği şey doğru. Haberleri takip ediyor, gazetelerde savaşı, batının Mücahitleri silahlandırdığını okuyor, ama Afganistan zihninden çoktan uzaklaştı. Evde zaten yapacak çok işi var, artık Paris'in merkezinden yirmi kilometre kadar uzaktaki Guyancourt'ta, dört odalı, güzel bir evde yaşıyorlar. Evin bulunduğu küçük tepenin yakınında yürüyüş yolları, göletleri olan bir park var. Eric, öğretmenliğin yanı sıra tiyatro oyunları yazıyor. Oyunlarından biri, neşeli, politik bir fars, sonbaharda Hôtel de Ville'in yanındaki küçük tiyatroda sahnelenecek; dahası, yeni bir oyun siparişi aldı bile.

Isabelle sessiz ama zeki, düşünceli bir genç kız olup çıktı. Günlük tutuyor, her hafta bir roman okuyor. Sinead O'Connor'ı beğeniyor. Uzun, çok güzel parmakları var, çello dersleri almakta. Birkaç hafta sonra, bir resitalde Çaykovski'nin *Chanson Triste*'ini çalacak. Başta çelloya epeyce direndi, Peri ona destek olmak için onunla birlikte birkaç ders aldı. Fakat bunun hem gereksiz hem de olanaksız olduğu anlaşıldı. Gereksiz, çünkü Isabelle çalgıya çabucak, kendi rızasıyla bağlanıverdi; olanaksız, çünkü çello Peri'nin parmaklarını acıttı. Bir yıldır sabahları elleri, bilekleri kaskatı uyanıyor, açılması yarım bazen bir saat alıyor. Eric doktora görünmesi için baskı yapmaktan vazgeçse de ara ara tutturuyor: "Daha kırk üçündesin, Peri. Bu hiç normal değil." Sonunda Peri bir randevu ayarladı.

Alain'in, ortanca çocuklarının, haylaz, bıçkın bir çekiciliği var. Kafayı dövüş sanatlarına takmış durumda. Erken doğdu, yaşına –on– göre biraz ufak tefek, ama boy pos eksiğini hırsıyla, atılganlığıyla fazlasıyla kapatıyor. Hasımları her seferinde, onun narin yapısına ve sıska bacaklarına aldanıyor. Onu hafife alıyorlar. Peri'yle Eric sık sık, geceleri yatakta yatarken, onun devasa azmine ve yırtıcı enerjisine hayret ediyorlar. Peri'nin ne Isabelle ne de Alain'e ilişkin kaygıları yok.

Onu endişelendiren, Thierry. Thierry belki de doğum öncesindeki akıl sır ermez bir evrede, ana babası tarafından planlanmadığını, amaçlanmadığını, istenmediğini hissetti. Oğlan incitici suskunluklara, dik bakışlara eğilimli; ne zaman Peri ondan bir şey istese itiraz ediyor, ortalığı velveleye veriyor. Annesine sürekli meydan okuyor; Peri'ye kalırsa, sırf meydan okumuş olmak için. Bazı günler, tepesine kapkara bir bulut çöküyor. Peri bunu hemen anlıyor. Bulutu neredeyse görebiliyor. Bulut toplanıyor, kabarıyor, sonunda yarılıyor ve ortaya yanakların titrediği, topukların yeri dövdüğü bir öfke nöbeti dökülüyor, buysa Peri'yi ürkütüyor, Eric ise gözlerini kırpıştırıp perişan bir halde gülümsemekten başka bir şey yapamıyor. Peri içgüdüsel bir biçimde, Thierry'nin onun için tıpkı eklemlerindeki sızı gibi, ömür boyu sürecek bir endişe kaynağı olacağını biliyor.

Sık sık merak ediyor: Maman yaşasaydı nasıl bir büyükanne olurdu acaba? Özellikle de Thierry'ye. Oğlan konusunda Maman'ın ona yardımcı olabileceğini hissediyor. Onda kendinden bir şeyler görürdü muhtemelen – biyolojik açıdan değil elbette. Peri bir süredir bundan kesinkes emin. Çocuklara Maman'ı anlattı. Özellikle Isabelle çok ilgili. Anneannesinin pek çok şiirini okudu.

"Keşke onu tanıyabilseydim," diyor.

"Muhteşem birine benziyor," diyor.

"Bence ikimiz çok iyi dost olabilirdik. Ne dersin? Aynı kitapları okurduk. Ona çello çalardım."

"Eh, buna bayılırdı," diyor Peri. "En azından bundan eminim."

Peri çocuklara intihardan söz etmedi. Bir gün öğrenebilirler, büyük bir olasılıkla öğrenecekler de. Ama bunu ondan öğrenmeyecekler. Bu tohumu onların zihnine yerleştirmeyecek; bir annenin çocuklarını terk edebileceği, onlara, *bana yetmiyorsunuz*, diyebileceği fikrini onların aklına sokmayacak. Çocukları ve Eric, Peri için hep yeterli oldu. Her zaman da olacak.

1994 yazında, Peri'yle Eric çocukları Mallorca'ya götürüyorlar. Yolculuğu, artık başarılı bir seyahat acentesinin sahibi olan Colette ayarladı. Colette'le Didier de Mallorca'da onlara katılıyor, deniz kıyısındaki kiralık evde hep birlikte iki hafta geçiriyorlar. Colette'le Didier'nin çocukları yok; biyolojik bir talihsizlikten değil, istemedikleri için. Peri açısından bu tatilin zamanlaması çok iyi. Romatizması bir süredir denetim altında. Bedeni, haftada bir kez kullandığı *Methotrexate*'a gayet iyi yanıt veriyor. Neyse ki steroid kullanması ve bunun yan etkisi olan uykusuzlukla boğuşması gerekmedi.

"Kilo aldırmasından söz etmiyorum bile," diyor Colette'e. "Hele de İspanya'da mayo giyeceğimi bile bile." Gülüyor. "Ah, işimiz gücümüz hava atmak."

Günleri adayı gezerek geçiriyorlar; arabayla kuzeybatı kıyısından yukarıya, Serra de Tramuntana Dağları'na çıkıyor, mola verip zeytinliklerde, çam ormanlarında dolaşıyorlar. *Porcella*, levrekle yapılan nefis *lubina*, patlıcanlı ve kabaklı bir yahni çeşidi olan *tumbet* yiyorlar. Thierry hiçbirini ağzına sürmüyor, Peri her lokantada şeften ona bir tabak sadece domates soslu, etsiz, peynirsiz makarna pişirmesini rica etmek zorunda kalıyor. Isabelle'in isteğiyle –son zamanlarda operayı keşfetti– bir akşam Giacomo Puccini'nin *Tosca*'sını izliyorlar. Colette'le Peri bu çileye katlanabilmek için, ucuz votkayla dolu gümüş matarayı gizlice elden ele geçiriyorlar. İkinci perdenin ortalarında kafayı buluyor, Scarpia'yı oynayan aktörün aşırı dramatik tavırlarına okullu kızlar gibi kıkırdıyorlar.

Bir gün Peri, Colette, Isabelle ve Thierry bir piknik sepeti hazırlayıp kumsala yollanıyorlar; Didier, Alain ve Eric, Sóller Körfezi'nde yürüyüş yapmak için sabahtan yola çıktı. Kumsala giderken, Isabelle'in gözüne çarpan mayoyu almak üzere bir dükkâna uğruyorlar. Dükkâna girerken, Peri dökme camda kendi yansısını yakalıyor. Normalde, hele ki son zamanlarda, bir aynanın karşısına geçtiğinde kendiliğinden devreye giren bir ruhsal işlem var: Onu daha yaşlı bir Peri'yle karşılaşmaya hazırlıyor. Bir tampon vazifesi görüyor, darbeyi hafifletiyor. Ama bu vitrinde, kendini hazırlıksız, öz yanılsamalarla çarpıtılmamış gerçeğe karşı savunmasız yakaladı. Karşısında bol, iç karartıcı bir bluzla dizlerine doğru sarkmış gevşek derisini gizleyemeyen bir plaj eteği giymiş, orta yaşlı bir kadın var. Güneş saçlarındaki kır telleri belirginleştiriyor. Gözüne çektiği kaleme, dudaklarını çerçeveleyen ruja karşın, yolda karşılaştığı birinin bakışlarının bu yüze bir an konduktan sonra (bir sokak tabelasına ya da bir posta kutusuna konar gibi) ânında başka yöne çevrileceği belli. Kısacık bir an bu; bir nabız atışına zar zor yetecek kadar kısa, ama kandırılmış benliğinin vitrinden ona bakan kadının gerçekliğine yetişmesine, ayak uydurmasına yetecek kadar da uzun. Az da olsa insanı yıkıyor. Yaşlanmak böyle bir şey işte, diye düşünüyor Isabelle'in peşinden dükkâna girerken, seni en beklemediğin sırada yakalayan bu rasgele, insafsız anlar.

Daha sonra, kumsaldan kiralık eve dönünce erkeklerin çoktan gelmiş olduğunu görüyorlar.

"Papa yaşlanıyor," diyor Alain.

Barın arkasında bir sürahi *sangria* hazırlamakta olan Eric gözlerini deviriyor, tatlılıkla omuzlarını silkiyor.

"Bir ara seni taşımak zorunda kalacağımı düşündüm, Papa."

"Bana bir yıl ver. Seneye yine gelelim ve seninle ikimiz adanın etrafında yarışalım, *mon pote*."*

---

* Arkadaşım, dostum. (ç.n.)

Mallorca'ya bir daha hiç gelmediler. Paris'e döndükten bir hafta sonra, Eric bir kalp krizi geçiriyor. İşteyken, sahnede bir aydınlatma görevlisiyle konuşurken. Atlatıyor, ama bunu izleyen üç yılda iki kriz daha geçiriyor, sonuncusu ölümcül oluyor. Böylece Peri kırk sekiz yaşında, tıpkı Maman gibi dul kalıyor.

2010 baharının başlarında bir gün Peri'ye milletlerarası bir telefon geliyor. Beklenen bir telefon bu. İşin aslı, Peri sabahtan beri buna hazırlanıyor. Zil çaldığında, dairede tek başına olmalı. Dolayısıyla, ziyaretine gelen Isabelle'den, her zamankinden daha erken gitmesini rica ediyor. Isabelle ile kocası Albert Île Saint-Denis'nin hemen kuzeyinde, Peri'nin tek yatak odalı dairesinin birkaç sokak ilerisinde oturuyorlar. Isabelle günaşırı, sabahları çocukları okula bıraktıktan sonra annesini görmeye geliyor. Peri'ye ekmek, taze meyve filan getiriyor. Peri henüz tekerlekli sandalyeye mahkûm değil, ama kendini hazırladığı bir olasılık bu. Hastalığı onu geçen yıl emekliliğe zorladıysa da, hâlâ bütün işini kendisi görecek durumda, alışveriş yapıyor, her gün yürüyüşe çıkıyor. Sorun elleri –o çirkin, çarpık çurpuk elleri– Peri'yi en çok zorlayan onlar; kötü günlerde ona, eklemlerinin etrafı sivri kristal parçacıklarıyla dolmuş gibi geliyor. Peri dışarıya çıkarken mutlaka eldiven takıyor ellerini sıcak tutmak için, ama asıl onlardan, fırlak, yumrulu mafsallardan, doktorun *kuğu boynu deformasyonu* dediği illete yakalanmış, görüntüsü göz tırmalayan parmaklardan, bükük kalan sol serçeparmağından utandığı için.

Ah, işimiz gücümüz hava atmak, diyor Colette'e.

Bu sabah Isabelle ona biraz incir, birkaç sabun, diş macunu ve kapaklı bir kaba doldurduğu kestane çorbası getirdi. Albert yardımcı şef olduğu lokantanın sahiplerine, çorbayı yeni bir menü maddesi olarak önermeyi düşünüyor. Isabelle paketleri açarken, Peri'ye yaptığı yeni sözleşmeyi anlatıyor. Televizyon dizilerine, reklamlara müzik besteleyen Isabelle, bir gün bir filmin de müziklerini yapmayı umuyor. Şu an Madrid'de çekimleri süren bir mini dizi için partitur yazmaya başlayacak.

"Oraya mı gideceksin?" diye soruyor Peri. "Madrid'e?"

"*Non*. Bütçe çok kısıtlı. Yolculuk masraflarımı karşılamazlar."

"Çok yazık. Alain'de kalabilirdin."

"Ah, düşünebiliyor musun, Maman? Zavallı Alain'ın evinde, bacaklarını uzatacak yeri yok."

Alain mali danışman. Madrid'de karısı Ana ve dört çocuğuyla birlikte, minicik bir apartman dairesinde yaşıyor. Peri'ye e-postayla düzenli olarak çocuklarının fotoğraflarını, kısa video filmlerini yolluyor.

Peri, Isabelle'e Thierry'den haber alıp almadığını soruyor, Isabelle almadığını söylüyor. Thierry, Afrika'da, Çad'ın doğu kesiminde, Darfur'dan gelen mültecilerin yerleştirildiği kampta çalışmakta. Peri'nin bundan haberdar olmasının nedeni, Thierry'nin seyrek de olsa Isabelle'le temas kurması. Ailede konuştuğu tek kişi, Isabelle. Peri bu sayede oğlunun yaşamını kaba çizgileriyle öğreniyor; örneğin, bir süre Vietnam'da kaldığını. Ya da yirmi yaşındayken, kısa bir süreliğine Vietnamlı bir kadınla evlendiğini.

Isabelle ocağa kaynaması için su koyuyor, dolaptan iki kahve fincanı çıkarıyor.

"Bu sabah olmaz, Isabelle. Aslında senden gitmeni istemek durumundayım."

Isabelle ona kırılmış bir ifadeyle bakıyor, Peri de daha yumuşak bir dil kullanmadığı için kendine kızıyor. Isabelle'in oldum olası hassas, kırılgan bir yapısı oldu.

"Söylemeye çalıştığım şey şu ki, bir telefon bekliyorum ve bunun için biraz mahremiyete ihtiyacım var."

"Telefon mu? Kimden?"

"Daha sonra anlatırım," diyor Peri.

Isabelle kollarını kavuşturup sırıtıyor. "Yoksa sevgili mi buldun, Maman?"

"Sevgili mi? Kör müsün? Son zamanlarda bana hiç bakmadın galiba?"

"Sende hiçbir sorun görmüyorum."

"Hadi, git artık. Daha sonra açıklayacağım, söz."

"*D'accord, d'accord.*"* Isabelle çantasını omzuna atıyor, paltosunu, anahtarlarını alıyor. "Ama bilmeni isterim, haklı olarak meraklandım."

Saat dokuz buçukta arayan adamın adı Markos Varvaris. Peri'yi Facebook hesabından bulmuş, İngilizce olarak şu mesajı göndermişti: *Siz şair Nila Wahdati'nin kızı mısınız? Eğer öyleyse, sizinle ilginizi çekebilecek bir konu hakkında görüşmek istiyorum.* Peri internette onun adını aradı ve kâr amacı gütmeyen bir örgüt adına Kâbil'de çalışan bir plastik cerrah olduğunu öğrendi. Şimdi, telefonda Peri'yi Farsça selamlıyor, Peri araya girinceye kadar da Farsça konuşmayı sürdürüyor.

"Mösyö Varvaris, özür dilerim ama İngilizce konuşsak?"

"Ah, elbette. Özür dilerim. Sandım ki... Gerçi mantıklı tabii, ne de olsa buradan ayrıldığınızda çok küçüktünüz, değil mi?"

"Evet, doğru."

"Farsçayı burada öğrendim. İyi kötü idare edebiliyorum. 2002'den beri burada yaşıyorum; Taliban'ın gitmesinden kısa bir süre sonra geldim. Çok iyimser günlerdi. Evet, herkes yeniden yapılanmaya, demokrasiye vesaire hazırdı. Bugüne gelince; bambaşka bir hikâye. Malumunuz, başkanlık seçimlerine hazırlanıyoruz, bu da ayrı hikâye. Ne yazık ki öyle."

* Tamam, oldu. (ç.n.)

Markos Varvaris, Afganistan'da bir seçim gerçekleştirmenin lojistik güçlüklerine, yine de Karzai'nin kazanacağından emin olduğuna değinerek başladığı, Taliban'ın kuzeydeki endişe verici saldırılarını, İslamcıların medya haberleri üzerinde giderek artan ihlalini, Kâbil'deki aşırı nüfus artışını, en sonunda da fahiş kira zamlarını içeren uzun bir turun ardından, "Yıllardır oturduğum bu evde, eskiden sizin yaşadığınızı öğrendim," diyor.

"Efendim?"

"Burası ebeveyninizin eviymiş. Velhasıl, bana anlatılanlardan çıkan sonuç bu."

"Bunu kimden öğrendiğinizi sorabilir miyim?"

"Ev sahibinden. Adı Nebi. Aslında Nebi *idi* demeliyim. Maalesef, kısa bir süre önce vefat etti. Onu anımsıyor musunuz?"

İsim Peri'nin gözünün önüne genç, yakışıklı bir yüz, favoriler, geriye taranmış simsiyah, gür saçlar getiriyor.

"Evet. Daha çok da adını. Evimizde aşçı olarak çalışıyordu. Aynı zamanda da şoförümüzdü."

"Her iki işi de yapmış, evet. 1947'den beri burada, bu evde çalışıyormuş. Tam altmış iki yıl. İnanılması güç, değil mi? Ama dediğim gibi, kendisi vefat etti. Geçen ay. Onu çok severdim. Herkes öyle."

"Anlıyorum."

"Nebi bana bir not verdi," diyor Markos Varvaris. "Ölümünden sonra okunmak üzere. O ölünce, bir Afgan meslektaşımdan İngilizceye çevirmesini istedim. Bu bir nottan daha fazlası. Aslında bir mektup, çok da dikkat çekici bir mektup. Nebi bazı şeyleri açıklamış. Sizi aramaya koyuldum, çünkü bir kısmı sizi ilgilendiriyor, dahası, benden sizi bulmamı ve mektubu size vermemi istiyor. Biraz uğraştıktan sonra yerinizi belirlemeyi başardım. İnternet sağ olsun." Kısa bir kahkaha atıyor.

Peri'nin bir parçası, telefonu kapamak istiyor. Sezgileri ona, bu yaşlı adamın, çok uzaklarda kalan geçmişinden gelen bu kişinin, dünyanın bir başka ucunda kâğıda döktüğü ifşaatın –bu artık her neyse– gerçeği yansıttığını söylüyor. Çocukluğu hakkında Maman'ın yalan söylediğini anlayalı çok uzun zaman oldu. Ama yaşamının zemini bir yalanla yarılmış olsa da, Peri'nin bugüne kadar o zemine ektiği her şey dimdik ayakta, devasa bir meşe ağacı kadar gerçek, sağlam ve sarsılmaz bir biçimde. Eric, çocukları, torunları, mesleği, Colette. Öyleyse ne yararı olacak? Bunca zamandan sonra ne yararı var? Belki de en iyisi telefonu kapatmak.

Ama kapatmıyor. Nabzı hızlanır, avuçları terlerken şöyle diyor: "Ne... ne diyor o notta, yani mektupta?"

"Şey, öncelikle dayınız olduğunu ileri sürüyor."

"Dayım mı?"

"*Üvey* dayınız, daha doğrusu. Dahası da var. Pek çok şey yazmış."

"Mösyö Varvaris, mektup yanınızda mı? Ya da tercümesi? Şu an yanınızda mı?"

"Evet."

"Bana okusanız? Okuyabilir misiniz?"

"Şimdi mi?"

"Vaktiniz varsa elbette. Siz kapatın, ben sizi arayayım, ödemeyi ben yapayım."

"Buna gerek yok, hayır. Ama emin misiniz?"

"*Oui*," diyor Peri ahizeye. "Eminim, Mösyö Varvaris."

Adam mektubu ona okuyor. Tamamını. Biraz vakit alıyor. Bitirince, Peri ona teşekkür ediyor, yakında onunla temas kuracağını söylüyor.

Telefonu kapattıktan sonra kahve makinesini çalıştırıyor, pencerenin önüne gidiyor. Önünde bildik görüntü uzanmakta – aşağıdaki kaldırım taşı döşeli, dar sokak, sokağın yukarısındaki eczane, köşebaşındaki *falafel*'ci*, Basklı ailenin işlettiği *brasserie*.

Peri'nin elleri titriyor. Ona şaşırtıcı bir şey oluyor. Gerçekten olağandışı bir şey. Bunun zihnindeki resmi şöyle: Toprağa hızla inen bir balta ve ansızın fokurdayarak yüzeye çıkan bol, siyah petrol. İşte ona olan şey bu; petrolün yerinde ansızın yükselen, derinliklerden fışkıran anılar var. Camdan dışarıya, *brasserie*'ye doğru bakıyor, ama gördüğü şey, tentenin altında elindeki peçeteyi masaya doğru sallayan, beline siyah önlük bağlamış, sıska garson değil, gıcırdayan tekerleğiyle, hoplaya zıplaya ilerleyen, küçük, kırmızı bir el arabası; açılan, süzülen bulutlarla dolu bir göğün altında, bayırlara tırmanan, kurumuş dere yataklarına inen, uzakta korkutucu bir hayal gibi yükselen, sonra da alçalıp gözden kaybolan, koyu sarı renkteki tepeleri aşan bir el arabası. Ağaçları iç içe geçmiş, yaprakları rüzgârla sallanan meyve bahçeleri, küçük, düz damlı evlere bitişik, dizi dizi asma bağları görüyor. Çamaşır ipleri, bir derenin kenarına çömelmiş kadınlar, kocaman bir ağacın altındaki salıncağın gıcırdayan iplerini, köylü çocukların sataşmalarından kaçmaya çalışan, iri bir köpek, bir çukur kazmakta olan, gömleği terden sırtına yapışmış, gaga burunlu bir erkek ve ocaktaki ateşin üstüne eğilmiş, peçeli bir kadın görüyor.

Ama bütün bunların kenarında, bu görüntünün çeperinde bir şey daha var; seçilmesi güç bir gölge – Peri'yi en çok çeken de o. Bir karaltı. Bir an yumuşak, bir an sert. Elini tutan, yumuşacık bir el. Bir keresinde yanağını yasladığı dizlerin sertliği. Yüzünü görmeye çalışıyor, ama yüz ondan kaçıyor, Peri'nin ona her dönüşünde uzaklaşıveriyor. Peri içinde bir delik açıldığı duygusuna kapılıyor. Yaşamında, bütün ömrün-

---

* Daha çok Lübnan'da yapılan bir tür nohut köftesi. (ç.n.)

ce bir eksiklik, büyük bir eksiklik hissetti. Her nasılsa, baştan beri biliyordu.

"Abi," diyor, konuştuğunun farkına varmadan. Ağladığının farkına varmadan.

Farsça bir şarkının dizeleri ansızın dilinin ucuna geliyor:

Küçük, hüzünlü bir peri tanıyorum
bir gece rüzgârın uçurup götürdüğü.

Başka, belki daha eski bir dize var, bundan emin, ama onu da bir türlü yakalayamıyor.

Peri oturuyor. Şu an ayakta durabileceğini sanmıyor. Kahvenin pişmesini bekliyor, hazır olunca kendine bir fincan dolduracağını, belki bir de sigara yakacağını, sonra oturma odasına gidip Lyon'dan Colette'i arayacağını biliyor; eski dostundan onun için Kâbil'e bir yolculuk ayarlamasını isteyecek.

Ama şimdilik oturuyor. Kahve makinesi guruldamaya başladığında, o gözlerini yumuyor ve gözkapaklarının gerisinde, tatlılıkla yükselen tepeler, yüksek, masmavi bir gökyüzü buluyor; bir yeldeğirmeninin ardında batan güneş ve hep, daima, alçalan, ufukta alçalarak gözden yiten, puslu bir dağ silsilesi.

Yedi

2009 YAZI

"Baban büyük bir adam."

Adel başını kaldırıp baktı. Konuşan, öğretmeni Malalay idi, eğilip kulağına fısıldamıştı. Orta yaşlı, tombul bir kadındı, omzuna leylak rengi, boncuklu bir şal atmıştı; gözleri kapalı, Adel'e gülümsemekteydi.

"Ve sen çok şanslı bir çocuksun."

"Biliyorum," diye fısıldadı o da.

Kadın dudaklarını oynatarak, *Aferin*, dedi.

Kasabada yeni açılan kızlar okulunun, düz damlı, geniş camlı, açık yeşil renkte, dört köşe binanın ön basamaklarında durmuş, Adel'in babası *Baba can*'ın coşkulu bir konuşmanın ardından okuduğu kısa duayı dinlemekteydiler. Karşılarında, alev alev yanan öğle güneşinde toplanmış büyük bir kalabalık vardı; güneş yüzünden gözlerini kısmış çocuklar, anne babalar, yaşlılar; Şadbağ-e-Nau'nun, yani "Yeni Şadbağ"ın yerlisi, kabaca yüz küsur kasabalı.

"Afganistan hepimizin anası," dedi Adel'in babası kalın işaretparmağını gökyüzüne dikerek. Güneş akik taşlı yüzüğünü parlattı. "Ama hasta bir ana; çok uzun zamandır acılar içindeydi. Şimdi, bir annenin iyileşebilmek için oğullarına ihtiyacı vardır, doğru. Ama aynı zamanda kızlarına da ihtiyacı vardır... En az oğulları kadar, belki daha da fazla!"

Bunun üzerine güçlü bir alkış koptu, haykırışlar, onaylayan bağırışlar yükseldi. Adel kalabalıktaki çehreleri taradı. Babasına doğru kalkmış olan bu yüzler vecit halindeydi. *Baba can* kara, çalımsı kaşları, gür sakalı, uzun boyu, güçlü, irikıyım bedeniyle hepsine tepeden bakıyor, geniş omuzları arkasında kalan okul girişini neredeyse bütünüyle kaplıyordu.

Babası konuşmayı sürdürdü. Adel, Kebir'le göz göze geldi; ellerde Kalaşnikof, babasının iki yanında, sakin, kayıtsızca duran iki korumadan biriydi. Adel onun pilot tarzı gözlüğünün koyu camlarında, kalabalığın yansısını görebiliyordu. Kebir kısa boylu, zayıf, adeta narin bir adamdı, cırtlak renkli –mor, camgöbeği, turuncu– takım elbiseler giyerdi, ama *Baba can* onun tam bir şahin olduğunu, onu hafife almanın vahim bir hata olacağını söylerdi.

"Size söyleyeceklerim işte bunlar, Afganistan'ın genç kız evlatları," diye sözünü bağladı *Baba can*, uzun, kalın kollarını kucaklarcasına kalabalığa doğru uzatarak. "Sizi ciddi bir görev bekliyor. Öğrenmek, kendinizi adamak, eğitiminizi başarıyla tamamlamak ve salt kendi ana babalarınızı değil, ortak anamızı da gururlandırmak. Onun geleceği sizlerin ellerinde, benim değil. Sizden istediğim, bu okulu benden gelen bir armağan olarak görmemeniz. Bu yalnızca bir bina, onun *gerçek* değeri içinde, yani sizlerde. Asıl armağan sizlersiniz, kız kardeşlerim, sırf bana değil, Şadbağ-e-Nau'ya, daha da önemlisi, Afganistan'a verilen bir armağan! Tanrı sizleri korusun."

Daha da büyük bir alkış yükseldi. Pek çok kişi, "Tanrı seni korusun, Komutan *Sahip*!" diye haykırdı. *Baba can* geniş geniş gülümseyerek bir yumruğunu havaya kaldırdı. Duyduğu iftihardan Adel'in gözleri doldu.

Öğretmen Malalay, *Baba can*'a bir makas uzattı. Dersliğin girişine kırmızı bir kurdele gerilmişti. Kalabalık daha iyi görebilmek için yavaşça öne doğru hareketlendi, Kebir birkaç kişiye geri çekilmesini işaret etti, bir ikisini göğsünden itekledi. Kalabalıktan eller yükseldi, cep telefonları kurdelenin kesilişini kaydetti. *Baba can* makası aldı, durdu, Adel'e dönüp şöyle dedi: "Al, evlat, bu onur sana ait olsun." Makası Adel'e verdi.

Adel gözlerini kırpıştırdı.

"Ben mi?"

"Hadi bakalım," dedi *Baba can*, ona göz kırparak.

Adel kurdeleyi kesti. Uzun bir alkış koptu. Adel fotoğraf makinelerinin çıtırtısını, bazı seslerin, "*Allah-u-ekber!*" diye haykırdığını duydu.

Sonra *Baba can* eşikte durdu, tek sıra halinde dizilen öğrenciler de teker teker sınıfa girdi. Bunlar yaşları sekizle on beş arasında değişen genç kızlardı; beyaz başörtüsü bağlamış, *Baba can*'ın hediye ettiği ince çizgili, siyahlı grili formaları giymişlerdi. Adel, her birinin sınıfa girmeden önce kendini utangaç bir edayla *Baba can*'a tanıtışını seyretti. Babası onlara içtenlikle gülümsüyor, başlarını okşuyor, yüreklendirici birkaç söz ediyordu. "Sana başarılar diliyorum, *Bibi* Meryem. Sıkı çalış, *Bibi* Hümeyra. *Bibi* İlham, hadi göğsümüzü kabart."

Daha sonra Adel, siyah *Land Cruiser*'ın ve sıcaktan terlemeye başlamış olan babasının yanında durdu, yöre halkıyla tokalaşmasını izledi. *Baba can* boştaki elindeki tespihi çekiyor, azıcık öne eğilerek sabırla dinliyor, başını sallıyordu, alnı kırışmıştı; teşekkür etmek, hayır duasını, saygısını sunmak, fırsattan istifade bir ricada bulunmak için yaklaşan her kadına ya da erkeğe karşı nazik, ilgiliydi. Hasta çocuğunu Kâbil'deki bir cerraha götürmesi gereken bir anne, ayakkabı tamir dükkânı açmak için borç paraya ihtiyacı olan bir adam, yeni alet edevat isteyen bir araba tamircisi.

Komutan Sahip, eğer sizin için mümkünse...

Başvuracak başka yerim yok, Komutan Sahip...

Adel aile üyelerinin dışında, babasına "*Komutan Sahip*"ten başka bir şekilde seslenildiğini duymamıştı, Ruslar çoktan gittiği, *Baba can* on yıldan fazladır eline silah almadığı halde. Evde, oturma odasının dört bir tarafı babasının *cihat* günlerinden kalma, çerçeveli fotoğraflarıyla doluydu. Adel her fotoğrafı tek tek ezberlemişti: Babası eski, tozlu bir cipin çamurluğuna yaslanmış; yanmış bir tankın döner taretinin önüne çömelmiş; düşürdükleri bir helikopterin yanında, göğsüne çaprazlamasına tutturulmuş fişeklik, adamlarıyla birlikte mağrurca poz vermiş. Bir tanesinde, üzerinde omuz kayışı ve yelek, alnı çölün kumlarında, namaz kılıyordu.

Baba can savaş sırasında Ruslar tarafından iki kere vurulmuştu. Adel'e yara izlerini gösterdi; biri sol kaburga kafesinin altında –bunun dalağına mal olduğunu söyledi– ötekiyse göbek deliğinden yalnızca bir başparmak uzaklığında. Her şeye rağmen şansım varmış, dedi. Arkadaşlarından kolunu, bacağını, gözlerini kaybedenler olmuştu ya da yüzleri yananlar. Vatanları uğruna, dedi *Baba can,* ve Tanrı yolunda. Zaten cihatın anlamı da budur, diye açıkladı. Kendini feda etmek. Kollarını, bacaklarını, gözlerini, hatta hayatını feda edersin, hem de seve seve. Cihat aynı zamanda sana bazı haklar ve ayrıcalıklar getirir, çünkü Tanrı en büyük fedakârlıklarda bulunanların, hak ettikleri ödülleri toplamasını sağlar.

Hem bu hayatta hem de ötekinde, diye ekledi *Baba can*, kalın parmağıyla önce aşağıyı, sonra da yukarıyı göstererek.

Adel resimlere bakarken, o serüven dolu günlerde cihada katılıp babayla omuz omuza savaşabilmiş olmayı dilerdi. Kendini *Baba can*'la birlikte Rus helikopterlerine ateş ederken, tankları havaya uçururken, çevik hareketlerle kurşunlardan kaçarken, dağlarda yaşayıp mağaralarda uyurken hayal etmeye bayılıyordu. Baba oğul, iki savaş kahramanı.

Baba can'ı bir de Başkan Karzai'yle birlikte, Kâbil'deki Başkanlık Sarayı Arg'da gülümserken gösteren, çerçeveli, büyük bir fotoğraf vardı. Bu daha yeniydi, babasına Şadbağ-e-Nau'daki hizmetleri, hayırseverliği için verilen ödül töreninde çekilmişti. *Baba can*'ın fazlasıyla hak ettiği bir ödüldü. Kızlar için açtığı okul yalnızca son projesiydi. Adel kasabada doğum yaparken ölen kadın sayısının hayli yüksek olduğunu biliyordu. Ama artık ölen yoktu, çünkü babası büyük bir klinik yaptırmış, başına da maaşlarını kendi cebinden ödediği iki doktorla üç ebe getirmişti. Klinikte bütün kasaba halkı bedavaya tedavi görüyordu; Şadbağ-e-Nau'da aşılanmayan tek çocuk kalmamıştı. *Baba can*, su kaynaklarını saptaması ve kuyu açması için kasabanın her yanına ekipler gönderdi. Sonunda Şadbağ-e-Nau'ya daimi elektrik bağlatan da o oldu. Verdiği paraların, Adel'in Kebir'den öğrendiğine göre, nadiren geri ödenen borçların sayesinde, en az bir düzine yeni iş kurulmuştu.

Adel daha önce öğretmenine söylediği şeye bütün kalbiyle inanıyordu. Böyle bir adamın oğlu olduğu için gerçekten de *şanslıydı*.

Tokalaşma, el sıkışma faslı sona ermek üzereyken, Adel'in gözüne babasına yaklaşan ufak tefek bir adam çarptı. Yuvarlak, tel çerçeveli bir gözlüğü, kısa, kırçıl sakalı, yanmış kibrit uçlarına benzeyen, küçük dişleri vardı. Peşinden, Adel'le yaşıt görünen bir oğlan çocuğu geliyordu. Oğlanın iri ayak parmakları, lastik ayakkabısında bulunan, aynı ebattaki deliklerden fırlamıştı. Karman çorman saçları kafasında keçeleşmiş, kıpırtısız bir kütle halindeydi. Kot pantolonu kirden kaskatı, ona göre çok da kısaydı. Bol tişörtüyse, tam tersine, neredeyse dizlerine geliyordu.

Kebir hemen yaşlı adamla *Baba can*'ın arasına girdi. "Sana bunun zamanı değil, demiştim," dedi.

"Kumandanla iki kelime konuşacağım," dedi yaşlı adam.

Baba can Adel'i kolundan tuttu, tatlılıkla götürüp *Land Cruiser* cipin arka koltuğuna oturttu. "Hadi gidelim, evlat. Annen bizi bekliyor." Adel'in yanına tırmandı, kapıyı çekti.

İçeriyi göstermeyen, film kaplı cam kapanırken Adel, Kebir'in yaşlı adama bir şeyler söylediğini gördü, ama ne dediğini duyamadı. Sonra Kebir cipin önüne geçip sürücü koltuğuna oturdu, Kalaşnikof'unu yanındaki koltuğa bıraktıktan sonra motoru çalıştırdı.

"O neydi öyle?" diye sordu Adel.

"Önemli bir şey değil," dedi Kebir.

Yola çıktılar. Tören kalabalığındaki çocukların kimisi bir süre arkalarından koştu, sonra cip hızla uzaklaştı. Kebir Şadbağ-e-Nau kasabasını ikiye bölen, kalabalık anacaddede, trafiğin arasında zikzaklar çizerek, sık sık kornaya basarak ilerledi. Herkes ona yol veriyordu. El sallayanlar oldu. Adel her iki yanındaki kalabalık kaldırımlara baktı; bakışları tanıdık görüntülere takıldı – kasaplarda kancalardan sarkan etler, tahta çarklarını çeviren, körüklerini elle şişiren demirciler, üzümlerine, kirazlarına konan sinekleri yelpazeyle kovalayan manavlar, kaldırımdaki hasır koltuğunda usturasını bileyen sokak berberi. Çayevlerinin, kebapçıların, bir radyo tamircisinin, bir caminin önünden geçtiler, sonra Kebir, direksiyonu kasabanın büyük meydanına kırdı; tam ortasında mavi bir çeşmeyle kara taştan yapılma, iki buçuk metre yüksekliğinde bir *Mücahit* heykeli vardı; yüzü doğuya dönük, başında zarifçe sarılmış bir türban, omzunda bir roketatar. *Baba can*, heykeli yapması için Kâbil'den özel olarak bir heykeltıraş getirtmişti.

Caddenin kuzeyinde birkaç mahallelik bir yerleşim alanı uzanıyordu, daha çok dar, asfaltsız sokaklarla küçük, düz damlı, beyaz, sarı ya da maviye boyalı evlerden oluşmaktaydı. Birkaçının damına uydu antenleri takılıydı; pek çok pencereden Afgan bayrağı sarkıyordu. *Baba can*, Adel'e Şadbağ-e-Nau'daki evlerle işyerlerinin çoğunun son on beş yılda yapıldığını anlatmıştı. Çoğunun yapımına bizzat destek vermişti. Burada yaşayanlar onu Şadbağ-e-Nau'nun kurucusu olarak görüyordu; Adel encümen üyelerinin kasabaya *Baba can*'ın adını vermek istediklerini, ama onun bu şerefi geri çevirdiğini biliyordu.

Anacadde buradan başlayarak üç kilometre kadar kuzeye uzanıyor, sonra Şadbağ-e-Kohna'ya, yani Eski Şadbağ'a bağlanıyordu. Adel köyün eski, yirmi-otuz yıl önceki halini elbette görmemişti. *Baba can* onunla annesini Kâbil'den buraya getirdiğinde, ortada köy filan kalmamıştı. Bütün evler gitmişti. Geçmişten kalabilen tek yadigâr, yıkıldı yıkılacak bir yeldeğirmeniydi. Kebir, Şadbağ-e-Kohna'da direksiyonu sola kırıp anacaddeden ayrıldı, dört yüz metrelik, geniş, asfaltsız bir yola saptı; bu şose, anacaddeyi Adel'in ailesinin yaşadığı, etrafı üç buçuk metrelik, kalın bir duvarla çevrili araziye bağlamaktaydı – yeldeğirmeni sayılmazsa, Eski Şadbağ'dan geriye kalabilen tek yapıydı. Cip yolda hoplaya zıplaya ilerlerken, Adel beyaz duvarları görebiliyordu. Duvarların üzerine kıvrılmış dikenli tel kangalları yerleştirilmişti.

Arazinin ana giriş kapısından hiç ayrılmayan, üniformalı bir nöbetçi onları selamlayıp kapıyı açtı. Kebir cipi duvardan geçirdi, çakıltaşlı bir patikadan eve doğru sürdü.

Ev üç katlıydı, parlak pembeye ve firuze yeşiline boyanmıştı. Kocaman sütunları, sivri uçlu saçakları, güneşte ışıldayan, aynalı bir tavan penceresi vardı. Alçak korkuluk duvarları, parıltılı mozaiklerle bezeli bir sundurma, kavisli, dökme demir parmaklıkların çevirdiği, geniş balkonlar. Evde dokuz yatak odasıyla yedi banyo vardı, bazen Adel, *Baba can*'la saklambaç oynadığında, babasını bulana kadar tam bir saat dolanıp dururdu. Banyolardaki, mutfaktaki bütün tezgâhlar granitten ve misketlimonuna çalan mermerden yapılmaydı. *Baba can* son günlerde bodruma bir yüzme havuzu yaptırmaktan söz ediyor, Adel keyiften uçuyordu.

Kebir, cipi yüksek sokak kapısının önündeki yuvarlak araba yolunda durdurdu. Motoru kapadı.

"Bize bir dakika izin versene," dedi *Baba can*.

Kebir başıyla tamam dedi, arabadan indi. Adel onun mermer basamakları çıkıp zili çalışını izledi. Kapıyı öteki koruma, Azmaray açtı; kısa boylu, tıknaz, aksi suratlı bir adamdı. İkisi bir şeyler konuştular, sonra birer sigara yakıp basamaklarda oyalandılar.

"Gerçekten gitmek zorunda mısın?" dedi Adel. Babası sabah Helmand'daki pamuk tarlalarını denetlemek, orada yaptırdığı çeltik fabrikasındaki işçilerle görüşmek üzere güneye gidecekti. Tam iki haftalığına gidiyordu, Adel'e sonsuzluk gibi gelen bir süre.

Baba can gözlerini ona çevirdi. Arka koltuğun yarısından çoğunu kaplıyor, Adel'i iyice cüceleştiriyordu. "Keşke mecbur olmasaydım, oğlum."

Adel başını salladı. "Bugün çok gururlandım. Seninle gurur duydum."

Baba can, o kocaman, ağır elini Adel'in dizine koydu. "Sağ ol, Adel. Var ol. Ama seni bu tür şeylere götürmemin nedeni öğrenmen, bizim gibi şanslı insanların sorumluluklarını yerine getirmesinin önemini anlaman."

"Tek istediğim, böyle ha bire yolculuk etmemen."

"Benim de, evlat. Benim de. Ama yarına kadar vaktimiz var. Akşam evde olacağım."

Adel başını tamam anlamında salladı, bakışlarını ellerine indirdi.

"Bak," dedi babası yumuşak bir sesle, "bu kasabadakilerin bana ihtiyacı var, Adel. Bir ev, bir iş sahibi olmak, geçinebilmek için yardımıma gereksiniyorlar. Kâbil'in kendi sorunları var. Onlara yardım edemez. Dolayısıyla, ben de yardım etmezsem kimse etmeyecek. O zaman da bu insanlar sıkıntıya düşecek."

"Biliyorum," diye mırıldandı Adel.

Baba can onun dizini hafifçe sıktı. "Kâbil'i, arkadaşlarını özlüyorsun, biliyorum. Buraya alışmak güç oldu, hem senin hem de annen için. Ve sürekli seyahat ettiğimi, toplantılara katıldığımı, bir sürü insanın zamanıma el koyduğunu da biliyorum. Ama... bak bana, evlat."

Adel başını kaldırdı, gözlerini *Baba can*'ınkilere dikti. Bu gözler gür kaşların altından şefkatle ışıldamaktaydı.

"Bu dünyada benim için senden daha değerli hiç kimse yok, Adel. Sen benim tek oğlumsun. Senin için bütün bunlardan seve seve vazgeçmeye hazırım. Senin için canımı bile veririm, oğlum."

Adel başını salladı, gözleri dolar gibi oldu. Bazen, *Baba can* böyle şeyler söylediğinde yüreğinin kabardığını, soluk almasına izin vermeyecek kadar şiştiğini hissederdi.

"Beni anlıyor musun?"

"Evet, *Baba can*."

"Bana inanıyor musun?"

"İnanıyorum."

"Güzel. Hadi babaya bir öpücük ver bakalım."

Adel kollarını babasının boynuna doladı, babası da ona sımsıkı, sabırla sarıldı. Adel küçükken gecenin bir yarısı, gece hâlâ kâbusun etkisiyle sarsılırken babasının omzuna vurur, o da battaniyeyi açıp yatağa girmesini bekler, onu kucaklar, başının tepesini öperdi, ta ki Adel'in titremesi geçene, yeniden uykuya dalana dek.

"Belki Helmand'dan sana küçük bir armağan getiririm," dedi *Baba can*.

"Mecbur değilsin," dedi Adel, boğuklaşan sesiyle. Zaten gereğinden çok oyuncağı vardı. Ama yeryüzünde babasının yokluğunu telafi edecek tek bir oyuncak yoktu.

O gün daha sonra, Adel merdivenin ortalarına oturup gizlice aşağıdaki sahneyi izledi. Zil çalmış, Kebir de kapıyı açmıştı. Şimdi kollarını göğsünde kavuşturup kapının pervazına yaslanmış, girişi güzelce kapamış olan koruma, karşısındaki kişiyle konuşmaktaydı. Adel'in daha önce, okulda gördüğü yaşlı adamdı bu; hani şu gözlüklü, yanmış-kibrit dişli. Ayakkabılarında delikler bulunan oğlan da orada, babasının yanındaydı.

Yaşlı adam, "Nereye gitti?" diye sordu.

"Güneye," dedi Kebir. "İş için."

"Yarın gideceğini duymuştum."

Kebir omuzlarını silkti.

"Ne kadar kalacak?"

"İki belki de üç ay. Kim bilir."

"Ben öyle duymadım ama."

"Bak sabrımı taşırıyorsun, ihtiyar," dedi Kebir kollarını çözerek.

"Burada bekleyeceğim."

"Hayır, burada bekleyemezsin."

"Yolda, demek istedim."

Kebir sabırsızlıkla ayak değiştirdi. "Nasıl istersen. Ama komutan meşgul bir adam. Ne zaman döneceği belli olmaz."

Yaşlı adam başını salladı, geri çekildi; oğlan da peşinden. Kebir kapıyı kapadı.

Adel aile odasındaki perdeyi açtı, camdan yaşlı adamla oğlanın malikâneyi anayola bağlayan şoseye çıkışını seyretti.

"Yalan söyledin adama," dedi Kebir'e.

"Maaşımın bir kısmı da bunun için ödeniyor bana: Babanı akbabalardan korumak için."

"Hem ne istiyormuş ki, iş mi?"

"Onun gibi bir şey."

Kebir kanepeye oturdu, ayakkabılarını çıkardı. Adel'e bakıp göz kırptı. Adel, Kebir'i severdi; onunla hiç konuşmayan, sevimsiz Azmaray'dan çok daha fazla. Kebir, Adel'le iskambil oynar, Adel de onu birlikte DVD seyretmeye davet ederdi. Kebir filmlere bayılırdı. Karaborsadan aldığı DVD'lerle dolu bir koleksiyonu vardı, haftada 10-12 film izlediği olurdu; İran, Fransız, Amerikan ve elbette Hint işi Bollywood filmleri – ne olursa. Bazen Adel'in annesi başka odadayken, Adel de babasına söylememeye söz verirse, Kebir Kalaşnikof'unun fişek haznesini boşalttıktan sonra Adel'e verir, silahı bir *mücahit* gibi tutmasına müsade ederdi. Şu an Kalaşnikof kapının yanındaki duvara yaslanmış duruyordu.

"Zararsız insanlara benziyorlar," dedi Adel perdeyi bırakıp Kebir'e dönerken. Gazetenin üstünden korumanın alnını görebiliyordu.

"Belki de onları içeriye, çaya davet etmeliydim," diye mırıldandı Kebir. "Yanında pasta da ikram ederdik."

"Dalga geçmesene."

"Bunların hepsi zararsız görünür."

"*Baba can* yardım edecek mi onlara?"

Kebir iç geçirdi. "Muhtemelen. Baban bu insanlar için bir nehir." Gazeteyi indirip sırıttı. "Nereden bu laf? Hadi, Adel. Daha geçen ay izledik."

Adel omuz silkti. Üst kata çıkmak üzere hareketlendi.

"*Lawrence*," diye seslendi Kebir kanepeden. "*Arabistanlı Lawrence*. Anthony Quinn." Sonra tam Adel merdivenin tepesine ulaşmıştı ki: "Bunlar akbaba, Adel. Sakın numaralarına kanma. Ellerinden gelse babanın iliğini bile kurutur bunlar."

Babasının Helmand'a gitmesinden iki gün sonra, bir sabah Adel ebeveyninin yatak odasına çıktı. Kapının arkasından gelen müzik sesi yüksek, gümbürtülüydü. İçeri girince annesini üzerinde bir şort, bir tişört, düz ekran, devasa televizyonun karşısında, üç sarışın, terli kadının hareketlerini yineler, sıçramalar, çömelmeler, yana ve öne esnemelerden oluşan devinimleri yaparken buldu. Annesi, tuvalet masasının üstündeki büyük aynadan onun geldiğini gördü.

Bangır bangır müziği bastırmak için, "Bana katılmak ister misin?" diye bağırdı soluk soluğa.

"Şurada oturacağım," dedi Adel. Yerdeki halıya oturdu, annesini seyretti; Aria birdirbir oynarcasına odayı bir uçtan ötekine katetmekteydi.

Adel'in annesinin narin el ve ayakları, küçük, kalkık bir burnu ve Kebir'in Bollywood filmlerindeki artistleri andıran, güzel bir yüzü vardı. İnce uzun, çevik, gençti – *Baba can*'la evlendiğinde henüz on dört yaşındaymış. Adel'in daha yaşlı, ikinci bir annesi, üç tane de üvey ağabeyi vardı, ama *Baba can* onları doğuya, Celalabad'a yerleştirmişti; Adel onları ayda bir kez filan, *Baba can* ziyarete giderken onu da yanında götürdüğü zaman görüyordu. Birbirinden hiç hazzetmeyen annesiyle üvey annesinin aksine, Adel'le üvey kardeşlerinin arası çok iyiydi. Celalabad'da Adel'i parka, çarşıya, sinemaya ve *Buzkaşi* karşılaşmalarına götürürlerdi. Onunla *Resident Evil* oynar, *Call of Duty*'de onunla birlikte zombileri vurur, mahalledeki futbol maçlarında onu mutlaka kendi takımlarına seçerlerdi. Adel onların burada, yakınında yaşaması için neler vermezdi ki...

Sırtüstü yatıp gergince uzattığı bacaklarını kaldıran, sonra yeniden indiren annesini izledi; çıplak bileklerinin arasına mavi plastikten, küçük bir top kıstırmıştı.

İşin aslı, Adel Şadbağ'da can sıkıntısından patlamak üzereydi. Buraya yerleşeli iki yıl olmasına karşın, tek bir arkadaş edinememişti. Bölgedeki pervasız kaçırma olayları yüzünden, bisikletle –hele ki tek başına– kasabaya inemiyordu; gerçi arada bir gizlice sıvışıp arazinin çevresinde kısa bir tur attığı oluyordu. *Baba can* onun okula gitmesine izin vermediği için sınıf arkadaşı da yoktu – ona ders vermek üzere her sabah eve özel bir öğretmen gelmekteydi. Adel zamanını genellikle kitap okuyarak, futbol topunu tekmeleyerek ya da Kebir'le aynı filmleri tekrar tekrar izleyerek geçiriyordu. Dev boyutlu evin geniş, yüksek duvarlı koridorlarında, o kocaman, boş odalarda keyifsizce geziniyor ya da üst kattaki yatak odasının penceresinden dışarıya bakıyordu. Koskoca bir malikânede ama küçülmüş bir dünyada yaşıyordu. Bazı günler canı öylesine sıkılıyordu ki içinden tahta çiğnemek geliyordu.

Burada annesinin de fena halde yalnızlık çektiğinin farkındaydı. Kadın, günlerini programlayarak doldurmaya çalışıyordu; sabahları beden hareketleri, duş, sonra kahvaltı, okuma, bahçeyle uğraşma, öğleden sonra da televizyonda eften püften Hint dizileri. *Baba can* seyahatteyken, yani sık sık, annesi evde gri eşofman, lastik ayakkabıyla, makyajsız yüzü, ensesinde toplayıverdiği saçlarıyla dolaşırdı. *Baba can*'ın Dubai'den getirdiği yüzükler, kolyeler, küpelerle dolu mücevher kutusunu açmazdı bile. Bazen telefonda saatlerce Kâbil'deki ailesiyle konuşurdu. Adel annesinin silkinip canlandığını bir tek ailesi (yani ablasıyla anne babası) iki-üç ayda bir, birkaç günlüğüne ziyarete geldiğinde görürdü. Uzun, desenli bir elbise, yüksek topuklu ayakkabılar giyer, makyaj yapardı. Gözleri parlar, kahkahası evde çınlardı. İşte o zaman, Adel onun eskiden nasıl biri olduğuna dair bir fikir sahibi olurdu.

Baba can yokken, anne oğul birbirlerine can simidi olmaya çalışıyorlardı. Parçalı bulmacayla uğraşır, Adel'in oyun konsolunda golf ve tenis oynarlardı. Ama Adel'in annesiyle paylaşmaktan en keyif aldığı uğraşı, kibrit çöplerinden ev yapmaktı. Annesi bir kâğıda evin üç boyutlu bir planını çizerdi; ön sundurması, sivri tepelikli çatısı, içerideki merdivenleri ve odaları ayıran duvarlarıyla tastamam bir şema. Önce zemini, sonra da iç duvarlarla merdivenleri inşa ediyorlar, kibrit çöplerine zamk sürerek, bölümleri kurumaya bırakarak vakti özenle öldürüyorlardı. Adel'in annesi gençken, Adel'in babasıyla evlenmeden önce, mimar olma hayalleri kurduğunu söylerdi.

Bir keresinde, bir gökdelen inşa ederlerken, *Baba can*'la evliliğinin öyküsünü anlattı.

Aslında ablamla evlenmek istemişti, dedi.

Nergis Teyze'yle mi?

Evet. Kâbil'deydik. Bir gün ablamı sokakta görmüş ve tutulmuş. Onunla evlenmeyi kafaya koymuş. Ertesi gün kapımızı çaldı; beş adamıyla birlikte. Bir şekilde kendilerini içeriye davet ettirdiler. Hepsi de postallıydı. Başını salladı, *Baba can*'ın yaptığı şey komikmiş gibi güldü, ama bu bir şeyi komik bulduğu zamanki gülüşünden farklıydı. *Dedenle anneannenin suratlarının halini görecektin.*

Salona geçip oturmuşlar; *Baba can*, adamları ve annesinin ebeveyni. Onlar konuşurken annesi mutfakta çay demliyormuş. Ortada bir sorun vardı, dedi, çünkü ablası Nergis Amsterdam'da yaşayan ve mühendislik okuyan bir kuzenle nişanlıydı. Nişanı bozacak değiliz herhalde, demiş ana babası.

O sırada, elimde çay ve tatlı tepsisiyle ben içeri girdim. Fincanları doldurdum, tatlı tabağını sehpaya bıraktım, baban bana baktı, ben çıkmak üzere arkamı döndüğümde, şöyle dedi: "Galiba haklısınız, bayım. Bir nişanı bozmak doğru olmaz. Ama bana bunun başının da bağlı olduğunu söylerseniz, o zaman benden hoşlanmadığınız sonucunu çıkarmaktan başka çarem kalmayacak." Sonra da kahkahayı patlattı. İşte böyle evlendik.

Elindeki yapışkan tüpünü kaldırdı.

Ondan hoşlandın mı?

Annesi hafifçe omuz silkti. *Doğruyu söylemek gerekirse asıl hissettiğim duygu korkuydu.*

Ama artık ondan hoşlanıyorsun, değil mi? Onu seviyorsun.

Tabii ki seviyorum, dedi Adel'in annesi. *Bu nasıl soru?*

Onunla evlendiğine pişman değilsin?

Annesi yapıştırıcıyı bıraktı, yanıtlamadan önce birkaç saniye bekledi. *Yaşamımıza bir baksana, Adel,* dedi yavaşça. *Etrafına bir bak. Pişman olacak bir şey görüyor musun?* Gülümsedi, tatlılıkla oğlanın kulakmemesini çekiştirdi. *Ayrıca evlenmeseydim sana sahip olamazdım.*

Annesi televizyonu kapadı, nefes nefese yere oturup bir havluyla ensesindeki teri kuruladı.

"Neden bu sabah kendi kendine oyalanmıyorsun?" dedi sırtını gererek. "Ben duş alıp kahvaltı edeceğim. Sonra da büyükanneni aramayı düşünüyorum. Onlarla birkaç gündür konuşamadım."

Adel iç geçirip ayağa kalktı.

Bir alt katta ve evin bir başka kanadında bulunan odasına gidip futbol topunu aldı, üzerine *Baba can*'ın son, yani on ikinci yaş günü için aldığı Zidane formasını geçirdi. Aşağıya inince Kebir'i uyurken buldu, gazetesi göğsüne bir yorgan gibi yayılmıştı. Buzdolabından bir kutu elma suyu kapıp dışarıya çıktı.

Çakıltaşlı yoldan bahçe kapısına doğru yürüdü. Silahlı nöbetçinin beklediği küçük kulübe boştu. Adel korumaların devriye gezme saatlerini bilirdi. Kapıyı dikkatle açıp dışarıya çıktı, kapıyı arkasından kapadı. Neredeyse aynı anda, bu tarafta, duvarın dışında daha rahat soluk alabildiği duygusuna kapıldı. Malikânenin arazisi bazı günler gerçek bir hapishaneyi andırıyordu.

Duvarın geniş gölgesinden, arazinin arka tarafına doğru yürüdü, anayoldan uzağa. Orada, *Baba can*'ın pek gururlandığı meyve bahçeleri vardı. Birkaç dönümlük, uzun, paralel sıralar halinde uzanan armut ve elma ağaçları, kayısılar, kirazlar, incirler, hatta maltaerikleri. Adel babasıyla birlikte bu bahçelerde uzun yürüyüşlere çıktığında, *Baba can* onu omzuna alır, Adel de iki tane olgun elma kopartırdı. Evin bulunduğu araziyle meyve bahçeleri arasında bir açıklık vardı, bahçıvanların aletlerini koydukları kulübecik sayılmazsa boştu. Bir de, görünüşünden yaşlı, devasa bir ağaçtan kalma olduğu anlaşılan, üstü düz bir kütük. *Baba can* bir keresinde Adel'le birlikte kütükteki halkaları saymış, bu ağacın Cengiz Han'ın ordusunu buradan geçerken görmüş olması kuvvetle muhtemel, demişti. Başını esefle sallayıp onu kesen kişinin tam bir salak olduğunu eklemişti.

Sıcak bir gündü, güneş Adel'in küçükken mum boyayla yaptığı resimlerdeki kadar mavi, lekesiz bir gökyüzünde parlıyordu. Elindeki elma suyu tenekesini ağaç kütüğünün üzerine koydu, topunu sektirmeye başladı. Şahsi rekoru, topu yere değdirmeden altmış sekiz kez zıplatmaktı. Bu rekoru baharda kırmıştı, şimdiyse yaz ortasıydı ve hâlâ onu geçmeye çalışıyordu. Adel yirmi sekize ulaşmıştı ki, birinin onu seyrettiğini fark etti. O oğlandı bu, okulun açılış töreninde *Baba can*'a yaklaşmaya çalışan yaşlı adamın oğlu. Tuğla kulübenin gölgesine çömelmişti.

"Ne yapıyorsun burada?" diye sordu Adel, Kebir'in yabancılarla konuşurken yaptığı gibi, havlarcasına konuşmaya çalışarak.

"Gölgeden faydalanıyorum," dedi oğlan. "İhbar etmeye filan kalkma da."

"Buraya girmemeliydin."

"Sen de öyle."

"Ne?"

Oğlan kıkırdadı. "Neyse, boş ver." Kollarını iyice öne uzatıp ayağa kalktı. Adel ceplerinin dolu olup olmadığını görmeye çalıştı. Buraya meyve çalmaya gelmiş olabilirdi. Oğlan Adel'e yaklaştı, topu tek ayağıyla yerden kaldırdı, iki kez hızlıca sektirdi, sonra topuğuyla Adel'e doğru fırlattı. Adel topu yakalayıp kolunun altına soktu.

"Sizin gorilin, babamla beni beklettiği yer var ya? Hiç gölge yok. Gökte de lanet olası bir bulutu ara ki bulasın."

Adel, Kebir'i savunma ihtiyacı hissetti. "O goril değil."

"Eh, hakkını yemeyelim, Kalaşnikof'unu gözümüze sokmayı iyi beceriyor doğrusu." Dudaklarında gevşek, eğlenen bir sırıtışla Adel'e baktı. Ayaklarının dibine okkalı bir tükürük fırlattı. "Kafa-kırıcının hayranısın demek?"

Oğlanın kimden söz ettiğini anlamak Adel'in bir dakikasını aldı. "Tek bir hatası yüzünden yargılayamazsın onu," dedi. "Bir numaraydı o. Orta sahanın büyücüsüydü."

"Daha iyilerini gördüm."

"Öyle mi? Kimi mesela?"

"Maradona'yı mesela."

"Maradona mı?" dedi Adel kulaklarına inanamazmışçasına. Bu tartışmayı daha önce Celalabad'daki üvey ağabeylerinden biriyle yapmıştı. "Maradona sahtekârın teki! 'Tanrının Eli' filan!"

"Herkes sahtekârlık yapar, herkes yalan söyler."

Oğlan esnedi, gitmeye hazırlandı. Adel'le hemen hemen aynı boyda, belki bir santim uzundu; büyük bir olasılıkla aynı yaşlardayız, diye düşündü Adel. Ama her nasılsa daha büyükmüş gibi yürüyordu, acelesiz, kendinden emin bir havayla; görülmesi gereken her şeyi görmüştü, artık hiçbir şey onu şaşırtamazdı sanki.

"Adım Adel."

"Gholam." Tokalaştılar. Gholam'ın el sıkışı güçlü, avucu kuru ve nasırlıydı.

"Kaç yaşındasın sen?"

Gholam tek omzunu silkti. "On üç galiba. On dörde basmış da olabilirim."

"Doğum tarihini bilmiyor musun?"

Gholam sırıttı. "Sen kendininkini biliyorsundur, eminim. Kaç gün kaldı diye saydığına her bahse varım."

"Hayır efendim," dedi Adel hemen savunmaya geçerek. "Demek istediğim, saymıyorum."

"Gitmem gerek. Babam yalnız kaldı."

"Onu büyükbaban sanmıştım."

"Yanılmışsın."

"Şut atmaca oynayalım mı?" diye sordu Adel.

"Yani penaltı atar gibi mi?"

"Adam başı beş atış... Şöyle en sıkılarından."

Gholam bir daha tükürdü, gözlerini kısıp yola sonra yine Adel'e baktı. Adel çenesinin yüzüne göre biraz küçük olduğunu fark etti; bir de önde, birbirinin üstüne binmiş fazladan iki köpekdişi vardı, bunlardan birinin ucu kırılmış, çürümeye başlamıştı. Kısa, dar bir yara izi sol kaşını tam ortadan ikiye bölüyordu. Ayrıca kokuyordu. Fakat Adel, Celalabad ziyaretlerini saymazsak, neredeyse iki yıldır bir akranıyla bırakın oyun oynamayı, sohbet bile etmemişti. Adel kendini hayal kırıklığına hazırladı, oysa Gholam omuz silkip, "Tamam be, neden olmasın?" dedi. "Ama ilk atışlar benden."

Kale direği olarak, iki taş parçasını sekiz adım arayla yerleştirdiler. Gholam beş atışını yaptı. Biri gol oldu, iki tanesini ıskaladı, iki tanesini de Adel rahatça kurtardı. Gholam'ın kaleciliği, atıcılığından da kötüydü. Adel onu her seferinde ters köşeye yatırarak dört gol atmayı başardı, verdiği tek sayıyı da oğlan kurtarmamış, Adel kaçırmıştı.

"Hasiktir," dedi, öne eğilmiş, avuçlarını dizkapaklarına dayamış olan Gholam.

"Rövanş?" Adel hava atmamaya çalışıyor ama zorlanıyordu. İçi içine sığmıyordu.

Gholam kabul etti, sonuç daha da orantısız oldu. Yine tek bir gol atmayı başardı, Adel ise bu kez beşini de kaleye soktu.

"Tamam, buraya kadar. Soluğum kesildi," dedi Gholam, ellerini havaya kaldırarak. Ayaklarını sürüyerek ağaç kütüğüne gitti, yorgun bir iniltiyle üzerine çöktü. Topu kucaklayan Adel de gidip onun yanına oturdu.

Gholam kot pantolonunun ön cebinden bir paket sigara çıkardı, "Eh, bunların da payı var tabii," dedi. İçinde bir tane kalmıştı. Tek bir kibrit çakışıyla sigarayı yaktı, dumanı hoşnutlukla içine çekti, sonra sigarayı Adel'e uzattı. Adel'in içinden, sırf Gholam'ı etkilemek için sigarayı almak geçse de, Kebir'in ya da annesinin kokuyu alabileceği kaygısıyla geri çevirdi.

"Akıllılık ediyorsun," dedi Gholam başını geriye atarak.

Bir süre futboldan konuştular; Adel onun gerçekten bilgi sahibi olduğunu görünce hem şaşırdı hem de sevindi. En sevdikleri maçlardan, unutamadıkları gol öykülerinden söz ettiler. Sırayla, beşer kişilik favori oyuncu listesi yaptılar; çoğunlukla aynıydı, tek fark Gholam'ın Brezilyalı Ronaldo'suna karşılık Adel'in Portekizli Ronaldo'suydu. Laf dönüp dolaşıp kaçınılmaz olarak 2006 final maçına ve Adel için acı verici bir anı olan kafa atma olayına geldi. Gholam maçı kamptan pek de uzakta olmayan bir televizyon dükkânının vitrininden, kalabalıkla birlikte, ayakta izlediğini söyledi.

"Kamp mı?"

"Büyüdüğüm yer. Pakistan'da."

Bunun Afganistan'a ilk gelişi olduğunu anlattı. Bütün hayatını Pakistan'da, doğduğu Calozay mülteci kampında geçirmişti. Calozay'ın bir şehirden farksız olduğunu söyledi; çadırların, toprak kulübelerin, naylon ve alüminyum levhalardan yapılma, derme çatma evlerin, çerçöple, pislikle kaplı daracık geçitlerin oluşturduğu devasa bir labirentti. Daha büyük bir şehrin göbeğine kurulmuş bir şehir. O ve erkek kardeşleri – en büyükleri, üç yaş farkla oydu– işte o kampta büyümüştü. Kendisi, kardeşleri, annesi, İkbal adındaki babası ve Pervane adındaki babaannesiyle birlikte küçük, toprak bir kulübede yaşamıştı. Çocuklar kampın daracık geçitlerinde yürümeyi, konuşmayı öğrenmişlerdi. Okula orada gitmişlerdi. Gholam kampın toprak yollarında sopalarla, eski, paslı bisiklet tekerleriyle oynamış, diğer sığınmacı çocuklarla koşup durmuştu, ta ki güneş batana, babaannesi çağırana dek.

"Severdim orayı," dedi. "Bir sürü arkadaşım vardı. Herkesi tanırdım. Durumumuz da gayet iyiydi. Amerika'da yaşayan bir amcam var, babamın üvey kardeşi. Onunla hiç tanışmadım. Ama her iki ayda bir bize para yollardı. İşimize yaradı. Hem de çok."

"Neden ayrıldınız oradan?"

"Mecbur kaldık. Pakistanlılar kampı kapadı. Afganların yeri Afganistan'dır, dediler. Sonra amcamdan gelen para kesildi. Bunun üzerine babam, en iyisi memlekete dönüp baştan başlamak, dedi; hem zaten Taliban da sınırı geçip Pakistan'a sığınmak zorundaydı artık. Babam Pakistan'da konuk olduğumuzu, ama konukseverliğin tadını kaçırdığımızı söyledi. Moralim çok bozulmuştu. Burası" –elini salladı– "burası benim için yabancı bir ülke. Dahası, kamptaki çocuklar var ya, gerçekten Afganistan'da bulunmuş olanlar? Ağızlarından bura hakkında tek bir iyi laf çıkmadı."

Adel, Gholam'ın duygularını anladığını söylemek istedi. Kâbil'i ne kadar özlediğini, arkadaşlarının, Celalabad'daki üvey ağabeylerinin burnunda tüttüğünü. Ama içinde, Gholam'ın buna güleceğine dair bir his vardı. Bunun üzerine, "Eh, *burası* gerçekten de sıkıcı bir yer," dedi.

Gholam yine de güldü. "Onların bunu kastettiğini hiç sanmıyorum."

Adel azarlandığını belli belirsiz de olsa anlamıştı.

Gholam sigarasından bir nefes çekti, havaya peş peşe halkalar üfledi. Birlikte, halkaların usulca, süzülerek uzaklaşışını, sonra da yok oluşunu seyrettiler.

"Babam abimlerle bana dedi ki... Şey, dedi, 'Hele Şadbağ'daki havayı içinize bir çekin, çocuklar, suyunu hele bir tadın.' Babam burada doğmuş, burada büyümüş. 'Hayatınızda bu kadar serin, bu kadar tatlı bir su içmemişsinizdir,' dedi. Bize sürekli Şadbağ'ı anlatırdı; anladığım kadarı, onun zamanında burası küçük bir köymüş. Sırf Şadbağ'da yetişen bir üzüm cinsi olduğunu söylerdi, dünyanın başka yerinde bulunmazmış. Duyan da cenneti anlattığını sanırdı."

Adel şu an nerede kaldıklarını sordu. Gholam izmariti fırlatıp gökyüzüne baktı, kamaşan gözlerini kıstı. "Değirmenin ordaki boş arsayı biliyor musun?"

"Evet."

Adel devamını bekledi, ama gerisi yoktu.

"Arsada mı yaşıyorsun?"

"Şimdilik," diye mırıldandı Gholam. "Bir çadırımız var."

"Burada akrabalarınız yok mu?"

"Yok. Ya ölmüşler ya da çekip gitmişler. Babamın Kâbil'de bir dayısı var. Varmış yani. Yaşayıp yaşamadığını bilmiyoruz. Büyükannemin erkek kardeşi, orada büyük bir ailenin yanında çalışıyormuş. Ama Nebi Dayı'yla büyükannem yıllardır görüşmemişler – elli yıldır filan. Aslında iki yabancı sayılırlar. Tahminimce, babam çok mecbur kalsaydı ona giderdi. Ama önce burada şansını bir denemek istiyor. Burası onun evi."

Ağaç kütüğünün üzerinde birkaç dakika sessizce oturdular, meyve bahçelerindeki âni, ılık esintilerle ürperen yaprakları seyrettiler. Adel, Gholam'la ailesini geceleri akreplerin, yılanların süründüğü bir tarlanın ortasında, çadırda uyurken düşündü.

Anne babasıyla Kâbil'den buraya taşınmalarının nedenini Gholam'a neden söylediğini bilemiyordu. Ya da, daha doğrusu, nedenlerden birini seçemiyordu. Gholam'ın onun hakkındaki fikrini, sırf büyük bir evde oturduğu için tasasız bir hayat sürdüğü varsayımını çürütmek için olabilir miydi? Yoksa bir tür "okul avlusunda sivrilme" numarası mı? Belki de sırdaş olup aradaki uçurumu daraltmak için? Bilemiyordu. Belki de hepsi birden. Aynı şekilde, Gholam'ın ondan hoşlanmasını neden bu kadar çok istediğini de bilmiyordu; hayal meyal anlayabildiği tek şey, bunun nedeninin çektiği müzmin yalnızlıktan ve arkadaş gereksiniminden çok daha karmaşık olduğuydu.

"Şadbağ'a taşındık, çünkü Kâbil'de biri bizi öldürmeye kalkıştı," dedi. "Bir gün evin önüne bir motosiklet yanaştı, sürücüsü evi kurşun yağmuruna tuttu. Yakalanamadı. Neyse ki, Tanrı'ya şükür, hiçbirimiz yaralanmadık."

Nasıl bir tepki beklediğini bilmiyordu, ama Gholam'dan hiçbir tepki gelmemesine şaşırdı. Hâlâ güneş yüzünden gözleri kısık olan oğlan, "Evet, haberim var," dedi.

"Haberin var mı?"

"Baban burnunu karıştırsa herkes duyar."

Adel onun boş sigara paketini ezip top haline getirdikten sonra kot pantolonunun ön cebine sokuşunu izledi.

"Onun da düşmanları *var*, babanın yani," dedi Gholam.

Adel bundan haberdardı. *Baba can* ona 1980'lerde Sovyetler'e karşı birlikte savaştığı bazı kişilerin sonradan hem güç kazandığını hem de yozlaştığını anlatmıştı. Yoldan çıktılar, dedi. Kendisi onların düzenbazlıklarına, yasadışı faaliyetlerine katılmadığı için sürekli onun kuyusunu kazmaya, hakkında düzmece, zararlı söylentiler yayarak adını kirletmeye çalışıyorlardı. İşte *Baba can* bu yüzden hep Adel'i kolluyordu – eve gazetelerin girmesine izin vermiyordu, örneğin, Adel'in televizyonda haber izlemesini, internette gezinmesini de istemiyordu.

Gholam ona doğru eğilip şöyle dedi: "Babanın aynı zamanda sağlam bir çiftçi olduğunu duydum."

Adel omuz silkti. "Gördüğün gibi işte. Birkaç hektarlık meyve bahçesi. Şey, bir de Helmand'daki pamuk tarlaları var, fabrika için yani."

Gholam'ın yüzüne yavaş yavaş alaycı bir tebessüm yayılır, çürük köpekdişleri ortaya çıkarken Adel'le göz göze gelmeye çalıştı. "Pamuk ha! Âlemsin valla. Ne diyeyim ki şimdi sana?"

Adel bunu pek anlayamamıştı. Ayağa kalktı, topu zıplattı. "Rövanş! diyebilirsin."

"Rövanş!"

"Hadi."

"Ama bu kez, tek gol atamayacağına bahse girerim."

Sırıtma sırası Adel'deydi. "Nesine?"

"Çok kolay. Zidane formasına."

"Peki ya ben kazanırsam... Yo, ben *kazandığımda*?"

"Yerinde olsam," dedi Gholam, "bu ihtimali hiç dert etmezdim."

Mükemmel bir üçkâğıttı. Gholam bir sağa uçtu, bir sola, Adel'in bütün şutlarını kurtardı. Adel üzerindeki formayı çıkartırken, kendi malı olan, belki de sahip olduğu en değerli eşyayı böyle hileyle kaptırdığı için kendini budala gibi hissediyordu. Formayı oğlana uzattı. Gözlerine batan yaşları hissedince dehşete kapıldı, kendini tutmak için çabaladı.

Gholam en azından formayı onun karşısında sırtına geçirmeme inceliğini gösterdi. Uzaklaşırken omzunun üstünden Adel'e bakıp sırıttı. "Baban gerçekte üç aylığına gitmedi, öyle değil mi?"

"Ona karşılık yarın yine oynarız," dedi Adel. "Formaya."

"Bunu bir düşünmem lazım."

Sonra anayola doğru yürümeye koyuldu. Yarı yolda durdu, cebindeki dertop olmuş sigara paketini çıkardı, Adel'in evini çeviren duvarın üstünden içeriye fırlattı.

Adel bir hafta kadar her sabah, derslerden sonra topunu alıp arazinin dışına çıktı. İlk iki denemede, kaçışlarını silahlı nöbetçinin devriye gezişlerine göre ayarlamayı becermişti. Ama üçüncü denemesinde nöbetçi onu yakaladı, dışarıya bırakmadı. Adel eve girdi, iPod'u ve bir kol saatiyle geri döndü. O andan sonra nöbetçi, meyveliğin başladığı yerden öteye geçmemesi koşuluyla, Adel'in kapıdan rahatça girip çıkmasına göz yumdu. Kebir'le annesine gelince; Adel'in bir-iki saatlik yokluğunun farkında bile olmuyorlardı. Bu kadar büyük bir evde yaşamanın avantajlarından biri de buydu.

Adel arazinin arka tarafında, ağaç kütüğünün olduğu açıklıkta kendi kendine oynuyor, her gün Gholam'ı ona doğru aylak aylak gelirken görme umuduyla oyalanıyordu. Topu ayağında sektirirken, kütüğe oturup gökyüzünü yıldırım gibi yaran bir savaş jetini izlerken, yerdeki çakıltaşlarını neşesizce tekmelerken, bir gözünü anayola uzanan asfaltsız yoldan ayırmıyordu. Bir süre sonra topunu kucaklar, ayaklarını sürüyerek eve dönerdi.

Sonra bir gün, Gholam göründü, bir kesekâğıdı taşıyordu.

"Nerelerdeydin?"

"Çalışıyordum," dedi Gholam.

Babasıyla birlikte geçici işçi olarak, tuğla yapımında çalıştığını söyledi. Gholam'ın işi kireçli harcı karıştırmaktı. Kovalar dolusu su taşıdığını, duvarcılık çimentosuyla, inşaat kumuyla dolu, boyundan büyük çuvalları oradan oraya sürüklediğini anlattı. El arabasındaki harcı nasıl karıştırdığını, suyu karışıma bir malayla nasıl yedirdiğini, tekrar tekrar, defalarca katlayıp önce suyu, sonra kumu ekleyerek bütün malzeme ufalanmayan, pürüzsüz bir kıvama gelinceye kadar nasıl kardığını tarif etti. Sonra el arabasını duvarcının yanına götürüyor, yeni bir karışıma başlamak üzere geri dönüyordu. Ellerini uzattı, Adel'e fiske fiske kabarmış, su toplamış avuçlarını gösterdi.

"Vay!" dedi Adel – aptalcaydı, biliyordu ama aklına başka bir karşılık gelmemişti. El emeği diye bildiği tek şey, üç yıl önce bir öğleden sonra Kâbil'deki evlerinin arka bahçesine birkaç elma fidanı diken bahçıvana yardım etmekti.

"Sana bir sürprizim var," dedi Gholam. Elini kesekâğıdına soktu, çıkardığı Zidane formasını Adel'e fırlattı.

"Anlamıyorum," dedi şaşıran, fazla heyecanlanmamaya çalışan Adel.

"Geçen gün bir oğlanın sırtında gördüm bunu," dedi Gholam, parmaklarını sallayarak topu isterken. Adel topu attı, Gholam da bir yandan anlatırken, bir yandan da topu sektirmeye koyuldu. "İnanabiliyor musun? Yanına gidip dedim ki: 'Hey, sırtındaki benim dostumun forması.' Suratıma ters ters baktı. Neyse, uzun lafın kısası, bir sokak arasında işi bağladık. Bir de baktım, bizimki formayı almam için yalvar yakar olmuş!" Topu havada yakaladı, tükürdü, Adel'e bakıp sırıttı. "Tamam, pekâlâ, formayı iki gün önce ona ben satmış olabilirim."

"Ama bu yanlış. Sattıysan forma onun demektir."

"Ne yani, geri istemiyor musun şimdi? Onu sana getirmek için çektiğim onca şeyden sonra? Tek taraflı bir olay değildi, anladın mı? Bana birkaç sıkı yumruk indirmeyi becerdi."

"Yine de..." diye mırıldandı Adel.

"Dahası, ben seni oyuna getirmiştim ve kendimi kötü hissediyordum. İşte formanı geri veriyorum. Bana gelince..." Ayaklarını gösterdi, Adel bir çift mavi-beyaz, gıcır gıcır lastik ayakkabı gördü.

"O iyi mi peki, öteki oğlan?" diye sordu.

"Yaşayacak. Şimdi böyle tartışıp duracak mıyız yoksa oynayacak mıyız?"

"Baban seninle mi?"

"Bugün yok. Kâbil'de, mahkemede. Hadisene, gel."

Bir süre topu birbirlerine atarak, peşinde koşarak oynadılar. Sonra yürüyüşe çıktılar, Adel öne düştü, nöbetçiye verdiği sözü boşlayıp meyve bahçesine girdi. Ağaçlardan maltaeriği koparıp yediler, Adel'in mutfaktan aşırdığı soğuk gazozları içtiler.

Kısa bir süre sonra, neredeyse her gün bu şekilde buluşur oldular. Top oynuyor, bahçedeki paralel ağaç dizilerinin arasında birbirlerini kovalıyorlardı. Spordan, filmlerden söz ediyor, konuşacak bir şey bulamayınca da Şadbağ-e-Nau kasabasına, uzaklardaki yumuşak tepelere, onun da ilerisindeki puslu dağ silsilesine bakıyor, bundan da sıkılmıyorlardı.

Adel artık her gün Gholam'ı toprak yoldan gizlice yaklaşırken görme, o yüksek, kendinden emin sesini duyma hevesiyle uyanıyordu. Sabah derslerinde sık sık dalıp gidiyor, daha sonra oynayacakları oyunları, birbirlerine anlatacakları öyküleri düşündükçe dikkati dağılıyordu. Gholam'ı kaybetmekten korkuyordu. Gholam'ın babası İkbal, kasabada düzenli bir iş ya da oturacak yer bulamaz da ailece bir başka kasabaya, ülkenin başka yerine göçerlerse diye endişeleniyordu; kendini bu olasılığa hazırlamaya, bunu izleyecek olan vedalaşmaya karşı katılaştırmaya çalışıyordu.

Bir gün yine ağaç kütüğünün üzerinde otururlarken, Gholam sordu: "Bir kızla beraber oldun mu hiç, Adel?"

"Yani şeyi mi kastediyorsun..."

"Evet, onu kastediyorum."

Adel kulaklarını ateş bastığını hissetti. Bir an aklından yalan söylemeyi geçirdiyse de, Gholam'ın gerçeği anlayacağını biliyordu. "Ya sen?" diye mırıldandı.

Gholam bir sigara yaktı, bir tane de ona uzattı. Adel bu kez sigarayı aldı, nöbetçinin köşeden onları dikizlemediğinden ya da Kebir'in dışarıya çıkmadığından emin olmak için omzunun üstünden geriyi kolaçan etti. Bir nefes çekti ve ânında uzun bir öksürük nöbetine tutuldu, bunun üzerine alayla sırıtan Gholam onun sırtına vurdu.

"Evet, oldun mu, olmadın mı?" diye hırıldadı Adel gözleri yaşlı.

"Kampta bir arkadaşım vardı," dedi Gholam, suç ortaklarına yaraşır bir ses tonuyla, "benden büyüktü, beni Peşaver'deki bir geneleve götürdü."

Öyküyü anlattı. Küçük, pis bir oda. Turuncu perdeler, çatlak duvarlar, tavandan sarkan tek bir ampul, yerde ok gibi koşan sıçan. Caddede bir aşağı bir yukarı öksürürcesine seğirten çekçeklerin dışarıdan gelen sesleri, araba homurtuları. Döşeğin üzerine oturmuş, tabağındaki *biryani*'yi bitirmeye çalışan, çiğnerken ifadesiz bir yüzle ona bakan genç kız. O loş ışıkta bile, kızın güzel bir yüzü olduğunu, ondan pek de büyük olmadığını seçebildiğini. Kızın ikiye katladığı bir dilim *nan*'la son pirinç tanelerini toparlayıp ağzına attığını, tabağı itip yatağa uzandığını, parmaklarını da aşağıya sıyırıverdiği pantolonuna sildiğini.

Adel büyülenmiş, kendinden geçmiş bir halde dinledi. Böyle bir arkadaşı hiç olmamıştı. Gholam dünyayı Adel'in ondan yaşça epey büyük olan üvey ağabeylerinden bile daha iyi biliyordu. Adel'in Kâbil'deki arkadaşları mı? Hepsi teknokratların, devlet görevlilerinin ve bakanların oğullarıydı. Adel'in yaşamına benzer yaşamlar sürüyorlardı. Gholam'ın Adel'e ara ara, şöyle bir gösterdiği hayatıysa akla belayla, öngörülemeyenle, güçlüklerle dolup taşan, ama aynı zamanda da serüven dolu bir varoluşu getiriyordu; her ne kadar önüne seriliyor, karşısına, resmen bir tükürük mesafesine açılıyor olsa da, Adel'inkinden dünyalar kadar uzak bir yaşamdı o. Gholam'ın hikâyelerini dinlerken kendi yaşamı Adel'e tatsız tuzsuz, iflah olmayacak kadar yavan geliyordu.

"Öyleyse yaptın yani?" dedi Adel. "Yani, işte, onun içine soktun?"

"Yoo. Birer fincan *çay* içip Rumi'den söz ettik. Ne sanmıştın ki?"

Adel kızardı. "Nasıldı peki?"

Ama Gholam bir başka konuya geçmişti bile. Sohbetlerinin genel şablonu buydu. Neyden konuşacaklarını Gholam seçer, zevkli, Adel'i kıskıvrak yakalayan bir dille öyküye başlar, sonra birden ilgisini yitirip öyküyü de, Adel'i de ortada bırakıverirdi.

Şimdi de, başladığı öyküyü bitirmek yerine, "Büyükannem diyor ki, kocası, yani dedem Sabır, bir keresinde ona bu ağaçla ilgili bir hikâye anlatmış. Tabii bu, ağacı kesmesinden çok çok önceymiş. Dedem bunu her ikisi de çocukken anlatmış. Şöyle ki, eğer bir dileğin varsa, ağacın karşısına diz çöküp dileğini fısıldamalıymışsın. Ağaç dileğini yerine getirmeyi kabul ederse, başına tam on tane yaprak dökermiş."

"Hiç duymamıştım bunu," dedi Adel.

"Eh, duyman mümkün değildi, öyle değil mi?"

Gholam'ın söylediği şey, ancak o zaman Adel'in kafasına dank etti. "Dur hele. Ağacımızı senin büyükbaban mı kesmiş?"

Gholam gözlerini onunkilere dikti. "Ağacınız mı? O sizin ağacınız değil."

Adel gözlerini kırpıştırdı. "Ne demek bu?"

Bunun üzerine Gholam, Adel'in yüzüne yiyecekmiş gibi baktı. Adel ilk kez bu yüzde arkadaşının alışıldık canlılığından, alametifarikası olan o alaycı sırıtıştan ya da sevimli haylazlıktan hiçbir iz göremedi. Oğlanın suratı dönüşmüştü, ifadesi ciddi, afallatıcı bir olgunluktaydı.

"Bu ağaç benim ailemindi. Bu arazi aileme aitti. Kuşaklardır bizimdi. Baban evini bizim toprağımıza yaptı. Savaş yüzünden biz Pakistan'dayken." Meyve bahçelerini gösterdi. "Onlar mı? Orada insanların evleri vardı. Ama baban buldozerle hepsini yıktı, yerle bir ettirdi. Tıpkı babamın doğduğu, büyüdüğü eve yaptığı gibi."

Adel gözlerini kırpıştırdı.

"Bizim toprağımıza el koydu ve şu" –başparmağını mâlikaneye doğru sallarken yüzünü iğrentiyle buruşturdu– "şu *şeyi* dikti."

Midesinin hafiften bulandığını, yüreğinin güm güm attığını hisseden Adel şöyle dedi: "Arkadaş olduğumuzu sanıyordum. Neden bu korkunç yalanları söylüyorsun bana?"

"Seni üçkâğıda getirip formanı aldığım günü hatırlıyor musun?" diye sordu Gholam, bir kızartı yanaklarına doğru yükselirken. "Az kaldı ağlıyordun. İnkâr etme. Seni gördüm. Bir forma için. Bir *forma*. Ta Pakistan'dan kalkıp buraya gelen, otobüsten iner inmez toprağımızda şu *şeyle* karşılaşan ailemin hissettiklerini bir düşün. Yetmezmiş gibi, sizin mor takımlı goril bizi kendi arazimizden kovuyor."

"Babam hırsız değil!" diye haykırdı Adel. "Şadbağ-e-Nau'da istediğine sor, onun bu kasaba için neler yaptığını sor." *Baba can*'ın kasaba camisinde insanları nasıl kabul ettiğini düşündü; yere bağdaş kurmuş, önünde çay bardağı, elinde tespih. Onun minderinden başlayıp ön girişe kadar uzanan, hürmetkâr bir insan kuyruğu, çamurlu elleriyle erkekler, dişsiz yaşlı kadınlar, çocuklu genç dullar; hepsi de yardıma muhtaç, hepsi de bir ricada bulunmak için sırasını bekliyor; ya bir iş istiyorlar, ya çatıyı ya da sulama kanalını onaracak, bebeğine mama alacak borç parayı. Babası başını sallıyor, sonsuz bir sabırla dinliyor; kuyruktaki her insan ailesinden biriymişçesine.

"Öyle mi? Öyleyse nasıl oluyor da arazinin tapusu babamın elinde bulunuyor?" dedi Gholam. "Mahkeme salonunda yargıca verdiği tapu?"

"Baban *Baba*'yla konuşsa, eminim..."

"Senin *Baba* benimkiyle konuşmaz. Yaptığı şeyi asla kabullenmez. Arabasıyla yanımızdan sokak köpekleriymişiz gibi geçip gidiyor."

"Siz köpek değilsiniz," dedi Adel. Düz bir sesle konuşmak bayağı bir mücadele gerektiriyordu. "Siz akbabasınız. Tıpkı Kebir'in dediği gibi. Tahmin etmeliydim."

Gholam kalktı, bir iki adım attı, sonra durdu. "Sırf bilesin diye söylüyorum," dedi. "Sana karşı herhangi bir düşmanlığım yok. Yalnızca cahil bir çocuksun işte. Ama *Baba* bir daha Helmand'a gittiğinde, ondan seni de yanına almasını, fabrikasına götürmesini iste. Orada ne yetiştirildiğini kendi gözlerinle gör. Dur sana bir ipucu vereyim: Pamuk değil."

Adel o akşam, yemekten önce sabunlu ılık suyla dolu küvete uzandı. Alt kattaki televizyonun sesini duyabiliyordu; Kebir eski bir korsan filmi izlemekteydi. Bütün öğleden sonra içinde salınıp duran öfke yavaş yavaş akıp gitmişti; Adel şimdi, Gholam'a çok sert davrandım, diye düşünüyordu. Bir keresinde *Baba can* ona, bazen ne kadar çok verirsen ver, yoksullar zenginlerin aleyhine konuşur, demişti. Bunun temel nedeni, kendi hayatları yüzünden duydukları hayal kırıklığıydı. Ve bunun çaresi yoktu. Hatta doğal bir şeydi. *Onları suçlamamalıyız Adel*, demişti babası.

Adel dünyanın özünde adaletsiz bir yer olduğunu anlamayacak kadar saf değildi; bunu görmek için yatak odasının penceresinden dışarıya bakması yeterliydi. Ancak bu gerçeğin kabulünün, Gholam gibilerinin yüreğine su serpmediğini tahmin edebiliyordu. Belki Gholam gibi insanlar, suçu atacak birine, kanlı canlı bir hedefe, çektikleri sıkıntıların kaynağı olarak iç rahatlığıyla gösterebilecekleri, lanetleyip öfkelenebilecekleri birine gereksiniyorlardı. Ve *Baba can*, verilecek en doğru karşılığın onları anlamak, yargılamaktan kaçınmak olduğunu söylerken haklıydı. Hatta iyilikle, şefkatle karşılık vermek. Küçük, sabunlu baloncukların yüzeye çıkıp patlayışını izlerken, Adel babasını, kasabada onun hakkında iğrenç dedikodular yayan kişiler olduğunu bile bile, sağlık ocakları, okullar yaptırmayı sürdürdüğünü düşündü.

Kurulanırken annesi kapıdan içeri başını uzattı. "Yemeğe iniyor musun?"

"Aç değilim," dedi.

"Ya?" Kadın içeri girdi, raftan bir havlu çekti. "Gel. Otur. Saçlarını kurulayayım."

"Kendim yapabilirim," dedi Adel.

Annesi onun arkasında durdu, gözleri aynadan oğlanı inceliyordu. "Her şey yolunda mı, Adel?"

Adel omuzlarını silkti. Annesi bir elini onun omzuna koydu; oğlunun yanağını eline sürtmesini bekler gibiydi. Ama Adel yapmadı.

"Anne, sen hiç *Baba can*'ın fabrikasını gördün mü?"

Annesinin devinimlerindeki duraksama Adel'in gözünden kaçmadı. "Elbette. Sen de öyle."

"Resimleri kastetmiyorum. Gidip gördün mü? İçine girdin mi?"

"Nasıl gideyim ki?" dedi annesi, aynadaki başını yana eğerek. "Helmand güvenli değil. Baban ne seni ne de beni asla tehlikeye atmaz."

Adel başıyla doğruladı.

Aşağıda toplar gürlüyor, korsanlar savaş naraları atıyordu.

Üç gün sonra Gholam yeniden ortaya çıktı. Hızlı adımlarla Adel'in yanına geldi, sonra durdu.

"Gelmene sevindim," dedi Adel. "Sana bir şey getirdim." Ağaç kütüğünün üzerinde duran, yaptıkları ağız dalaşından beri her gün yanında taşıdığı ceketi aldı. Çikolata kahvesi renginde, deri bir ceketti, içi yumuşacık koyun postuyla astarlıydı, fermuarla açılıp kapatılabilen bir başlığı vardı. Gholam'a uzattı. "Yalnızca birkaç kere giydim. Bana biraz büyük geliyor. Sana uyar."

Gholam kıpırdamadı. "Dün otobüsle Kâbil'e gittik, mahkeme binasına," dedi dümdüz bir sesle. "Bil bakalım yargıç bize ne dedi? Kötü haberlerim var, dedi. Bir kaza olmuş. Küçük bir yangın. Babamın tapu belgeleri yanmış. Kül olmuş."

Adel ceketi tutan elini ağır ağır indirdi.

"Belgeler olmadan hiçbir şey yapamayacağını söylerken bileğinde ne vardı biliyor musun? Babamın geçen gidişinde adamın bileğinde görmediği, yepyeni, altın bir saat."

Adel gözlerini kırpıştırdı.

Gholam bakışlarını cekete çevirdi. Yakıcı, cezalandıran bir bakıştı, utandırmak amaçlıydı. İşe yaradı. Adel büzüldü, küçüldü. Elindeki ceketin ağırlaştığını, bir barış sunusundan bir rüşvete dönüştüğünü hissetti.

Gholam hızla arkasını döndü, canlı, kararlı adımlarla yola doğru seğirtti.

Baba can döndüğü günün akşamı evde bir parti verdi. Adel yere serilmiş sofra örtüsünün başına, babasının yanına oturdu. *Baba can* bazen yere oturup parmaklarıyla yemeyi yeğlerdi, özellikle de cihat yıllarından arkadaşlarıyla beraberken. *Bana mağara günlerimizi anımsatıyor*, diye dalga geçerdi. Kadınlar yemek salonundaki masada, çatal kaşıkla yiyorlardı; Adel'in annesi masanın başındaydı. Adel onların mermer duvarlarda yankılanan gevezeliklerini duyabiliyordu. İçlerinden biri, kızıla boyanmış uzun saçları ve geniş bir kalçası olan kadın, *Baba can*'ın bir arkadaşıyla nişanlanmıştı. Akşamın başlarında, dijital fotoğraf makinesinden, Adel'in annesine Dubai'deki bir gelinlik mağazasında çektiği resimleri göstermişti.

Yemekten sonra çay içilirken *Baba can* bir savaş anısını, birliğinin kuzeydeki bir vadiye girmesini engellemek için bir Sovyet kolunu nasıl pusuya düşürdüklerini anlattı.

"Kurşun menziline girdiklerini görünce," dedi bir eliyle dalgın dalgın Adel'in saçlarını okşayarak, "ateş açtık. En öndeki aracı vurduk, sonra da birkaç cipi. Geri çekileceklerini ya da yarıp geçmeye çalışacaklarını sandım. Oysa orospu çocukları durdu, araçlardan indi ve bizi yaylım ateşine tuttu. Aklınız alıyor mu?"

Salonda mırıltılar dolaştı. Başlar sallandı. Adel buradakilerin en azından yarısının sabık *Mücahitler* olduğunu biliyordu.

"Sayıca onlardan üstündük, belki üçe bir filandık, ama ağır silahları vardı; bir de baktık *onlar* bize saldırıyor! Meyve bahçelerindeki pozisyonumuzu bozmaya çalışıyor. Az sonra herkes bir yana kaçıştı. Tabanları yağladık. Ben, bir de Muhammed bilmemne adındaki bir herif, birlikte koşuyorduk. Asmalarla dolu bir arazide yan yana koşuyorduk; şu sırıklı, telli filan olanlardan değil de, toprakta kendi kendine yetişen asmalardandı. Kurşunlar dört yandan yağıyor, canımızı kurtarmak için koşuyorduk, ansızın ikimizin de ayağı takıldı, yere düştük. Ben bir saniye sonra ayağa fırladım, ama Muhammed görünürlerde yoktu. Dönüp bağırdım: 'Kalksana ulan ayağa, eşşoğlueşek!'"

Baba can dramatik etki için bir an sustu. Kahkahasını bastırmak için yumruğuyla ağzını tıkadı. "Sonra bizimki fırlayıp kalktı, koşmaya başladı. Bir de baktım, manyak orospu çocuğunun eli kolu –aklınız alıyor mu?– üzüm dolu!"

Kahkahalar yükseldi. Adel de güldü. Babası onun sırtını sıvazladı, kendine doğru çekti. Biri bir başka öykü anlatmaya başladı, *Baba can* tabağının yanındaki sigaraya uzandı. Ama yakmaya fırsat bulamadı, çünkü ansızın, evin bir yerlerinde bir cam şangırtıyla kırıldı.

Yemek salonundan kadın çığlıkları geldi. Mermere düşen madeni bir şey, belki bir çatal ya da tereyağı bıçağı, yüksek bir sesle şıngırdadı. Erkekler ayağa fırladılar. Azmaray'la Kebir koşarak salona daldılar; tabancalarını çekmişlerdi bile.

"Girişten geldi," dedi Kebir. O tam bunu söylerken bir cam daha kırıldı.

"Burada bekleyin, Kumandan *Sahip*, biz gidip bakalım," dedi Azmaray.

"Ne beklemesi be," diye kükredi çoktan harekete geçmiş olan *Baba can*. "Kendi evimde korkup sinecek değilim!"

Girişteki hole doğru seğirtti; Adel, Kebir, Azmaray ve bütün erkek konuklar da peşinden. Giderlerken, Adel, Kebir'in kışları şöminedeki ateşi karıştırmakta kullanılan metal çubuğu aldığını gördü. Adel onlara doğru koşan annesini de gördü, yüzü solgun, gergindi. Antreye vardıklarında, camdan içeri uçarak giren bir taş, cam parçalarıyla birlikte zemine düştü. Kızıl saçlı gelin adayı bir çığlık attı. Dışarıda biri bağırıyordu.

Adel'in arkasındakilerden biri, "Nöbetçiyi nasıl geçmişler ki?" dedi.

"Kumandan *Sahip*, hayır!" diye havladı Kebir. Ama Adel'in babası kapıyı açmıştı bile.

Hava kararmaya yüz tutmuş olsa da yazdı, gökyüzü hâlâ soluk bir sarıya batmıştı. Adel uzaklardaki küçük ışık kümelerini görebiliyordu; Şadbağ-e-Nau'daki insanlar ailece akşam yemeğine oturmaya hazırlanıyordu. Ufukta yuvarlanıp giden tepeler kararmıştı, gecenin bütün boşlukları doldurması yakındı. Ama yine de, ortalık yeterince karanlık değildi, Adel'in gördüğü, iki elinde iki taş, ön basamakların dibinde duran yaşlı adamı gözden gizleyemiyordu.

"Onu yukarı götür," dedi *Baba can* omzunun üstünden karısına. "Hemen!"

Annesi Adel'i omuzlarından tutup merdivenden çıkarttı, koridordan geçirip *Baba can*'la paylaştığı yatak odasına soktu. Kapıyı kapatıp kilitledi, perdeleri çekti, televizyonu açtı. Adel'i yatağa götürdü, yan yana oturdular. Ekranda uzun, *kurta* gömlekler giymiş, örgü takkeler takmış iki Arap, şu canavar kamyonlardan biriyle uğraşmaktaydı.

"Ne yapacak o ihtiyara?" diye sordu Adel. Titremesini önleyemiyordu. "Anne, o adama ne yapacak?"

Başını kaldırıp annesine baktı, yüzünden bir gölge geçtiğini gördü ve ansızın anladı; annesinin ağzından çıkacak şeye güvenmemesi gerektiğini anlayıverdi.

"Onunla konuşacak," dedi annesi, sesinde hafif bir titremeyle. "Dışarıdaki adam her kimse, baban onu akla mantığa davet edecek. Baban hep öyle yapar. İnsanları ikna etmeye çalışır."

Adel başını hayır anlamında salladı. Ağlamaya başlamıştı, hıçkıra hıçkıra. "Ne yapacak, anne? O yaşlı adama ne yapacak?"

Annesi aynı şeyleri söylemeyi sürdürdü, her şeyin yoluna gireceğini, sonunun tatlıya bağlanacağını, kimsenin canının yanmayacağını yineleyip durdu. Ama o konuştukça Adel'in hüngürtüsü arttı, sonunda ağlamaktan bitap düştü, annesinin kucağında uyuyakaldı.

***

Sabık Komutan Suikast Girişiminden Kurtuldu.

Adel haberi babasının çalışma odasında, babasının bilgisayarından okudu. Haberde saldırıdan "son derece tehlikeli", saldırgandan ise "Taliban'la bağlantılı olduğundan kuşkulanılan" eski bir sığınmacı diye söz ediliyordu. Makalenin ortalarına doğru yapılan alıntıda, Adel'in babası ailesinin güvenliği için endişelendiğini söylüyordu. *Özellikle de hiçbir suçu olmayan, küçük oğlum için*, demişti. Haberde saldırganın adı verilmediği gibi, ona ne olduğundan da söz edilmiyordu.

Adel bilgisayarı kapadı. Aslında onu kullanmaması gerekiyordu, babasının çalışma odasına girmekle bir yasağı çiğnemişti. Bir ay önce olsaydı, buna kesinlikle cesaret edemezdi. İsteksizce odasına döndü, yatağına uzanıp eski bir tenis topunu duvara atmaya başladı. *Pat! Pat! Pat!* Çok geçmeden annesi başını kapıdan uzattı, önce durmasını rica etti, sonra da buyurdu, ama Adel durmadı. Kadın bir süre kapıda oyalandıktan sonra sessizce çekildi.

Pat! Pat! Pat!

Yüzeyde değişen bir şey yoktu. Adel'in gündelik faaliyetlerinin bir dökümü çıkarılsaydı, olağan temposuna döndüğünü gösterirdi. Yine aynı saatte uyanıyor, yıkanıyor, anne babasıyla kahvaltı ediyor, özel öğretmeniyle ders çalışıyordu. Ardından öğle yemeğini yiyip öğleden sonrayı aylaklık ederek, Kebir'le film izleyerek ya da video oyunları oynayarak geçiriyordu.

Oysa hiçbir şey aynı değildi. Gholam ona bir kapıyı aralamış olabilirdi, ama onu kapıdan bir itişte geçiren *Baba can* olmuştu. Adel'in zihnindeki uyuyan dişliler dönmeye başlamıştı. Adel'e, sanki bir gecede tamamen yeni, ilave bir duyu kazanmış gibi geliyordu; yıllardır karşısında durduğu halde hiç fark etmediği şeyleri algılama, içyüzünü kavrama gücü veren bir sezgi. Örneğin, annesinin kendine sakladığı sırlar olduğunu görüyordu. Annesine bakıyor ve sırların bu yüzde hafif hafif dalgalandığını görüyordu. Bildiklerini, tıpkı ikisinin bu koca evdeki hali gibi, kilitlenmiş, sıkıca kapatılmış, özenle korunan şeyleri oğlundan saklamak için nasıl çabaladığını. Adel babasının evini ilk kez başkalarının gözüyle, yani bir ucube, bir hakaret, bir adaletsizlik anıtı olarak görüyordu; onlardan başka herkesin dillendirilmemiş görüşüydü bu. İnsanların babasını hoşnut etme telaşındaki sindirilmişliğini, korkuyu görüyordu; gösterdikleri saygının, itaatin dayandığı gerçek payanda bu korkuydu işte. Gholam'ı düşündü; bu yeni içgörüsü nedeniyle Adel'le iftihar ederdi herhalde. Adel yaşamını baştan beri yöneten, daha geniş, daha kapsamlı devinimleri ilk kez gerçek anlamda fark ettiğini hissetti.

Ve bir insanın içinde, birbiriyle delice çelişen gerçeklerin yatabildiğini. Salt babasının, annesinin ya da Kebir'in değil.

Kendisinin içinde de.

Bu son keşif bazı bakımlardan Adel için en şaşırtıcı olanıydı. Şimdi babasının eylemlerini, önce *cihat* adına, sonra da *özverinin hak edilmiş ödülleri* dediği şey adına neler yaptığını bütün çıplaklığıyla öğrenmek Adel'i sersemletti, allak bullak etti. En azından bir süreliğine. Taşların camdan içeriye yağdığı o akşamdan sonra, günlerce, babasının odaya her girişinde Adel'in karın ağrısı tuttu. Ne zaman babasının cep telefonuna böğürdüğünü, hatta banyoda bir şarkı mırıldandığını duysa, belkemiğinin büzüştüğünü, boğazının acı verecek kadar kuruduğunu hissediyordu. Babası ona iyi geceler öpücüğü veriyor, Adel içgüdüsel olarak geri çekilmek istiyordu. Karabasanlar görüyordu. Rüyasında meyve bahçesinin kenarında duruyor, ağaçların arasında sürüp giden bir dayak sahnesini seyrediyordu; bir kalkıp bir inen madeni çubuğun parıltısı, ete ve kemiğe çarpan demirin sesi. Bu rüyalardan, göğsüne hapsolmuş bir ulumayla uyanıyordu. Beklenmedik anlarda yandan çarpan ağlama nöbetleriyle sağa sola savruluyordu.

Öte yandan...

Öte yandan...

Bir şey daha olmaktaydı. Zihnindeki yeni farkındalık henüz silikleşmemişti, ama kendine yavaş yavaş bir yoldaş bulmuştu. Şimdi Adel'in içinde hızla akan, başka, karşıt bir bilinçlilik akımı vardı; ilkini yerinden etmemiş, onun yanında kendine bir yer talep etmişti. Adel benliğinin bu ikinci, daha rahatsız edici parçasına karşı bir uyanış hissediyordu. Bu parçası, şu an ıslak bir yün kazak gibi tenine batan yeni kimliği, zamanla, usul usul, neredeyse hiç fark edilmeksizin kabullenecekti. Adel muhtemelen er geç durumu kabulleneceğini anlıyordu; tıpkı annesinin yaptığı gibi. Başta annesine çok kızmıştı, şimdiyse daha bağışlayıcıydı. Belki de kocasından korktuğu için kabullenmişti. Ya da sürdürdüğü bu lüks yaşama karşılık sus payı olarak. En çok da Adel'in sonunda kabulleneceği nedenden: Mecbur kaldığından. Başka bir seçeneği var mıydı? Nasıl ki Gholam kendi hayatından kaçıp kurtulamazsa, Adel de kaçamazdı. İnsanlar en akla hayale sığmayacak koşullarda yaşamayı öğreniyordu. Kendisi de öyle yapacaktı. Onun yaşamı buydu. Annesi buydu. Babası buydu. Ve baştan beri bilmiyor olsa da, kendisi de buydu.

Adel babasını eskisi gibi, o kalın kollarının arasında, büyük bir mutlulukla uyuduğu zamanlardaki gibi sevemeyeceğinin farkındaydı. Bu artık tasavvur edilemez bir şeydi. Ama onu yeniden sevmeyi öğrenecekti, her ne kadar bu artık farklı, daha karmaşık, çok daha berbat bir iş olsa da. Adel birdirbir oynar gibi çocukluğunun üstünden atladığını hissediyordu. Yere bir yetişkin olarak inecekti. İndiğinde de artık geri dönüşü olmayacaktı, çünkü yetişkin olmak babasının bir zamanlar bir savaş kahramanı olmak için söylediği şeye benziyordu: Bir kere oldun mu, öyle de ölürsün.

Gece yatakta yatarken, Adel bir gün –belki yarın, belki ertesi gün ya da gelecek hafta– evden çıkacağını, yeldeğirmeninin oradaki arsaya, Gholam'ın ailece konduklarını söylediği yere yürüyeceğini düşündü. Arsayı boş bulacağını düşündü. Yolun kıyısında duracak, Gholam'ı annesi, erkek kardeşleri ve babaannesiyle birlikte gözünün önüne getirmeye çalışacaktı; iple bağlanmış denklerini güçbela taşıyarak, düzensiz bir sıra halinde yürüyen, taşra yollarının tozlu sırtlarında sessizce ilerleyen, kendine konacak bir yer arayan bir aile. Gholam artık ailenin reisi. Çalışmak zorunda. Gençliğini kanal temizleyerek, hendek kazarak, tuğla yaparak, tarla sürerek harcayacak. Yavaş yavaş, Adel'in saban sürerken gördüğü o iki büklüm, kösele suratlı adamlardan birine dönüşecek.

Adel o arsada bir süre duracağını, tepelere, Yeni Şadbağ'ın tepesinde yükselen dağlara bakacağını düşündü. Sonra elini cebine sokacak, bir gün meyve bahçelerinde gezinirken bulduğu şeyi, tam ortasından kırılmış olan tel gözlüğün sol yarısını çıkartacaktı; camında çatlaklardan oluşan bir örümcek ağı, sapının şakağa denk gelen yerinde kurumuş kan. Kırık gözlüğü bir çukura atacak. Adel arkasını dönüp eve doğru giderken hissedeceği şeyin, büyük bir olasılıkla rahatlama olacağından kuşkulanıyordu.

Sekiz

SONBAHAR 2010

Bu akşam klinikten eve dönünce yatak odamdaki sabit hatlı telefonda Thalia'dan bir mesaj buluyorum. Ayakkabılarımı çıkarıp çalışma masama otururken dinliyorum. Grip olduğunu, kesinlikle Mamá'dan kaptığını söylüyor, sonra beni, Kâbil'de işlerin nasıl gittiğini soruyor. Sonunda, kapatmadan hemen önce şöyle diyor: *Odie senin hiç aramadığından yakınıp duruyor. Ama bunu sana tabii ki söylemez. Onun için de ben söylüyorum. Markos. İsa Mesih aşkına. Anneni ara. Seni hıyar.*

Gülümsüyorum.

Thalia.

Çalışma masamda bir fotoğrafı var, yıllar yıllar önce Tinos'taki kumsalda çektiğim resim – Thalia bir kayanın üzerinde oturuyor, sırtı kameraya dönük. Fotoğrafı bir çerçeveye yerleştirdim, ancak yakından bakarsanız, sol alt köşesindeki, yıllarca önce resmi yakmaya kalkışan çılgın İtalyan kızın marifeti olan, küçük kahverengi lekeyi hâlâ görebilirsiniz.

Küçük dizüstü bilgisayarımı açıyor, bir gün önceki ameliyat notlarını yazmaya koyuluyorum. Odam üst katta, Kâbil'e geldim geleli, yani 2002 yılından beri oturduğum evin ikinci katındaki üç yatak odasından biri; masam aşağıdaki bahçeye bakan pencerenin önünde. Ev sahibim Nebi'yle birlikte birkaç yıl önce ektiğimiz malta eriklerini görebiliyorum. Arka duvarın önündeki, Nebi'nin bir zamanlar yaşadığı, şimdi yeniden boyanmış olan müştemilatı da öyle. Nebi'nin ölümünden sonra orayı, yerel liselerde bilgisayarın yaygınlaştırılmasına yardım eden genç Hollandalıya teklif ettim. Sağ tarafta da Süleyman Wahdati'nin 1940'lardan kalma Chevrolet'si duruyor; onlarca yıldır yerinden kıpırdamamış olan araba, bir kayayı saran yosun misali pasla kaplı; dün mevsiminden çok önce yağan sürpriz kar yüzünden şu an ince bir kar tabakasıyla örtülü. Nebi öldükten sonra kısa bir süre arabayı Kâbil'in hurdalıklarından birine çektirmeyi düşündüysem de yüreğim kaldırmadı. Bence o araba evin tarihinin, mazisinin olmazsa olmaz bir parçası.

Notları bitiriyor, saatime bakıyorum. Saat dokuz buçuk olmuş bile. Yunanistan'da akşamın yedisi.

Ara anneni. Seni hıyar.

Bu gece Mamá'yı arayacaksam daha fazla geciktiremem. Thalia yolladığı e-postaların birinde, Mamá'nın giderek daha erken yattığını yazmıştı. Derin bir nefes alıp kendimi hazırlıyorum. Ahizeyi kaldırıp numarayı çeviriyorum.

Thalia'yla 1967 yazında, on iki yaşımdayken tanıştım. O ve annesi Madaline, annemle beni görmeye Tinos'a gelmişlerdi. Annem arkadaşı Madaline'i yıllardır –tam olarak on beş yıldır– görmediğini söyledi. Madaline on yedi yaşındayken adadan ayrılıp Atina'ya gitmiş, fazla uzun sürmemiş olsa da oyunculuk yapıp mütevazı bir ün kazanmıştı.

"Filmlerde oynadığını duyunca," dedi Mamá, "hiç şaşırmamıştım. Güzelliği nedeniyle. Herkes etkilenirdi Madaline'den. Karşılaşınca kendin göreceksin zaten."

Mamá'ya neden ondan hiç bahsetmediğini sordum.

"Bahsetmedim mi? Emin misin?"

"Eminim."

"Oysa bahsettiğime yemin edebilirim." Sonra şöyle dedi: "Bir kızı var. Thalia. Ona karşı nazik, düşünceli olmalısın, çünkü bir kaza geçirdi. Bir köpek ısırdı onu. Yarası var."

Mamá başkaca bir şey eklemedi, konuyu uzatmamam gerektiğini biliyordum. Ama bu bilgi Madaline'in sinema ve tiyatro geçmişinden çok daha fazla ilgimi çekmişti; kız özel bir nezaketi hak ettiğine göre, yaranın hem ciddi hem de görülür olma ihtimali vardı, buysa merakımı iyice kamçılıyordu. Marazi bir hevesle, yarayı bir an önce kendi gözlerimle görmeyi bekliyordum.

"Madaline'le küçükken ekmek ve şarap ayininde tanıştık," dedi Mamá. "Ve anında, ayrılmaz ikili olduk." Sınıfta sıranın altından el ele tutuşurlarmış; teneffüslerde, kilisede, yürüyerek arpa tarlalarından geçerken de öyle. Ölene kadar kardeş kalmaya ant içmişler. Hep, evlendikten sonra bile birbirlerinin yakınında yaşayacaklarına söz vermişler. Komşu olacaklar, içlerinden birinin kocası başka yere taşınmak için tutturursa, hemen onu boşayacakmış. Kendiyle dalga geçerek bunları söylerken annemin hafifçe gülümsediğini anımsıyorum, bu toyluk ve gençlik budalalığıyla, bu pervasız, soluksuz yeminlerle arasına mesafe koymak istercesine. Ama yüzünde dillendirilmemiş bir incinmişliğin, bir hayal kırıklığının gölgesini görmüştüm, ancak Mamá bunu itiraf etmeyecek kadar gururluydu.

Madaline şimdi kendinden epeyce büyük, zengin bir adamla, Bay Andreas Gianakos'la evliydi; adam yıllar önce Madaline'in ikinci, sonradan anlaşıldığı üzere son filminin yapımcılığını üstlenmişti. Şimdi inşaat işindeydi ve Atina'da büyük bir şirketi vardı. Madaline'le Bay Gianakos geçenlerde kavga etmişler, araları açılmıştı. Bana bu bilgileri veren tabii ki Mamá değildi; gizlice, telaşla, kısmen okuduğum bir mektuptan, Madaline'in anneme yolladığı, ziyarete gelme niyetini bildiren mektuptan öğrenmiştim.

Andreas'la ve o sağcı arkadaşlarıyla, onların o askeri marşlarıyla bir arada olmaktan bıktım usandım, inan. Ağzımı hiç açmıyorum. Demokrasimizi soytarıya çeviren o cani subayları yüceltirlerken tek kelime etmiyorum. Ağzımdan tek bir muhalif sözcük çıksa, hemen beni anarşist, komünist diye damgalayacaklarından eminim, o zaman beni zindanlardan Andreas'ın nüfuzu bile kurtaramaz. Gerçi onu, yani nüfuzunu kullanma zahmetine de girmeyebilir. Bazen beni tam da buna ittiğine, kendi ipimi kendim çekeyim diye kışkırttığına inanıyorum. Ah, seni nasıl özlüyorum, sevgili Odie'm. Arkadaşlığını nasıl özlüyorum...

Konuklarımızın geleceği gün, Mamá evi temizlemek için erkenden kalktı. Bir yamaca kurulmuş, küçük bir evde yaşıyorduk. Tinos'taki evlerin çoğu gibi, beyaz kirece boyanmış taştan yapılmıştı, düz damı baklava biçimli kırmızı kiremitle kaplıydı. Üst kattaki, annemle paylaştığımız küçük yatak odasının kapısı yoktu –dar merdiven doğruca odaya çıkmaktaydı– ama kapısının üstünde, açık yelpaze şeklinde bir penceresiyle dar bir balkonu vardı; bel hizasındaki dökme demirden bir parmaklığın çevirdiği balkondan öteki evlerin çatıları, aşağıdaki zeytin ağaçları, keçiler, kıvrıla kıvrıla ilerleyen, daracık taş sokaklar, kemerler ve elbette, yaz sabahlarında masmavi ve dingin uzanan, ikindilerde, kuzeyden *meltem* esmeye başladığında beyaz beyaz köpüklenen Ege görünürdü.

Mamá temizliği bitirince üzerine şık denebilecek tek kıyafetini geçirdi; her 15 Ağustos'ta, Panagia Evangelistria Kilisesi'ndeki Dormition Bayramı'nın onuruna, kilisenin ünlü ikonunun karşısında dua etmek için Akdeniz'in dört bir yanından gelen hacıların Tinos'a doluştuğu gün giyerdi bunu. Annemin bu kıyafetle çekilmiş bir fotoğrafı var – yuvarlak yakalı, uzun, paslı altın renginde, tatsız tuzsuz elbise, çekmiş, beyaz bir kazak, çoraplar, kalın topuklu, siyah ayakkabılar. Mamá haşin suratı, alınmamış kaşları ve kibirli burnuyla tam bir "yanıma yanaşmayın" dul portresi; kaskatı duruşu, yüzündeki somurtuk, dindar anlamla kendisi de bir hacı sanki. Resimde ben de varım; annemin kalçasının yanında, dimdik duruyorum. Üzerimde beyaz bir gömlek, beyaz şort, dize kadar gelen, ucu katlanmış beyaz çoraplar var. Kaş çatışımdan dik durmamın, gülümsememin söylendiği, hiç istemediğim, büyük patırtı kopardığım halde yüzümün kazınırcasına ovulduğu, saçlarımın ıslatılıp güzelce tarandığı anlaşılıyor. Aramızdaki hoşnutsuzluk akımını hissedebiliyorsunuz. Bunu gergin duruşumuzdan, bedenlerimizin birbirine neredeyse hiç değmemesinden anlayabilirsiniz.

Belki de anlayamazsınız. Ama ben o fotoğrafı her görüşümde bunu hissediyorum – ki son görüşüm iki yıl önceydi. Sakınganlığı, zorlanmayı, sabırsızlığı görmeden edemiyorum. Salt genetik bir görev duygusu gereği bir arada olan, birbirini şaşırtmaya ve hüsrana uğratmaya yazgılı, diğerine karşı çıkmaya şeref sözü vermiş iki kişi görmemek, elimde değil.

Üst kattaki yatak odasının camından, Tinos kasabasındaki arabalı vapur iskelesine doğru yola çıkan Mamá'yı seyrettim. Eşarbının uçlarını çenesinin altında bağlamış, güneşli, mavi güne bodoslama dalmıştı. Ufak tefek, küçük kemikli, çocuk-bedenli bir kadındı, ama karşıdan geldiğini gördüğünüzde, akıllılık edip ona yol verirdiniz. Beni her sabah okula götürüşünü anımsıyorum – artık emekli oldu, ama eskiden öğretmendi. Yürürken, Mamá asla elimden tutmazdı. Öteki anneler çocuklarının ellerini tutarlardı. Annem bana diğer öğrencilerden farklı muamele yapamayacağını söylemişti. Bir eliyle kazağının yakasını kavuşturup önden, hızlı adımlarla yürür, bense elimde sefertasım, ona yetişmeye çalışarak, yeldir yepelek arkasından giderdim. Sınıfta hep en arkada otururdum. Annemin karatahtadaki hali, yaramazlık eden bir öğrenciyi, sapandan fırlatılmış ve anatomik bir isabetle hedefi bulmuş bir taşa benzeyen tek ve yakıcı bir bakışla nasıl hizaya getirdiği bugün gibi aklımda. Sizi sırf kararmış bir suratla ya da ansızın susarak ortadan ikiye biçiverirdi.

Mamá sadakate her şeyden çok değer verirdi; kendini yok sayma pahasına olsa da. Özellikle de kendini yok sayma pahasına. Ayrıca en iyisinin her koşulda, daima doğruyu söylemek, açıkça, hiç eğip bükmeden gerçeği açıklamak olduğunu söylerdi; gerçek ne kadar nahoşsa, onu o kadar çabuk açıklamalıydın. Omurgasızlığa karşı tahammülü yoktu. Uçsuz bucaksız bir iradesi olan, özür dilemeyi, mazeret sıralamayı bilmeyen bir kadındı –yo, bir *kadındır*. Onunla zıtlaşmak, ters düşmek istemezsiniz; gerçi öfkesinin Tanrı vergisi mi, yoksa zorunluluktan edinilmiş bir şey mi olduğunu bir türlü anlayamadım, hâlâ da anlayabilmiş değilim – ne de olsa evliliği daha bir yılını doldurmadan kocasını kaybetmiş, tek başına büyütmesi gereken bir erkek çocukla kalakalmış bir kadından söz ediyoruz.

Mamá gittikten az sonra üst katta uyuyakaldım. Daha sonra bir kadının yüksek, çınlayan sesiyle uykumdan sıçradım. Doğrulup oturdum, işte karşımdaydı: bol dudak boyası, pudra, parfüm, ince, biçimli kıvrımlar, sivri uçlu, küçük bir şapkanın incecik tülünün altından bana yöneltilmiş bir hostes tebessümü. Neon yeşili mini elbisesi, ayağının dibindeki deri valizi, kumral saçları ve uzun bacaklarıyla odanın ortasında durmuş, ışıl ışıl bir yüzle bana gülümsemekte, ek yerleri özgüvenle, neşeyle çınlayan bir sesle konuşmaktaydı.

"Odie'nin küçük Markos'u sensin demek! Bu kadar yakışıklı olduğunu söylememişti! Ah, annene benziyorsun, bilhassa gözlerin... Evet, aynı gözler. Daha önce söylemişlerdir mutlaka. Seninle tanışmayı öyle çok istiyordum ki. Annenle ben –biz– ah, Odie tabii ki anlatmıştır sana, dolayısıyla bunun... ikinizi bir arada görmenin, seninle tanışmanın beni nasıl heyecanlandırdığını tahmin edebilirsin, Markos. Markos Varvaris! Eh, ben de Madaline Gianakos'um ve şu an sevinçten dört köşeyim."

Sadece dergilerde rastladığım, akşam gezmesine çıkmaya hazırlanan, ya bir opera binasının önündeki geniş basamaklarda sigara içen ya da parlak, siyah bir arabadan inmesine yardım edilen, yüzlerini patlayan flaşların aydınlattığı şık, havalı kadınlarda gördüğüm krem rengi, dirseğe kadar uzanan saten eldivenini çıkardı. Çıkarıncaya kadar, her parmakucunu birkaç kez çekiştirmesi gerekmişti, sonra belden yukarısını hafifçe eğip elini uzattı.

"Memnun oldum," dedi. Eli, eldivene karşın yumuşak ve serindi. "Bu da kızım Thalia. Hadi canım, Markos Varvaris'e merhaba desene."

Odanın girişinde, annemin yanında duruyor, boş gözlerle bana bakıyordu; leylek bacaklı, soluk tenli, gevşek lüleleri olan bir kızdı. Bunun dışında, hiçbir şey söyleyemem. Ne o gün giydiği elbisenin rengini –tabii elbise giymişse– ne ayakkabılarının biçimini ne de ayağında çorap olup olmadığını; saat, kolye ya da küpe takıp takmadığını. Söyleyemem çünkü bir lokantadaysanız ve biri ansızın soyunursa, masanın üzerine sıçrayıp tatlı kaşıklarıyla hokkabazlık yapmaya başlarsa, salt bakmakla kalmaz, bakacak *başka* hiçbir şey bulamazsınız. İşte, kızın yüzünün alt tarafını kapatan maske böyleydi. Gözün başkaca bir şey kaydetme olasılığını ortadan kaldırıyordu.

"Thalia, merhaba desene canım. Kabalık etme."

Başın belli belirsiz sallandığını görür gibi oldum.

"Selam." Karşılık verirken dilim zımpara gibiydi. Havada bir ürperti vardı. Bir cereyan. Yarısı heyecan, yarısı korku olan bir duyguyla dolduğumu, içimden fışkıran bir şeyin yukarıya doğru çıkıp oraya çöreklendiğini hissettim. Gözümü dikmiş bakıyordum, farkındaydım, ama kendimi durduramıyor, bakışlarımı maskenin gök mavisi kumaşından, başın arkasında bağlanmış bir çift banttan, ağız yerindeki yatay, ince kesikten alamıyordum. Maskenin gizlediği şey her neyse, onu görmeyi kaldıramayacağımı o anda anladım. Ve görmeye can attığımı. Bu öyle korkunç, öyle dehşetli bir şeydi ki, beni de, başkalarını da ondan korumak gerekiyordu; öyleyse onu kendi gözlerimle görmeden, yaşamımdaki hiçbir şey doğal akışına, ritmine, düzenine kavuşamayacaktı.

Diğer ihtimal, belki de maskenin Thalia'yı bizden korumak için tasarımlanmış olduğu, aklıma bile gelmemişti. En azından o ilk tanışmanın sersemletici hengâmesinde.

Madaline'le Thalia üst katta eşyalarını yerleştirirken, Mamá mutfakta akşam yemeği için dilbalığı parçalarını döverek yassıltmaya koyuldu. Madaline'e bir fincan *ellinikós* kahvesi yapmamı söyledi, yaptım, sonra da yukarı götürmemi söyledi, ben de bir tepsiye koyup küçük bir tabak *pastelli*'yle birlikte götürdüm.

Aradan geçen bunca yıla rağmen, az sonra olanları her hatırlayışta, utanç ılık, yapışkan bir sıvı misali her yanımı kaplıyor. Sahne, bugün bile donmuş bir fotoğraf karesi gibi gözümün önünde. Madaline yatak odasının penceresinin önünde durmuş sigara içiyor, Jackie Kennedy tarzı, iri, koyu sarı camlı gözlüğünün gerisinden denize bakıyor; bir eli kalçasında, bileklerini çaprazlamış. Küçük şapkası tuvalet masasında. Tuvalet masasının üstünde bir ayna, aynada da Thalia var; yatağın kenarında, sırtı bana dönük oturmakta. Öne eğilmiş, bir şey yapıyor, belki ayakkabılarının bağını çözüyor, maskesini çıkarmış olduğunu görebiliyorum. Maske yanında, yatağın üzerinde. Soğuk bir ürperti belkemiğimden aşağıya ilerliyor, engellemeye çalışıyorum, ama ellerim titriyor, kahve tabağına değen porselen fincan şıngırdıyor, bunu duyan Madaline başını pencereden bana çeviriyor, bunun üzerine Thalia da başını kaldırıyor. Aynadaki yansısını görüyorum.

Tepsi elimden kayıyor. Porselen kırılıyor. Sıcak kahve etrafa sıçrıyor, tepsi tangır tungur merdivenden yuvarlanıyor. Bir anda ortalık karışıyor, ben dört ayak yerdeyim, porselen kırıklarını toplamaya çalışıyorum, Madaline, "Eyvah, eyvah," diyor, üst kata koşan Mamá haykırıyor: "Ne oldu? Markos, ne yaptın?"

Köpek ısırmış, demişti annem bana uyarırcasına. *Yaranın izi kalmış.* Köpek Thalia'nın yüzünü ısırmamış, *yemişti.* O gün aynada gördüğüm yüzü tanımlayacak pek çok sözcük olabilirdi, ancak *yara izi* bunlardan biri değildi.

Mamá'nın iki eliyle omuzlarıma yapıştığını, beni yerden kaldırdığı gibi kendine çevirdiğini, "Neyin var senin? Derdin ne, ha?" dediğini anımsıyorum. Ve bakışlarının başımın üstünden ileriye dikildiğini. Bakışları orada dondu. Kelimeler de ağzında. Yüzü boşalıverdi. Elleri omuzlarımdan düştü. Sonra, son derece olağandışı, yaşadığım sürece göremeyeceğimi sandığım, Kral Constantine'in sırtında palyaço giysisiyle gelip kapımızı çalmasından bile daha olanaksız bir şeye tanık oldum: Annemin sağ gözünün kenarından süzülen tek bir gözyaşı damlasına.

***

"E, nasıldı bakalım?" diye soruyor Mamá.

"Kim?"

"Kim mi? Şu Fransız kadın. Ev sahibinin yeğeni olan, Parisli profesör."

Ahizeyi öteki kulağıma geçiriyorum. Annemin hatırlaması beni şaşırtıyor. Ömrüm boyunca, anneme söylediğim sözlerin duyulmadan bir boşlukta kaybolup gittiği duygusunu taşıdım; aramızda parazit, bozuk bir bağlantı varmışçasına. Bazen, şu an olduğu gibi, Kâbil'den onu aradığımda, annemin karşı uçtaki varlığını hissetsem, nefes aldığını duysam dahi, bana ahizeyi elinden sessizce bırakıp uzaklaşmış, bense kıtalar ötesindeki bir boşluğa konuşuyormuşum gibi gelir. Bazen de, ona klinikte gördüğüm bir şeyi anlatırken (babasının kucağında taşıdığı, kanlar içindeki oğlan çocuğunu, örneğin, yanaklarına şarapnel parçaları gömülmüş, kulağı uçup gitmiş ya da yanlış günde, yanlış zamanda, yolun yanlış tarafında oynayan bir başka kurbanı) bir anda bir patırtı duyarım, Mamá'nın sesi birden uzaklaşıp boğuklaşır, bir alçalıp bir yükselir, yankılı ayak sesleri, yerde sürüklenen bir şeyin gürültüsü duyulur, o zaman çenemi kapatır, dönmesini beklerim, o da sonunda mutlaka döner, biraz soluk soluğa durumu açıklar. *Ayakta durmamın sakıncası yok, dedim. Gayet açık seçik söyledim: 'Thalia, Markos'la konuşurken camın önünde durup denizi seyretmek hoşuma gidiyor,' dedim. Ama o, 'Yorgun düşeceksin Odie, oturmalısın,' deyip durdu. Bir de baktım, elindeki koltuğu –geçen yıl aldığı şu deri heyulayı– pencereye doğru ittiriyor. Tanrım, bir de güçlü ki. Sen o koltuğu görmedin tabii. Nasıl görecektin ki.* Sonra yapmacık bir kızgınlıkla iç geçirip hikâyeme devam etmemi ister, ama benim artık dengem fena halde bozulmuştur. Bunun üzerimdeki somut etkisi şudur: Alttan alta kınandığımı hissetmem sağlanmış, dahası, bunu hak ettiğim, dile getirilmeyen yanlışlar yapmaktan, resmen hiç itham edilmediğim suçlar işlemekten suçlu olduğum bana güzelce sezdirilmiştir. Öykümü anlatmayı sürdürsem bile, o artık kendi kulaklarıma bile önemsiz gelir. Mamá'nın Thalia'yla yaşadığı koltuk dramıyla boy ölçüşemez.

"Sahi adı neydi?" diye soruyor Mamá. "Peri bilmem neydi galiba?"

Ona Nebi'nin çok değer verdiğim bir dostum olduğundan söz etmiştim. Nebi'nin hayatını genel hatlarıyla biliyordu. Vasiyetnamesinde, Kâbil'deki evi yeğenine, Fransa'da büyümüş olan Peri'ye bıraktığını da. Ama Mamá'ya Nila Wahdati'yi, kocasının geçirdiği felçten sonra Paris'e kaçtığını, Nebi'nin onlarca yıl Süleyman'a baktığını anlatmamıştım. *O* maziyi. Geri tepmeye müsait çok fazla koşutluk vardı. Kendin hakkındaki iddianameyi yüksek sesle okumaktan farksızdı.

"Peri, evet. Tatlı bir kadındı," diyorum. "Sıcakkanlı. Hele de bir akademisyene göre."

"Kimyagerdi galiba?"

"*Matematikçi*," diyorum dizüstü bilgisayarımın kapağını kapatırken. Kar yeniden başladı, hafifçe; minik kar taneleri karanlıkta dönüp duruyor, pencereme savruluyorlar.

Peri Wahdati'nin geçtiğimiz yazın sonuna doğru yaptığı ziyareti anneme anlatıyorum. Gerçekten çok sevimli bir kadındı. Nazik, ince uzun; kır saçlar, her iki yandan kalın, mavi bir damarın katettiği uzun bir boyun, sıcak, ayrık-dişli bir gülümseme. Azıcık kırılgan, olduğundan daha yaşlı görünüyor. İlerlemiş bir romatizmal mafsal iltihabı. Özellikle de ellerini vurmuş; yamru yumru elleri, henüz işlevselliğini sürdürse de kötü gün yakın, bunu kendisi de biliyor. Bu aklıma Mamá'yı ve *onun* yaklaşan gününü getiriyor.

Peri Wahdati, Kâbil'deki evde benimle bir hafta kaldı. Paris'ten geldiği gün ona evi gezdirdim. Evi en son 1955'te görmüştü, burayı, genel yerleşim planını olanca canlılığıyla anımsadığını görünce kendisi de şaşırdı, örneğin, salonla yemek odası arasındaki iki basamağı bile unutmamıştı, sabahları buraya vuran güneş ışığında oturup kitap okuduğunu söyledi. Evin belleğinde kalan eve kıyasla çok daha küçük olması afallatmıştı onu. Onu yukarıya çıkardığımda, her ne kadar şu an orada Dünya Gıda Programı için çalışan bir Alman meslektaşım kalıyor olsa da, eski yatak odasını kolayca buldu. Odanın bir köşesindeki küçük, alçak dolabı görünce soluğunu tutuverdiği gözümden kaçmamıştı – çocukluğundan kalabilen birkaç yadigârdan biriydi. Dolabı, Nebi'nin ölümünden önce bana bıraktığı mektuptan anımsıyordum. Peri dolabın yanına çömeldi, parmakuçlarını yer yer kalkmış sarı boyada, kapaklardaki solmaya yüz tutmuş zürafalarda, uzun kuyruklu maymunlarda gezdirdi. Başını kaldırıp bana bakınca, gözlerinin hafifçe nemlenmiş olduğunu gördüm; son derece mahcup, af dileyen bir edayla onu Paris'e göndertmemin mümkün olup olamayacağını sordu. Yerine alınacak dolabın parasını ödemeyi önerdi. Evden almayı istediği tek eşyaydı. Bunu seve seve yapacağımı söyledim.

Sonunda, onun gidişinden bir iki gün sonra Paris'e yolladığım dolabı saymazsak, Peri Wahdati yanına bir tek Süleyman Wahdati'nin çizim defterleriyle Nebi'nin sakladığı Nila şiirlerinden bazılarını aldı. Kalışı sırasında benden tek bir ricada bulundu, o da onu Şadbağ'a götürecek bir araba ayarlamamdı; doğduğu köyü görmek istiyor, üvey kardeşi İkbal'i bulmayı umut ediyordu.

"Bence evi satmak isteyecektir," diyor Mamá. "Artık onun olduğuna göre."

"Aslını istersen, istediğim kadar kalabileceğimi söyledi," diyorum. "Kira filan ödemeden."

Mamá'nın dudaklarının kuşkuyla büzüldüğünü adeta görebiliyorum. O bir adalı. Anakaradan gelen herkesin amaçlarından şüphelenir, her türlü iyiniyet gösterisine kuşkuyla yaklaşır. Çocukken bir gün, fırsatını bulur bulmaz Tinos'tan kurtulmayı kafaya koyma nedenlerimden biri de buydu.

"Güvercinliğin yapımı nasıl gidiyor?" diye soruyorum konuyu değiştirmek için.

"Biraz ara vermek zorunda kaldım. Çok yordu beni."

Altı ay önce Atina'da Mamá'ya bir nörolog tarafından teşhis kondu; Thalia, annemin titrediğini, elindekileri düşürdüğünü söyleyince, doktora görünmesi için bastırmıştım. Onu doktora Thalia götürdü. Nörologla yapılan görüşmeden beri, Mamá dur durak bilmiyor. Bunu Thalia'nın yolladığı e-postalardan biliyorum. Evi boyamak, sızan boruları tamir etmek, üst kata yapılacak yeni dolaba yardım etmesi için Thalia'nın gönlünü yapmak, hatta çatıdaki çatlak kiremitleri değiştirmek – neyse ki Thalia buna hemen bir son verdi. Şimdi de güvercinlik. Annemi kollarını güzelce sıvamış, elinde çekiç, sırtında ter lekeleri, çivi çakarken, tahta parçalarını zımparalarken görebiliyorum. Giderek bozulan nöronlarına karşı yarışıyor. Hâlâ vakit varken onlardaki son işe yarar damlayı sıkıp almaya çalışıyor.

"Ne zaman geliyorsun eve?" diyor Mamá.

"Yakında," diyorum. *Yakında.* Geçen yıl aynı soruyu sorduğunda verdiğim yanıt bu. Tinos'a son gidişimin üstünden iki yıl geçti.

Kısa bir sessizlik. "Fazla geciktirme. Beni demir ciğere bağlamalarından önce görmek istiyorum seni." Gülüyor. En küçük bir kendine acıma, sızlanma belirtisine duyduğu tiksintiye bağlı, eski bir alışkanlık bu: Herhangi bir talihsizlikle karşılaşınca şaka yapmak, işi maskaralığa vurmak. Bununsa yaşanan talihsizliği hem küçültmek hem de artırmak gibi paradoksal –ve bence hesaplı kitaplı– bir etkisi oluyor.

"Becerebilirsen Noel'de gel," diyor. "Her halükârda 4 Ocak'tan önce burada ol. Thalia'nın dediğine göre, o gün

Yunanistan'da güneş tutulacakmış. İnternette okumuş. Hep beraber seyrederiz."

"Elimden geleni yaparım, Mamá," diyorum.

Bir sabah uyanıp da evine vahşi bir hayvanın girdiğini görmek gibiydi. Artık hiçbir yer güvenli gelmiyordu bana. Kız evin her köşesinde, her kıvrımındaydı, sinsi sinsi dolanıyor, sezdirmeden yaklaşıyor, ağzından durmaksızın akan salyayı kurulamak için elindeki mendili yanağına bastırıp duruyordu. Evimizin küçük boyutları, kızdan kaçmayı olanaksız kılmaktaydı. Özellikle öğle yemekleri tam bir kâbustu; Thalia'nın karnını doyurma gösterisine, maskenin alt tarafını kaldırıp kaşıktaki yiyeceği ağzına sokuşuna katlanmam gerekiyordu. Görüntü ve ses midemi bulandırıyordu. Şapır şupur sesler çıkıyor, yarım çiğnenmiş lokmalar ıslak bir şapırtıyla mutlaka tabağa, masaya, hatta yere dökülüyordu. Çorba dahil her türlü sıvıyı kamışla içmek zorunda olduğundan, annesi çantasında her daim bir deste kamış taşıyordu. Kız kamışın ucunu foşurtularla, gurultularla emiyordu, her seferinde maskesi kirleniyor, sıvılar çenesinin kenarından boynuna akıyordu. İlk seferinde, masadan kalkmak için izin istedim, Mamá yüzüme sert bir bakış fırlattı. Böylece bakışlarımı kaçırmak, kulaklarımı tıkamak konusunda kendimi eğittim, ancak kolay değildi. Mutfağa giriyordum, kız oradaydı; Madaline kabuk bağlamasını önlemek için onun yanağına merhem sürerken, kıpırdamadan oturuyordu. Burada kalacakları dört haftaya dair bir takvim, zihnimde bir geri sayım başlattım.

Keşke Madaline tek başına gelseydi. Madaline'den hoşlanıyordum. Dördümüz, sokak kapımızın önündeki küçük, dört köşe avluda otururduk, Madaline kahvesini yudumlar, sigaranın birini yakıp ötekini söndürürken zeytin ağacımız yüz çizgilerini gölgelerdi; başında yersiz kaçması gereken ya da bir başkasında –örneğin Mamá'da– *kesinlikle* gülünç kaçacak, çan biçiminde, altın sarısı, hasır bir şapka olurdu. Ama Madaline zarafete hiç zorlanmaksızın, adeta kalıtımsal bir yetenekmişçesine sahip oluveren insanlardandı; tıpkı dilinizin ucunu kıvırıp rulo şekline sokabilmeniz gibi. Madaline'le sohbette tek bir kesinti, suskunluk ânı olmazdı; öyküler ağzından peş peşe dökülüyordu. Bir sabah bize yolculuklarından söz etti –örneğin Ankara Çayı'nın kıyılarında gezindiği, içine azıcık *rakı* katılmış yeşil çay içtiği Türkiye seyahatinden ya da Bay Gianakos'la gittiği Kenya'dan; fillerin sırtında dikenli akasyaların arasında gezindiklerini, hatta köy halkıyla oturup mısır unu lapasıyla hindistancevizli pilav yediklerini anlattı.

Madaline'in öyküleri içimdeki köklü bir huzursuzluğu, epeydir var olan, gözü kara davranma, dünyaya balıklama dalma dürtüsünü kışkırtıyordu. Onunkiyle kıyaslandığında, Tinos'taki yaşamım, insanı ezecek, unufak edecek kadar sıradan görünüyordu. Hayatımın hiçlikten ibaret, kesintisiz bir şerit halinde önümde uzandığını öngörebiliyordum; Tinos'taki çocukluk yıllarımın çoğunu bocalayarak, kendime şimdilik vekâlet ettiğim duygusuyla geçirdim; kendimin yalnızca bir vekiliydim, gerçek benliğim bir başka yerde yaşıyor, bir gün bu daha sönük, daha kof benlikle birleşmeyi bekliyordu sanki. Kendimi burada mahsur kalmış hissediyordum. Kendi evimde bir sürgün.

Madaline, Ankara'da Kuğulu Park denen bir yere gidip suda süzülen kuğuları seyrettiğini söyledi. Su göz kamaştırıcıymış.

"Allayıp pulluyorum," dedi gülerek.

"Hayır, yapmıyorsun," dedi Mamá.

"Eski huyum işte. Çok fazla konuşuyorum. Hep de konuştum. Sınıfta gevezelik edip başımızı az derde sokmadım, anımsıyor musun? Hiçbirinde kabahat sende değildi, Odie. Öyle sorumluluk sahibi, öyle çalışkandın ki."

"Öykülerin çok ilginç. Renkli bir yaşamın var."

Madaline gözlerini devirdi. "Eh, şu Çin lanetini bilirsin."

"Afrika'yı sevdin mi?" diye sordu annem Thalia'ya.

Thalia mendili yanağına bastırdı, yanıt vermedi. Sevinmiştim. Öyle tuhaf bir konuşma biçimi vardı ki. Islak, pelteklikle gargaranın garip bir karışımı.

"Ah, Thalia yolculuk etmekten hoşlanmaz," dedi Madaline sigarasını söndürürken. Bunu tartışılmaz, çürütülemez bir gerçekmiş gibi söylemişti. Doğrulaması ya da karşı çıkması için Thalia'ya bakmaya gerek yoktu. "Zevk almıyor."

"Ben de almam," dedi Mamá, yine doğrudan Thalia'ya. "Evimde olmayı severim. Galiba Tinos'tan ayrılmak için geçerli bir nedeni hiç bulamadım."

"Bense kalmak için," dedi Madaline. "Senin dışında elbette." Annemin bileğine dokundu. "Buradan giderken en büyük korkum neydi, biliyor musun? En büyük endişem? Sensiz nasıl yaşayacaktım, Odie? Yemin ederim, düşüncesi bile korkudan taş kesilmeme yetiyordu."

"Ama göründüğü kadarıyla, gayet güzel başardın," dedi Mamá yavaşça, gözlerini Thalia'dan alarak.

"Anlamıyorsun," diye bastırdı Madaline; anlamayan bendim galiba, çünkü kadın doğrudan bana bakıyordu. "Annen olmasaydı ayakta kalmayı başaramazdım. Beni o kurtardı."

"İşte *şimdi* allayıp pulluyorsun," dedi Mamá.

Thalia yüzünü kaldırdı. Gözlerini kısmıştı. Yukarıda, mavilikte süzülen bir jet, arkasında uzun, tek bir duman izi bırakmaktaydı sessizce.

"Odie beni babamdan kurtardı," dedi Madaline. Hâlâ bana hitap edip etmediğini çıkaramadım. "Babam doğuştan gaddar olan insanlardan biriydi. Patlak gözleri, arkasında simsiyah bir beni olan, kısa, kalın bir boynu vardı. Bir de yumrukları. Tuğla gibi yumruklar. Eve gelirdi ve hiçbir şey yapmasına gerek olmazdı, botlarının holde çınlayan sesi, anahtarlarının şıngırtısı, mırıldanması benim için yeterliydi. Tepesi attığında hep burnundan nefes alır, gözlerini sımsıkı yumardı, derin düşüncelere dalmış gibi, sonra yüzünü sıvazlayıp *Pekâlâ kızım, pekâlâ*, derdi ve kasırganın geldiğini, asla da durdurulamayacağını anlardın. Kimse yardım edemezdi sana. Bazen, sırf suratını sıvazlaması ya da bıyığın arasından tıslayarak çıkan soluğu, fırtına bulutlarını görmeme yeterdi.

"O gün bugün, yolum böyle erkeklerle sıkça kesişti. Tersini söyleyebilmeyi çok isterdim. Ama söyleyemem. Öğrendiğim şeyse şu: Azıcık kazıdığında, hepsinin üç aşağı beş yukarı aynı olduğunu görüyorsun. Kimileri daha cilalı, daha yaldızlı. Az buçuk –ya da epeyce– cazibeleri oluyor, insanın gözünü boyayabiliyorlar. Ama gerçekte hepsi de gazaplarını etrafa döke saça dolanan, mutsuz oğlan çocukları. Haksızlığa uğradıklarına inanıyorlar. Hak ettiklerini alamamışlar. Kimse onları yeterince sevmemiş. Sizden onları sevmenizi bekliyorlar elbette. Kucaklanmak, pışpışlanmak, avutulmak istiyorlar; güvence verilmek. Ancak onlara bunları sağlamak, büyük bir hata. Kabul etmeleri olanaksız çünkü. Tam da gereksindikleri şeyi almaları, kabullenmeleri mümkün değil. Sonunda bu yüzden sizden nefret etmeye başlıyorlar. Bunun sonu asla gelmiyor, çünkü sizden nefret etmeye doyamıyorlar. Asla bitmiyor – o eziyet, özürler, yeminler, sözünden dönmeler, bu berbat durum. İlk kocam aynen böyle biriydi."

Dilim tutulmuştu. Daha önce kimse benim yanımda böylesine apaçık konuşmamıştı, hele Mamá asla. Tanıdığım hiç kimse şanssızlığını bu kadar çıplak ortaya sermemişti. Madaline'den hem utanmış hem de açık yürekliliğine hayran olmuştum.

İlk kocasına değinince, onunla tanıştığımdan beri ilk kez yüzüne bir gölgenin, akla karanlık, cezalandıran, yaralayan bir şeyleri getiren, o enerjik kahkahalarla, şakacı takılmalarla, üzerindeki balkabağı rengi, dökümlü, çiçek desenli elbiseyle çelişen, anlık bir loşluğun düştüğünü fark ettim. O an, hayal kırıklığını ve incinmişliğini şen şakrak bir perdenin gerisine saklamayı bu kadar iyi becerdiğine göre, muhteşem bir oyuncu olmalı, diye düşündüğümü anımsıyorum. İçimden, bir maske gibi demiş, bu zekice bağlantı nedeniyle kendimle gururlanmıştım.

Daha sonra, yaşım ilerlediğinde, durum bana o kadar da açık seçik gelmedi. Tekrardan düşününce, ilk kocasından söz ederkenki duraksama biçiminde manidar, yapmacık bir yan vardı; tıpkı bakışlarını yere indirişi, boğazındaki sıkışma, dudakların belli belirsiz titreyişi, o gemi azıya almış enerjisi ve şakacılığı, capcanlı, kütür kütür çekiciliği, küçümsemelerinin bile yere yumuşakça inişi, hızlarının bir göz kırpmayla ve gülüşle kesilişi gibi. Belki kederi de, neşesi de sahte, yapmacık tavırlardı; belki her ikisi de öyle değildi. Hangisinin rol, hangisinin gerçek olduğu benim için bulanıklaşmıştı – bu da en azından, kadının alabildiğine *ilginç* bir aktris olduğunu düşünmeme yol açıyordu.

"Bu eve kaç kez koşarak geldim, Odie?" dedi Madaline. Kahkaha habercisi tebessüm yeniden ortaya çıkmıştı. "Zavallı ebeveynin. Ama bu ev cennetimdi benim. Sığınağım. Öyleydi. Büyük adanın ortasındaki daha küçük ada."

"Kapımız sana her zaman açıktı," dedi Mamá.

"Dayak faslına son veren, annen oldu Markos. Sana anlattı mı bunu?"

Anlatmadığını söyledim.

"Hiç şaşırmadım. İşte Odeila Varvaris böyle biri."

Mamá yüzünde hayallere dalıp gitmiş bir anlamla, kucağındaki önlüğün ucunu kıvırıyor, sonra yeniden düzeltiyordu.

"Bir gece buraya kendimi attığımda dilim kanıyordu, şakağımdan bir tutam saç kopartılmıştı, kulağımsa aldığım darbeden hâlâ çınlamaktaydı. Babam bu kez gerçekten canıma okumuştu. Görülmeye değerdi. Hem de nasıl!" Madaline'in bunu söyleyiş biçimini duysanız, mükellef bir sofradan ya da iyi bir romandan söz ettiğini sanırdınız. "Annen hiçbir şey sormadı, çünkü biliyordu. Tabii ki biliyordu. Bana uzun uzun baktı –karşısında duruyor, titriyordum– ve dedi ki, evet hâlâ hatırlıyorum, Odie, şöyle dedi: *Eh, bu iş buraya kadar.* Sonra ekledi: *Gidip babanı bir görelim, Maddie.* Ben yalvarmaya başladım. Adamın ikimizi birden öldürmesinden korkuyordum. Ama anneni bilirsin."

Bildiğimi söyledim, Mamá bana yan bir bakış fırlattı.

"Beni dinlemedi. Yüzündeki ifade... O ifadeyi de eminim biliyorsundur. Doğruca kapıya yöneldi, ama önce babasının av tüfeğini kaptı. Bizim eve doğru yürürken yol boyunca onu durdurmaya çalıştım, o kadar da canımı acıtmadığını söyleyip durdum. Ama beni duymadı bile. Doğru kapıya dayandık, babam orada, eşikteydi. Odie namluyu kaldırdı, babamın çenesine dayadı ve şöyle dedi: *Bunu bir daha yaparsan buraya gelir, bu tüfekle suratını dağıtırım.*

"Babam gözlerini kırpıştırdı, donup kaldı; dili tutulmuştu. Tek kelime edemiyordu. En güzel kısmını duymak ister misin, Markos? Yere baktım ve çıplak ayaklarının dibindeki küçük bir halkanın, bir –ne olduğunu tahmin ediyorsundur– çemberin giderek genişlediğini gördüm."

Madaline saçlarını geriye attı, çakmağını bir kez daha yakarken, "Ve bu, bir tanem, tamamen gerçek bir öykü," dedi.

Söylemesine gerek yoktu, gerçek olduğunu biliyordum. Bunun için Mamá'nın dolaysız, ateşli sadakatine, dağlar kadar güçlü kararlılığına bakmam yeterliydi. Onun haksızlıkları düzeltme, ezilenlere bekçi olma dürtüsü, zorunluluğu. Annemin kapalı ağzından çıkan homurtuyu duyunca öyküdeki o son ayrıntının da doğru olduğunu anladım. Onaylamıyordu. Muhtemelen nahoş buluyordu, salt malum nedenden dolayı değil. Ona göre insanlar, sağken rezilce davranmış olsalar bile, ölümden sonra bir nebze de olsa saygınlığı hak ederlerdi. Özellikle de ailesi tarafından.

Mamá oturduğu yerde kıpırdandı, şöyle dedi: "Thalia, yolculuktan hoşlanmıyorsun, peki nelerden hoşlanırsın?"

Bütün gözler Thalia'ya döndü. Epeydir hep Madaline konuşuyordu; avluda, çevremize lekeler halinde vuran güneş ışığında otururken, bütün ilgiyi üzerine çekme, her şeyi kendi çevrintisine katma gayretinin, kısmen de Thalia'yı unutturmak için olduğunu düşündüm. Aklımın yattığı bir başka olasılık da, ana kızın bu dinamiği, ilgi odağı olmaya meraklı, benmerkezci annenin gölgesinde kalan, suskun kız şablonunu mecburiyetten benimsediği, Madaline'in narsisizminin belki de merhametten, anaç bir korumacılıktan kaynaklandığıydı.

Thalia bir şeyler geveledi.

"Biraz daha yüksek, canım," önerisi geldi Madaline'den.

Thalia gürültülü, balgamlı bir sesle genzini temizledi. "Bilim."

O anda ilk kez gözlerini, biçilmemiş çayır yeşili rengini, koyu, kalın telli saçlarını, tıpkı annesi gibi lekesiz bir cildi olduğunu fark ettim. Eskiden güzel olup olmadığını merak ettim; belki de annesi kadar göz alıcıydı.

"Hadi, onlara güneş saatini anlat bir tanem," dedi Madaline.

Thalia omuz silkti.

"Bir güneş saati yaptı," dedi annesi. "Arka bahçemize. Geçen yaz. Hiç yardım almadı. Andreas'tan bile. Benden zaten alamazdı." Kıkırdadı.

"Ekvatoral mı, enlemsel mi?" diye sordu Mamá.

Thalia'nın gözlerinden bir hayret çakımı geçti. Bir tür sonradan ayma. Yabancı bir kentte kalabalık bir caddede yürürken kulağınıza anadilinizden birkaç sözcük çarpması gibi. "Enlemsel," dedi o garip, ıslak sesiyle.

"Gnomon olarak ne kullandın?"

Thalia'nın gözleri Mamá'ya dikiliydi. "Bir kartpostaldan kestim."

İkisinin ne kadar iyi anlaşacağını ilk o an anladım.

"Küçükken oyuncaklarını parçalardı," dedi Madaline. "Mekanik oyuncakları severdi, kurma mekanizması olanları. Onlarla oynadığından değil, öyle değil mi sevgilim? Hayır, o pahalı oyuncakları parçalara ayırır, eline verdiğimiz an içlerini açardı. Sinirden deliye dönerdim. Oysa Andreas –burada hakkını teslim etmeliyim– Andreas bırak yapsın, meraklı bir zihnin belirtisi bu, derdi."

"İstersen birlikte bir tane yapabiliriz," dedi annem. "Bir güneş saati yani."

"Nasıl yapılacağını biliyorum zaten."

"Terbiyeli ol, tatlım," dedi Madaline, dans egzersizi yaparcasına bir bacağını önce uzatıp sonra kıvırdı. "Odie Teyze yardımcı olmaya çalışıyor."

"Belki de başka bir şey yaparız," dedi Mamá. "El ele verip başka bir şey inşa ederiz."

"Ah! Ah!" dedi Madaline, sigarasının dumanını telaşla, hırıltıyla üflerken. "Sana söylemediğime inanamıyorum, Odie. Haberlerim var. Hadi, bir tahmin yürüt."

Mamá omuzlarını silkti.

"Oyunculuğa geri dönüyorum! Filmlere! Bir rol teklifi aldım, hem de büyük bir yapımda başrol. İnanabiliyor musun?"

"Tebrikler," dedi annem ruhsuzca.

"Senaryo yanımda. Sana okuturdum Odie, ama beğenmemenden korkuyorum. Kötü bir şey mi bu? Açık söyleyeyim, yıkılırım. Bir daha da kendime gelemem. Çekimlere sonbaharda başlıyoruz."

Ertesi sabah kahvaltıdan sonra Mamá beni bir kenara çekti. "Pekâlâ, mesele nedir? Neyin var senin?"

Neden söz ettiğini anlamadığımı söyledim.

"Kes artık şu aptal numarasını. Hiç yakışmıyor sana," dedi. Gözlerini iyice kısıp başını hafifçe yana eğme huyu vardı. Üzerimde hâlâ etkili olur.

"Katlanamıyorum, anne. Beni zorlama."

"Nedenmiş peki?"

Ağzımdan çıkanı engelleyemedim. "Kız bir canavar."

Mamá'nın ağzı küçülüverdi. Bana kızgınlıkla değil, kolu kanadı kırılmışçasına baktı, içindeki bütün özsuyu çekip almışım gibi. Yüzündeki ifadede bir mutlaklık vardı. Bir teslimiyet. Bir heykeltıraşın sonunda keskiyle tokmağı elinden bırakması, inatçı mermere düşlediği biçimi asla veremeyeceğini kabullenmesi gibi.

"O başına korkunç bir felaket gelmiş bir insan. Ona bir daha bu şekilde hitap edersen sana gününü gösteririm. Bir söyle de bak neler oluyor!"

Kısa bir süre sonra kendimi Thalia'yla, her iki yanında taş duvarların uzandığı, kaldırım taşı döşeli bir patikada yürürken buldum. Birkaç adım önden yürümeye dikkat ediyordum, böylece yoldan geçenler (ya da Tanrı saklasın, okul arkadaşlarım) birlikte olduğumuzu anlamayacaklardı – oysa bal gibi anlayacaklardı elbette. Son derece âşikardı. En azından, aramızdaki mesafenin gönülsüzlüğümü, duyduğum hoşnutsuzluğu dile getirmesini umuyordum. Kızın bana yetişmek gibi bir gayreti olmadığını görünce rahatladım. Pazardan eve dönen, güneşten yanmış, bitkin görünüşlü çiftçilerle karşılaştık. Eşekleri, satılmamış ürünlerle dolu hasır sepetlerin altında güçlükle ilerliyor, toynakları patikada takırdıyordu. Çiftçilerin çoğunu tanıyordum, ama başımı kaldırmıyor, gözlerimi kaçırıyordum.

Thalia'yı sahile götürdüm. Öteki plajlar, örneğin, Agios Romanos gibi kalabalık olmadığını bildiğimden, arada bir gittiğim kayalık kumsalı seçmiştim. Pantolonumun paçalarını kıvırdım, sivri uçlu kayaların üstünden sekerek dalgaların çarpıp kırıldığı yere en yakın olana sıçradım. Ayakkabılarımı çıkarıp ayaklarımı bir taş kümesinin ortasında oluşmuş, küçük, sığ gölcüğe daldırdım. Bir münzevi yengeç parmaklarımın arasından hızla kaçtı. Thalia'nın sağ tarafımda, yakındaki bir kayanın üzerine yerleştiğini gördüm.

Uzun bir süre konuşmadan oturduk, kayalara gürleyerek çarpan okyanusu seyrettik. Serin bir esinti kulaklarımı çimdikliyor, yüzüme tuzun kokusunu püskürtüyordu. Kanatlarını iyice açmış bir pelikan mavi-yeşil suyun üstünden uçup gitti. Eteklerini yukarı sıvamış iki kadın dize kadar gelen suda yan yana duruyordu. Batıda, adanın genel manzarasını görebiliyordum, evlerin ve yeldeğirmenlerinin baskın beyazlığını, arpa tarlalarının yeşilini, her bahar çiçeklenen, sarp dağların kahverengisini. Babam o dağların birinde ölmüştü. Bir yeşil mermer ocağında çalışırken bir gün, Mamá bana altı aylık hamileyken babamın ayağı kaymış, otuz metrelik bir uçuruma yuvarlanmıştı. Mamá'nın dediğine göre, emniyet koşumunu bağlamayı unutmuş.

"Şuna bir son vermelisin," dedi Thalia.

Yakındaki eski bir alüminyum kovanın içine çakıl taşları atıyordum, kızın sesi beni irkiltti. Iskaladım. "Sana ne ki?"

"Demek istediğim, kendini pohpohlamaya. Bunu senin kadar ben de istemiyorum."

Rüzgâr saçlarını uçuruyor, kız eliyle maskesini yüzüne bastırıyordu. Her gün bu korkuyla yaşayıp yaşamadığını merak ettim; sert bir esinti maskeyi çekip alacak, suratı ortaya çıkan kız da onun peşinden koşacak. Bir şey demedim. Bir çakıl taşı daha fırlattım, tutturamadım.

"Tam bir hıyarsın," dedi.

Biraz sonra kalktı, ben kıpırdamadım. Sonra omzumun üstünden baktım, kumsala, oradan da yola yöneldiğini gördüm, bunun üzerine ayakkabılarımı giydim, kızın peşinden eve döndüm.

Mamá mutfakta bamya ayıklıyor, onun yanında oturan Madaline de bir yandan tırnaklarını boyarken, bir yandan da sigara içiyordu, külünü bir fincan tabağına silkmekteydi. Tabağın anneme büyükannemden miras kalan porselen takıma ait olduğunu görünce dehşete kapıldım. O porselen takım, Mamá'nın sahip olduğu, gerçek bir değeri olan tek eşyaydı; tavana yakın bir rafta durur, neredeyse hiç indirilmezdi.

Madaline iki nefes arasında tırnaklarına üflüyor, o yılın başlarında Atina'da askeri bir darbe yapmış olan üç albaydan, Pattakos, Papadopoulos ve Makarezos'tan söz ediyordu – o günlerdeki tanımıyla, Generaller Darbesi'nden. Tanıdığı bir oyun yazarının, kendi deyimiyle, "dünya tatlısı adamın" yıkıcı bir komünist olmakla suçlanıp hapse atıldığını söyledi.

"Tam bir saçmalık elbette! Zırva. İstihbarat Örgütü konuşturmak için insanlara neler yapıyormuş, biliyor musun?" Bunları alçak sesle söylüyordu, askeri polis evin bir yerlerine gizlenmiş olabilirdi sanki. "Arkana bir hortum sokuyor, sonra suyu sonuna kadar açıyorlarmış. Doğru bu, Odie. Yemin ederim. Çaputları akla gelebilecek en pis şeylere daldırıyor –insan pisliği filan– sonra da insanların ağzına sokuyorlarmış."

"Korkunç bir şey bu," dedi Mamá düz bir sesle.

Madaline'den daha şimdiden sıkılmaya başlamış olabilir miydi? Abartılı siyasal görüşlerden, kocasıyla katıldığı davetlerin öykülerinden, şampanya kadehi tokuşturduğu şairlerden, entelektüellerden, müzisyenlerden, yabancı şehirlere yaptığı gereksiz, anlamsız yolculukların listelerinden oluşan bitmek bilmez bir resmi geçit. Nükleer felakete, aşırı nüfus artışına ve hava kirliliğine ilişkin basmakalıp yorumları. Mamá, Madaline'e yüz veriyor, gevezeliklerini yüzünde hafif ekşi, dalgın bir anlamla, gülümseyerek dinliyordu, fakat aklından pek de hoş şeyler geçirmediğinin farkındaydım. Muhtemelen Madaline'in gösteriş yaptığını, hava attığını düşünüyordu. Belki de onun namına utanıyordu.

Mamá'nın sevecenliğini, imdada yetişme, gözüpek eylemlerde bulunma özelliğini lekeleyen de budur işte. Bütün o erdemleri gölgeleyen bir "minnettar bırakma" huyu. Sırtınıza vurduğu o talepler, yükümlülükler semeri. Yaptığı iyilikleri, karşılığında sadakat ve bağlılık satın aldığı bir banknot, bir takas aracı olarak kullanma biçimi. Madaline'in yıllar önce neden çekip gittiğini anlayabiliyorum. Sizi selden çekip kurtaran ip, ileride boynunuza dolanmış bir ilmeğe dönüşebilir. İnsanlar sonunda Mamá'yı mutlaka hayal kırıklığına uğratır, ben dahil. Ne yapsalar, borçlarının karşılığını layıkıyla, en azından Mamá'nın beklediği şekilde ödeyemezler. Mamá'nın teselli mükâfatıysa, üstünlüğe sahip olmanın, stratejik avantaj kürsüsünden sağa sola gönlünce hüküm yağdırmanın verdiği o kekre doygunluktur, çünkü haksızlığa uğrayan, yamuk yapılan kişi her zaman odur.

Buysa beni üzüyor, çünkü bana annemin kendi âcizliğini, kendi endişelerini gösteriyor; yalnız kalma, baştan atılma, terk edilme korkusunu. Annem hakkında bunu biliyor olmam, benim hakkımda ne söylüyor peki? Neye ihtiyacı olduğunu kesinkes bildiğim halde, bunu ondan kasten ve inatla esirgediğimi, otuz yılın neredeyse tamamında aramıza bir okyanus, bir kıta –tercihen ikisini birden– sokmaya özen gösterdiğimi mi?

"Şu cuntada hiç mizah duygusu yok anlaşılan," diyordu Madaline, "insanları böyle ezip geçtiklerine göre. Hem de Yunanistan'da! Demokrasinin doğduğu yerde... Ah, geldiniz ha! Ee, nasıldı? Neler yaptınız bakalım?"

"Kumsalda oynadık," dedi Thalia.

"Eğlenceli miydi? Eğlendin mi?"

"Şahane vakit geçirdik," dedi Thalia.

Mamá'nın kuşku dolu gözleri benimle Thalia arasında mekik dokuyordu, ama Madaline'in yüzü ışıdı, sessizce el çırptı. "Güzel! Artık ikinizin geçinip geçinemediğini dert etmeme gerek kalmadı. Odie'yle ikimiz biraz baş başa kalabiliriz. Ne dersin, Odie? Daha konuşacağımız o kadar çok şey var ki!"

Mamá yiğitçe gülümsedi, uzanıp bir top lahana aldı.

O günden sonra Thalia'yla kendi halimize bırakıldık. Adayı keşfedecek, kumsalda oyunlar oynayacak, işte çocuklardan beklendiği şekilde kendimizi oyalayacaktık. Mamá'nın hazırladığı sandviçleri alıyor, kahvaltıdan sonra yola düşüyorduk.

Genellikle, göz eriminden çıkar çıkmaz birbirimizden ayrılıyorduk. Ben sahilde yüzüyor ya da gömleğimi çıkarıp bir kayanın üzerine uzanıyordum, bu arada Thalia denizkabuğu filan topluyor, suda taş sektirmeye çalışıyor, ancak dalgalar çok iri olduğundan pek beceremiyordu. Asma bahçelerinden, arpa tarlalarından kıvrılarak ilerleyen patikalarda, kendi gölgelerimize bakarak, kendi düşüncelerimize gömülmüş bir halde geziniyorduk. Çoğunlukla adayı dolaşmaktaydık. O günlerde Tinos'ta turizm açısından pek bir şey yoktu. Tam bir tarım adasıydı, insanların geçim kaynağı inekleri, keçileri, zeytin ağaçları ve buğdaydı. Sonunda canımız sıkılır, bir ağacın ya da yeldeğirmeninin gölgesinde karnımızı doyururduk; sessizce, iki lokma arasında koyaklara, dikenli çalı tarlalarına, dağlara, denize bakarak.

Bir gün kasabaya doğru yürüdük. Biz adanın güneybatı kıyısında oturuyorduk, Tinos kasabası güneye doğru birkaç kilometrelik yürüyüş mesafesindeydi. Orada Bay Roussos adındaki asık suratlı bir dulun işlettiği, süs eşyalarının, biblolarn filan satıldığı küçük bir dükkân vardı. Ne zaman baksanız, vitrinde 1940'lardan kalma bir daktilodan bir çift deri iş çizmesine kadar envai çeşit mal görürdünüz ya da bir fırıldak, eski bir bitki sehpası, devasa mumlar, bir haç ve tabii ki Panagia Evangelistria ikonunun kopyaları. Hatta pirinçten bir goril. Adam aynı zamanda amatör fotoğrafçıydı, dükkânın arka tarafında derme çatma bir karanlık odası vardı. Hacılar her ağustosta ikonu görmek için adaya geldiğinde, Bay Roussos onlara film ruloları satar, çektikleri resimleri belli bir ücret karşılığında karanlık odasında basardı.

Bir ay kadar önce, bu sergi vitrininde bir fotoğraf makinesi görmüştüm; aşınmış, pas rengi deri kılıfının içindeydi. Birkaç günde bir dükkânın önüne gidiyor, gözlerimi kameraya dikip kendimi Hindistan'da hayal ediyordum; deri kılıfın kayışını omzuma takmışım, *National Geographic*'te gördüğüm çeltik tarlalarının, çay bahçelerinin fotoğraflarını çekiyorum. İnka Yolu'nu çekecektim. Deve sırtında, toza batmış, eski bir kamyonda, bazen de yaya olarak, sıcağa meydan okuyacak, öylece durup Sfenks'i ve piramitleri seyredecek, onların da resmini çekecek, fotoğraflarımı parlak sayfalı dergilerde görecektim. Beni o sabah Bay Roussos'un vitrinine çeken de buydu – gerçi o gün dükkân kapalıydı, ama dışarıda durdum, alnımı cama yapıştırıp hayal kurmaya koyuldum.

"Ne tür?"

Azıcık geri çekilince Thalia'nın vitrine vuran yansısını gördüm. Mendili sol yanağına bastırıyordu.

"Kamerayı soruyorum."

Omuz silktim.

"C3 Argus'a benziyor," dedi.

"Nereden biliyorsun?"

"Son otuz yıldır dünyada en çok satan otuz beş milimetrelik odur," dedi hafiften azarlarcasına. "Görüntüsü pek bir şeye benzemez gerçi. Resmen çirkin. Tuğla gibi. Demek fotoğrafçı olmak istiyorsun? Yani büyüdüğün zaman. Annen öyle söylüyor."

Ona doğru döndüm. "Mamá öyle mi dedi?"

"Evet?"

Omzumu silktim. Annemin bunu Thalia'yla konuşmuş olması utandırmıştı beni. Nasıl söylemişti acaba? Meşum ya da hoppaca bulduğu davranışlardan söz ederken, cephaneliğinden seçtiği alaycı, yapmacık bir ciddiyetle konuşma biçimi vardı. Hedeflerinizi gözlerinizin önünde küçültüvermek gibi bir beceriye sahipti. *Markos dünyayı dolaşıp onu merceğiyle yakalamak istiyor.*

Thalia kaldırıma oturdu, eteğini çekip dizlerini örttü. Sıcak bir gündü, güneş insanın cildini adeta ısırıyordu. Dışarıda, sokağı güçbela, yorgun argın çıkan yaşlı karıkoca dışında kimseler yoktu. Koca –Demis bilmem ne– gri, düz bir kasket takmış, mevsime göre fazla kalın görünen, kahverengi, tüvit bir ceket giymişti. Yüzünde, gayet iyi anımsıyorum, bazı yaşlılarda görülen gözleri faltaşı misali açılmış, donmuş bir ifade vardı, sanki yaşlılık denen muazzam sürprizin karşısında sonsuzcasına şaşırıp kalmış gibi – adamda Parkinson olabileceği ancak yıllar sonra, tıp fakültesinde aklıma düştü. Yanımızdan geçerken bize el salladılar, ben de karşılık verdim. Thalia'yı fark ettiklerini, bir an duracak gibi olduklarını, sonra yola devam ettiklerini gördüm.

"Fotoğraf makinen var mı?" diye sordu Thalia.

"Yok."

"Hiç resim çektin mi peki?"

"Yoo."

"Ve fotoğrafçı olmak istiyorsun?"

"Garip mi buldun?"

"Biraz."

"Peki, polis olmak istiyorum deseydim, onu da garip mi bulacaktın? Kimseye kelepçe takmadım diye?"

Gözlerindeki yumuşamadan anlıyordum ki, becerebilseydi gülümserdi. "Anlaşıldı, zeki bir hıyarsın," dedi. "Sana bir tavsiye: Annemin yanında kameradan söz etme, hemen alır sana bir tane. İnsanları sevindirmeye çok meraklıdır." Mendil yanağa götürüldü, sonra indirildi. "Ama Odelia'nın bunu onaylayacağından kuşkuluyum. Eh, bunu biliyorsundur elbette."

Bu kadar kısa bir sürede bunca şeyi kavramış olmasından hem etkilenmiş hem de biraz rahatsız olmuştum. Belki de nedeni maskedir, diye düşündüm, örtünmenin sağladığı üstünlük, gözlem yapma, izleme ve inceleme özgürlüğü.

"Büyük bir olasılıkla, seni kamerayı geri vermeye zorlar."

Gülümsedim. Doğru söylüyordu. Mamá böyle kolay telafilere göz yummazdı, özellikle de işe maddiyat karışmışsa.

Thalia ayağa kalktı, arkasındaki tozu silkeledi. "Bir şey soracağım, evde boş bir kutu var mı?"

Madaline mutfakta annemle şarap yudumluyordu, Thalia'yla ikimiz üst kata çıktık, bir ayakkabı kutusunu keçeli kalemle siyaha boyamaya koyulduk. Kutu Madaline'e aitti, içinde hâlâ ambalaj kâğıdına sarılı bir çift yepyeni, limon yeşili, yüksek ökçeli ayakkabı vardı.

"*Bunları* nerede giymeyi planlıyordu ki?" diye sordum.

Madaline'in alt kattan gelen sesini duyabiliyordum; bir aralar gittiği oyunculuk kursundan söz ediyordu, eğitmenin ondan egzersiz olarak bir kayada kıpırtısızca duran kertenkeleymiş gibi yapmasını istediğini söyledi. Bunu bir kahkaha tufanı –onunki– izledi.

İkinci kat boyayı bitirdik, Thalia atladığımız nokta olabilir diyerek bir kat daha boyamamız gerektiğini söyledi. Siyahlık eşit ve kusursuz olmalıydı.

"Kamera dediğin budur," dedi, "üzerinde ışığın girmesi için bir delikle ışığı emecek bir şey bulunan, simsiyah bir kutu. Şu iğneyi versene."

Mamá'nın dikiş iğnesini uzattım. Bu ev yapımı fotoğraf makinesinin başarılı olacağından, herhangi bir işe yarayacağından en hafif tabirle kuşkuluydum – bir ayakkabı kutusuyla bir iğne? Ama Thalia projeye öyle bir inançla ve özgüvenle girişmişti ki, işe yarama ihtimalini, bu uzak olasılığı hesaba katmaktan başka çarem kalmıyordu. Belki de benim bilmediğim şeyleri biliyordur, diye düşünmemi sağlamıştı.

"Bazı hesaplar yaptım," dedi kutuyu iğneyle dikkatle delerken. "Mercek olmadan, deliği küçük yüzeye oturtamayız, kutu fazla uzun. Ama genişliği gayet uygun. Buradaki püf noktası, doğru ölçüdeki deliği açabilmek. Tahminim kabaca, sıfır nokta altı milimetre. İşte. Şimdi bize bir objektif kapağı lazım, yani bir örtücü."

Aşağıda, Madaline'nin sesi alçak, hararetli bir mırıltıya dönüşmüştü. Ne dediğini duyamasam da, eskisinden daha yavaş, tane tane konuştuğunu anlayabiliyordum, öne eğilip dirseklerini dizlerine dayadığını, annemin gözlerine diktiği gözlerini hiç kırpıştırmadığını görür gibiydim. Yıllar içinde, sesin aldığı bu mahrem tonu öğrenmiştim. İnsanlar bu biçimde konuştuğunda, muhtemelen iç döküyor, bir felaketi ifşa ya da itiraf ediyor veya dinleyene yalvarıyordur. Bu ses tonu, askeri kayıpları ailelere bildirmek üzere kapıyı çalan ekiplerin, müvekkillerine suçu kabullenip anlaşma yoluna gitmenin yararlarını sayıp döken avukatların, gecenin üçünde çapkınlıktan dönen kocaların arabalarını durduran polisin hammaddesidir. Kâbil'deki hastanede onu kim bilir kaç kez, bizzat kullanmadım mı? Kim bilir kaç kez bütün bir aileyi peşime takıp boş bir odaya götürdüm, oturmalarını söyleyip kendime de bir iskemle çektim, az sonra başlayacak konuşmadan ölesiye korkarken, haberi verme cesaretini toplamaya çalıştım?

"Andreas'tan bahsediyor," dedi Thalia, dümdüz bir sesle. "Her bahse varım. Sıkı bir kavga ettiler. Şu yapışkan bantla makası versene bana."

"Nasıl biri? Zengin olmanın dışında yani?"

"Kim, Andreas mı? İyidir. Çok seyahat eder. Evdeyken de hep birilerini ağırlar. Önemli insanları... Bakanlar, generaller filan. Şöminenin karşısında içki içer, sabaha kadar konuşurlar, daha çok iş ve politikadan. Odamdan onları duyabiliyorum. Andreas'ın konukları varken üst katta kalmam gerekiyor. Aşağıya inemiyorum. Ama bana hediye filan alır. Eve gelen özel öğretmenin parasını verir. Benimle de son derece tatlı konuşur."

İğne deliğinin üzerine, siyaha boyadığımız dikdörtgen bir karton parçası yapıştırdı.

Aşağısı sessizdi. Sahneyi kafamda kurguladım. Madaline hiç ses çıkarmadan ağlıyor, bir oyun hamuru topağıymışçasına, dalgın dalgın mendiliyle oynuyor; Mamá pek yardımcı değil, yüzünde o köşeye sıkışmış, cılız, dilinin altında eriyen ekşi bir şey varmış gülümsemesi, kaskatı oturuyor. Mamá, insanların onun karşısında ağlamasına tahammül edemez. Onların şişmiş gözlerine, açık, yalvaran yüzlerine bakamaz. Ağlamayı bir zayıflık belirtisi, çiğ bir ilgi çekme çabası sayar ve asla yüz vermez. Birini avutmayı, teselli etmeyi ise istese bile beceremez. Bu konudaki eksikliğini, büyüme çağımda çok iyi öğrendim. Kederin sergilenmesi değil, gizli tutulması gerektiğine inanır. Bir keresinde, küçükken, babam uçuruma düşüp öldüğünde ağlayıp ağlamadığını sordum.

Cenazede? Demek istediğim, gömülürken?

Hayır, ağlamadım.

Üzülmediğin için mi?

Üzüldüysem bile bu kimseyi ilgilendirmez diye düşündüğüm için.

Ben ölsem ağlar mısın, Mamá?

Bunun yanıtını hiç öğrenmemeyi umalım, dedi.

Thalia fotoğraf kâğıdı kutusunu aldı, "El fenerini getir," dedi.

Annemin dolabına girdik, kapıyı kapadık, gün ışığı girmesin diye kapının altına havlu tıktık. Zifiri karanlıkta kalınca, Thalia kat kat kırmızı selofanla kapladığımız el fenerini yakmamı söyledi. Bu loş kızartıda tek görebildiğim, Thalia'nın ince uzun parmaklarıydı; fotoğraf kâğıdından kestiği sayfayı yapışkan bantla ayakkabı kutusunun içine, iğne deliğinin karşı tarafına yapıştırdı. Kâğıdı bir gün önce Bay Roussos'tan satın almıştık. Tezgâhın önüne gittiğimizde, Bay Roussos gözlüğünün üstünden Thalia'ya bakmış, *Ne o, soygun mu var?* demişti. Thalia işaretparmağını ona uzattı, başparmağını kıvırıp tetik çeker gibi yaptı.

Thalia ayakkabı kutusunun kapağını kapadı, objektif kapağını iğne deliğinin üzerine taktı. Karanlıkta şöyle dedi: "Yarın meslek hayatının ilk fotoğrafını çekersin." Benimle dalga geçip geçmediğini anlayamadım.

Kumsalı seçtik. Ayakkabı kutusunu düz bir kayanın üzerine koyduk, iple sıkıca bağladık – Thalia örtücüyü açtıktan sonra hiçbir hareket yapamayacağımızı söyledi. Yanıma geldi, bir vizörden bakarcasına kutunun tepesinden içeriye baktı.

"Mükemmel bir kare," dedi.

"Hemen hemen. Bize bir özne lazım."

Bana baktı, ne demek istediğimi anladı, "Olmaz," dedi. "Yapamam."

Bir süre tartıştık, sonunda kabul etti, ama yüzünün görünmemesi koşuluyla. Ayakkabılarını çıkardı, kollarını bir ip cambazı gibi kullanarak, kameranın üç-beş adım ilerisindeki bir kaya dizisine gitti. Kayalardan birine oturdu, yüzünü batıya, Siros ve Kythnos'un olduğu yöne çevirdi. Maskeyi tutan, başının arkasındaki şeritler görünmesin diye saçlarını geriye attı. Omzunun üstünden geriye, bana baktı.

"Unutma," diye bağırdı, "yüz yirmiye kadar sayacaksın."

Yüzünü yeniden denize çevirdi.

Eğildim, kutunun üstünden Thalia'nın sırtına, çevresindeki kaya kümelerine baktım; kayaların arasına ölü yılanlar gibi dolanmış olan yosun salkımları, uzaklarda alçalıp yükselen, küçük bir römorkör, kabaran, sarp sahili dövdükten sonra çekilen su. Örtücüyü iğne deliğinden kaldırdım, saymaya başladım.

Bir... iki... üç... dört... beş...

Yataktayız. Televizyon ekranında iki akordeoncu atışmakta, ama Gianna daha önce sesi kapattı. Öğle güneşi kepenklerin arasından içeriye sızıyor, oda servisinden öğle yemeği niyetine getirttiğimiz Margarita pizzadan kalanların üzerine şeritler halinde dökülüyor. Pizzayı getiren uzun boylu, zayıf adamın kusursuzca briyantinlenip geriye yatırılmış saçları, beyaz bir ceketi ve siyah papyonu vardı. İterek odaya soktuğu servis masasındaki ince uzun vazoda tek bir kırmızı gül. Pizzanın üzerindeki kubbemsi kapağı son derece gösterişli bir edayla kaldırdı, elini havayı süpürürcesine yana açtı; bir sihirbazın tavşanı şapkadan çıkardıktan sonra seyircilerine yaptığı hareketi andırıyordu.

Etrafımıza, buruşuk çarşafların arasına, Gianna'ya gösterdiğim, geçtiğimiz bir buçuk yıl boyunca gezilerimde çektiğim fotoğraflar saçılı. Belfast, Montevideo, Tanca, Marsilya, Lima, Tahran. Ona Kopenhag'da kısa bir süre katıldığım, eski bir askeri üste özerk bir toplum kurmuş, yırtık tişörtlü, yün bereli Danimarkalı hippilerle birlikte yaşadığım komünün resimlerini gösteriyorum.

Sen neredesin? diye soruyor Gianna. *Fotoğraflarda yoksun.*

Merceğin gerisinde olmayı daha çok seviyorum, diyorum. Doğru bu. Yüzlerce resim çektim, beni birinde bile bulamazsınız. Filmi basılması için bıraktığımda, fotoğraflardan daima iki takım isterim. Biri bende kalır, ötekini eve, Thalia'ya gönderirim.

Gianna gezilerimin masrafını neyle karşıladığımı soruyor, bana miras kalan parayla gezdiğimi açıklıyorum. Bu yalnızca kısmen doğru, çünkü miras Thalia'ya kaldı, bana değil. Andreas'ın vasiyetnamesinde bariz nedenlerle adı bulunmayan Madaline'in aksine, Thalia'nınki vardı. Thalia paranın yarısını bana verdi. Güya o parayla üniversiteye gidecektim.

Sekiz... dokuz... on...

Gianna doğrulup dirseklerine dayanıyor, benim üstümden yan tarafa uzanıyor; küçük göğüsleri tenime sürtünüyor. Paketini alıp bir sigara yakıyor. Onunla evvelki gün Piazza di Sagna'da tanıştım. Aşağıdaki meydanı tepedeki kiliseye bağlayan taş basamaklarda oturuyordum. Yanıma gelip bana İtalyanca bir şey söyledi. Roma'nın kiliselerinde, *piazza*'larında rastladığım, görünürde amaçsızca dolanan, eli yüzü düzgün sayısız kızdan biriydi. Bunlar sigara içer, yüksek sesle konuşur, bol bol gülerler. Başımı sallayıp, *Pardon?* dedim. Gülümsedi, *Ah*, dedikten sonra koyu aksanlı bir İngilizceyle sordu: *Çakmak? Sigara.* Başımı olumsuz anlamda salladım, koyu aksanlı İngilizcemle sigara içmediğimi söyledim. Sırıttı. Gözleri parlak, fıldır fıldırdı. Geç sabah güneşi, elmas biçimindeki yüzünün etrafında bir hale oluşturuyordu.

Birazcık kestiriyorum, Gianna'nın kaburgamı dürtmesiyle uyanıyorum.

La tua ragazza? diye soruyor. Thalia'nın kumsaldaki fotoğrafını bulmuş; yıllar önce ev yapımı, iğne delikli kameramızla çektiğimi. *Sevgilin mi?*

Hayır, diyorum.

Kız kardeşin?

Hayır.

La tua cugina? Kuzenin, si?

Başımı sallıyorum.

Sigarasından hızlı nefesler çekerken fotoğrafı biraz daha inceliyor. *Hayır,* diyor beni şaşırtan sert, hatta kızgın bir sesle. *Questa é la tua ragazza! Bu senin sevgilin. Bence öyle, yalancının tekisin!* Sonra, çakmağını yaktığını ve resmi ateşe verdiğini görüyorum büyük bir inanmazlıkla.

On dört... on beş... on altı... on yedi...

Otobüs durağına dönüş yolculuğumuzun ortalarına doğru, fotoğrafı kaybettiğimi fark ediyorum. Geri dönmem gerektiğini söylüyorum. Seçeneğim yok, geri dönmek zorundayım. Şilili gayriresmi rehberimiz olarak peşimize takılmış olan Alfonso, bu ketum, sırım gibi *huaso* soru sorarcasına Gary'ye bakıyor. Gary Amerikalı. Üç kişilik grubumuzun alfa erkeği. Kirli sarı saçları, yanaklarında sivilce çukurları var. Her daim çetin bir yaşamı ele veren bir yüz bu. Gary'nin canı sıkkın; açlık, alkolsüzlük ve sağ baldırındaki berbat isilik de cabası; musibeti dün değil, evvelsi gün sürtündüğü *litre* çalısından kaptı. Onlarla Santiago'da tıklım tıkış bir barda tanıştım, adam başı yarım düzine *piscola*'nın ardından Alfonso, yürüyerek Salto del Apoquindo'daki çağlayana gitmeyi önerdi; küçükken babası onu sık sık götürürmüş. Bu zorlu yürüyüşü ertesi gün yaptık, gece çağlayanın kenarında kamp kurduk. Ot içtik; su kulaklarımızda gürlüyor, tepemizde göz alabildiğine, silme yıldız dolu bir gökyüzü uzanıyordu. Şimdiyse dönüş yolundayız, otobüsü yakalamak üzere San Carlos de Apoquindo'ya doğru güçlükle ilerliyoruz.

Gary Cordoba şapkasının geniş siperini geriye itip bir mendille alnını kuruluyor. *Dönüş tam üç saatlik bir yürüyüş demek, Carlos,* diyor.

Tres horas, hágale comprende? diye yineliyor Alfonso.

Biliyorum.

Yine de gideceksin?

Evet.

*Para uno foto?** diyor Alfonso.

Başımla doğruluyorum. Bir şey demiyorum, çünkü anlamayacaklarını biliyorum. Kendimin de anladığından pek emin değilim.

Yolunu kaybedeceğinin farkındasın, değil mi, diyor Gary.

Muhtemelen.

Öyleyse iyi şanslar amigo, diyor Gary, elini uzatarak.

Es un griego loco, diyor Alfonso.

Gülüyorum. Deli Yunanlı lafını ilk duyuşum değil. El sıkışıyoruz. Gary sırt çantasının kayışlarını düzeltiyor, sonra ikisi birlikte dağ kıvrımlarının arasında uzanan patikaya yöneliyorlar, keskin bir dönemeci kıvrılırlarken Gary arkasına dönmeden el sallıyor. Geldiğimiz yolu gerisingeri yürüyeceğim. Aslında tam dört saatimi alıyor, çünkü Gary'nin tahmin ettiği gibi, kayboldum. Kamp yerine vardığımda bitap haldeyim. Her yere bakıyorum, çalıları tekmeliyor, kayaların arasına eğiliyorum; boşu boşuna aranıp durdukça endişe bastırıyor. Sonra, tam umudu kesmişken, gözüme hafif meyilli bir bayırdaki fundalıkta beyaz bir parıltı çarpıyor. Karman çorman bir böğürtlen çalısının arasına sıkışmış olan fotoğrafı buluyorum.

---

* (İsp.) Bir fotoğraf için mi? (ç.n.)

Duyduğum rahatlamadan yaşaran gözlerimle, resmi çekip kurtarıyorum, tozunu alıyorum.

Yirmi üç... yirmi dört... yirmi beş...

Caracas'ta bir köprünün altında uyuyorum. Brüksel'de bir öğrenci yurdunda. Bazen paraya kıyıp güzel bir otelde oda tutuyorum, uzun, sıcak bir banyo yapıyor, tıraş oluyor, üzerimde bornozla karnımı doyuruyorum. Renkli televizyon izliyorum. Kentler, yollar, taşra, tanıştığım insanlar – hepsi bulanıklaşmaya başladı. Kendime bir şey aradığımı söylüyorum. Ama aslında boş boş dolandığım, başıma bir şey gelmesini, bütün ömrümün ona doğru aktığı, her şeyi değiştirecek olan bir şeyin gelip beni bulmasını beklediğim duygusu giderek güçleniyor.

Otuz dört... otuz beş... otuz altı...

Hindistan'daki dördüncü günüm. Toprak bir yolda, başıboş ineklerin arasından sendeleyerek ilerliyorum, zemin ayaklarımın altından kaydı kayacak. Bütün gün kustum. Cildim bir sari kadar sarı; görünmeyen eller derimi canlı canlı soyuyor sanki. Adım atacak mecalim kalmayınca yolun kenarına uzanıyorum. Yolun karşısında yaşlı bir adam, kocaman, çelik bir tencerede bir şey karıştırıyor. Yanında bir kafes var, içinde de mavili kırmızılı bir papağan. Yanımdan, boş yeşil şişelerle dolu bir el arabasını iten bir seyyar satıcı geçiyor. Anımsadığım son şey, o.

Kırk bir... kırk iki...

Büyük bir odada uyanıyorum. Sıcak ve çürümüş kantalup kavununu andıran bir koku havayı ağırlaştırmış. İki kişilik, demir bir karyolada yatmaktayım; sert, yaysız baza ile aramda ince, ciltsiz bir kitaptan daha kalın olmayan bir şilte var. Oda benimki gibi yataklarla dolu. Yanlardan sarkan bir deri bir kemik kollar, lekeli çarşaflardan çıkan, esmer, kibrit çöpü bacaklar, açık, eksik dişli ağızlar görüyorum. Çalışmayan tavan pervaneleri. Alçı yamalarla bezeli duvarlar. Yanımdaki pencereden içeriye sıcak, yapışkan hava, gözbebeklerimi şişleyen güneş ışığı giriyor. Erkek hastabakıcı –Gül adında iriyarı, aksi suratlı bir Müslüman– sarılıktan ölebileceğimi söylüyor.

Elli beş... elli altı... elli yedi...

Sırt çantamı istiyorum. *Hangi sırt çantası?* diyor Gül kayıtsızca. Her şeyim gitti – giysilerim, param, kitaplarım, fotoğraf makinem. Gül yuvarlayarak konuştuğu İngilizcesiyle, *Hırsızlar sana bir tek bunu bırakmış,* diyerek yanımdaki pencere pervazını gösteriyor. Resim orada. Alıyorum. Thalia, saçları esintide uçuşuyor, etrafında foşurdayan beyaz köpüklü su, çıplak ayakları kayanın üzerinde, dalgalı Ege kendini onun önüne atmış. Boğazıma bir yumru çörekleniyor. Burada ölmek istemiyorum, ondan bu kadar uzakta, bu yabancıların arasında. Fotoğrafı camla pervazın arasına sıkıştırıyorum.

Altmış altı... altmış yedi... altmış sekiz...

Yanımdaki yatakta yatan oğlan bir ihtiyarın suratına sahip: bitkin, çökük, buruşuk. Karnının alt kısmı bovling topu büyüklüğünde bir tümör yüzünden şiş. Ne zaman bir hemşire oraya dokunsa, oğlanın gözleri sımsıkı kapanıyor, ağzı sessiz, ıstırap dolu bir çığlıkla açılıyor. Bu sabah hemşirelerden biri, Gül değil bir başkası, ona ilaç içirmeye çalıştı, ama oğlan başını bir o yana bir bu yana çevirip durdu; boğazından bir şey tahtaya sürtünüyormuş gibi bir ses çıkıyordu. Sonunda hastabakıcı onun ağzını zorla açtı, hapı içine itti. O gidince, oğlan başını yavaşça bana çevirdi. Yataklarımızın arasındaki boşluktan, birbirimizin gözlerinin içine baktık. Gözünden süzülen küçük bir damla yanağından aşağıya yuvarlandı.

Yetmiş beş... yetmiş altı... yetmiş yedi...

Burada çekilen acı, bu umutsuzluk, bir dalga gibi. Her yataktan yuvarlanarak yükseliyor, küflü duvarlara çarpıyor, sonra dönüp size çullanıyor. Onun içinde boğulabilirsiniz. Bol

bol uyuyorum. Uyumadığım zaman, kaşınıyorum. Verdikleri ilacı alıyorum, ilaç beni yeniden uyutuyor. Olmadı, aşağıya, koğuşun önündeki işlek caddeye, pazar tentelerinin, arka sokaktaki çayhanelerin üstünden kayan gün ışığına bakıyorum. Eriyip çamurlu oluklara karışan kaldırımlarda bilye yuvarlayan çocukları, kapı eşiklerinde oturan yaşlı kadınları, hasırlarının üzerine bağdaş kurmuş, hindistancevizi soyan, kadifeçiçeğinden çelenkler dizen, *dhoti*'li sokak satıcılarını seyrediyorum. Biri, odanın karşı köşesinden, kulak paralayan bir çığlık atıyor. Dalıp gidiyorum.

Seksen üç... seksen dört... seksen beş...

Oğlanın adını öğrendim: Manaar. "Yol gösteren ışık" demek. Annesi bir fahişe, babası hırsızmış. Teyzesiyle yaşıyor, eniştesinden dayak yiyormuş. Onu öldüren şeyin ne olduğunu kimse tam olarak bilmiyor; öleceğinin dışında. Ziyaretine gelen yok; bir hafta sonra –bilemedin bir, taş çatlasın iki ay sonra– öldüğünde, cenazesine kimse sahip çıkmayacak. Kimse yas tutmayacak. Kimse anımsamayacak. Yaşadığı yerde ölecek: çatlaklarda. Uyuduğunda, kendimi ona bakarken yakalıyorum; çökük şakaklarına, omuzlarına fazla büyük gelen başına, altdudağındaki rengi dönmüş yara izine; Gül'den öğrendiğime göre, annesinin pezevengi sigarasını orada söndürmeyi âdet edinmiş. Onunla İngilizce, sonra bildiğim birkaç kelimelik Urducayla anlaşmaya çalıştım, ama gözlerini yorgun yorgun kırpıştırmakla yetindi. Bazen ellerimi birleştirip duvarda hayvan gölgeleri oluşturuyor, karşılığında bir gülümseme kazanıyorum.

Seksen yedi... seksen sekiz... seksen dokuz...

Bir gün Manaar, penceremdeki bir şeyi işaret ediyor. Parmağını izliyor, başımı kaldırıyorum, ama bulutların arasından seçilen bir tutam mavi gökyüzünden başka hiçbir şey göremiyorum; çocuklar aşağıda bir sokak tulumbasından fışkıran suyla oynuyor, bir otobüs egzoz püskürtüyor. Sonra, Thalia'nın fotoğrafını gösterdiğini anlıyorum. Pervazdan alıp ona veriyorum. Fotoğrafın yanık ucunu yüzüne yaklaştırıyor, uzun uzun bakıyor. İlgisini çeken, okyanus mu acaba? Tuzlu suyu hiç tattı mı ya da ayaklarının altından hızla çekilen suyu izlerken başı döndü mü? Belki de, yüzünü göremese bile Thalia'yla, acıyı bilen biriyle arasında bir akrabalık hissetti. Resmi bana geri vermeye yelteniyor. Başımı hayır anlamında sallıyorum. *Hadi, tutun ona,* diyorum. Yüzünden bir güvensizlik gölgesi geçiyor. Gülümsüyorum. Emin olamam ama, galiba o da bana gülümsüyor.

Doksan iki... doksan üç... doksan dört...

Sarılığı yeniyorum. Gül'ün onu yalancı çıkartmama sevindiğini mi, yoksa üzüldüğünü mü anlayamamam, çok garip. Ancak burada kalıp gönüllü olarak çalışmak istediğimi söyleyerek onu şaşırttığım kesin. Başını yana eğiyor, kaşlarını çatıyor. Sonunda başhemşirelerden biriyle konuşmak zorunda kalıyorum.

Doksan yedi... doksan sekiz... doksan dokuz...

Duşların olduğu bölüm sidik ve sülfür kokuyor. Her sabah Manaar'ı oraya taşıyorum, çıplak bedenini kucağıma alıyor, sarsmamaya özen gösteriyorum – daha önce gönüllülerden birinin onu bir pirinç çuvalıymışçasına omzuna attığını görmüştüm. Onu yavaşça tahta sıraya oturtuyor, soluklanıp kendine gelmesini bekliyorum. Ilık suyla küçük, kırılgan bedenini yıkıyorum. Manaar her seferinde sessizce, sabırla oturuyor, elleri dizlerinde, başı önde. Korku dolu, kemikli bir ihtiyardan farksız. Sabunlu süngeri kaburga kafesinde, omurgasının yumrularında, bir köpekbalığının yüzgeçleri kadar fırlak kürek kemiklerinde gezdiriyorum. Onu yeniden yatağına taşıyor, ilaçlarını veriyorum. Ayaklarının, baldırlarının ovulması onu sakinleştiriyor, ben de sık sık, aceleye getirmeksizin ovuyorum. Uyurken Thalia'nın fotoğrafını mutlaka yastığın altına sokuyor.

Yüz bir... yüz iki...

Kentte uzun, amaçsız yürüyüşler yapıyorum, sırf hastaneden, hastaların ve ölenlerin müşterek soluğundan uzaklaşmak için. Tozlu günbatımlarında, iki yanında grafiti lekeli duvarların uzandığı sokaklarda yürüyor, teneke dükkâncıkların birbirine yapışık tezgâhlarının önünden geçiyor, başlarında taze hayvan pisliğiyle dolu sepetler taşıyan küçük kızlara, kocaman alüminyum kazanlarda kilim kaynatan, tepeden tırnağa is içindeki kadınlara rastlıyorum. Ara sokaklarda, oyun oynarken parmaklara geçirilen sicim misali kıvrılıp bükülen daracık geçitlerde avare gezinirken aklıma sık sık Manaar düşüyor; kendisi gibi kırık dökük karaltılarla dolu bir odada ölümü bekleyen Manaar. Bol bol Thalia'yı düşünüyorum; kayanın üzerinde oturan, denize bakan Thalia. İçimin derinliklerindeki bir şeyin beni içine çektiği, ters bir dip akıntısı gibi çekiştirdiği duygusuna kapılıyorum. Kendimi ona bırakmak, onun tarafından yutulmak istiyorum. Yeryüzünde kapladığım yerden vazgeçmek, kimliğimden sıyrılmak, her şeyi çıkarıp atmak istiyorum, eski derisinden kurtulan bir yılan gibi.

Söylemeye çalıştığım, Manaar'ın her şeyi değiştirdiği değil. Değiştirmedi. Kendimi Atina'daki bir kütüphanenin köşe masasında, tıp fakültesine başvuru formuna bakarken buluncaya kadar, bir yıl daha dünyada düşe kalka dolandım. Manaar'la başvuru formu arasında, Şam'da geçirdiğim iki hafta da var; o dönemden, bol sürmeli gozleri ve altın dişleri olan iki kadının sırıtkan yüzlerinden başka hiçbir şey anımsamıyorum. Ya da Kahire'de, haşhaş bağımlısı bir ev sahibinin işlettiği, harap haldeki apartmanın bodrumunda geçirdiğim üç ay. Thalia'nın parasıyla İzlanda'yı otobüsle dolaştım, Münih'te bir süre punk bir müzik grubuyla sürttüm. 1977'de Bilbao'da katıldığım nükleer karşıtı gösteride dirseğimi kırdım.

Ama sakin anlarımda, bir otobüsün arka koltuğunda ya da bir kamyonun kasasında yaptığım o uzun yolculuklarda, zihnim mutlaka dönüp dolaşıp Manaar'a takıldı. Onu, son günlerinde çektiği ıstırabı, bu acının karşısındaki çaresizliğimi düşünmek, yaptığım, yapmak istediğim her şeyi önemsizleştiriyor, uyumadan önce kendi kendinize verdiğiniz, uyandığınızda çoktan unutup gittiğiniz bütün o küçük sözler kadar asılsız, uyduruk görünmesine neden oluyor.

Yüz on dokuz... yüz yirmi.

Objektif kapağını indiriyorum.

O yazın sonlarında bir akşam, Madaline'in Atina'ya gideceğini ve Thalia'yı kısa bir süreliğine de olsa bizde bırakacağını öğrendim.

"Yalnızca birkaç hafta," dedi.

Akşam yemeğindeydik, dördümüz; Mamá'yla Madaline'nin birlikte pişirdiği fasulye çorbasını içiyorduk. Madaline'in haberini ilk kez duyan kişi bir tek ben miyim diye, masanın karşısındaki Thalia'ya bir göz attım. Görünüşe göre öyleydi. Thalia çorbasını sakince kaşıklıyor, kaşığı her götürüşünde maskesini azıcık kaldırıyordu. Yiyip içmesi de, konuşması da artık beni rahatsız etmez olmuştu, ya da en azından, takma dişleri ağzına tam oturmayan, yaşlı birini –yıllar sonra Mamá'yı, örneğin– seyretmekten daha fazla değil.

Madaline çekimler bitince birini gönderip Thalia'yı aldıracağını söyledi; filmin Noel'den önce tamamlanması bekleniyordu.

"İşin aslı, Atina'ya hepinizi birden bekliyorum," dedi malum neşesi yüzünü kaplarken. "Gala gecesine hep birlikte gideriz! Harika olmaz mı, Markos? Dördümüz, şık şıkırdım, büyük bir havayla, kayarcasına salona giriyoruz?"

Harika olacağını söyledim, ancak Mamá'yı şık bir gece elbisesiyle ya da herhangi bir yere kayarcasına girerken tahayyül etmekte zorlanıyordum.

Madaline her şeyin yolunda gideceğini, birkaç hafta sonra okul açıldığında Thalia'nın eğitimine kaldığı yerden devam edeceğini söyledi – evde, Mamá'yla elbette. Bize kartpostallar, mektuplar, film setinden fotoğraflar göndereceğini söyledi. Başka şeyler de söyledi, ama çoğunu dinlemedim. Müthiş bir ferahlama ve katıksız bir sevinç hissediyordum. Yazın bitiyor olmasından duyduğum korku midemdeki bir yumrudan farksızdı ve kendimi her ne kadar yaklaşan vedalaşmaya hazırlamaya çalışsam da, yumru her geçen gün biraz daha büyüyordu. Artık her sabah kahvaltı masasında bir an önce Thalia'yı görme, o tuhaf sesini duyma sabırsızlığıyla uyanıyordum. İki lokma bir şey yiyip kendimizi dışarı atar, ağaçlara tırmanır, arpa tarlalarında kovalamaca oynar, savaş naraları atarak biçilmiş sapların arasından koşar, kertenkelelerin korkuyla sağa sola kaçışmasına neden olurduk. Mağaralara hayali hazineler saklar, adada sesin en iyi ve en yüksek yankılandığı noktaları bulurduk. Ev yapımı kameramızla yeldeğirmenlerinin, güvercinliklerin fotoğrafını çekip, basması için Bay Roussos'a götürüyorduk. Hatta bizi karanlık odasına soktu, malzemelerin nasıl kullanıldığını, stop banyolarını filan öğretti.

Madaline'in haberi verdiği akşam, annemle ikisi mutfakta bir şişe şarap açtılar, çoğunu Madaline içerken, Thalia'yla ben üst katta *tavla* oynadık. Thalia iyi durumdaydı, pullarının yarısını önüne toplamıştı bile.

"Bir âşığı var," dedi zarı atarken.

Sıçradım. "Kimin?"

"Bir de, 'Kimin?' diyor. Kimin dersin?"

Yaz boyunca, Thalia'nın yüz ifadesini gözlerinden okumayı öğrenmiştim, şimdiyse bana kumsalda durup suyun nerede olduğunu soruyormuşum gibi bakmaktaydı. Hızla toparlamaya çalıştım. "Kimden söz ettiğini biliyorum," dedim yanaklarım yanarken. "Demek istediğim, o kim? Yani bilirsin işte..." On iki yaşında bir oğlan çocuğuydum. Kelime dağarcığımda *âşık* gibi sözcükler bulunmuyordu.

"Tahmin edemiyor musun? Filmin yönetmeni tabii."

"Ben de tam onu söyleyecektim."

"Adı Elias. Görmelere değer. Saçlarını kafasına briyantinle bir yapıştırışı var, sanki 1920'lerdeyiz. Yetmezmiş gibi, ince bir bıyığı var. Bunun ona afili bir hava verdiğini sanıyor galiba. Resmen komik. Ve tabii ki kendini muhteşem bir oyuncu sanıyor. Annem de öyle. Annemi onunlayken görmelisin, bir mahcup, bir uysal, inanamazsın, sanki her an karşısında eğilecek, dehası için adamı övgülere boğacak gibi. Adamın halini nasıl göremediğini aklım almıyor."

"Madaline Teyze evlenecek mi onunla?"

Thalia omuz silkti. "Erkek konusundaki zevki berbat. *Berbat.*" Zarları eline aldı, aklına bir şey gelmiş gibi durdu. "Andreas hariç, elbette. O kibar biri. Yeterince. Ama annem, elbette onu bırakacak. O hep fırlamalara tutulur."

"Baban gibilere mi yani?"

Suratı azıcık asıldı. "Babam bir yabancıymış, annem onunla Amsterdam'a giderken tanışmış. Şiddetli bir sağanak sırasında, bir tren istasyonunda. Bir öğle sonrasını birlikte geçirmişler. Babamın kim olduğunu bilmiyorum. Aslında annem de bilmiyor."

"Ah. Hatırlıyorum da, bir keresinde ilk kocası hakkında bir şey söylemişti. İçtiğini söyledi. Ben de sandım ki..."

"Eh, o Dorian olmalı," dedi Thalia. "O da ayrı bir âlemdi." Bir pulu daha kendi bölmesine soktu. "Annemi döverdi. Adam gayet tatlıyken bir anda gözü dönerdi. Hani hava aniden değişir ya? Aynen öyle. Günün neredeyse tamamını içerek, evde aylaklık ederek geçirirdi. Kafayı bulunca fena halde unutkan oluyordu. Örneğin, musluğu açık unutur, evi su basardı. Bir keresinde fırını kapamayı unutmuştu da, az kaldı bütün ev yanıp kül oluyordu."

Topladığı pullarla küçük bir kule yaptı. Bir süre sessizce onları dizmekle uğraştı.

"Dorian'ın gerçek anlamda sevdiği tek şey, Apollo'ydu. Mahallenin çocuklarının ödü kopuyordu ondan – Apollo'dan yani. Üstelik onu doğru dürüst görmemişlerdi bile, yalnızca havlamasını duymuşlardı. Bu da onlara yetmişti. Dorian onu arka bahçeye bağlardı. Kocaman kuzu parçalarıyla beslerdi."

Thalia başkaca bir şey anlatmadı. Yine de, gözümün önünde kolayca canlandırdım. Dorian sızıp kalıyor, arka bahçede zincirsiz, gönlünce dolanan köpeği unutuyor. Sürme kapılardan biri açık kalmış.

"Kaç yaşındaydın?" diye sordum alçak sesle.

"Beş."

Sonra, yazın başından beri aklımda olan soruyu sordum. "Peki yapılacak... yani yapabilecekleri bir şey..."

Thalia bakışlarını kaçırdı. "Lütfen sorma," dedi derin bir sızının ağırlaştırdığını sezdiğim sesiyle. "Bu konu beni yoruyor."

"Özür dilerim," dedim.

"Bir gün anlatırım."

Anlattı da daha sonra. Cerrahın eline yüzüne bulaştırdığı ameliyat, ameliyat yarasının mikrop kapıp iltihaplanma felaketi, böbreklerini bozup karaciğer yetmezliğine yol açması, nakledilen yeni dokuyu yemesi, cerrahların salt o dokuyu değil, sol yanaktan geriye kalanı ve çene kemiğinin bir kısmını da almak zorunda kalmaları. Çıkan sorunlar yüzünden neredeyse üç ay hastanede kalmıştı. Ölümden dönmüştü, keşke de dönmeseydi. O gün bugündür ona el sürmelerine izin vermiyordu.

"Thalia," dedim, "ilk tanıştığımızda olanlar yüzünden çok üzgünüm."

Gözlerini benimkilere dikti. O eski, oyunbaz parıltı geri gelmişti. "Üzülmelisin de zaten. Ama tepsiyi yerlere döküp saçmandan önce de biliyordum."

"Neyi biliyordun?"

"Hıyarın teki olduğunu."

Madaline okullar açılmadan iki gün önce adadan ayrıldı. İnce bedenini saran, dar, tereyağı sarısı, kolsuz bir elbise giymiş, kemik çerçeveli güneş gözlüğü takmış, beyaz ipek eşarbını saçları uçuşmasın diye sıkıca düğümlemişti. Giyim tarzı, bazı parçalarının gevşeyip dağılmasından korkar gibiydi – kendini, sözcüğün gerçek anlamıyla zapturapt altına alıyordu sanki. Tinos kasabasındaki arabalı vapur iskelesinde hepimize tek tek sarıldı. En sıkı ve en uzun Thalia'yı kucakladı, başının tepesine aralıksız, uzadıkça uzayan bir öpücük kondurdu. Gözlüğünü hiç çıkarmadı.

"Sen de bana sarılsana," diye fısıldadığını duydum.

Thalia kaskatı bir tavırla boyun eğdi.

Vapur bir inilti salıp yalpaladıktan sonra, arkasında köpüklü, çevrintili bir iz bırakarak uzaklaşmaya koyulduğunda, Madaline'in kıçta durup bize el sallayacağını, öpücük göndereceğini sanıyordum. Oysa çabucak baş tarafa seğirtti, oturdu. Bizden yana bakmadı.

Eve dönünce, annem bize oturmamızı söyledi. İkimizin arasında durup şöyle dedi: "Thalia, sana söylemek isterim ki, o şeyi bu evde takmana gerek yok artık. Ne beni düşünerek ne de Markos'u. Yok eğer kendin istiyorsan takabilirsin. Bu konuda başkaca bir şey söylemeyeceğim."

İşte Mamá'nın baştan beri anladığı şeyi, o an, âni bir durulukla anlayıverdim. Maske Madaline'in hatırınaydı. *Onu* utançtan, mahcup duruma düşmekten kurtarmak içindi.

Thalia uzunca bir süre ne kıpırdadı ne de bir şey söyledi. Sonra yavaşça ellerini kaldırdı, başının arkasındaki bağcıkları çözdü. Maskeyi indirdi. Doğruca yüzüne baktım. Gayri ihtiyari bir geri çekilme dürtüsü hissettim; yüksek bir gürültü olduğunda yapacağınız gibi. Ama çekilmedim. Bakışlarımı kaçırmadım. Gözümü kırpmamaya da özen gösterdim.

Mamá, Madaline dönene kadar beni evde eğiteceğini söyledi, böylece Thalia evde tek başına kalmayacaktı. Bize akşamları, yemekten sonra ders çalıştırıyor, sabah o okula gittikten sonra yapılmak üzere ev ödevleri veriyordu. Uygulanabilir bir plana benziyordu, en azından teoride.

Ancak ders çalışmanın, özellikle de Mamá evde yokken, neredeyse olanaksız olduğu ortaya çıktı. Thalia'nın sakatlığının haberi adanın her yanına yayılmıştı, meraka kapılan insanlar kapıya dayanıyordu. Birden adada unun, sarımsağın, hatta tuzun zerresi kalmamıştı da, bunları bulabileceğiniz tek ev bizimkiydi sanki. Amaçlarını saklamak için doğru dürüst çabalamıyorlardı bile. Kapıda dururken gözleri omzumun üstünden geriye dikiliyordu. Boyunlarını uzatıyor, parmakuçlarında yükseliyorlardı. Üstelik çoğu komşumuz bile değildi. Bir fincan şeker için kilometrelerce yol yürüyorlardı. Onları elbette içeriye almıyordum. Kapıyı yüzlerine çarpıvermek az çok rahatlatıyordu beni. Ama aynı zamanda da, burada kaldığım takdirde bu insanların hayatımı nasıl derinlemesine etkileyeceğini gördüğümden, içimi kasvet basıyor, moralim bozuluyordu. Sonunda onlardan biri olup çıkacaktım.

Çocuklar daha beter, daha cüretkârdı. Her gün birini dışarıda sinsi sinsi dolanıp duvarımıza tırmanırken yakalıyordum. Oturmuş ders çalışırken, bir de bakardım, Thalia kurşunkalemiyle omzuma ya da çenesine vuruyor; yüzümü çevirince cama yapışmış bir, bazen birden fazla surat görürdüm. Giderek öyle kötüleşti ki, üst kata çıkıp perdeleri çekmek zorunda kaldık. Bir gün kapıyı açınca karşımda, okuldan tanıdığım, Petros adlı oğlanla üç arkadaşını buldum. Bir kerecik bakabilmek için bana bir avuç bozukluk teklif etti. Olmaz, dedim; kendini nerede sanıyordu, sirkte mi?

Sonunda Mamá'ya söylemek zorunda kaldım. Duyunca yüzüne koyu bir kırmızılık yayıldı. Dişlerini sıktı.

Ertesi sabah masanın üzerinde kitaplarımızı ve hazırladığı iki sandviçi gördük. Thalia benden önce anladı, bir yaprak gibi kıvrıldı. Gitme vakti gelince itiraza başladı.

"Odie Teyze, hayır."

"Ver bakayım elini."

"Hayır. Lütfen."

"Hadi. Ver elini."

"Gitmek istemiyorum."

"Geç kalıyoruz ama."

"Beni zorlama, Odie Teyze."

Mamá iki elinden tuttuğu Thalia'yı iskemleden kaldırdı, eğildi, gayet iyi bildiğim bir bakışla gözlerini gözlerine dikti. Yeryüzünde hiçbir şey onu kararından döndüremezdi artık. "Thalia," dedi aynı anda hem yumuşak hem de kararlı çıkabilen bir sesle, "ben senden utanmıyorum."

Üçümüz birlikte yola koyulduk – Mamá dudaklarını büzmüş, hızlı, ufak adımlarla, ancak şiddetli bir rüzgârı yarıyormuşçasına, hışımla yürüyordu. Yıllar önce, elinde tüfek, Madaline'in evine de aynen böyle, azimle yürüdüğünü tahmin edebiliyordum.

Kıvrılarak ilerleyen patikalarda uçarcasına yanından geçtiğimiz insanlar soluklarını tutuyor, aval aval bakakalıyorlardı. İyice bakmak için duruyorlardı. Parmağıyla gösterenler de oldu. Görmezden gelmeye çalıştım. Görüş alanımın köşelerindeki, solgun yüzlerden ve açık ağızlardan oluşan bir bulanıklıktan ibarettiler.

Okulun avlusunda, çocuklar geçmemiz için ikiye ayrıldılar. Bir kızın çığlık attığını duydum. Mamá, Thalia'yı peşi sıra sürükleyerek, kukaların arasından geçen bir bovling topu misali ilerledi. Kızı çekiştirdi, avlunun köşesine, bir tahta sıranın bulunduğu yere iteledi. Tahta sıranın üzerine çıktı, Thalia'nın da çıkmasına yardım etti, sonra düdüğünü üç kez çaldı. Avluya sessizlik çöktü.

"Bu Thalia Gianakos!" diye bağırdı Mamá. "Bugünden itibaren..." Durakladı. "Çığlık atmak isteyen çenesini kapasa iyi olur, yoksa ona çok daha acı çığlıklar attırırım. Şimdi, bugünden itibaren Thalia bu okulun öğrencisi. Hepinizden ona nazik ve terbiyeli davranmanızı bekliyorum. En küçük bir taciz söylentisi duyarsam, yapanı bulur, pişman ederim. Yapacağımı biliyorsunuz. Söyleyeceklerim bu kadar, bu konu burada kapanmıştır."

Banktan indi, Thalia'yı elinden tuttuğu gibi sınıfa yöneldi.

O günden sora Thalia maskeyi hiç takmadı, ne evde ne de dışarıda.

O yıl, Noel'e birkaç hafta kala, Madaline'den bir mektup aldık. Beklenmedik nedenlerle çekimler uzamıştı. Önce, fotoğraf direktörü –Madaline *FD* yazmıştı, Thalia'nın annemle bana açıklaması gerekti– sette bir yapı iskelesinden düşmüş, kolunu üç yerden kırmıştı. Ardından hava, dış çekimlerin yapılacağı tüm mekânlarda sorun çıkartmıştı.

Dolayısıyla, "ara verme" dedikleri durumdayız. Aslında o kadar da kötü bir şey değil, böylece senaryodaki bazı pürüzleri giderecek zamanımız oluyor, ancak bu ne yazık ki, umduğumuz tarihte kavuşamayacağımız anlamına geliyor. Perişan haldeyim, canlarım. Hepinizi öyle çok özledim ki, özellikle de seni Thalia, bir tanem. Filmin tamamlanacağı ve yeniden bir arada olacağımız güne, yani baharın sonlarına kadar elimden gelen tek şey, günleri saymak. Üçünüzü de her gün, her dakika kalbimde taşıyorum.

Thalia mektubu anneme verirken, "Geri dönmeyecek," dedi duygusuz bir sesle.

"Tabii ki dönecek!" dedim afallamış, kulaklarına inanamaz halde. Hiç olmazsa yüreklendirici bir kelime etmesini bekleyerek Mamá'ya döndüm. Ama o mektubu katlayıp masaya koydu, hiçbir şey demeden kahve suyu ısıtmaya gitti. Madaline'in dönmeyeceğine katılsa bile, Thalia'yı avutmamasının ne büyük düşüncesizlik olduğunu düşündüğümü anımsıyorum. Oysa daha şimdiden birbirlerini çok iyi anladıklarını, birbirlerini belki benden bile iyi tanıdıklarını bilmiyordum – henüz. Mamá, Thalia'ya, bir çocuk gibi pışpışlamayacak kadar saygı duyuyordu. Sahte güvencelerle Thalia'yı aşağılayamazdı.

Bahar yemyeşil görkemiyle gelip geçti. Madaline'den bir kartpostalla aceleyle çiziktirilmişe benzeyen bir mektup aldık; sette başka aksilikler çıktığını, bu seferkinin, bütün bu gecikmeler yüzünden parayı kesme tehdidinde bulunan yatırımcılar yüzünden olduğunu yazıyordu. Bunda, son mektubunun aksine, dönüş tarihine ilişkin bir bilgi vermiyordu.

Yaz başında ılık bir öğleden sonra –yani 1968 yılında– Thalia'yla birlikte kumsala gittik, Dori adındaki kız da yanımızdaydı. Thalia tam bir yıldır Tinos'taydı ve artık fısıldaşmaların, uzun bakışların hedefi değildi. Gerçi etrafı hâlâ bir merak halesiyle çevriliydi, hep de çevrili olacaktı, ama o bile hızla solmaktaydı. Artık arkadaşları vardı (Dori de bunlardan biriydi), görünüşünden ürkmeyen, öğle yemeklerini birlikte yediği, dedikodu yaptığı, okuldan sonra oyunlar oynayıp ders çalıştığı kızlar. Hiç ihtimal vermediğimiz şey olmuş, Thalia neredeyse sıradan biri olup çıkmıştı; adalıların onu kabullenme, kendilerinden biri sayma biçiminin bir dereceye kadar hayranlığımı kazandığını da itiraf etmeliyim.

O akşamüstü, üçümüz yüzmeyi tasarlıyorduk, fakat su hâlâ çok soğuktu, sonunda kayaların üzerine serilip uyuklamayı yeğledik. Thalia'yla eve dönünce Mamá'yı mutfakta, havuç soyarken bulduk. Masada yeni, açılmamış bir mektup duruyordu.

"Üvey babandan," dedi Mamá.

Thalia mektubu alıp yukarıya çıktı. Aşağı inmesi epey uzun sürdü. Kâğıdı masaya bırakıp oturdu, eline bir bıçakla bir de havuç aldı.

"Eve dönmemi istiyor."

"Anlıyorum," dedi annem. Sesinde minicik bir titreme duydum.

"Eve değil, aslında. İngiltere'de özel bir okulla anlaştığını yazıyor. Sonbaharda başlayabilirmişim. Parasını o verecekmiş."

"Peki ya Madaline Teyze?" diye sordum.

"Gitti o. Elias'la. Kaçtılar."

"Peki ya film?"

Mamá'yla Thalia bakıştılar, aynı anda gözlerini bana çevirdiler; baştan beri bildiklerini gördüm.

Otuz küsur yıl sonra, 2002'de bir sabah, Atina'dan Kâbil'e gitmeye hazırlandığım sıralarda, gazetede Madaline'in ölüm ilanına rastlıyorum. Soyadı "Kouris" diye belirtilmiş, ama fotoğraftaki yaşlı kadının yüzündeki o parlak gözlü gülümsemeyi tanıyorum; gençlik güzelliğinin kalıntılarından çok, onu. Altındaki küçük paragrafta, gençken kısa bir süre artistlik yaptığı, 1980'lerin başında da kendi tiyatrosunu kurduğu yazılı. Kumpanyasının sergilediği pek çok yapım eleştirmenlerden övgü almış, en dikkat çeken ve 1990'ların ortalarına kadar defalarca sahnelenenlerse, Eugene O'Neill'in *Günden Geceye*, Çehov'un *Martı,* Dimitrios Mpogris'in *Vaatler* oyunlarıymış. Ölüm ilanında, yaptığı hayır işleriyle, nüktedanlığıyla, giyim tarzıyla, verdiği görkemli partilerle ve riske girip ünlenmemiş oyun yazarlarını desteklemesiyle sanat çevrelerinde haklı bir ün edindiğini yazıyor. Amfizemle giriştiği uzun bir mücadelenin ardından vefat ettiği belirtiliyor, ancak kocasından ya da çocuklarından söz edilmiyor. Yirmi yıldan fazladır Atina'da, benim Kolonaki'deki dairemden yalnızca altı sokak ileride yaşadığını öğrenince iyice afallıyorum.

Gazeteyi bırakıyorum. Otuz küsur yıldır görmediğim bu kadına karşı hafiften öfke hissetmek, şaşırtıyor beni. İçimde, yaşamının akışını anlatan bu öyküye karşı âni bir direnç. Onu hep çalkantılı, kafasının dikine bir yaşam sürerken, talihsizliklerle –krizler, yeniden başlamalar, çöküş, pişmanlık– ve yanlış, umutsuz aşklarla boğuşurken hayal etmiştim. Kendi kendini mahvettiğini, muhtemelen içki yüzünden hayatını genç yaşta, insanların *trajik* dediği bir ölümle noktaladığını. Hatta bir parçam, Madaline'nin bunu bildiği, Thalia'yı bu sondan korumak, engelleyemeyeceği felaketlerden kurtarmak için Tinos'a getirmiş olabileceğini bile düşünmüştü. Oysa şimdi onu, Mamá'nın büyük bir olasılıkla baştan beri gördüğü haliyle gözümde canlandırabiliyorum: Harita uzmanı Madaline oturmuş, sakince geleceğinin haritasını çiziyor, külfetli kızını güzelce sınırların dışında bırakıyor. Ve muhteşem bir biçimde amacına ulaşıyor; en azından şu ölüm ilanına ve özet halinde verdiği yaşam öyküsüne göre, başarıyla, lütufla, saygıyla dolu, anlamlı bir hayat sürmüştü.

Bunu hazmedemiyorum. Başarıyı, yaptığı şeyin yanına kâr kalmasını. Haksızlık bu. Hani bedelini ödeme, hani hak edilmiş ceza?

Öte yandan, gazeteyi katlarken içimi bir kurt kemirmeye başlıyor. Madaline'i fazla sert yargıladığıma, onunla benim birbirimizden farklı olmadığımıza dair hafif bir fısıltı. İkimiz de kaçıp gitmenin, yeni bir varoluşun, yeni kimliklerin özlemiyle kıvranmadık mı? İkimiz de, sonuçta, bizi dibe çeken çapaların ipini kesip kendimizi açık sulara atmadık mı? Buna dudak büküyor, kendime hiç de benzeşmediğimizi söylüyorum; her ne kadar ona duyduğum öfkenin gerçekte, benden daha başarılı olmasından duyduğum kıskançlığı örtbas eden bir maske olabileceğini sezinlesem de.

Gazeteyi fırlatıp atıyorum. Thalia'ya bu haberi veren ben olmayacağım.

Mamá masadan bir bıçakla ittiği havuç kabuklarını bir kâsede topladı. Yiyeceklerin ziyan edilmesinden nefret ederdi. Kabuklardan daha sonra bir kavanoz marmelat yapacaktı.

"Eh, seni önemli bir karar bekliyor, Thalia," dedi.

Thalia'nın bana döndüğünü görünce şaşırdım: "Sen olsan ne yapardın, Markos?"

"Ah, *onun* ne yapacağını gayet iyi biliyorum," diye atıldı Mamá.

"Ben olsam giderdim," diye yanıtladım Thalia'yı; Mamá'ya bakıyor, bana biçtiği asi rolünü oynamaktan zevk duyuyordum. Aynı zamanda ciddiydim elbette. Thalia'nın tereddüt etmesini bile aklım almıyordu. Ben olsam bu fırsatın üzerine atlardım. Özel bir okulda eğitim. Londra'da.

"Bunu düşünmelisin," dedi annem.

"Düşündüm bile," dedi Thalia duraksayarak. Sonra, Mamá'yla göz göze gelmek için başını kaldırırken çekingen bir tavırla ekledi: "Ama kendi kendime gelin güvey olmak istemiyorum."

Mamá bıçağı bıraktı. Hafifçe soluğunu salıverdiğini duydum. Soluğunu mu tutuyordu yoksa? Öyle bile olsa, metin yüzünde rahatladığına dair hiçbir iz yoktu. "Cevap evet. Tabii ki evet."

Thalia masanın üstünden uzandı, annemin bileğine dokundu. "Teşekkür ederim, Odie Teyze."

"Bunu sadece bir kere söyleyeceğim," dedim. "Bence bu bir hata. İkiniz de hata yapıyorsunuz"

Dönüp bana baktılar.

"Gitmemi mi istiyorsun, Markos?" dedi Thalia.

"Evet," dedim. "Seni özlerim, hem de çok, bunu biliyorsun. Ama özel bir okulda eğitim alma şansını tepemezsin. Bitirince üniversiteye gidersin. Bir araştırmacı, bilimci, profesör, hatta bir mucit olabilirsin. İstediğin bu değil mi? Sen tanıdığım en zeki insansın. Canının istediğini olabilirsin."

Susuverdim.

"Hayır, Markos," dedi Thalia, ciddileşmiş bir sesle. "Hayır, olamam."

Bunu öyle yoğun bir kesinlikle söyledi ki, bütün itiraz kanallarını tıkadı.

Yıllar sonra, plastik cerrahi dalında staja başlayınca, o gün mutfakta Thalia'yla yatılı okul konusunda tartışırken bilmediğim bir şeyi anladım. Dünyanın sizin içinizi görmediğini, derinin ve kemiğin maskelediği umutlarınızı, hayallerinizi ve kederlerinizi zerre kadar umursamadığını. Gerçek işte bu kadar basit, bu kadar saçma ve bu kadar gaddardı. Hastalarım bunu zaten biliyordu. Kim olduklarının, kim olabileceklerinin ya da kim olmaları gerektiğinin, büyük oranda, kemik yapılarının simetrisine, gözlerinin arasındaki mesafeye, çenelerinin uzunluğuna, burunların ucunun kalkıklığına, burunla alın arasında ideal bir açıya sahip olup olmadıklarına dayandığını çoktan görmüşlerdi.

Güzellik gelişigüzel, düşüncesizce dağıtılmış, hakkıyla kazanılmamış, muazzam bir armağandır.

Velhasıl, uzmanlık alanımı Thalia gibileri düşünerek seçtim; bisturimin her darbesiyle bu eşitsizliği gidermek, onlara yapılan keyfi adaletsizliği düzeltmek, rezilce bulduğum, tek bir köpek ısırığıyla küçük bir kızın bütün geleceğini çalan, onu toplum dışına itip aşağılamaların hedefine yerleştiren bir dünya düzenine karşı küçük de olsa bir tavır koymak için.

En azından kendime söylediğim şey, bu. Plastik cerrahiyi seçmemin başka nedenleri de var sanırım. Para, örneğin, saygınlık, toplumsal konum. Her ne kadar sevimli bir fikir olsa da, onu salt Thalia yüzünden seçtiğimi söylemek fazla basit olur, biraz fazla münasip ve ölçülü. Eğer Kâbil'de bir şey öğrendiysem, o da insan davranışlarının karmaşık, önceden kestirilemez olduğu kadar, yerleşik, elverişli simetrilere de kayıtsız olduğu. Ama bu, bir dayanaktan yola çıktığım fikri, daha doğrusu, yaşamımın yavaş yavaş, karanlık odadaki bir fotoğraf misali biçimlenişine dair bir anlatıdan, usul usul gelişen ve kendimde görmeyi hep çok istediğim iyiliği ortaya döken bir öyküden yola çıktığım duygusu beni rahatlatıyor. Bu öykü bana dayanma gücü veriyor.

Meslek hayatımın yarısını Atina'da, kırışıklıkları düzelterek, kaşları kaldırarak, sarkmış gıdıkları gererek, istenmeyen burunları yeniden şekillendirerek geçirdim. Öteki yarısını ise *gerçekten* yapmak istediğim şeyi yaparak geçirdim: Dünyayı dolaşıp (Orta Amerika, Sahra-altı Afrika, Güney Asya, Uzakdoğu) çocuklar için çalışarak, tavşan dudakları, yarık damakları düzelterek, yüz tümörlerini temizleyerek, suratlarındaki yaraları onararak. Atina'daki işin verdiği haz bunun yanına bile yaklaşamazdı, ama kazancı iyiydi ve bana haftalarca, aylarca yolculuk edip gönüllü çalışma olanağını sağlıyordu.

Sonra, 2002 yılının başlarında, tanıdığım bir kadın beni muayenehanemden aradı. Adı Amra Ademovic idi. Bosna'da çalışan bir hemşireydi. Onunla birkaç yıl önce Londra'daki bir konferansta tanışmış, tek bir hafta sonu süren, keyifli bir şey yaşamıştık; ikimizin de büyütmediği bir kaçamak olarak kalmıştı, ama irtibatı kesmemiş, zaman zaman, bazı sosyal etkinliklerde görüşmüştük. Kâr amacı gütmeyen bir örgüt adına Kâbil'de çalıştığını, çocuklara hizmet verecek bir plastik cerrah aradıklarını söyledi – yarık damaklar, yüzlerdeki şarapnel ve kurşun yaraları vesaire. Anında kabul ettim. Niyetim üç ay kalmaktı. Oraya 2002 baharında gittim. Bir daha da dönmedim.

Thalia beni arabalı vapur iskelesinden alıyor. Yün hırkayla kot pantolonun üstüne soluk gül rengi, kalın bir palto giymiş, boynuna yeşil, yün bir atkı dolamış. Son zamanlarda saçı hep uzun, ortadan ayırıp omuzlarına salıyor. Saçları bembeyaz, onu görünce irkilmemin nedeni de bu – yüzündeki sakatlık değil. Gerçi o kadar da şaşırmadım; Thalia'nın saçları daha otuzlu yaşlarında kırlaşmaya başladı, kırklarının sonuna geldiğinde pamuk saçlı biri olup çıktı. Biliyorum, ben de değiştim; inatla büyüyen göbek, aynı inatla geri çekilen saç çizgisi filan, ama insanın kendi bedenindeki gerileme usul usul gerçekleşir, öyle sinsidir ki neredeyse fark edilemez. Thalia'yı böyle apak saçlarla görmek, ihtiyarlığa doğru (dolayısıyla benim ihtiyarlığıma doğru) yaptığı sabit, kaçınılmaz yürüyüşün sarsıcı bir kanıtı.

"Üşüyeceksin," diyor boynundaki atkıyı sıkılarken. Ocak ayındayız, vakit öğleye yakın, gökyüzü bulutlu ve kül rengi. Serin bir esinti ağaçlardaki kuruyup büzülmüş yaprakları hışırdatıyor.

"Soğuk görmek istiyorsan Kâbil'e gel," diyorum. Valizimi alıyorum.

"Keyfin bilir, doktor. Otobüs mü, yürüyüş mü? Seçim senin."

"Hadi yürüyelim," diyorum.

Kuzeye yollanıyoruz. Tinos kasabasının içinden geçiyoruz. İçteki limana yelkenliler, yatlar demirlemiş. Kartpostal, tişört satan küçük dükkânlar. Açıkhava kafelerinin önündeki küçük, yuvarlak masalarda kahvelerini yudumlayan, gazete okuyan, satranç oynayan insanlar. Garsonlar öğle yemeği için çatal bıçakları yerleştirmekte. Bir iki saate kalmadan, mutfaklarda pişen balığın kokusu buram buram dışarıya süzülmeye başlar.

Thalia bir gayret konuşuyor, Tinos kasabasının güneyine yapılmakta olan, Mikonos ve Ege manzaralı, beyaz badanalı villaları anlatıyor. Esasen, ya turistler ya da Tinos'a 1990'lardan beri gelmekte olan zengin yazlıkçılar tarafından kapışılacak. Dediğine göre, villaların açık bir yüzme havuzuyla bir de spor salonu olacak.

Bana yıllardır e-posta gönderiyor, Tinos'un çehresini değiştiren bu tür gelişmelerden haberdar ediyor. Kumsala sıralanan, çanak antenli, internet erişimli oteller, sırf turistlere hizmet veren gece kulüpleri, barlar, tavernalar, lokanta ve dükkânlar, taksiler, otobüsler, kalabalıklar, sahilde üstsüz güneşlenen yabancı kadınlar. Çiftçiler artık katır yerine pikaplar, kamyonlar kullanıyor – en azından, burada kalan çiftçiler. Çoğu çoktan çekip gitti, öte yandan emekliliğini adada geçirmek için geri dönenler de yok değil.

"Odie hiç mi hiç memnun değil," diyor Thalia, bu dönüşümü kastederek. Bana bunu da yazmıştı, yaşça büyük adalıların yeni gelenlere, yanlarında getirdikleri değişimlere nasıl kuşkuyla yaklaştığını.

"Sen değişime pek aldırmaz gibisin," diyorum.

"Kaçınılmaz olandan yanılıp yakılmanın ne manası var ki," dedikten sonra ekliyor: "Odie, 'Eh, *senin* için konuşmak kolay tabii Thalia,' diyor. 'Sen burada doğmadın.'" Yüksek, içten bir kahkaha patlatıyor. "Tinos'ta kırk dört yıl geçirmiş biri olarak, konuşma hakkını kazandığımı sanırsın, değil mi? Ama al sana işte."

Thalia da değişmiş. Kışlık paltoyla bile kalçalarının irileştiğini, kilo aldığını anlayabiliyorum – onunki tombullaşma değil, gürbüzleşme. Artık onda samimi, içten gelen bir muhalif tavır var; bazı konularda, hafiften saçma sapan bulduğundan kuşkulandığım şeyler hakkında yorum yaparken alttan alta dalga geçermiş gibi. Gözlerindeki parıltı, bu yeni, gümbür gümbür kahkaha, yanakların ikide bir kızarıp durması... İnsanda bıraktığı genel izlenim: bir çiftçinin karısı. Dinç, gürbüz cana yakınlığının altında, eleştirmeye kalkışmakla hata edeceğin, zorlayıcı bir yetkenin ve katılığın hissedildiği, sağlam yürekli bir kadın.

"İşler nasıl?" diye soruyorum. "Hâlâ çalışıyorsun değil mi?"

"Şöyle böyle," diyor Thalia. "Durumu biliyorsun." Başlarımızı esefle sallıyoruz. Kâbil'de haberleri izledim, giderleri kısmak için alınan sert önlemlerden haberdarım. Parlamentonun önünde polisi taşlayan genç, maskeli Yunanları, o hengâmede rasgele göz yaşartıcı bomba atan, coplarını savuran polisleri *CNN*'de seyrettim.

Thalia'nın gerçek anlamda bir işi yok. Dijital çağdan önce, olmazsa olmaz bir tamirciydi. İnsanların evlerine gidip televizyonlarına güç transistörleri takar, eski model tüplü radyoların sinyal kondensatörlerini değiştirirdi. Buzdolaplarının arızalı termostatlarını, sızdıran boruları onarması için çağrılırdı. İnsanlar ona verebildikleri kadarını verirdi. Para ödeyemeyecek durumdaysalar, Thalia yine de onların işini görürdü. *Aslında o paraya ihtiyacım yok*, dedi bana. *Sırf zevk aldığım için yapıyorum. Bir şeyin içini açmak, nasıl çalıştığını görmek beni hâlâ heyecanlandırıyor.* Bugünlerde, serbest çalışan tek kişilik bir elektronik işlem ekibi gibi. Bildiği her şeyi kendi kendine öğrendi. Eften püften ücretlerle insanların bilgisayarlarındaki sorunları gideriyor, IP ayarlarını değiştiriyor, uygulama ve donanım dosyalarını düzenliyor, hızlandırmak, güçlendirmek ve güncellemek için elinden geleni yapıyor. Onu pek çok kez Kâbil'den, donup kalan IBM bilgisayarım yüzünden ne yapacağımı bilmez halde aradım.

Annemin evine varınca bir an dışarıda, avludaki eski zeytin ağacının yanında duruyoruz. Mamá'nın son zamanlardaki faaliyet cinnetinin kanıtlarını görüyorum: bir kez daha boyanmış duvarlar, yarısı bitmiş güvercinlik, bir kalasın üzerinde duran çekiçle ağzı açık bir çivi kutusu.

"Nasıl o?" diye soruyorum.

"Ah, her zamanki gibi huysuz. Şu şeyi takmak zorunda kaldım." Çatıdaki çanak anteni gösteriyor. "Yabancı dizileri izliyoruz. Arap dizileri en iyileri... ya da en kötüleri, her neyse, bu ikisi aynı kapıya varıyor. Kafa kafaya verip dizinin konusunu çözmeye çalışıyoruz. Böylece pençelerini benden uzak tutuyor." Bir atılışta ön kapıdan geçiyor. "Evine hoş geldin. Sana yiyecek bir şeyler hazırlayayım."

Yeniden bu evde olmak tuhaf. Gözüme birkaç yabancı eşya ilişiyor; oturma odasındaki gri, deri koltuk, televizyonun yanında duran beyaz, hasır servis masası gibi. Ama bunun dışında her şey az çok eski yerinde. Şimdi patlıcan ve bezelye desenlerinin tekrarlandığı, muşamba bir örtüyle kaplı mutfak masası, dik sırtlı bambu sandalyeler, hasır kılıfının içindeki eski gaz lambası, yüzeyi tarak kabuğu biçiminde, isten kararmış baca, Mamá'yla ikimizin resmi de –ben beyaz gömleğim, annem iyi elbisesiyle– hâlâ oturma odasındaki şömine rafının üstünde asılı, Mamá'nın porselen takımı yine o yüksek rafta.

Öte yandan, valizimi elimden bırakırken, her şeyle aramda giderek genişleyen bir delik bulunduğu duygusuna kapılıyorum. Annemin burada Thalia'yla geçirdiği onlarca yıl benim için karanlık, engin bir boşluk. Ben burada yoktum. Thalia'yla Mamá'nın bu masada paylaştığı onca yemekte yoktum; kahkahaların, kavgaların, can sıkıntılarının ve hastalıkların doldurduğu süreçlerde, ömür denen şeyi oluşturan uzun, basit ritüeller dizgesinde burada değildim. Çocukluk yuvama girmek azıcık zihin karıştırıcı, uzun zaman önce başlayıp elimden bıraktığım bir romanı alıp doğrudan sonunu okumak gibi.

"Yumurtaya ne dersin?" diyor Thalia; desenli bir önlük takmış, tavaya yağ dökmeğe koyulmuş bile. Mutfakta amirane, patronsu bir edayla deviniyor.

"Elbette. Mamá nerede?"

"Uyuyor. Zor bir gece geçirdi."

"Bir bakıp geleyim."

Thalia çekmeceden bir çırpma teli alıyor. "Onu uyandırırsan hesabını verirsin, doktor."

Merdiveni parmakuçlarımda çıkıp yatak odasına giriyorum. Oda karanlık. Kapalı perdelerin arasından süzülen tek bir uzun, ince ışık huzmesi annemin yatağına düşüyor. Hastalık havayı ağırlaştırmış. Aslında bir koku değil bu, daha çok fiziksel bir varlık gibi. Her doktor bilir bunu. Hastalık odanın havasına buhar misali sızar, nüfuz eder. Eşikte bir dakika kadar durup gözlerimin karanlığa alışmasını bekliyorum. Yatağın Thalia'ya ait olduğunu tahmin ettiğim tarafın, yani benim eski yerimin başucundaki sehpada duran, dört köşe bir şeyden yansıyan, renk değiştiren bir ışık karanlığı deliyor. Şu dijital fotoğraf albümlerinden biri bu. Çeltik tarlaları ve gri kiremitli çatıları olan tahta evlerin yerini kancalardan derisi yüzülmüş keçilerin sallandığı, kalabalık bir pazaryeri alıyor, sonra çamurlu bir ırmağın kıyısına çömelmiş, parmağıyla dişlerini fırçalayan, esmer bir adam beliriyor.

Mamá'nın yatağının yanına bir iskemle çekip oturuyorum. Artık alışan gözlerimle ona bakınca, yüreğimin cız ettiğini hissediyorum. Annemin bu kadar küçülmesi beni afallatıyor. Şimdiden. Çiçek desenli pijaması öyle bol ki, dar omuzları, düzleşmiş göğsü içinde kayboluyor. Açık ağzı, tatsız bir rüya görüyormuşçasına sarkmış dudaklarıyla uyuma biçimini dert etmiyorum. Takma dişlerinin uykusunda kaymış olması hoşuma gitmiyor. Gözkapakları belli belirsiz titriyor. Orada bir süre oturuyorum. Duvardaki saatin tik taklarını, aşağıdan gelen, Thalia'nın tavaya çarpan ıspatulasından çıkan çınlamayı dinlerken kendime, "Ne bekliyordun ki?" diye soruyorum. Mamá'nın bu odadaki yaşamına ait basit ayrıntıların bir dökümünü çıkarıyorum. Duvara tutturulmuş, düz ekran televizyon, köşedeki bilgisayar, başucu sehpasındaki tamamlanmamış *Sudoku* oyunu, sayfası okuma gözlüğüyle işaretlenmiş, televizyonun uzaktan kumandası, göz kurumasına karşı damla, bir kutu steroid merhemi, takma dişler için yapışkan, küçük bir ilaç şişesi, yerde bir çift istiridye rengi, tüylü terlik. Bunları daha önce hiç giymezdi. Terliklerin yanında, altbeziyle dolu açık bir paket. Bu nesneleri annemle bir türlü bağdaştıramıyorum. Onlara direniyorum. Bana bir yabancının eşyalarıymış gibi geliyorlar. Ağırkanlı, zararsız birinin. Asla kızamayacağınız birinin.

Yatağın öteki yanında duran dijital albümdeki fotoğraf bir kez daha değişiyor. Birkaçını seyrediyorum. Sonra kafama dank ediyor. Bu fotoğrafları tanıyorum ben. Ben çektim onları. Şeyde... Şey yaparken... Ne? Dünyayı dolaşırken sanırım. Onları hep iki takım bastırır, birini Thalia'ya yollardım. O da saklamış. Bunca yıldır. Thalia. İçime bal tatlılığında bir sevecenlik yayılıyor. O benim gerçek kız kardeşim, gerçek Manaar'ım oldu, en baştan beri.

Aşağıdan beni çağırıyor.

Ses çıkarmadan kalkıyorum. Tam odadan çıkarken gözüme bir şey çarpıyor. Çerçeveli bir şey, duvardaki saatin altına asılmış. Karanlıkta tam olarak seçemiyorum. Cep telefonumu açıyor, onun gümüşsü parıltısında bakıyorum. Kâbil'de çalıştığım kâr amaçsız örgüte ilişkin bir *Associated Press* haberi bu. Bu söyleşiyi anımsıyorum. Gazeteci cana yakın, hafif kekeme, Kore asıllı bir Amerikalıydı. Bir tabak *kabuli*'yi, esmer pirinç, kuru üzüm ve kuzu etiyle yapılan Afgan pilavını paylaşmıştık. Haberin ortasında bir grup fotoğrafı var. Ben, çocuklardan bazısı, geride Nebi; ellerini arkada kavuşturmuş, dimdik duruyor, Afganların resim çekilirken sıkça becerdiği gibi, aynı anda hem sakıngan, hem mahcup hem de vakur görünüyor. Amra da orada, evlat edindiği kızı Roşi'yle birlikte. Çocukların ağzı kulaklarında.

"Markos."

Cep telefonunun kapağını kapatıyor, alt kata iniyorum.

Thalia önüme bir bardak sütle bir tabak dumanı tüten menemen koyuyor. "Merak etme, sütün şekerli."

"Hatırlıyorsun."

Önlüğü çıkarmakla filan uğraşmadan oturuyor. Dirseklerini masaya dayıyor, elindeki mendili ara ara sol yanağına bastırarak yemek yiyişimi seyrediyor.

Yüzüne bir el atmama izin vermesi için ona defalarca yalvardım. Cerrahi tekniklerin 1960'lardan beri ne kadar mesafe katettiğini, yüzündeki şekil bozukluğunu tamamen düzeltemesem de hatırı sayılır ölçüde hale yola koyabileceğimi yineledim durdum. Thalia beni hayretler içinde bırakarak teklifimi her seferinde reddetti. *Ben buyum*, dedi bana. Hiç de doyurucu olmayan, yavan bir yanıt, diye düşündüm o sıralarda. Hem tam olarak ne demekti ki bu? Anlamıyordum. Kafamda ömür boyu hapis cezası almış tutuklularla, şartlı tahliye edilmekten, değişimden, tel örgülerin, nöbetçi kulübelerinin dışında yeni bir hayata başlamaktan ödü kopan mahkûmlarla ilintili acımasız düşünceler dolanmıştı.

Thalia'ya yaptığım öneri bugün de aynen geçerli. Kabul etmeyeceğini biliyorum. Ama artık nedenini anlıyorum. Çünkü haklı – Thalia *bu*. Aynada her gün bu yüze bakmanın, bu korkunç enkazı sineye çekmenin ve onu kabullenecek iradeyi göstermenin nasıl bir şey olduğunu biliyormuş gibi yapmayacağım. Böylesi bir sakatlığın yarattığı devasa gerginliği, gerektirdiği dayanma gücünü, sabrı kavramam olanaksız. Thalia'nın kabullenmesiyle yıllar içinde, yavaş yavaş şekillenmişti, tıpkı deniz kıyısındaki, dalgaların günbegün dövdüğü bir yalıyarın kayaları gibi. Köpeğin Thalia'ya bu yüzü vermesi yalnızca birkaç dakika sürmüştü, Thalia'nın onu yontup biçimlendirip bir kimliğe dönüştürmesiyse bir ömür. Şimdi bisturimle onu en başa döndürmeme izin veremezdi. Eski bir yaranın üzerine yeni bir yara açmaktan farksız olurdu bu.

Hoşuna gideceğini bildiğimden, aslında pek aç olmasam da menemene yumuldum. "Çok güzel olmuş, Thalia."

"Pekâlâ, heyecanlı mısın bakalım?"

"Ne demek istiyorsun?"

Elini arkaya uzatıyor, mutfak tezgâhındaki bir çekmeceyi açıyor. Dikdörtgen camlı bir güneş gözlüğü çıkarıyor. Anlamak bir dakikamı alıyor. Sonra anımsıyorum. Güneş tutulması.

"Ah, elbette."

"Önceleri," diyor, "onu delikli bir kartondan filan izleriz diyordum. Ama sonra Odie, buraya geleceğini söyledi. Ben de, o zaman bu işi layığıyla yapalım, dedim."

Bir süre, yarın gerçekleşecek olan güneş tutulmasından söz ediyoruz. Thalia sabah başlayacağını, öğle civarında tamamlanacağını söylüyor. Hava raporlarına bakmış, adayı bulutlu bir günün beklemediğini öğrenince rahat bir soluk almış. Biraz daha menemen ister miyim diye soruyor, peki diyorum, o da bana Bay Roussos'un eski rehineci dükkânının yerine yeni bir internet kafe açıldığını söylüyor.

"Fotoğrafları gördüm," diyorum. "Yukarıda. Makaleyi de."

Döktüğüm ekmek kırıntılarını masadan avucuyla topluyor, hiç bakmadan, omzunun üstünden geriye, evyeye atıyor. "Ah, çok kolay oldu. Tarayıp yüklemek yani. Zor kısım, onları ülkelere göre ayırmaktı. Fotoğrafların yanına not filan düşmediğin için oturup tek tek belirlemem gerekti. Resimler ülkelere göre düzenlenecek diye tutturdu. Başka türlüsünü kabul etmedi. Bayağı bastırdı, anlayacağın."

"Kim?"

"Kim mi?" İçini çekiyor. "Odie tabii. Başka kim olacak?"

"Bu onun fikri miydi?"

"Makale de öyle. Onu internette bulan da oydu."

"Mamá internette beni mi aradı?" diyorum.

"Ona hiç öğretmemem gerekirdi. Ekranın başından kaldıramaz oldum." Kıkırdıyor. "Her gün seni araştırıyor. Doğru söylüyorum. Nur topu gibi bir sanal sapığın oldu, Markos Varvaris."

Mamá öğleden sonra aşağıya iniyor. Lacivert bir sabahlıkla şimdiden nefret etmeye başladığım o tüylü terlikleri giymiş. Görünüşe bakılırsa saçlarını fırçalamış. Basamakları inerken, bana kollarını açarken normal hareket ettiğini, mahmur mahmur gülümsediğini görünce rahat bir soluk alıyorum.

Birer kahve içmek üzere masaya oturuyoruz.

"Thalia nerede?" diye soruyor fincanına üflerken.

"Atıştırmalık bir şeyler almaya çıktı. Yarın için. Bu senin mi, Mamá?" Yeni koltuğun arkasında, duvara yaslı duran bastonu gösteriyorum. İçeri ilk girdiğimde fark etmemiştim.

"Ah, neredeyse hiç kullanmıyorum. Sadece kötü günlerde. Ve uzun yürüyüşlerde. O zaman da sırf kafam huzurlu olun diye," diyor; öyle önemsemez, baştan savar bir tavrı var ki, bastona itiraf ettiğinden çok daha fazla bağımlı olduğunu anlıyorum. "Benim asıl derdim sensin. O korkunç ülkeden gelen haberler... Thalia haberleri dinlememi istemiyor. Beni allak bullak ettiğini söylüyor."

"Olaylar oluyor elbette," diyorum, "ama genellikle insanlar işinde gücünde. Hem her an tetikteyim, Mamá." Sokağın karşısındaki konukevinin kurşunlanmasına ya da yabancı yardım gönüllülerine karşı son zamanlarda artan saldırılara değinmiyorum elbette; hele *tetikteyim* derken, zaten yapmamam gereken bir şeyi yapıp arabayla şehir dışına çıkarken yanıma almaya başladığım 9 mm'lik tabancayı kastettiğime, hiç.

Annem kahvesinden bir yudum alıyor, yüzünü hafifçe buruşturuyor. Beni sıkıştırmıyor. Bunun iyi bir şey olup olmadığından emin değilim. Belki de uzaklaştı, yaşlıların yaptığı gibi kendi içine kapandı. Öte yandan, bu bir taktik de olabilir pekâlâ; belki beni köşeye sıkıştırarak, yalan söylememe ya da ağzımdan onu üzecek şeyler kaçırmama neden olmak istemiyor.

"Noel'de yokluğunu hissettik," diyor.

"İşi bırakamadım, Mamá."

Başını anlayışla sallıyor. "Şimdi buradasın ya. Önemli olan bu."

Kahvemden bir yudum alıyorum. Küçükken annemle her sabah okula gitmeden önce bu masada kahvaltı yaptığımızı anımsıyorum, sessizce, neredeyse ciddiyetle. Öyle az konuşurduk ki.

"Biliyor musun, senin için endişeleniyorum, Mamá."

"Gerek yok. Kendime gayet iyi bakabiliyorum." Bir an parlayıp sönen o malum, küstah gurur, siste beliren donuk bir parıltı.

"İyi de, daha ne kadar?"

"Becerebildiğim sürece."

"Peki, beceremez olduğunda, ya o zaman?" Ona meydan okuyor değilim. Soruyorum, çünkü yanıtı bilmiyorum. O gün geldiğinde benim rolümün ne olacağını ya da bir rol alıp almayacağımı bilmiyorum.

Gözlerini gözlerimin içine dikiyor. Sonra fincanına bir kaşık şeker ekliyor, yavaşça karıştırıyor. "Markos, biliyor musun, insanların bu kadar geç kavraması çok tuhaf. İstedikleri şeylere göre yaşadıklarını düşünüyorlar. Yaşamlarına isteklerine göre yön verdiklerini. Oysa işin aslı, onları yönlendirenler, korktukları şeyler. *İstemedikleri* şeyler."

"Anlayamıyorum, Mamá."

"Eh, seni alalım mesela. Buradan ayrılman... Kendine kurduğun yaşam... Nedeni, buraya benimle birlikte tıkılıp kalmaktan korkmandı. Sana ayakbağı olacağımdan korktun. Ya da Thalia'yı düşün. Burada kaldı, çünkü insanların meraklı bakışlarına hedef olmak istemiyordu."

Kahvesinin tadına bakışını, bir kaşık şeker daha ekleyişini seyrettim. Çocukken nasıl boyumu aşan bir şey yapıp onunla tartışmaya kalkıştığımı hatırlıyorum. Karşılık vermeyi olanaksız kılan bir konuşma biçimi vardı; daha ilk ağızdan, hiç dolandırmadan, doğruca öne sürdüğü gerçekle beni bir silindir gibi ezip geçerdi. Her seferinde, daha iki kelime etmeme kalmadan yenilirdim. Buysa büyük bir haksızlıktı bence.

"Peki ya sen, Mamá?" diye soruyorum. "Sen neyden korkuyorsun? Neyi istemiyorsun?"

"Baş belası olmaktan ödüm kopuyor."

"Olmayacaksın."

"Ah, işte bunda çok haklısın, Markos."

Bu her manaya çekilebilecek beyan üzerine sessizleşiyorum. Zihnimde Nebi'nin bana Kâbil'de verdiği mektup, ölümünden sonra okunacak itirafname çakıyor. Süleyman Wahdati'nin onunla yaptığı anlaşma. Annemin de Thalia'yı bu türden bir anlaşma yapmaya zorlayıp zorlamadığını merak etmekten kendimi alamıyorum, tabii vakti gelince onu kurtarması için seçtiği kişi Thalia ise. Thalia bunu yapabilir, biliyorum. O artık güçlü. Mamá'yı kurtarabilir.

Mamá yüzümü incelemekte. "Senin bir yaşamın, bir işin var, Markos," diyor daha yumuşak bir sesle, sohbetin akışını yeniden düzenlerken; sanki zihnime gizlice bir göz atıp endişemi saptayıverdi. Takma dişler, altbezleri, tüylü terlikler... onu hafife almama neden oldular. Oysa üstünlük hâlâ onda. Hep de olacak. "Sana yük olmak istemiyorum," diyor.

Sonunda, bir yalan –şu son söylediği– ama şefkatli bir yalan. Yük olacağı kişi ben değilim. Bunu kendisi de biliyor. Ben yokum, binlerce kilometre uzaktayım. Bütün o nahoşluklar, emek, meşakkat Thalia'nın sırtına binecek. Ama Mamá beni de dahil ediyor, bana kazanmadığım, kazanmaya da çalışmadığım bir değer bahşediyor.

"Öyle olmayacak ki," diyorum cılızca.

Mamá gülümsüyor. "İşinden söz etmişken, o ülkeye gitmeye karar verdiğinde, bunu pek de onaylamadığımın farkındaydın sanırım."

"Bundan kuşkulanmıştım, evet."

"Neden gitmek istediğini anlayamıyordum. Her şeyden –mesleğin, para, Atina'daki ev–, uğruna çabaladığın onca şeyden vazgeçmeni ve kendini o şiddet dolu yere mahkûm etmeni aklım almıyordu."

"Kendimce nedenlerim vardı."

"Biliyorum." Fincanı dudaklarına götürüyor, tek yudum almadan indiriyor. "Bu işi de bir türlü kıvıramam," diyor yavaşça, adeta utangaçça, "ancak lafı getirmeye çalıştığım yer şu: Sonun hayra vardı. Beni gururlandırdın, Markos."

Başımı eğip ellerime bakıyorum. Sözcüklerinin yüreğime işlediğini hissediyorum. Annem şaşırttı beni. Hazırlıksız yakaladı. Söyledikleriyle. Ya da söylerken gözlerinde beliren yumuşacık ışıkla. Bocalıyorum, ne karşılık vereceğimi bilemez haldeyim.

Sonunda, "Teşekkür ederim, Mamá," diye mırıldanmayı beceriyorum.

Başkaca bir şey ekleyemem; bir süre hiç konuşmadan oturuyoruz; nihayet farkına varmak, yitirilen onca zamanın, heba edilen firsatların bilincine ermek, aramıza olanca ağırlığıyla çöktü.

"Epeydir sana sormak istediğim bir şey var," diyor annem.

"Nedir?"

"James Parkinson. George Huntington. Robert Graves. John Down. Şimdi de bizimki, yani Lou Gehrig. Nasıl oluyor da erkekler hastalık adlarını *bile* tekellerine alıyor?"

Gözlerimi kırpıştırıyorum, annem de gözünü kırparak karşılık veriyor, sonra gülmeye başlıyor, ben de gülüyorum. İçim parçalanmakta olsa da.

Ertesi sabah dışarıdaki şezlonglara yatıyoruz. Mamá gri bir parka giymiş, başına kalın bir atkı dolamış; yün bir battaniye bacaklarını sabah ayazından koruyor. Kahve içiyor, Thalia'nın bugünün şerefine aldığı tarçınlı ayva tatlılarının tadına bakıyoruz. Koruyucu gözlüklerimizi taktık, gözlerimiz gökyüzünde. Güneşin kuzey çeperinde minik bir ısırık belirdi, bu görüntü Thalia'nın çevrimiçi sürmekte olan foruma yorum yapmak için düzenli aralıklarla açtığı *Apple* marka dizüstü bilgisayarının logosunu andırıyor. Sokağın alt ve üst yanında, insanlar olayı izlemek üzere kaldırımlara, çatılara yerleşmiş. Ailesini alıp adanın öteki ucuna, Yunan Astronomi Derneği'nin teleskoplar kurduğu yere götürenler de var.

"Tam tutulma ne zaman gerçekleşecek?" diye soruyorum.

"On buçuğa doğru," diyor Thalia. Gözlüğünü kaldırıp saatine bakıyor. "Bir saat filan kaldı." Ellerini heyecanla ovuşturuyor, klavyede bir şeyler yazıyor.

Bir ona, bir ötekine bakıyorum; koyu camlı gözlüğü, göğsünde kavuşturduğu mavi damarlı elleriyle Mamá'ya, gözü dönmüşçesine tuşları döven, yün beresinin altından ak saçları taşan Thalia'ya.

Sonun hayra vardı.

Dün gece kanepede yatarken, Mamá'nın söylediklerini düşündüm, sonra aklıma Madaline geldi. Çocukken, öteki annelerin yapıp da Mamá'nın yapmaya yanaşmadığı şeylerin tepemi nasıl da attırdığını anımsadım. Yürürken elimi tutmaması. Beni kucağına oturtmaktan, uykudan önce masal okumaktan, iyi geceler öpücüğü vermekten kaçınması. Bunların hepsi doğruydu, tamam. Ama onca yıl, çok daha büyük bir gerçeği, bütün o dertlenmelerimin, şikâyetlerimin altında, derinlerde anlaşılmadan ve takdir edilmeden yatan bir hakikati gözden kaçırmıştım. O da şuydu: Annem beni asla terk etmezdi. Onun bana armağanı, çelik sağlamlığında, sarsılmaz bir bilgiydi: Madaline'in Thalia'ya yaptığı şeyi annemin bana asla yapmayacağı bilgisi. O benim annemdi ve beni asla terk etmeyecekti. Bunu dünyanın en doğal şeyiymiş gibi kabullendim, hatta ondan bunu bekledim. Nasıl ki güneşe beni ısıttığı için teşekkür etmiyorsam, anneme de bunun için teşekkür etmek aklıma bile gelmedi.

"Bakın!" diye bağırıyor Thalia.

Ansızın etrafımızdaki her şeyde –toprakta, duvarlarda, giysilerimizde– orak biçiminde, küçücük, parlak ışık benekleri cisimleşiyor, yarımay şeklindeki bir güneş huzmesi zeytin ağacımızın yapraklarının arasından süzülüyor. Fincanımın içindeki kahvede titreşen bir yarımay buluyorum, bir başkası da ayakkabı bağcıklarımda dans etmekte.

"Odie, ellerini göster bana," diyor Thalia. "Çabuk!"

Mamá ellerini uzatıp avuçlarını açıyor. Thalia cebinden çıkardığı dört köşe bir kristal parçasını Mamá'nın ellerinin üstüne tutuyor. Birden, annemin ellerinin buruşuk derisinde titreşen, hilal biçiminde, minik gökkuşakları beliriyor. Annem soluğunu tutuyor.

"Şuna bak, Markos!" diyor küçük bir kız gibi, içinden geldiğince, çekincesizce gülümseyerek. Onun yüzünde böylesine mutlak, böylesine dobra bir gülümsemeyi daha önce hiç görmedim.

Üçümüz, annemin ellerindeki küçük, titrek gökkuşaklarını seyrediyoruz; içimde hüzün, bir de eski bir sızı hissediyorum, her ikisi de boğazıma yapışmış birer pençeden farksız.

Sonun hayra vardı.

Beni gururlandırdın, Markos.

Elli beş yaşındayım. Ömrüm boyunca bu sözcükleri duymayı bekledim. Şimdi bunun için çok mu geç? Bizim için? Mamá'yla ikimiz el ele verip çok uzun zaman, çok fazla şeyi çarçur mu ettik? Bir parçam, her şeyin eskisi gibi sürüp gitmesinin, ne kadar uyumsuz bir ikili olduğumuzun farkında değilmiş gibi yapmanın daha iyi olacağını söylüyor. Böylesi daha az acı verici. Belki de bu gecikmiş barış sunusundan, aramızın nasıl olabileceğine dair bu küçük, kırılgan, titrek ipucundan daha iyi. Bu yeni yakınlaşmanın doğurup doğurabileceği tek şey pişmanlık, diyorum kendime; ee, pişmanlığın ne hayrı var? İnsana hiçbir şeyi geri getirmez ki. Bizim kaybettiğimiz şeyin telafisi kesinlikle yok.

Ama işte, annem, "Ne kadar güzel, değil mi Markos?" diyor. "Öyle, Mamá. Gerçekten çok güzel," diyorum ve içimde bir düğümün çözülüp açıldığını hissettiğim an, uzanıp annemin elini tutuyorum.

Dokuz

2010 KIŞI

Ben küçük bir kızken, babamla her gece yinelenen bir âdetimiz vardı. Ben yirmi bir kez *besmele* çektikten, o da üzerimi örttükten sonra yanıma oturur, baş ve işaretparmaklarıyla kafamdaki kötü rüyaları kopartırdı. Parmakları alnımdan şakaklarıma zıplar, kulaklarımın arkasını, ensemi sabırla araştırır, beynimden çekip aldığı her kâbusta ağzından *pof* diye bir ses çıkartırdı, bir şişenin mantarını açıyormuş gibi. Sonra rüyaları teker teker kucağındaki görünmez bir çuvala doldurur, ipini sıkıca çekip çuvalın ağzını büzerdi. Ardından da, ayıkladıklarının yerine koyacağı güzel, mutlu rüyaları bulmak üzere havayı taramaya koyulurdu. Uzaklardan gelen bir müziği duymaya çalışırcasına başını hafifçe yana eğip kaşlarını çatışını, gözleriyle sağı solu yoklayışını izlerdim. Soluğumu tutar, babamın yüzünün bir tebessümle açılacağı ânı beklerdim; şarkı söylercesine, *işte bir tane*, diyerek ellerini birleştirip avuçlarını açacağı, rüyanın ağaçtan döne kıvrıla düşen bir yaprak misali avucuna konmasına izin vereceği ânı. Sonra ellerini yavaşça, usul usul (babam hayattaki bütün güzel şeylerin narin olduğunu, bir anda uçup gidebileceğini söylerdi) yüzüme götürür, avucuyla alnımı ovalar ve mutluluğu kafama güzelce yedirirdi.

Bu gece rüyamda ne göreceğim, Baba? diye sorardım.

Ah, bu gece mi? Bu gece çok özel, derdi sorumu yanıtlamadan önce. Ve oracıkta bir öykü uydururdu. Bana verdiği rüyaları birinde, dünyanın en ünlü ressamıydım. Bir başkasında, sihirli bir adanın kraliçesiydim ve uçan bir tacım vardı. Bana en sevdiğim tatlı olan jöleli bir rüya bile verdi. Elimi şöyle bir sallayarak her şeyi meyveli jöleye dönüştürme gücüm olacaktı – istersem okul otobüsünü, Empire State binasını, hatta Pasifik Okyanusu'nun tamamını. Birçok kez, düşen bir göktaşını elimle parçalayıp gezegenimizi kurtarmıştım. Kendi babasından pek söz etmeyen babam, bu masal anlatma yeteneğini ondan aldığını söylemişti. O küçük bir çocukken babası bazen onu karşısına oturtur –tabii keyfi yerindeyse, yani pek sık değil– cinlerle, perilerle, devlerle dolup taşan masallar anlatırmış.

Bazı geceler sıranın babamda olduğunu söylerdim. Gözlerini yumardı, ben de avucumu onun yüzünde gezdirir, alnından başlayıp diken gibi batan kıl dipleriyle dolu yanaklarına, bıyığındaki kalın, sert kıllara inerdim.

Ellerimi tutup yüzünden çekerken, *pekâlâ, bu geceki rüyam ne?* diye fısıldardı. Ve yüzü bir gülümsemeyle açılırdı. Çünkü ona hangi rüyayı verdiğimi bilirdi. Hep aynı rüyaydı. Onunla kız kardeşi çiçeğe durmuş bir elma ağacının altında yatıyorlar, bir ikindi uykusuna dalmak üzereler. Yanaklarına değen güneş sıcacık; güneş ışıkları otlara, yapraklara, tepelerindeki gür elma çiçeklerine vuruyor.

Ben tek, çoğunlukla da yalnız bir çocuktum. Pakistan'da tanıştıklarında her ikisi de kırklı yaşlarda olan annemle babam, benden sonra kaderi ikinci kez zorlamaktan kaçınmışlar. Mahallemizdeki, okuldaki, erkek ya da kız kardeşi olan çocukları nasıl kıskançlıkla süzdüğümü anımsıyorum. Bazılarının birbirlerine davranış biçimleri öfkeden kudurturdu beni; ne kadar şanslı olduklarının farkında bile değillerdi. Kuduz köpekler gibi davranırlardı. Çimdiklemek, vurmak, itmek, birbirlerine akıl edebildikleri her kazığı atmak. Bir de buna kahkahalarla gülmek. Birbirleriyle konuşmazlardı. Aklım almıyordu. Çocukluk yıllarımın çoğunu kardeş özlemiyle yanıp tutuşarak geçirmiştim. *Asıl* istediğim, bir ikiz kardeşti; beşikte benimle yan yana ağlayan, yanı başımda uyuyan, annemin memesini benimle birlikte emen biri. Beni çaresizce, yüzde yüz seven, çehresinde her daim kendimi bulabileceğim biri.

Böylece kendime gizli bir dost yarattım; Baba'nın kız kardeşi Peri benden başka hiç kimseye görünmüyordu. O *benim* kız kardeşim, ebeveynimin bana vermesini çok istediğim ikizimdi. Sabahları aynada onu görüyordum, yan yana dişlerimizi fırçalıyorduk. Birlikte giyiniyorduk. Peşimden okula geliyor, sınıfta yanıma oturuyordu; doğruca karşıya, karatahtaya bakarken, gözümün bir kenarında hep onun siyah saçları, beyaz profili oluyordu. Teneffüslerde onu oyun sahasına götürür, kaydıraktan kayarken, sallanma demirlerinin birinden ötekine atlarken varlığını hep yanımda hissederdim. Okuldan sonra, ben mutfak masasında ev ödevimi yaparken, o da yakınımda sabırla bir şeyler karalar ya da camdan dışarı bakarak bitirmemi beklerdi, sonra ip atlamak için dışarıya koşardık; ikiz gölgelerimiz betonun üzerinde zıplayıp dururdu.

Peri'yle oynadığımız oyunlardan kimsenin haberi yoktu. Babamın bile. O benim sırrımdı.

Bazen, etrafta kimseler yokken üzüm yer, konuşur, konuşurduk – oyuncaklardan, hangi mısır gevreğinin daha lezzetli olduğundan, sevdiğimiz çizgi filmlerden, sevmediğimiz sınıf arkadaşlarından, hangi öğretmenlerin merhametsiz olduğundan. Favori rengimiz (sarı), favori dondurmamız (vişne), televizyon dizimiz (*Alf*) aynıydı, ikimiz de büyüyünce ressam olmak istiyorduk. Doğal olarak, birbirimize tıpatıp benzediğimizi düşlüyordum; ne de olsa ikizdik. Bazen onu gözümün ucuyla da olsa görebiliyordum – *kanlı canlı* görmeyi kastediyorum. Onun resmini çizmeyi denedim ve ona her seferinde, renkleri azıcık farklı, açık yeşil gözlerimi, siyah, kıvırcık saçlarımı, uzun, neredeyse bitişik kaşlarımı verdim. Biri soracak olsa, kendi resmimi çizdiğimi söylüyordum.

Babamın kız kardeşini kaybedişinin öyküsü benim için, annemin anlattığı Peygamber kıssaları, daha sonra gönderildiğim Hayward'daki camide pazar günleri verilen din derslerinde pekiştirdiğim öyküler kadar tanıdık. Yine de, gayet iyi bilmeme karşın, Peri'nin öyküsünü, taşıdığı önemle beni fena halde çeken bu olayı her gece yeniden dinlemek istiyordum. Belki de nedeni daha basitti, yani adaş olmamızdı. Belki aramızda loş, gizemli, ama yine de gerçek bir bağ olduğunu hissetmemin nedeni de buydu. Ancak bundan daha fazlası söz konusuydu. Bana ondan *etkilenmişim* gibi geliyordu; onun başına gelen şey bana da dokunmuştu sanki. Görünmez bir düzen aracılığıyla, tam olarak kavrayamadığım bazı yollardan birbirimize kenetlendiğimizi, adımızı, akrabalığımızı aşan bir şeyle birleştiğimizi seziyordum; böylece, birlikte bir bulmacayı tamamlıyorduk.

Onun öyküsünü yeterince dikkatli dinlersem, kendim hakkında bir şey keşfedeceğimden emindim.

Sence baban üzülmüş müdür? Onu sattığına yani?

Bazı insanlar acılarını çok iyi gizlerler, Peri. O da öyleydi. Ona baktığında hiç anlamazdın. Sert bir adamdı. Ama evet, bence içten içe çok üzgündü.

Peki sen üzgün müsün?

Bunun üzerine babam gülümser, *senin gibi bir kızım varken neden üzülecekmişim ki?* diye karşılık verirdi, fakat o yaşta bile anlardım. Yüzünün ortasındaki bir doğum lekesi gibiydi.

Ne zaman bu tür şeyler konuşsak, kafamın içinde bir fantezi sürüp giderdi: Bütün paramı biriktiriyorum, şekere ya da çıkartmalara tek kuruş harcamıyorum, domuz kumbaram dolunca da –gerçi kumbaram domuz şeklinde değildi, bir kayanın üzerinde oturan bir deniz kızıydı– onu kırıyor, bütün parayı cebime atıyor ve babamın kız kardeşini aramaya koyuluyorum; her neredeyse onu buluyor, parasını verip geri satın alıyor ve eve, babama getiriyorum. Babamı mutlu edecektim. Dünyada onu hüznünden kurtarmaktan daha çok istediğim hiçbir şey yoktu.

Pekâlâ, bu gece rüyamda ne göreceğim? diye sorardı Baba.

Biliyorsun zaten.

Bir gülümseme daha. *Evet, biliyorum.*

Baba?

Evet?

İyi bir kardeş miydi?

Mükemmeldi.

Sonra yanağımı öper, battaniyeyi boynuma kadar çekerdi. Kapıda, ışığı söndürmeden hemen önce, bir an duraklardı.

Kusursuzdu, derdi. *Tıpkı senin gibi.*

Her seferinde kapıyı kapatmasını bekler, yataktan süzülüp bir başka yastık alır, kendi yastığımın yanına yerleştirirdim. Her gece, göğsümde atan ikiz kalbi hissederek uykuya dalardım.

Old Oakland Yolu'ndan ayrılıp çevreyoluna saparken saatime bakıyorum. Saat yarım olmuş bile. 101 numaralı karayolunda kaza ya da çalışma olmadığını varsayarsak, havalimanına varmak en azından kırk beş dakikamı alacak. Neyse ki uluslararası bir uçuş bu, gümrükten filan geçmesi gerekecek, bu bana biraz zaman kazandırabilir. Sol şeride kayıyor, *Lexus*'u seksene yakın bir hızla sürmeye başlıyorum.

Aklıma, bir ay kadar önce Baba'yla yaptığımız, küçük bir mucizeyi andıran konuşma geliyor. Ömrü patlayıveren küçük bir baloncuk kadar olsa da, normal bir sohbetti; okyanusun derin, karanlık, soğuk tabanındaki minicik bir hava kesesi gibi. Ona öğle yemeğini getirmekte gecikmiştim, uzandığı televizyon koltuğundan başını bana doğru çevirdi, alabildiğine tatlı bir eleştirel ses tonuyla, genetik olarak geç kalmaya programlanmışsın, dedi. *Allah rahmet eylesin, tıpkı annen gibi.*

Öte yandan, diye sürdürdü sözünü, *herkesin bir parça kusuru olmalı.* İçimi rahatlatmak istercesine gülümsüyordu.

Tanrı'nın bana uygun gördüğü kusur da bu, demek? dedim bir tabak kuru fasulyeli pilavı onun kucağına koyarken. *Gecikmeyi âdet edinmek?*

Ancak onun bunu hiç istemeyerek yaptığını da eklemeliyim. Baba ellerime uzandı. *Seni kusursuza çok yakın, öyle yakın yaratmış ki.*

Eh, seni mutlu edecekse, sana birkaç kusurumu daha sergileyebilirim.

Onları güzelce saklıyorsun, öyle değil mi?

Ah, hem de öbekler halinde. Ortalığa serilmeye hazır halde. Elden ayaktan düşeceğin günü beklemekteler.

Elden ayaktan düştüm zaten.

Şimdi de sıra kendini acındırmaya geldi.

Radyoyu karıştırıyor, bir konuşmadan halk müziğine, oradan caza, sonra bir başka konuşmaya geçiyorum. Radyoyu kapatıyorum. Huzursuzum, gerginim. Yolcu koltuğundaki cep telefonumu alıyorum. Evi arıyor, açık telefonu kucağıma bırakıyorum.

"Alo?"

"*Selam, Baba*. Benim."

"Peri?"

"Evet, Baba. Evde her şey yolunda mı, Hector'la ikiniz iyi misiniz?"

"Evet. Harika bir delikanlı o. Bize yumurta yaptı. Kızarmış ekmekle yedik. Sen neredesin?"

"Araba kullanıyorum," diyorum.

"Lokantaya mı gidiyorsun? Bugün nöbetçi misin yoksa?"

"Hayır. Havalimanına gidiyorum, Baba. Birini alacağım."

"Tamam. Annene söylerim, bize yemek hazırlasın," diyor. "Lokantadan gelirken getirir belki."

"Peki, Baba."

Bir daha annemden söz etmeyince rahat bir soluk alıyorum. Ama bazı günler, hiç durmaz. *Onun nerede olduğunu neden söylemiyorsun, Peri? Ameliyat mı olacak yoksa? Sakın yalan söyleme! Uzağa mı gitti? Afganistan'da mı? Öyleyse ben de gideceğim! Kâbil'e gidiyorum, beni durduramazsın.* Bu şekilde sürüp gider; Baba aklı başından gitmiş, odada volta atıyor, ben yalanları peş peşe sıralıyorum, sonra biriktirdiği ev bakımı dergileriyle ya da televizyonla dikkatini dağıtmaya çalışıyorum. Bazen işe yarıyor, bazen de bütün numaralarım boşa gidiyor. Gözyaşlarına boğuluncaya, nöbet geçirinceye kadar kendi kendini yiyor. Kafasına vuruyor, koltukta öne arkaya uğunuyor, hıçkıra hıçkıra ağlıyor, bacakları seğiriyor; o zaman ona bir *Ativan* vermek zorunda kalıyorum. Gözlerinin bulanıklaşmasını bekliyorum, sonra kendimi kanepeye bırakıyorum; bitkin, soluk soluğa, ağladı ağlayacak haldeyim. Büyük bir özlemle sokak kapısına, arkasındaki açıklığa bakıyor, kapıdan geçip dışarıya çıkmak, öylece yürümek istiyorum. Sonra Baba uykusunda inliyor ve ben içimde fokurdayan suçluluk duygusuyla kendime geliveriyorum.

"Hector'la konuşabilir miyim, Baba?"

Ahizenin el değiştirdiğini duyuyorum. Arkadan, bir yarışma programının izleyicilerinden yükselen nidalar geliyor, ardından alkış sesleri.

"Selam, canım."

Hector, Juarez Sokağı'nın karşısında oturuyor. Yıllardır komşuyuz, son birkaç yılda iyi dost olduk. Haftada bir-iki kez bize gelir, abur cubur yer, televizyonda gecenin geç saatlerine kadar berbat şeyler izleriz, çoğunlukla da "*reality*" programları. Soğumuş pizzayı kemirir, marazi bir büyülenmeyle ekrandaki garabetlere, sinir krizlerine filan bakarken hayretle başımızı sallarız. Hector eskiden deniz kuvvetlerindeydi, Afganistan'ın güneyinde görev yapıyordu. Birkaç yıl önce molotof kokteylli bir saldırıda çok kötü yaralandı. Gaziler Hastanesi'nden sonunda evine dönebildiğinde, bütün mahalle onu karşılamaya çıktı. Anne babası ön bahçelerine balonlarla, çiçeklerle süslenmiş bir *Yuvana Hoş Geldin, Hector* afişi astılar. Anne babası onu kapıya doğru iterken herkes alkışladı. Birçok komşu, börek, pasta pişirmişti. İnsanlar vatanına verdiği hizmetler için ona teşekkür ettiler. *Metin ol, Tanrı senden razı olsun,* dediler. Hector'un babası Cesar, birkaç gün sonra bizim eve geldi; kendi evinin önüne yaptığı, üstüne de bir Amerikan bayrağı gerdiği, sokak kapısına kadar çıkan tekerlekli sandalye rampasının aynısını birlikte bizim eve de yaptık. Yan yana çalışırken, babamın ülkesinde Hector'un başına gelenler yüzünden Cesar'dan özür dileme ihtiyacı hissettiğimi anımsıyorum.

"Selam," diyorum telefona. "Bir bakayım dedim de."

"Burada her şey yolunda," diyor Hector. "Karnımızı doyurduk. *Kaç Para*'yla coştuk. Şimdi de *Çarkıfelek*'le oyalanıyoruz. Sırada *Düello* var."

"Eyvah eyvah. Kusura bakma."

"Nedenmiş, *mija*? Biz çok eğleniyoruz. Öyle değil mi, Abe?"

"Ona yumurta pişirmişsin, sağ ol," diyorum.

Hector sesini bir tık azaltıyor. "Aslında krep yaptım. Bil bakalım ne oldu? Bayıldı! Tam dört tane yedi."

"Borcunu nasıl ödeyeceğim?"

"Hey, yeni resmi gerçekten beğendim, kızım. Şu komik şapkalı çocuğu. Abe gösterdi. Öyle gururlanıyordu ki. Ben de, lanet olsun yahu, tabii ki gururlanacaksın, dedim."

Arkamdaki kuyruk takipçisine yol vermek için şerit değiştirirken gülümsüyorum. "Eh, Noel'de sana ne vereceğimi buldum galiba."

"Neden *evlenemediğimizi* bana bir ara izah eder misin lütfen?" diyor Hector. Arkadan Baba'nın itiraz ettiğini duyuyorum, sonra da Hector'un ahizeden az uzaktaki kahkahasını. "Şaka yapıyorum, Abe. Yüklenmesene bana. Ne de olsa sakatın tekiyim." Sonra bana: "Baban içindeki Peştun'u şöyle ucundan gösterdi bana."

Babamın kahvaltıdan sonra aldığı ilaçları vermesini anımsattıktan sonra telefonu kapatıyorum.

Sadece radyodan bildiğin bir kişiliğin fotoğrafını görmek gibi, hani arabanda onların sesini dinlerken zihninde oluşturduğun resme hiçbir zaman uymazlar ya, aynen öyle. Öncelikle, yaşlı. Ya da yaşlıca. Bunu biliyordum elbette. Biraz hesap yapmış, altmışlı yaşlarının başında olduğu sonucuna varmıştım. Ne var ki, bu zayıf, kır saçlı hanımı, gözümde canlandırdığım üç yaşındaki, siyah kıvırcık saçlı, kalın ve tıpkı benimkiler gibi adeta bitişik kaşlı küçük kızla bağdaştırmak güç. Ayrıca tahmin ettiğimden daha uzun boylu. Oturur durumda olmasına rağmen anlayabiliyorum bunu; bir sandviç büfesinin yakınındaki tahta sırada, kaybolmuş gibi ürkekçe etrafa bakıyor. Dar omuzları, narin bir yapısı, sevimli bir yüzü var; saçlarını sımsıkı geriye tarayıp tığ işi bir saç bandı takmış. Yeşim taşlı küpeler, solmuş bir kot pantolon, somon rengi uzun bir kazak, boynunda da Avrupai bir zarafetle, sanki öylesine bağlanıvermiş, sarı bir eşarp. Son e-postasında, onu çabucak tanıyabilmem için bu eşarbı takacağını yazmıştı.

Beni henüz görmedi, terminalde tekerlekli bavullarını oradan oraya çeken yolcuların, ellerinde müşteri isimleri yazılı pankartlar tutan kiralık araba şoförlerinin arasında bir süre oyalanıyorum. Kalbim göğüs kafesimin içinde avaz avaz haykırıyor. İçimden tekrarlıyorum: *Bu, o. Bu, o. Bu gerçekten o.* Sonra gözlerimiz buluşuyor, yüzünü bir tanıma ürpertisi yalıyor. Bana el sallıyor.

Tahta sıranın önündeyim. Gülümsüyor; dizlerim bükülüveriyor. Bu tıpatıp Baba'nın gülümseyişi; sola doğru hafif çarpık, yüzünü yukarıya doğru çeken, gözlerini neredeyse yok eden bu tebessüm, başını azıcık yana eğişi, tıpkı Baba – tek fark, ön iki dişin arasındaki pirinç tanesi büyüklüğündeki ayrıklık. Ayağa kalkıyor, ellerini fark ediyorum, yamru yumru eklemleri, ilk boğumdan sonra iyice öne bükülen başparmakları, bileklerdeki bezelye boyundaki yumruları. Midemde bir kasılma hissediyorum; öyle acı verici görünüyor ki.

Kucaklaşıyoruz, yanaklarımı öpüyor. Cildi keçe yumuşaklığında. Ayrılınca, omuzlarımı avuçlayıp beni kendinden az uzakta tutuyor, bir tabloya değer biçercesine yüzüme bakıyor. Gözlerinde ince bir buğu tabakası var. Gözleri mutluluk dolu.

"Geciktiğim için özür dilerim."

"Önemli değil," diyor. "Nihayet seninleyim! Öyle sevinçliyim ki..." *Önemli diil. Nihayet zeninleyim!* Karşı karşıyayken, konuşmasındaki Fransız vurgusu, telefondakinden de yoğun.

"Ben de sevinçliyim," diyorum. "Yolculuk nasıldı?"

"Bir hap aldım, aksi halde uyuyamayacağımı biliyordum. Bir dakika gözümü kırpmazdım. Çünkü aşırı mutlu, aşırı heyecanlıydım." Işıl ışıl bakışlarıyla beni tutuyor, sabitliyor (gözlerini başka yere çevirirse büyünün bozulacağından korkuyor sanki), ta ki tepemizdeki hoparlör, yolcuları herhangi bir sahipsiz bagajı yetkililere bildirmeleri konusunda uyarıncaya kadar, ancak o zaman yüzü biraz gevşiyor.

"Abdullah buraya geldiğimi biliyor mu?"

"Ona eve bir konuk getireceğimi söyledim."

Daha sonra arabaya yerleşirken çaktırmadan ona bakıyorum. Bu öyle tuhaf, öyle inanılmaz ki. Peri Wahdati'nin arabamda, birkaç santim ilerimde oturuyor olmasının garip, asılsız gelen bir yanı var. Bir an onu kusursuz bir durulukla görüyorum –boynundaki sarı eşarp, saçlarının başladığı yerdeki kısa, ince tüyler, sol kulağının altındaki kahverengi ben– bir an sonraysa yüz hatlarını pusumsu bir şey kaplıyor; ona bulanık bir camın gerisinden bakıyormuşum gibi. Birinden ötekine geçerken baş dönmesine benzer bir şey hissediyorum.

Emniyet kemerini bağlarken bana bir göz atıyor. "İyi misin?"

"Bir anda yok olacağını düşünüp duruyorum."

"Efendim?"

"Bu öyle... öyle inanılmaz ki," diyorum asabice gülerek. "Yani gerçekten var olman. Ciddi ciddi burada olman."

Gülümseyerek başını sallıyor. "Ah, benim için de öyle. Bu benim için de çok tuhaf. Biliyor musun, hayatımda bir adaşımla hiç karşılaşmadım."

"Ben de öyle." Marş anahtarını çeviriyorum. "Bana çocuklarından bahsetsene."

Araba parkından çıkarken bana çocuklarını anlatıyor; onlardan adlarıyla söz ediyor, onları kendimi bildim bileli tanırmışım, bir arada büyümüşüz, aile pikniklerine gitmişiz, yaz tatillerine çıkıp kumsalda deniz kabuklarından kolyeler yapmış, birbirimizi kuma gömmüşüz gibi.

Keşke öyle olsaydı.

Oğlu Alain'in –"kuzeninin," diye ekliyor– karısı Ana'nın beşinci çocuğunu, bir kız bebek doğurduğunu, Valencia'ya taşındıklarını, orada bir ev aldıklarını söylüyor. "Madrid'deki o apartman dairesinden *finalement** kurtuldular!" İlk çocuğu, televizyon dizileri için partitur yazan Isabel, ilk büyük film müziğini bestelemek üzere anlaşma yapmış. Isabelle'in kocası Albert ise, Paris'te beğenilen bir lokantanın şef aşçısı olmuş.

"Senin de bir lokantan var, değil mi?" diye soruyor. "Galiba e-postanda bahsetmiştin."

"Şey, annemle babamın vardı. Bir lokanta açmak babamın tek hayaliymiş. Ben de onlara yardım ederdim. Ama birkaç yıl önce satmak zorunda kaldım. Annem öldükten, Baba da... çalışamaz olduktan sonra."

"Ah, üzüldüm."

"Ah, üzülme. Lokantacılık bana uygun değildi zaten."

"Tahmin ederim. Sen bir sanatçısın."

İlk konuştuğumuzda, laf arasında bana ne iş yaptığımı sormuş, ben de bir gün sanat okuluna gitme hayalleri kurduğumu söylemiştim.

"İşin aslı, yaptığım işe kısaca *kopya çıkarmak* diyebiliriz." *Fortune* dergisinin seçtiği en büyük 500 şirketin veri işlemlerini yapan bir firmada çalıştığımı anlatıyorum, dikkatle dinliyor. "Onlara çeşitli formlar hazırlıyorum. Broşürler, makbuzlar, müşteri listeleri, elektronik posta listeleri, bu türden şeyler işte. Gereken başlıca beceri, bilgisayar kullanmayı bilmek. Parası da gayet iyi."

"Anlıyorum," diyor. Bir an üzerinde düşündükten sonra, "Senin için ilginç bir iş mi bu?" diye soruyor.

Güneye doğru yol alıyor, Redwood City'den geçiyoruz. Kucağının üstünden eğilip yolcu camından dışarıyı gösteriyorum. "Şu binayı görüyor musun? Mavi tabelalı, yüksek olanı?"

* Nihayet, sonunda. (ç.n.)

"Evet?"

"Ben orada doğdum."

"*Ah, bon?*" Biz uzaklaşırken, daha iyi görmek için başını çeviriyor. "Şanslısın."

"Ne açıdan?"

"Nereden geldiğini biliyorsun."

"Bunu pek düşünmemiştim."

"*Eh*, neden düşünesin ki? Ancak bunu bilmek, köklerini tanımak öyle önemli ki. Varoluşunun nerede başladığını bilmek. Bilmediği zaman, yaşamı insana gerçek dışı geliyor. Bir bilmece gibi. *Vous comprenez?** Sanki bir öykünün başını kaçırmışsın da şimdi ortasındasın ve anlamaya çalışıyorsun gibi."

Tahminimce bugünlerde Baba da kendini aynen böyle hissediyor. Hayatı boşluklarla dolu bir bulmaca. Onun her günü içinden çıkılması güç bir öykü, güçbela çözmeye çalıştığı bir bilmece.

Birkaç kilometre sessizce ilerliyoruz.

"İşimi ilginç buluyor muyum?" diyorum. "Bir gün eve geldim ve mutfaktaki musluğu açık buldum. Yerde cam kırıkları vardı, ocak da yanıyordu. İşte o zaman, bir daha onu yalnız bırakamayacağımı anladım. Yatılı bir bakıcıya da param yetmeyeceğinden, evden yapabileceğim bir iş aramaya başladım. Velhasıl, 'ilginç' olup olmaması ölçütlerimden biri değildi."

"Sanat okulu bekleyebilir yani?"

"Beklemek zorunda."

Benim gibi bir kız evlada sahip olduğu için Baba'nın ne kadar şanslı olduğunu söyleyecek diye kaygılanıyorum, ama yalnızca başını sallamakla yetindiğini görüp rahat, minnet dolu bir nefes alıyorum; gözleri yanımızdan akıp geçen otoyol tabelalarında. Oysa başkaları –özellikle de Afganlar– ikide bir

---

* Anlıyor musunuz? (ç.n.)

Baba'nın ne kadar şanslı olduğunu, benim tam bir lütuf olduğumu yineleyip dururlar. Benden hayranlıkla bahsederler. Işıltılı, varlıklı, ayrıcalıklı bir yaşamdan kahramanca vazgeçip evde oturan ve babasına bakan bu hayırlı evladı azize mertebesine çıkarmaktalar. Çın çın öten bir acımayla dolu seslerini duyar gibiyim: *Önce annesi... Ona bakmakla geçen onca yıl... Nasıl da meşakkatliydi. Şimdi de babası... Tamam, hiçbir zaman ahım şahım olmadı, ama bir talibi vardı. Amerikalıyı diyorum, şu güneş panelleri işiyle uğraşanı... Kızcağız onunla evlenebilirdi. Ama evlenmedi. Annesiyle babası yüzünden. Nelerden feragat etti. Ah, Allah her ana babaya böyle evlat nasip etsin.* Yumuşak mizacımı övüyorlar. Cesaretime, soyluluğuma hayretle karışık bir hayranlık besliyorlar; fiziksel bir sakatlığın ya da ileri derecede bir kekemeliğin üstesinden gelen birine yapılacağı gibi.

Oysa ben öykünün bu yorumunda, kendimi hiç de böyle görmüyorum. Örneğin, bazı sabahlar Baba'yı yatağının ucuna ilişmiş, nezleli gözleriyle beni izler, çorapları bir an önce o kuru, benekli ayaklarına geçirmem için sabırsızlanırken buluyorum; adımı homurdanır, yüzü tam bir çocuk suratı olup çıkar. Burnunu kırıştırış biçimi onu ıslak, ürkmüş bir kemirgene benzetiyor, bense yüzünü bu hale soktuğu için içerliyorum ona. Böyle biri olup çıktığı için içerliyorum. Yaşam alanımın sınırları daraldığı, en güzel yıllarım elimden alındığı için içerliyorum. Bazı günler dünyadaki tek arzum ondan, huysuzluğundan ve âcizliğinden kurtulmak. Azizelikle yakından uzaktan ilgim yok.

On Üçüncü Cadde'de otoyoldan ayrılıyorum. Üç-beş kilometre sonra, Beaver Creek Alanı'ndan evimizin araba yoluna sapıyor, motoru durduruyorum.

Peri camdan tek katlı evimize, garajımızın boyası kalkmış kapısına, zeytin yeşili pencere pervazlarına, giriş kapısının iki yanında duran bir çift zevksiz aslan heykeline bakıyor; içim onları atmaya bir türlü elvermedi, çünkü Baba onları çok seviyor; gerçi yokluğunu fark edeceğinden kuşkuluyum ya, neyse. 1989'dan, yedi yaşımdan beri bu evde yaşıyoruz, önce kiralıyorduk, sonra, 93'te Baba, evi sahibinden satın aldı. Annem güneşli bir Noel sabahı bu evde öldü, konuk yatak odasına yerleştirdiğim, ömrünün son üç ayını geçirdiği hastane yatağında. Manzarası nedeniyle onu bu odaya taşımamı istemişti. Moralini düzelttiğini söylerdi. Şişmiş, grileşmiş ayaklarıyla yatakta yatar, günlerini dışarıdaki çıkmaz sokağa, kenarını yıllar önce diktiği Japon akçaağaçların çevirdiği ön bahçeye, yıldız biçimindeki çiçek tarhına, çakıltaşı döşeli, dar bir patikanın böldüğü, biçilmiş çimenliğe, uzaklardaki dağ eteklerine ve güneş ışığının var gücüyle vurduğu öğle saatlerinde dağların aldığı koyu, dolgun altın rengine bakarak geçirirdi.

"Öyle gerginim ki," diyor Peri alçak sesle.

"Çok normal," diyorum. "Tam elli sekiz yıl olmuş."

Kucağında kavuşturduğu ellerine bakıyor. "Onun hakkında neredeyse hiçbir şey anımsamıyorum. Hatırladığım şeyse, yüzü ya da sesi değil. Yalnızca ömrüm boyunca hep bir şeyin eksikliğini hissettiğim. İyi bir şeyin... Nasıl desem – Ah, ne diyeceğimi bilemiyorum. Hepsi bu."

Başımı sallıyorum. Onu ne kadar iyi anladığımı söylemekten kaçınıyorum. Bugüne kadar varlığıma dair herhangi bir sezgiye kapılıp kapılmadığını soracaktım, son anda vazgeçtim.

Eşarbının saçaklı ucuyla oynuyor. "Sence beni hatırlaması mümkün mü?"

"Gerçeği mi istersin?"

Yüzümü araştırıyor. "Elbette."

"Bence hatırlamaması daha iyi." Aklıma, uzun yıllar annemle babama bakan Doktor Beşiri'nin söyledikleri geliyor. Baba'nın istikrara, düzene ihtiyacı olduğunu söylemişti.

Mümkün olduğunca az sürpriz. *Önceden belirlenmiş bir yaşantı.*

Kapımı açıyorum. "Bir dakika arabada beklemenin sakıncası var mı? Arkadaşımı evine yollayayım, sonra Baba'yla karşılaşırsınız."

Bir elini gözlerine götürüyor, ağlayıp ağlamadığını görecek kadar beklemiyorum.

Ben on bir yaşındayken, altıncı sınıflar hep birlikte, gecelemeli bir okul gezisine, Monterey Bay Akvaryumu'na gittiler. Sınıf arkadaşlarım o hafta, cuma gününe kadar her yerde, kütüphanede çalışırken ya da teneffüslerde seksek oynarken sadece geziden konuştular, ne kadar eğleneceklerinden, bina kapandıktan sonra akvaryumlarla kaplı koridorlarda, çekiç kafalıların, vatozların, denizatlarının, ahtapotların arasında nasıl pijamalarıyla özgürce koşup oynayacaklarından söz ettiler. Öğretmenimiz Bayan Gillespie, akvaryumun belli noktalarına açık büfelerin kurulacağını, öğrencilere fıstık ezmeli ve reçelli sandviç ya da peynirli makarna seçenekleri sunulacağını söyledi. *Tatlı olarak da kakaolu kek veya vanilyalı dondurma olacak*, dedi. Öğrenciler gece uyku tulumlarına girecek, öğretmenlerin okuduğu masalları dinleyerek, suda dalgalanan, uzun yosun öbeklerinin arasında gezinen denizatlarının, sardalyelerin, köpekbalıklarının ortasında uykuya dalacaklardı. Perşembe geldiğinde, sınıftaki heyecan doruğa ulaşmıştı. Malum haylazlar bile, en küçük bir yaramazlık akvaryum gezisine mal olur korkusuyla muma dönmüştü.

Benim için bu biraz, heyecanlı bir filmi sesini kapatarak izlemek gibiydi. Bütün o neşeden mahrum bırakıldığımı, o kutlama havasından uzak tutulduğumu hissediyordum – her aralık ayında sınıf arkadaşlarım evlerine, çam ağaçlarına, şömine raflarından sarkan çoraplara, armağan piramitlerine gittiklerinde hissettiğim gibi. Bayan Gillespie'ye onlarla gidemeyeceğimi belirttim. Nedenini sorunca, gezinin Müslümanlar için önemli bir dini bayrama denk geldiğini söyledim. Bana inandığından emin değildim.

Gezinin başladığı gece, evde ebeveynimle oturdum, televizyonda *Cinayet Var* dizisini izledik. Dikkatimi filme vermeye, okul gezisini düşünmemeye çalıştım, ama zihnim inatla oraya kayıp durdu. Tam şu anda sınıf arkadaşlarımı üstlerinde pijamaları, ellerinde el fenerleri, alınları dev boyutlu bir yılanbalığı akvaryumuna yapışmış bir halde tahayyül ediyordum. Göğsümde bir şeyin sıkıştığını hissettim, oturduğum kanepede kıpırdandım. Öteki kanepeye yayılmış olan Baba, ağzına kavrulmuş bir yerfıstığı attı, Angela Lansbury'nin söylediği bir şeye kıkır kıkır güldü. Yanında oturan annemin endişeyle beni süzdüğünü fark ettim; yüzü bulutlanmıştı, ama göz göze gelince yüz hatları çabucak aydınlandı, gülümsedi –gizli, mahrem bir tebessüm– ben de ona gülümsemek için kendimi zorladım. O gece rüyamda bir kumsaldaydım, belime kadar okyanusa girmiştim; yeşilin ve mavinin binlerce tonundaki, yeşim, safir, zümrüt, firuze renklerindeki su tatlı tatlı baldırlarımı okşuyordu. Ayaklarımın dibinde balık sürüleri kayıyordu, okyanus salt bana ait, özel akvaryumumdu sanki. Balıklar ayak parmaklarıma sürtünüyor, bacaklarımı gıdıklıyordu; beyaz kumun üstünde ok gibi kayan, ışıl ışıl parlayan binlerce renk çakımıydılar.

O pazar, Baba'nın bana bir sürprizi vardı. Neredeyse hiç yapmadığı bir şeyi yapıp lokantayı bir günlüğüne kapadı ve beni arabayla Monterey'deki akvaryuma götürdü. Yol boyunca heyecanla konuşup durdu. Öyle eğlenecektik ki. Özellikle köpekbalıklarını görmek için nasıl da sabırsızlanıyordu. Öğlen ne yeseydik acaba? O konuşurken, küçükken beni Kelley Parkı'na, evcil hayvanlardan oluşturulmuş hayvanat bahçesine, rengârenk *koi* balıklarını görmem için de bitişikteki Japon bahçesine götürüşünü anımsadım; o bütün balıklara bir isim takarken, ben onun eline sıkı sıkı yapışır, yaşadığım sürece ondan başkasına asla ihtiyaç duymayacağımı düşünürdüm.

Akvaryumdaki sergilerin arasında hevesle dolaştım, Baba'nın tanıdığım balık türlerine ilişkin sorularını elimden geldiğince yanıtlamaya çalıştım. Ama içerisi fazla aydınlık, fazla gürültülüydü, en iyi sergilerin önü aşırı kalabalıktı. Okul gezisi sırasında, burada geçirilecek olan geceye ilişkin kurduğum hayallerle ilgisi bile yoktu. Tam bir eziyetti. Çok iyi vakit geçiriyormuş gibi rol yapmak beni bitap düşürdü. Mideme bir ağrı saplanmak üzereydi; bir saat kadar etrafta dolandıktan sonra oradan ayrıldık. Dönüş yolunda, Baba yüzünde incinmiş bir ifadeyle, dilinin ucunda bir şey varmışçasına benden yana bakıp durdu. Gözlerini olanca ağırlığıyla üzerimde hissediyordum. Uyuyormuş gibi yaptım.

Ertesi yıl, lise birde, kızlar göz farı ve dudak parlatıcısı kullanmaya başladılar. Boyz II Men'in konserlerine, okul danslarına ve Great America Eğlence Parkı'ndaki grup randevularına gidiyor, *Demon* marka enerji içecekleri açılır, fondipler yapılırken tiz çığlıklar atıyorlardı. Sınıf arkadaşlarım basketbolda, amigolukta şanslarını deniyordu. İspanyolca dersinde arkamda oturan, soluk tenli, çilli kız yüzme takımındaydı, bir gün teneffüs zilinin ardından sıralarımızı toparlarken, gelişigüzel bir tavırla, sen de bir denesene, dedi. Anlamıyordu. Mayoyla insanların arasına çıksam, ebeveynimi rezil etmiş olurdum. İstemediğimden değildi. Öte yandan, vücudum konusunda aşırı utangaçtım. Belden yukarım inceyken, belden aşağısı, yerçekimi bütün ağırlığımı alt kısmıma çekmişçesine orantısız ve dikkat çekici bir kalınlıktaydı. Bedenin farklı kısımlarını karıştırıp düzenlediğin şu masaüstü oyunlarından birini oynayan bir çocuk, milleti güldürmek için parçaları karman çorman etmişti sanki. Annem "güçlü kemiklerim" olduğunu söylerdi. Kendi annesi de aynı kemik yapısına sahipmiş. Sonunda bunu söylemeyi kesti, kalın kemikli olmanın bir kızın pek de arzulayacağı bir şey olmadığını anlamıştı sanırım.

Belki voleybol takımına girmeme izin verir diye Baba'yı yokladım, ama o beni kollarının arasına aldı, başımı iki avucuyla, şefkatle kavradı. Ve mantığa davet etti: İdmanlara kim götürüp getirecekti beni? Peki ya maçlara? *Ah, arkadaşlarının ana babaları gibi keşke bizim de bu lüksümüz olsaydı, Peri. Ama biz, annenle ben hayatımızı kazanmak zorundayız; yine sosyal yardım parasıyla geçinmemize göz yumamam. Anlıyorsun değil mi, aşkım? Anladığını biliyorum.*

Hayatını kazanma zorunluluğuna karşın, Baba beni Campbell'daki Farsça derslerine götürecek zamanı buluyordu ama. Her salı öğleden sonra, okul bitince Farsça sınıfında oturur, akıntıya karşı yüzmeye zorlanan bir balık misali, elimin doğal devinimine karşı çıkarak kalemi sağdan sola yönlendirmeye çalışırdım. Farsça derslerine son vermesi için Baba'ya yalvardım, kabul etmedi. Bana verdiği bu armağanın değerini daha sonra anlayacağımı söyledi. Kültür bir evse, dil de ön kapının ve içerideki bütün odaların anahtarıdır, dedi. Onsuz darmadağın olursun, diye ekledi, doğru düzgün bir yuvadan, meşru bir kimlikten yoksun kalırsın.

Bir de pazar günleri vardı; başıma beyaz, pamuklu bir eşarp takıyordum, o da beni Kuran dersleri için Hayward'daki camiye bırakıyordu. Bir düzine Afgan kızla birlikte ders aldığımız oda küçücüktü, kliması yoktu ve yıkanmamış çarşaf kokuyordu. Pencereler dardı, yüksekteydi; filmlerdeki hapishane hücrelerini çağrıştırıyordu. Bize ders veren hanım, Fremont'taki bir manavın karısıydı. Onu en çok, bize Peygamber'in yaşamından öyküler anlattığında severdim; bunları ilginç buluyordum – çölde geçen çocukluğu, Cebrail'in bir mağarada ona görünmesi ve ayetleri ezberlemesini buyurması, onu gören herkesin, peygamberimizin insancıl ve aydınlık yüzünden etkilenmesi. Ama kadın vaktin asıl bölümünü, genç ve iffetli Müslüman kızlar olarak batı kültürüyle yozlaşmak istemiyorsak, ne pahasına olursa olsun kaçınmamız gerekenlerin uzun listesine ayırıyordu: doğal olarak, öncelikle oğlanlar elbette, sonra rap müzik, Madonna, *Melrose Place* dizisi, şort, dans etmek, uluorta yüzmek, amigoluk yapmak, alkol, domuz pastırması, salam, helal olmayan hamburgerler yemek ve daha bir sürü şey. Yerde oturur, sıcaktan terlerdim, ayaklarım uyuşurdu, başımdaki eşarbı çıkarmak isterdim, ama bir camide bu elbette mümkün değildi. Yukarıdaki pencerelere bakardım, fakat görebildiğim tek şey, gökyüzünden ince çentiklerdi. Camiden çıkacağım, taze havanın yüzüme çarpacağı ânın özlemiyle kıvranırdım; oradan her çıkışımda göğsümde bir gevşeme hisseder, rahatsız edici bir düğümün çözüldüğü duygusuyla rahat bir soluk alırdım.

Ancak o zamana kadar tek kaçış yolu, zihnimdeki dizginleri gevşetmekti. Zaman zaman kendimi matematik sınıfından Jeremy Warwick'i düşünürken yakalıyordum. Jeremy'nin manalı, mavi gözleri, beyaz olmasına karşın kıvırcık Afro saçları vardı. Az konuşan, çok düşünen biriydi. Bir garaj orkestrasında gitar çalıyordu; okulda her yıl yinelenen yetenek gösterisinde, "House of the Rising Sun" parçasının gayet gümbürtülü bir yorumunu çalmışlardı. Sınıfta Jeremy'nin dört sıra arkasında, solda oturuyordum. Bazen öpüştüğümüzü, eliyle boynumdan tuttuğunu hayal ederdim; yüzü yüzüme öyle yakın dururdu ki, bütün dünyanın önünü kapatırdı. İçime güçlü bir duygu yayılır, sıcacık bir kuştüyünün karnımı, bacaklarımı gıdıkladığını hissederdim. Böyle bir şey hiç olmadı elbette. Jeremy'yle aramda *hiçbir* şey olamazdı. Varlığımdan bir nebzecik haberdarsa bile, hiç belli etmedi. Aslında böylesi daha iyiydi. Böylece, beraber olamamamızın tek nedeni, onun benden hoşlanmamasıymış gibi yapabilir, kendimi kandırabilirdim.

Yazları annemle babamın lokantasında çalışıyordum. Yaşım daha küçükken masaları silmeye, tabakların, çatal bıçağın yerleştirilmesine yardım etmeye, kâğıt peçeteleri katlamaya, her masanın ortasında duran küçük vazoya iri bir papatya cinsi olan, tek bir kırmızı *gerbera* koymaya bayılırdım. Aile işimiz için elzem, olmazsa olmaz birisiymişim havalarındaydım; ben olmasam, tuzlukları, biberlikleri doldurmasam, lokanta batabilirdi.

Liseye başladığımda, Abe'nin Kebabevi benim için artık sıkıcı ve sıcak bir yerdi. Lokantanın içindeki, çocukken gözümü kamaştıran şeylerin çoğu ışıltısını kaybetmiş, soluklaşmıştı. Köşedeki eski, vızıltılı gazoz otomatı, muşamba masa örtüleri, lekeli plastik bardaklar, naylon kaplı menülerdeki özenti, zorlama yemek isimleri (*Kervan Kebap, Hayber Geçidi Pilavı, İpek Yolu Usulü Tavuk*), *National Geographic* dergisindeki ünlü, şu yeşil gözlü Afgan kızın kötü çerçeveli afişi – bu gözlerin her Afgan lokantasının duvarından size bakmasını zorunlu kılan bir yönetmelik vardı sanki. Baba onun yanına, yedinci sınıftayken yaptığım yağlıboya resmi asmıştı: Herat'ın görkemli minareleri. Resmi ilk astığında, kuzu kebaplarını benim sanat eserimin altında yiyen müşterileri ilk gördüğümde içime dolan gururu ve coşkuyu çok iyi anımsıyorum.

Öğle saatlerinde, annemle ben baharatlı dumanların kapladığı mutfakla masalar arasında mekik dokur, büro çalışanlarına, belediye memurlarına ve polis memurlarına hizmet ederken Baba kasada dururdu – Baba ve o yağ lekeli, beyaz gömleği, en üstteki açık düğmesinden fışkıran, gür, kırlaşmış göğüs kılları, kalın, kıllı kolları. Baba sevinçle gülümsüyor, her giren müşteriye neşeyle el sallıyor. *Selam, bayım! Selam, hanımefendi! Abe'nin Kebabevi'ne hoş geldiniz! Ben Abe. Si-*

parişinizi alabilir miyim lütfen? Tam da kötü bir komedi dizisindeki sersem, gülünç Ortadoğulu gibi davrandığını, konuştuğunu ayrımsamaması tüylerimi diken diken ederdi. Yetmezmiş gibi, ben servis yaparken Baba'nın çaldığı, eski, bakır çıngırak vardı. Kasanın yanındaki duvara kancayla astığı çıngırak, tahminimce bir tür şaka olarak başlamıştı. Şimdi masalara götürülen her yiyeceğe, bakır çıngırağın coşkulu şıngırtısı eşlik ediyordu. Müdavimler alışmıştı –artık duymuyorlardı bile– yeni müşteriler ise genellikle mekâna özgü garip, sıra dışı bir sevimlilik saysa da, zaman zaman şikâyetler oluyordu.

Çıngırağı çalmak istemiyorsun artık, dedi Baba bir gece. Lise son sınıfın bahar tatilindeydik. Lokantanın önünde, arabadaydık, dükkânı kapatmış, annemi bekliyorduk, mide ilacını içeride unutmuş, bir koşu almaya gitmişti. Baba'nın yüzü kapalı, kasvetliydi. Sabahtan beri keyifsizdi. Alışveriş merkezinin ince uzun binasına hafiften yağmur serpiştiriyordu. Geç olmuş, ortalık tenhalaşmıştı; Kentucky Fried Chicken'ın arabalı servis kısmındaki iki otomobille kuru temizlemecinin önünde duran pikap sayılmazsa araba parkı da boşalmıştı; pikaptaki iki adamın içtiği sigaraların dumanı camlardan kıvrılarak dışarıya süzülmekteydi.

İlla çalmak zorunda olmadığım zamanlar, daha eğlenceliydi, dedim.

Her şey gibi yani. Derin derin iç geçirdi.

Ben küçükken Baba'nın beni koltukaltlarımdan tutup kaldırmasının ve çıngırağı çaldırmasının beni nasıl heyecanlandırdığını anımsadım. Beni yeniden yere indirdiğinde, yüzüm mutluluktan ve gururdan ışıldardı.

Baba arabanın kaloriferini çalıştırdı, kollarını göğsünde kavuşturdu.

Baltimore epey uzak.

Uçağa atladığın gibi ziyaretime gelebilirsin, dedim neşeyle.

Atladığım gibi, öyle mi, diye tekrarladı hafif alaylı. *Ben ailesini geçindirebilmek için kebap pişiren biriyim, Peri.*

O zaman ben sizi görmeye gelirim.

Baba bezgin bir suratla gözlerini arkaya, bana doğru devirdi. Hüzünlü hali, dışarıdan arabanın camlarına yüklenen karanlığa benziyordu.

Bir aydır her gün posta kutumuza bakıyor, bir teslimat kamyonunun kaldırıma her yanaşışında yüreğim umutla hop ediyordu. Gelen postayı eve götürür, gözlerimi kapar, düşünürdüm: *Bu sefer tamam.* Gözlerimi açıp faturaları, kuponları, hediye çeklerini hızla tarardım. Sonra, geçen hafta salı günü bir zarfı yırtarak açmış ve beklediğim sözcüklerle karşılaşmıştım: *Memnuniyetle haber veririz ki...*

Bir sıçrayışta kalktım. Çığlık attım – boğazımı yırtan, gözlerimin sulanmasına neden olan, gerçek bir çığlıktı. Hemen hemen aynı anda, kafamdan hızla bir imgeler dizisi geçti: Bir galerideki açılış gecesindeyiz, yalın, siyah, şık bir şey giymişim, etrafım sanatseverlerle, kırışık alınlı eleştirmenlerle sarılı, gülümsüyor, sorularını yanıtlıyorum, bu arada hayranlarım öbekler halinde tuvallerimin karşısında oyalanıyor, galeride oradan oraya süzülen beyaz eldivenli garsonlar kadehlere şarap dolduruyor, üzerine dereotu serpilmiş somon balıklı kanepeler, milföy hamuruna sarılı kuşkonmazlar ikram ediyor. Bense o ani coşku patlamalarından birini yaşıyorum; hani içinizden hiç tanımadığınız insanları bile kucaklayıp döndüre döndüre dans ettirmek gelir ya, öyle.

Ben asıl annen için endişeleniyorum, dedi Baba.

Her akşam arayacağım. Söz veriyorum. Arayacağımı biliyorsun.

Baba başıyla doğruladı. Ansızın çıkan sert rüzgâr, araba parkının yakınındaki akçaağacın yapraklarını karıştırdı.

Konuştuğumuz şey hakkında düşündün mü? diye sordu.

Üniversite öncesi eğitimi mi kastediyorsun?

Sadece bir, hadi iki yıllığına. Fikre alışabilmesi için annene zaman tanımış olursun. Sonra da üniversiteye başvurabilirsin.

Ani bir öfke nöbetiyle sarsıldım. *Baba, bu insanlar sınav sonuçlarımı, not ortalamalarımı gözden geçirdiler, resim portfolyomu incelediler ve sanat çalışmalarımı beğenmiş olmalılar ki, beni okula kabul etmekle kalmayıp bir de burs önerdiler. Karşımızda ülkenin en iyi sanat kurumlarından biri var. Hayır diyemeyeceğin bir okul bu. İnsanın karşısına böyle bir fırsat bir daha çıkmaz.*

Doğru söylüyorsun, dedi oturduğu yerde sırtını dikleştirerek. Avuçlarını birleştirdi, sıcak nefesini üfledi. *Tabii ki anlıyorum. Senin adına tabii ki mutluyum.* Yüzündeki mücadeleyi görebiliyordum. Ve korkuyu. Salt *benim* için, evden beş bin kilometre uzakta başıma gelebilecekler için korkmuyordu. *Benden*, beni kaybetmekten korkuyordu. Yokluğumla ele geçireceğim güçten, eğer istersem, onu mutsuz etme, bir yavru kediye eziyet eden doberman cinsi bir köpek gibi onun açık, kırılgan kalbini örseleme gücümden korkuyordu.

Aklıma onun kız kardeşi geldi. Varlığı bir zamanlar yüreğimin ortasındaki bir zonklama olan Peri'yle bağlantım köreleli uzun zaman olmuştu. Onu çok seyrek düşünüyordum. Yıllar geçtikçe ona olan düşkünlüğümden kurtulmuştum; tıpkı bir zamanlar sıkı sıkı yapıştığım gözde pijamalarımdan ya da oyuncak hayvanlarımdan koptuğum gibi. Ama işte o ve bizi birleştiren bağlar yeniden aklıma düşmüştü. Peri'ye yapılan şey, kıyıdan çok uzakta kırılan bir dalgaysa, şimdi ayak bileklerimin çevresinde biriken, sonra ayaklarımın altından geri çekilen şey de o dalganın aksisedasıydı.

Baba genzini temizledi, nemlenmiş, duygusal gözleriyle camdan dışarıya, karanlık gökyüzüne, bulutların örttüğü aya baktı.

Her şey bana seni hatırlatacak.

Bunları söyleyiş biçimi, o hassas, azıcık paniklemiş sesi bana Baba'nın yaralanmış bir insan olduğunu söylüyordu; bana olan sevgisinin gerçek, gökyüzü kadar uçsuz bucaksız ve kalıcı olduğunu, o sevgiyi hep, ebediyen üzerimde hissedeceğimi. Bu sizi er ya da geç bir seçime zorlayan sevgilerdendi: Ya onu yırtıp atardınız ya da altında kalır, sizi ezip daha küçük bir şeye dönüştürdüğünü bile bile şiddetine katlanırdınız.

Karanlık arka koltuktan uzandım, yüzüne dokundum. Yanağını avucuma bastırdı.

Neden bu kadar uzun sürdü ki, diye mırıldandı.

Kapıları kilitliyor, dedim. Kendimi bitkin, tükenmiş hissediyordum. Hızla arabaya doğru seğirten annemi seyrettim. Serpinti sağanağa dönüşmüştü.

Bir ay sonra, okul kampusunu görmek amacıyla doğuya uçmama iki hafta kala, annem asit giderici hapların mide ağrısına hiç fayda etmediğini söylemek üzere Doktor Beşiri'ye gitti. O da annemi ultrasona yolladı. Sol yumurtalığında ceviz büyüklüğünde bir tümör buldular.

"Baba?"

Televizyon koltuğunda hafif öne eğik, kıpırdamadan oturmakta. Altında eşofmanı var, dizlerine yün, kareli bir battaniye örtmüş. Ona geçen yıl aldığım kahverengi hırkanın içine giydiği pazen gömlek, en üst düğmesine kadar ilikli. Artık gömleklerini ısrarla böyle, yakası sımsıkı kapalı giyiyor, bu da ona hem bir yeniyetme hem de ihtiyarlığa teslim olmuş, âciz biri görünümü veriyor. Bugün yüzü hafiften şiş gibi, taranmamış ak saçlarıysa tel tel alnına dökülmüş. Yüzünde kasvetli, şaşkın bir ifadeyle *Kim Milyoner Olmak İster*'i izliyor. Adını seslenince, beni duymamış gibi gözleri bir süre daha ekranda takılı kalıyor, sonra hoşnutsuz bir tavırla bakışlarını bana çeviriyor. Sol gözkapağının alt kısmında arpacık çıkmış. Tıraşı da gelmiş.

"Baba, televizyonun sesini bir dakikalığına kapatabilir miyim?"

"İzliyorum ama," diyor.

"Biliyorum. Ama bir ziyaretçin var." Ona Peri Wahdati'nin ziyaretinden dün söz ettim, bu sabah da yeniden hatırlattım. Ancak anımsayıp anımsamadığını sormuyorum. Onu sıkıştırmamam gerektiğini öğreneli çok oldu; bu onu utandırıyor, savunmaya geçmesine, bazen de hırçınlaşıp ağzını bozmasına neden oluyor.

Koltuğun kolçağındaki uzaktan kumanda aletini alıp sesi kapatıyorum ve kendimi bir sinir krizine hazırlıyorum. İlk krizinde, bunun bir numara olduğunu, onun rol yaptığını düşünmüştüm. Neyse ki burnundan saldığı uzun soluğun dışında Baba'dan herhangi bir itiraz gelmiyor.

Oturma odasının girişinde, koridorda oyalanan Peri'ye elimle işaret veriyorum. Ağır adımlarla yanımıza geliyor, oturması için Baba'nın koltuğunun yanına bir iskemle çekiyorum. Peri asabi bir heyecan yumağı halinde, görebiliyorum. İskemlenin ucunda kaskatı, solgun oturuyor, dizler bitişik, eller kasılıp kalmış; tebessümü öyle gergin ki, dudakları bembeyaz kesilmiş. Gözleri Baba'ya kenetli, onunla sadece birkaç dakikası varmış da yüzünü hafizasına nakşetmeye çalışıyormuş gibi.

"Baba, bu sana bahsettiğim dostumuz."

Gözlerini karşısındaki kır saçlı kadına çeviriyor. Bugünlerde insanlara sinir bozucu bir bakma biçimi var; gözlerini onlara dikse bile, bu hiçbir anlam taşımıyor. İlgisiz, içine kapanık, sanki amacı başka bir yere bakmakmış da, gözleri kazara onlara değmiş gibi.

Peri boğazını temizliyor. Yine de, konuştuğunda sesi titriyor. "Merhaba, Abdullah. Benim adım Peri. Seni görmek harika."

Baba başını yavaşça sallıyor. Yüzünü bir kas kasılmasının dalgacıkları gibi yalayan güvensizliği ve kafa karışıklığını resmen *görebiliyorum*. Gözleri benim suratımdan Peri'ninkine geçiyor. Ağzı gergin, zoraki bir gülümsemeyle açılıyor; ona bir eşek şakasının yapıldığı duygusuna kapıldığında aynen böyle gülümser.

"Aksanın var," diyor sonunda.

"Fransa'da yaşıyor," diyorum. "Baba, İngilizce konuşmalısın. Farsça anlamıyor."

Baba başını tamam anlamında sallıyor. "Demek Londra'da yaşıyorsun?" diyor Peri'ye.

"Baba!"

"Ne?" Sertçe bana dönüyor. Sonra anlıyor ve küçük, mahcup bir kıkırtı salarak Farsçadan İngilizceye dönüyor. "Londra'da mı yaşıyorsun?"

"Aslında, Paris," diyor Peri. "Paris'te küçük bir apartman dairesinde oturuyorum." Gözleri bir an olsun ayrılmadı babamdan.

"Karımı hep Paris'e götürmek istedim. Sultana'yı... Adı Sultana'ydı, Allah rahmet eylesin. Hep şöyle derdi: *Abdullah, beni Paris'e götür. Beni Paris'e ne zaman götüreceksin?*"

İşin aslı, annem seyahat etmekten pek hoşlanmazdı. Evinin rahatlığını, aşinalığını bırakıp bütün o bavul hazırlama, uçağa binme filan derdine ne demeye katlanacağını sorardı. Farklı mutfakları deneme zevkinden yoksundu – annemin egzotik yiyecekler mefhumu, Taylor Caddesi'ndeki Çin lokantasından getirttiğimiz *Portakallı Tavuk*'la sınırlıydı. Baba'nın zaman zaman onu akıl almaz bir kesinlikle hatırlaması (örneğin, yemeğine atacağı tuzu önce avucuna boşaltıp sallama ya da birisiyle telefonda konuşurken, karşı karşıyayken asla yapmadığı bir şey yapıp sözünü kesme huyunu), bazen de külliyen yanılması, öyle garip ki. Tahminimce annemin anısı babamın belleğinden giderek silinmekte; yüzü gölgelere karışıyor, anısı her geçen gün biraz daha soluyor, bir yumruktan dökülen kum misali, biraz daha azalıyor. Annem hayaletimsi bir siluete, içi boş bir kabuğa dönüşüyor, babam da bu boşluğu düzmece ayrıntılarla, uydurma kişiliklerle doldurmak zorunda hissediyor; sahte hatıralara sahip olmak, hiç olmamaktan evlaymış gibi.

"Şey, gerçekten güzel bir şehir," diyor Peri.

"Belki yine de götürürüm. Fakat şu sıralar kanserle boğuşuyor. Kadınlara musallat olan türden... şey kanseri –neydi adı?"

"*Yumurtalık,*" diyorum.

Peri başını sallıyor, gözleri benimle Baba arasında mekik dokumakta.

"En çok istediği şey de Eiffel Kulesi'ne çıkmak," diyor Baba. "Kuleyi gördün mü?"

"Eiffel Kulesi'ni mi?" Peri Wahdati gülüyor. "Ah, evet. Her gün. Doğrusunu istersen, istemesem de görüyorum."

"Çıktın mı peki? En tepesine kadar?"

"Çıktım, evet. Yukarısı öyle güzel ki. Ama ben yüksekten korkarım, onun için de pek tadını çıkaramıyorum. Tepeden bakınca, açık ve güneşli bir günde, altmış kilometreden fazlasını görebiliyorsun. Ancak Paris'te açık ve güneşli günlerin sayısı çok fazla değil."

Baba homurdanıyor. Cesaretlenen Peri, kule hakkında konuşmayı sürdürüyor, kaç yılda yapıldığını, Paris'te sadece 1889'daki Dünya Fuarı boyunca kalmasının amaçlandığını anlatıyor, ama o Baba'nın gözlerini benim gibi okuyamıyor elbette. Babamın yüzündeki ifade donuklaştı bile. Peri onunla bağlantısının koptuğunun, babamın düşüncelerinin rüzgâra kapılmış yapraklar gibi istikamet değiştirdiğinin farkında değil. İskemlesini biraz daha yaklaştırıyor. "Abdullah," diyor, "kuleyi yedi yılda bir boyamak zorunda olduklarını biliyor muydun?"

"Adım ne demiştin?" diyor Baba.

"Peri."

"Bu kızımın adı."

"Evet, biliyorum."

"Adlarınız aynı," diyor Baba. "Siz ikiniz, aynı ada sahipsiniz. İkiniz de." Öksürüyor, dalgın dalgın koltuğun kolçağındaki kalkmış deri parçasıyla oynuyor.

"Abdullah, sana bir soru sorabilir miyim?"

Baba omuz silkiyor.

Peri izin almak istercesine bana bakıyor. Başımla, devam et, diyorum. İskemlesinde öne eğiliyor. "Kızına neden bu adı seçtin?"

Baba gözlerini pencereye çeviriyor, tırnağıyla hâlâ kolçaktaki yırtığı kazımakta.

"Anımsayabiliyor musun, Abdullah? Neden bu isim?"

Baba başını hayır anlamında sallıyor. Yumruk yaptığı eliyle hırkasının yakasını çekiştiriyor, boğazında sıkıca kavuşturuyor. Ağzını doğru dürüst açmadan soluğunun altından bir şeyler mırıldanmaya başlıyor, derin bir endişenin saldırısına uğradığı, bir de verecek bir yanıt bulamadığı zamanlar sığındığı, ritmik bir mırıltı bu; her şey bulanıp muğlaklaştığında, sel gibi bastıran, kopuk, bağlantısız düşünceler yüzünden şaşkına döndüğünde aynen böyle mırıldanmaya başlar ve umutsuzca bulutların dağılmasını, ortalığın durulaşmasını bekler.

"Abdullah? Nedir bu?" diyor Peri.

"Yok bir şey," diye geveliyor Baba.

"Yo, şu söylediğin şarkı... Ne o?"

Baba çaresizce bana dönüyor. Bilmiyor.

"Ninni gibi bir şey," diyorum. "Hatırladın mı, Baba? Küçük bir çocukken öğrendiğini söylemiştin. Annenden öğrenmişsin."

"Tamam."

"Şarkıyı bana söyleyebilir misin?" diye atılıyor Peri, bir anlığına kısılan sesiyle. "Lütfen Abdullah, söyler misin?"

Baba başını eğiyor, ağır ağır sallıyor.

"Hadi Baba, söyle," diyorum tatlılıkla. Elimi kemikli omzuna koyuyorum. "Sorun yok."

Duraksayarak, yüksek, titreyen bir sesle, başını kaldırmaksızın, aynı iki dizeyi birkaç kez söylüyor:

Kâğıttan bir ağacın gölgesinde
minik, hüzünlü bir peri buldum.

"İki dizesi daha varmış ama unutmuş," diyorum Peri'ye.

Peri Wahdati gırtlaktan gelen, derin bir çığlığı andıran ani bir kahkaha atıyor, eliyle ağzını kapatıyor. "*Ah, mon Dieu,*"* diye fısıldıyor. Elini çekiyor. Farsça söylemeye başlıyor:

Bir gece rüzgârla savrulan,
minik, hüzünlü bir peri tanıdım.

Baba'nın alnı kırışıyor. Uçucu bir an, gözlerinde küçücük bir ışık çatlağı yakalıyorum. Ama çatlak çabucak kapanıyor, yüzü yeniden durgunlaşıyor. Başını sallıyor. "Hayır. Hayır. Bence devamı hiç de öyle değil."

"Ah, Abdullah..." diyor Peri.

Gülümsüyor, gözleri yaşla dolarken uzanıp Baba'nın ellerini tutuyor. İki elinin de üstünü öpüyor, yanaklarına bastırıyor. Baba sırıtıyor, onun gözleri de şimdi yaşlı. Peri başını kaldırıp bana bakıyor, mutluluk yaşlarını engellemek için gözlerini kırpıştırmakta; zırhı deldiğini, bir peri masalındaki cin gibi,

---

* Tanrım. (ç.n.)

tek bir sihirli ninniyle kayıp ağabeyine kavuştuğunu sanıyor, farkındayım. Babamın onu artık tanıdığını sanıyor. Bir dakikaya kalmadan, onun yalnızca bu sıcak dokunuşa, bu sevgi gösterisine karşılık verdiğini anlayacak. Hayvansı içgüdü bu, daha fazlası değil. Bu, epeyce acı pahasına öğrendiğim bir şey.

Doktor Beşiri'nin bana bir bakımevinin telefon numarasını vermesinden birkaç ay önce, annemle birlikte Santa Cruz Dağları'na gittik ve hafta sonunu bir otelde geçirdik. Annem uzun yolculuklardan hazzetmezdi, ama ciddi anlamda hastalanmasına kadar, ara ara kısa gezilere çıkardık. Baba lokantaya bakar, ben de annemi arabayla Bodega Körfezi'ne, Sausalito ya da San Francisco'ya götürürdüm, hep Union Meydanı'na yakın bir otelde kalırdık. Odamıza yerleşir, oda servisinden bir şeyler ister, paralı filmler izlerdik. Daha sonra rıhtıma iner –annem turist tuzaklarına yakalanmaya bayılırdı– dondurma alır, iskelede durup aşağıyı, suya batıp çıkan ayıbalıklarını seyrederdik. Sokak çalgıcılarının kapağı açık kutularına, mim sanatçılarının, vücutlarını spreyle boyayan robot-adamların sırt çantalarına bozuk para atardık. Modern Sanat Müzesi'ne mutlaka gider, kol kola dolaşırdık, ona Rivera'nın, Kahlo, Matisse, Pollock'un yapıtlarını gösterirdim. Bazen de sinemaya, annemin çok sevdiği matineye gider, peş peşe iki-üç film izledikten sonra gözlerimiz sulanmış, kulaklarımız çınlar, parmaklarımız patlamış mısır kokar halde, çoktan kararmış sokağa çıkardık.

Annemle işim daha kolaydı –hep de öyle oldu– karmaşası, tehlikesi çok daha azdı. Sürekli tetikte olmak zorunda değildim. Bir yarayı deşme korkusuyla ağzımdan her çıkanı denetlemem gerekmezdi. Hafta sonu kaçamaklarımızda onunla baş başa olmak, yumuşacık bir bulutun içine kıvrılıp yatmak gibiydi; beni endişelendiren, canımı sıkan ne varsa, o birkaç gün boyunca önemsizleşir, binlerce kilometre aşağıda kalırdı.

Yeni bir kemoterapi turunun bitişini kutluyorduk – meğer sonuncusuymuş. Otelimiz gözlerden uzak, sakin, şahane bir yerdi. Kaplıcası, sağlık ve bakım merkezi, kocaman bir televizyonla bir bilardo masasının bulunduğu bir oyun salonu vardı. Odamız bir kulübeydi, ahşap sundurmasından yüzme havuzunu, lokantayı, başı göğe eren servilerle dolu koruluğu görebiliyorduk. Ağaçların bazısı o kadar yakınımızdaydı ki, gövdeyi şimşek hızıyla tırmanan bir sincabın sırtındaki ayırt edilmesi güç renk tonlarını bile seçebiliyorduk. Oradaki ilk sabahımızda annem beni uyandırdı: *Kalk Peri, çabuk, bunu mutlaka görmelisin.* Bir geyik penceremizin önündeki fundaları kemirmekteydi.

Onu tekerlekli sandalyesiyle bahçede gezdirdim. *Tam seyirliğim*, dedi. Sandalyeyi çeşmenin önünde durdurdum, yanındaki tahta sıraya oturdum; güneş yüzlerimizi ısıtıyordu, çiçeklerin arasında cirit atan sinekkuşlarını seyrettik, sonra annem uyuyakaldı, ben de onu yeniden kulübemize götürdüm.

Pazar öğleden sonra lokantanın önündeki balkonda çay içip kruvasan yedik; lokanta kitaplıklarla dolu, katedral tavanlı, kocaman bir salondu, bir duvarında şu söğüt ağacından yapılan, üzerindeki ağa kutsal nesneler filan takılan dilek kasnaklarından vardı, yanında da dört dörtlük bir şömine. Daha aşağıda kalan bir terasta, derviş yüzlü bir adamla cılız sarı saçları olan bir kız, uyuşuk devinimlerle pinpon oynamaktaydı.

Şu kaşlara bir hal çaresi bulmalıyız, dedi annem. Kazağının üzerine kışlık bir ceket giymiş, başına da bir buçuk yıl önce, kendi deyişiyle, bütün bu cümbüşün başladığı günlerde ördüğü kestane rengi yün bereyi takmıştı.

Sana bir çift kaş çizerim, dedim.

Şöyle dramatik bir şey yap bari.

Kleopatra'daki *Elizabeth Taylor kadar dramatik olsun mu?*

Güçsüz güçsüz gülümsedi. *Neden olmasın?* Çayından küçük bir yudum aldı. Gülümseme yüzündeki yeni çizgileri belirginleştirmişti. *Abdullah'la tanıştığımda, Peşaver'in caddelerinden birinin kaldırımında giysi satıyordum. Harika kaşlarım olduğunu söylemişti.*

Pinponcu çift, raketleri masanın kenarına bırakmıştı. Şimdi sırtlarını tahta parmaklığa yaslamış, birkaç saçaklı bulutun dışında açık, aydınlık gökyüzüne bakarak bir sigarayı paylaşmaktaydılar. Kızın uzun, kemikli kolları vardı.

Gazetede okudum, bugün Capitola'da el sanatları fuarı varmış, dedim. *İstersen arabaya atlayıp gider, bir bakarız. Akşam yemeğini de orada yiyebiliriz.*

Peri?

Evet.

Sana bir şey söyleyeceğim.

Peki.

Abdullah'ın Pakistan'da bir erkek kardeşi var, dedi annem. *Üvey kardeşi.*

Hızla ona döndüm.

Adı İkbal. Oğulları var. Peşaver yakınındaki bir mülteci kampında yaşıyorlar.

Elimdeki çay fincanını bıraktım, konuşmaya başladım, ama annem sözümü kesti.

Şimdi söylüyorum ya işte. Önemli olan da bu. Babanın bunu saklamak için bazı nedenleri vardı. Bunların ne olduğunu biraz düşününce bulacağından eminim. Her neyse, önemli olan, bir üvey kardeşinin bulunması ve babanın biraz destek çıkmak için ona para gönderiyor olması.

Baba'nın yıllardır İkbal'e –yani üvey amcama, diye düşündüm ani bir sarsıntıyla– her üç ayda bir, bin dolar yolladığını anlattı; para Western Union aracılığıyla Peşaver'deki bir bankaya iletiliyordu.

Bunu bana neden şimdi söylüyorsun? diye sordum.

Çünkü baban istemese bile, bunu bilmen gerektiğini düşünüyorum. Ayrıca, yakında mali işleri devralacaksın ve nasılsa öğreneceksin.

Başımı çevirdim, kuyruğunu dikmiş pinponcu çifte sokulan kediyi seyrettim. Kız sevmek için uzandıysa da, kedi önce bir gerildi. Ama sonra parmaklığın üzerine çıkıp kıvrıldı, kızın kulaklarını, sırtını okşamasına izin verdi. Zihnim harıl harıl çalışmaktaydı. ABD dışında akrabalarım vardı.

Hesapları daha çok uzun bir süre sen tutacaksın, anne, dedim. Sesimdeki titremeyi gizlemek için elimden geleni yapmıştım.

Yoğun bir sessizlik oldu. Yeniden konuşmaya başladığımızda seslerimiz daha alçak, daha yavaştı, tıpkı ben çocukken bir cenaze için camiye gittiğimizde olduğu gibi; annem önceden beni karşısına alır, ayakkabılarımı girişte çıkarmak zorunda olduğumu, hiç ses çıkarmadan, kıpırdanmadan, yakınmadan duaların bitmesini beklemem gerektiğini sabırla açıklar, orada gerek olmasın diye şimdiden tuvalete gitmemi tembihlerdi.

Tutamayacağım, dedi. *Sen de kendini kandırmamalısın. Vakit geldi, buna sen de hazır olmalısın.*

Soluğumu sesli sesli bıraktım; boğazıma bir yumru gelip oturmuştu. Bir yerlerde, bir elektrikli testere çalışmaya başladı, vızıltısının kreşendosu koruluğun dinginliğine şiddetle saldırdı.

Baban çocuk gibidir. Terk edilmekten ödü kopar. Sen yanında olmazsan yolunu yitirecek, bir daha da dönüş yolunu bulamayacaktır, Peri.

Kendimi zorladım, gözlerimi ağaçlara, tüylü yapraklara vuran güneş ışığına, ağaç gövdelerinin sert kabuğuna diktim.

Dilimi ön dişlerimin arasına sokup sertçe ısırdım. Gözlerim yaşardı, ağzıma kanın o bakırsı tadı doldu.

Bir erkek kardeş, dedim.

Evet.

Bir sürü sorum var.

Bu gece sorarsın. Bu kadar yorgun olmadığımda. Sana bildiğim her şeyi anlatırım.

Başımı tamam anlamında salladım. Çoktan soğumuş olan çayımı içip bitirdim. Yakınlardaki bir masada, orta yaşlı bir çift bir gazetenin sayfalarını değiştokuş etmekteydi. Kızıl saçlı, aydınlık yüzlü kadın, elindeki orta sayfanın üstünden bizi izliyor, gözleri benimle kül rengi suratlı, yün bereli annem, onun yara bere dolu elleri, çukura kaçmış gözleri, iskeletimsi gülümseyişi arasında gidip geliyordu. Göz göze gelince, kadın bana aramızda bir sır varmışçasına, belli belirsiz gülümsedi, o zaman aynı şeyi onun da yaşadığını anladım.

Pekâlâ, ne diyorsun, anne? Canın fuara gitmek istiyor mu?

Annemin bakışları yüzüme takılıp kaldı. Gözleri kafasına göre, kafasıysa omuzlarına göre çok büyük görünüyordu.

Yeni bir şapka alsam iyi olacak, dedi.

Peçeteyi masaya attım, iskemlemi geri itip kalktım, onun yanına geçtim. Tekerlekli sandalyenin frenini boşalttım, sandalyeyi masadan uzaklaştırdım.

Peri? dedi annem.

Evet?

Başını iyice geriye çevirdi, yüzüme doğru kaldırdı. Güneş ağaç yapraklarının arasından ne yapıp edip sızıyor, annemin çehresini benekliyordu. *Tanrı'nın seni ne kadar güçlü yarattığının farkında mısın? Ne kadar sağlam ve düzgün yarattığının?*

Zihnin nasıl işlediğinin hiçbir açıklaması yok. Şu an, örneğin. Annemle onca yıldır paylaştığım binlerce, binlerce ânın içinden en çok parlayanı, beynimin gerisinde en yüksek sesle çınlayanı işte o an: Annem başını geriye atmış, omzunun üstünden bana bakıyor, yüzü yukarı dönük, o göz kamaştırıcı ışık noktacıkları cildinde titreşirken, Tanrı'nın beni ne kadar sağlam ve düzgün yarattığından haberdar olup olmadığımı soruyor.

Baba televizyon koltuğunda uyuyakalınca, Peri onun hırkasının fermuarını usulca çekiyor, vücudunu örten battaniyeyi düzeltiyor. Yüzüne düşmüş saç tutamını kulağının arkasına aldıktan sonra başında durup bir süre onun uyuyuşunu izliyor. Babamı uyurken seyretmek benim de hoşuma gider, çünkü o zaman bir sorun olduğu anlaşılmıyor. Gözleri kapalıyken, dolayısıyla o boşluk, o anlamsız, dalgın bakışlar ortada yokken Baba çok daha bildik, tanıdık görünüyor. Uykudayken, daha uyanık ve daha *mevcut* sanki, eski benliğinden bir parça yeniden içine sızıvermiş gibi. Baba'nın yastıktaki başına bakarken, Peri'nin bunu, babamın eskiden nasıl biri olduğunu, nasıl güldüğünü gözünde canlandırıp canlandıramadığını merak ediyorum.

Oturma odasından mutfağa geçiyoruz. Dolaptan bir tas alıp suyla dolduruyorum.

"Şunların içinde sana göstermek istediklerim var," diyor Peri, sesinde yepyeni bir heyecanla. Masada oturuyor, daha önce valizinden çıkardığı fotoğraf albümünü karıştırıyor.

"Ne yazık ki kahve Paris standartlarında olmayacak," diyorum omzumun üstünden, tastaki suyu kahve makinesine dökerken.

"Kahve konusunda kesinlikle züppe değilimdir." Sarı eşarbını çıkarmış, okuma gözlüğünü takmış, fotoğrafları incelemekte.

Kahve makinesi guruldamaya başlayınca, masaya, Peri'nin yanına oturuyorum. "*Ah, oui. Voilá*. İşte burada," diyor. Albümü çevirip önüme sürüyor. Parmağıyla bir resme hafif hafif vuruyor. "İşte burası. Babanla benim doğduğumuz yer. Kardeşimiz İkbal'in de."

Beni Paris'ten ilk aradığında, İkbal'den söz etmişti – kimliği konusunda yalan söylemediğini kanıtlamak için belki de. Oysa ben onun doğruyu söylediğini zaten biliyordum. Ahizeyi kaldırdığım, babamın adını söyleyen, bunun onu evi olup olmadığını soran sesini duyduğum an anlamıştım. Benim, *Evet, kimsiniz?* soruma, *Kız kardeşiyim,* yanıtını verdi. Yüreğim deli gibi atmaya başladı. Altıma el yordamıyla bulduğum bir iskemle çektim, etrafıma ansızın bir ölüm sessizliği çöktü. Bu bir şoktu, evet, insanın başına gerçek yaşamda nadiren gelen, tam bir üçüncü perde sahnesiydi. Ancak bir başka düzlemde –mantığa, usa vurmaya meydan okuyan, sırf sözcüğe dökmemle bile özü yarılıp parçalanacak olan daha kırılgan bir düzlemde– arayanın o olması şaşırtmamıştı beni. Bırakın şaşırtmayı, kendimi bildim bileli bunu bekliyor, gözü kara bir tasarım nöbetinin, koşulların, şansın ya da kaderin, artık ne ad verirseniz verin, onun sayesinde birbirimizi bulacağımızı biliyordum.

Sonra ahizeyi alıp arka bahçeye çıktım, annemin diktiği dolmalık biberlere, dev balkabaklarına özenle baktığım sebze tarhının yanındaki banka oturdum. Güneş sırtımı ısıtırken, titreyen ellerimle bir sigara yaktım.

Kim olduğunuzu biliyorum, dedim. *Ömrüm boyunca bildim.*

Karşı tarafta sessizlik oldu; ses çıkarmadan ağladığı, başını ahizeden uzaklaştırdığı duygusuna kapıldım.

Yaklaşık bir saat konuştuk. Başına gelenleri bildiğimi, öyküyü babama her gece yatmadan önce defalarca anlattırdığımı söyledim. Peri kendi öyküsünden habersiz olduğunu, üvey dayısı Nebi'nin Kâbil'de, ölmeden önce bıraktığı ve bir sürü şeyin yanı sıra onun çocukluğuna dair ayrıntıları da sayıp döktüğü mektup olmasaydı, belki de habersiz öleceğini söyledi. Mektup Markos Varvaris adındaki birine, Kâbil'de çalışan bir cerraha teslim edilmiş, o da Peri'yi arayıp Paris'te bulmuştu. Peri geçen yaz Kâbil'e uçmuş, Markos Varvaris'le tanışmış, adam Peri için bir Şadbağ yolculuğu ayarlamıştı.

Konuşmanın sonlarına doğru, olanca gücünü toplamaya çalıştığını hissettim, nitekim sonunda söyleyebildi: *Eh, sanırım artık hazırım. Onunla konuşabilir miyim?*

Bunun üzerine, ona açıklamak zorunda kaldım.

Albümü iyice önüme çekiyor, Peri'nin gösterdiği resmi inceliyorum. Üstü dikenli telle kaplı, yüksek, parlak beyaz duvarların ortasına oturtulmuş bir malikâne görüyorum. Daha doğrusu, birinin malikâne diye anladığı, yürekler acısı yanılgıyı: üç katlı bir pembe, yeşil, sarı, beyaz cümbüşü; bir korkuluk duvarları, ufak kuleler, sivri saçaklar, mozaikler, aynalı tavan pencereleri resmi geçidi. İyice çığırından çıkmış bir *kitsch* abidesi.

"Tanrım!" diye soluyorum.

"*C'est affreux, non?*" diyor Peri. "Korkunç, değil mi? Afganlar bunlara uyuşturucudan, narkotikten dolayı *Narko Sarayları* diyor. Bu, tanınmış bir savaş suçlusunun evi."

"Şadbağ'dan geriye kalan bu mu?"

"Eski köyden, evet. Bir bu, bir de dönümlerce meyve ağacı –nasıl diyorsunuz?– *des vergers.*"

"Meyve bahçeleri."

"Evet." Parmaklarını resimdeki malikânenin üzerinde gezdiriyor. "Eski evimizin asıl yerini bilmek isterdim; demek istediğim, bu Narko Saray'ın tam olarak neresinde olduğunu."

Bana eski köyün bulunduğu yerden dört kilometre kadar ileriye kurulmuş olan yeni Şadbağ'ı anlatıyor – okulları, kliniği, alışveriş semti, hatta küçük oteliyle artık bir kasaba o. Tercümanıyla birlikte üvey kardeşini işte o kasabada aramışlardı. Bütün bunları Peri'yle yaptığımız o ilk, uzun telefon konuşmasında öğrenmiştim; kasabada İkbal'i tanıyan kimse çıkmamıştı, ta ki Peri tesadüfen yaşlı bir adamla karşılaşıncaya kadar; adam İkbal'in eski bir çocukluk arkadaşıydı ve ona ailesiyle birlikte kaldığı, eski yeldeğirmeninin yakınındaki boş arsada rastlamıştı. İkbal eski arkadaşına, Pakistan'dayken California'nın kuzeyinde yaşayan üvey ağabeyinden para yardımı aldığını söylemişti. *Sordum ona,* dedi Peri telefonda. *İkbal sana ağabeyinin adını söyledi mi, diye sordum, adam da, evet, Abdullah'mış, dedi. Sonrası,* alors, *gerisi pek zor olmadı. Seni ve babanı bulmak yani.*

İkbal'in arkadaşına şimdi İkbal'in nerede olduğunu sordum, diye sürdürdü Peri sözünü. *Ona ne olduğunu öğrenmek istedim, ama adam bilmediğini söyledi. Fakat çok gergin bir hali vardı, bunları söylerken yüzüme bakmıyordu. O zaman endişelendim, Peri, İkbal'in başına bir şey gelmiş olabilir.*

Albümün sayfalarını çeviriyor, çocuklarının –Alan, Isabelle, Thierry– torunlarının fotoğraflarını gösteriyor; yaş günü partilerinde, bir havuzun kenarında mayolarla verilmiş pozlar. Paris'te oturduğu daire, uçuk mavi duvarlar, pervaza kadar indirilmiş beyaz panjurlar, kitap rafları. Romatizma onu emekliliğe zorlayana kadar matematik dersi verdiği üniversitedeki tıklım tıkış çalışma odası.

Ben sayfaları çevirirken, o da bana kısa bilgiler veriyor: Kadim dostu Colette, Isabelle'in kocası Albert, oyun yazarı olan ve 1997'de geçirdiği kalp krizinden ölen, kendi eşi Eric. İkisinin fotoğrafını görünce duruyorum; inanılmayacak kadar gençler, ilginç bir lokantada yan yana, turuncu minderlerde oturuyorlar; Peri beyaz bir gömlek, erkek tişört giymiş, uzun, cılız saçlarını at kuyruğu yapmış.

"Bu, tanıştığımız akşam çekildi," diyor Peri. "Ayarlanmış bir tanışmaydı."

"Kibar bir yüzü var."

Peri başıyla doğruluyor. "Öyleydi. Evlendiğimizde, aman Tanrım, dedim içimden, çok uzun bir süre birlikte olacağız. En azından otuz, belki de kırk yıl, diye düşündüm. Şansımız varsa, elli. Neden olmasın?" Gözlerini fotoğrafa dikiyor, bir an dalıp gidiyor, sonra hafifçe gülümsüyor. "Oysa zaman, cazibe gibi. Asla senin sandığın kadarına sahip değilsindir." Albümü itiyor, kahvesini yudumluyor. "Peki ya sen? Sen hiç evlenmedin mi?"

Omuz silkip bir başka sayfayı açıyorum. "Bir keresinde ramak kalmıştı."

"Özür dilerim, 'ramak'?"

"Neredeyse evleniyordum, anlamına geliyor. Ama alyans takma safhasına gelemedik."

Doğru değil bu. Acılı, berbat bir süreçti. Anısı şu an bile, göğüs kemiğimin gerisinde ince bir sızı.

Başını eğiyor. "Özür dilerim. Kabalık ettim."

"Yo, önemli değil. Daha güzel, daha sorunsuz... Nasıl desem, 'kambursuz' birini buldu. Güzellik demişken, bu kim?"

Uzun siyah saçlı, iri gözlü, nefes kesici bir kadını gösteriyorum. Fotoğrafta elinde bir sigara tutuyor, sıkılmış görünüyor; dirseğini beline dayamış, başını lakaytça eğmiş ama bakışları delici, küstah.

"O Maman. Annem, Nila Wahdati. Daha doğrusu, annem sandığım kişi. Biliyorsun."

"Muhteşem bir kadın."

"Öyleydi. İntihar etti. Dokuz yüz yetmiş dörtte."

"Özür dilerim."

"*Non, non*. Sorun değil." Başparmağının kenarıyla dalgın dalgın resmi okşuyor. "Maman zarif, yetenekliydi. Çok okurdu, pek çok konuda insanlara açıklamakta hiçbir sakınca görmediği, güçlü fikirleri vardı. Ama aynı zamanda çok derin bir hüznü vardı. Hayatım boyunca elime bir kürek tutuşturdu, *Hadi, içimdeki şu boşlukları doldur Peri*, dedi."

Başımı sallıyorum. Ne demek istediğini anlıyorum galiba.

"Ama dolduramadım. Daha sonra da doldurmak istemedim. Düşüncesizce şeyler yaptım. Pervasızca şeyler." İskemlesinde geriye yaslanıyor, omuzları çökük, ince, beyaz elleri kucağında. Bir an durup tarttıktan sonra şöyle diyor: "*J'aurais dû être plus gentile* – daha yumuşak olmalıydım. İşte bu, yani sevecenlik bir insanın asla pişman olmayacağı tek şey. Yaşlandığında kendine kesinlikle şöyle demezsin: *Ah, keşke şu şu kişiye iyi davranmasaydım*. Bunu söylemek aklına bile gelmez." Bir an yüzü allak bullak oluyor. Çaresiz bir okul çocuğuna benziyor. "Halbuki o kadar da zor olmazdı," diyor bitkince. "Çok daha müşfik olmam gerekirdi. Senin gibi olmalıydım."

Soluğunu kederle bırakıp fotoğraf albümünü kapatıyor. Kısa bir duraklamanın ardından, "*Ah, bon*," diyor canlı bir sesle, "şimdi senden bir ricam var."

"Elbette."

"Bana, yaptığın resimlerden birkaçını gösterir misin?"

Birbirimize bakıp gülümsüyoruz.

Peri bizimle bir ay kalıyor. Sabahları mutfakta hep birlikte kahvaltı ediyoruz. Peri'ye sütsüz kahve ile kızarmış ekmek, bana yoğurt, Baba'ya da son bir yıldır pek sevdiği yağda yumurtayla ekmek. Başta, onca yumurta yüzünden kolesterolünün yükselmesinden korktum, Baba'nın bir randevusunda Doktor Beşiri'ye danıştım. Doktor Beşiri yine kapalı ağzıyla gülümsedi, *Ah, yerinizde olsam bunu dert etmezdim*, dedi. İçim rahatlamıştı – en azından bir süreliğine, ta ki kısa bir süre sonra, Baba'nın kemerini bağlamasına yardım ederken kafama dank edinceye kadar: Doktor Beşiri, '*O noktayı çoktan geçtik*,' mi demek istemişti yoksa?

Kahvaltıdan sonra çalışma odama –bir başka deyişle, yatak odama– çekiliyorum; ben çalışırken Peri de babama refakat ediyor. Onun isteği üzerine, babamın izlemekten hoşlandığı televizyon programlarının listesini çıkardım, sabah ilaçlarının kaçta verileceğini, hangi atıştırmalıklardan hoşlandığını, canının onları genellikle ne zaman çektiğini yazdım. Bütün bunları kâğıda dökmem, Peri'nin fikriydi.

Gelip bana sorabilirsin, dedim.

Seni rahatsız etmek istemiyorum, dedi. *Ayrıca bilmek istiyorum, onu her yönüyle tanımak istiyorum.*

Onu uzun zamandır özlemini çektiği anlamda asla tanıyamayacağını söylemiyorum. Ama işin birkaç hilesini öğretiyorum. Örneğin, Baba'nın sinirleri gerilmeye başladığında, hemen eline bir "evden alışveriş" kataloğu ya da bir mobilya mağazasının broşürünü tutuşturarak nasıl yatıştırdığımı; her seferinde olmasa da, beni hâlâ şaşırtan nedenlerle, genellikle işe yarayan bir yöntem bu. Evde her ikisinden de bolca bulunduruyorum.

Uyuklamasını istediğinde, ya meteoroloji kanalını ya da golf ile ilgili bir şey aç. Bir de, yemek pişirme programlarını izlemesine sakın izin verme.

Niçin?

Bu tür programlar nedense asabını bozuyor.

Öğle yemeğinden sonra hep birlikte gezintiye çıkıyoruz. Her ikisinin iyiliği için yürüyüşü kısa tutuyoruz; Baba'nın çok çabuk yorulması, Peri'nin de mafsal iltihabı yüzünden. Baba gözlerini dört açmış, kaldırımda Peri'yle benim aramda ürkek, sarsak adımlarla ilerliyor; başında eski, gazeteci çocuk kepi, üzerinde yün hırkası, ayağında yün astarlı mokasenleri. Sokağın köşesinde bir ortaokul var, önünde bakımsız bir futbol sahası, onun karşısında da Baba'yı sık sık götürdüğüm, küçük bir oyun alanı bulunmakta. Orada hep birkaç genç anneyle karşılaşıyoruz; yanlarında bebek arabaları, kum havuzunda debelenen, yeni yeni yürümeye başlamış bir çocuk; arada bir de, sigara içerek salıncakta oyalanan, okulu kırmış yeniyetme bir çift görüyoruz. Bu gençler Baba'ya nadiren bakıyorlar – baktıklarında da yüzlerinde ya buz gibi bir kayıtsızlık ya da daha da kötüsü, gizli bir küçümseme oluyor, sanki babamın akıllılık edip yaşlanmaya, elden ayaktan düşmeye direnmesi gerekirmiş gibi.

Bir gün, çalışmaya ara verip kahvemi tazelemek için mutfağa giderken baş başa televizyon izlediklerini görüyorum. Baba malum koltuğunda, mokasenleri örtünün altından çıkmış, başı öne eğik, ağzı hafif açık; kaşları ya dikkatini toplama gayretiyle ya da kafası karıştığından çatık. Peri onun yanında oturuyor, ellerini kucağında kavuşturmuş, ayak bileklerini çaprazlamış.

"Bu da kim?" diye soruyor Baba.

"Latika."

"Kim?"

"Latika, gecekondu mahallesinden gelen küçük kız. Hani trene atlayamayan."

"Hiç de küçük görünmüyor."

"Evet ama aradan yıllar geçti," diyor Peri. "Artık büyüdü."

Geçen hafta bir gün, oyun parkında üçümüz bir tahta sırada otururken Peri şöyle dedi: *Abdullah, sen çocukken senden küçük bir kız kardeşin olduğunu anımsıyor musun?*

Daha cümlesini bitirmesine kalmadan, Baba ağlamaya başladı. Peri onun başını tutup göğsüne bastırdı, telaşla, üst üste, *Özür dilerim, çok özür dilerim,* derken elleriyle de yanaklarındaki yaşları siliyordu, ama Baba öyle güçlü hıçkırıklarla sarsılıyordu ki, sonunda nefessiz kaldı, boğulacak gibi oldu.

"Peki, bunun kim olduğunu biliyor musun, Abdullah?"

Baba homurdanıyor.

"O Jamal. Yarışma programındaki oğlan."

"Değil," diyor Baba kabaca.

"Değil mi?"

"Çaycı o!"

"Evet, ama bu... Nasıl derler? Geçmişten bir sahne. Daha öncesinden. Yani..."

Geriye dönüş, diye fısıldıyorum kahve fincanımın içine.

"Yarışma şimdi yapılıyor, Abdullah. Oğlanın çay dağıtması daha önceydi."

Baba gözlerini bön bön kırpıştırıyor. Ekranda, Jamal'le Salim, Mumbai'deki yüksek bir binanın tepesinde oturuyorlar, bacaklarını aşağıya sarkıtmışlar.

Peri gözlerinde bir aydınlanma beklercesine Baba'yı inceliyor. "Abdullah, sana bir şey soracağım," diyor. "Bir gün bir milyon dolar kazansan ne yapardın?"

Baba yüzünü buruşturuyor, kıpırdanıyor, sonra koltuğuna biraz daha yayılıyor.

"*Ben* ne yapardım, biliyorum," diyor Peri.

Baba boş gözlerle ona bakıyor.

"Bir milyon dolar kazansam, bu sokakta bir ev alırdım. Böylece seninle komşu olurduk, ben de her gün buraya gelirdim, birlikte televizyon izlerdik."

Baba sırıtıyor.

Ama birkaç dakika sonra, odama dönmüş, kulaklığımı takıp yazmaya koyulmuştum ki, büyük bir şangırtı, ardından da Baba'nın Farsça bir şeyler haykırdığını duyuyorum. Kulaklığı çıkardığım gibi mutfağa koşuyorum. Peri sırtını mikrodalga fırının bulunduğu duvara vermiş, ellerini korunmak istercesine çenesinin altında kavuşturmuş, Baba ise gözlerinde delice bakışlar, bastonuyla onu omzundan dürtüyor. Ayaklarının dibinde, kırılmış bir su bardağının kırıkları.

"Çıkar onu buradan!" diye haykırıyor Baba, beni görünce. "Bu kadının derhal gitmesini istiyorum!"

"Baba!"

Peri'nin yüzü bembeyaz. Gözlerinden yaşlar fışkırıyor.

"Baba, Tanrı aşkına, bırak şu bastonu! Ve sakın yürüme. Ayağını keseceksin."

Epeyce bir mücadeleden sonra bastonu elinden almayı başarıyorum.

"Bu kadının gitmesini istiyorum! Hırsızın teki!"

"Ne diyor?" diye soruyor Peri acınacak bir halde.

"Haplarımı çaldı!"

"O haplar onun, Baba," diyorum. Bir elimle omzundan tutuyor, onu mutfaktan çıkartıyorum. Elimin altındaki beden tir tir titriyor. Peri'nin yanından geçerken babam bir kez daha saldırmaya yelteniyor, güçbela zapt ediyorum. "Pekâlâ, bu kadar yeter, Baba. Onlar onun ilaçları, senin değil. Elleri için alıyor." Televizyon koltuğuna doğru giderken sehpadan bir katalog kapıyorum.

"O kadına güvenmiyorum," diyor Baba, kendini koltuğa bırakırken. "Sen bilmiyorsun. Ama ben bilirim. Bir hırsızı görür görmez tanırım!" Soluk soluğa elimdeki kataloğu çekip alıyor, bir hışım sayfaları çevirmeye başlıyor. Sonra kapatıp kucağına bırakıyor, başını kaldırıp bana bakıyor; kaşları havada. "Ayrıca pis yalancının teki. Bana ne dedi biliyor musun, bu kadın? Ne dediğini biliyor musun? Kız kardeşim olduğunu söyledi! *Kardeşim!* Hele Sultana bunu bir duysun da."

"Tamam, Baba. Ona birlikte söyleriz."

"Deli karı."

"Anneme söyleriz, hep birlikte bir güzel güleriz, sonra da bu deli kadını kapı dışarı ederiz. Hadi, şimdi biraz rahatla, dinlen, Baba. Her şey yolunda. Hadi."

Meteoroloji kanalını açıyor, yanına oturuyorum, titremesi duruncaya, solukları ağırlaşıncaya kadar omzunu okşuyorum. Beş dakikaya kalmadan uykuya dalıyor.

Mutfağa dönünce, Peri'yi yere çökmüş, sırtını bulaşık makinesine dayamış bir durumda buluyorum. Sarsılmış görünüyor. Bir kâğıt peçeteyle gözlerini kuruluyor.

"Çok üzgünüm," diyor. "Basiretim bağlandı."

"Önemli değil," diyorum lavabonun altından süpürgeyle faraşı alırken. Cam kırıklarının arasında pembeli, turunculu küçük hapları buluyorum. Onları tek tek topluyor, cam parçalarını da faraşa süpürüyorum.

"*Je suis une imbécile.*[*] Ona söylemek istediğim o kadar çok şey var ki. Düşündüm ki, eğer ona gerçeği söylersem, belki... Aslında ne düşündüğümü bilmiyorum."

Kırıkları çöp kutusuna boşaltıyorum. Diz çöküyor, Peri'nin gömleğinin yakasını açıp, Baba'nın bastonuyla dürttüğü yeri kontrol ediyorum. "Moraracak. Burada konunun uzmanı konuşuyor, bilesin." Yere, yanına oturuyorum.

Avucunu açıyor, hapları avucuna koyuyorum. "Sık sık böyle olur mu?"

"Bazı günler sağı solu belli olmuyor."

"Belki de profesyonel yardım almayı düşünmelisin, ha?"

Başımı sallıyor, iç geçiriyorum. Son zamanlarda, Baba yabancı bir yatakta kıvrılmış, bir yabancının getirdiği kahvaltı tepsisini süzerken benim boş bir eve uyanacağım o kaçınılmaz sabahı epeyce düşündüm. Baba ortak bir etkinlik salonunda, bir masanın başına çökmüş, uyukluyor.

"Biliyorum," diyorum, "ama henüz değil. Ona becerebildiğim sürece bizzat bakmak istiyorum."

Peri gülümsüyor, burnunu temizliyor. "Seni anlıyorum."

---

* Ben bir budalayım, geri zekâlıyım. (ç.n.)

Anladığından emin değilim. Öteki nedeni söylemiyorum ona. Onu kendime bile itiraf etmekte zorlanıyorum. Öylesine arzulamama karşın, özgür kalmaktan ödümün koptuğunu yani. Baba gidince bana ne olacağından, nasıl yaşayacağımdan korktuğumu. Ömrüm boyunca cam bir tankın içindeki, saydam olsa da nüfuz edilemez, aşılamaz bir engelin gerisindeki bir akvaryum balığı gibi güvenle yaşadım. Karşı taraftaki parıltılı dünyayı gözlemekte, canım isterse kendimi onun içinde düşlemekte özgürdüm. Ama hep, Baba'nın benim için inşa ettiği, sağlam, geçit vermez bir varoluşun sınırları içinde, korunaklı, kısıtlı kaldım, başlarda yaşım gençken bile isteye, şimdiyse, babam günden güne solup giderken, çaresizce. Sanırım cam duvarlara alıştım ve cam kırıldığı, tek başıma kaldığım takdirde suyla birlikte dışarıya fişkırıp kendimi hiç bilmediğim, engin bir boşlukta umutsuzca çırpınırken, soluk almak için deli gibi debelenirken bulmaktan ödüm kopuyor.

Nadiren kabullendiğim gerçek şu ki, Baba'nın ağırlığını sürekli sırtımda hissetme ihtiyacı duydum.

Aksi halde, sanat okulu hayalimden o kadar çabuk vazgeçer, Baba Baltimore'a gitmememi istediğinde, en küçük bir mücadele vermeden boyun eğer miydim? Neal'ı, birkaç yıl önce nişanlandığım erkeği bırakır mıydım? Güneş enerjisi panelleri kuran, küçük bir şirketin sahibiydi. Abe'in Kebabevi'nde görür görmez hoşlandığım, siparişini sorduğumda başını menüden kaldırıp gülümseyince kırışıklarla dolan, köşeli bir yüzü vardı. Sabırlı, cana yakın, itidalli biriydi. Peri'ye onunla ilgili söylediklerim doğru değildi. Neal beni daha güzel bir kız için terk etmemişti. Onunla aramı ben bozmuştum. İslam dinine geçmeyi, Farsça öğrenmeyi kabul ettiği zaman bile, başka kusurlar, başka gerekçeler bulmuştum. Sonunda paniğe kapılmış, kendimi evdeki yaşamımın bildik kuytularına, deliklerine, yarıklarına atmıştım.

Peri yavaş yavaş doğruluyor. Üstünü başını düzeltişini seyrediyorum; burada, karşımda durmasının ne büyük bir mucize olduğu beni bir kez daha çarpıyor.

"Sana göstermek istediğim bir şey var," diyorum.

Kalkıp odama gidiyorum. Çocukluk evinden hiç ayrılmamanın gariplikleri̇nden biri de, eski odanı kimsenin boşaltmaması, oyuncaklarını yok pahasına satıp küçülmüş giysilerini ona buna dağıtmaması. Otuzuna merdiven dayamış bir kadın olarak, etrafımda çok fazla çocukluk yadigârı bulunduğunun farkındayım; çoğu da yatağımın ayakucunda duran büyükçe bir sandığa tıkıştırılmış durumda. Sandığın kapağını açıyorum. İçi eski bebeklerle, yelesini taramaya bayıldığım pembe atla, resim kitaplarıyla, ilkokuldayken annemle babam için kuru fasulyelerden, simler ve minik, parıltılı yıldızlardan yaptığım doğum günü ve sevgililer günü kartlarıyla dolu. Neal'le son konuşmamızda, ben ipleri kopardığımda, *Seni bekleyemem, Peri,* demişti. *Burada durup senin büyümeni bekleyemem.*

Sandığın kapağını kapatıyor, oturma odasına dönüyorum; Peri babamın karşısındaki kanepeye oturmuş. Yanına geçiyorum.

"İşte," diyorum kartpostal destesini uzatarak.

Yan sehpada duran okuma gözlüğünü alıyor, kartpostalların etrafındaki lastik bandı çıkarıyor. İlk karta bakıp kaşlarını çatıyor. Las Vegas'taki Caesars Palace Oteli'nin gece çekilmiş, pırıl pırıl, ışıl ışıl bir fotoğrafı bu. Arkasını çevirip yüksek sesle okuyor.

21 Temmuz 1992

Sevgili Peri,

Buranın ne kadar sıcak bir yer olduğuna inanamazsın. Baba bugün kiralık arabamızın motor kapağına dokununca eli yandı, su topladı! Annem üzerine diş macunu sürdü. Caesars Palace'ta Romalı askerler var, kılıçları, miğferleri, kırmızı pelerinleri filan tastamam. Baba, annemin onlarla resmini çekmek istediyse de, annem yanaşmadı. Ben çektirdim ama! Eve dönünce gösteririm. Şimdilik bu kadar. Seni özledim. Keşke burada olsaydın.

Peri

Not: Bunları yazarken dünyanın en müthiş dondurmasını yiyorum.

Bir sonraki kartpostalı alıyor. Hearst Şatosu. Arkasını bu sefer mırıldanarak okuyor. *Kendi hayvanat bahçesi var! Ne kadar havalı, değil mi? Kangurular, zebralar, antiloplar, Asya develeri – şu iki hörgüçlü olanlardan!* Bir tanesi Disneyland'den, cadı şapkalı Miki Fare, elindeki değneği sallıyor. *Asılmış adam tavandan düşünce annem çığlık attı! Bir duymalıydın!* La Jolla Koyu. Big Sur. 17 Mile Yolu. Muir Ormanları. Tahoe Gölü. *Özledim seni. Buraya kesinlikle bayılırdın. Keşke yanımda olsaydın.*

Keşke burada olsaydın.

Keşke burada olsaydın.

Peri gözlüğünü çıkarıyor. "Kendine kartpostal mı attın?"

Başımı hayır anlamında sallıyorum. "Sana attım." Gülüyorum. "Bu çok utanç verici."

Peri kartpostalları sehpaya bırakıyor, bana yaklaşıyor. "Anlat hadi."

Gözlerimi ellerime dikiyor, bileğimdeki saati çeviriyorum. "Seninle kardeş olduğumuzu hayal ederdim, ikiz kardeş. Seni benden başka kimse göremezdi. Sana her şeyimi anlatırdım. Bütün sırlarımı. Benim için öyle gerçektin ki, daima yanımdaydın. Senin sayende kendimi o kadar da yalnız hissetmezdim. Seninle *Doppelgänger* gibiydik. Bu sözcüğün anlamını biliyor musun?"

Gözlerine bir gülücük yerleşiyor. "Evet."

İkimizin, rüzgârla kilometrelerce uzağa savrulan, ama her ikimizi de döken ağacın iç içe geçmiş, derin kökleriyle birbirine sıkı sıkıya bağlı iki yaprak olduğumuzu hayal ederdim.

"Benim için tam tersi geçerliydi," diyor Peri. "Sen bir varoluş hissettiğini söylüyorsun, bense hep bir yokluk duyumsadım. Kaynağı olmayan, muğlak bir sızı. Doktora neresinin ağrıdığını gösteremeyen, ancak canı acıyan bir hasta gibiydim." Elini benimkinin üzerine koyuyor, bir dakika kadar ikimiz de konuşmuyoruz.

Baba koltuğunda inliyor, konumunu değiştiriyor.

"Gerçekten üzgünüm," diyorum.

"Neden üzgünsün?"

"Bu kadar geç kavuşmanıza."

"Ama *kavuştuk*, öyle değil mi?" diyor yoğun duyguların çatallaştırdığı sesiyle. "Ve o artık böyle biri. Benim için hiç fark etmez. Mutluyum. Yitirdiğim bir parçamı buldum." Elimi sıkıyor. "Ve seni buldum, Peri."

Sesi çocukluk özlemlerimi çekiştiriyor. Yalnızlık çektiğimde nasıl onun adını *–adımızı–* fısıldadığımı ve soluğumu tutup bir yankı beklediğimi anımsıyorum; sesime bir gün karşılık alacağımdan öyle emindim ki. Şimdi onun ağzından, bu oturma odasında adımı duymak, bizi ayıran bütün o yılların hızla, gerisingeri katlanmasından, üst üste binip kapanmasından farksız; zaman bir akordeon gibi kendi kendine kapandı ve bir fotoğraf, bir kartpostal ebadına indi, çocukluğumun en parlak, en göz alıcı yadigârını getirip yanıma oturttu, elimi tutup adımı söylemesini sağladı. Bizim adımızı. Bir şeyin döndüğünü, çıt diye yerine oturduğunu hissediyorum. Uzun zaman önce kopartılmış bir şey yeniden yerine yapıştırıldı.

Göğsümdeki yumuşacık bir silkelenmenin ardından, benimkinin bitişiğinde, taptaze atmaya başlayan bir başka yüreğin boğuk gümbürtüsünü hissediyorum.

Baba televizyon koltuğunda dirseklerine dayanıp doğruluyor. Gözlerini ovuşturuyor, bizden yana bakıyor. "Siz iki kız ne entrikalar çeviriyorsunuz bakalım?"

Sırıtıyor.

Bir başka ninni. Bu seferki Avignon'daki köprüyle ilintili. Peri önce melodisini mırıldanıyor, sonra sözlerini söylüyor:

Sur le pont d'Avignon
L'on y danse, l'on y danse
Sur le pont d'Avignon
*L'on y danse tous en rond.**

"Ben küçükken Maman öğretmişti," diyor, ansızın çıkan, sert, soğuk rüzgâra karşı eşarbının düğümünü sıkılarken. Hava serin ama gökyüzü mavi, güneş parlak. Metalik gri Rhône'un geniş tarafına vuruyor, ırmağın yüzeyinde kırılıp minik ışık parçacıkları oluşturuyor. "Bu şarkıyı her Fransız çocuk bilir."

Suya bakan bir tahta sırada oturuyoruz. O sözcükleri çevirirken, ben hayran hayran ırmağın karşısındaki kenti seyrediyorum. Kendi geçmişini daha yeni öğrenmiş biri olarak, kendimi böyle tıka basa tarih dolu, geçmişi bütünüyle korunmuş, belgelenmiş bir yerde bulmaktan huşu içindeyim. Olağanüstü bir şey bu. Bu şehir olağanüstü. Havanın duruluğuna, durup durup ırmağa çullanan, suyu taş kenarlara çarpan rüzgâra,

* D'Avignon Köprüsü'nün üstünde
Dans edilir, dans edilir
D'Avignon Köprüsü'nün üstünde
Hepimiz halka olup dans ederiz. (ç.n.)

ışığın bu kadar dolgun ve yoğun olmasına, dört bir yandan parıldayarak yansımasına şaşkınlık dolu bir hayranlık duyuyorum. Parktaki tahta sıradan, kadim kent merkezini çember içine alan eski kale duvarlarını, kalenin dar, eğri büğrü sokaklarını, Avignon Katedrali'nin batı kulesini, tepesinde ışıldayan yaldızlı Bakire Meryem heykelini görebiliyorum.

Peri bana köprünün hikâyesini anlatıyor – on ikinci yüzyılda, meleklerden ırmağın üstüne bir köprü yapma talimatı aldığını ileri süren genç çoban, iddiasını kanıtlamak için muazzam bir kayayı kaldırdığı gibi suya fırlatmış. Peri, koruyucu azizleri Nicholas'ın şerefine köprüye tırmanan Rhône'lu kayıkçıları anlatıyor. Ve yüzyıllardır köprünün kemerlerini kemirip duran, çökmelerine yol açan taşkınları. Bunları, sabah bana gotik tarzdaki des Papes Sarayı'nı gezdirirken sergilediği o tezcanlı, gergin enerjiyle sayıp döküyor. Sesli rehberlik hizmetinin kulaklığını kaldırıp bir freski gösteriyor, dikkatimi ilginç bir ahşap oymaya, vitraya ya da tepemizdeki birbiri üzerinden geçmeli kirişlere çekmek için dirseğimi tutuyor.

Papalık Sarayı'nın dışında soluk almadan konuşuyor; katedral meydanında güvercin sürülerinin, turistlerin arasında gezinir, bilezikler, sahte saatler satan, rengârenk tunikli Afrikalı sokak satıcılarının, bir elma sandığına oturmuş, akustik gitarıyla "Bohemian Rhapsody"yi çalan, genç, gözlüklü müzisyenin önünden geçerken ağzından bütün azizlerin, papaların, kardinallerin adları dökülüyor. Amerika ziyaretinden aklımda böylesine konuşkan bir Peri kalmamış, onun için de bir geciktirme taktiği uyguladığı duygusuna kapılıyorum; asıl yapmak istediği –yapacağımız– şeyin etrafında dönüp duruyoruz, bütün bu sözcükler de bir köprü sanki.

"Ama yakında gerçek bir köprü göreceksin," diyor. "Herkes geldiğinde. Hep birlikte Pont du Gard'a gideceğiz. O köprüyü biliyor musun? Hayır mı? *Ah lá lá. C'est vraiment* *merveilleux.** Romalılar birinci yüzyılda Eure'den Nîmes'e su nakletmek için yapmışlar. Tam elli kilometre! Bir mühendislik başyapıtı, Peri."

Dört gündür Fransa'dayım, iki gündür de Avignon'da. Peri'yle birlikte, kapalı, serin bir Paris'ten trene bindik ve aydınlık, tertemiz bir gökyüzüne, ılık bir esintiye, ağaçlarda cıvıldayıp duran bir ağustosböceği korosunun ortasına indik. İstasyonda, bavulumu indirmek için delice bir koşuşturma başladı, neredeyse başaramıyordum, trenden son anda, tam kapılar arkamdan vızıldayarak kapanırken atladım. Baba'ya, nasıl üç saniye farkla kendimi ta Marsilya'da bulmaktan kurtulduğumu anlatmayı zihnime yazdım.

Abdullah nasıl? diye sordu Peri, Paris'te, taksiyle Charles de Gaulle Havalimanı'ndan onun dairesine giderken.

Malum yolculuğun daha ileri bir aşamasında, dedim.

Baba artık bir bakımevinde. Kuruma yaptığım ilk keşif gezisinde, yönetici Penny –uzun boylu, çilek rengi saçlı, narin bir kadın– bana etrafı gezdirirken, o kadar da kötü değil, diye düşündüm.

Sonra şöyle dedim: *O kadar da kötü değil.*

Temiz, bahçeye bakan pencereleri olan bir yerdi; Penny bahçede her çarşamba, saat dört buçukta çay partisi verildiğini söyledi. Lobide hafif bir tarçın ve çam kokusu vardı. Artık isimleriyle bildiğim personel, yardımsever, sabırlı, işinin ehli görünüyordu. Gözümün önünde hep harabeye dönmüş yüzleri, kıllı çeneleriyle, salyalarını akıtarak kendi kendine konuşan, gözleri televizyon ekranına çivili ihtiyar kadınlar canlanırdı. Oysa gördüğüm huzurevi sakinlerinin çoğu o kadar da ihtiyar değildi. Çoğunun tekerlekli iskemleye bile ihtiyacı yoktu.

Galiba daha kötüsünü bekliyordum, dedim.

---

* Gerçekten muhteşemdir. (ç.n.)

Öyle mi? dedi Penny, şirin, profesyonel bir gülüşle. *Sizi gücendirdim, özür dilerim.*

Hiç de değil. İnsanların kafalarındaki bu tür yerlere ilişkin imgelerin tamamen bilincindeyiz. Öte yandan, diye ekledi omzunun üstünden, daha temkinli ve özenli bir ses tonuyla, *burası kurumumuzun yardımla yaşam sürdürülen bölümü. Babanız hakkında verdiğiniz bilgilerden hareketle, burada rahat edeceğinden emin olmadığımı söylemeliyim. Sanırım Bellek Bakım Ünitesi ona daha uygun olacak. İşte geldik.*

Kapıyı bir anahtar kartla açıp bizi içeri aldı. Bu kilitli birim ne tarçın kokuyordu ne de çam. İç organlarım büzüşüverdi; ilk içgüdüm hemen dönüp buradan çıkmaktı. Penny eliyle kolumu tutup sıktı. Yoğun bir şefkatle yüzüme bakmaktaydı. Turun geri kalanını güçbela, devasa bir dalga misali bastıran suçluluk duygusuyla tamamladım.

Avrupa'ya hareketimden bir gün önce Baba'yı görmeye gittim. Yardımlı yaşam bölümünün lobisinden geçerken, telefonlara cevap veren Guatemalalı Carmen'e el salladım. Ortak toplantı salonunu dolduran huzurevi sakinleri, gayet resmi bir edayla konser vermekte olan, lise öğrencilerinden kurulu yaylı sazlar dörtlüsünü dinlemekteydi; ardından, bilgisayarların, kitaplıkların ve domino tahtalarının bulunduğu, çok amaçlı salondan, ilan tahtasının önünden geçtim, üzeri dizi dizi yararlı öneriler ve duyurularla doluydu: *Soyanın kötü kolesterolünüzü düşürebileceğini biliyor muydunuz? Bu salı saat 11'deki Bulmaca ve Mütalaa Saati'ni kaçırmayın!*

Kilitli bölüme girdim. Kapının bu yanında çay partileri, bingolar yoktu. Burada hiç kimse güne *tai-chi* yaparak başlamıyordu. Baba'nın odasına girdim, ama odada değildi. Yatağı yapılmıştı, televizyonu kapalıydı, başucu sehpasında yarım bardak su duruyordu. Azıcık rahatlamıştım. Baba'yı o hastane yatağında yan yatmış, ellerini yastığın altına sokmuş, çukura kaçmış gözlerle anlamsızca bana bakarken bulmaktan nefret ediyordum.

Baba'yı eğlence odasında, bahçeye açılan camın önünde buldum; tekerlekli iskemlesine gömülmüştü. Üzerinde pazen pijaması, başında gazeteci çocuk kepi vardı. Kucağına, Penny'nin *parmaklama önlüğü* dediği şey yayılmıştı. Üzerinde babamın boncuk geçirebileceği ipler, açıp kapamaktan hoşlandığı düğmeler vardı. Penny'nin dediğine göre, parmaklarını işlevsel tutmaya yarıyordu.

Yanağını öptüm, yanına bir iskemle çektim. Biri onu tıraş etmiş, saçlarını da ıslatıp taramıştı. Yüzü sabun kokuyordu.

Evet, büyük gün geldi, dedim. *Yarın Peri'yi ziyarete, Fransa'ya gidiyorum. Sana söylemiştim, hatırlıyor musun?*

Baba gözlerini kırptı. Daha felç geçirmeden, içe kapanmaya, uzun, derin sessizliklere dalmaya, kederli bir surat takınmaya başlamıştı bile. Felçten beri yüzü bir maskeye dönüştü, ağzı yamuk, asla gözlerine ulaşmayan, kibar bir tebessümcükle sonsuza kadar dondu. Felçten bu yana tek kelime etmedi. Bazen dudakları aralanıyor, soluk vermeyi andıran, boğuk bir ses çıkarıyor –*Aaaah!*– sonunu tizleştirme biçimi, şaşırdığını ya da söylediğim bir şeyin, içinde küçücük bir tepkiyi tetiklediğini düşündürüyor.

Paris'te buluşacağız, sonra trenle Avignon'a ineceğiz. Fransa'nın güneyinde bir kent. On dördüncü yüzyılda papaların yaşadığı yer. Dolayısıyla, görülecek epeyce şey var. Ama asıl önemli kısmı, Peri çocuklarına ziyaretimden söz etmiş, Avignon'da hepsi bize katılacak.

Baba gülümsemeyi sürdürdü, tıpkı geçen hafta Hector onu görmeye geldiğinde yaptığı, ona San Francisco Devlet Üniversitesi'nin Güzel Sanatlar ve Klasik Yunan ve Latin Edebiyatları Fakültesi'ne yolladığım başvuru formumu gösterdiğimde yaptığı gibi.

Yeğenin Isabelle'le kocası Albert'in Provans'ta, Les Baux adındaki kasabanın yakınında bir sayfiye evleri varmış. İnternetten baktım, Baba. İnanılmaz güzellikte bir kasaba. Alpilles Dağları'nın kireçtaşı zirvelerine kurulmuş. Oradaki bir ortaçağ şatosunun kalıntılarını gezebiliyor, tepeden düzlükleri, meyve bahçelerini seyredebiliyorsun. Bol bol resim çekecek, dönünce de sana göstereceğim.

Yakınımızda bornozlu, yaşlı bir kadın, halinden memnun bir tavırla, bir parçalı bulmacayla uğraşmaktaydı. Bir sonraki masada oturan kabarık ak saçlı kadınsa elindeki çatalları, kaşık ve bıçakları, gümüş takımların konduğu çekmeceli kutuya yerleştirmekle meşguldü. Köşedeki geniş ekranlı televizyonda, bilekleri birbirine kelepçelenmiş Ricky ile Lucy tartışıyordu.

Baba, *Aaaaah!* dedi.

Yeğenin Alain ile karısı Ana, beş çocuklarıyla birlikte İspanya'dan gelecekler. Hepsinin adını bilmiyorum, ama çabucak öğreneceğimden eminim. Peri'yi gerçekten mutlu edense, öteki yeğenin –Peri'nin en küçük oğlu– Thierry'nin de geliyor olması. Onu yıllardır görmemiş. Hiç konuşmamışlar. Thierry, Afrika'daki işinden dinlenme izni alıp uçağa atlayacak. Velhasıl kocaman bir aile buluşması olacak.

Daha sonra, gitmek üzere ayağa kalkınca, bir kez daha yanağından öptüm. Yüzümü yüzüne bastırıp biraz oyalandım, beni çocuk yuvasından almaya gelişini anımsadım; sonra ikimiz birlikte annemi işten almak üzere Denny'nin Yeri'ne giderdik. Localardan birine oturup annemin mesai bitiş kâğıdını imzalamasını beklerdik; lokanta müdürünün bana her seferinde ikram ettiği dondurma topunu yerken, bir yandan da Baba'ya o gün yaptığım resimleri gösterirdim. Her birine nasıl da sabırla, dikkatle, uzun uzun bakar, başını onaylarcasına sallardı.

Baba'nın yüzünde malum gülümsemesi belirdi.

Ah. Az kaldı unutuyordum.

Eğildim, geleneksel vedalaşma ayinimizi tekrarladım; parmakuçlarımı yanaklarında, kırışmış alnında, şakaklarında, seyrelmiş kır saçlarında, kafatasının sert, kabuklu yüzeyinde, kulaklarının arkasında gezdirdim, bütün kötü rüyaları kafasından yolup attım. Görünmez çuvalı açtım, kâbusları içine attım, ağzını büzüp ipini bağladım.

İşte oldu.

Baba gırtlağından bir ses çıkardı.

Mutlu rüyalar, Baba. İki hafta sonra görüşürüz. O anda kafama dank etti, daha önce hiç bu kadar uzun süre ayrı kalmamıştık.

Uzaklaşırken, Baba'nın gözleriyle beni izlediğine dair kesin bir duyguya kapıldım. Ama dönüp baktığımda, başını öne eğmiş, parmaklama önlüğünün düğmelerinden biriyle oynamaktaydı.

Peri şimdi de Isabelle'le Albert'in evinden söz ediyor. Bana resimlerini gösterdi. Luberon tepelerinde, Provans tarzı, taştan yapılma, yenilenmiş, nefis bir çiftlik evi; ön kapının dışında meyve ağaçları ve bir çardak, içeride pişmiş tuğladan bir zemin ve açıkta duran kirişler.

"Sana gösterdiğim resimde görülmüyor, ama harika bir manzarası var; Vaucluse Dağları'na bakıyor."

"Hepimiz sığacak mıyız? Bir çiftlik evine göre fazla kalabalığız sanki."

"Plus on est de fous, plus on rit," diyor. "İngilizcesi neydi? Nerde çokluk, orda mutluluk?"

"Orda *bolluk.*"

*"Ah voilá. C'est ça."**

"Peki ya çocuklar? Onlar nerede?"

"Peri?"

---

* Ah, evet. Aynen öyle, anlamında. (ç.n.)

Yüzünü inceliyorum. "Efendim?"

Göğsündeki soluğu uzun uzun boşaltıyor. "Artık verebilirsin."

Başımı sallıyorum. Ayaklarımın arasındaki el çantasına uzanıyorum.

Onu aylar önce, Baba'yı bakımevine götürdüğümde bulmam gerekirdi. Ama Baba'nın eşyalarını toplarken, koridordaki dolabın üzerinde duran üç bavulun en tepesindekini aldım ve Baba'nın bütün giysilerini içine sığdırmayı başardım. Ebeveynimin yatak odasını boşaltacak gücü epeyce sonra buldum. Eski duvar kâğıdını söktüm, duvarları yeniden boyadım. Geniş yataklarını, annemin oval aynalı tuvalet masasını odadan çıkardım, babamın dolaptaki takım elbiselerini, annemin bluzlarıyla elbiselerini plastik kılıflara koydum. Birkaç seferde Yardım Kurumu'na götürmek üzere garaja yığdım. Çalışma masamı onların odasına taşıdım; orayı şimdi ofis niyetine kullanıyorum, sonbaharda okul başladığı zaman da çalışma odam olacak. Yatağımın ayakucundaki sandığı da boşalttım. Eski oyuncaklarımın, çocukluk giysilerimin, ayağıma çok küçük gelen sandaletlerin ve tenis ayakkabılarının tamamını bir çöp torbasına tıktım. Annemle babam için kendi elimle yaptığım bütün o doğum günü, babalar günü, anneler günü kartlarına görmeye dayanamıyordum. Geceleri, onların ayaklarımın ucunda olduğunu bilerek uyumama olanak yoktu. Çok fazla acı vericiydi.

Koridordaki dolabı temizlerken, kalan iki bavulu da alıp garaja koymak istediğimde, birinin içinden bir takırtı geldi. Fermuarını açtım ve kalın ambalaj kâğıdına sarılı bir paketle karşılaştım. Üzerine bir zarf bantlanmıştı. Zarfta İngilizce olarak şu sözcükler yazılıydı: *Kız kardeşim Peri'ye.* Baba'nın el yazısını hemen tanıdım; Abe'in Kebabevi'nde çalıştığım günlerde ben siparişleri alınca, oturduğu otomatik kasada bunları hemen not ederdi.

Şimdi paketi Peri'ye veriyorum, açılmamış bir halde.

Kucağındaki pakete bakıyor, parmaklarını zarfın üzerindeki sözcüklerde gezdiriyor. Irmağın karşısında kilisenin çanları çalmaya başlıyor. Suyun kenarından fırlamış bir kayaya tünemiş olan kuş, ölü bir balığın iç organlarını koparmakta.

Peri çantasını karıştırıyor, içinde bir şey arıyor. "*J'ai oublié mes lunettes,*" diyor. "Okuma gözlüğümü yanıma almayı unuttum."

"Benim okumamı ister misin?"

Zarfı paketten ayırmayı deniyor, ama bugün elleri için hiç de iyi bir gün değil, bir süre uğraştıktan sonra paketi bana doğru uzatıyor. Zarfı koparıp alıyorum. İçindeki katlanmış notu çıkarıyorum.

"Farsça yazmış."

"Ama okuyabilirsin, değil mi?" diyor Peri, kaşları kaygıyla çatılmış. "Tercüme edebilirsin."

"Elbette," derken içime minicik bir gülümsemenin ve Baba'nın beni arabayla her salı üşenmeden götürdüğü Campbell'deki Farsça dersleri için –geç de olsa– bir minnetin yayıldığını hissediyorum. Şu an onu üstü başı yırtık pırtık, yolunu yitirmiş, sendeleyerek çölde ilerlerken tahayyül ediyorum, arkasında bıraktığı yol, hayatın ondan koparıp aldığı binlerce parlak parçacıkla dolu.

Bir hışım esen rüzgâra karşı pusulayı sıkıca tutuyorum. Kâğıda karalanmış üç cümleyi Peri'ye okuyorum.

Bana kısa sürede boğulup gideceğim sulara girmem gerektiğini söylüyorlar. Doğruca suya girmeden önce kıyıya senin için bunu bırakıyorum. Onu bulman için dua ediyorum, kardeşim, böylece boğulmadan önce yüreğimden ne geçtiğini bileceksin.

Bir de tarih var. Ağustos 2007. "2007 ağustosu," diyorum. "İlk teşhisin konduğu tarih." Peri'den haber almamdan üç yıl önce.

Peri başını eğiyor, elinin tersiyle gözlerini kuruluyor. Yanımızdan iki kişilik bisikletleriyle genç bir çift geçiyor, kız –sarışın, pembe yüzlü, incecik– önde, kıvrım kıvrım rasta saçları, koyu esmer teniyle oğlan arkada. Birkaç adım ötemizde, çimlerin üzerinde, siyah deri şortlu, yeniyetme bir kız cep telefonuyla konuşuyor, öbür eliyle de kömür rengi, küçücük bir teriyerin kayışını tutuyor.

Peri paketi bana veriyor. Kâğıdını yırtıyorum. İçinden eski, teneke bir çay kutusu çıkıyor; kapağında uzun, kırmızı tunikli, sakallı bir Hintlinin solmuş resmi var. Elindeki dumanı tüten çay fincanını bir sunu gibi tutmakta. Fincandan çıkan buhar solmuş, kırmızı tuniğinse büyük kısmı pembeleşmiş. Mandalı kaldırıp kapağı açıyorum. İçi her renkte, her biçimde kuş tüyleriyle dolu. Kısa, koyu yeşil tüyler; uzun, kara saplı, kızıl tüyler; muhtemelen bir yabanördeğinin yer yer açık mora çalan, şeftali rengi tüyü; alt tarafı koyu lekelerle dolu, kahverengi tüyler; ucunda iri bir göz bulunan, yeşil bir tavuskuşu tüyü.

Peri'ye dönüyorum. "Bunun ne anlam taşıdığını biliyor musun?"

Peri çenesi titreyerek başını yavaşça sallıyor. Kutuyu benden alıp içine bakıyor. "Hayır," diyor. "Tek bildiğim, Abdullah'la birbirimizi kaybettiğimizde, bunun ona benden çok daha derin bir acı verdiği. Ben şanslıydım, yaşımın küçük olması beni korudu. *Je pouvais oublier.* Unutma lüksüm vardı. Onun yoktu." Tüylerden birini kaldırıyor, bileğine sürtüyor; ansızın canlanıp uçmasını beklercesine tüyü süzüyor. "Bu tüyün önemini, öyküsünü bilmiyorum, ama Abdullah'ın beni düşündüğü anlamına geldiğini biliyorum. Bunca yıldır. Beni hep hatırlamış."

O sessizce ağlarken kolumu onun omzuna doluyorum. Güneşe batmış ağaçları, önümüzden, köprünün altından akıp giden nehri seyrediyorum – şu çocuk şarkısındaki köprünün. Aslında yarım bir köprü bu, özgün kemerlerinden yalnızca dördü ayakta. Irmağın ortasında bitiveriyor. Uzanmış, öteki yarısıyla birleşmeye çalışmış ama ulaşamamış sanki.

O gece otelde, yatakta yatıp penceremizde asılı duran şişko dolunayı dürtükleyen bulutları izliyorum. Aşağıda, ökçeler kaldırım taşlarında çınlıyor. Kahkahalar, gevezelikler. Küçük motosikletlerin patpatları. Sokağın karşısındaki lokantadan tepsilerdeki bardakların şıngırtısı geliyor. Bir piyanonun tıngırtısı döne kıvrıla cama, oradan da kulaklarıma ulaşıyor.

Yan dönüyor, yanımda sessizce uyuyan Peri'ye bakıyorum. Bu ışıkta yüzü solgun. Çehresinde Baba'yı görüyorum – bundan böyle Peri'ye her bakışımda babamı bulacağımı biliyorum. Peri benim kanımdan, canımdan. Yakında çocuklarıyla, çocuklarının çocuklarıyla tanışacağım; kanım onların da damarlarında akıyor. Yalnız değilim. Ani bir mutluluk dalgası beni hazırlıksız yakalıyor. Damla damla içime aktığını hissediyorum ve gözlerim minnetle, umutla yaşarıyor.

Uyuyan Peri'yi seyrederken aklıma Baba'yla yatma vakti oynadığımız oyun geliyor. Kötü rüyaların çıkarılıp atılması, güzel rüyaların verilmesi. Ona en sık verdiğim rüyayı anımsıyorum. Peri'yi uyandırmamaya özen göstererek üstüne doğru eğiliyor, elimi usulca alnına koyuyorum. Kendi gözlerimi de yumuyorum.

Güneşin pırıl pırıl aydınlattığı bir öğle sonrası. Onlar yine çocuk, ağabeyle kız kardeşi; gencecik, parlak gözlü ve gürbüzler. Uzun otlarla kaplı bir düzlükte, çiçeğe durmuş bir elma ağacının gölgesine uzanmışlar. Sırtlarına değen otlar ılık, tepedeki tomurcuk şöleninden süzülen güneş yüzlerini ısıtıyor. Mahmur, memnun, yan yana yatıyorlar; oğlan başını kalın bir kökün sırtına dayamış, kızın başının altında, ağabeyinin katlayıp koyduğu ceket var. Yarı kapalı gözkapaklarının arasından, bir dala konan karatavuğu izliyor. Serin hava soluğunu yaprakların arasından aşağıya doğru üflüyor.

Kız, ağabeyine, can yoldaşına bakmak için başını çeviriyor, ama oğlanın yüzü fazla yakın, bu yüzün tamamını göremiyor. Yalnızca alnının alt kısmını, burun çıkıntısının başladığı yeri, kıvrık kirpiklerini görebiliyor. Ama aldırmıyor. Onun –ağabeyinin– yanında, yakınında olduğu sürece mutlu; uykuya yavaşça teslim olurken, mutlak bir dinginlik girdabının onu yuttuğunu hissediyor. Gözlerini kapıyor. Ve uykuya dalıyor; tasasız, içi rahat, her şey dupduru ve ışıl ışıl, üstelik hepsi aynı anda.

TEŞEKKÜR

Teşekkürlere geçmeden önce değinmek istediğim birkaç lojistik konu var. Şadbağ köyü kurgusal, gerçi Afganistan'ın bir yerlerinde bu isimde bir köyün bulunması da pekâlâ mümkün. Ancak varsa bile oraya hiç gitmedim. Abdullah'la Peri'nin ortak ninnisi, özellikle de "hüzünlü peri" sözcükleri, büyük İranlı ozan, merhum Furuğ Ferruhzad'ın bir şiirinden esinlenme. Son olarak da, bu kitabın adına kısmen ilham verenin, William Blake'in o güzelim "Dadının Şarkısı" şiiri olduğunu belirteyim.

Bu kitabın iki olağanüstü yol göstericisi ve yandaşı, Bob Barnett ile Denen Howell'a teşekkürlerimi sunuyorum. Helen Heller, David Grossman, Lody Hotchkiss, size teşekkür ederim. Coşkusu, sabrı, öğütleri için Chandler Crawford'a teşekkürler. Riverhead Kitapları'ndaki dostlara, Jynne Martin, Kate Stark, Sarah Stein, Leslie Schwartz, Craig D. Burke, Helen Yentus ve adlarını saymadığım, ama bu kitabı okurların eline ulaştırdıkları için derin bir şükran duyduğum daha pek çok insana sonsuz teşekkürler.

Görev sahasının çok çok ötelerine geçen, harika tashih editörüm Tony Davis'e teşekkür ederim.

Muazzam yeteneği, içgörüsü ve önsezileriyle, nazik rehberliğiyle editörüm Sarah McGrath'a sonsuz minnetimi belirtmek istiyorum; kitabın şekillenmesine hatırlayamadığım kadar çok açıdan yardımı oldu. Baskıya hazırlama sürecinden hiç bu kadar büyük bir zevk almamıştım, Sarah.

Son olarak, Susan Petersen Kennedy ile Geoffrey Kloske'ye bana duydukları güven ve sarsılmaz inanç için teşekkür ediyorum.

Bütün dostlarım, ailemdeki herkes, her an yanımda, benim tarafımda olduğunuz, bana sabırla, güler yüzle, şefkatle katlandığınız için hepinize binlerce *teşekkür*. Her zamanki gibi, güzel karım Roya'ya müteşekkirim, sırf bu kitabın defalarca vücut bulan halini okuduğu, ayıkladığı için değil, gündelik yaşamımızı tek bir şikâyet fısıltısı çıkarmadan sürdürdüğü, ben yazabileyim diye tüm yükü sırtlandığı için. Roya, sen olmasaydın bu kitap birinci sayfanın ilk paragrafında ölüp giderdi. Seni seviyorum.

§

Khaled Hosseini'nin Everest Yayınları'ndan Çıkan Diğer Kitapları

Uçurtma Avcısı arkadaşlık, ihanet ve sadakatin bedeline ilişkin bir roman. Babalar ve oğullar, babaların oğullarına etkileri, sevgileri, fedakârlıkları ve yalanları... Daha önce hiçbir romanda anlatılmamış bir tarihin perde arkasını yansıtan Uçurtma Avcısı, zengin bir kültüre ve güzelliğe sahip toprakların yok edilişini aşama aşama gözler önüne seriyor.

Küçük yaşta evlendirilen kızlar, çocuğu olmayan kadınlar, babaya ya da çocukluk arkadaşına duyulan, geçmişe gömülmüş aşklar... Khaled Hosseini, hasreti, dostluğu, aşkı ve insanlığı en iyi anlatan yazarlardan. Başarıyla kurduğu olay örgüsüyle, çıkmaz yolların nasıl düzlüklere açılabileceğini gösteren yaratıcı bir kalem.